W0250822

SCIENCE FICTION

Herausgegeben
von Wolfgang Jeschke

Ein vollständiges Verzeichnis aller im
HEYNE VERLAG erschienenen Romane
von HARRY HARRISON finden Sie am Schluß des Bandes.

HARRY HARRISON
&
JOHN HOLM

DER PFAD DES KÖNIGS

HAMMER UND KREUZ
Zweiter Roman

Aus dem Englischen von
FRANK BORSCH

Deutsche Erstausgabe

WILHELM HEYNE VERLAG
MÜNCHEN

HEYNE SCIENCE FICTION & FANTASY
Band 06/6322

Titel der amerikanischen Originalausgabe
ONE KING'S WAY
Deutsche Übersetzung von Frank Borsch
Das Umschlagbild ist von Arndt Drechsler

Umwelthinweis:
Dieses Buch wurde auf chlor- und
säurefreiem Papier gedruckt.

Redaktion: Wolfgang Jeschke
Copyright © 1995 by Harry Harrison & John Holm
Erstausgabe by
A Tor Book
Published by Tom Doherty Associates, Inc., New York
Mit freundlicher Genehmigung der Autoren
und Thomas Schlück, Literarische Agentur, Garbsen
(# 41434)
Copyright © 2001 der deutschen Ausgabe und der Übersetzung
by Wilhelm Heyne Verlag GmbH & Co. KG, München
http://www.heyne.de
Deutsche Erstausgabe 10/2001
Printed in Germany 8/2001
Umschlaggestaltung: Nele Schütz Design, München
Technische Betreuung: M. Spinola
Satz: Schaber Satz- und Datentechnik, Wels
Druck und Bindung: Druckerei Nørhaven, Dänemark

ISBN 3-453-15654-4

HAMMER UND KREUZ

Realität und Fiktion

IM SPÄTEN ACHTEN JAHRHUNDERT, so unterrichtet uns die Geschichte, waren die gesamten Britischen Inseln – vom äußersten Westen Irlands bis zum nördlichsten Zipfel Schottlands – christlich geworden. Irische und römische Missionare hatten die angelsächsischen Barbaren bekehrt, die nach dem Rückzug des Römischen Reiches aus ihrer Heimat in Schleswig-Holstein nach Britannien geströmt waren. Angelsächsische Missionare hatten sich wiederum aufgemacht, um ihre Verwandten in Friesland und Holstein, in Sachsen und Bayern zu bekehren. Der Islam war weit entfernt, heidnischer Aberglaube verschwunden. Die christlichen Könige Britanniens schienen keine Rivalen oder Feinde fürchten zu müssen – mit Ausnahme ihrer Standesgenossen natürlich.

Aber sie hatten die entfernteren Verwandten der Angelsachsen in Dänemark und im skandinavischen Norden vergessen. Die *Angelsächsische Chronik* verzeichnet für das Jahr 787 die ersten Wikingerschiffe an der englischen Küste. Drei norwegische Schiffe legten im Süden, in Portland an. Der Vogt des Königs von Wessex ritt im Glauben, sie seien friedliche Händler, zu ihnen herunter und wurde auf der Stelle getötet. Sechs Jahre später wurde das reiche und wehrlose Kloster Lindisfarne, das vor der Nordküste Britanniens lag, bei einem Wikingerüberfall ausgeraubt und in Schutt und Asche gelegt. Alkuin, der englische Minister Karls des Großen, erfuhr von der Verheerung und schrieb bestürzt an den König von Northumbrien, den Erzbischof von York und den Bischof von Lindisfarne. Dreihundertfünfzig Jahre lebten die Engländer jetzt in Britannien, empörte er sich, aber ›niemals sind solche Schrecken über uns gekommen, wie wir sie jetzt von den Heiden haben erdulden müssen; niemand hatte geglaubt, daß solche Verwüstungen möglich wären‹.

Nach dreihundertfünfzig Jahren ohne Angriffe von außen markierte die Zerstörung Lindisfarnes den Auftakt einer zweihundertfünfzig Jahre langen Periode unablässiger Bedrängnis. In dieser Zeit sollte ein großer Teil Britanniens erneut an die Heiden fallen, sollten dänische Könige England regieren. Die kritischste Phase begann im Jahr 865, als ein Wikingerheer, das die *Angelsächsische Chronik* ›die Große Armee‹ nennt, in Ostanglien landete und sich zu einem langen Eroberungsfeldzug anschickte. Der skandinavischen Überlieferung zufolge, die größtenteils durch englische, fränkische und irische Quellen bestätigt wird, führten vier Brüder die Armee an: Sigurth ›Schlangenauge‹, Ubbi, Halfdan und Ivar ›der Knochenlose‹, den eine irische Chronik den *rex crudelissimus, paganissimus, invictissimus,* den ›grausamsten, heidnischsten und unbesiegtesten aller Könige‹ nennt. Innerhalb von fünf Jahren töteten die Brüder König Edmund von Ostanglien, der später als Märtyrer heiliggesprochen wurde, und entledigten sich der Könige von Northumbrien und Mercien. Damit war nur ein einziges englisches Königreich verblieben, Wessex, das seit 870 von König Alfred regiert wurde, dem letzten Überlebenden von fünf Brüdern. 878 zwangen die Wikinger auch ihn zur Flucht. Hätte er sich ergeben oder wäre er umgekommen, hätte der Herrschaft der Wikinger zuerst über England und anschließend über den Rest Britanniens nichts mehr im

Weg gestanden, und das Britische Empire hätte Dänisch gesprochen.

Alfred überlebte und schlug seine Feinde zurück. Im Lauf der Jahrzehnte und Jahrhunderte eroberten die christlichen Engländer die Länder der Heiden zurück, doch die Anstrengung schwächte sie so sehr, daß sie Wilhelm dem Eroberer, der 1066 in Hastings landete, nicht standhalten konnten. Heute, im nachhinein, erkennen wir, daß die Christen einen gemeinsamen Glauben, einen Klerus und Disziplin besaßen und die Heiden nichts davon – sie besaßen nur ihre vielfältigen Sitten, ihre zusammenhanglose Mythologie und ihren Haß.

Die vorliegende Geschichte beschäftigt sich mit dem ›Was wäre, wenn…?‹. Was wäre, wenn die Wikinger ihr Heidentum in eine organisierte Religion verwandelt hätten, zu einem Gegenstück ihres christlichen Rivalen? Und was wäre, wenn diese Religion – die in diesem Buch der ›Weg Asgards‹ genannt wird – bewußt technikfreundlich gewesen wäre, anstatt, wie das Christentum auch, weitgehend technikfeindlich? Welchen Lauf hätte die Geschichte in diesem Fall genommen? Diese Gedanken sind die Grundlage unserer Erzählung in *Hammer und Kreuz*.

Aber unsere Geschichte ist nicht pure Fiktion. Die skandinavische Überlieferung besagt, die vier Brüder, die 865 die Große Armee anführten, wären die Söhne des Ragnar Lodbrok gewesen, des Ragnar ›Lodenkleid‹. Und auch wenn sie bereits viele Jahre lang Irland geplündert hatten, fielen sie nicht wegen der Beute über England her, sondern aus Rachsucht. Die Brüder suchten Vergeltung für den Tod ihres Vaters, den König Ella von Northumbrien in die Schlangengrube geworfen hatte. Diese Geschichte wird in *Ragnars saga* erzählt, in einer kurzen Geschichte oder *tháttr*, dem *Ragnarssona tháttr*, und in mehreren Gedichten, darunter im berühmten *Preisgedicht auf Ragnar*.

Diese Romantrilogie geht davon aus, daß diese Überlieferungen zum größten Teil der Wahrheit entsprechen. Unsere Geschichte beginnt im schicksalhaften Jahr mit der Gefangennahme und dem Tod Ragnars. Die nordischen Worte, die Ragnar im zweiten Kapitel in der Schlangengrube ausstößt, stammen aus einem der alten Gedichte über seinen Tod, und der Bericht darüber, wie die Nachricht seines Todes seine Söhne erreichte, stammt aus dem oben erwähnten *théttr*. Alle im *Hammer und Kreuz* erwähnten Könige sind geschichtlich überliefert und viele der geschilderten Vorfälle – insbesondere die grausamsten und unwahrscheinlichsten – stammen ebenfalls aus alten Chroniken. Wir haben jede Anstrengung unternommen, die politischen Zustände und die Geisteshaltung der damaligen Zeit so akkurat wie möglich darzustellen.

Aber alle Dinge, die mit dem Weg Asgards, mit Shef und neuentwickelter Technik zu tun haben sind pure Fiktion, und wir hoffen, daß es Science Fiction ist. Das heißt aber nicht, daß sie unmöglich wären. Die Dinge hätten durchaus auf diese Weise geschehen können – und damit hätte die Geschichte einen anderen Weg eingeschlagen als den, der zu einem christlichen Europa geführt hat.

JOHN HOLM und HARRY HARRISON

KAPITEL 1

Es war der strengste Winter seit Menschengedenken. Ganz England ächzte unter einer gefrorenen Schneedecke. Eis bedeckte den großen Fluß Themse von Ufer zu Ufer, und die Straße nach Westen, nach Winchester, war nur noch eine steinharte, schmutzige Spur aus gefrorenen Hufabdrücken und verkrusteten Haufen von Pferdeäpfeln. Immer wieder rutschten die Pferde auf dem Eis ab und schnaubten dampfend. Ihre frierenden Reiter drückten sich eng an die warmen Leiber und blickten die dunklen Mauern der Klosterkirche hinauf. Die Pferde reagierten schon lange nicht mehr auf die Sporen.

Es war der einundzwanzigste Tag des März im achthundertsiebenundsechzigsten Jahr nach der Menschwerdung des Herrn, ein Tag von höchster Bedeutung. Der Tag eines königlichen Bundes. Auf den langen Bänken der Klosterkirche von Winchester drängte sich fast die gesamte Militäraristokratie des Königreichs Wessex. Kein Alderman, Thane oder Landvogt wollte sich das Spektakel entgehen lassen, und so saßen sie schwitzend und mit aufgerissenem Mund auf ihren Bänken. Ein unterdrücktes Gemurmel aus Erklärungen und Übersetzungen stieg ununterbrochen aus ihren Reihen auf, als das ausgefeilte Ritual der Krönung eines christlichen Königs vor ihren Augen seinen imposanten Gang nahm.

Ganz vorne im Mittelschiff der Kirche, in der rechten Bankreihe, saß Shef Sigvarthsson, der Mitregent der Engländer – und im eigenen Recht König aller Gebiete nördlich der Themse, die sich seiner Herrschaft unterwarfen. Die zahllosen Augen, die auf ihn gerichtet waren, machten ihn unruhig.

Die Neugierigen musterten einen Mann, dessen Alter nur schwer zu schätzen war. Das dichte, dunkle Haar und das glattrasierte Gesicht ließen ihn jugendlich erscheinen, zu jung für das goldene Diadem des Königs, das auf seinem Haupt ruhte, und die schweren Ringe an seinen Armen. Er hatte die hochgewachsene Statur und die breiten Schultern eines Kriegers in der Blüte seiner Jahre – oder die eines Schmieds, was er vor nicht allzulanger Zeit noch gewesen war. Doch trotz seiner Jugend schimmerte bereits das erste Grau zwischen seinen schwarzen Haaren, und Sorgen und Schmerz hatten tiefe Furchen in sein Gesicht gegraben. Anstelle seines rechten Auges klaffte nur noch eine leere Höhle, und die Augenbinde konnte nicht verbergen, daß das Gewebe um die Höhle verschrumpelt und eingefallen war. Ganz England und halb Europa wußte, daß man ihm das Auge auf Befehl Sigurth Schlangenauges, des ältesten Sohn Ragnars, ausgestochen hatte. Aber der Lehrling des Schmieds hatte sich gerächt und Sigurths Bruder, Ivar den Knochenlosen, den Champion des Nordens, getötet. Aus dem Thrall war ein Carl der Großen Armee der Wikinger geworden und schließlich ein Jarl des Edelings Alfred. Und seit ihrem gemeinsamen Sieg über den fränkischen Kreuzzug war er zum König und Mitregenten Alfreds aufgestiegen. Im ganzen Land jagten sich die Gerüchte über die Bedeutung des merkwürdigen Zeichens, das er am Hals trug. Es war ein Emblem des Weges von Asgard, aber eines, das vor ihm noch niemand getragen hatte: ein *kraki*, eine Pfahlleiter der geheimnisvollen Gottheit Rigr.

Shef drängte es nicht danach, der Krönung zu folgen, und noch weniger der Zeremonie, die sich daran anschließen würde. Allein beim Gedanken daran vertieften sich die Furchen der Qual in seinem Gesicht. Dennoch verstand er, wieso er und seine Männer der Feier beiwohnen mußten: Es war eine Geste, demonstrative Unterstützung für seinen Mitregenten. Shef war auf Alfreds dringende Bitte, die beinahe an einen Befehl gegrenzt hatte, gekommen.

»Du mußt nicht die Kommunion empfangen«, hatte Alfred ihm energisch beschieden. »Du mußt nicht einmal die Kirchenlieder mitsingen. Aber ich will, daß du bei der Krönung dabei bist, mit deiner Krone, deinem Anhänger des Weges und deinen Männern. Mach ein Schauspiel daraus. Such dir deine imposantesten Männer aus. Zeig den Leuten deinen Reichtum, deine Macht. Jedermann soll sehen, daß ich den uneingeschränkten Beistand der Männer aus dem Norden, der Bezwinger Ivars des Knochenlosen und Karls des Kahlen habe. Die der Heiden. Aber nicht die der wilden Heiden, der Sklavenjäger, wie den Söhnen Ragnars. Nein, die Unterstützung der Männer des Weges von Asgard, des Wegvolkes.«

Wenigstens das Schauspiel ist uns gelungen, dachte Shef, als er sich umblickte. Die zwei Dutzend Männer des Weges, die in der ersten Reihe saßen, hatten sich der Herausforderung in vortrefflicher Weise gestellt. Guthmund der Gierige trug mehr Gold und Silber – Armbänder, Halsringe und Mantel- und Gürtelschnallen – als fünf Thanes aus Wessex zusammengenommen. Sein Reichtum war keine wirkliche Überraschung, hatte er doch dreimal hintereinander unter Shef, dessen Ruhm zwar legendär aber keinesfalls übertrieben war, an der Aufteilung der Siegesbeute teilgehabt. Thorvin, der Priester Thors, und Skaldfinn, der Priester Njörds, hatten trotz ihrer Ablehnung weltlichen Prunks glänzend weiße Gewänder angelegt. Beide trugen die Symbole ihres Amtes, Thorvin einen kurzstieligen Hammer und Skaldfinn ein Fischerboot. Lebenslanger Hunger hatte Cwicca, Osmod und den übrigen englischen Freigelassenen – jetzt gestandene Veteranen von Shefs Feldzügen – einen wenig beeindruckenden Körperbau beschert, aber sie glichen diesen Nachteil damit aus, daß sie seidene Mäntel trugen, ein unerhörter Luxus im ärmlichen England. Dazu hatten sie die Werkzeuge ihres Standes geschultert: Hellebarden, Armbrüste und die langen Stangen, mit denen sie die Katapulte spannten. Shef vermutete, daß der bloße Anblick dieser Engländer von niederster Geburt, die einen Reichtum zur Schau stellten, von dem ein Thane aus Wessex – von Churls ganz zu schweigen – nicht einmal zu träumen wagte, den besten Beweis für die Weisheit von Alfreds Herrschaft darstellte, den man sich denken konnte.

Die Zeremonie hatte bereits vor Stunden begonnen, als sich die große Prozession auf dem Weg von der Residenz des Königs zur Klosterkirche formiert hatte – ein kurzer Spaziergang von kaum mehr als hundert Metern, aber auf jedem dieser Meter, so schien es, war ein besonderes Ritual zu beachten gewesen. Dann war das Hochamt in der Kirche gefolgt. Die Adligen des Reiches waren vorwärts geströmt, um die Kommunion zu empfangen; angetrieben weniger von Ehrfurcht als von dem Drang, sich keine Segnung entgehen zu lassen, die ihre übrigen Standesgenossen empfangen mochten. Es war Shef nicht entgangen, daß sich in der langen Schlange viele Männer gefunden hatten, deren schwächliche Statur und grobe Kleider sie als ehemalige Sklaven oder Churls verrieten, die Alfred befreit und aus ihrem Stand erhoben hatte. Sie waren jetzt hier, um die Botschaft in Heimatstädte und -dörfer zu tragen: Die Botschaft, daß Edeling Alfred jetzt ohne den geringsten Zweifel gemäß der Gesetze der Menschen und Gottes König Alfred der Westsachsen und Mercier war.

Ebenfalls in der ersten Reihe fand sich der Marschall von Wessex, der die Männer um ihn herum spielend überragte. Er hatte sich, wie es die Tradition gebot, im Kampf Mann gegen Mann als hervorragendster Krieger des Reiches bewiesen. Und das zu Recht: Wigheard, der Marschall, war in der Tat ein beeindruckender Anblick. Er maß fast sieben Fuß und wog über zwei Zentner. Er trug das Zeremonienschwert des Königs so mühelos auf seinen ausgestreckten Armen, als ob es ein Zweiglein wäre, und hatte bereits mehrfach seine unheimliche Fähigkeit demonstriert, mit einer Hellebarde zu fechten, als wäre sie eine Weidenrute.

Zu Shefs Linken saß ein Hüne, der der Zeremonie nur mit Mühe folgen konnte und dem Champion von Wessex immer wieder verstohlene Blicke zuwarf. Es war Brand, selbst Champion der Männer von Halogaland, den die Bauchwunde, die ihm Ivar der Knochenlose im Zweikampf zugefügt hatte, beinahe das Leben gekostet hätte. Er kam nur langsam wieder zu Kräften. Aber trotz seiner Schwäche schien der Wikinger den Marschall immer noch zu überragen. Seine Knochen waren beinahe zu groß für seine Haut; seine Fingerknöchel schienen wie Felsen und seine Schläfen ragten wie ein Panzer über den Augenbrauen auf. Shef hatte vor langer Zeit verblüfft festgestellt, daß Brands Fäuste größer als ein Bierkrug waren. Sie wirkten selbst im Vergleich zu seinem massigen Körper überproportioniert. «Wo ich herkomme, werden die Männer eben groß«, war Brands achselzuckender Kommentar, wenn man ihn darauf ansprach.

Das aufgeregte Gemurmel der Versammelten verstummte, als der jetzt auf das Gründlichste gesegnete Alfred sich zu der Menge drehte, um seinen Eid abzuleisten. Zum ersten Mal während der Messe erklangen statt der lateinischen englische Worte, als Alfreds dienstältester Alderman die feierliche Frage an ihn richtete: »Gewährt Ihr uns unsere rechtmäßigen Gesetze und die Ausübung unserer Bräuche? Und schwört Ihr, nach bestem Vermögen gerechte Urteile zu fällen und die Rechte Eures Volkes gegen alle Feinde zu verteidigen?«

»Ja.« Alfred ließ den Blick über die bis zum letzten Platz besetzte Kirche schweifen. »Das habe ich bereits getan und werde es auch in Zukunft tun.« Zustimmendes Gemurmel antwortete ihm.

Und jetzt wird es heikel, dachte Shef, während der Alderman zurücktrat und dem ranghöchsten Bischof Platz machte. Dieser war verblüffend jung – und das aus gutem Grund. Nach Alfreds Enteignung der Kirche, seiner Exkommunikation durch den Papst, dem Kreuzzug der Franken gegen England und dem sich anschließenden endgültigen Bruch mit Rom hatte der höhere Klerus geschlossen das Land verlassen. Angefangen von den Erzbischöfen von York und Canterbury über die Bischöfe bis zu den Äbten selbst der kleinsten Klöster. Alfred hatte nicht lange gefackelt. Er hatte zehn der fähigsten verbleibenden Priester zu Bischöfen ernannt und ihnen mitgeteilt, die Kirche Englands ruhe ab sofort in ihren Händen. Jetzt trat einer von ihnen, Eanfrith, der Bischof von Winchester, der noch vor sechs Monaten der Priester eines winzigen Weilers gewesen war, vor und stellte die Frage.

»Eure Majestät, wir bitten Euch, gewährt der Heiligen Kirche Euren Schutz und ihr und allen ihren Angehörigen die Rechte, die ihnen zustehen.«

Shef wußte, daß Eanfrith und Alfred tagelang an dem neuen Wortlaut der Formel gefeilt hatten. Die traditionelle Formel hatte um die Bestätigung aller Rechte und Privilegien, der Zehnten und Steuern, der Eigentumsrechte und Besitzungen gebeten – die Alfred ihr sämtlich entzogen hatte.

»Ich gewähre meinen Schutz und die gebührenden Rechte«, antwortete Alfred. Wieder musterte er die Versammlung und erweiterte die traditionelle Formel. »Schutz, denen in der Kirche und denen außerhalb. Die Rechte ihrer Angehörigen und die anderer.«

Der Kirchenchor, bestehend aus Mönchen und Chorknaben, stimmte den Choral Zadoks des Priesters, *Unexerunt Salomonem Zadok sacerdos* an, während sich die Bischöfe auf den feierlichen Moment der Salbung mit dem heiligen Öl vorbereiteten. Danach würde Alfred buchstäblich der Gesalbte des Herrn sein, und jedwede Rebellion gegen ihn ein Sakrileg darstellen.

Und dann würde Shefs schwerster Moment kommen: Man hatte ihm behutsam erklärt, daß Wessex seit den Tagen der gottlosen Eadburth niemals eine Königin gehabt hatte und deshalb die Frau des Königs nicht getrennt gekrönt werden konnte. Dennoch hatte Alfred darauf bestanden, seine Frau vor dem Volk anzunehmen, um sie für den Mut zu ehren, den sie im Kampf gegen die Franken bewiesen hatte. Deshalb sollte sie, nachdem er die königlichen Insignien - Schwert, Ring und Szepter – an sich genommen hatte, vor die Versammlung treten und wenigstens zur Lady von Wessex ausgerufen werden. Und wer war besser dazu geeignet, sie zum Altar zu führen, als Shef, sein Mitregent und ihr eigener Bruder? Shef, der Mann, der sein Königreich an das Kind Alfreds und der Lady abgeben mußte, sollte er selbst ohne Nachkommen bleiben.

Und das bedeutete, daß Shef Godive ein zweites Mal hergeben mußte. Wieder mußte er die Liebe, die Leidenschaft vergessen, die sie einst verbunden hatte. Beim erstenmal hatte er sie einem Mann überlassen, den sie beide haßten, und als Strafe dafür schien er sie nun einem Mann überlassen zu müssen, den sie beide liebten. Thorvin stieß Shef mit dem Ellbogen an. Es war Zeit, Lady Godive und ihre Brautjungfern zum Altar zu führen. Shef erwiderte Godives triumphierenden Blick und spürte, wie sich sein Herz in Eis verwandelte.

Alfred mag jetzt König sein, dachte er benommen. Aber ich bin es nicht. Mir fehlt das Recht und die Stärke.

Als der Chor das *Benedictat* anstimmte, entschloß er sich, es zu tun. Nicht nur, weil er es für seine Pflicht hielt, sondern auch, weil er es wollte. Er würde die Flotte anführen, die neue Kriegsmarine des Reiches, und die Wut in seinem Innern an ihren Feinden auslassen: den Piraten des Nordens, den Flotten der Franken, den Sklavenjägern Irlands und Spaniens... an allen, die sich ihm entgegenstellten. Alfred und Godive sollten ihr Glück zuhause finden. Er würde seinen Frieden in ertrunkenen Männern und gesunkenen Schiffen finden.

Am selben Tag fand weit im Norden, im Land der Dänen, eine weit schlichtere und erschreckendere Zeremonie statt.

Sie begann noch vor Sonnenaufgang. Die Krieger hoben den gefesselten Mann vom Boden der Wachhütte; er wehrte sich nicht, obwohl er weder ein Feigling noch ein Schwächling war. Als vor zwei Tagen die Gesandten Schlangenauges in den Sklavenpferch marschiert waren, hatte er sofort gewußt, welches Schicksal denjenigen erwartete, den sie aussuchten. Als ihre Wahl auf ihn gefallen war, hatte er beschlossen, selbst die leiseste Chance zur Flucht zu nutzen und das hatte er auch getan: Heimlich hatte er das Spiel seiner Handfesseln gesammelt und abgewartet, bis die Wachen ihn über die hölzerne Brücke zerrten, die in den innersten Bezirk von Braethraborg führte, dem Bollwerk der drei verbliebenen Söhne Ragnars. Dort schlug er mit der Kette nach rechts aus und warf sich in Richtung des Geländers und des reißenden Flusses darunter – um, wenn er Glück hatte, in die Freiheit zu schwimmen oder wenigstens von eigener Hand zu sterben.

Die Wachen hatten schon viele verzweifelte Fluchtversuche erlebt. Einer der Männer packte mitten im Sprung den Knöchel des Mannes, und noch bevor er wieder auf die Beine kommen konnte, drückten ihn zwei Wikinger auf die Bretter. Sie schlugen ihn systematisch mit den Schaften ihrer Speere, nicht aus Bösartigkeit, sondern um sicherzustellen, daß er zu steif und angeschlagen für weitere Verzweiflungstaten war. Dann nahmen sie ihm die Ketten ab und ersetzten sie durch Lederriemen. Fachmännisch verdrehten sie das Leder und durchnäßten es mit Salzwasser, damit es sich nach dem Trocknen weiter verengte. Nur die Dunkelheit bewahrte den gefesselten Mann danach vor dem Anblick seiner Finger, die sich blauschwarz wie die einer Leiche verfärbt hatten. Selbst wenn irgendein Gott in jenem Augenblick eingegriffen hätte, um sein Leben zu retten, wäre er für seine Hände zu spät gekommen.

Aber weder Gott noch Mensch sollten eingreifen. Die Wachen hatten vor langer Zeit aufgehört, seine Existenz auch nur wahrzunehmen. Er war noch nicht tot, denn für ihre Zwecke brauchten sie einen Mann, der noch atmete, in dessen Adern noch Blut floß. Aber das war alles, mehr brauchten sie nicht.

Jetzt, am Ende der langen Nacht, trugen die Wachen den Sklaven aus dem Langhaus, vorbei an dem frisch geteerten Flaggschiff der Ragnarssons zum Ende der langen Reihe von Rollen, die ins Wasser hinunterführte.

»Die hier ist gut. Die hier vorne«, brummte der Krieger mittleren Alters, der den Wachtrupp befehligte.

»Wie geht das?« fragte ein anderer; ein junger Mann ohne Narben und silberne Armringe, die Abzeichen erfolgreich bestandener Feldzüge. »Ich war bei sowas noch nie dabei.«

»Sieh gut zu. Dann weißt du es. Zuerst schneidest du die Handfesseln ab. Nein, keine Angst«, fügte er hinzu, als der jüngere Mann sich automatisch nach etwaigen Fluchtmöglichkeiten für den Sklaven umsah, »der ist hinüber. Sperr die Augen auf, der könnte nicht einmal mehr davonkriechen, wenn wir ihn ließen – was wir nicht tun werden. Schneid nur die Hände los.«

Als kurz darauf die Fesseln fielen, taumelte der Sklave und starrte einen Augenblick lang im ersten Licht der Dämmerung auf seine Hände.

»Und jetzt leg ihn flach auf die Rolle. Bauch nach unten, die Beine zusammen. Und jetzt paß gut auf, Hrani, denn das hier ist das Wichtigste. Der Thrall muß mit dem Rücken nach oben liegen. Wieso, wirst du gleich sehen. Aber du darfst ihm auf keinen Fall die Hände auf den Rücken binden. So, jetzt kann er sich nicht mehr bewegen, aber vergiß nicht: Bind ihn so fest, daß er die Drehung der Rolle nicht anhalten kann.«

»Das machst du so...« Der Anführer der Wachen drückte das Gesicht des Sklaven gegen den massiven Kiefernstamm, packte beide Arme und zog sie über den Kopf nach vorne, bis der Gefesselte wie ein Mann aussah, der mit einem Hechtsprung ins Wasser tauchte. Dann zog der Wikinger einen Hammer und zwei kurze Eisennägel aus dem Gürtel.

»Früher haben wir sie immer festgebunden, aber ich finde, mit den Nägeln rollen sie besser. Ich habe so was mal in einer Kirche der Christen gesehen. Aber die hatten die Nägel an der falschen Stelle angesetzt. Schwachköpfe.«

Der Veteran hämmerte gewissenhaft einen Nagel

durch das Handgelenk des Sklaven. Er grunzte vor Anstrengung. Hinter ihm hörte man die Schritte und die Begrüßungen zahlreicher Männer. Die Umrisse der Wikinger mit ihren Speeren und Schilden hoben sich gegen den Himmel ab, aus dem bald die Sonne auf diesen ersten Tag des neuen Kriegerjahres, an dem Tag und Nacht dieselbe Länge hatten, herabscheinen würde.

»Er hält sich gut«, sagte der junge Mann, als sein Lehrmeister den zweiten Nagel einschlug. »Eher wie ein Krieger als ein Thrall. Was war er eigentlich?«

»Er? Irgendein Fischer, den wir letztes Jahr auf der Rückfahrt geschnappt haben. Und außerdem gehört nicht viel dazu, keinen Schmerz zu zeigen. Seine Hände sind schon vor Stunden abgestorben, er spürt nichts mehr.«

»Gleich ist es vorbei«, wandte er sich an den Mann, der jetzt fest an den Stamm genagelt war, und tätschelte seine Wange. »Sprich gut von mir in der nächsten Welt. Das hier wäre viel schlimmer gewesen, wenn ich es vermasselt hätte. Aber das habe ich nicht. Ihr beide, bindet seine Beine an den Stamm. Nein, Nägel sind unnötig. Bindet sie nur zusammen, damit er sich im richtigen Moment mit der Rolle dreht.«

Die Wachen richteten sich auf und ließen ihr Opfer ausgestreckt auf dem Stamm liegen.

»Seid ihr soweit, Vestmar?« fragte eine Stimme hinter ihnen.

»Ja, Herr.«

Während sie mit dem Sklaven beschäftigt waren, hatte sich der Platz hinter ihnen mit Kriegern gefüllt. Hinter diesen, in einigem Abstand vom Ufer und dem langen Fjord, zeichneten sich zahlreiche dunkle Umrisse ab: Sklavenpferche, Werkstätten, Bootshäuser und in langen Reihen die Unterkünfte der Truppen der Seekönige, der Söhne Ragnars – einstmals vier an der

Zahl, jetzt nur noch drei. Aus den Häusern waren die Zuschauer – ausschließlich Männer, keine Frauen, keine Kinder – herbeigeströmt, um das feierliche Schauspiel zu erleben. Das erste Schiff würde zu Wasser gelassen. Es war der feierliche Auftakt der jährlichen Beutezüge, die Schrecken und Verderben zu den Christen und ihren Verbündeten im Süden trugen.

Dennoch waren die Krieger zurückhaltend und formten einen weiten Halbkreis am Strand. Nur drei Männer, hochgewachsen und kräftig, im besten Mannesalter, lösten sich aus der Menge und schritten zum Strand. Es waren die drei verbliebenen Söhne Ragnar Lodbroks: Der grauhaarige Ubbi, Schänder der Frauen; der rotbärtige Halfdan, der fanatische Zweikämpfer und Champion, der dem Leben und Codex des Kriegers treu ergeben war, und an der Spitze Sigurth Schlangenauge, der seinen Beinamen dem Weiß um seine Pupillen verdankte, das ihm einen starren, schlangenartigen Blick verlieh. Er war der Mann, der danach trachtete, sich zum König aller Länder des Nordens aufzuschwingen.

Nun wandten sich alle Köpfe nach Osten, um zu sehen, ob am Horizont das erste Glitzern des Sonnenballs erschien. In den meisten Jahren waren hier in Dänemark während des Monats, den die Christen März nannten, nur Wolken zu sehen. Aber heute türmte sich ein klarer Himmel über den Männern, nur von einem leichten Dunst getrübt, den die ersten Strahlen der noch unsichtbaren Sonne bereits rot verfärbten. Ein gutes Omen. Unterdrücktes Murmeln empfing die Deuter des Omens, eine Gruppe gebeugter alter Männer, die heilige Beutel, Messer, Knöchelchen und die Schulterblätter eines Schafs umklammerten, die Werkzeuge ihrer Wahrsagekunst. Sigurth blickte sie kalt an. Man brauchte sie für die Männer. Er aber fürchtete sich nicht vor schlimmen Weissagungen oder einem schlechten Omen. Auguren, die Schlechtes verhießen, konnten sich auf Sigurths Befehl genausogut wie jeder andere auf einem Opferstein wiederfinden.

In der absoluten, gespannten Stille fand der Mann auf dem Stamm zu seiner Stimme. Die Nägel und Fesseln machten ihm selbst die geringste Bewegung unmöglich. Mühsam verdrehte er den Kopf und schleuderte seine Worte mit erstickter Stimme dem mittleren der drei Männer entgegen.

»Wie kannst du mir das antun, Sigurth? Ich war nicht dein Feind. Ich bin weder Christ noch Anhänger des Weges. Ich bin Däne und wie du ein freier Mann. Welches Recht hast du, mein Leben zu nehmen?«

Seine letzten Worte gingen im Aufschrei der Menge unter. Der erste Sonnenstrahl fiel über den fast flachen Horizont Seelands, der östlichsten der dänischen Inseln. Schlangenauge drehte sich um, warf seinen Umhang zurück und gab den Männern in dem Bootshaus über ihm ein Zeichen.

Einen Augenblick später quietschten die Seile, stöhnten die fünfzig stärksten Männer der Armee der Ragnarssons gleichzeitig vor Anstrengung auf. Mit ihrem gewaltigen Gewicht zogen sie an den Tauen, die an den Dollen des Schiffs befestigt waren. Bedrohlich langsam glitt der Drachenkopf der *Frani Ormr*, der *Glänzenden Schlange* aus dem Bootshaus. Knirschend zogen die Champions das zehn Tonnen schwere Flaggschiff Schlangenauges, dessen fünfzig Fuß langen Kiel man aus der größten Eiche Dänemarks gefertigt hatte, über die eingefetteten Rollen.

Dann war die *Frani Ormr* am oberen Ende der Helling. Der festgenagelte Sklave verdrehte den Kopf, sah wie sein Schicksal sich vor ihm auftürmte und zwang die Lippen zusammen, um den Schrei zu unterdrükken, der aus seinem Innersten hervorbrechen wollte. Er konnte seinen Peinigern nur eines vorenthalten – die

Freude über ein gutes Omen; über ein Jahr, das mit Angst und Verzweiflung und einem Schmerzenschrei begann.

Die Männer zogen gleichzeitig an den Tauen, und der Bug des Schiffs neigte sich nach vorne. Dann glitt er dem Wasser entgegen. Dumpfe Schläge hallten jedesmal über den Platz, wenn der Rumpf auf eine weitere Rolle traf. Wenige Augenblicke bevor der Bug über den Sklaven rollte, schrie er ein zweitesmal trotzig auf: »Wer gibt dir das Recht, Sigurth? Was macht dich zum König?«

Der Kiel erfaßte den Sklaven genau im Kreuz und zermalmte ihn mit seinem ungeheuren Gewicht. Unwillkürlich verwandelte sich der Atem, der dem Mann in einem grauenvollen Schrei aus den Lungen gepreßt wurde, in ein Kreischen, als die Qual seine Selbstbeherrschung übermannte. Das Schiff donnerte über den Sklaven und der Stamm, an den er gebunden war, drehte sich schnell. Blut spritzte aus den zerquetschten Lungen und dem Herzen, hervorgepreßt von dem tonnenschweren Kiel.

Die dunkelrote Flüssigkeit klatschte gegen die Planken des Bugs. Die Auguren, die tief in die Hocke gegangen waren, damit ihnen nicht die kleinste Einzelheit entging, stießen Freudenschreie aus und wedelten verzückt mit ihren gefransten Ärmeln.

»Blut! Blut auf dem Flaggschiff des Seekönigs!«

»Und ein Schrei! Ein Todesschrei für den Kriegerfürsten!«

Das Schiff brauste weiter in das ruhige Wasser des Fjords von Braethraborg. Im selben Augenblick erhob sich der Ball der Sonne ganz über den Horizont und schickte einen langen, flachen Strahl unter dem Dunst hindurch. Schlangenauge schleuderte den Umhang beiseite und packte das untere Ende seines Speers. Er hob den Schaft hoch über den Schatten des Bootshauses und der Helling. Der Sonnenstrahl fiel auf die anderthalb Fuß lange, dreieckige Speerspitze und schien sie in Feuer zu tauchen.

»Rotes Licht und ein roter Speer für das neue Jahr«, brüllten die Männer und übertönten die schrillen Schreie der Auguren.

»Was macht mich zum König?« rief Schlangenauge dem dahinschwindenden Geist des Sklaven hinterher. »Das Blut, das ich vergossen habe, und das Blut in meinen Adern! Denn ich bin ein Kind der Götter, der Sohn Ragnars, der Sohn Wölsungs, die Saat der Unsterblichen. Und die Menschensöhne sind nur Rollen unter meinem Kiel!«

Hinter ihm rannte die Armee Mannschaft um Mannschaft zu den wartenden Schiffen, um sie die überfüllten Hellinge des Bollwerks herabzulassen.

Derselbe strenge Winter, der England in seinem eisigen Griff hielt, hatte sich auch auf der anderen Seite des Kanals über das Land gelegt. In der kalten Stadt Köln trafen sich am selben Tag, an dem Alfred gekrönt wurde, elf Männer in einem kahlen, ungeheizten Raum einer großen Kirche. Fünf von ihnen trugen das Purpur und Weiß der Erzbischöfe – aber noch keiner das Scharlachrot eines Kardinals. Hinter jedem von ihnen saß jeweils ein weiterer Mann, gehüllt in einen schmucklosen schwarzen Talar. Sie fungierten als die Beichtväter, Kapläne und Ratgeber der Erzbischöfe – ohne formellen Rang, aber immens einflußreich, konnten sie darauf hoffen, eines Tages selbst die Würde eines Kirchenfürsten zu erlangen.

Der elfte Mann der Runde trug ebenfalls einen schwarzen Talar, war aber nur ein schlichter Diakon. Verstohlen huschte sein Blick über die Versammelten. Er erkannte und respektierte die Macht dieser Männer, war sich aber unschlüssig über seine eigene Stellung. Er hieß Erkenbert und war einst Diakon der großen Klosterkirche Yorks und der Diener des dortigen Erzbischofs Wulfhere gewesen. Aber die erzürnten Heiden des Nordens hatten die Klosterkirche im vorigen Jahr geplündert. Wulfhere war immer noch sein Titel geblieben, aber er und der ebenfalls geflohene Erzbischof von Canterbury waren auf Gedeih und Verderb auf die Almosen ihrer kontinentalen Amtsbrüder angewiesen, die diese ihnen mit allergrößter Geringschätzigkeit gewährten. Die Kirche Englands hatte aufgehört zu existieren; dahin waren ihr Landbesitz, ihre Einkünfte und ihre Macht.

Erkenbert wußte nicht, warum man ihn zu dieser Versammlung gerufen hatte. Er wußte ebensowenig, daß er in tödlicher Gefahr schwebte. Der Raum war nicht etwa leer, weil sich der mächtige Erzbischof von Köln keine Möbel leisten konnte, sondern um möglichen Lauschern oder Spionen kein Versteck zu bieten. Es waren bereits Worte gefallen, die den Tod jedes der Anwesenden bedeutet hätten, sollten sie jemals über den Raum hinausdringen.

Die Männer waren langsam und einander argwöhnisch aushorchend zu einem Entschluß gekommen. Jetzt, da der Beschluß gefaßt war, ließ die Spannung nach.

»Dann muß er verschwinden«, wiederholte Erzbischof Gunthar, der die Versammlung einberufen hatte.

Die Männer um den Tisch nickten schweigend.

»Sein Versagen ist zu groß, als daß wir darüber hinweggehen könnten«, bestätigte Theutgaud von Trier. »Nicht nur, daß der Kreuzzug, den er gegen England führte, in einer Niederlage endete…«

»Und schon das zeigt das Mißfallen des Herrn«, stimmte der für seine Frömmigkeit berüchtigte Hinkmar von Reims zu.

»...aber schlimmer noch, er ließ es zu, daß ein Samen gepflanzt wurde. Ein Samen, der viel schwerer wiegt als die Niederlage des einen oder anderen Königs. Der Samen der Häresie.«

Das Wort ließ die Männer für einige Augenblicke verstummen. Jeder der Anwesenden wußte um die Ereignisse des Vorjahres. Wie unter dem Druck der Heiden aus dem Norden und seiner eigenen Bischöfe der junge König Alfred der Westsachsen mit einer heidnischen Sekte gemeinsame Sache gemacht hatte – es hieß, sie nannte sich der Weg Asgards. Wie er dann den gefürchteten Wikinger Ivar Ragnarsson besiegt hatte, gefolgt von Karl dem Kahlen, dem christlichen König der Franken und Abgesandten des Papstes. Jetzt herrschte Alfred unangefochten über England, auch wenn er seine Regierungsgewalt mit einem heidnischen Jarl teilte, dessen Name beinahe ein Scherz schien. Aber es war kein Scherz, daß Alfred in Vergeltung für den von Papst Nikolaus verfügten Kreuzzug die Kirche Englands die Loslösung von der katholischen und apostolischen Kirche Roms erklärt hatte. Und danach hatte er der Kirche Englands das Land und den Wohlstand genommen und erlaubte jetzt nur noch denen das Wort Gottes zu predigen, die ihren Lebensunterhalt durch freiwillige Gaben bestritten oder – schlimmer noch – einem Handwerk nachgingen.

»Für diese Niederlage, für diese Häresie muß er verschwinden«, wiederholte Gunthar. Er blickte in die Runde. »Ich sage, Papst Nikolaus muß zum Herrn gehen. Er ist ein alter Mann, aber nicht alt genug. Wir müssen sein Ableben beflügeln.«

Jetzt, da der Entschluß laut ausgesprochen worden war, senkte sich Stille über den Raum. Es fiel den Kirchenfürsten nicht leicht, über den Mord an einem Papst zu sprechen. Meinhard, der Erzbischof von

Mainz, ein grimmiger, harter Mann, fragte laut: »Haben wir die Möglichkeiten dazu?«

Der Priester hinter Gunthar rührte sich. »Das wird nicht schwer sein. In der Umgebung des Papstes in Rom gibt es genug Männer, denen wir vertrauen können. Männer, die wie wir nicht vergessen haben, daß sie Deutsche sind. Aber ich rate von Gift ab. Ein Kissen in der Nacht wird genügen. Niemand wird Verdacht schöpfen, wenn er nicht mehr erwacht.«

»Gut«, sagte Gunthar, »denn auch wenn ich seinen Tod wünsche, habe ich vor Gott geschworen, daß ich Papst Nikolaus keine Unbill wünsche.«

Die übrigen Versammelten starrten ihn mit einem Anflug von Unglauben an.

Sie alle wußten, daß Papst Nikolaus vor nur zehn Jahren Gunthar als Strafe für seinen Ungehorsam abgesetzt und seines Bistums enthoben hatte. Mit Theutgaud von Trier war er nicht besser verfahren, und selbst den frommen Hinkmar hatte er einmal in einem Streit um einen unwichtigen Bischof gerügt und zurückgewiesen.

»Er war ein großer Mann, der nach bestem Gewissen das erfüllte, was er als seine Pflicht ansah. Ich gebe ihm keine Schuld dafür, daß er König Karl auf einen verhängnisvollen Kreuzzug schickte. Nein, Kreuzzüge schaden nichts. Aber er hat einen Fehler begangen.« Er drehte sich zu dem Priester hinter sich um. »Erzähl es ihnen, Arno. Sag ihnen, wie wir die Lage sehen.« Er lehnte sich zurück und hob den goldenen Pokal mit rheinischem Wein, dem Gut, das dem Kölner Erzbischof den Löwenanteil seiner Einnahmen bescherte.

Der junge Mann rutschte mit seinem Stuhl an den Tisch. Sein kantig geschnittenes Gesicht strahlte vor Eifer unter den kurzen, blonden Bartstoppeln. »Hier in Köln«, verkündete er, »haben wir die Kriegskunst sorgfältig studiert. Nicht nur die Schlachten an sich, sondern auch ihre größeren Zusammenhänge. Wir versuchen, nicht nur wie ein *tacticus* zu denken« – er benutzte das lateinische Wort, auch wenn bis dahin alle Anwesenden das Niederdeutsch Sachsens und des Nordens gesprochen hatten –, »sondern auch wie ein *strategos* der alten Griechen. Und wenn wir *strategice* denken« – Hinkmar zuckte bei dem merkwürdigen Mischmasch aus Latein und Griechisch zusammen –, »erkennen wir, daß Papst Nikolaus einen entscheidenden Fehler begangen hat.

Er übersah, was wir hier den *punctum gravissimum* nennen, also den Punkt, an dem der Gegner mit seinem ganzen Gewicht, seiner ganzen Wucht zuschlägt. Er verkannte, daß die eigentliche Gefahr für die gesamte Kirche nicht die Kirchenspaltung im Osten oder die Machtkämpfe zwischen Papst und Kaiser oder die Überfälle der Anhänger Mohammeds sind, sondern das, was in den armen Königreichen des abgelegenen Britanniens geschieht. Denn nur in Britannien steht die Kirche etwas Schlimmerem als einem Gegner gegenüber, nämlich einem Rivalen, der uns zu verdrängen sucht.«

»Er kommt aus dem Osten«, bemerkte Meinhard verächtlich.

»Genau. Papst Nikolaus glaubt, daß was hier, im Nordwesten Europas, in Deutschland und dem Land der Franken und den Niederlanden geschieht, unwichtig ist. Aber wir wissen, daß sich hier das Schicksal der Kirche, ja der ganzen Welt entscheidet. Ich wage es auszusprechen, selbst wenn Papst Nikolaus davor zurückscheut: Wir sind das neue auserwählte Volk, das einzige Bollwerk gegen die Barbaren!«

Mit vor Stolz gerötetem Gesicht beendete er seine Ansprache.

»Das wird hier niemand bestreiten, Arno«, bemerkte Gunthar. »Also, wir werden einen Nachfolger für Nikolaus brauchen. Ich weiß« – er hob beschwichtigend die Hand –, »daß die Kardinäle niemand Einsichtigeren wählen werden, und wir können nicht damit rechnen, daß die Italiener Vernunft annehmen. Aber wir können sie zu unsinnigen Taten anspornen. Ich glaube, wir sind uns einig, daß wir unsere Mittel und unseren Einfluß darauf verwenden sollten, die Wahl eines Kandidaten zu befördern, der bei den Römern beliebt, aus gutem italienischem Hause und völlig unfähig ist. Wie ich höre, hat er sich bereits seinen päpstlichen Namen ausgesucht. Er will sich Adrian II. nennen.

Aber ernster ist, was wir hier in der Heimat tun müssen. Nicht nur Nikolaus muß verschwinden, auch König Karl. Er wurde ebenfalls geschlagen und das von einem Bauernhaufen.«

»Darum brauchen wir uns nicht kümmern«, sagte Hinkmar entschieden. »Seine Barone werden ihm diese Demütigung nicht vergeben. Diejenigen, die nicht an der Schlacht beteiligt waren, können nicht glauben, daß Schleudern und Bogenschützen fränkische Ritter besiegen können. Die, die ihn in die Schlacht begleiteten, werden alles tun, um die Schmach nicht mit ihm zu teilen. Bald wird sich eine Schlinge um seinen Hals legen oder ein Messer zwischen seine Rippen bohren, ohne daß wir auch nur einen Finger rühren müssen. Aber die Frage ist: Wer soll *sein* Nachfolger werden?«

»Verzeiht mir«, sagte Erkenbert leise. Er hatte das Gespräch aufmerksam verfolgt und war langsam zur Überzeugung gekommen, daß diese Männer – im Gegensatz zu den wichtigtuerischen und unfähigen Geistlichen der englischen Kirche, denen er sein ganzes Leben lang gedient hatte – Intelligenz mehr als formalen Rang schätzten. Einfache Priester ergriffen das Wort, ohne daß man sie zurechtwies. Sie äußerten ihre eigenen Ideen, die tatsächlich angenommen wurden. Und wenn sie zurückgewiesen wurden, dann nur unter Nennung der Gründe und erst nachdem man sie genau überdacht hatte. Unter diesen Männern gab es nur eine Sünde: Es an Logik oder Phantasie fehlen zu lassen. Die Erregung abstrakter Gedankengänge übertraf mühelos alles, was der Wein, der in dem Pokal vor ihm stand, in Erkenbert auslöste. Er hatte das Gefühl, endlich seinesgleichen gefunden zu haben, und sein einziger Wunsch war, daß sie ihn in ihrem Kreis akzeptierten.

»Ich verstehe Niederdeutsch, denn es ähnelt dem Englischen. Aber erlaubt mir, einen Augenblick ins Lateinische abzuschweifen. Ich verstehe nicht, wie man Karl den Kahlen, den König des Frankenlandes, ersetzen kann. Und auch nicht, von welchem Vorteil ein Nachfolger für uns sein könnte. Er hat zwei Söhne, nicht wahr? Ludwig und Karl. Und er hatte drei Brüder, Ludwig, Pippin und Lothar, von denen nur noch Ludwig lebt und… sind es sieben Neffen? Ludwig, Karl, Lothar…«

»…und Pippin und Karlmann und Ludwig und Karl«, ergänzte Gunthar. Er lachte auf. »Und was unser englischer Freund in seiner Höflichkeit unerwähnt gelassen hat, ist, daß man sie nicht auseinanderhalten kann. Karl der Kahle. Karl der Dicke. Ludwig der Deutsche. Pippin der Jüngere. Wer ist wer, und macht es überhaupt einen Unterschied?

Die Saat des Kaisers, des großen Karl, ist in ihnen nicht aufgegangen. Die großen Tugenden sind verschwunden. Genauso wie wir einen neuen Papst in Rom finden müssen, müssen wir hier einen neuen König finden. Eine neue Dynastie.«

Die Männer an dem Tisch musterten einander vorsichtig – eine Vorsicht, die sich verflüchtigte, als ihnen aufging, daß das Undenkbare angedacht wurde. Gunthar registrierte die Wirkung seiner Worte mit einem zufriedenen Lächeln.

Erkenbert nahm noch einmal seinen ganzen Mut zusammen. »Das ist möglich. In meinem Land wurden schon Herrschergeschlechter abgesetzt. Und in eurem... erlangte nicht selbst Karl der Große seine Macht durch die Taten seiner Vorfahren, die den von Gott eingesetzten König, dem sie dienten, beseitigten? Indem sie ihn absetzten und ihm vor aller Augen die Haare abschnitten, um allen zu zeigen, daß er nicht länger heilig war? Es wäre also möglich. Denn was macht einen Mann zum König?«

Während der gesamten Diskussion hatte einer der Anwesenden geschwiegen, auch wenn er hin und wieder zustimmend genickt hatte. Es war der hochgeschätzte Erzbischof von Hamburg und Bremen, der Jünger und Nachfolger des heiligen Ansgar, Erzbischof Rimbert, berühmt für seinen persönlichen Mut und Einsatz bei der Missionierung der Heiden des Nordens. Aller Augen wandten sich ihm zu, als er sich rührte.

»Ihr habt recht, Brüder. Karls Geschlecht hat versagt. Aber ihr irrt euch auch in vielerlei Hinsicht. Ihr redet von diesem und jenem, von Strategie und dem *punctum gravissimum*, dem Osten und Westen... und in der Welt der Menschen mag das Sinn ergeben.

Aber wir leben nicht in der Welt der Menschen. Ich sage euch, daß Papst Nikolaus und König Karl schlimmer versagten, als ihr glaubt. Und ich kann nur beten, daß es uns nicht genauso ergeht. Ich sage euch, ihnen fehlte der Glaube! Und ohne den Glauben waren ihre Waffen nicht besser als die Spreu, die von Gottes Wind davongeweht wird!

Was wir brauchen, ist nicht ein neuer König oder ein neues Königsgeschlecht. Nein. Was wir jetzt brauchen ist ein neuer Kaiser! *Einen Imperator Romanorum.* Denn wir, meine Brüder – wir Deutschen sind das neue Rom. Und deshalb brauchen wir einen *imperator*.«

Die Männer starrten ihn schweigend an; in ihren Gedanken nahm langsam eine neue Vision Gestalt an. Schließlich brach der blonde Arno, Gunthars Ratgeber, die Stille.

»Und wie soll der neue Kaiser ausgewählt werden?« fragte er vorsichtig. »Und wo finden wir einen solchen?«

»Hört mir zu«, sagte Rimbert, »und ich werde es euch sagen. Und ich werde euch auch das Geheimnis Karls des Großen verraten, des letzten echten Kaisers Westroms. Ich werde euch sagen, was einen wahren König ausmacht.«

KAPITEL 2

DER STRENGE GERUCH von Sägemehl und Holzspänen lag in der Luft, als Shef und seine Begleiter, jetzt ausgeruht nach ihrem langen Ritt von Winchester, zur Werft hinunterschlenderten. Obwohl die Sonne gerade erst über den Horizont im Osten geklettert war, arbeiteten bereits Hunderte von Männern auf der Werft – führten die großen, mit Holz beladenen Ochsenkarren heran, drängten sich um die Brennöfen und rannten geschäftig in die Seilerbahnen und wieder heraus. Von überall drang das Schlagen der Hämmer und das kratzende Geräusch der Sägen, vermischt mit den wütenden Rufen der Vorarbeiter. Doch nirgends war das Knallen von Peitschen oder Schmerzensschreie zu hören. Noch fand sich auf der ganzen Werft ein einziger Sklave mit Eisenkragen.

Brand pfiff anerkennend und schüttelte bedächtig den Kopf, während er den Anblick langsam verarbeitete. Er war gerade erst dem Krankenbett entstiegen und wurde immer noch auf Schritt und Tritt von seinem Arzt, dem schmächtigen Hound begleitet. Bis zu diesem Augenblick hatte er nur vom Hörensagen gewußt, was sie während des langen Winters erreicht hatten. Und in der Tat, selbst Shef, der die Arbeiten jeden Tag persönlich oder durch einen Stellvertreter vorangetrieben hatte, traute manchmal seinen Augen nicht. Es war, als ob er einen unbändigen Strom entfesselt hätte. Immer wieder hatten die Arbeiter während des Winters seine Wünsche vorausgeahnt.

Nach dem Ende der Kämpfe des vorigen Jahres hatten ihm plötzlich die Ressourcen und der Reichtum eines Königreichs zur Verfügung gestanden. Seine erste und dringendste Aufgabe war gewesen, die Verteidigung seines gefährdeten Reiches sicherzustellen. Er hatte seine Befehle gegeben und seine Offiziere hatten sich mit Feuereifer daran gemacht, sie zu erfüllen. Sie bauten Kriegsmaschinen und bildeten ihre Mannschaften aus, rekrutierten neue Truppen, vermischten die zum Auseinanderstreben neigenden Gruppen des Reiches – die befreiten Sklaven, die Wikinger des Weges und die englischen Thanes – und gaben ihnen Land, für das sie im Gegenzug ihren Dienst in Shefs Armee ableisteten. Danach hatte Shef sich an die zweite Aufgabe gewagt, die Sicherung der königlichen Einnahmen. Der Priester Boniface begann damit, alle Einzelheiten über Eigentumsverhältnisse und Zölle, über Schulden und Steuern schriftlich festzuhalten. In Norfolk war das bereits geschehen, doch Boniface sollte das neue System auf alle Grafschaften unter Shefs Herrschaft ausweiten. Das würde Zeit und erhebliches Geschick verlangen, aber die ersten Ergebnisse der Reform zeigten sich bereits.

Die dritte Aufgabe dagegen hatte allein auf Shefs Schultern gelastet: Der Bau einer Flotte. Die Ereignisse der beiden vergangenen Jahre hatten ihn wenigstens eines gelehrt. Die Schlachten waren auf englischem Boden gekämpft worden und hatten die Leben von Engländern gekostet. Shef hatte erkannt, daß er England nur auf eine Weise vor Angreifern, und insbesondere den Wikingern, die nicht dem Weg Asgards folgten, schützen konnte: Er mußte sie dort stellen, wo sie bislang uneingeschränkt herrschten, auf See. Gestützt auf den gesammelten Reichtum Ostangliens und den ihm unterstehenden Teil Merciens hatte Shef auf der Stelle mit dem Bau seiner Flotte begonnen.

Er hatte auf ein erhebliches Reservoir an Erfahrung zurückgreifen können. Unter den Wikingern des Weges fanden sich zahlreiche geschickte Schiffsbauer, die für eine angemessene Entlohnung bereitwillig ihr Wissen und ihre Fähigkeiten weitergaben. Thorvin und die übrigen Priester des Weges hatten sich mit einem solchen Feuereifer in die Arbeit gestürzt, als ob sie ihr ganzes Leben lang nur auf eine solche Chance gewartet hätten – was in der Tat zutraf. Die Regeln ihres Standes schrieben ihnen vor, unablässig nach neuem Wissen zu forschen und ihren Lebensunterhalt durch der eigenen Hände Arbeit zu verdienen. Aus ganz England waren Schmiede, Zimmermänner und Fuhrleute an das Nordufer der Themse geströmt. Die Werft lag in Shefs Herrschaftsgebiet, direkt gegenüber dem Alfreds. Von ihrem Standort an dem winzigen Weiler Creekmouth, einige Meilen flußabwärts vom Handelshafen London, konnten sie den Kanal und die Nordsee überwachen – oder bedrohen.

Als größtes Problem hatte sich die Leitung der Werft herausgeschält. Shef hatte die vielen geschulten und fachkundigen Männer dazu bringen müssen, sich an seinen Plan zu halten, der in großen Teilen in direktem Widerspruch zu ihrer lebenslangen Erfahrung stand. Zuerst hatte Shef Thorvin gebeten, die Leitung zu übernehmen, aber der hatte abgelehnt, weil er als Priester des Weges jederzeit abkömmlich sein mußte. Dann hatte er an Udd gedacht, den vormaligen Sklaven, der fast im Alleingang die Armbrust erfunden und die Bolzenschleudern zu sicheren Maschinen gemacht hatte. Manche glaubten sogar, daß nur ihm die Siege über Ivar Ragnarsson, den Champion des Nordens, und über Karl den Kahlen, den König der Franken, zu verdanken waren.

Udd war als Leiter der Werft eine einzige Katastrophe gewesen, und Shef hatte ihn bald ablösen müssen. Es zeigte sich schnell, daß der kleine Mann sich nur für Dinge aus Metall interessierte. Dazu war er so menschenscheu, daß er nicht einmal einen Lehrling an den Blasebälgen anleiten konnte. Shef hatte Udd abgesetzt und ihn mit einer Aufgabe betraut, die ihm viel mehr entgegenkam, nämlich so viel wie möglich über Stahl und seine Eigenschaften herauszufinden.

Als sich das Chaos auf der Werft ausbreitete, war Shef gezwungen gewesen, sich darüber Gedanken zu machen, was für einen Mann er wirklich brauchte: Jemanden, der das Meer und die Seefahrt kannte und daran gewöhnt war, die Arbeit anderer zu organisieren. Gleichzeitig durfte er weder so eigenständig sein, daß er Shefs Befehle abgeändert, noch durfte er so eingefahren sein, daß er sie nicht verstanden hätte. Shef kannte nur einen Mann, auf den das alles zutraf: Ordlaf, den Vogt von Bridlington, dessen Gefangennahme Ragnar Lodbroks vor zwei Sommern den Zorn der Wikinger auf England herabbeschworen hatte. Er war es jetzt, der sich umwandte, um Shef und seine Begleiter zu begrüßen.

Shef wartete, bis Ordlaf niedergekniet war und sich wieder aufgerichtet hatte. Seine anfänglichen Versuche, die traditionellen Respektsbezeigungen abzuschaffen, hatte er angesichts der verletzten und unsicheren Blicke seiner Thanes schnell wieder aufgegeben.

»Ich habe jemanden mitgebracht, der sich die Arbeiten ansehen will, Ordlaf. Das ist mein Freund und vormaliger Kapitän, Viga-Brand. Er kommt aus Halogaland, hoch oben im Norden, und ist weiter gesegelt als die meisten Männer. Ich will erfahren, was er von den neuen Schiffen hält.«

Ordlaf grinste. »Er wird staunen, Herr, ganz gleich, wie weit er gesegelt ist. Er wird Dinge sehen, wie man sie noch nie gesehen hat.«

»Wie wahr – dort ist schon etwas, was ich noch nie gesehen habe«, sagte Brand. Er deutete auf eine Grube einige Schritte weiter. In ihr stand ein Mann, der an einer sechs Fuß langen Säge zog. Ein zweiter stand auf dem Baumstamm, der über der Grube lag, und zog die Säge wieder nach oben. Einige Arbeiter hielten die Planke, die sie vom Stamm sägten, fest.

»Wie funktioniert das? Bisher habe ich nur gesehen, wie man mit Breitbeilen Planken zugehauen hat.«

»Mir ging es genauso, bis ich hierherkam«, sagte Ordlaf. »Das Geheimnis sind zwei Dinge. Dank Meister Udd haben wir bessere Sägezähne. Und wir mußten diesen Dummköpfen…« – die Arbeiter blickten grinsend auf – »beibringen, die Säge nicht zu stoßen, sondern *sie abwechselnd zu ziehen*. Das spart uns eine Menge Holz und eine Menge Arbeit.« Die Planke fiel zu Boden, wo zwei Helfer sie auffingen, und die beiden Männer an der Säge tauschten die Plätze, nachdem der untere sich das Sägemehl vom Kopf geschüttelt hatte. Shef entging nicht, daß einer von ihnen wie die meisten Arbeiter der Werft den Hammer Thors auf der Brust trug und der andere ein christliches Kreuz.

»Aber das ist noch gar nichts, Sir«, wandte sich Ordlaf an Brand. »Was der König Euch eigentlich zeigen will, ist sein ganzer Stolz, die zehn Schiffe, die wir nach seinen Plänen bauen. Und eines von ihnen, mein König, wartet bereits auf Eure Inspektion. Wir haben es fertiggestellt, während Ihr in Winchester wart. Kommt und seht es Euch an.«

Er führte sie durch das Tor einer robusten Palisade zu einer Reihe von Landungsstegen, die in den ruhigen Seitenarm des Flusses ragten. Dort lagen zehn Schiffe. Auf jedem von ihnen arbeiteten Männer, aber eines von ihnen, das nächste, schien fertig.

»Sagt mir, Sir Brand, war Euch jemals diesseits von Halogaland ein solcher Anblick vergönnt?«

Brand starrte die Schiffe nachdenklich an und schüttelte zögernd den Kopf. »Es ist riesig. Es heißt, das größte Schiff der Welt sei Sigurth Schlangenauges *Frani Ormr*, die *Glänzende Schlange* mit ihren fünfzig Riemen. Das hier ist genauso groß. Alle diese Schiffe sind genauso groß.«

Zweifel verdüsterten seine Miene. »Woraus sind ihre Kiele? Habt ihr zwei Stämme genommen und sie miteinander verbunden? Wenn das so ist, dann genügen sie vielleicht für eine Fahrt auf einem Fluß, weit weg vom Meer und bei gutem Wetter, aber für eine lange Seereise…«

»Es sind nur einzelne Stämme«, sagte Ordlaf. »Verzeiht mir meine Worte, Sir, aber Ihr mögt vergessen, daß man im Norden, wo Ihr herkommt, mit dem dortigen Holz arbeiten muß. Und auch wenn die Männer dort, wie ich sehe, in die Höhe schießen, tun es die Bäume nicht. Wir haben hier englische Eichen. Und was immer man auch sagen mag, ich hab niemals bessere und größere Stämme gesehen.«

Brand starrte auf die Schiffe und schüttelte den Kopf ein zweites Mal. »Schön und gut. Aber was, bei Hel, habt ihr mit dem Mast angestellt? Ihr habt ihn an der falschen Stelle angebracht! Und er ist nach vorne geneigt… wie der Schwanz eines Achtzehnjährigen! Wie soll er ein Schiff von dieser Größe fortbewegen?« Ein schmerzhafter Unterton drängte sich in seine Stimme.

Ordlaf und Shef grinsten breit. Diesmal übernahm Shef die Erklärungen.

»Diese Schiffe dienen nur einem einzigen Zweck, Brand. Sie sollen weder den Ozean überqueren, noch sollen sie Männer mit Speeren und Schwertern oder Fracht transportieren.

Diese Schiffe dienen nur zum Kampf. Zum Kampf gegen andere Schiffe. Nicht, indem sie längsseits gehen und das gegnerische Schiff zu entern versuchen. Nein, sie versenken es zusammen mit seiner Mannschaft – und das aus sicherer Entfernung. Und wir kennen nur einen Weg, wie man das anstellen kann.

Erinnerst du dich noch an die Katapulte, die ich in unserem Winterlager in Crowland baute? Was hältst du von ihnen?«

Brand zuckte die Achseln. »Sie sind gut gegen Angreifer. Und mir würde es gar nicht gefallen, wenn einer von diesen Felsblöcken in mein Schiff einschlüge. Aber du weißt ja selbst, daß man für einen Treffer genau in der richtigen Entfernung sein muß. Und bei zwei Schiffen, die beide in Bewegung sind…«

»Richtig, wir hätten keine Chance. Und was ist mit den Bolzenschleudern, die wir gegen König Karls Ritter einsetzten?«

»Man könnte die Besatzung Mann um Mann töten. Aber ein Schiff versenken? Der Bolzen würde steckenbleiben und das Loch, das er gerissen hat, selbst wieder verstopfen.«

»Dann bleibt uns nur eine Waffe: Das Katapult, das dieser Erkenbert für Ivar konstruierte. Guthmund setzte es ein, um eine Bresche in die Palisade des Frankenlagers über Hastings zu schießen. Die Römer nannten es *Onager* – den wilden Esel. Wir nennen es den Maulesel.«

Auf sein Zeichen hin zogen einige Matrosen ein geteertes Segeltuch von einem massigen, viereckigen Objekt in der Mitte des nächsten Schiffs.

»Was, meinst du, richtet ein Treffer dieser Maschine an?«

Brand schüttelte den Kopf. Er hatte nur einmal aus großer Entfernung die Wirkung von Onagern beobachtet. Er erinnerte sich, wie Karren in Stücke flogen und ganze Ochsengespanne in den Boden geschmettert wurden. »Kein Schiff dieser Welt könnte einen überstehen. Gleich beim ersten Treffer würde der Rumpf in

Stücke fliegen. Aber du nennst dieses Katapult den Maulesel wegen...«

»Wegen seines Tritts. Komm, ich zeige dir, was wir dagegen unternommen haben.«

Die Männer gingen die Gangway hinauf, um die neue Waffe aus nächster Nähe zu begutachten. »Sieh ihn dir an«, erklärte Shef. »Eineinviertel Tonnen. Und er muß so schwer sein. Verstehst du das Prinzip? Am Fuß ist ein starkes Seil, und daran sind zwei Bügel. Man verdreht das Seil auf beiden Seiten. Das Seil hält diesen Balken, den Wurfarm«, er klopfte auf einen fünf Fuß hohen, senkrechen Balken, an dessen Spitze sich ein Haken befand, von dem eine lederne Schlinge hing. »Man dreht immer weiter, bis der Wurfarm fast das Deck berührt. Eine eiserne Klammer hält ihn fest. Dann, wenn die Spannung am größten ist, löst man die Klammer. Der Wurfarm schießt mit einem Felsblock in der Schlinge hoch, die Schlinge wirbelt herum...«

»...und der Wurfarm prallt gegen den Querbalken.« Ordlaf tätschelte einen auf einem wuchtigen Gerüst angebrachten Baumstamm. Er war auf beiden Seiten mit schweren Sandsäcken gepolstert.

»Der hochschnellende Wurfarm wird abgestoppt, die Schlinge wirbelt herum und vor, und der Felsblock schießt weiter. Seine Flugbahn ist flach und bis zu einer halben Meile lang. Aber du hast das Problem bestimmt schon erkannt. Wir mußten den Maulesel schwer bauen, damit er den Tritt, den Rückstoß, aushält. Wir mußten ihn mitschiffs plazieren, um sein Gestell am Kiel festzumachen. Und weil er so schwer ist, mußten wir ihn auch genau längsschiffs anbringen.«

»Aber genau dort sollte der Mast sein«, wandte Brand ein.

»Ja, wir mußten den Mast verschieben. Aber zum Glück zeigte uns Ordlaf etwas.«

»Ihr müßt wissen, Sir Brand«, erklärte Ordlaf, »daß

wir dort, wo ich herkomme, Boote wie die Euren haben: Bug und Heck gleich und klinkergebaut. Aber weil wir sie zum Fischen und nicht für lange Seereisen benutzen, takeln wir sie anders auf. Wir stellen den Mast näher am Bug auf und neigen ihn nach vorne. Und außerdem benutzen wir, wie Ihr sehen könnt, anders geschnittene Segel. Keine quadratischen wie Eure, sondern schräge.«

Brand grunzte. »Ich weiß. Wenn ihr dann die Hände vom Steuerriemen nehmt, dreht sich das Boot von alleine in den Wind und reitet mit den Wellen. Ein alter Fischertrick. Klappt gut, aber ist sehr langsam. Und ganz besonders bei einem solchen Gewicht. Wie schnell ist das Schiff?«

Shef und Ordlaf warfen einander vielsagende Blicke zu. »Nun«, antwortete Shef, »Guthmund machte eine Probefahrt mit einem seiner Schiffe gegen dieses hier, noch bevor wir den Maulesel an Bord brachten. Und selbst ohne das zusätzliche Gewicht hängte er es mühelos ab.«

»Aber weißt du, Brand, wir versuchen ja gar nicht, irgend jemanden zu fangen! Wenn wir auf offener See auf eine Flotte treffen, die sich mit uns anlegen will, versenken wir sie! Wenn sie abdreht, haben wir die Küste verteidigt. Wenn sie an uns vorbeischlüpft, folgen wir ihr und versenken sie, wo immer sie an Land geht. Das Schiff taugt nicht zum Transport, Brand. Es taugt nur zur Schlacht.«

»Es ist ein Schlachtschiff«, fügte Ordlaf zustimmend hinzu.

»Könnt ihr ihn ausrichten?« fragte Brand. »Ich meine den Maulesel. Könnt ihr in verschiedene Richtungen zielen? Mit den Bolzenschleudern ging das.«

»Wir arbeiten noch daran«, sagte Shef. »Wir haben versucht, die Maschine auf ein Wagenrad zu stellen, dessen Achse durch ein Loch im Kiel ging. Aber der

Maulesel war zu schwer, als daß wir ihn hätten herumdrehen können, und außerdem brach der Rückstoß immer wieder die Achse. Udd hatte die Idee, das Ganze auf einen eisernen Ball zu stellen, aber… nein. Der Maulesel kann nur in Richtung des Kiels schießen. Aber wir haben ihn mit zwei Wurfarmen, zwei Seilen, zwei Bügelpaaren und so weiter ausgestattet, jeweils einer oder eines davon auf einer Seite. Natürlich brauchten wir nur einen Querbalken. Zumindest können wir so in beide Richtungen des Kiels schießen.«

Brand schüttelte erneut den Kopf. Er fühlte das sanfte Senken und Heben des Schiffes in dem Seitenarm der Themse und versuchte abzuschätzen, wie es sich auf offener See verhalten würde. Eineinviertel Tonnen Gewicht, und der größte Teil so hoch oben, daß er über das Schandeck hinausragte, der Segeldruck nicht mitschiffs anlag. Er registrierte die weite Rahe. Sie würden ein großes Segel aufspannen, aber es schwer in den Griff bekommen können. Er zweifelte nicht an der Fachkenntnis des Fischers. Und es stand auch außer Frage, was eines der Geschosse auf einem gegnerischen Schiff anrichten würde. Er dachte an die zerbrechlichen Rümpfe der vielen Schiffe und Boote, auf denen er bislang gesegelt war. Ihre Planken waren nicht einmal an die Spanten genagelt gewesen, sondern vertäut. Brand malte sich aus, wie eine solche Konstruktion innerhalb eines Herzschlags auseinanderfiel und die gesamte Mannschaft der Gnade der Wellen überließ. Selbst Sigurth Schlangenauges fünfzig Champions wären dagegen wehrlos.

»Wie willst du es nennen?« fragte er unvermittelt. »Es braucht einen glücksbringenden Namen.« Seine Hand schloß sich automatisch um den Hammeranhänger auf seiner Brust. Ordlaf machte es ihm nach und zog das silberne Boot Njörds unter seinem Umhang hervor.

»Wir haben zehn Schlachtschiffe«, sagte Shef. »Ich wollte sie nach den Göttern des Weges nennen, *Thor, Frey, Rigr* und so weiter. Aber Thorvin war dagegen. Er sagte, es würde Unglück bringen, wenn wir ›*Heimdall* ist auf Grund gelaufen‹ oder ›*Thor* steckt auf der Sandbank fest‹ sagen müßten. Also haben wir nochmal nachgedacht. Wir haben uns dafür entschieden, jedes Schiff nach einer der Grafschaften meines Reiches zu nennen und – soweit möglich – mit einer Besatzung aus derselben Grafschaft zu bemannen. Wir stehen also auf der *Norfolk*, und da drüben sind die *Suffolk*, die *Lincoln*, die *Isle of Ely*, die *Buckingham* und die übrigen. Was hältst du davon?«

Brand zögerte. Wie alle Seemänner hatte er größten Respekt vor dem Schicksal und wollte kein böses Wort sagen, das vielleicht Unglück auf das Unterfangen seines Freundes heraufbeschwören könnte. »Ich glaube, du hast der Welt wieder etwas Neues gegeben. Mögen deine Schlachtschiffe die Meere leerfegen. Ich für meinen Teil wollte keinem von ihnen begegnen, und man nennt mich nicht den furchtsamsten der Nordländer. Vielleicht wird man in Zukunft die Könige Englands die Seekönige nennen, und nicht mehr die Könige des Nordens.«

»Sag mir«, fuhr er fort, »wohin wird dich deine erste Fahrt führen?«

»Zur niederländischen Küste«, sagte Shef. »Dann die Küste entlang zu den Friesischen Inseln und in dänisches Gewässer. Das ist die Hauptroute der Piraten. Wir werden jedes Piratenschiff, das wir sehen, versenken. Danach muß jeder, der uns angreifen will, die lange Überfahrt von Dänemark auf sich nehmen. Aber auf längere Sicht werden wir sie in ihren Heimathäfen aufstöbern und ihre Stützpunkte zerstören.«

»Die Friesischen Inseln«, murmelte Brand. »Die Mündungen des Rheins, der Ems, der Elbe und der Eider.

Nun, ich verrate dir etwas, junger Mann. Das sind alles Gewässer für Lotsen. Verstehst du, was ich meine? Du brauchst einen Lotsen, der die Fahrrinnen und Orientierungspunkte kennt und sich nötigenfalls mit der Nase und den Ohren zurechtfindet.«

Ordlaf bedachte Brand mit einem störrischen Blick. »Mein ganzes Leben lang habe ich meinen Weg mit einem Senkblei, einer Logleine und scharfen Augen gefunden. Und ich habe nicht das Gefühl, daß mich das Pech verfolgt, seit ich die Mönche verließ und die Götter des Weges gefunden habe.«

Brand grunzte. »Nichts gegen die Götter des Weges.« Wieder berührten die beiden ihre schützenden Anhänger, und diesmal zog Shef mit einer befangenen Geste seinen eigenen Glücksbringer, die Pfahlleiter Rigrs, unter seinem Mantel hervor. »Nein, die Götter werden ihr Bestes tun. Aber was das Senkblei, die Logleine und die scharfen Augen angeht – ihr braucht in der See vor Bremen mehr als das! Das sage ich euch, Brand, der Champion der Männer von Halogaland.«

Die Arbeiter, die das Gespräch verfolgt hatten, murmelten unruhig untereinander. Einige der Neulinge stupsten einander an und zeigten auf den fremdartigen Anhänger Rigrs.

Sonnenstrahlen fielen schräg durch die hohen Fenster der großen Bibliothek der Kathedrale von Köln und auf die aufgeschlagenen Bücher auf dem schweren Lesepult. Der schmächtige Diakon Erkenbert, der das Pult kaum überragte, stand gedankenversunken vor den Büchern. Er war allein. Der *librarius* wußte, daß der Erzbischof die Anstrengungen des Diakons unterstützte, und hatte ihn alleingelassen, obwohl er in der großen und wertvollen Bibel blätterte, die man aus den Häuten von achtzig Kälbern gearbeitet hatte.

Erkenbert verglich Texte. Konnte die phantastische

Geschichte, die Erzbischof Rimbert ihnen vor einigen Tagen erzählt hatte, wahr sein? Rimbert hatte alle übrigen Anwesenden, die Erzbischöfe und ihre Ratgeber, überzeugt. Aber er hatte ihrem Stolz geschmeichelt, ihr gebeuteltes Nationalgefühl als Bewohner eines Landes angesprochen, das sich unentwegt von Rom zurückgewiesen und unterschätzt fühlte. Erkenbert teilte ihre Gefühle nicht – zumindest nicht im Augenblick. Die englische Nation hatte sich eingedenk ihrer Bekehrung durch den gesegneten Papst Gregor I. lange mit ihrer Treue zu Rom gebrüstet. Aber hatte Rom ihnen ihre Treue jemals vergolten? Wenn Rimbert die Wahrheit gesagt hatte, war es vielleicht an der Zeit, jemand anderem die Treue zu erweisen.

Aber jetzt mußte er sich auf die Texte konzentrieren. Den ersten kannte Erkenbert gut. Ja, er hätte ihn im Schlaf herunterbeten können. Dennoch war es wichtig, daß er ihn sich noch einmal ansah. Die Berichte der vier Evangelisten über die Kreuzigung Jesu unterschieden sich in einigen Einzelheiten – was nur ihre Wahrheit bewies. Denn wer wußte nicht, daß vier Männer unterschiedliche Teile eines Ereignisses herausarbeiten würden, wenn sie darüber zu berichten hatten? Aber Johannes – Johannes sagte mehr als die übrigen. Erkenbert blätterte durch die schweren, steifen Seiten und fand schließlich die gesuchte Textstelle. Leise flüsterte er die lateinischen Worte vor sich hin und übersetzte sie in Gedanken in seine Muttersprache.

»*...sed unus militum lancea latus eius aperuit*. Sondern einer der Soldaten stieß mit der Lanze in seine Seite.« Mit einer Lanze, dachte Erkenbert. Mit der Lanze eines römischen Soldaten?

Erkenbert wußte besser als andere Männer darüber Bescheid, wie römische Waffen aussahen. In seinem ehemaligen Zuhause, der großen Klosterkirche Yorks, waren große Teile des vormaligen Hauptquartiers der

Sechsten Legion von *Eboracum* verblieben. Die Legion hatte York und Britannien vor 400 Jahren verlassen, um in einen Bürgerkrieg auf dem Kontinent einzugreifen, aber ein großer Teil ihres Arsenals war zurückgeblieben. Vieles davon, was nicht gestohlen oder anderen Zwecken zugeführt worden war, lagerte noch in den Gewölben. Die unvergänglichen Bronze-Beschläge, die Erkenbert für den Heiden Ivar angefertigt hatte, waren von den Römern überkommen und so unverwüstlich wie am ersten Tag gewesen. Eisen rostete, aber Erkenbert hatte einmal die komplette Ausstattung eines römischen Legionärs gesehen, die der Erzbischof gereinigt und poliert als Trophäe herumgezeigt hatte. Helm, Brustharnisch, Kurzschwert, Beinschienen und Schild und natürlich den römischen Speer mit dem eisernen Schaft, den *pilum*. Auch *lancea* genannt.

Ja, dachte Erkenbert, so kann es gewesen sein. Es bestand auch kein Zweifel, daß die Lanze, die Heilige Lanze, die die Seite des Sohns Gottes durchbohrt hatte, immer noch existieren konnte. Er hatte mit eigenen Augen Waffen gesehen, die genauso alt gewesen sein mochten, und manche davon sogar in der Hand gehalten.

Aber wer würde auf den Gedanken kommen, einen solchen Gegenstand zu bewahren? Nur jemand, der bereits bei der Kreuzigung seine Wichtigkeit erkannt hatte, kam dafür in Frage. Sonst wäre die Lanze zurück in die Festung der Römer gebracht worden, wo sie unter tausend anderen verloren gegangen wäre. Wer hätte sie zur Seite schaffen können? Der Erzbischof hatte behauptet, der fromme Joseph von Arimathaia, den der Evangelist Johannes vier Zeilen weiter unten erwähnte. Aber Erkenbert war skeptisch. Ein solcher Mann, ein Jünger Jesu, hätte vielleicht seine Leiche von Pilatus erbetteln und den Kelch, mit dem er das letzte Abendmahl begangen hatte, aufbewahren können –

auch wenn Johannes nichts davon sagte –, aber er hätte sich niemals die Waffe eines römischen Legionärs verschaffen können.

Aber jetzt zum Zenturio, dachte Erkenbert. Nachdenklich blätterte er durch die Bibel und besah sich ein Evangelium nach dem anderen. Der Zenturio wurde in dreien von vieren erwähnt und das mit fast denselben Worten. Lukas: »Das war wirklich ein gerechter Mann.« Markus: »Wahrhaftig, dieser Mensch war Gottes Sohn.« Matthäus: »Wahrhaftig, das war Gottes Sohn.« Und im vierten Evangelium, dem des Johannes, hieß es ›einer der Soldaten‹. Konnte er damit nicht den Zenturio gemeint haben? Wenn der Zenturio, wie es seine Pflicht gewesen war, in die Seite Jesu gestoßen und das Wunder gesehen und gefühlt hatte – was wäre einfacher für ihn gewesen, als die eigene Lanze zu behalten und zu verehren?

Aber wohin war der Zenturio nach der Kreuzigung gegangen? Erkenbert wandte sich einem kleinen und schäbigen Buch ohne Titel zu. Es schien nur aus Buchstaben zu bestehen, die von Grundbesitz, Darlehen und Schulden schwafelten, und war von vielen Händen geschrieben worden. Viele gute *librarii* hätten es in die Werkstatt geschickt, damit man dort die Buchstaben abkratzte und es wieder von neuem verwendet werden konnte. Erkenbert konzentrierte sich auf den Eintrag, von dem Rimbert ihnen erzählt hatte. Er schien völlig unverfänglich. Ein Brief aus der Römerzeit, in Latein verfaßt – und das in schlechtem, wie Erkenbert interessiert zur Kenntnis nahm. Es war das Latein eines Mannes, der nur wenige Worte kannte und für den die Grammatik ein Geheimnis geblieben war. Und oben auf dem Pergament hieß es, sein Name wäre Gaius Cassius Longinus, Zenturio der Legio XXX Victrix. Der Brief beschrieb in bewundernden Tönen die Hinrichtung eines Unruhestifters in Jerusalem und war an das Zuhause des Zenturios adressiert. Erkenbert konnte den Namen nicht genau lesen, aber er war sich ziemlich sicher, daß es irgend etwas Deutsches war, vielleicht Bingen oder Zobingen.

Erkenbert zupfte an seiner Unterlippe. Eine Fälschung? Der Brief war eindeutig mehrmals abgeschrieben worden, aber das war über die Jahrhunderte ein völlig normaler Vorgang. Wenn der Schreiber die Wichtigkeit des Briefes hätte betonen wollen, hätte er dann eine derartig schäbige, minderwertige Abschrift angefertigt? Immerhin, was die Geschichte an sich anging, hatte Erkenbert keine Zweifel. Ein Zenturio im Jahre 33 nach Christus hätte durchaus aus dem Rheinland stammen können. Oder auch aus England. War der große Konstantin, der das Christentum zur Religion des ganzen Reiches gemacht hatte, nicht an dem Ort, an dem sich heute die Klosterkirche von York erhob, zum Kaiser ausgerufen worden?

Der eigentlich bedenkliche Text war der dritte. Nach seinem Stil zu urteilen, konnte er kaum mehr als 30 Jahre alt sein. Es war eine Schilderung des Lebens und des Todes Kaiser Karls des Großen, dessen – in den Augen des Erzbischofs Gunthar – degenerierte Nachkommen jetzt über den Westen herrschten. Vieles davon war Erkenbert bereits bekannt – die Feldzüge des Kaisers, seine Förderung der Gelehrsamkeit. Erkenbert vergaß keinen Augenblick lang, daß Karl den großen Alkuin – einen Mann aus York und wie er selbst nur ein schlichter Diakon – herbeigerufen hatte, um die Gelehrsamkeit ganz Europas zu lenken. Und zugegeben, Alkuin war ein Mann von großer Bildung gewesen. Aber in der Literatur, nicht in den praktischen Künsten. Anders als Erkenbert war er kein *arithmeticus* gewesen. Und wer konnte behaupten, ein *arithmeticus* könnte nicht ein ebensogroßer Mann wie ein Dichter sein.

Aber in dieser Chronik Karls des Großen wurde etwas berichtet, von dem Erkenbert vor Rimberts Enthüllung tatsächlich noch nie gehört hatte. Nicht, wie der Kaiser gestorben war, denn das wußte er, sondern die Vorzeichen seines Todes. Erkenbert zog das Buch ins volle Sonnenlicht und las es forschend.

Der siebzigjährige Kaiser, so berichtete die Chronik, kehrte von seinem siebenundvierzigsten siegreichen Feldzug – gegen die Sachsen – in seiner ganzen Pracht zurück. Aber dann zog ein Komet über den Abendhimmel. *Cometa,* dachte Erkenbert. Was wir einen langhaarigen Stern nennen. Und langes Haar ist das Zeichen des heiligen Königs. Deshalb haben die Vorfahren Karls des Großen den König, den sie absetzten, öffentlich geschoren. Der langhaarige Stern fiel. Und währendessen, so behauptete die Chronik, scheute das Pferd des Kaisers und warf ihn ab. Er prallte so hart auf, daß ihm der Schwertgürtel vom Leib gerissen wurde. Und die Lanze, die er in der linken Hand gehalten hatte, flog davon und landete viele Meter weiter. Zur selben Zeit war das Wort ›Princeps‹ für immer aus der Inschrift verblaßt, die der Kaiser für sich in seiner Kapelle in Aachen hatte anfertigen lassen. Der König starb einige Wochen später. Und die Chronik berichtete, daß er bis zuletzt darauf bestand, daß diese Omen nicht bedeuteten, daß ihm Gott seine Vollmacht entzogen hatte. Und doch, der Kaiser hatte die Lanze fallen lassen, die er bis dahin überall mit sich getragen hatte – denn bei dieser, beharrte die Chronik, handelte es sich um die *beata lancea,* die Lanze des germanischen Zenturios Longinus, die Karl der Große in seiner Jugend aus ihrem Versteck in Köln geholt hatte und die ihn fortan auf allen seinen zahlreichen Feldzügen und Siegen begleitet hatte.

Der Träger dieser Lanze, sagte die Chronik, bestimmt das Schicksal der Welt. Aber kein Gelehrter wußte, wo sie war, denn die Grafen Karls hatten nach seinem Tod um sie gewürfelt und den Gewinner ihres Spiels für sich behalten.

Und Rimbert zufolge weiß jetzt auch keiner, wo sie sich befindet, dachte Erkenbert und richtete sich auf. Der Erzbischof hatte behauptet, daß der Graf Reginbald sie nach Hamburg gebracht hatte, um sie dort, mit Gold und wertvollen Edelsteinen eingelegt, als Reliquie zu verehren. Aber seit die Heiden aus dem Norden Hamburg vor zwölf Jahren geplündert hatten, war sie verschwunden. Vielleicht hatte sie ein Häuptling oder Piratenkapitän gestohlen, vielleicht war sie vernichtet worden.

Aber das konnte nicht sein. Wenn die Lanze eine heilige Reliquie war, würde Gott sie beschützen. Und wenn sie mit Gold und Edelsteinen verziert war, würden selbst die Heiden sie respektieren.

Bedeutete das, daß irgendein schäbiger Häuptling der Kirchenschänder Herr über ganze Europa, ein neuer Karl der Große werden würde? Erkenbert dachte an Ragnar Lodbrok, den er persönlich der Schlangengrube überantwortet hatte, und an seine Söhne Ubbi, Halfdan, Ivar den Knochenlosen und den furchtbaren Schlangenauge – und sein Rückgrat krümmte sich vor Angst.

Das durften sie nicht zulassen. Wenn die Reliquie in der Hand der Heiden war, mußten sie sie erretten, wie Rimbert leidenschaftlich gedrängt hatte. Und dann mußten sie die Lanze dem neuen Kaiser übergeben, wer immer das sein mochte, um die Christenheit von neuem zu vereinen. Aber was verbürgte, daß diese ganze Geschichte von der Lanze, der Hinrichtung und dem germanischen Zenturio nicht nur eine Fabel war? Eine Fälschung?

Erkenbert wandte sich von den Büchern ab, schlenderte ans Fenster und starrte hinaus in den friedlichen

Frühlingstag. Er war in die Bibliothek gekommen, um die Dokumente zu überprüfen, und das hatte er getan. Sie schienen verläßlich. Die Geschichte, von der sie berichteten, schien plausibel. Und darüberhinaus, ging ihm auf, war es eine *gute* Geschichte. Er wollte sie glauben. Und er wußte, wieso er an sie glauben wollte.

Mein ganzes Leben lang, sinnierte Erkenbert, war ich in den Händen von Stümpern. Von unfähigen Erzbischöfen wie Wulfhere, unfähigen Königen wie Ella und vor ihm Osbert, dummen Thanes und ungebildeten Möchtegern-Geistlichen, die ihre Posten nur ihrer Verwandtschaft mit den Mächtigen verdankten. In England waren alle meine Werkzeuge nur aus Stroh.

Aber hier, im Land der deutschen Kirchenfürsten, lagen die Dinge anders. Befehle wurden ausgeführt. Ratgeber wurden nach ihrem Grips und ihrer Gelehrtheit ausgesucht. Praktische Angelegenheiten wurden sofort erledigt, und diejenigen, die sich darauf verstanden, wurden geschätzt. Die Ressourcen waren ungleich größer. Erkenbert wußte, daß er die Aufmerksamkeit Gunthars seiner Frage nach dem Grund für die hohe Qualität der Münzen des Erzbischofs zu verdanken hatte. Es kommt aus den neuen Minen im Harz, hatte man ihm geantwortet. Und ein Mann, der wußte, wie man Silber reinigte und das Blei ausschied, war dem Erzbischof jederzeit willkommen.

Erkenbert bewunderte diese Leute. Er wollte von ihnen akzeptiert werden. Aber wie konnte er das anstellen? Er spürte ihren grimmigen Stolz auf ihr eigenes Volk und ihre Sprache. Er war ein Außenseiter. Außerdem war er kurzgewachsen und dunkelhaarig, und er wußte, wie wichtig ihnen die Größe und das blonde Haar waren, die sie für die Zeichen ihrer Herkunft hielten. Konnte er unter ihnen jemals sein Schicksal finden? Er brauchte ein Zeichen.

Die Strahlen der Sonne waren während des ganzen

Nachmittags stetig nach Westen gewandert, über das Pult und das Regal neben ihm. Als Erkenbert sich vom Fenster abwandte, schien die Sonne auf eine aufgeschlagene Seite. Das Gold des reich verzierten Großbuchstabens glänzte. Schlangen mit glitzernden Silber- und Rubinmustern schlängelten sich ineinander.

Erkenbert erkannte die englische Kunst auf der Stelle. Er besah sich die große Bibel erneut. Bisher hatte er sich nur für den Text interessiert, nicht für ihre Kunst oder Herkunft. Sie kam mit Sicherheit aus England, nein sogar aus Northumbrien. Vielleicht nicht aus York, aber aus Wearmouth oder dem Scriptorium des großen Beda aus Jarrow aus der Zeit vor den Wikingerüberfällen. Wie kam diese Bibel nach Köln?

Wie war das Christentum hierher gekommen? Zur Zeit Karls des Großen waren Hamburg und Bremen heidnische Städte gewesen. Englische Missionare – die heiligen Willibrod und Bonifatius und Willibald, die Zerstörer der Götzenbilder – hatten ihnen den rechten Glauben gebracht. Erkenbert sinnierte stolz, daß sie den Deutschen ein großes Geschenk gemacht hatten. Das Christentum und die Gelehrsamkeit, um sie zu verstehen. Wenn man ihm seine ausländische Herkunft vorhalten sollte, würde er sie daran erinnern.

Behutsam brachte Erkenbert die kostbaren Bücher zurück an ihre Plätze und verließ die Bibliothek. Arno, der Ratgeber des Erzbischofs, saß auf einer Bank auf dem Vorplatz. Als er den kleinen Diakon aus der Tür kommen sah, erhob er sich.

»Nun, Bruder? Bist du zufrieden?«

Erkenbert lächelte ihn zuversichtlich und begeistert an. »Völlig zufrieden, Bruder Arno. Der heilige Rimbert hat gerade seinen ersten Fremdländer bekehrt. Ich preise den Tag, an dem er mir von dieser größten aller Reliquien berichtete.«

Arno erwiderte das Lächeln Erkenberts. Der kurze

Moment der Spannung war vorüber. Er respektierte den kleinen Engländer immer mehr für seine Gelehrsamkeit und seine Umsicht. Und waren die Engländer schließlich nicht nur eine andere Art von Sachsen?

»Nun gut, Bruder. Sollen wir uns dann an Gottes Werk machen? An das Auffinden der Heiligen Lanze?«

»Ja«, stimmte Erkenbert inbrünstig zu. »Und danach, Bruder, machen wir uns an das Werk, für das sie uns gesandt wurde. An das Auffinden des Kaisers des neuen Westroms!«

Es war ein ermüdender Abend. Die Flotte sollte am nächsten Morgen auslaufen, und Shef mußte die zehn englischen Kapitäne, die er unter größten Mühen für seine neuen ›Schlachtschiffe‹ gefunden hatte, und die über vierzig Wikinger des Weges, die seine übrigen Schiffe kommandierten, bewirten. Trinksprüche wurden ausgebracht, und beide Gruppen waren eifrig darauf bedacht, sich nicht von der anderen Seite übertreffen zu lassen.

Schließlich gelang es ihm, sich seiner Gäste zu entledigen. Aber seine Hoffnung auf ein vertrauliches Gespräch mit seinem genesenden Freund Brand sollte enttäuscht werden. Der Hüne war in düsterer Stimmung. Er weigerte sich, Shef auf der *Norfolk* zu begleiten, und zog es vor, auf seinem eigenen Schiff zu segeln. Er beharrte darauf, daß es Unglück brachte, mit so vielen Männern aufzubrechen, die die *haf*-Worte nicht kannten – die ausgeklügelte Tabu-Sprache, mit deren Hilfe es Seeleute vermieden, so unglückbringende Dinge wie Frauen, Katzen und Priester zu erwähnen. Aber selbst Thorvin, der auf der *Norfolk* mitsegeln wollte, tat seine Worte ab, woraufhin Brand Zuflucht in bedrückenden Geschichten aus seinem Heimatland suchte. Geschichten von unbekannten Meeresbewohnern, den Nixen und Marbendillen, von

Männern, die die Elfen der Schären verärgert hatten und dafür in Wale verwandelt wurden. Schließlich steigerte er sich zum Bericht über einen Spötter, dessen Boot von einem langen, mit grauem Haar bedeckten Arm unter Wasser gezogen wurde. An diesem Punkt brach Shef das Gespräch ab und zog sich zurück. Jetzt lag er auf dem Rücken und fürchtete sich vor dem, was ihm sein Traum zeigen würde.

Als der Traum begann, wußte Shef wenigstens dieses eine Mal, wo er sich befand. Er war in Asgard, der Heimstatt der Götter, und stand direkt vor der größten der Hallen, Walhall, dem Heim von Odins Kriegern. Weit weg am Horizont, aber immer noch innerhalb Asgards, erkannte er eine riesige Ebene, auf der eine wirre Schlacht im Gange war: Ein Gemetzel ohne Fronten, in der jeder Mann gegen jeden kämpfte.

Im Lauf des Tages gingen immer mehr Männer zu Boden und erhoben sich nicht mehr. Die Schlacht löste sich in eine Reihe von Einzelduellen auf. Die Verlierer blieben liegen, während die Sieger sich in neue Zweikämpfe stürzten. Schließlich war nur noch ein Mann auf den Beinen. Seine Verletzungen waren furchtbar, und er lehnte sich auf seine blutige Streitaxt. Shef hörte undeutliche und leise jubelnde Stimmen: Hermod, Hermod.

Dann erhoben sich die Toten. Ihre abgetrennten Glieder fügten sich wieder an die Körper, die klaffenden Wunden schlossen sich. Die Männer halfen einander auf, lachten und unterhielten sich darüber, wie es ihnen in der Schlacht ergangen war. Nach und nach stellten sie sich in Formation auf und marschierten in Zwölferreihen zurück zur großen Halle. Der Mann mit der riesigen Streitaxt war an ihrer Spitze. Sie marschierten einige Schritte vor dem unbemerkt bleibenden Shef um das Gebäude, schwenkten nach links und traten durch die weit geöffneten Tore der Halle. Hinter ihnen fielen die Tore wieder zu. Die Nacht senkte sich über Asgard, und von drinnen drang der Lärm von Festlichkeiten.

Dann kam ein armer Mann in abgerissenen Kleidern ans Tor gehumpelt. Shef musterte ihn und wußte sofort, daß ein solches Wesen nur in Asgard überleben konnte. Sein Rücken war entzwei, so daß seine obere Hälfte anscheinend ohne Verbindung zu den Beinen dahintorkelte. Seine Rippen standen heraus, während die Mitte seine Brustkorbs flachgedrückt war, als ob ein gewaltiges Tier darübergetrampelt wäre. Geplatzte Eingeweide hingen aus seinem Mantel.

Vor dem Tor Walhalls blieb er stehen. Von drinnen kam eine Stimme, eine der Stimmen, die Shef schon zuvor gehört hatte: nicht die belustigte und zynische seines eigenen Schutzherrn – oder vielleicht sogar seines Vaters – des Gottes Rigr, des Förderers von Fertigkeiten und der Listigkeit. Nein, es war eine kalte und tiefe Stimme. Das ist der Besitzer der Halle, dachte Shef, der mächtige Odin.

»Wer hat dich geschickt, Knirps?« fragte die Stimme.

Shef konnte die gemurmelte Antwort nicht hören, aber Odin konnte es.

»Ah«, sagte die mächtige Stimme. »Ich erkenne seine Handschrift auf deinem Leib. Er wird einen Platz unter meinen Helden finden – wenn die Zeit gekommen ist.«

Wieder flüsterte der zerschmetterte Mann etwas.

»Du?« sagte Odin. »Für deinesgleichen ist hier kein Platz. Um gegen den Fenriswolf anzugehen, brauche ich Männer! Weg mit dir! Geh nach hinten, zu meinen Küchenjungen. Vielleicht braucht mein Kammerherr Thialfi noch einen, der die Schneidebretter sauberleckt.«

Der zerschmetterte Mann drehte sich um und humpelte davon, weg von der Ebene, in der die Schlacht stattgefunden hatte. Als er an ihm vorüberging, sah Shef eine so trostlose Verzweiflung in seinen Zügen, wie er sie nie wieder zu erblicken hoffte.

Diesem Mann hat nicht einmal der Tod Frieden gebracht, dachte er. Ist selbst den Göttern solches Unrecht erlaubt? Was treibt sie zu solch bösen Taten?

KAPITEL 3

VON SEINEM AUSSICHTSPUNKT auf dem Heck des führenden Schiffs blickte Shef über die lange Kette, die ihnen folgte. Die *Bedfordshire*, das vierte Schiff in der Reihe, war wieder einmal ausgeschert, wie sie es regelmäßig tat, seit sich die Flotte des Weges nach einigem Herumprobieren auf die gegenwärtige Formation eingependelt hatte. Alle zehn englischen ›Schlachtschiffe‹, wie Ordlaf sie hartnäckig bezeichnete, liefen auf Halbwindkurs genau nach Norden – die müheloseste Segelfahrt, die man sich vorstellen konnte, und mit Sicherheit weit müheloser als ihre bisherige Fahrt von der Mündung des Rheins entlang der niederländischen Küste mit dem Wind fast genau im Rücken. Dennoch rollte die *Bedfordshire* wieder langsam auf die offene See.

Shef wußte, daß es sinnlos war, zu dem Schiff unmittelbar hinter ihm herüberzurufen, damit seine Worte von Mund zu Mund weitergereicht wurden, bis sie zum Kapitän der *Bedfordshire* gelangten. Auf sein Drängen hin hatten die übrigen Kapitäne sich damit abgewechselt, ihrem Standesbruder bei den Nachtlagern immer und immer wieder einzubleuen, wie wichtig es war, in einer Linie zu fahren. Doch irgend etwas stimmte nicht mit der Konstruktion des Schiffs. Aus irgendeinem Grund trieb die *Bedfordshire* stärker ab als die übrigen Schiffe. Sobald sie wieder in der Werft waren, würden sie sich darum kümmern. Bis dahin würde sich die *Bedfordshire* weiterhin auf ihre ganz eigene Weise fortbewegen, indem sie erst dreihundert Fuß aus der Linie rollte, dann die Rahe braßte und unbeholfen wieder an ihren Platz zurückkehrte. Während die übrigen Schiffe mehr oder weniger geradeaus segelten, folgte sie einem Zickzackkurs, der den Mustern auf einer Schwertklinge ähnelte.

Aber die *Bedfordshire* war nicht Shefs eigentliches Problem. Er hatte es schon vor Tagen erkannt, fast im selben Moment als er und die üblichen Landratten aufgehört hatten, sich die Seele aus dem Leib zu kotzen. Shef hatte begriffen, wieso die Wikinger die See beherrschten und fast über jeden Teil der westlichen Welt herfallen konnten, ganz gleich, wieviele Vorkehrungen die Könige der Christenheit trafen oder wieviele Wachen sie aufstellten. Die Nordmänner waren nämlich Meister in einer Kunst, die sich als überraschend schwierig und kompliziert herausstellte: im Segeln.

Die Matrosen und Kapitäne, die Shef in den englischen Küstenhäfen angeheuert hatte, waren auf ihre eigene Art und Weise gute Seeleute, nur – es war nicht die der Wikinger. Sie waren Fischer und beherrschten nahezu perfekt die Kunst, wieder lebend an Land zu kommen. Wie Ordlaf stachen sie, wenn sie die Bäuche ihrer Kinder stopfen mußten, bei fast jedem Wetter in See. Allerdings hatten sie nicht das geringste Interesse daran, irgendwo hinzusegeln, wo sie Untiefen oder Sandbänke vermuteten, und rasch oder unerwartet aufzubrechen war ihrem Naturell völlig fremd. Derweil erwies sich für die Mannschaftsmitglieder aus dem Binnenland, die sich an Bord der Schiffe befanden, um die Maulesel zu bedienen und die Armbrüste abzuschießen, jede Kleinigkeit des Lebens auf See als eine Qual. Mindestens ein halbes Dutzend von ihnen war bei der Verrichtung ihrer Notdurft über Bord gegangen, und sie hatten es nur einem gütigen Schicksal zu verdanken, daß die Männer sie hatten retten können. Und der eigentliche Grund, wieso Shef darauf bestand, daß sie jede Nacht an Land kampierten, war, daß ihm der Gedanke an das Kochen auf See Angst einjagte.

Shef schüttelte die düsteren Gedanken ab und musterte die flache, sandige Küste zu ihrer Rechten – die ›Steuerbordseite‹ wie sie die Seeleute nannten, weil dort der lange Steuerriemen des Schiffs angebracht war. Shef entrollte die lange Pergamentrolle, auf die er eine Karte dieser unbekannten Küstenstriche zu zeichnen versuchte. Die Bewohner der vorgelagerten Inseln hatten ihm eine Menge erzählt – sie waren Friesen und fühlten als solche eine starke Verbundenheit mit den Engländern, mit denen sie verwandt waren, und den Männern des Weges, deren Religion der friesische Fürst Radbod vor 150 Jahren gegründet hatte. Aber entscheidend war, daß die Friesen die Ärmsten der Armen waren. Sie lebten auf unwirtlichen, bis zu zwanzig Meilen langen Sandbänken, auf denen jede Hütte, jede Schafherde innerhalb weniger Augenblicke das Opfer von Wikingerpiraten werden konnte. Die Inselbewohner lebten bescheiden und mußten bereit sein, das wenige, das sie besaßen, auf der Stelle zurückzulassen.

Um so erfreuter waren sie über die Aussicht zurückzuschlagen. Sobald sich entlang der Inseln die Nachricht verbreitet hatte, daß es sich bei der Flotte um Engländer handelte, die gekommen waren, um gegen die Wikinger zu kämpfen, waren an jedem der nächtlichen Lagerfeuer Männer erschienen, die für einen Krug Ale oder einen Silberpenny bereitwillig ihr Wissen mit Shef teilten.

Aus ihren Beschreibungen ergab sich ein klares Bild. Unmittelbar nach der Zuidersee begann die Kette der

Inseln, die sich in nordöstlicher Richtung entlang der Küste erstreckten, der sie Schutz spendeten. Die Namen der Inseln schienen immer vertrauter, je weiter sie vorstießen. Vor drei Tagen hatten sie die ersten Inseln – Texel, Vlieland und Terschelling – passiert, ohne daß Shef sich die Bedeutung der Namen hätte erschließen können. Aber dann waren sie an Schiermonnikoog vorbeigesegelt und danach an Langeoog, Spiekeroog und Norderney. Shef hatte die Namen sofort verstanden, denn ›-oog‹ war nur die heisere Art der Friesen, ›ey‹, also ›eyot‹, Insel, zu sagen, und ›-koog‹ stand für ›key‹, wie man in Norfolk eine Sandbank nannte.

Und all diese Inseln waren tatsächlich nicht mehr als Sandbänke, über die Jahrhunderte geformt aus dem Schlick der Flüsse, die ins Meer mündeten und immer in der Gefahr schwebten, von ihren eigenen Ablagerungen verstopft zu werden. Die erste größere Lücke zwischen den Inseln war die Ems gewesen. Dann, weiter im Osten, waren die Buchten der Jade und der Weser gefolgt. Irgendwo dort mußte die gutbewachte Bischofsstadt Bremen liegen. Und jetzt, nachdem sie Wangerooge, die letzte der Friesischen Inseln, hinter sich gelassen hatten, lag steuerbord die große Mündung der Elbe. Dort warteten ein Hafen und das Bollwerk von Hamburg, regiert von ihrem mächtigen Erzbischof. Hamburg war vor einem Dutzend Jahren in einem gefeierten Sieg von den Wikingern geplündert worden, versicherte Brand, der daran teilgenommen hatte. Aber jetzt erholte sich die Stadt zusehends und bildete erneut die Speerspitze des Christentums, die Dänemark und Skandinavien bedrohte.

Eines Tages würden sie sich um Bremen und Hamburg kümmern, aber nicht heute. Jetzt war ihr Plan, über die Mündung der Elbe hinaus bis zu der Stelle vorzustoßen, an der sich die Küste nach Norden zu den Nordfriesischen Inseln wand, nach Jütland und

Süddänemark. Und damit – wie manche der Seeleute behaupteten – zu den flachen Landstrichen aus denen vor Jahrhunderten die Engländer ihrerseits aufgebrochen waren, um Britannien zu plündern und die Römer zu vertreiben. Erregung machte sich in Shef breit. Vielleicht gab es dort noch Engländer, die sich nur allzu bereitwillig am Kampf gegen ihre dänischen Unterdrücker beteiligen würden? Aber auch wenn das nicht der Fall sein sollte, wäre Shef zufrieden damit, wenn sie dorthin gelangen und wieder mit erprobten Schiffen und zuversichtlichen Mannschaften nach England zurückkehren würden.

Was wir wirklich brauchen, sinnierte Shef, der immer noch auf das Pergament starrte, ist eine Karte von dem Meer, das zwischen den Inseln und der Küste liegt. Dann könnten meine Schiffe Wind und Wetter und der Trinkwasserknappheit entgehen und so einfach wie zuhause auf dem Ouse oder Stour kreuzen. Wir könnten im Schutz der Inseln lauern und uns auf die Wikingerflotten stürzen.

Aber Ordlaf hatte sich glatt geweigert, die Schiffe in Küstennähe zu steuern, und Brand hatte ihn nachdrücklich unterstützt. »Nur mit einem Lotsen«, hatte der Hüne wiederholt. »Versuch niemals, ohne einen Mann, der dort geboren und aufgewachsen ist und dem du vertrauen kannst, dorthin zu segeln. Dort lauern Untiefen, Sandbänke, Strömungen und Gezeiten. Du kannst auf Sand oder Kies genausogut Schiffbruch erleiden wie auf Flamborough Head.«

An dieser Stelle hatte sich Ordlaf eingeschaltet. »Nein, noch leichter. Flamborough Head kann man wenigstens sehen!«

Shef fragte sich dickköpfig, wieviel Anteil die Verachtung der Wikinger für die Seefahrtskunst der Engländer an Brands Worten hatte. Sie hatte sich während ihrer Fahrt kontinuierlich gesteigert. Die abschätzigen

Bemerkungen der Wikinger waren zunehmend bissiger geworden, bis Shef die Mannschaft der *Norfolk* zurückhalten mußte, damit sie nicht die Maulesel bemannte und einige der hartnäckigeren Spötter mit Hilfe der Katapulte auf den Meeresboden schickte. Seitdem hatten sie ihre gegenwärtige Formation beibehalten: Die zehn Schlachtschiffe segelten in Küstennähe und versuchten mit aller Macht, anständig Fahrt zu machen, während die vierzig Begleitschiffe – ausnahmslos mit Wikingern bemannt und an den Küsten des Kattegats und der norwegischen Fjorde gebaut, aber mit dem Hammer und Kreuz des Weges auf den Segeln – weiter draußen auf See verächtlich ihre Bogen schlugen. Allerdings blieben sie immer in Sichtweite. Ein Segel blieb stets am Horizont und beobachtete aufmerksam die hinterherhinkenden Engländer und wurde seinerseits von den schärfsten Augen in Brands kleiner Flotte beaufsichtigt.

Die Wikinger haben gut lachen, dachte Shef. Und segeln können sie auch, das muß ich ihnen lassen. Aber das ist wie die Plünderung von York – eine neue Art von Schlacht. Meine Männer müssen nicht die besten Seeleute seit Noah sein. Sie müssen nur überhaupt auf See sein. Wenn die Ragnarssons oder irgendwelche anderen verfluchten Piraten an uns vorbei wollen, kommen sie in unsere Schußweite. Dann versenken wir sie. Selbst die besten Seeleute der Welt sind machtlos, wenn man ihnen die Planken unter den Füßen zertrümmert.

Er rollte das Pergament zusammen, steckte es in die gewachste Lederhülle und ging nach vorne, um die beruhigend massiven Balken des Maulesels zu tätscheln. Cwicca, jetzt Hauptmann der Katapultmannschaften, fletschte grinsend seine Zahnlücken, als er Shefs Geste sah. Seine Teilhabe am Sieg des vergangenen Jahres hatte ihm zwanzig Hektar fruchtbaren Ackerlands und eine junge Frau eingebracht – ein buchstäblich unvorstellbarer Reichtum für jemanden, der Sklave der Mönche in Crowland gewesen war und nichts als einen Dudelsack aus Knochen und einer Schweinsblase besessen hatte. Dennoch hatte er das alles mit Ausnahme seines seidenen Mantels zurückgelassen, um an dieser Fahrt teilzunehmen. Es war schwer zu sagen, ob er mehr auf neue Reichtümer oder auf neue Abenteuer hoffte.

»Ein Segel!« rief plötzlich der Ausguck von seinem unbequemen Posten auf der Rahe dreißig Fuß über Shefs Kopf. »Und dahinter sind noch mehr! Sie kommen direkt auf uns zu!«

Gleich darauf legte sich die Norfolk auf die Seite, als die erregbareren der Seeleute nach links, nach Backbord, rannten, um die Segel mit eigenen Augen zu sehen. Einige chaotische Augenblicke folgten, als der Bootsmann und seine Maate die Männer mit Fußtritten zurück auf ihre Posten beförderten. Ordlaf kletterte mit kräftigen Zügen das mit Knoten versetzte Seil zur Rahe hinauf. Seine Augen folgten dem ausgestreckten Finger des Ausgucks. Dann rutschte er mit verkniffener Miene wieder herunter, um Bericht zu erstatten.

»Es ist Brand, Herr. Alle seine Schiffe fegen zurück, so schnell sie können. Sie müssen etwas gesehen haben. Sie wenden und werden bald längsseits gehen.« Er deutete in den Himmel. »Wenn die Sonne dort steht.«

»Wir hätten uns keinen besseren Moment wünschen können«, sagte Shef. »Der Morgen ist ruhig, und wir haben den ganzen langen Nachmittag zum Kämpfen. Und die Piraten können sich nirgends verstecken. Gib den Männern jetzt schon ihr Mittagessen.« Er griff nach seinem Anhänger, der silbernen Pfahlleiter. »Möge mein Vater uns den Sieg schenken. Und wenn Odin Helden für Walhall will«, fügte er hinzu, als er sich an seinen Traum erinnerte, »soll er sie unter unseren Feinden aussuchen.«

»Was soll das bedeuten?« fragte Sigurth Schlangenauge seine beiden Brüder, die neben ihm im Bug der *Frani Ormr* standen. »Da steuert eine Flotte auf uns zu und mit einem Mal macht sie auf dem Absatz kehrt und haut ab, als ob die Seeleute gehört hätten, daß ihre Frauen allen Heimkehrenden eine Nummer spendieren.«

Hinter seinem Rücken ertönte eine Stimme. Sie gehörte Vestmar, dem Kapitän der *Ormr*. »Verzeiht, Herr. Hrani, der Ausguck, will etwas sagen.«

Sigurth drehte sich um und musterte den jungen Mann, den der Kapitän nach vorne stieß; ein junger Mann auf einem Schiff, auf dem fast alle übrigen, Sigurths fünfzig ausgesuchte Champions, im besten Mannesalter waren. Und obendrein war Hrani arm, kein einziger goldener Ring glitzerte an seinem Körper, und sein Schwert besaß nur einen schlichten Knochengriff. Sigurth entsann sich, daß Vestmar ihn wegen seiner scharfen Augen in die Mannschaft aufgenommen hatte. Er machte sich nicht die Mühe, etwas zu sagen, und verzog lediglich eine Augenbraue.

Beim Anblick von Schlangenauges berüchtigten Augen mit den weißen Pupillen lief Hrani rot an und stammelte etwas. Dann riß er sich zusammen, schluckte und öffnete den Mund von neuem. »Herr, bevor sie wendeten, konnte ich mir das führende Schiff genau ansehen. Am Bug stand ein Mann wie Ihr, Herr, und sah uns an.« Er zögerte. »Ich glaube, es war Brand. Viga-Brand.«

»Hast du ihn schon einmal gesehen?« fragte Sigurth.

Der junge Mann nickte.

»Dann denk noch einmal gut nach. Bist du sicher, daß er es war?«

Hrani zögerte ein zweites Mal. Wenn er sich irrte... Sigurth war für seine Rachsucht berüchtigt, und jeder Mann in der Flotte wußte um die Leidenschaft, die ihn und seine Brüder zu verzehren drohte. Sie mußten die Männer finden, die für den Tod ihres wahnsinnigen Bruders verantwortlich waren, den Engländer Skjef und Viga-Brand, Brand den Mörder. Wenn die Brüder enttäuscht wurden... Doch andererseits war es mindestens ebenso gefährlich, sie anzulügen oder etwas vor ihnen zu verbergen. Hrani dachte einen Moment lang darüber nach, was er eigentlich gesehen hatte, als eine Welle das vorderste Schiff der Feinde emporgehoben hatte. Nein, er zweifelte nicht wirklich daran. Die Gestalt, die er gesehen hatte, war zu groß für einen anderen Mann.

»Ja, Herr. Am Bug des vordersten Schiffs stand Viga-Brand.«

Sigurth starrte den jungen Wikinger einen Moment lang an, dann streifte er langsam einen goldenen Reif vom Arm und gab ihn ihm. »Das sind gute Nachrichten, Hrani. Nimm das hier für deine scharfen Augen. Und jetzt sag mir noch eines: Wieso hat Brand deiner Meinung nach abgedreht?«

Der junge Mann schluckte hart und wog den schweren Armreif in der Hand. Er konnte sein Glück kaum fassen. Aber abdrehen? Wieso sollte irgend jemand abdrehen? »Herr, er muß die *Frani Ormr* erkannt haben. Er hatte Angst, sich mit uns zu messen. Sich mit Euch zu messen«, korrigierte er sich hastig.

Sigurth entließ ihn mit einer Handbewegung und wandte sich wieder an seine Brüder.

»Nun«, bemerkte er, »ihr habt gehört, was dieser Idiot denkt. Aber was glauben wir?«

Halfdan starrte auf die Wellen, spürte den Wind auf den Wangen und musterte die winzigen Flecken der Segel am Horizont. »Sie sind Kundschafter«, sagte er.

»Und jetzt fallen sie zurück zur Hauptstreitmacht. Sie versuchen uns hinterherzulocken.«

»Aber wohin wollen sie uns locken?« fragte Ubbi. »Es sind vierzig Schiffe. So viele haben wir ungefähr erwartet. Unsere Landsleute« – er spuckte in die Wellen –, »die mit dem Wegvolk gemeinsame Sache machen.«

»Vielleicht sind noch mehr Gefolgsleute des Weges nach Süden gesegelt«, schlug Halfdan vor. »Ihre Priester haben sie aufgehetzt.«

»Wenn es viele von ihnen wären, hätten wir davon gehört.«

»Wenn dort also Verstärkung wartet«, schloß Schlangenauge, »muß sie aus England kommen. Engländer auf Schiffen. Das wäre etwas Neues. Und wo etwas Neues ist…«

»…ist Sigvarthsson nicht weit«, vervollständigte Ubbi den Satz und fletschte die Zähne.

»Er hat etwas vor«, sagte Sigurth. »Er hat etwas vor, sonst würde er sich nicht trauen, uns herauszufordern. Nicht auf See. Seht, die Flotte des Wegs wendet in Richtung Land. Gut, wir nehmen ihre Herausforderung an. Wir wollen sehen, wie gut ihre Überraschung ist. Und wer weiß, vielleicht können wir sie auch überraschen.«

Er wandte sich an Vestmar, der unterwürfig einige Schritte weiter entfernt gewartet hatte. »Vestmar, gib den Befehl! Alle Schiffe machen sich gefechtsbereit! Refft die Segel und nehmt die Riemen hoch! Aber legt nicht die Masten um, laßt die Rahen oben!«

Vestmar glotzte Sigurth einen Augenblick lang ungläubig an. Er hatte an mehr als einem Dutzend Seeschlachten entlang der Küsten Britanniens, Dänemarks, Skandinaviens und Irlands teilgenommen. Die Masten und Rahen wurden immer umgelegt, um die Kopflastigkeit der Schiffe zu mindern und jedes

Quentchen Tempo aus den Ruderschlägen herauszuquetschen. In einer Schlacht aus nächster Nähe hatte man keine Männer übrig, um Segel zu brassen, und das letzte, was man brauchte, war irgend etwas, das die Sicht oder die Speere der Krieger behinderte.

Er fing sich, nickte und wandte sich ab, um seine Befehle zu geben. Seine Kommandos wurden an die 120 Langschiffe weitergeleitet, die neben und hinter ihnen segelten. Schnell und routiniert bereitete sich die Flotte der Ragnarssons auf den Kampf vor.

Shef lehnte sich über das Rückenbrett nach backbord, als Brands Schiff, die *Walroß*, mit Leichtigkeit die Wende, die sie selbst und die übliche Flotte des Weges miteinander vereinigte, abschloß und längsseits ging.

»Ist es Schlangenauge?« rief er.

»Ja. Die *Frani Ormr* führt sie an. Sie sind uns drei zu eins überlegen. Aber wir müssen gegen sie kämpfen. Wenn ihr versucht, euch aus dem Staub zu machen, holen sie euch noch vor Sonnenuntergang ein.«

»Deshalb sind wir hier«, entgegnete Shef. »Du kennst den Plan?«

Brand nickte, trat zurück und zog den roten Seidenschal vom Hals. Er baute sich an der Leeseite auf und ließ ihn im Wind flattern.

Sofort holten die Schiffe die bereits halb gerefften Segeln ein. Mit klatschenden Rudern drängten sie nach vorne und bildeten Seite an Seite eine lange Kette. Ordlaf rief eine Salve von Befehlen, und die *Norfolk* bremste ihre ohnehin langsame Fahrt ab, während die übrigen Schlachtschiffe sich ihr näherten und sich in einer Linie hinter ihr aufreihten. Die Schiffe standen so eng beieinander, daß sich Bug und Heck beinahe zu berühren schienen. Die Steuermänner verfolgten unruhig, wie die schwerfälligen Schiffe immer enger aneinander rückten.

Auf Cwiccas Zeichen hin hatten die Katapultmannschaften die Wurfarme ihrer Geschütze bis auf das Deck gezogen und sie mit den gut geschmierten Klammern festgemacht. Jetzt legten sie ihr ganzes Gewicht in die Bügel, um die starken Seile bis zur maximalen Spannung zu verdrehen. »Zieht beide Seiten auf«, rief Cwicca mit einem Seitenblick auf seinen König. »Vielleicht können wir in beide Richtungen schießen, wenn Gott uns beisteht... ich meine, wenn Thor uns beisteht.« Er zog seinen silbernen Hammer-Anhänger unter dem Hemd hervor.

Nach und nach bildete die Flotte des Weges die vorher vereinbarte Schlachtaufstellung, ein riesiges ›T‹, dessen Querbalken auf den Feind zeigte. Brands vierzig Schiffe ruderten langsam mit gerefften Segeln und umgelegten Masten auf die feindliche Flotte zu – Shef konnte hören, wie die Männer grunzten, als sie ihr ganzes Gewicht in die Ruder legten. Hinter ihnen folgten in gerader Linie die englischen Schlachtschiffe mit windgeblähten Segeln durch die leichte Dünung.

Als ihre Formation langsam Gestalt annahm, spürte Shef die bereits vertraute Erleichterung. Für ihn fühlten sich alle Schlachten gleich an. Vor dem Gefecht erfüllte ihn furchtbare, nagende Beklemmung, und er dachte an die Hunderte von Dingen, an denen sein Plan scheitern konnte – Kapitäne, die ihre Befehle nicht verstanden; Mannschaften, die sie nicht schnell genug ausführten; der Feind, der schneller als erwartet heran war. Danach überkam ihn Erleichterung, gefolgt von einer schrecklichen Neugierde. Würde es funktionieren? Hatte er etwas vergessen?

Brand brüllte etwas vom Heck seines Schiffs, das nun ausscherte und mit kraftvollen Ruderschlägen auf die kaum mehr eine halbe Meile entfernte Flotte der Ragnarssons zuschoß. Was schrie er? Shef hörte die Worte im selben Moment, als er es selbst sah. Die

Feinde stellten sich wie erwartet zur Schlacht. Aber ihre Masten standen noch, auch wenn die Segel gerefft waren.

»... haben den Braten gerochen!« Der Wind trug einen Fetzen von Brands Aufschrei herüber.

Das ist egal, dachte Shef. Wir sind in Reichweite. Wir müssen nur noch zuschlagen. Er zog den langen, blauen Schal vom Hals – Godives Geschenk. Ein plötzlicher Schmerz durchzuckte ihn, als er sich an den Tag erinnerte, an dem sie ihm den Schal gegeben hatte. Es war derselbe Tag gewesen, an dem sie ihm gesagt hatte, daß sie Alfred heiraten würde. Er ließ ihn auf der Leeseite flattern, sah, wie sich Gesichter abwandten, als die Männer in den Ausgucken das verabredete Zeichen sahen. Nicht gerade ein Glücksbringer, dachte Shef. Er löste die Finger, und der Wind trug die Seide in die trübe, schlammige See.

Sigurth Ragnarsson entgingen nicht die merkwürdig geschnittenen Segel am Ende von Brands dürftiger Formation. Und ebensowenig Brands hünenhafte Gestalt, die ihm direkt gegenüberstand und spöttisch mit der Streitaxt grüßte. Sie haben etwas vor, dachte Sigurth wieder. Aber es gab nur einen Weg, herauszufinden, was das war. Mit einer langsamen, bedächtigen Bewegung zog er den scharlachroten Umhang von den Schultern, drehte sich um und warf ihn auf die Planken. Im selben Augenblick riß ein am Mast stehender Mann an einem Seil. Plötzlich flatterte ein riesiges Banner von der Mastspitze oberhalb der Rahe: Der schwarze Rabe der Söhne Ragnars. Es hieß, das Banner wäre auf magische Weise in einer Nacht gewebt worden und mache sie unbesiegbar. Seit dem Tod Ivars hatte es nicht mehr im Wind geweht.

Beim Anblick des Banners legten die Ruderer der Flotte ihre ganze Kraft in fünf mächtige Schläge, dann nahmen sie die Riemen gleichzeitig hoch und schleuderten sie klappernd in die Rümpfe der Langschiffe. Mit einem Aufschrei, der selbst das Getöse der fallenden Riemen übertönte, griffen sie nach ihren Schilden und Waffen. Die Steuermänner drehten ihre jäh beschleunigten Schiffe so nah wie möglich an den jeweils nächsten Nachbarn, und die Bootsmänner warfen Enterhaken, um sie schnell aneinanderzubinden. Der Tradition entsprechend wollte die Flotte der Ragnarssons Fahrt gewinnen, dann miteinander vertäut auf den Feind zutreiben, um die Buge mit den seinen zu verkeilen und mit Speeren und Schwertern über die Vorderdecks auf ihn einzudringen, bis eine der beiden Seiten nachgab und – für gewöhnlich vergeblich – versuchte, sich wieder loszumachen.

Brand sah das Banner und die Männer, die ihre Kräfte für die letzte, ruckartige Anstrengung sammelten. Als die Riemen sich unter dem ersten wilden Ruderschlag bogen, schrie er in einer Stimme, die mächtig genug war, einen Atlantiksturm zu übertönen: »Rudert zurück und dreht ab!«

Die Formation der Wegmänner spaltete sich auf der Stelle in einem lange geübten Manöver in der Mitte. Brands Schiff drehte mit den übrigen Booten auf der seewärtigen Seite hart nach backbord. Die Steuerbordriemen schlugen entfesselt in die Wellen, die auf der Backbordseite ruderten rückwärts. Die der Küste zugewandten Schiffe drehten zur anderen Seite ab. Dann, noch während die Steuermänner sich abmühten, nicht mit anderen Schiffen zusammenzustoßen, schlugen die Riemen wieder im Takt und die flinken, beweglichen Boote schnellten davon.

Shef, der am Mast der *Norfolk* stand, sah, wie Brands Schiffe mit der Einmütigkeit von Vogelschwärmen nach links und rechts davonstoben. Furcht – nicht um sein eigenes Wohlergehen, sondern um das Gelingen seines Plans – durchzuckte ihn, als er bemerkte, daß die Flotte der Ragnarssons näher als erwartet war und schnell auf sie zukam. Wenn es den erfahrenen Wikingern gelang, an ihren Schlachtschiffen festzumachen, war ihr Schicksal besiegelt. Im gleichen Augenblick spürte er, wie die *Norfolk* vorwärts drängte, als Ordlaf die Segel voll setzte. Langsam drehte das Schlachtschiff nach Backbord und zeigte den Drachenköpfen, die nicht einmal mehr 300 Fuß entfernt waren, die Steuerbordseite. Hinter ihr folgten die neun Schwesterschiffe ihrem Beispiel. Wieder gewann die *Norfolk* etwas mehr Fahrt, als der Wind fast direkt über ihr Achterschiff blies.

Shef hörte Ordlafs anfeuernden Ruf: »Der Wind frischt auf! Wir schaffen es!«

Vielleicht, dachte Shef. Aber die Ragnarssons sind schon zu nah. Zeit sie zu stoppen. Er nickte Cwicca zu, der erwartungsvoll am Abzug hockte.

Cwicca zögerte nur einen Augenblick. Er wußte, daß ihr Plan vorsah, das große Schiff in der Mitte zu versenken, das mit der vergoldeten Schlange am Bug. Aber sein Maulesel zielte immer noch nicht direkt auf Schlangenauges Schiff. Und sie konnten nicht länger zögern. Er wartete den Bruchteil einer Sekunde auf die nächste Welle, dann riß er ruckartig am Abzug.

Eine blitzartige Bewegung antwortete ihm. Mit einem heftigen Schlag krachte der Wurfarm gegen den gepolsterten Balken und erschütterte das ganze Schiff. Einen Augenblick lang schien es stillzustehen. Ein schwarzer Blitz, der nichts anderes als ein dreißig Pfund schwerer Felsblock war, schoß über das Wasser und schlug in den Bug des Schiffs unmittelbar hinter der *Frani Ormr* ein.

Ein oder zwei Sekunden lang schien die Formation der Ragnarssons weiter durch das Wasser zu gleiten, als ob nichts geschehen wäre. Shefs Herz machte einen

Satz. Dann löste sich das getroffene Schiff langsam aber unwiederbringlich in seine Bestandteile auf. Der Felsblock hatte den Vordersteven zertrümmert. Die sorgfältig eingepaßten Planken sprangen aus den Kerben. Unterhalb der Wasserlinie flutete die See ins Schiffsinnere, hereingedrückt durch die Vorwärtsbewegung. Während es noch durch die Wellen schoß, lösten sich die Leinen, die die Planken mit den Spanten und die Spanten mit dem Kiel verbanden. Der Mast, dem Halt durch das Kielschwein beraubt, schwang nach vorne, wurde einen Moment lang von den Stütztauen festgehalten und kippte matt zur Seite. Wie der Stab eines Riesens mähte er sich durch die Mannschaft des Nachbarschiffs, die mit weit aufgerissenem Mund die Katastrophe verfolgte.

Den Beobachtern in der englischen Formation schien es, als ob das Schiff plötzlich verschwunden wäre, so als ob eine Wasserhexe aus Brands Geschichten es unter Wasser gezogen hätte. Einen Herzschlag lang sahen sie, wie die Männer scheinbar auf dem Wasser standen, dann kämpften sie auf den losen Planken um ihren Stand, nur um gleich darauf in den Wellen zu verschwinden oder sich verzweifelt an den Schandeckeln der benachbarten Schiffe festzuklammern.

Und dann schoß auch die *Suffolk* ihren Maulesel ab. Wieder schlug ein schwarzer Blitz im Herzen der gegnerischen Flotte ein. Dann folgte ein dritter, als ein weiteres Schlachtschiff in Schußposition drehte.

Noch während Shef gespannt die Wirkung der Katapulte verfolgte, schien plötzlich der Ton einzusetzen. Schlagartig registrierte er das Klicken der Armbrüste, das Quietschen der Seile, als Cwiccas Helfer in panischer Hast die Maschine neu aufzogen, das Krachen, mit dem ein weiterer Felsblock Planken zersplitterte und die Schlachtrufe, als Brands Schiffe beidrehten, um sich auf die Flanken der Ragnarssons zu stürzen.

Gleichzeitig spürte Shef, wie ein Regenschauer auf sie herabpeitschte. Einen Moment lang verschwommen die feindlichen Schiffe vor ihnen. Würde der Regen die Taue ausgerechnet jetzt durchnässen und ihre Geschütze außer Gefecht setzen?

Drei Drachenköpfe lösten sich nur wenige Meter vor ihnen aus der dichten Regenwand. Aber der Schlangenkopf des feindlichen Flaggschiffs war nicht darunter – es war 300 Fuß weiter zurückgeblieben. Ein aufmerksamer Kapitän mußte die Enterhaken gelöst und die Ruder von neuem bemannt haben. Er hatte erkannt, daß der Feind nicht die Absicht hatte, näherzukommen und einen fairen Kampf auszufechten. Wenn es den Langschiffen gelang, längsseits zu gehen…

Cwicca riß den Daumen in die Höhe. Shef nickte. Wieder ließ ein markerschütternder Schlag die *Norfolk* erbeben, der schwarze Blitz schoß davon und fuhr in das mittlere Schiff, direkt in den Fuß des Masts. Wieder schien der Feind plötzlich verschwunden, nur noch ein Wirbel aus Planken und wild um sich schlagenden Männern blieb übrig.

Aber die beiden verbliebenen Schiffe glitten weiter auf sie zu. Sie waren fast heran. In den Bugen standen Krieger und schwangen Enterhaken; grimmige, bärtige Gesichter starrten über die Ränder ihrer Schilde. Mit einem tiefen Grunzen setzten die Ruderer zum letzten Schlag an.

Dann drang lautes Kampfgeschrei aus unmittelbarer Nähe an Shefs Ohren. Ein Umriß so mächtig wie ein Wal bahnte sich nur wenige Fuß vor dem Bug der *Norfolk* seinen Weg. Es war eines von Brands Schiffen, das heranruderte, um den Gegner abzufangen. Mit mörderischem Tempo fegte es an der Steuerbordseite des Langschiffs vorbei und knickte die Ruder ab. Die hinteren Enden der Riemen schleuderten zurück und zerschmetterten den Ruderern den Brustkorb oder brachen ihnen das Genick. Als die beiden Schiffe einander passierten, sprangen Brands Ruderer von den Bänken und ließen aus nächster Nähe einen Speerhagel auf die Feinde herabregnen. Das dritte Schiff der Ragnarssons sah das Gemetzel, drehte ab und steuerte mit wachsender Geschwindigkeit am Heck der *Norfolk* vorbei auf die offene See zu.

Shef faßte Ordlaf an der Schulter und deutete über den eine halbe Meile breiten, mit Wrackteilen und ertrinkenden Männern übersäten Meeresstreifen hinweg. Dort, jenseits der verzweifelten Gefechte einzelner Schiffe, wehte immer noch das Rabenbanner, trotz des Regens und der vom erstarkenden Wind aufgewühlten Gischt unverkennbar. Schlangenauge hatte abgedreht und fuhr nach Osten. Die *Frani Ormr* hatte dank der Meisterschaft ihres Steuermanns die englische Formation ungeschoren passiert und war auf der Flucht. Als Ordlaf und Shef das Schiff anstarrten, entfaltete sich das Segel und beulte sich aus. Es würde die Ragnarssons mühelos aus der Gefahr tragen.

»Ihr nach«, sagte Shef.

»Aber sie ist doppelt so schnell wie wir.«

»Schneid ihr den Weg zur offenen See ab, solange wir die Chance dazu haben! Treib sie auf die Küste zu!«

»Aber das ist die Unterelbe!« protestierte Ordlaf.

Schweigend schlossen sich Shefs Finger fester um die Schultern des Kapitäns.

KAPITEL 4

Sigurth Ragnarsson starrte nachdenklich über die Backbordseite seines Schiffs. Er hatte seinen langen, scharlachroten Umhang nicht wieder aufgehoben, damit er die Hände frei für den Kampf hatte. Er stützte sich mit einem langen eisernen Speer gegen die Hieling der *Frani Ormr*. Seine Brüder wandten ihm den Rücken zu; obwohl sie die Waffen gezückt hatten, wirkten sie ebenfalls entspannt. Auf den Schiffen der Ragnarssons herrschte grausame Disziplin. Aber die Männer der Flotte waren ebenfalls grausam, und auf der *Frani Ormr* fanden sich nur ausgesuchte Veteranen. Es behagte ihnen überhaupt nicht, aus einer Schlacht zu fliehen, und sie fragten sich bereits, was man später über sie erzählen würde. Fragten sich, ob Schlangenauge weich geworden war.

Sigurth wußte, daß Erklärungen jetzt sinnlos waren. Er würde sie noch eine Weile ihren Gedanken nachhängen lassen.

»Was hältst du von unserem Freund hinter uns?« fragte er Vestmar und deutete auf die *Norfolk*, die sich mit über einer Meile Abstand abmühte, ihnen zu folgen.

»Ihre Takelage ist plump, aber sie haben sie im Griff«, antwortete Vestmar. »Aber mir fällt eines auf. Sie kennen sich nicht aus. Seht Ihr den Ausguck auf dem Masten und den Kapitän, der sich über den Bug lehnt, um Sandbänke auszumachen?«

»Zumindest daran herrscht hier kein Mangel«, sagte Sigurth. Er wandte sich um und musterte die flache, eintönige Küste. Sie hatten die beiden kleinen Inseln Neuwerk und Scharhörn bereits hinter sich gelassen. Die schlammige Strömung der Elbe wand sich unter ihrem Kiel, es war das letzte Wasser zwischen ihrem Stützpunkt in Jütland und den zwischen den Dänen und Deutschen umkämpften Landstrichen.

»In Ordnung. Refft das Segel. Alle Männer an die Ruder. Und schick jemand mit einem Lot an den Bug.«

Vestmar starrte ihn mit offenem Mund an. Beinahe hätte er offen protestiert. Ein Lot, dachte er. Wieso das? Ich kenne die Unterelbe so gut wie den Rücken meiner Frau. Wenn wir die Segel streichen, werden die Bastarde ihre verfluchten Felsblöcke auf uns schleudern, während wir uns das Kreuz brechen, um davonzukommen. Er schluckte seine Entgegnung hinunter, machte auf dem Absatz kehrt und gab mit heiserer Stimme seine Befehle.

»Wir holen auf«, rief Shef. »Cwicca, halt dich am Maulesel bereit!«

Ordlaf antwortete nicht. Er starrte angespannt in den Himmel, dann wieder auf Schlangenauges Schiff. Er nahm das Lot, das ihm der Mann vom Bug gereicht hatte, und schnüffelte an dem Schlamm, der an dem Bleizylinder am Ende des fünf Faden langen Seils hing. Schließlich streckte er die Zunge aus und leckte daran.

»Wozu soll das gut sein?«

»Weiß nicht«, murmelte Ordlaf. »Wenn Krebse am Schlamm sind, kann man manchmal sagen, was für ein Sand es ist… falls eine Sandbank vor uns liegt.«

»Sieh mal«, knurrte Shef. »Schlangenauge weiß genausowenig wie wir, wo er ist. Die letzten zwei Meilen hatte er einen Mann mit Lot am Bug. Folg ihm einfach, und wenn er nicht auf Grund läuft, dann werden wir es auch nicht tun.«

So einfach ist das nicht, mein junger König, dachte Ordlaf, so einfach ist das nicht. Da sind noch andere Dinge. Wie die Strömung zum Beispiel. Sigurths Schiff gleitet durch sie wie eine Schlange, aber an unserem Kiel beißt sie sich fest. Und dann der Wind und die verfluchten Regenschauer. Und die Flut. Steigt sie immer noch? Zuhause in Yorkshire hätte ich es in den Knochen, wann sie den Höchststand erreicht. Aber wer kann hier, in diesem fremden Land, schon sagen, wann sie wieder abnimmt? Aber es kann nicht mehr lange dauern.

»Noch eine Viertelmeile, und wir können einen Schuß wagen«, rief Shef. »Geht an die Riemen, aber haltet Abstand von den Mauleseln.«

Die grinsenden Männer ruderten unbeholfen durch den kurzen, unregelmäßigen Wellenschlag, aber dennoch gewann die *Norfolk* ein Quentchen an Tempo; genug, um den Abstand zu dem Drachenboot vor ihnen sichtbar zu verkürzen. Shef starrte es an und versuchte, die Entfernung und Richtung des Feindes abzuschätzen.

»Gut, das reicht. Ziel sorgfältig, Cwicca. Ordlaf, dreh nach rechts, ich meine steuerbord, damit wir schießen können.«

Die *Norfolk* folgte dem Steuerriemen und drehte ab, aber fast im selben Augenblick schwang das Segel abrupt herum. Cwicca schrie wutenbrannt auf, als seine Unterkante ihm die Sicht nahm. Seeleute hasteten zu den Tauen, um es zusammenzuschnüren. Ordlaf fluchte mit überschlagender Stimme, als die Ruderer aus dem Rhythmus kamen und der Bug weiter abdrehte. Dann fanden sie ihren Rhythmus wieder und drehten das Schiff zurück. Schließlich war das Segel wieder aus dem Weg. Shef und Cwicca standen einen Moment lang mit aufgerissenem Mund da und fragten sich, wohin ihre Beute verschwunden war.

»Da!« Die *Frani Ormr* hatte die Verwirrung ausgenutzt, um wie ein Hase einen Haken zu schlagen. Sie hatte backbord abgedreht und ruderte mit halsbrecherischem Tempo davon, ganz so, als ob sie die letzten Meter eines Rennens zurücklegte.

»Sie sind zu weit weg«, brüllte Cwicca in Shefs Ohr. Das Jagdfieber hatte ihn erfaßt.

»Das Tempo halten sie nicht lange durch. Ordlaf, hinterher!«

Der Kapitän zögerte. Er beäugte die langen, flachen Wellen über den Untiefen zu beiden Seiten des fliehenden Wikingers, begrenzt von zwei langgestreckten Sandbänken, deren Spitzen nur wenige Handbreit aus dem Wasser ragten. Dahinter wartete eine Einöde aus unbekannten Sandbänken und Fahrrinnen, die sich meilenweit bis zur kaum kenntlichen deutschen Küste erstreckten.

Die Erinnerung an das Lot, das die *Frani Ormr* benutzt hatte, flößte ihm neue Zuversicht ein. Sie segelten durch gefährliches Gewässer, aber ihren Feinden war es ebenso fremd. Wenn jemand auf Grund lief, dann zuerst sie. Die Norfolk drehte sich in den Wind, setzte erneut das Segel und hielt auf die enge Fahrrinne im Kielwasser ihres Feindes zu.

Das genügt, dachte Sigurth, als er spürte, wie der erste Sand unter ihrem Kiel knirschte. Wir sind durch. Die Flut hatte ihren Höhepunkt erreicht. Er erhaschte das erleichterte Glänzen in Vestmars Augen, bevor der Kapitän hastig den Blick senkte. Einer der Ruderer entließ langsam die Luft aus den aufgeblähten Backen und verzog in einer gewagten Geste fragend eine Augenbraue in Richtung des Steuermanns. Sie hatten schon seit Minuten das Ziehen des Sands unter den Blättern gespürt und als erfahrene Seeleute flacher gerudert. Jetzt spürten sie, wie das Wasser wieder tiefer wurde. Vielleicht hatte das Glück Schlangenauge nicht ganz verlassen. Vielleicht…

Sigurth verfolgte, wie sich das englische Schiff hinter ihnen weiter näherte; der Hammer und das Kreuz auf dem Segel waren fast ganz sichtbar. Und hinter dem Schiff fegte eine Bö über die flache, offene Fahrrinne. Eine Bö, die es einholen würde… jetzt.

Ordlaf äugte nervös über den Bug, als erneut eine Regenwand mit der ganzen Wut des Aprils auf die *Norfolk* herunterhämmerte. Die Stimme des Handloters steigerte sich zu einem Kreischen: »Noch zwei Faden, Kapitän. Zwei Faden, und ich kann die Sandbank sehen!«

»An die Ruder!« brüllte Ordlaf im selben Moment, »refft das Segel. Macht euch bereit zum Zurückstoßen.«

Es war zu spät. Noch während er seine Befehle brüllte, spürte einer der kräftigen aber unerfahrenen Ruderer, wie der Riemen in seinen Händen auf Widerstand stieß. Dann verdrehte sich die Holzstange ruckartig und stieß den Mann von der Bank und beinahe über Bord. Der robuste Eschenholzriemen, der im Sand feststeckte, hielt einen Augenblick lang dem Gewicht der *Norfolk* stand, zog das Schiff zur Seite und zersplitterte schließlich. Weitere Riemen verklemmten sich, als das Schiff sich zur Seite legte, und die Ruderer durcheinandergewirbelt wurden. Ein letzter Windstoß beulte das Segel aus und schob den Kiel der *Norfolk* auf einen Wellenkamm. Dann krachte sie mit einem knirschenden Schlag in den Sand. Sekundenlang herrschte völlige Verwirrung. Ordlaf und seine Maate schrien in wilder Aufregung auf, beförderten Männer mit Tritten aus dem Weg, zogen an Seilen und griffen nach Rudern. Zuerst versuchten sie die *Norfolk* wieder freizumachen, mußten sich aber schließlich damit begnügen, sie im Gleichgewicht zu halten. Nach und nach setzte Stille ein. Der König drängte sich mit den übrigen Landratten ängstlich in der Mitte des Schiffs. Vestmar sah ihn vorwurfsvoll an.

»Wir hätten es lassen sollen. Jetzt sind wir beim Höchststand der Flut auf Grund gelaufen. Seht Euch das an!« Ordlaf deutete auf die Sandbänke, die bereits zu beiden Seiten der *Norfolk* sichtbar wurden, als die sechs Stunden lange Ebbe einsetzte.

»Sind wir in Gefahr?« fragte Shef. Er hatte nicht vergessen, wie die beiden Knorre Ragnars vor zwei langen Jahren vor seinen und Ordlafs Augen auf Grund gelaufen und auseinandergebrochen waren.

»Nein, der Rumpf wird halten. Der Sand ist weich, und wir sind ziemlich langsam aufgefahren. Aber sie haben uns ganz schön an der Nase herumgeführt.« Ordlaf schüttelte den Kopf in widerstrebender Anerkennung. »Ich wette, ihr Kapitän wußte ganz genau, wo er war und spielte nur mit dem Lot herum, um uns hierher zu locken. Und jetzt sind sie schon eine Meile weiter und auf dem Weg in die offene See.«

Shefs Kopf flog abrupt herum. Wenn Schlangenauge und seine ausgesuchten Krieger herübergewatet kamen, hatten sie keine... aber die Wikinger waren nirgends zu sehen. Shef ging zum Bug und suchte langsam den flachen, grauen Horizont nach dem Rabenbanner ab, das noch vor zehn Minuten vor ihnen geflattert hatte. Es blieb verschwunden. Die *Frani Ormr* mußte wie eine Giftschlange in irgendeinem Meeresarm lauern und auf die Flut und eine passierbare Fahrrinne warten. Shef seufzte erleichtert, die Spannung fiel von ihm ab. Er wandte sich wieder Ordlaf und der schweigenden Mannschaft zu.

»Kommen wir vor Einbruch der Nacht hier weg?«

Ordlaf zuckte die Achseln. »Wir können versuchen, sie von der Sandbank zu schieben. Gibt uns wenigstens was zu tun.«

Einige Stunden später hatte sich die Stimmung an Bord des gestrandeten Schiffs dank der harten Arbeit und des vergossenen Schweißes erheblich gebessert. Dazu kam das Gefühl, eine Schlacht gewonnen zu haben, auch wenn ihnen einige der Feinde entkommen waren.

Die Ebbe – der Tidenhub betrug fünfzehn Fuß – enthüllte den Männern, worauf die *Norfolk* sich eingelassen hatte. Sie lag jetzt eine halbe Meile von der eigentlichen Fahrrinne der Elbe entfernt in einer flachen Senke zwischen zwei langen Sandbänken. Überall zogen sich Priele und kleine Wasserläufe durch die niedrigen Hügel der Sandbänke, nur hier und da ragten die Planken und Gerippe uralter Wracks aus der Einöde. Anfangs hatte Ordlaf die Mannschaft an die Seiten beordert und sie um den Kiel herum und unter ihm graben lassen, damit sie die *Norfolk* denselben Weg zurückschieben konnten, den sie gekommen war. Aber als das Wasser immer weiter abgeflossen und ihnen ihre Entfernung von der eigentlichen Elbe klar geworden war, hatten sie den Plan aufgegeben. Nicht mehr als sechzig oder siebzig Fuß vor ihnen lag ein weiterer Priel, der selbst jetzt, beim Tiefststand der Gezeiten, noch mindestens zehn Fuß Wasser führte. Der Kapitän der Ragnarssons mußte von seiner Existenz gewußt haben, hatte ihn erreicht und war dann verschwunden, solange seine Verfolger abgelenkt waren. Entweder auf der Hauptfahrrinne in Richtung Hamburg oder auf einer unbekannten Route auf die offene See. Shefs Männern war es egal. Sie mußten die *Norfolk* die wenigen Fuß über den kaum wahrnehmbaren Kamm der Sandbank und in den Priel ziehen. Sie hatten bereits den Sand vor dem Schiff abgetragen, so daß sich der

Bug leicht nach vorne neigte. Aber um es noch vor der nächtlichen Flut vom Fleck zu bekommen, brauchten sie Hebelwirkung.

Ordlaf hatte bereits ein Tau an einem fest im Sand ruhenden Anker der *Norfolk* befestigt, es um den Fuß des Masts geführt und dann zu den dreißig wartenden Männern. Das Schiff hatte kurz geächzt, sich aber nicht vom Fleck gerührt.

»Wir brauchen ein zweites Tau«, sagte Ordlaf. »Wenn möglich mit einem geraderen Zug. Und lang genug, damit auch die übrigen Jungs daran ziehen können. Am besten wäre es, wenn wir es dort festmachen könnten.« Er deutete auf die etwa neunzig Fuß entfernte Sandbank auf der gegenüberliegenden Seite des Priels.

»Hast du eins, das lang genug ist?« fragte Shef.

»Ja. Und wir haben einen zweiten Anker aus Hellebardenköpfen gemacht. Wir müssen ihn nur irgendwie dort rüberbringen.«

Shef verstand die unausgesprochene Aufforderung. Die *Norfolk* mochte zwar im Vergleich mit anderen Schiffen ihrer Zeit riesig erscheinen, aber sie war immer noch viel zu klein, um auf dem engen Raum, der der Mannschaft und dem Proviant genügen mußte, auch nur ein Dingi unterzubringen. Statt dessen führte sie ein Coracle mit sich, nicht mehr als ein mit Häuten überzogenes Weidengeflecht, das sich nur mit Mühe steuern ließ und zum Kentern neigte. Ordlaf und seine Fischer konnten mit ihm umgehen, wurden aber als Fachleute für andere Aufgaben benötigt. Und die Landratten, die als Ruderer und Geschützmannschaften fungierten, würden mit Sicherheit kentern und ertrinken.

Shef seufzte. Vor einer Stunde hatte er den letzten Rest des spärlichen, täglich zu erneuernden Feuerholzvorrats der *Norfolk* ausladen lassen und Cwicca befohlen, ein Feuer im Sand zu machen, um im großen Kessel das Beste aus ihren Notvorräten – Mehl, gepökeltem Fisch und Gerste – zu machen. Für einen hungrigen Mann stellte der Duft, der aus dem Kessel stieg, eine fast unwiderstehliche Verlockung dar. Er blickte in den Himmel auf die bereits sinkende Sonne und dachte an die lange Nacht, in der sie mit der Flut zu ringen haben würden. Er seufzte ein zweites Mal.

»In Ordnung. Ich bin ja schließlich in den Sümpfen Ostangliens aufgewachsen. Ich bringe den Anker hinüber.«

»Könnt Ihr mit dem Coracle umgehen?«

»Darauf kannst du wetten. Und wenn ich nicht den Anker mitnehmen müßte, würde ich sowieso mit ein paar Zügen rüberschwimmen.«

Ordlafs Bootsmann verstaute den Anker vorsichtig in dem Coracle. Er achtete darauf, daß die scharfen Klingen der Hellebarden nicht die Haut des winzigen Boots durchschnitten und das daran befestigte Tau nirgends verhakte. Shef warf einen wehmütigen Blick auf den Kessel, rechnete sich die Distanz zu der Sandbank und die Chance zu kentern aus und nahm das goldene Diadem ab, das Zeichen seiner Königswürde. Er reichte es Hwithelm, einem gutaussehenden jungen Adligen von unerschütterlichem Stumpfsinn, den man ihm als zeremoniellen Schwertträger aufgezwungen hatte, und der bereits seinen Schwertgürtel trug.

»Halte das für mich, bis ich zurück bin.«

Die Beiläufigkeit der Geste grub tiefe Runzeln in Hwithelms Stirn, aber langsam dämmerte ihm, was sein König vorhatte. »Und Eure Armringe, Herr?«

Shef dachte kurz nach und schob die goldenen Armringe, die er an jedem Bizeps trug, über die Handgelenke und reichte sie Hwithelm. Sie würden ihm wohl kaum von den Armen rutschen, aber wenn das Coracle kenterte, was zu befürchten stand, konnte alles passieren.

Er schlenderte an den Priel, setzte sich in das Coracle, nahm das Paddel und stieß sich ab. Es war keine leichte Aufgabe, das winzige Boot mit nur einem Paddel und einem Gewicht, das das Wasser bis eine Handbreit unter das Dollbord steigen ließ, zu beherrschen. Der Trick bestand darin, das Paddel bei jedem Zug zu verdrehen. Vorsichtig steuerte Shef über den Priel, gequält von dem Essensduft, watete auf die Sandbank und ließ den Anker den gebrüllten Kommandos Ordlafs folgend in den feuchten Untergrund gleiten. Dann machte er sich wieder auf den Rückweg, angespornt vom Klacken der tönernen Schalen, als auf der anderen Seite das Essen ausgegeben wurde.

Das Tau spannte jetzt über den Priel. Damit war es für Shef einfacher, mit dem Rücken zur *Norfolk* zu sitzen und sich über das Wasser zu ziehen, als zu paddeln.

Auf halbem Weg registrierte Shef, daß sich der Tonfall der Rufe, die zu ihm herüberdrangen, veränderte, sie plötzlich drängend, verzweifelt klangen. Er drehte den Kopf nach links, um mit seinem verbliebenen Auge sehen zu können, was vor sich ging. Er nahm nur Ordlaf wahr, der mit entsetzter Miene gestikulierte und nach rechts deutete.

Shef wirbelte hastig herum. Um ein Haar kenterte das Coracle. Einen Augenblick lang sah er nur einen schwarzen Rumpf, der weiße Gischt spritzte und beinahe über ihm war. Dann setzte sein Verstand ein.

Es war die *Frani Ormr*, die mit wirbelnden Rudern auf ihn zuglitt. Ihre Bugwelle kräuselte sich an beiden Seiten des engen Priels. Mit umgelegtem Mast, den Schlangenbug und Drachenschwanz abmontiert, hatte sie sich hinter einer Sandbank versteckt und auf ihre Chance gewartet. Jetzt hatte sie ihre Feinde gewittert und schoß auf sie zu, als ob sie ihren schwächlichen Gegner rammen und zertrampeln wollte. Im selben

Augenblick, als er die *Frani Ormr* erkannte, sah Shef den Krieger mit dem scharlachroten Umhang, der sich mit einem mächtigen Speer in der Hand über den Bug beugte. Sein Gesicht hatte sich in eine Grimasse aus Haß und Konzentration verwandelt, seine weißen Zähne blitzten. Im selben Augenblick wußte Shef, daß ein Mann wie Schlangenauge sein Ziel nicht verfehlen konnte. Der Arm setzte zum Wurf an.

Shef warf sich auf der Stelle ins Wasser und versuchte verzweifelt wegzutauchen. Eine riesige Woge drückte ihn tiefer hinunter, bis er spürte, wie der Sand auf seiner Brust kratzte. Einen Augenblick lang glaubte er, zwischen dem Kiel der *Frani Ormr* und dem Meeresboden zerquetscht zu werden, dann gelang es ihm, zur Seite zu krabbeln. Etwas hartes – ein Ruderblatt, das sich tief in das Wasser bohrte – streifte seinen Kopf, und er tauchte wieder tiefer. Dann schienen seine Lungen zu verbrennen. Er mußte zurück an die Oberfläche, mußte atmen, aber die Oberfläche war verschwunden. Mit wilden, verzweifelten Bewegungen kämpfte er sich nach oben…

Nach Luft schnappend schoß Shef einige Fuß hinter dem Bug der *Frani Ormr* aus dem Wasser, blickte sich hastig um und hielt auf das nächste Ufer zu. Gleich darauf zog er sich auf die Sandbank, auf der er erst vor wenigen Minuten den Anker zurückgelassen hatte. Auf der gegenüberliegenden Sandbank hatte jemand den Kessel umgeworfen. Die Männer, die sich um die *Norfolk* drängten, warfen einander Schwerter und Hellebarden zu, und eine Reihe von Helmen ragte über die Schandeckel, als die Armbrustschützen ihre Waffen bereit machten. Ordlaf brüllte gellend Befehle. Der Kapitän erwartete einen Angriff über den Sand. Aber Shef wußte, daß sie keine Chance hatten, den Maulesel ins Spiel zu bringen, nicht solange die *Norfolk* in Schräglage war und ihr Bug auf den Priel zeigte.

Die *Frani Ormr* drehte sich jetzt in dem engen Wasserlauf, die Steuerbordruderer trieben das Schiff klatschend voran, die auf der Backbordseite nach hinten. Aber sie zielte nicht auf die *Norfolk*, sondern auf Shef, der allein und verlassen auf der falschen Seite des tiefen Priels stand. Shef überlegte, ob er sich ins Wasser stürzen und mit einem Dutzend Schwimmzügen zu seinen Freunden retten sollte. Dann zögerte er, als er sich eine Harpune vorstellte, die sich ihm auf dem Weg in den Rücken bohrte. Aber es war ohnehin zu spät. Die *Frani Ormr* glitt mit rhythmischen Ruderschlägen auf ihn zu, eine Handvoll Männer stand an ihrer Seite und ließ ihn nicht aus den Augen.

Shef wich zurück, die Sandbank hinauf, um aus der Reichweite ihrer Speere zu gelangen. Er fragte sich, was ihm jetzt bevorstand. Er war ganz allein, hatte nicht einmal ein Messer bei sich. Auf einen Ruf stellten die Ruderer der *Frani Ormr* ihre Arbeit ein, zogen aber die Riemen nicht ein. Ein Mann sprang aus dem Schiff und auf eines der Ruder. Er balancierte einige Fuß weit auf seinen Ziegenlederschuhen, dann sprang er auf den harten Sand. Ein junger Mann, dachte Shef, der sein Kommen aus hundert Fuß Entfernung verfolgte. Aber er war groß und kräftig, ein goldener Armreif glitzerte an einem Bizeps.

Dann hörte er ein dumpfes Schnappen. Dann ein zweites und drittes. Die Armbrustschützen der *Norfolk* versuchten ihm zu helfen. Aber es war ein langer Weg von dem gestrandeten Schiff über den Priel. Dazu versperrte ihnen der Rumpf der *Frani Ormr* die Schußlinie. Shef wich weiter zurück, als der junge Mann das Schwert zückte. Drei weitere Männer balancierten die Ruder hinunter und kamen auf ihn zu: Halfdan Ragnarsson, der bei seinem Holmgang in York als Schiedsrichter fungiert hatte; der grauhaarige Ubbi Ragnarsson und in der Mitte Sigurth, der ihm in Bedricsward das Auge hatte ausstechen lassen. Als ob es sich daran erinnerte, schoß plötzlich Salzwasser aus Shefs leerer Augenhöhle. Die Ragnarssons führten Äxte, Schwerter und Speere mit sich und trugen Kettenhemden – im Gegensatz zu dem jungen Mann, der Shef am nächsten war.

Shef wirbelte herum und rannte die Sandbank hinunter. Damit entfernte er sich noch weiter von der *Norfolk*, aber ihm blieb keine Wahl. Wenn er einfach stehenblieb, würden ihn die Ragnarssons töten, und wenn er über die Sandbank rannte, würde er sich nur wenige Schritte weiter wieder im Wasser abquälen. Einen Augenblick später erkannte er seinen Fehler. Er rannte in dieselbe Richtung, in die der Bug der *Frani Ormr* zeigte. Das Langschiff hielt mühelos mit ihm Schritt und schützte seine Verfolger vor den Armbrustschützen der *Norfolk*. Außerdem konnten ihn die Wikinger auf dem Schiff mit Pfeilen oder Speeren beschießen. Shef schwenkte nach links, hörte hinter sich schwere Schritte. Dann war die Sandbank zu Ende. Mit einem flachen Hechtsprung stürzte er sich ins Wasser, machte drei, vier mächtige Schwimmzüge, spürte erneut Sand unter seinem Bauch und kämpfte sich wieder auf die Füße.

Nach einem Dutzend Schritten riskierte er einen Blick über die Schulter. Der junge Mann hatte an dem Priel kurz gezögert, stapfte jetzt aber durch das allenfalls hüfthohe Wasser. Die Ragnarssons folgten ihm dichtauf, obwohl sie älter und durch ihre schweren Kettenhemden behindert wurden. Jetzt schwärmten sie aus, um den kleinen Wasserlauf mit mehreren Schritten Abstand voneinander zu überqueren und Shef damit jede Umkehr unmöglich zu machen. Vor ihm lag nur die verwirrende Einöde aus rundlichen Sandbänken, Tümpeln und kleinen Rinnsalen, die zu den Prielen flossen. Doch einige der Wasserläufe waren tiefer.

Dort konnte ihn vielleicht der junge Wikinger an den Fersen fassen, während er noch im Wasser war, oder Sigurth einen Speer auf ihn werfen. Aber wenn es ihm andererseits gelang, einen größeren Vorsprung herauszuarbeiten, konnte er ihnen vielleicht davonschwimmen. Die Ragnarssons mit ihren Kettenhemden würden nicht allzu erpicht darauf sein, durch einen tieferen Priel zu schwimmen, und selbst wenn sie es versuchten, wären sie viel langsamer als er.

Als der junge Wikinger mit dem goldenen Armreif wieder aus dem Wasser kletterte, rannte Shef weiter. Aber nicht mit ganzer Kraft. Alle zwanzig Schritte brach er aus und warf scheinbar erschrockene Blicke über die Schulter. Nach hundert Schritten rannte er spritzend durch einen flachen Teich, um danach eine steilere Sandbank zu umrunden. Die *Frani Ormr* war jetzt eine Achtelmeile zurückgefallen und konnte nicht mehr in das Geschehen eingreifen. Die Ragnarssons schwärmten noch weiter aus und riefen einander zu, um ihn nicht aus den Augen zu verlieren. Shef hörte das Keuchen des jungen Wikingers, der immer näherkam und alle paar Schritte das Schwert hob, als hoffte er darauf, jeden Augenblick einen Streich anbringen zu können.

Er durchquerte ein weiteres, kniehohes Rinnsal, spürte den festen Sand auf der anderen Seite unter den Füßen und wirbelte herum.

Der junge Wikinger stoppte im Wasser, dann grinste er triumphierend und sprang mit erhobenem Schwert auf Shef zu. Shef tauchte unter dem Hieb hindurch, packte mit beiden Händen das rechte Handgelenk seines Gegners und schlug ihm die Füße unter dem Körper weg. Mit einem dumpfen Schlag krachten beide auf den Sand, das Schwert schnellte beiseite.

Shef hatte keine Zeit, danach zu greifen. Ein Ringkampf war zu riskant. Um ihn zu besiegen, mußte der

Wikinger ihn lediglich festhalten, bis die Ragnarssons eintrafen. Shef machte einen Schritt zurück und wartete wie ein Ringer mit ausgebreiteten Armen. Der junge Mann musterte ihn keuchend und grinste erneut.

»Ich heiße Hrani«, sagte er. »Und ich bin der beste Ringer in Ebeltoft.«

Der Wikinger glitt auf ihn zu, die Hände zum Würgegriff ausgestreckt. Shef duckte sich und versuchte das Messer an Hranis Gürtel zu greifen. Als Hrani automatisch eine Hand senkte, um das Messer zu schützen, richtete Shef sich auf. Sein linker Arm schoß unter Hranis Nacken und gleichzeitig schob er eine Hüfte hinter den Wikinger. Der hochgewachsene Mann verlor das Gleichgewicht und fiel nach hinten – direkt auf Shefs Knie, das angewinkelt auf das Rückgrat des Wikingers wartete. Im selben Augenblick drückte Shef mit beiden Händen und der ganzen Stärke, die sein vom Schmiedehandwerk gestählter Körper aufbieten konnte, seinen Gegner nach unten.

Etwas knackte. Hrani blickte entsetzt nach oben. Shef, der seinen Körper immer noch über einem Knie hielt, tätschelte ihm zärtlich die Wange.

»Du bist immer noch der beste Ringer Ebeltofts«, sagte er. »Der Wurf war unfair.«

Er zog das Messer aus Hranis Gürtel und stach aufwärts, tief unter den Brustkorb. Dann rollte er den leblosen Körper beiseite und nahm das Schwert mit dem schlichten Knochengriff an sich.

Einige Schritte weiter sah Shef einen tieferen Priel. Er ging bis zum Wasser, warf das Schwert 30 Fuß zur anderen Seite und schwamm ihm mit kräftigen, schnellen Zügen hinterher. Dort angekommen drehte er sich um und musterte die Ragnarssons, die keuchend zum ihm aufschlossen. Er beugte kurz den Kopf, um das Wasser aus der leeren Augenhöhle abfließen zu lassen, dann blickte er über den Priel und erwiderte Schlangenauges wütendes Starren.

»Kommt rüber«, rief er. »Ihr seid zu dritt und allesamt mächtige Krieger. Wie es euer Bruder Ivar war. Und ihn habe ich auch im Wasser getötet.«

Halfdan ging mit erhobenem Schwert einige Schritte ins Wasser. Ubbi faßte ihn an der Schulter.

»Nein. Er würde dich niedermachen, noch bevor du wieder Boden unter den Füßen hast.«

Shef verzog den Mund zu einem übertrieben breiten Grinsen. Vielleicht konnte er die Ragnarssons zum Angreifen provozieren. Wenn einer der Brüder herübergeschwommen kam, würde er ihn töten, noch während ihn das Wasser behinderte. Wenn sie zu zweit oder zu dritt kamen, würde er einfach weiterrennen und die Ragnarssons in ihren schweren Rüstungen hinter sich lassen. Die Initiative gehörte jetzt ihm. Aber die Ragnarssons standen jetzt vor einem Rätsel, denn sie wußten nicht, daß er sich bereits dafür entschieden hatte, davonzurennen. Wenn sie alle gleichzeitig den Priel überquerten, konnten sie ihn wahrscheinlich töten, aber zumindest der erste Hieb würde ihm gehören. Vielleicht verführte sie auch die Leiche ihres Gefolgsmanns zu der Annahme, daß der Blutdurst seinen Verstand vernebelte und er auf ihre Herausforderung eingehen würde.

Plötzlich schoß Sigurths Speer seinem Bauch entgegen. Der Wikinger hatte ihn mit gleichmütiger Miene und ohne sichtbare Armbewegung geschleudert. Shef sah den Schemen kommen. Seinen jugendlichen Reflexen gehorchend sprang er mit weit auseinandergerissenen Beinen in die Luft. Ein quälender Schmerz schoß durch seine Leiste, als ihn der Speerschaft streifte. Shef landete geduckt im Sand und biß sich auf die Lippe, um den Schmerz zu verbergen.

»Euer Bruder Ivar hat wenigstens fair gekämpft. Er

stand auf derselben Planke wie ich«, rief er. »Hat man euch erzählt, wie er starb?« Mit meinem Griff habe ich ihm die Eier zermalmt, dachte Shef. Und die scharfe Kante meines Helms hat ihm das Gesicht in Streifen geschnitten. Hoffentlich haben sie nicht diese Geschichte gehört. Denn ich habe nicht fair gekämpft.

Schlangenauge wandte sich ab, er hatte sich nicht einmal die Mühe gemacht, das Schwert zu ziehen. Er murmelte seinen Brüdern etwas zu, und sie drehten sich ebenfalls um und gingen zu Hranis Leichnam. Sigurth bückte sich, um den goldenen Reif von Hranis Arm zu ziehen. Dann machten sich die drei auf den Rückweg zur *Frani Ormr*. Sie hatten seine Herausforderung ausgeschlagen.

Sigurth ist ein kluger Mann, dachte Shef. Er ist lieber aus der Seeschlacht geflohen, als sie nach meinem Plan auszukämpfen. Und jetzt ist er mir wieder ausgewichen. Ich darf nicht vergessen, daß er nicht aufgegeben, ja, und es niemals tun wird.

Er blickte sich um und versuchte, sich ein Bild seiner Lage zu machen.

Er war von der *Norfolk* abgeschnitten. Vielleicht hatten Sigurths Männer sie angegriffen, vielleicht auch nicht. Und wenn die Wikinger das getan hatten, war fraglich, ob Ordlaf und seine Mannschaft sie hatten zurückschlagen können. Aber ganz egal, was geschehen war, er wagte es nicht, wieder zurückzugehen. Sigurth konnte ihm in den Sandbänken unzählige Fallen stellen. Er mußte in die andere Richtung gehen, zur unbekannten Küste, die seinen Schätzungen nach hinter einer weiteren Viertelmeile Sandbänken beginnen mußte.

Er besaß lediglich die Kleider, die er am Leib trug, den an seinem Gürtel befestigten Feuerstein und ein schlecht gearbeitetes Eisenschwert mit Knochengriff. Das Knurren seines Magens erinnerte ihn daran, daß er seit dem Mittag nichts mehr gegessen hatte. Und er begann bereits in seiner durchnäßten Wollhose und seinem Mantel vor Kälte zu zittern. Das Salzwasser reizte seine leere Augenhöhle, und irgendeiner verrückten Laune folgend tränte sein anderes Auge unaufhörlich. Die Sonne stand nur noch eine Handbreit über dem Horizont. Und er durfte nicht einfach stehenbleiben. Die Flut kam herein. Bald würde er den langen Weg zur Küste schwimmen müssen.

Noch nie hatte er sich weniger wie ein König gefühlt als in diesem Augenblick. Aber auf der anderen Seite hatte er sich nie wirklich wie ein König gefühlt. Wenigstens gab es jetzt, wo er erwachsen war, keinen Stiefvater oder Herrn, der ihn verprügelte.

Als er sich der deutschen Küste am Nordufer der Elbe zuwandte, kam ihm der Gedanke, Sigurths Speer an sich zu nehmen. Wie nicht anders zu erwarten gewesen war, handelte es sich um eine vorzügliche Waffe mit einem robusten Eisenschaft. Die lange dreieckige Spitze war aus bestem Stahl gefertigt und zeigte keinerlei Spuren von Abnutzung, war aber auch nicht – wie oft üblich – mit silbernen Einlegearbeiten verziert. Der umsichtige Schlangenauge verschwendete kein Geld auf etwas, das er seinen Feinden entgegenschleuderte. Doch statt dessen fanden sich Markierungen auf dem Stahl, Runen. Dank Thorvins Unterricht konnte Shef sie lesen: »Gungnir«.

Schlangenauge hielt es also nicht für eine Entweihung, Odin selbst nachzuahmen. Der Speer war weder ein Erbstück, noch aus alten Zeiten überkommen. Die Schmiedearbeit zeigte Shef, daß er erst vor kurzem angefertigt worden war. Nachdenklich schulterte Shef den Speer, verstaute das Schwert unter dem Gürtel und machte sich erschöpft und vorsichtig auf den Weg zum Nordufer der Elbe, das im Dämmerlicht gerade noch sichtbar war.

Weit im Norden der Elbe, nördlicher noch als die Bastion der Ragnarssons im dänischen Seeland, bedeckte immer noch tiefer Schnee die große Akademie des Weges im norwegischen Kaupang. Dickes Eis bedeckte die Fjorde. Einige Männer bewegten sich eilig zum nächsten Schutz.

Doch dann hielt einer der Skiläufer unvermittelt an und stand reglos im Schnee: Es war Vigleik mit den vielen Visionen, einer der meistgeachteten Priester des Weges. Vögel flatterten heran, landeten auf dem Schnee und bildeten einen Kreis um ihn. Als der Schwarm immer weiter anschwoll, zeigten Männer auf das Spektakel und riefen ihre Freunde und Nachbarn herbei. Nach und nach bildete sich ein Ring aus Männern, Priestern und ihren Lehrlingen und Dienern um Vigleik und die Vögel, der aber respektvoll auf Abstand blieb.

Einer der Vögel, ein kleines Rotkehlchen, löste sich aus dem Gewimmel und ließ sich laut zwitschernd auf Vigleiks Schulter nieder. Der Priester stand ungerührt im Schnee, den Kopf zur Seite geneigt, ganz so, als ob er das Pfeifen des Vogels verstünde. Schließlich nickte er höflich, und das Rotkehlchen flatterte davon.

Dann kam ein zweiter Vogel und setzte sich auf seine behandschuhte Hand, die den Skistock umklammerte. Diesmal war es ein winziger Zaunkönig, der seinen Schwanz wie die Sporen eines Reiters in die Höhe reckte. Er sang ebenfalls lange und wartete. »Danke, Bruder«, hörten die Zuschauer Vigleik sagen.

Dann machte sich die Vogelschar hastig davon und flüchtete sich in die Sicherheit der Bäume. Ein Neuankömmling war eingetroffen – eine große, schwarze Krähe. Sie setzte sich nicht auf Vigleik, sondern schritt vor ihm auf und ab und krächzte in unregelmäßigen Abständen hart und herausfordernd. Es klang so, als ob der Vogel den Priester verhöhnte. Doch Vigleik schwieg. Schließlich hob die Krähe den Schwanz, schiß in den Schnee und flatterte davon.

Nach einiger Zeit hob Vigleik den Kopf und starrte in den Himmel. Als er das Haupt wieder senkte, hatte seine Miene wieder zu ihrem üblichen Ausdruck zurückgefunden. Seine Amtsbrüder wußten, daß die Vision vorüber war, und wagten es, sich ihm zu nähern. An ihrer Spitze war Valgrim, der anerkannte Leiter der Akademie und ein Priester des Allvaters Odin – nur wenige drängte es nach einer so schweren Verantwortung.

»Welche Nachrichten bringst du, Bruder?« fragte er.

»Nachricht vom Tode eines Tyrannen. Und schlimmere. Meine Schwester, das Rotkehlchen, sagte mir, Papst Nikolaus sei tot. Seine eigenen Diener erstickten ihn in Rom mit einem Kissen. Er zahlte den Preis – aber nicht dafür, daß er eine Armee gegen uns ausschickte, sondern dafür, daß sie geschlagen wurde.«

Valgrim nickte. Ein zufriedenes Lächeln teilte seinen Bart.

»Mein Bruder, der Zaunkönig, sagte mir, daß Karl der Kahle, der König der Franken, ebenfalls tot ist. Einer seiner Grafen erzählte die Geschichte, wie Karls Vorfahren die langhaarigen Könige schoren, um zu zeigen, daß sie keine Könige mehr sind. Der Graf sagte, Gott hätte Karl die Glatze geschickt, um zu zeigen, daß er niemals hätte König werden dürfen. Als Karl den übrigen Grafen befahl, ihren Standesgenossen zu ergreifen, erhoben sie sich und erschlugen statt dessen ihn selbst.«

Wieder lächelte Valgrim. »Und was ist mit der Krähe?« fragte er.

»Sie brachte die schlechte Nachricht. Sie sagte mir, daß ein Tyrann noch lebt, auch wenn er heute dem Tod nahe ist: Sigurth Ragnarsson.«

»Er mag ein Tyrann sein«, sagte Valgrim. »Aber dennoch ist er ein Liebling Odins. Wenn der Weg ihn für sich gewinnen könnte, hätte er einen mächtigen Champion auf seiner Seite.«

»Damit könntest du recht haben«, sagte Vigleik. »Aber seine Kreatur, die Krähe, behandelt uns als seine Feinde, als die Mörder seines Bruders. Sie drohte mir, ja uns allen, seine Vergeltung an. Und doch sagte die Krähe nicht die ganze Wahrheit, das spüre ich. Sie verschwieg etwas.«

»Was?«

Vigleik schüttelte bedächtig den Kopf. »Das ist noch vor mir verborgen. Und was immer du sagst, Valgrim, ich glaube nicht, daß wir den Sieg im Ragnarök durch Männer vom Schlag eines Sigurth Ragnarsson erringen können, mit ihren Opfern und ihrer Grausamkeit. Es sind nicht nur die großen Champions, die Loki und die Brut des Fenriswolfs bezwingen werden. Und nicht Blut wird Balder aus dem Reich der Hel zurückholen, Tränen werden es.«

Trotz der beißenden Kälte rötete sich Valgrims Gesicht. Vigleik zweifelte seine Autorität an und hatte obendrein unheilvolle Namen und Taten erwähnt. Als er seine Beherrschung wiedergefunden hatte, fragte er: »Und was war zum Schluß, als du in den Himmel gestarrt hast? Was hast du dort gesehen?«

»Ich sah Adler in der Ferne. Erst stieg einer höher als der andere, dann übertraf ihn der zweite. Ich konnte nicht sehen, wer von den beiden die Oberhand behalten hat.«

KAPITEL 5

DIAKON ERKENBERT SASS im Sonnenlicht an einem robusten Tisch. Tinte und Pergament lagen vor ihm. Ein langer, arbeitsreicher Tag ging seinem Ende entgegen. Aber er war zutiefst befriedigend verlaufen. Erkenbert spürte, wie Zuversicht, Respekt, ja fast Ehrfurcht sich in ihm ausbreiteten, als er den dicken Stapel Pergamente zusammenräumte. Reihe um Reihe von Namen fanden sich darauf. Jeder von ihnen stand für ein Gesuch um Aufnahme in den neuen Orden, den die Erzbischöfe des Westens ausgerufen hatten: den Lanzenorden.

Während ihrer langen Reise von Köln nach Hamburg hatte Erkenbert erkannt, daß einige besondere Umstände die Einrichtung eines Ordens von Kriegermönchen in den Ländern der Deutschen begünstigten. In seiner Heimat Northumbrien, ja im gesamten familienbewußten England verstanden sich die Thanes, die das Rückgrat des Heeres bildeten, nur auf eines: Sich selbst auf das bequemste auf den Ländereien einzurichten, die ihnen der König überlassen hatte. Und war ihnen das gelungen, setzten sie Himmel und Hölle in Bewegung, um ihre Lehen zu behalten und sie irgendwann an ihre Kinder weiterzugeben, ganz gleich, wie fett oder untauglich sie für den Waffendienst geworden waren. Manchmal sandten sie ihre Söhne aus, damit sie den Waffendienst an ihrer Stelle leisteten, manchmal sicherten sie sich die Gewogenheit des Könighauses oder der Kirche, indem sie die Rechtssprüche des Königs oder eines Abtes durchsetzten, und auf jede Urkunde schworen, die der Bestätigung bedurfte. Wie immer sie es auch anstellten – und manche schickten sogar ihre Töchter aus, um die Lust einer einflußreichen Persönlichkeit anzustacheln –, es gab in England kaum einen Flecken Land, auf den nicht der Sohn eines Adligen Anspruch erhob.

In Deutschland war das ganz anders. Man hatte es den Kriegern nicht gestattet, sich niederzulassen und zu verweichlichen. Einem Ruf zu den Waffen war Folge zu leisten. Wenn ein Krieger sich verweigerte, ersetzte man ihn durch einen geeigneteren. Ein Krieger mittleren Alters war gut beraten, sich ein Auskommen gesichert zu haben, bevor sein Schwertarm erlahmte, denn sein Fürst fühlte sich ihm nicht verpflichtet. Und die Söhne der Krieger blickten in eine unsichere Zukunft. In gewisser Weise, dachte Erkenbert, gleichen sie eher Churls als Adligen, trotz ihrer Besessenheit mit adligem Blut. Sie können jeden Augenblick abgesetzt werden. Für Männer wie sie hatte die Aussicht auf einen Orden, der ihnen bis zu ihrem Todestag eine Heimstatt und seine Kameradschaft gewähren würde, erhebliche Anziehungskraft.

Dennoch hätten er und seine Amtsbrüder ohne die Redekunst Erzbischof Rimberts keinen so überragenden Erfolg bei der Rekrutierung ihrer leibeigenen Soldaten gehabt. Etliche Male hatte er auf ihrer Reise nach Hamburg die Massen zusammengerufen und gepredigt.

Und immer benutzte er die Worte des Evangelisten Markus: «Ich sende euch wie Schafe mitten unter die Wölfe.« Er erinnerte seine Zuhörer daran, wie Jesus dem heiligen Petrus verboten hatte, sich den Soldaten in den Weg zu stellen, als sie ihn im Garten von Gethsemane abführten. Er rief ihnen ins Gedächtnis, wie er seine Jünger aufgefordert hatte, auch die andere Wange hinzuhalten, und daß sie zwei Meilen gehen sollten, wenn ein Mann sie dazu zwang, eine zu gehen. Und er hieb weiter in dieselbe Kerbe, bis er den Zweifel oder die Abscheu in den Gesichtern seiner kriegerischen Zuhörer sah.

Und dann sagte er ihnen, daß die Worte Jesu ohne Zweifel der Wahrheit entsprachen. Aber was war, wenn ein Mann einen zwang, sein Bündel eine Meile zu tragen und man es guten Willens zwei Meilen weit getragen hatte – und er, anstatt sich zu bedanken, einen verfluchte und aufforderte, es weitere zwei Meilen zu tragen? Oder zehn? Oder zwanzig? Was war, wenn man die andere Wange hinhielt und der Feind sie immer und immer wieder schlug? Mit seiner stärksten Hundepeitsche? Und wenn seine Zuhörer unruhig wurden und wütend murrten, fragte er sie, was sie so zornig machte. Denn waren die Dinge, die er ihnen gerade geschildert hatte, nicht hundertmal harmloser als die Beleidigungen und Kränkungen, die ihnen die Heiden des Nordens beibrachten? Und dann berichtete er ihnen, was er, Rimbert, als der Apostel des Nordens, über die Jahre hatte mitansehen müssen: geschändete Töchter und Ehefrauen; Männer, die man in die Sklaverei und den Tod führte; Christen, die wehklagend in Odense oder Kaupang – oder noch schlimmer, in Uppsala – im Schnee knieten und darauf warteten, den heidnischen Götzen geopfert zu werden. Wann immer er konnte, berichtete Rimbert seinem Publikum vom Schicksal von Männern und Frauen aus dem betreffenden Bezirk. Er schien einen unerschöpflichen Vorrat an herzzerreißenden Geschichten zu besitzen. Aber wer würde das nicht, fragte sich Erkenbert, nach 30 erfolglosen Jahren bei der Bekehrung der Heiden?

Und sobald die Wut seines Publikums ihren Siedepunkt erreicht hatte, die leibeigenen Ritter unter ihnen finster starrten, sich die Hände rieben und sich vor Empörung die Lederkappen von den Häuptern rissen, zitierte Rimbert wieder den Evangelisten Markus: «Ich sende euch wie Schafe mitten unter die Wölfe«.

»Ja«, fuhr der Erzbischof dann fort, »die guten Priester meiner Mission, sie waren Schafe. Nicht einer von zehn ist zurückgekehrt. Sie waren wahrhaftig Schafe, und das werden sie bleiben. Aber von nun an« – seine Stimme verstieg sich zu einem eisernen Schmettern – »werde ich jedem Schaf, das ich ausschicke, jemanden zur Seite stellen. Nein, kein weiteres Schaf. Und nein, auch keinen Wolf. Nein, ich werde einen großen Hund mitschicken, eine deutsche Bulldogge, mit einem stachelbewehrten Halsband, und dazu zwanzig weitere Wolfshunde. Dann werden wir sehen, ob die Wölfe des Nordens sich immer noch den Predigten der Schafe verweigern! Vielleicht werden sie ihrem Blöken in Zukunft sehr genau zuhören.«

Und an diesem Punkt ließ sich Rimbert zu Scherzen und Wortspielen hinreißen. Manchmal machte er sogar blökende Schafe nach, was sein Publikum mit schallendem Gelächter quittierte und die Spannung und Wut der Männer löste. Erst danach legte Rimbert ihnen langsam und ruhig seinen Plan dar: Er wollte weitere Missionare in den Norden schicken, aber durch die Gebiete der wohlwollenderen Häuptlinge und Könige. Und im Mittelpunkt jedes Missionszugs sollte nach alter Tradition ein gelehrter und frommer Priester stehen, begleitet von einer neuen Leibwache: Männer von adliger Herkunft, aus dem Ritterstand, unverheiratet und kinderlos, geschickt mit Schwert, Lanze und Streitkolben. Männer, die ein Schlachtroß reiten konnten, in einer Hand den Schild, in der anderen die Lanze, und das Tier nur mit Knien und Fingerspitzen beherrschten – kurzum, Männer, um die die Piraten des Nordens ängstlich einen weiten Bogen machen würden.

Und dann, wenn das Publikum an seinen Lippen hing, berichtete Rimbert von der Heiligen Lanze. Erst wenn sie in das Reich zurückkehrte, so der Erzbischof, würde der Geist Karls des Großen wieder aufleben und die Christenheit über ihre Feinde triumphieren. Er forderte geeignete Männer auf, sich bei seinen Dienern zu melden, die für sie – sollten sie sich dieser Ehre als würdig erweisen – einen Platz im Lanzenorden finden würden.

Aus diesem Grund hielt Erkenbert jetzt dicke Pergamentstapel in den Händen, auf ihnen endlose Reihen mit den Angaben der mitgerissenen Zuhörer: ihren Namen, ihren Ansprüchen auf adlige Herkunft – denn Bauern oder ihren Söhnen war der Eintritt in den Orden kategorisch verwehrt –, den weltlichen Reichtümern, die sie einbringen konnten, und eine genaue Auflistung ihrer Waffen und übrigen Ausrüstungsgegenstände. Zu gegebener Zeit würde Erkenbert einen Teil der Namen durchstreichen, während andere Aufnahme finden würden – aber nur den wenigsten würde dieses Glück vergönnt sein. Und das nicht, weil es ihnen an Reichtum oder Adel fehlte, nein, sondern weil sie an den Prüfungen scheitern würden, die sich der Waffenmeister des Erzbischofs ausgedacht hatte. Und diese fanden zur selben Zeit, als Erkenbert den Federkiel beiseite legte, überall auf dem großen Übungsplatz statt, der vor der hölzernen Palisade des vielgeprüften Hamburgs lag. Männer drangen aufeinander mit stumpfen Schwertern und Schilden ein, ritten durch einen verwinkelten Parcours aus Hürden und Strohmännern, die sie mit der Lanze treffen mußten oder rangen miteinander mit bloßen Händen. Und allerorts standen der grauhaarige Waffenmeister und seine Hauptleute, verfolgten die Übungen, verglichen Leistungen und merkten sich Namen.

Erkenbert blickte hinüber zu Arno, dem Ratgeber Erzbischof Gunthars, der sie in Rimberts Erzdiözese begleitete hatte, um ihre Fortschritte zu verfolgen, zu helfen und Bericht zu erstatten. Sie grinsten einander an. Ein merkwürdiges Gefühl der Kameradschaft war zwischen dem kleinen, dunkelhaarigen Engländer und dem großen, blonden Deutschen gewachsen, angetrieben von der Liebe zur Effizienz und zu intellektueller Anstrengung, die sie beide teilten.

»Der Erzbischof wird keine Probleme haben, seine ersten hundert Krieger zu finden«, bemerkte Erkenbert.

Noch bevor Arno antworten konnte, schaltete sich eine weitere Stimme ein. »Er wird jetzt nur noch 99 brauchen.«

Der Diakon und der Priester starrten den Neuankömmling von ihren Stühlen aus an.

Der kleine Erkenbert registrierte mit Befriedigung, daß der Fremde nicht großgewachsen war. Aber er hatte ungewöhnlich breite Schultern, die noch durch seine schlanke, ja fast mädchenhafte Taille betont wurden. Er trug eine wattierte Lederjacke, wie Reiter sie unter dem Kettenhemd trugen. Erkenbert sah, daß man zusätzliche Lederstreifen hatte einnähen müssen, um Platz für seinen Brustkorb und seine Schultern zu machen. Die Streifen waren zwar sauber eingepaßt, aber in unterschiedlichsten Farbtönen. Unter der Lederjacke schien er lediglich einen billigen Waffenrock aus Barchent und eine verschlissene Wollhose zu tragen.

Blaue, durchdringende Augen starrten auf die beiden Kleriker herab. Das Haar des Fremden war so blond wie das Arnos, stand aber in wirren Büscheln ab. Erkenbert hatte in seinem Leben gefährliche und verrückte Gesichter gesehen, wie das Ivars des Knochenlosen. Aber er konnte sich nicht entsinnen, jemals ein härteres erblickt zu haben. Es schien aus Stein gemeißelt, die Haut spannte sich straff über die markanten Knochen. Und gleichzeitig wirkte der Kopf im Vergleich zu dem bulldoggenhaften Hals, auf dem er saß, winzig.

Erkenbert überwand seine Verblüffung. »Was soll das heißen?«

»Nun, mein Freund, der Erzbischof will 100 Krieger. Ich bin einer. 100 weniger einen – hast du von der Rechenkunst gehört? – macht 99.«

Der Spott ließ Erkenbert rot anlaufen. »Ich habe von der Rechenkunst gehört. Aber du bist nicht ausgewählt. Zuerst müssen wir deinen Namen wissen, den deiner Eltern und viele andere Dinge. Und du mußt dich vor dem Waffenmeister beweisen. Aber dafür ist es heute ohnehin zu spät.«

Er spürte, wie sich eine Hand auf seinen Arm legte. »Bruder«, sagte Arno langsam und bedächtig, »du hast recht, aber ich glaube, in diesem Fall sollten wir eine Ausnahme machen. Ich kenne diesen jungen Herrn, wir alle kennen ihn. Das ist Bruno, der Sohn Graf Reginbalds des Grafen der Grenzmark. Seine Eignung und Abstammung sind selbstverständlich über alle Zweifel erhaben.«

Erkenbert langte gereizt nach dem Pergament. »Nun gut. Wenn wir das hier in der angemessenen Form durchführen wollen, müssen wir fragen, welche Mittel der Bewerber in den Orden einbringen kann.« Er kritzelte einige Buchstaben auf das Pergament. »Er heißt Bruno. Der Sohn eines Grafens ist also Bruno von...?«

»Bruno von nirgendwo«, sagte die sanfte Stimme. Erkenberts Hand fand sich in einem unwiderstehlichen Griff gefangen. Zwar zart, aber der Diakon spürte die eisernen Sehnen, die dahinterlagen. »Ich bin der dritte

Sohn des Grafen und habe kein Gut. Ich besitze nur meine Waffen, meine Rüstung und mein gutes Pferd. Aber jetzt will ich dir ein paar Fragen stellen, kleiner Mann mit dem Pergament. Dein Deutsch ist gut, aber ich kann hören, daß du nicht zu uns gehörst. Und von deiner edlen Abstammung habe ich kein Wort vernommen. Nichts für ungut, aber ich frage mich natürlich, wer ist dieser Mann, der sich die Entscheidung darüber herausnimmt, wer Ritter eines adligen Ordens wird und wer nicht?«

Arno schaltete sich eilig ein. »Der gelehrte Diakon ist Engländer, Arno. Er kämpfte in der Armee des Papstes und kam hierher, um uns von der Niederlage zu berichten. Außerdem war er Zeuge des Todes von Ivar dem Knochenlosen und seines Vaters Ragnar Lodbrok. Er hat uns viele Dinge von Wichtigkeit berichtet und steht mit Leib und Seele hinter unserer Sache.«

Der Griff um Erkenberts Handgelenk löste sich, und der blonde Mann trat zurück. Interesse blitzte in seinen schroffen Zügen auf.

»Gut«, sagte er. »Gut. Ich bin bereit, einen Engländer als Kameraden anzunehmen. Und eines von dem, was unser kleiner Engländer sagte – nichts für ungut, mein Freund, jeder von uns hat seine Stärken –, ist wahr. Ich muß mit Sicherheit die Prüfungen des Waffenmeisters bestehen.« Seine Stimme hob sich zu einem Schrei. »Dankwart! Wo steckst du, alter Schlingel? Stell mir eine Prüfung. Oder nein, spar dir die Mühe, das erledige ich selbst.«

Während des Wortwechsels mit Erkenbert war das Treiben auf dem Übungsfeld zum Erliegen gekommen. Der Waffenmeister, seine Hauptmänner und die erfolgreichen Bewerber hatten sich in einer Traube um den Neuankömmling versammelt. Als Bruno sich vom Tisch abwandte, machten sie eine Gasse für ihn frei.

Mit vier mächtigen Sprüngen war Bruno bei dem

riesigen schwarzen Pferd, das unangebunden in der Nähe gewartet hatte. Er landete ohne Steigbügel oder Knauf zu berühren im Sattel, griff nach einer Lanze, die mit der Spitze im Boden steckte, und galoppierte auf den Parcours aus Hürden und Holzfiguren zu. Als sein Pferd das erste Hindernis nahm, bemerkte Erkenbert, daß der blonde Deutsche den linken Arm in einer theatralischen Geste hinter dem Rücken verschränkt hatte, als Ausgleich für den fehlenden Schild. Die Zügel baumelten herunter, Bruno lenkte den Hengst nur mit Knien und Oberschenkeln. Einen Augenblick später knickte die erste Holzfigur um, getroffen von Brunos Lanzenspitze. Staub wirbelte auf, und Erkenbert hörte nur noch, wie in kurzen Abständen die Ziele krachend zu Boden gingen. Dazwischen schoß der schwarze Zentaur immer wieder über die Hindernisse. Die Fachkundigen unter den Zuschauern quittierten jeden Lanzenstoß mit einem Jubelschrei. Erkenbert schien es, daß nur ein Moment vergangen war, als der Hengst zurück war, und der Reiter keuchend und breit grinsend aus dem Sattel glitt.

»Habe ich diesen Teil bestanden, Dankwart? Dann sag dem Mann mit dem Pergament Bescheid, denn es zählt nur, wenn er es aufschreibt. Aber jetzt, Dankwart, sieht ein Mann zu, der echte Schlachten und echte Champions kämpfen gesehen hat. Ich will ihm etwas zeigen und seine Meinung dazu erfahren. Wer ist hier der Geschickteste mit Schwert und Schild?«

Der grauhaarige Waffenmeister deutete ungerührt auf einen der Bewerber, der mit seinen Hauptmännern trainiert hatte. Es war ein hochgewachsener junger Mann mit einem weißen Wappenrock über dem Kettenhemd. »Der da drüben, Bruno. Er ist wirklich gut.«

Bruno ging auf den Mann zu und umschloß seine Rechte mit beiden Händen in einer merkwürdig zärtlichen Geste. »In Ordnung?«

Der Mann nickte. Hauptmänner reichten den beiden Kontrahenten Langschilde, wie sie Ritter trugen. Dann schwere Schwerter, deren Klingen und Spitzen man sorgfältig abgerundet hatte. Die beiden Männer traten zurück, und wenige Augenblicke später umkreisten sie einander lauernd. Beide drehten sich nach rechts, weg vom Schwert ihres Gegenübers.

Der im Kriegshandwerk unkundige Erkenbert sah lediglich wirbelnde Bewegungen, hörte das Klirren der Waffen, als der hochgewachsene Mann dreimal zuschlug. Erst hoch, dann tief, dann mit der Rückhand. Sein Schwert schien leicht wie eine Feder. Bruno parierte entschlossen. Er bemühte nicht einmal den Schild und verdrehte lediglich das Handgelenk, um die Klinge seines Kontrahenten jeweils im rechten Winkel abzufangen. Dann, als der vierte Hieb heruntersauste, machte er einen schnellen Satz nach vorne und riß den Schild hoch, damit sein Rand die Klinge unmittelbar über der Parierstange traf. Im selben Moment, als der hochgewachsene Deutsche zurücktaumelte und versuchte, sein Gleichgewicht wiederzugewinnen, zuckte Brunos Schwert. Es schien, als ob drei Schwerter gleichzeitig angriffen, der hochgewachsene Mann parierte verzweifelt in alle Richtungen. Dann berührte sein Schild das Gras, sein Schwert war hoch in der Luft und er kniete halb, um einen Hieb abzuwehren, der nicht kommen sollte. Bruno schien sich sogar noch einen Moment zurückzuhalten, um über die beste Vorgehensweise zu entscheiden.

Dann schnitt sein Schwert schneller durch die Blöße, als das Auge folgen konnte. Erkenbert hörte einen dumpfen Aufschlag und ein Keuchen, und der hochgewachsene Mann lag ausgestreckt auf dem Rücken. Gleich darauf erkannte der Diakon, daß Bruno im letzten Augenblick das Handgelenk verdreht hatte, um die Wucht des Aufschlags zu vermindern. Er hatte es nicht nötig, mit seiner ganzen Stärke zu protzen.

Bruno ließ auf der Stelle Schwert und Schild fallen und half seinem Kontrahenten mit derselben eigentümlichen Zärtlichkeit wieder auf die Beine. Er tätschelte ihm die Wange und starrte ihm in die Augen, während er gleichzeitig mit einer Hand winkte, um zu sehen, ob der andere noch scharf sehen konnte. Erleichterung zeichnete sich in seinen Zügen ab, und er trat lächelnd zurück. »Ein guter Kampf, mein junger Ritter. Ich freue mich darauf, dein Kamerad im Orden zu sein. Beim nächsten Mal werde ich dir diese Finte zeigen, sie ist nicht schwierig.« Er blickte in die Runde, um den Beifall der Zuschauer entgegenzunehmen, vergaß aber nicht auf seinen Kontrahenten zu zeigen, und gab damit zu verstehen, daß diesem ebenso Beifall gebührte.

Das muß man diesen Deutschen auch lassen, dachte Erkenbert, der sich der reizbaren Besessenheit seiner Landsleute mit Fragen der Rangfolge entsann. Sie arbeiten mühelos zusammen. Sie sammeln sich gern in Gruppen und Kameradschaften und teilen ihr Essen und Bier. Dennoch werden sie einen als Anführer akzeptieren, der darauf besteht, nur ein Gleicher unter Gleichen zu sein. Ist das eine Stärke oder eine Schwäche?

Bruno näherte sich wieder dem Tisch. Seine Augen funkelten. »Setzt ihr mich jetzt auf die Liste?«

Als Arno nach Feder und Pergament griff, lachte er und beugte sich nach vorn. Mit plötzlichem Ernst fragte er Erkenbert: »Sag mir, Kamerad. Es heißt, du hast große Champions gesehen, Ivar den Knochenlosen und vielleicht sogar den Hünen, den sie Brand den Mörder nennen. Sag mir, wie schneide ich im Vergleich zu ihnen ab? Und sag mir die Wahrheit, ich werde keinen Anstoß an ihr nehmen.«

Erkenbert zögerte. Er hatte gesehen, wie Ivar gegen die Champions von Mercien gekämpft hatte, aber nur aus einiger Entfernung und von hinten. Doch das Duell zwischen Ivar und Brand auf der Gangway hatte er aus nächster Nähe verfolgt. Er erinnerte sich an Ivars schlangenartige Schnelligkeit, die Kraft, die unvermutet in seinem schmächtigen Körper geschlummert hatte. Dann überdachte er, was er gerade gesehen hatte, und wog die Kraft der breiten Schultern Brunos ab.

»Ivar war sehr schnell«, sagte er schließlich. »Er konnte einem Hieb ausweichen, anstatt ihn zu parieren, und ihn trotzdem sofort erwidern. Ich glaube auf offenem Feld hättest du ihn erschöpfen können, denn du bist stärker als er. Aber Ivar ist tot.«

Bruno nickte und sah den Diakon forschend an. »Und was ist mit Viga-Brand? Dem Mann, der ihn tötete?«

»Es war nicht Brand, der ihn tötete. Ivar war zu schnell für Brand, auch wenn dieser stärker war. Nein.« Der Haß strömte aus Erkenberts heraus. »Ein anderer hat Ivar getötet. Der Sohn eines Churls, vom Teufel besessen. Er trägt einen Hundenamen: Shef, und er kennt nicht einmal seinen Vater. In einem fairen Kampf könntest du hundert seinesgleichen besiegen. Und jetzt haben sie ihn zum König gemacht!«

Die blauen Augen waren nachdenklich. »Dennoch hat er einen großen Champion getötet, ob es nun ein fairer Kampf war oder nicht. Solche Dinge sind kein Zufall. Einen solchen Mann darf man niemals verachten. Denn heißt es nicht, Glück sei das größte Geschenk, das ein König sein eigen nennen kann?«

Als Shef endlich festen Boden erreichte, klapperten seine Zähne vor Kälte. Zweimal hatte die steigende Flut ihn dazu gezwungen zu schwimmen, zwar nur kurze Abschnitte, aber beide Male hatte ihn das Wasser bis auf die Haut durchnäßt. Und es schien keine Sonne, die ihn getrocknet hätte. Seetang markierte den späteren Höchststand der Flut, und dahinter zog sich ein niedriger Deich hin, offensichtlich das Produkt menschlicher Hände. Shef kletterte hinauf und drehte sich um. Gegen alle Vernunft hoffte er, die *Norfolk* zu sehen, die sich zu seiner Rettung aufmachte. Dann könnte er schon in einer Stunde mit trockenen Kleidern und in eine warme Decke eingewickelt einen Laib Brot und Käse hinunterschlingen, vielleicht sogar an einem Feuer am Strand, bewacht von umsichtigen Kriegern. In diesem Augenblick konnte er sich keinen gerechteren Lohn für sein Königtum vorstellen.

Aber da war nichts. Im schwindenden Abendlicht sah alles gleich aus: Die graue See verschmolz mit dem grauen Himmel und überspülte träge die grauen Sandbänke. Auf seinem Weg landeinwärts hatte er kein Waffengeklirr gehört, aber das mußte nichts heißen. Eine Entermannschaft konnte die *Norfolk* genommen haben. Oder vielleicht war sie wieder flott und setzte ihr Duell mit der *Frani Ormr* draußen auf offener See fort. Nein, von der *Norfolk* konnte er keine Hilfe erwarten.

Shef wandte sich um und betrachtete nachdenklich die triste Landschaft vor sich. Auf den Feldern ging Gerstensaat auf. Ein paar hundert Schritte weiter erkannte er einige schwarze Umrisse, die vielleicht weidende Kühe waren. Hier, an der Küste der Piratensee, zeugte das von überraschendem Selbstvertrauen. Waren die Männer dieses Landes große Krieger? Oder Sklaven der Wikinger? Oder verließen sie sich ganz auf den Schutz durch die gefährlichen Sandbänke? Welche seiner Vermutungen auch immer zutreffen sollte, das Land dieser Menschen war nicht viel wert: Es war völlig flach und schlammig und wurde nur von dem sechs Fuß hohen Deich vor der Flut geschützt.

Aber entscheidend für Shef war, daß es für ihn dort keine Aussicht auf Wärme gab. In einem Wald hätte Shef vielleicht einen umgestürzten Baum gefunden, der ihn vor dem Wind geschützt hätte, Zweige, die er unter und über sich hätte legen können, um die Nässe abzuhalten, und welkes Laub, das er als provisorische Decke über sich hätte streuen können. Aber hier gab es nur Schlamm und nasses Gras. Dennoch bewiesen die Felder und die Kühe, daß es irgendwo in der Nähe ein Dorf geben mußte. Bauern pflügten niemals weiter als ein paar Meilen von ihren Häusern und Ställen entfernt, sonst brauchten die Ochsen zu lange für den täglichen Weg. Also mußte es ein Haus – ein Haus mit einem Feuer – irgendwo in nächster Nähe geben.

Shef versuchte einen Lichtschimmer zu erspähen, aber vergeblich. Aber das war nicht verwunderlich. Jeder, der Licht und Feuer hatte, würde klug genug sein, es wegen der Piraten abzublenden. Shef wandte sich nach links. Der einzige Grund für seine Entscheidung war, daß er sich damit von Hamburg und dem Land der Christen entfernte. Er marschierte zügig den Deich entlang. Wenn es nötig war, würde er die ganze Nacht marschieren. Irgendwann würden seine Kleider am Körper trocknen. Am Morgen, nachdem sein Körper seine Reserven verbrannt hatte, um die Kälte abzuhalten, würde er einen Heißhunger haben, aber den konnte er aushalten. In den Monaten seines Königtums und davor als Jarl hatte er gut gegessen. Jetzt war es Zeit, darauf zurückzugreifen. Wenn er sich jetzt in den Feldern hinlegte, würde er das Morgenlicht nicht mehr erleben.

Schon nach einigen Minuten kam er an einen Weg. Er hielt an. Sollte er ihm folgen? Wenn die Einheimischen ihm feindlich gesinnt waren, würden sie ihn umbringen. Aber der Regen, der auf seine Schultern klatschte, nahm ihm die Entscheidung ab. Vorsichtig folgte er dem Weg.

Das Dorf war lediglich eine Ansammlung von Langhäusern, ihre niedrigen Mauern nur eine Spur dunkler als der Himmel. Shef dachte nach. Er sah weder eine Halle, die eines Fürsten würdig gewesen wäre, noch eine Kirche. Das war gut. Die Langhäuser hatten verschiedene Größen. Eines der kürzesten war direkt vor ihm. Im Winter würden seine Bewohner – genauso wie die armen Leute in Norfolk – ihr Vieh mit ins Haus nehmen, damit es Wärme spendete. Ein kleines Haus bedeutete wenig Kühe. Aber konnte man nicht am ehesten unter armen Leuten auf eine milde Gabe hoffen? Vorsichtig näherte er sich der Tür des kleinsten Hauses. Dünne Lichtstrahlen drangen durch die hölzernen Fensterläden nach draußen.

Er steckte Schlangenauges Speer mit dem unteren Ende in den Boden, zog das Schwert aus dem Gürtel und hielt es an der Klinge. Mit der rechten Hand klopfte er gegen die schiefe Tür. Von drinnen drang das Geräusch hastiger Bewegungen und Gemurmel. Die Tür öffnete sich quietschend.

Shef trat in die schlecht beleuchtete Türöffnung. Sein Schwert balancierte er als Zeichen seiner friedlichen Absichten auf beiden Händen. Fast im selben Moment fand er sich mit dem Rücken auf dem Boden liegend wieder und starrte in den Himmel. Er hatte keinen Schlag gespürt, hatte nicht die geringste Vorstellung davon, was geschehen war. Seine Arme und Beine schienen seinen Befehlen keine Beachtung mehr zu schenken.

Er spürte, wie sich an seinem Nacken eine Faust um den Waffenrock schloß und ihn halb in die Höhe zog. Eine Stimme murmelte mit schwerem Akzent, aber verständlich, in sein Ohr. »In Ordnung, komm rein.

Sieh zu, daß du wieder auf die Beine kommst und laß dich ansehen.«

Den Arm auf die Schulter des Sprechers gelehnt stolperte Shef in das Haus und sank in einen Stuhl vor einem kümmerlichen Feuer.

Lange Zeit hatte er nur die Wärme im Sinn, streckte ihr die Hände entgegen, kauerte über ihr. Als seine Kleider zu dampfen begannen, schüttelte er den Kopf, erhob sich unsicher und blickte sich um. Vor ihm stand ein stämmiger Mann, die Hände in die Hüften gestemmt, mit einem Lockenwust und einem Ausdruck unverwüstlicher guter Laune. Sein spärlicher Bart verriet Shef, daß er jünger sein mußte als er selbst. Hinter ihm standen zwei ältere Leute, ein Mann und eine Frau, und beäugten ihn mißtrauisch und verängstigt.

Shef versuchte etwas zu sagen, aber sein Mund war steif und schmerzte. Er tastete umher und fand eine schwellende Beule auf der rechten Seite seines Kopfs.

»Was hast du getan?« fragte er.

Der stämmige Mann grinste noch breiter und machte eine schnelle Bewegung mit Händen und Körper gleichzeitig. »Hab dir eine verpaßt«, antwortete er. »Und du bist mir direkt in die Faust gelaufen.«

Shef warf erstaunt den Kopf zurück. In England und unter den Wikingern kam es regelmäßig vor, daß sich die Männer mit den Fäusten schlugen, aber der Sport der Krieger war das Ringen. In der Zeit, die ein Mann brauchte, um die Faust zu heben und zu schwingen, konnte sich selbst ein Großvater wegducken. Selbst als er das dunkle Haus betrat, hätte er erwartet, einen Faustschlag zu sehen und darauf reagieren zu können. Und außerdem sollte ein Schlag einen Mann nicht zu Boden gehen lassen. Faustkämpfe waren langwierig und ungeschickt, weshalb die Krieger sie verabscheuten. Dennoch hatte Shef nichts gesehen oder gefühlt, bis er sich auf dem Boden wiedergefunden hatte.

»Du brauchst nicht überrascht zu sein«, sagte der alte Mann aus dem Hintergrund. »Unser Karli schafft das bei allen. Er ist ein Champion. Aber du solltest uns besser sagen, wer du bist, sonst schlägt er dich wieder.«

»Ich wurde von meinem Schiff getrennt«, sagte Shef. »Mußte über die Sandbänke laufen und schwimmen.«

»Bist du ein Wikinger? Du sprichst eher wie einer von uns.«

»Ich bin Engländer. Aber ich bin viel unter den Nordländern gewesen und verstehe ihre Sprache. Ich habe auch mit Friesen gesprochen. Ihr sprecht fast wie sie. Seid ihr Friesen? Freie Friesen?«, fügte Shef hinzu, als ihm einfiel, wie sie sich selbst am liebsten bezeichneten.

Selbst die alte Frau lachte. »Die freien Friesen«, sagte der stämmige Junge, »die auf den Sandbänken leben und jedesmal, wenn sie ein Segel sehen, um ihr Leben rennen. Nein, wir sind Deutsche.«

»Die Männer des Erzbischofs?« erkundigte sich Shef vorsichtig. Er konnte jetzt sein Schwert sehen, das in einer Ecke des Raums an der Wand lehnte. Wenn sie ihm die falsche Antwort gaben, würde er sich darauf stürzen und versuchen, den stämmigen Jungen zu töten.

Wieder lachten die drei. »Nein. Manche von uns sind Christen, manche folgen den alten Göttern und manche gar keinen. Aber keiner von uns verspürt den Wunsch, irgend jemandem den Zehnten zu zahlen oder vor einem Fürsten niederzuknien.« Der Junge hielt kurz inne und verkündete dann stolz: »Wir sind das Volk von Dithmarschen.«

Shef hörte den Namen zum erstenmal. Er nickte. »Ich bin klatschnaß und durchgefroren. Und hungrig. Darf ich heute Nacht in eurem Haus schlafen?«

»Du bist uns am Feuer willkommen«, sagte der ältere Mann, der Herr des Hauses. »Was den Hunger angeht, davon haben wir selbst mehr als genug. Aber du kannst dich hier trocknen, anstatt draußen in den Sümpfen zu sterben. Morgen mußt du vor das Dorf treten und dich seinem Urteil stellen.«

Das wird nicht das erstemal sein, dachte Shef. Aber vielleicht sind die Richtsprüche der Dithmarscher gütiger als die der Großen Armee. Er betaste von neuem seinen geschwollenen Kiefer und setzte sich ans Feuer, während die Familie des Hauses sich zum Schlafengehen bereit machte.

KAPITEL 6

SHEF ERWACHTE AM MORGEN und fühlte sich auf merkwürdige Weise gefaßt und ausgeruht. Einige Augenblicke lang lag er auf dem festgetrampelten Lehmboden und fragte sich, wieso. Das Feuer war erloschen, und er hatte nur deshalb nicht die ganze Nacht gezittert, weil er sich zu einem Ball zusammengerollt und die Knie mit den Armen umklammert hatte. Seine Körperwärme hatte die Kleider getrocknet, aber das Salzwasser hatte den Stoff steif und rauh werden lassen. Sein Magen war nur noch ein winziger, schmerzender Klumpen. Und er war allein und mittellos in einem fremden und wahrscheinlich feindseligen Land. Wieso hatte er dann keine Angst?

Shef stand auf, streckte sich wohlig und drückte den Fensterladen auf. Sonnenschein und frische Luft, die nach Gras und Blüten roch, strömten herein. Er wußte die Antwort. Er war so gelassen, weil alle Sorge und Verantwortung von ihm gefallen waren. Zum erstenmal seit vielen Monaten mußte er sich nicht über die Bedürfnisse anderer den Kopf zerbrechen: Wie er sie ernähren oder überzeugen konnte, wie er sie so loben konnte, daß sie taten, was er wollte. Er war Kälte und Hunger von Kindheit an gewohnt. Und an Schläge und die drohende Versklavung ebenfalls. Aber er war jetzt kein Kind mehr, sondern ein Mann in der Blüte seiner Jahre. Wenn ihn jemand schlug, konnte er zurückschlagen. Shefs Auge registrierte die Waffen, die in der Ecke der Hütte gegen die Wand lehnten. Hranis Schwert und Sigurths Speer. Sie waren jetzt mit Ausnahme des Anhängers um seinen Hals, dem Feuerstein und dem Messer an seinem Gürtel sein einziger Besitz. Er würde damit fürs erste auskommen müssen.

Aus dem Augenwinkel heraus sah Shef, daß das ältere Paar ebenfalls aufgestanden war. Der Mann verließ das Haus. Das konnte ein schlechtes Vorzeichen sein. Die Frau zog eine Handmühle unter dem grob gezimmerten Tisch hervor, nahm etwas Korn aus einem Faß und mahlte es mit dem Stößel. Das Geräusch erinnerte Shef noch stärker an seine Kindheit. Seit er sich erinnern konnte, hatte der Tag immer auf dieselbe Weise begonnen, mit dem kratzenden, klopfenden Geräusch, mit dem die Frauen das Korn mahlten. Nur Jarle und Könige lebten weit genug weg von den täglichen Notwendigkeiten, um es nicht zu hören. Es war die Aufgabe, die die Krieger am meisten haßten, obwohl auch sie auf Feldzügen nicht um sie herumkamen. Vielleicht hassen die Frauen sie genauso, sinnierte Shef. Aber zumindest haben diese Leute zu essen. Der Gedanke sandte ein schmerzhaftes Zucken durch seinen Magen, und sein Blick wanderte erneut zu den Waffen.

Jemand berührte ihn am Arm. Der junge Mann mit den Locken stand neben ihm, das übliche Grinsen auf dem Gesicht. Er hielt ihm ein Stück Schwarzbrot entgegen, darauf ein Stück streng riechender gelber Käse. Shefs Mund füllte sich bei dem Anblick automatisch mit Speichel. Er nahm das Brot, und der Junge zog eine Zwiebel aus der Tasche, die er mit einem Messer zerteilte. Er gab Shef eine Hälfte.

Die beiden hockten sich auf den Boden und aßen. Das Brot war hart und alt, voller Kleie und Steinsplitter von dem Stößel. Shef biß davon ab und genoß jeden einzelnen Bissen.

Nach einiger Zeit, während sich ein warmes Gefühl in seinem Magen breitmachte, entsann er sich seines schmerzenden Kiefers und der merkwürdigen Ereignisse der vorigen Nacht. Als er die Beule mit der Hand betastete, sah er wie der junge Mann – wie hatte ihn die Frau genannt? Karli? – grinste.

»Wieso hast du mich geschlagen?« fragte er.

Die Frage schien Karli zu überraschen. »Ich wußte nicht, wer du warst. Es war die einfachste Art, mit dir fertig zu werden. Ist die einfachste Art, mit allen fertig zu werden.«

Shef spürte, wie eine gelinde Wut in ihm aufwallte. Er schluckte das letzte Stück Käse hinunter und stand auf. Dann streckte er die Arme aus und spannte die Rückenmuskeln an. Er dachte an den Mann, den er gestern getötet hatte, den jungen Wikinger aus Ebeltoft. Er war größer als ich, sinnierte Shef, aber ich bin einen Kopf größer als Karli.

»Du hättest dich nicht getraut, wenn es nicht dunkel gewesen wäre.«

Karli war jetzt ebenfalls auf den Beinen. Schadenfreude strahlte aus seinen Augen. Er begann, Shef in einem sonderbar schlurfenden Gang zu umkreisen, ganz anders als der feste Stand eines Ringers. Er hielt die Fäuste dicht nebeneinander, sein Kopf versank beinahe zwischen den Schultern. Ungeduldig machte Shef einen Schritt nach vorne, seine Hände versuchten den Gegner am Handgelenk zu packen. Eine Faust schoß auf sein Gesicht zu, er wischte sie beiseite. Etwas traf ihn rechts unterhalb der Rippen. Einen Augenblick lang ignorierte Shef den Schlag, versuchte wieder seinen Gegner zu fassen zu bekommen. Dann raste der Schmerz von der Leber hinauf; er spürte, wie ihm die Luft wegblieb, und seine Hände senkten sich instinktiv, um die schmerzende Stelle zu schützen. Wie ein Blitz schlug eine Faust in seinem Gesicht ein, und er taumelte gegen die Wand. Als er sich wieder losmachte, floß Blut in seinen Mund, und er hatte das Gefühl, daß seine vorderen Zähne wackelten.

Wutentbrannt schoß Shef nach vorn. Aber Karli war verschwunden, und als Shef herumwirbelte, um den Schemen hinter seinem Rücken zu erwischen, schoß ein stechender Schmerz durch seine linke Niere. Wieder blockte er einen Schlag gegen das Gesicht ab, aber diesmal vergaß er nicht, unmittelbar nach unten zu hauen, um den anschließenden Schlag auf die Leber abzuwehren. Er hatte Karlis Handgelenke immer noch nicht zu fassen bekommen. Als er kurz zögerte, schoß die Faust des Deutschen auf seinen Wangenknochen zu. Aber inzwischen war Shef ganz in der Nähe des Speers, der gegen die Wand lehnte. Würde Karli immer noch grinsen, wenn er…?

Shef straffte sich und streckte die Arme aus, um seine Kapitulation anzuzeigen. »In Ordnung«, sagte er und blickte in Karlis grinsendes Gesicht. »Ich gebe zu, daß du mich auch im Hellen niedergeschlagen hättest. Ich sehe, du kannst etwas, das ich nicht kann. Vielleicht sogar viele Dinge.«

Karlis Grinsen wurde noch breiter, und er ließ die Fäuste sinken. »Ich denke, du kannst auch einiges – ein Seefahrer wie du, mit Speer und Schwert. Ich bin noch nie aus Dithmarschen herausgekommen – ja nicht einmal aus diesem Dorf. Ich schlage dir einen Handel vor. Ich zeige dir, was ich kann, und du zeigst mir, was du kannst. Ich könnte dir schnell beibringen, wie man mit den Fäusten zuschlägt und pariert, wie wir es hier in Dithmarschen tun. Du bist schnell. Zu schnell für die meisten dieser Bauernjungen.«

»Einverstanden«, sagte Shef. Er spuckte in die offene Hand und blickte Karli an, um zu sehen, ob er die

Geste verstand. Sein Gegenüber grinste und spuckte ebenfalls in die Hand. Dann klatschten die beiden kräftig die Handflächen zusammen, um den Handel zu besiegeln.

Shef wischte sich mit dem Ärmel das Blut von der Nase, und die beiden ließen sich wieder auf dem Boden nieder.

»Hör mir gut zu«, sagte Karli. »Im Augenblick hast du viel Wichtigeres zu lernen als Faustkampftricks. Mein Alter erzählt gerade dem ganzen Dorf, daß du hier bist. Sie werden sich draußen in einem Kreis versammeln und darüber entscheiden, was zu tun ist.«

»Wie wird es ausgehen?«

»Als erstes wird jemand sagen, daß du ein Sklave wärst. Nikko wird das tun. Er ist der reichste Mann des Dorfs und möchte gern Fürst sein. Aber in Dithmarschen ist Silber knapp, und wir versklaven uns nicht gegenseitig. Er denkt an nichts anderes mehr als daran, jemanden als Sklaven in Haithabu zu verkaufen.«

»Haithabu ist eine dänische Stadt«, sagte Shef.

Karli zuckte die Achseln. »Ob dänisch, deutsch oder friesisch – uns ist das gleich. Niemand versucht sich mit uns Dithmarschern anzulegen. Sie würden den Weg durch die Sümpfe nicht finden. Und außerdem gibt es hier sowieso kein Silber. Die Steuereintreiber hätten hier eine Menge zu verlieren und wenig zu gewinnen.«

»Was für eine Wahl bleibt mir, wenn ich kein Sklave sein will?«

»Du könntest ein Gastfreund sein.« Karli sah ihn von der Seite an. »Zum Beispiel bei mir. Das bedeutet aber, daß man Geschenke austauscht.«

Shef langte an den Bizeps und bereute seinen vorschnellen Entschluß, die goldenen Armreifen abzulegen. Einer von ihnen hätte ihm die Gastfreundschaft dieser Menschen für ein Jahr erkauft. Oder ein Messer im Rücken. »Nun, was habe ich zu bieten? Einen Speer. Ein Schwert. Und das hier.« Er zog den silbernen Anhänger, die Pfahlleiter Rigrs, unter dem Waffenrock hervor und sah Karli in die Augen, in der Hoffnung, daß dieser das Zeichen erkannte. Vergeblich – kein Interesse blitzte in ihnen auf. Doch Karlis Blick war bereits mehrfach zu den Waffen in der Ecke gewandert.

Shef ging zu ihnen hinüber und hielt sie Karli hin, damit er sie sich genauer betrachten konnte. Den runenbesetzten Speer aus bestem Stahl, der verführerisch neu glänzte und hervorragend in der Hand lag. Und das Schwert, das zwar seinen Zweck erfüllte, aber etwas zu schwer war. Die Klinge war nur aus geschärftem Eisen ohne eine einzeln geschmiedete Schneide; erste Rostflecken zeigten sich auf ihr. Schwerter waren wertvoller als Speere, waren sie doch das Zeichen eines Berufskriegers. Dennoch…

Shef hob das Schwert hoch. »Nimm es, Karli.« Ihm entging nicht, wie ungeschickt der junge Mann es hielt, in einem unmöglichen Winkel für eine schnelle Parade. »Und ich werde zwei weitere Dinge für dich tun. Erstens werde ich dir zeigen, wie man dieses Schwert führt. Zweitens werde ich dir daraus, sollten wir jemals in die Nähe einer Schmiede gelangen, eine bessere Waffe fertigen.«

Als sich die Tür des Hauses öffnete, hatte sich Karlis sommersprossiges Gesicht vor Freude gerötet. Sein Vater kam herein und deutete mit dem Daumen über die Schulter.

»Komm, Fremder«, sagte er, »der Gerichtsring erwartet dich.«

Ungefähr 40 Männer standen draußen in einem unregelmäßigen Ring. Ihre Frauen und Kinder formten darum einen zweiten, größeren Kreis. Die Männer waren ausnahmslos bewaffnet, aber nur dürftig – mit Speeren und Äxten, aber ohne Helme oder Kettenhemden. Einige trugen Schilde auf dem Rücken, hatten sie aber nicht kampfbereit an den Arm geschnallt.

Die Dithmarscher sahen einen hochgewachsenen Krieger aus der Hütte treten. Sein Stand war unverkennbar: Die breiten Schultern, die gerade Körperhaltung, die nicht das geringste Zeichen von Verkrümmung und den verkrampften Muskeln des Bauern aufwiesen, der jeden Tag einem Pflug folgen oder sich über Hacke und Sichel beugen mußte. Dennoch trug er weder Gold noch Silber am Körper und hielt nur den Speer in der Rechten. Und er war gezeichnet. Ein Lid hing schlaff über einer leeren Augenhöhle, und die ganze Seite seines Gesichts schien eingefallen. Seine Züge waren blutverschmiert, und seine schlichte Kleidung – ein Waffenrock und eine Hose – war schmutziger als die eines Bauern. Der Kreis der Dorfbewohner starrte ihn an, unsicher, wie sie diese Zeichen deuten sollten. Unterdrücktes Gemurmel erhob sich, als Karli mit dem Schwert in den ungeschickten Händen hinter ihm aus der Tür trat.

Shef blickte in die Runde und versuchte, die Lage einzuschätzen. Die Gelassenheit und Zuversicht hatte ihn trotz des kurzen Gerangels mit Karli nicht verlassen. Nachdenklich zog er an der Kette des silbernen Anhängers, damit er für alle sichtbar war. Wieder erhob sich Gemurmel, und die Männer beäugten ihn genauer, um das Zeichen zu erkennen. Einige der Männer, vielleicht ein Viertel von ihnen, zog ähnliche Anhänger hervor. Hämmer, Boote, Phalli, aber keiner von ihnen wie Shefs.

Der Mann, der Shef direkt gegenüberstand, trat vor. Es war ein untersetzter Mann in den mittleren Jahren mit einem roten Gesicht.

»Du bist von den Schiffen gekommen«, sagte er. »Du

bist ein Wikinger, einer der Räuber aus dem Norden. Selbst deinesgleichen hat genug Verstand, niemals den Fuß auf Dithmarschen zu setzen, wo die freien Männer leben. Wir werden dich versklaven und an deine Landsleute in Haithabu verkaufen. Oder an die des Bischofs in Hamburg. Außer wenn jemand dafür zahlt, dich zurückzuhaben – aber so wie du aussiehst, ist das nicht wahrscheinlich.«

Ein unbestimmter Instinkt ließ Shef den Ring durchschreiten. Unmittelbar vor seinem Ankläger blieb er stehen. Er sah ihn an und warf den Kopf zurück, um seine Körpergröße zu betonen.

»Wenn du weißt, daß ich von den Schiffen komme«, sagte er, »dann weißt du auch, daß zwei Schiffe miteinander kämpften. Eines davon war ein Wikingerschiff – die *Frani Ormr*, das Flaggschiff Sigurth Ragnarssons. Hast du nicht das Rabenbanner gesehen? Das andere Banner war meines, und Sigurth floh davor. Bring mich zurück zu meinem Schiff, und ich gebe dir den Preis eines Sklaven in Silber.«

»Wessen Schiffe jagen Wikingerschiffe?« fragte der stämmige Mann.

»Englische.«

Überraschte und ungläubige Rufe kamen von der Menge. »Es stimmt, das erste Schiff gehörte den Wikingern«, sagte eine Stimme. »Aber es floh nicht. Es hielt euch zum Narren. Und wenn das zweite Schiff den Engländern gehörte, müssen sie allesamt Narren sein. Der Mast und das Segel waren völlig falsch.«

»Bringt mich zurück auf mein Schiff«, wiederholte Shef.

Karlis Stimme kam von hinter seinem Rücken. »Selbst wenn er es wollte, könnte er es nicht, Fremder. Wir haben keine Boote. Wir Dithmarscher sind tapfere Männer auf dem Land, aber jenseits der Sandbänke herrschen die Piraten.«

Der untersetzte Mann lief rot an und warf wütende Blicke in die Menge. »Das mag sein. Aber wenn du nichts anderes zu sagen hast, Einauge, bleibt es dabei. Du bist mein Sklave, bis ich einen Käufer finde. Gib mir den Speer.«

Shef warf den Speer in die Luft, fing den Schaft in der Mitte und täuschte einen Angriff an. Er grinste breit, als sein Gegenüber unbeholfen nach hinten sprang. Dann drehte er ihm den Rücken zu, trotz der drohenden Axt in dessen Händen. Er schlenderte den Kreis entlang, sah jedem der Männer ins Gesicht und richtete seine Worte speziell auf die Anhänger des Weges Asgards unter ihnen. Diese Männer waren nicht anders als die Bauern Norfolks, über deren Streitigkeiten er so oft als Jarl entschieden hatte. Er mußte ihr Interesse wecken und die Differenzen innerhalb des Dorfes für sich nutzen.

»Ist das nicht merkwürdig?« setzte er an. »Ein Mann wird an den Strand gespült, er mag tot sein oder auch nicht. Was tut ihr mit ihm? Wo ich herkomme, tragen die Fischer silberne Ringe in den Ohren – wenn sie es sich leisten können. Ihr wißt, wofür. Als Bezahlung für die Leute, die sie begraben, sollten sie tot an den Strand gespült werden. Die Leute würden sie zwar sowieso aus Pflichtgefühl begraben, aber den Fischern behagt der Gedanke nicht, den letzten Dienst umsonst in Anspruch zu nehmen.

Und hier bin ich. Ich trage keinen Ring im Ohr und tot bin ich auch nicht. Wieso solltet ihr mich schlechter behandeln? Habe ich euch irgend etwas angetan? Ich habe eurem Karli ein Geschenk gemacht, und als Dank hat er mich niedergeschlagen und mir eine blutige Nase, wackelnde Zähne und einen geschwollenen Kiefer verschafft – in anderen Worten: Wir sind jetzt echte Freunde.«

Belustigtes Gepolter antwortete ihm. Shef hatte richtig geraten: Die übrigen Dorfbewohner bewunderten Karli teils, teils lachten sie über ihn.

»Aber was mich überrascht, ist unser Freund, der da hinter mir steht.« Shef deutete mit dem Daumen über die Schulter auf den untersetzten Mann.

»Er sagt, ich wäre ein Sklave. Nun, vielleicht bin ich das. Er sagt, ich wäre *sein* Sklave. Aber bin ich in sein Haus gegangen? Hat er mich unter Lebensgefahr eigenhändig gefangen? Oder vielleicht habt ihr ja gemeinsam beschlossen, daß alles, was aus einem Schiff fällt, ihm gehört? Ist das so?«

Diesmal regte sich unübersehbar Protest unter den Zuhörern. Karli furzte laut hörbar.

»Ich schlage euch also folgendes vor.« Shef hatte seine Runde jetzt fast beendet und kam wieder zu dem untersetzten Mann. »Wenn du einen Sklaven aus mir machen willst, Nikko, dann nimm mich mit nach Haithabu und biete mich auf dem Markt an. Wenn du mich verkaufen kannst, schön und gut. Aber dann mußt du das Geld mit dem Dorf teilen. Bis du aber nach Haithabu gehst, bleibe ich frei: keine Fesseln, kein Eisenkragen. Und ich behalte meinen Speer. Natürlich kannst du mich bewachen lassen, wie du es für richtig hältst. Und ich werde für meinen Unterhalt arbeiten, bis wir nach Haithabu gelangen.« Shef klopfte gegen seinen Anhänger. »Ich beherrsche ein Handwerk. Ich bin Schmied. Gebt mir eine Schmiede und Werkzeuge, und ich stelle her, was immer ihr braucht.«

»Klingt fair«, rief eine Stimme. »Die Schneide meiner Pflugschare ist lose, das muß schleunigst repariert werden.«

»Er redet nicht wie ein Wikinger«, rief ein zweiter Mann. »Mehr wie ein Friese, nur daß er nicht erkältet klingt.«

»Habt ihr das mit dem Teilen des Geldes gehört?« fragte ein dritter Mann.

Shef spuckte in die Handfläche und wartete. Zögerlich tat es ihm der untersetzte Nikko nach. Haß glitzerte in seinen Augen. Sie klatschten flüchtig die Hände gegeneinander. Als die Spannung nachließ, wandte Shef sich ab und ging zurück zu Karli.

»Ich will, daß du mit nach Haithabu kommst«, sagte er. »Dann siehst du endlich die Welt. Aber zuerst müssen wir beide eine Menge lernen.«

40 Meilen weiter draußen auf See, in Sichtweite von Lindisfarne, schaukelte die englische Flotte mit gerefften Segeln wie ein Schwarm gewaltiger Vögel auf den Wellen. In der Mitte waren vier Schiffe miteinander für eine Beratung vertäut: Die *Norfolk*, die den schlammigen Prielen der Unterelbe entkommen war; die *Suffolk*, die von Hardred befehligt wurde, dem ranghöchsten englischen Kapitän; sowie Brands *Walroß* und die *Seemöwe* Guthmund des Gierigen als Repräsentanten des Weges. Die Emotionen schlugen hoch, und laute, erregte Stimmen drangen über das Wasser an die Ohren der lauschenden Flotte.

»Ich kann einfach nicht glauben, daß ihr ihn auf dieser verfluchten Sandbank zurückgelassen habt!« brüllte Brand lauthals.

Ordlaf blieb stur. »Was hätten wir sonst tun sollen? Er war nicht mehr zu sehen, die Flut kam herein, es wurde dunkel, und Sigurth und seine Champions konnten uns hinter jeder Sandbank auflauern. Wir mußten von dort verschwinden.«

»Glaubst du, daß er noch lebt?« fragte Thorvin. Links und rechts von ihm saßen zwei weitere Priester des Weges, die man von ihren Schiffen herbeigerufen hatte.

»Ich sah, wie ihn vier Männer verfolgten. Drei von ihnen kamen zurück. Sie sahen nicht gerade erfreut aus. Mehr kann ich nicht sagen.«

»Also sitzt er aller Wahrscheinlichkeit nach irgendwo in Dithmarschen fest«, folgerte Brand. »Dort haben die Leute Schwimmhäute zwischen den Zehen.«

»Es heißt, Shef wäre in den Sümpfen aufgewachsen«, sagte Ordlaf. »Wenn er wirklich in Dithmarschen ist, geht es ihm wahrscheinlich gut. Wieso folgen wir ihm nicht einfach? Es ist jetzt Tag, und wir können die Flut abpassen.«

Diesmal blickte Brand störrisch drein. »Das ist keine gute Idee. Erstens geht niemand jemals in Dithmarschen an Land, nicht einmal, um Wasser zu holen oder für einen Abend *strandhögg*. Zuviele Mannschaften sind dort einfach verschwunden. Zweitens braucht man dort überall Lotsen, aber das predige ich euch schon seit Wochen. Und du hast geglaubt, du könntest deinen Weg nur mit einem Lot und einem Ausguck finden! Du bist auf Grund gelaufen, Ordlaf, und das kann dir wieder passieren, aber das nächste Mal vielleicht an einem schlechteren Ort.

Aber der dritte und wichtigste Grund ist, daß sich hier immer noch die Ragnarssons herumtreiben. Sie hatten hundertzwanzig Schiffe. Wieviele haben wir eurer Meinung nach erbeutet oder versenkt?«

»Wir haben sechs erbeutet«, antwortete Hardred. »Und die Katapulte haben mindestens ein Dutzend versenkt.«

»Dann bleiben ihnen immer noch hundert, und wir haben fünfzig. Nein, weniger. Sie haben die *Buckinghamshire* geentert und ein Loch in den Rumpf geschlagen, und ein halbes Dutzend meiner Schiffe hat zuwenig Männer, als daß sie uns nützen könnten. Und das nächste Mal können wir sie nicht mehr überraschen.«

»Also, was tun wir jetzt?« fragte Ordlaf.

Langes Schweigen folgte auf seine Worte. Schließlich brach Hardred die Stille, sein bedächtiges Angelsächsisch stand in einem merkwürdigen Kontrast zu dem

Mischmasch aus Nordisch und Englisch, das die übrigen sprachen.

»Wenn wir den König nicht retten können«, sagte er, »dann sehe ich es als meine Pflicht, mit der übrigen Flotte in englisches Gewässer zurückzukehren, um die Befehle König Alfreds abzuwarten. Shef ist mein Herr, aber die Vereinbarung zwischen Alfred und ihm…« – er sprach die Worte nur zögerlich aus – »besagt, daß im Falle des Todes eines der beiden dem Überlebenden seine gesamten Rechte zufallen. Und das könnte jetzt der Fall sein.«

Er wartete, bis der Proteststurm sich gelegt hatte, dann fuhr er mit festerer Stimme fort. »Schließlich ist diese Flotte jetzt der einzige Schutz, der der englischen Küste geblieben ist. Wir wissen, daß wir die Piraten versenken können, sobald sie auftauchen, und das werden wir auch. Das war das eigentliche Ziel König Shefs und auch das König Alfreds: Eine befriedete Küste für ein befriedetes Land. Wenn er jetzt hier wäre, würde er dasselbe wie ich vorschlagen.«

»Du kannst gehen«, schrie Cwicca, der ehemalige Sklave. »Geh zurück zu deinem Herrn. Unser Herr ist der, der uns von den Eisenkragen befreit hat, und wir lassen ihn nicht im Stich, damit irgendein schwimmhäutiger Friese ihm einen um den Hals legt.«

»Und wie willst du dort hinkommen?« fragte Hardred. »Willst du schwimmen? Brand wird dich nicht hinbringen, und Ordlaf traut sich nicht, nicht auf sich allein gestellt.«

»Wir könnten einfach davonsegeln«, flehte Cwicca.

Thorvins tiefe Stimme schaltete sich ein. »Nein. Aber ich glaube, wir könnten weitersegeln, wenigstens ein Teil der Flotte. Irgend etwas sagt mir, daß es nicht Shef Sigvarthssons Schicksal sein kann, einfach in aller Stille zu sterben oder zu verschwinden. Vielleicht hält ihn jemand gefangen, um Lösegeld zu fordern. Oder um ihn in die Sklaverei zu verkaufen. Wenn wir einen größeren Hafen aufsuchen, in dem viele Schiffe verkehren, werden wir von ihm hören. Ich schlage vor, daß einige von uns nach Kaupang segeln.«

»Nach Kaupang?« fragte Brand. »Zur Akademie des Weges?«

»Zugegeben, ich habe meine eigenen Gründe, dorthinzugehen«, sagte Thorvin. »Aber der Weg hat viele Gefolgsleute und erhebliche Mittel. Und die Akademie sorgt sich zutiefst um Shef. Sie wird uns helfen.«

»Ohne mich«, sagte Hardred fest. »Kaupang ist zu weit, die Fahrt zu riskant. Das Meer wimmelt von Feinden, und wir wissen nicht, ob unsere Schlachtschiffe eine Hochseefahrt überstehen können.« Ordlaf nickte niedergeschlagen.

»Dann kehrt ein Teil der Flotte zurück, ein Teil segelt weiter.«

»Ich denke, der Großteil sollte zurückkehren«, sagte Brand. »Vierzig oder fünfzig Schiffe sind nicht genug, um durch die vielen Flotten Norwegens und Dänemarks durchzubrechen – die der Ragnarssons, König Halfdans, der Jarle von Hlathir, König Gamlis, König Horiks und all der anderen. Sie sollten am besten den Weg Asgards in England bewachen. Wir haben genug Feinde, die uns mit Stumpf und Stiel ausrotten wollen.«

»Ich nehme die *Walroß*. Wir überqueren die offene See, anstatt uns an der Küste entlangzuhangeln. Ich werde es schaffen. Und ich nehme dich, Thorvin, und deine Amtsbrüder mit nach Kaupang zur Akademie. Wer sonst kommt noch mit? Was ist mit dir, Guthmund?«

»Nimm uns mit!« Cwicca sprang mit zornesrotem Gesicht auf. »Wir drehen nicht um. Nimm mich und meine Kameraden mit. Und unser Katapult! Wir können es aus der *Norfolk* ausbauen, wenn dieser Feigling aus Yorkshire Angst um seine Haut hat. Kaupang, Dithmarschen – wenn nötig, nehmen wir es mit allen auf.« Zustimmendes Lärmen aus der Mitte des Schiffs zeigte an, daß die übrigen ehemaligen Sklaven der Diskussion gefolgt waren.

»Ich will auch mit«, sagte eine fast unhörbare Stimme. Sie gehörte einem schmächtigen Mann, der sich hinter dem Mast verborgen hatte. Brand sah sich verwirrt um, bis ihm aufging, daß die Stimme Udd, dem Stahlmeister gehörte, dem man die Teilnahme an der Fahrt nur als Aushilfe bei den Katapulten gestattet hatte.

»Wieso willst du nach Norwegen?«

»Wegen des Wissens«, sagte Udd. »Ich habe gehört, wie Männer sich über Jarnberaland, das Land des Eisens, unterhielten.«

Eine weitere schmächtige Gestalt stellte sich schweigend neben Udd. Es war Hound der Heiler, Shefs Freund aus Kindertagen, der jetzt den silbernen Apfel der Idun um den Hals trug.

»Nun gut«, sagte Brand entschlossen. »Ich nehme meine eigene Mannschaft mit und die *Seemöwe* als Begleitschiff. Ich habe Platz für zehn Freiwillige. Für dich Hound, für Udd und Cwicca. Der Rest soll losen.«

»Und wir fahren als Passagiere mit«, sagte Thorvin und nickte den beiden Priestern an seiner Seite zu. »Bis zur Akademie.«

KAPITEL 7

SHEF TRAT EINEN SCHRITT ZURÜCK, und seine Füße versanken in dem weichen Sumpf. Er drehte den geschälten Ast in der Hand und beäugte Karli wachsam. Der stämmige Mann grinste nicht mehr, statt dessen hatte sich bange Entschlossenheit in seinen Zügen breit gemacht. Wenigstens hatte er gelernt, wie man ein Schwert hielt: Klinge und Parierstange in einer Linie mit seinem Unterarm, damit ein Hieb oder eine Parade nicht abgelenkt würde. Shef trat vor, schwang den Stock mit der Vorhand, der Rückhand, stieß zu und machte einen Seitschritt, genauso wie Brand es ihm vor Monaten im Wikingerlager vor York beigebracht hatte. Karli parierte mühelos. Es gelang ihm zwar noch nicht, das leichte Holz mit seinem schweren Schwert zu fangen, aber er vermochte es, jede Attacke Shefs abzuwehren – und seine Reflexe waren überaus flink. Doch das alte Problem blieb immer noch.

Shef beschleunigte seine Bewegungen, täuschte einen Hieb auf die Hüfte an und schlug Karli hart auf den Schwertarm. Er trat zurück und senkte den Stock.

»Du darfst nicht vergessen, Karli«, sagte er, »du schneidest kein Unterholz. Du hast ein zweischneidiges Schwert in der Hand, keine einschneidige Sense. Wozu taugt wohl die zweite Schneide? Sie ist nicht für deinen eigentlichen Hieb, denn du schneidest immer mit derselben Seite, um deine ganze Kraft hineinlegen zu können.«

»Die zweite Schneide benutzt man, wenn man das Schwert zurückzieht«, wiederholte Karli Shefs Belehrungen. »Ich weiß, ich weiß. Ich kriege nur nicht meine Muskeln dazu, wenn ich nicht daran denke. Und sobald ich das tue, ist es zu spät. Aber sag mir, was würde passieren, wenn ich einem echten Fechter gegenüberstünde, einem Wikinger von den Schiffen?«

Shef griff nach dem Schwert, das er neu geschmiedet hatte, und besah sich skeptisch die Klinge. Es war keine üble Waffe, aber mit den wenigen Werkzeugen in der Dorfschmiede hatte er es nicht gewagt, viel an ihr zu verändern. Das Schwert bestand immer noch durchgehend aus Eisen und nicht aus den Streifen aus hartem und weichem Stahl, die den besseren Klingen ihre Stärke und Elastizität gaben. Und genausowenig hatte er sie mit den gehärteten Stahlschneiden versehen können, die ein meisterliches Schwert ausmachten – ihm fehlte das Metall, und die Esse des Dorfes machte das Eisen nur rotglühend. Deshalb zeigten sich jetzt, da sie das Dorf hinter sich gelassen hatten und jeden Tag übten, auf den eisernen Schneiden des billigen Schwerts Kerben von Shefs Speerschaft, die sie mit Hammer und Feile beseitigen mußten. Aber die Kerben waren auch lehrreich. Wenn sie im rechten Winkel zur Klinge waren, focht Karli richtig. Eine mißlungene Parade zeigte sich in Einschnitten und Verwerfungen des Metalls in den sonderbarsten Winkeln. Doch heute waren sie alle rechtwinklig.

Shef gab ihm das Schwert zurück. »Wenn du gegen einen echten Champion kämpfen würdest wie gegen den Mann, der mir das Fechten beibrachte, wärst du tot. Und mir erginge es nicht besser. Aber in den Wikingerarmeen gibt es zuhauf Bauernsöhne. Vielleicht triffst du auf einen von ihnen.« Shef zögerte kurz.

»Und vergiß nicht, wenn du einem echten Champion gegenüberstehst, mußt du nicht fair kämpfen.«

»Du hast es schon getan«, erriet Karli.

Shef nickte.

»Du hast eine Menge Dinge gemacht, von denen du mir nicht erzählst, Shef.«

»Du würdest mir sowieso nicht glauben, wenn ich es dir erzählen würde.«

Karli steckte das Schwert wieder in die hölzerne, mit Wolle gepolsterte Scheide, die sie gefertigt hatten. Nur sie konnte es vor der immerwährenden Feuchtigkeit Dithmarschens schützen. Die beiden Männer wandten sich ab und gingen zurück zu ihrem provisorischen Lager auf einer sechzig Schritte entfernten Lichtung. Rauch stieg träge von den Feuern in die neblige Luft.

»Und du willst mir auch nicht sagen, was du vorhast«, fuhr Karli fort. »Wirst du einfach in den Sklavenring marschieren und zulassen, daß Nikko dich verkauft?«

»Ja, das werde ich«, sagte Shef. »Danach werde ich weiter sehen. Aber ich glaube nicht, daß ich als Sklave enden werde. Sag mir, Karli, wie komme ich voran?«

Er bezog sich auf die vielen Stunden, in denen Karli ihm im Austausch für seinen Fechtunterricht gezeigt hatte, wie man eine Faust ballte, wie man geradeaus zuschlug, wie man nach vorne trat und das Körpergewicht in einen Haken legte, wie man die Schläge des Gegners mit den Händen abblockte und den Kopf hin- und herpendelte.

Karli grinste breit. »Dir geht es genauso wie mir. Wenn du einen echten Meister triffst, einen Faustkämpfer aus Dithmarschen, putzt er dich weg. Aber einen Mann, der brav stehenbleibt, kannst du niederschlagen.«

Shef nickte nachdenklich. Auch das war bereits eine nützliche Fertigkeit. Sonderbar, daß sie sich in dieser abgeschiedenen Gegend auf einen einzigen Kampfstil spezialisiert hatten. Vielleicht trieben sie so wenig Handel und besaßen deshalb so wenig Metall, daß ihnen keine andere Wahl blieb, als mit bloßen Fäusten zu kämpfen.

Als die beiden zum Lagerplatz zurückkehrten, sah lediglich Nikko kurz auf und funkelte sie wütend an.

»Morgen sind wir in Haithabu«, sagte er. »Dann ist Schluß mit eurem Rumstolzieren.« Als Shef ihn ignorierte, wiederholte er brüllend: »Ich sagte, dann ist Schluß mit dem Rumstolzieren. Dein neuer Herr in Haithabu wird dir solche Narreteien nicht durchgehen lassen. So tun, als ob du ein Meisterfechter wärst! Du wirst den ganzen Tag arbeiten müssen, und wenn du dich zu drücken versuchst, bekommst du die Peitsche zu spüren. Und das wäre nicht das erstemal, ich habe doch deinen Rücken gesehen! Du bist kein Krieger, der Pech gehabt hat, sondern nur ein entlaufener Sklave!«

Karli warf eine Handvoll Schlamm mitten in Nikkos Lagerfeuer, und sein Geschrei verwandelte sich in aufgebrachtes Gemurmel.

»Es ist unsere letzte Nacht«, flüsterte Karli. »Und ich habe eine Idee. Weißt du, morgen lassen wir Dithmarschen hinter uns. Dann sind wir auf trockenem Boden, wo die Dänen wohnen. Du kannst mit ihnen reden, aber ich bin nicht so gut darin. Nur, Shef, eine halbe Meile von hier ist ein Dorf, in dem sie immer noch die Sprache der Sümpfe sprechen, so wie ich – und auch wenn du wie ein Friese redest, verstehen sie dich trotzdem. Warum machen wir uns also nicht davon und sehen nach, ob irgendein Mädchen in dem Dorf Lust auf etwas Abwechslung hat?«

Shef musterte Karli mit einer Mischung aus Verärgerung und Zuneigung. Während der Woche, die er in seinem Heimatdorf verbracht hatte, war ihm aufgegangen, daß Karli – fröhlich, offen und unbekümmert – einer jener Männer war, die Frauen unweigerlich mochten. Ihnen gefiel sein Humor, seine Sorglosigkeit. Es schien, als ob er sein Glück bei jeder einzelnen Frau des Dorfs auf die Probe gestellt hatte, und für gewöhnlich erfolgreich. Einige der Ehemänner und Väter wußten es, andere sahen weg, aber alle waren ängstlich darauf bedacht, Karli keinen Anlaß zu geben, seine Fäuste zu benutzen. Doch das ganze Dorf hatte zugestimmt, daß er Nikko und die übrigen auf die Handelsreise nach Haithabu begleitete, egal, ob es ihnen gelang, Shef mitzunehmen oder nicht. Die ganze letzte Nacht hindurch hatten immer wieder zarte Finger an den Fensterläden gekratzt, woraufhin der junge Mann jeweils für einige Minuten nach draußen verschwunden war.

Es waren nicht Shefs Frauen, er hatte also keinen Grund zur Klage. Dennoch beunruhigte Karli ihn auf einem tieferen Niveau. Während seiner Jugend, als er in der Schmiede Emneths gearbeitet hatte und in den umliegenden Dörfern herumgekommen war, hatte Shef mehrmals mit Frauen geschlafen – den Töchtern von Churls, selbst von Thralls, aber nicht den jungen Ladies, deren Jungfräulichkeit geschätzt und behütet wurde. Die Mädchen waren nur allzu bereit gewesen, sich seiner Unerfahrenheit anzunehmen. Zwar hatten sie ihm niemals auf dieselbe Weise nachgestellt wie Karli – vielleicht hatten sie eine Vorahnung seiner düsteren Zukunft oder ihr Gespür für seine wahren Leidenschaften zurückgehalten –, aber wenigstens mußte er sich nicht sagen lassen, er wäre zu kurz gekommen oder anormal.

Dann hatten die Wikinger Emneth geplündert, seinen Stiefvater verkrüppelt und Godive entführt. Und dann hatte er Godive gerettet und in jenem Moment, als er auf der sonnigen Lichtung Godives erster Mann geworden war, schienen alle seine Wünsche in Erfüllung gegangen zu sein. Seit diesem Tag hatte er keine Frau mehr berührt, nicht einmal nachdem er Godive zurückgewonnen und man ihm das goldene Diadem des Königs aufgesetzt hatte. Er hätte die Hälfte aller Mädchen Englands haben können. Shef fragte sich manchmal, ob Ivars Drohung, ihn zu kastrieren, daran Schuld war. Er wußte, daß er immer noch ein ganzer Mann war – aber das war Ivar auch gewesen und trotzdem hatte man ihn ›den Knochenlosen‹ genannt. Konnte es sein, daß ihn jetzt die Impotenz des Mannes plagte, den er getötet hatte? Oder hatte sein Halbbruder und Godives Ehemann ihn mit einem Fluch belegt, bevor ihn die Franken hängten?

Es war eine Frage des Geistes, nicht des Körpers, da war sich Shef sicher. Es hatte etwas zu tun mit der Art, wie er die Frau, die er liebte, als Lockvogel benutzt hatte. Innerlich akzeptierte er ihre Zurückweisung und stimmte ihrer Hochzeit mit Alfred zu, dem treuesten Mann, den Shef jemals getroffen hatte. Was auch immer der Grund sein mochte, er wußte kein Heilmittel. Wenn er Karli begleitete, erwartete ihn wahrscheinlich nur eine Demütigung. Aber morgen würde er im Sklavenring stehen, und übermorgen konnte er bereits kastriert sein.

»Glaubst du, ich habe eine Chance?« fragte er und tätschelte sein eingefallenes Gesicht und die leere Augenhöhle.

Karli strahlte vor Freude. »Natürlich! Ein großer Bursche wie du, mit Muskeln wie ein Hufschmied. Mit fremdländischem Akzent und diesem geheimnisvollen Etwas. Du darfst nie vergessen, diese Mädchen *langweilen sich zu Tode*. Nie passiert etwas. Sie dürfen nicht einmal an die Straße, wo jemand sie greifen könnte. Und niemand kommt jemals in die Sümpfe. Von ihrem ersten bis zu ihrem letzten Tag auf der Welt sehen sie nur dieselben Gesichter. Ich sage dir…« Karli verstieg sich in immer verwegenere Geschichten darüber, wie die Mädchen Dithmarschens aus Mangel an gutaussehenden – oder auch häßlichen – Fremden gezwungen waren, sich selbst zu helfen. Shef rührte derweil den Schmortopf um und klebte lange Teigstreifen an Zweige, um sie über dem Feuer zu backen. Er glaubte nicht, daß Karlis Plan funktionieren würde, zumindest nicht für ihn. Aber er hatte sich mit der Flotte ursprünglich nur aus einem Grund aufgemacht: Um die düstere Stimmung abzuschütteln, in die ihn Alfreds und Godives Hochzeit gestürzt hatte. Er würde jede Gelegenheit wahrnehmen, den Bann, der auf ihm lastete, zu brechen. Aber ohne irgendwelche Erwartungen. Es würde mehr als ein Mädchen aus den Sümpfen bedürfen, um ihm über seine Erinnerungen hinwegzuhelfen.

Die Dinge kamen fast genauso, wie er es sich ausgemalt hatte: Ihre Ankunft in dem Dorf zu der Stunde, in der die Einwohner die Häuser verließen und umherschlenderten; die saloppe Unterhaltung mit den Männern, um Neuigkeiten auszutauschen; Karlis bedeutungsvolle Blicke und schnelle Wortwechsel mit dem einen oder anderen Mädchen, während Shef ihre männlichen Beschützer ablenkte. Dann, als die Dämmerung einsetzte, ihr großtuerischer Aufbruch, gefolgt von einem heimlichen Bogen zu einem Weidendickicht über einem Teich und der Ankunft der keuchenden Mädchen, zugleich ängstlich und erregt.

Shef zog sich schließlich mit einem angenehm molligen Mädchen mit Schmollmund zurück. Anfangs war sie kokett, dann verächtlich. Und dann, als ihr aufging, daß Shef sein eigenes Versagen keinen Kummer bereitete, besorgt. Sie streichelte sein eingefallenes Gesicht und ertastete die Narben auf seinem Rücken unter dem Stoff seines Waffenrocks. »Du hast schwere Zeiten hinter dir, was?« bemerkte sie halb fragend.

»Schwerer, als diese Narben es zeigen«, antwortete er.

»Weißt du, wir Frauen haben es auch schwer«, sagte sie.

Shef dachte an das, was er bei der Plünderung von York und in den Ruinen Emneths gesehen hatte, an seine Mutter, und was sie durchgemacht hatte, an Godive und Alfgar und die blutverklebte Rute, an die Geschichten von Ivar dem Knochenlosen, und was er vielen Frauen angetan hatte. Und schließlich dachte er an die Skelette der Sklavinnen, die man lebend mit gebrochenem Genick im Grab ihres Herrn begraben hatte, und sagte nichts. Dann lagen sie eine Zeitlang schweigend nebeneinander, bis die aufdringlichen Geräusche von Karli und seiner Partnerin einmal und dann ein zweites Mal verstummt waren.

»Ich werde es keinem sagen«, flüsterte das mollige Mädchen, als die beiden schließlich durchnäßt und matschverschmiert aus ihrer Mulde kamen. Shef wußte, daß er sie nie wiedersehen würde.

Jetzt, als sie durch die Nacht zurück zu ihrem Lager marschierten, wunderte sich Shef erneut über seine Sorglosigkeit. Ich bin kein ganzer Mann, dachte Shef, das sollte mich beunruhigen. Aber aus irgendeinem Grund tat es das nicht. Er hielt an und prüfte mit dem Schaft seiner Hellebarde die Festigkeit des Untergrunds vor ihnen. In der Dunkelheit gluckste und plumpste etwas, und Karli zog mit stockendem Atem das Schwert.

»Das war nur ein Otter«, sagte Shef.

»Vielleicht. Weißt du nicht, daß es noch andere Dinge im Sumpf gibt?«

»Was meinst du?«

Karli zögerte. »Wir nennen sie Thurse.«

»Wir auch. Riesige Wesen, die im Schlamm leben und Kinder fangen, die ihnen zu nahe kommen. Gewaltige Frauen mit grünen Zähnen. Ihre Arme sind über und über mit langem grauem Haar bewachsen und lang genug, um das Boot eines Vogelfängers umzukippen«, fügte Shef hinzu und schmückte damit eine von Brands Geschichten aus. »Merlinge, die sich an den Männern weiden, die…«

Karli packte ihn am Arm. »Genug! Sprich es nicht aus. Sie denken vielleicht, daß wir sie rufen, und sie kommen und holen uns.«

»Solche Wesen gibt es nicht«, sagte Shef. Jetzt, da er festen Boden zwischen den beiden Sumpflöchern ertastet hatte, durchströmte ihn neue Zuversicht. »Das sind nur Geschichten, die man erfindet, um zu erklären, warum Leute nicht zurückkommen. In Sümpfen wie diesen braucht es keine Thurse, um zu verschwinden. Sieh mal, da vorne zwischen den Erlen liegt das Lager.«

Karli sah ihn an, als sie an die Lichtung gelangten, auf der die Männer bereits regungslos unter ihren Dekken lagen. »Ich verstehe dich nicht«, sagte er. »Du bist dir immer sicher, daß du es besser weißt. Aber du benimmst dich wie ein Schlafwandler. Haben dich die Götter geschickt?«

Shef bemerkte Nikko, der im Schatten kauerte und sie schweigend beobachtete. »Wenn das so ist«, sagte er, »hoffe ich, daß sie mir morgen helfen werden.«

In seinem Traum in dieser Nacht schien es, als ob sich stählerne Finger um seinen Nacken schlössen und ihn zwängen erst hierhin, dann dorthin zu sehen.

Als erstes erblickte er eine öde Ebene. Ein junger Krieger stand dort und hielt sich nur mühsam aufrecht. Schwarzes Blut verfärbte seine Rüstung, und noch mehr davon quoll unter seinem Kettenhemd hervor und rann seine Beine hinunter. Er umklammerte ein abgebrochenes Schwert und starrte auf den Krieger, der zu seinen Füßen lag. Von weit weg drang ein Sprechgesang an Shefs Ohren:

Sechzehn Wunden habe ich,
meine Rüstung ist aufgeschlitzt,
Schloß meine Augen, kann den Weg nicht sehen.
Angantyrs Schwert zerteilte mein Herz,
Der scharfe Blutergiesser, giftgehärtet.

Aber man kann Schwerter nicht in Gift härten, dachte Shef. Härten kann man nur mit großer Hitze und plötzlicher Abkühlung. Warum ist Wasser nicht plötzlich genug? Vielleicht liegt es am Dampf, der davon aufsteigt. Doch was ist Dampf überhaupt?

Die Finger an seinem Nacken zwickten ihn abrupt, als wollten sie ihn auf etwas aufmerksam machen. Shef sah Raubvögel über der Ebene kreisen, und dann hörte er wieder den Gesang:

Der hungrige Rabe kommt aus dem Süden,
Der weißschwänzige Aasvogel folgt seinem Bruder.
Das letzte Mal decke ich für sie den Tisch.
Es ist mein Blut, an dem sie sich nun laben.

Hinter den Vögeln glaubte Shef einen Moment lang Frauen erkennen zu können, weibliche Gestalten, die auf dem Wind ritten, und hinter ihnen undeutlich gewaltige Türen, die sich öffneten: Türen, die er schon zuvor gesehen hatte, die Tore Walhalls.

So sterben die Helden, sagte eine zweite Stimme, nicht die singende. Selbst in der Betäubung seines Traums erschauderte Shef, als er den grimmigen, ironischen Tonfall seines Beschützers erkannte. Es war der Gott Rigr, dessen Symbol er um den Hals trug. Das ist der Tod Hjalmars des Großmütigen, fuhr die Stimme fort. Er brach einen Streit mit einem schwedischen Berserker vom Zaun und gab meinem Vater Odin zwei neue Rekruten.

Die Szene verschwand, als eine übernatürliche Kraft Shefs

Augen wegdrehte. Einen Moment später wurde eine andere Vision scharf. Shef blickte auf eine schmale Matte, die auf dem festgetrampelten Erdboden eines Hauses lag. Die Matte lag weit weg von den Haupträumen, in einem kalten Verschlag ohne jede Annehmlichkeit. Eine alte Frau legte sich vorsichtig und von Schmerzen geplagt auf die Matte. Shef wußte, daß ihr ein Heiler gerade mitgeteilt hatte, daß sie sterben würde. Nicht an der Schwindsucht, die die meisten alten Leute im Winter dahinraffte, sondern an etwas Bösem, das in ihr heranwuchs. Sie hatte furchtbare Schmerzen, wagte es aber nicht, etwas zu sagen. Ihr waren keine Verwandten geblieben, und wenn sie einen Mann und Söhne gehabt hatte, waren sie entweder tot oder hatten sie im Stich gelassen. Jetzt lebte sie von der zweifelhaften Duldsamkeit derer, die nicht ihr Blut teilten. Wenn sie nur die geringsten Scherereien machte, würde man ihr sogar die Matte und das Brot nehmen. Sie war unwichtig.

Es war das Mädchen, mit dem er im Sumpf gelegen hatte, und deren Leben sich jetzt dem Ende näherte. Oder zumindest konnte sie es sein. Aber es gab auch andere Möglichkeiten: Shef dachte an Godives Mutter, die irische Sklavin, die sein Stiefvater Wulfgar als lemman *genommen und dann verkauft hatte, als seine Frau eifersüchtig geworden war. Aber es gab noch andere, so viele andere. Die Welt war voller verzweifelter alter Frauen. Und auch voller alter Männer, die mit letzter Kraft versuchten, still und unbeachtet zu sterben. Dann konnten sie ins Grab kriechen und aus der Erinnerung verschwinden. Einstmals waren sie jung gewesen.*

Shef spürte, wie ihn eine bisher unbekannte Hoffnungslosigkeit übermannte. Und dennoch war etwas Merkwürdiges daran. Dieser langsame Tod mochte sich Jahre in der Zukunft abspielen, wie er zuerst gedacht hatte, als er glaubte, die Frau zu erkennen. Oder er mochte sich vor vielen Jahren in der Vergangenheit zugetragen haben. Aber einen Moment lang schien Shef eines zu wissen: Er selbst war die alte Frau, die sich zu einem unbemerkten Tod auf die Matte gebettet hatte. Oder war er sie gewesen?

Mit einem Ruck erwachte Shef. Erleichtert blickte er sich um. Die übrigen Männer lagen immer noch reglos unter ihren Decken. Langsam ließ er den angehaltenen Atem entweichen und entspannte einen Muskel nach dem anderen.

Am nächsten Morgen ließen sie den Sumpf zügig hinter sich. Den einen Augenblick stapften sie noch durch die schwarzen Teiche und seichten Wasserläufe, die nirgendwohin zu fließen schienen. Im nächsten stieg der Boden unter ihren Füßen an, der dünne, kalte Nebel blieb hinter ihnen zurück, und Shef sah kaum eine Meile vor ihnen die Heerstraße und das ununterbrochene Hin und Her der Reisenden. Er drehte sich um und sah, daß Dithmarschen unsichtbar unter einer Nebeldecke lag. Sie würde sich im Sonnenlicht auflösen und in der Dämmerung von neuem bilden. Es war kein Wunder, daß die Dithmarscher von der Hand in den Mund lebten und keine Invasoren zu fürchten hatten.

Shef registrierte belustigt, wie sich seine Begleiter veränderten, als sie an der Straße anlangten. In den Sümpfen waren sie selbstsicher und zuversichtlich gewesen und hatten über die Welt draußen und ihre Nachbarn gespottet. Jetzt hielten sie den Kopf gesenkt und hofften, nicht aufzufallen. Shef stand aufrecht da und sah sich um, während sich die übrigen gebeugt aneinanderdrängten.

Kurz darauf überholte sie eine berittene Gruppe, zehn oder zwölf Männer mit Packpferden, ein Salzzug auf dem Weg in den Norden der Halbinsel Jütland. Als sie die Dithmarscher passierten, riefen sie einander in Nordisch zu.

»He, seht euch die Schlammfüssler an. Was wollen die hier draußen? Und der Große da drüben! Seine Mutter muß wohl ein kleines Abenteuer gehabt haben. He, ihr Sumpfkrabbler, was sucht ihr hier? Eine Medizin für eure fleckigen Bäuche?«

Shef grinste den lautesten der Reiter an und rief in dem flüssigen Nordisch, das er von Thorvin und Brand gelernt hatte, zurück.

»Was weißt du schon davon, Jütländer?« Er übertrieb die heiseren Kehllaute des Dialekts von Ribe, den der Reiter sprach. »Ist das Nordisch, das da aus deinem Mund kommt, oder eine Halskrankheit? Versuch's damit, Honig in dein Bier zu rühren, vielleicht kannst du es dann heraushusten.«

Die Händler zügelten ihre Pferde und starrten ihn an.

»Du bist kein Dithmarscher«, sagte einer von ihnen. »Aber du klingst auch nicht nach einem Dänen. Woher bist du?«

»Enzkr em«, sagte Shef bestimmt. »Ich bin Engländer.«

»Du klingst wie ein Norweger, und zwar wie einer aus dem letzten Winkel. Ich habe einen Dialekt wie deinen beim Pelzhandel gehört.«

»Ich bin Engländer«, wiederholte Shef. »Und ich handle nicht mit Fellen. Diese Männer und ich sind unterwegs zum Sklavenring in Haithabu, wo sie mich verkaufen wollen.« Er zog den Anhänger des Weges unter dem Mantel hervor, blickte die Dänen bedeutungsvoll an und blinzelte feierlich mit seinem verbliebenen Auge. »Warum sollte ich ein Geheimnis daraus machen? Schließlich muß ich einen Käufer finden.«

Die Dänen sahen einander an und ritten weiter. Zurück blieb ein zufriedener Shef. Ein einäugiger Engländer mit einer silbernen Pfahlleiter um den Hals. Es brauchte nur einen Freund Brands oder des Weges oder einen seiner Kapitäne vom Feldzug des Vorjahrs, der sich zuhause niedergelassen hatte, und Shef würde genug Kredit haben, um eine Passage nach England zu bekommen. Doch er wollte kein Schiff von Haithabu nehmen.

Nikko warf ihm einen finsteren Blick zu. Der Dithmarscher spürte, daß ihm die Herrschaft über die Lage entglitt. »Bevor wir zum Markt gelangen, gibst du mir deinen Speer.«

Shef deutete mit der Waffe wortlos auf die hölzerne Palisade von Haithabu, die vor ihnen in Sicht kam.

Als er in der langen Schlange des Handelsguts für den nächsten Tag langsam nach vorne schlurfte, beschleunigte sich Shefs Puls. Er spürte immer noch die innere Ruhe – oder war es Gleichgültigkeit? –, die ihn nicht mehr verlassen hatte, seit er, seiner Königswürde beraubt, in Karlis Hütte aufgewacht war. Doch auch wenn er genau wußte, was er wollte, konnte er nicht wissen, wie man es aufnehmen würde. Es kam darauf an, welche Rechte ein Mann hier hatte. Auf dem Sklavenmarkt von Haithabu wahrscheinlich die, die er und seine Freunde durchsetzen konnten.

Der Markt war nicht mehr als ein unbebauter Platz am Strand mit einem wenige Fuß hohen Hügel in der Mitte, der dazu diente, die Ware auszustellen. Dahinter platschte die gezeitenlose Ostsee gemächlich gegen den dünnen Sandstreifen. Auf einer Seite ragten hölzerne Landungsbrücken in das flache Wasser, an denen die dickbauchigen Knorre anlegten und ihre Waren löschten. Um den Platz zog sich eine wuchtige hölzerne Palisade, zwar dürftig im Vergleich zu der römischen Stadtmauer des weit entfernten Yorks, aber in gutem Zustand und mit zahlreichen Wachen besetzt. Shef hatte wenig von den Taten König Horiks gehört, der über Haithabu und die dreißig Meilen südlich davon bis zum Danewerk herrschte. Aber seine ganzen Einnahmen kamen aus den Zöllen, die er den Händlern im Hafen auferlegte, und er bewachte und regierte Haithabu hart und entschlossen. Shef ertappte sich immer wieder dabei, wie er die Galgen anstarrte, die in Sichtweite aller auf der äußersten Landungsbrücke errichtet worden waren. Ein halbes Dutzend Leichen baumelte von ihnen und zeigte den Händlern an, wie Horik ihre Rechte schützte. Eines der vielen Fragezeichen über Shefs Plan war, daß er nicht wußte, ob man ihn als eine Behinderung des Handels auffassen würde. Aber was auch immer der Fall sein mochte, als der Morgen sich hinzog und die Schlange langsam weiterrückte, verdüsterte sich seine Stimmung zusehends.

Die Gruppe, die eben auf dem kleinen Hügel stand, bestand nur aus Frauen: Insgesamt sechs, die grinsende Wikinger nach vorne schubsten. Ihr Anführer schritt den Hügel entlang und pries schreiend ihre Vorzüge an, während seine Männer sie festhielten. Es waren junge Mädchen. Auf ein kurzes Kommando hin wurden ihnen die Mäntel von den Schultern gerissen, und sie standen in kurzen, nicht einmal bis zu den Knien reichenden Überkleidern vor der Menge. Ihre vom Sonnenlicht noch betonte weiße Haut zog alle Augen auf sich. Freudensschreie hallten über den Platz, einige der Männer überboten einander mit schmutzigen Bemerkungen.

»Woher kommen sie?« fragte Shef die bewaffnete Wache, die neben der Sklavenschlange stand. Der Mann beäugte neugierig Shefs gestählten Körper und aufrechte Haltung und antwortete ihm brummend.

»Das sind Sorben. Siehst du ihre weiße Haut und die roten Haare? Sie fangen sie an der Südküste der Ostsee.«

»Und wer sind die Käufer?« Shef sah eine Gruppe

dunkelhäutiger Männer in merkwürdigen Kleidern, die näher heranrückten, um sich die Frauen genauer zu besehen. Sie trugen Tücher statt Helmen auf dem Kopf, und die Krummdolche an ihren Gürteln glänzten golden. Einige von ihnen hatten die Augen immer der Menge zugewandt, als ob sie einen Überraschungsangriff befürchteten.

»Die kommen aus dem Süden. Sie verehren irgendeinen Gott, der ein Rivale des Christengotts ist. Sie kaufen jede Menge Frauen und zahlen in Gold. Müssen dieses Jahr ganz schön was hinlegen.«

»Wie kommt das?«

Die Wache sah ihn wieder verwundert an. »Du kannst Nordisch, aber hast keine Ahnung? Die Preise für Frauen sind hochgeschossen, seit keine mehr aus England kommen. Kriegten früher 'ne Menge von dort.«

Die Araber aus Córdoba stellten jetzt über einen Dolmetscher Fragen. Ein Zuschauer gab sie an die Menge weiter.

»Er will wissen, ob sie alle noch Jungfrauen sind.«

Schallendes Gelächter antwortete ihm. Ein rauhe, donnernde Stimme schrie: »Die große da nicht mehr, Alfr. Ich habe gesehen, wie du sie gestern hinter deinem Stand ausprobiert hast.«

Der Anführer der Verkäufer warf wütende Blicke in die Menge, um die johlenden Zuschauer zum Schweigen zu bringen. Die Araber sagten etwas zu ihrem Dolmetscher und steckten die Köpfe zusammen. Schließlich machten sie ein Angebot ab. Der Verkäufer protestierte und wies es zurück. Aber es kamen keine Gegengebote. Schließlich schloß man den Handel. Shef sah mit stockendem Atem das Glitzern der Goldmünzen. Der Auktionator erhielt seinen Anteil, dann der Jarl König Horiks, der den Vorgang mit wachsamen Augen verfolgt hatte. Schließlich bekamen die Frauen ihre Mäntel zurück und wurden vom Hügel geführt.

Als nächstes kam eine merkwürdige Gestalt, ein Mann mittleren Alters, dem die Fetzen eines schwarzen Talars vom Leib hingen. Er schien auf den ersten Blick glatzköpfig, aber auf seinem Schädel wuchs bereits das erste Haar nach. Ein Priester der Christen, erkannte Shef, dessen Tonsur nicht erneuert worden war. Als er vortrat, zwängte sich ein weiterer Mann durch das Gedränge und wollte ihn umarmen; ein zweiter Priester im schwarzen Talar, aber mit einer frischen Tonsur. Eine Wache stieß ihn zurück, während der Auktionator zu Geboten aufforderte.

Eine Gruppe hochgewachsener, wuchtiger Männer, die selbst in der Frühlingssonne in Pelze gehüllt waren, ließ sich nicht lange bitten. Schweden, erkannte Shef, der sich an den Akzent Guthmunds des Gierigen und anderer erinnerte, die er in der Großen Armee getroffen hatte. Sie boten acht Unzen Silber. Einer der Männer zog einen Beutel vom Gürtel und warf ihn auf den Boden, um dem Gebot Nachdruck zu verleihen.

Dann war der Priester, den die Wachen zurückgestoßen hatten, wieder da. Er flitzte an den Wachmännern vorbei, breitete die Arme aus und schrie leidenschaftlich.

»Was sagt er?« brummte die Wache neben Shef.

»Er versucht, den Verkauf zu verbieten«, antwortete Shef, der einen Teil des Mischmaschs aus Nordisch und Niederdeutsch, das der Priester sprach, aufschnappte. »Er sagt, sie hätten kein Recht, einen Priester des wahren Gottes zu verkaufen.«

»Wenn er nicht gleich das Maul hält, ergeht es ihm nicht besser«, sagte die Wache.

Und in der Tat warfen die Schweden einen zweiten Beutel mit Silber auf den Boden, wechselten ein paar

Sätze mit dem Auktionator und gingen dann zufrieden grinsend auf die beiden Priester zu.

Ein weiterer Mann löste sich aus der Menge, und das Grinsen in den Mienen der Schweden machte augenblicklich vorsichtiger Berechnung Platz. Shef, der es gewöhnt war, Krieger einzuschätzen, wußte auf der Stelle, warum.

Der Neuankömmling war nicht hochgewachsen, ja er war kleiner als der kleinste der Schweden. Aber er hatte immens breite Schultern. Und er strahlte eine natürliche Zuversicht aus, die andere Männer zurückschrecken ließ. Er trug eine abgetragene, wattierte Lederjacke, in die man an verschiedenen Stellen zusätzliche Streifen eingenäht hatte, um Platz für seinen mächtigen Brustkorb zu schaffen. Seine linke Hand ruhte auf dem Knauf eines langen Reiterschwerts. Unter dem kurzen, blonden Haar fand sich ein glattrasiertes, steinhartes Gesicht, über das sich die Haut straff spannte. Aber er lächelte.

Der blonde Mann schob einen Zeh unter einen der Beutel am Boden und schnellte ihn zurück zu den Schweden, gleich darauf folgte der zweite.

»Ihr könnt sie nicht haben«, sagte er in gestelztem Nordisch. In der plötzlichen Stille trug seine Stimme über den ganzen Platz. »Keinen von beiden. Sie sind Priester Christi und stehen unter meinem Schutz. Dem Schutz des *Lanzenordens*.« Er rief unvermittelt mit noch lauterer Stimme einen Befehl und schwang den Arm. Shef registrierte, daß ein Dutzend Männer mit Kettenhemden und Schwertern in der Nähe des Rings waren. Mehr als die Schweden. Aber zweihundert Nordländer verfolgten den Zwischenfall, ausnahmslos bewaffnet. Wenn sie gemeinsam gegen die Christen vorgingen… oder wenn König Horiks Wachen beschlossen, ihren Markt zu schützen…

»Wir bezahlen für einen von ihnen«, rief der blonde

Mann versöhnlich. »Acht Unzen. Das Geld von Christen ist genausogut wie das von Heiden.«

»Zehn Unzen«, sagte der Anführer der Schweden.

Der Auktionator sah den blonden Mann fragend an.

»Zwölf Unzen«, sagte dieser langsam, aber bestimmt. »Zwölf Unzen, und ich werde euch nicht fragen, wie ein christlicher Priester in eure Hände gelangt ist – und was ihr übrigen mit ihnen vorhattet. Zwölf Unzen, und ihr könnt euch glücklich schätzen.«

Die Hand des Schweden rutschte weiter den Stiel seiner Axt hinunter. Er spuckte auf den Boden.

»Zwölf Unzen«, sagte er. »Und das Geld Odins klingelt besser, als das irgendeines bartlosen, kastrierten Christen.«

Die Wache neben Shef rührte sich. Er sah, wie Horiks Jarl ebenfalls einen Schritt nach vorne machte. Noch während die letzten Worte von seinen Lippen kamen, brachte der Schwede die Axt in Kampfstellung. Aber noch bevor irgendeiner der Männer seine Bewegung vollenden konnte, flitzte etwas durch die Luft. Ein dumpfer Schlag ertönte, gefolgt von einem Keuchen. Mit weit aufgerissenen Augen starrte der Schwede auf den Messinggriff, der aus seinem Bauch ragte. Der blonde Mann hatte sich nicht einmal die Mühe gemacht, das Schwert zu ziehen, und hatte statt dessen das schwere Messer in einer einzigen, fließenden Bewegung aus dem Gürtel gezogen und auf den Schweden geschleudert. Noch bevor Shef ganz verstanden hatte, was geschehen war, hatte der blonde Mann drei Schritte nach vorne gemacht. Die Spitze seines langen Schwerts ruhte auf dem Adamsapfel des Verkäufers.

»Einverstanden?« rief er und warf dem zögernden Jarl einen schnellen Seitenblick zu.

Der Verkäufer nickte langsam und vorsichtig.

Der blonde Mann zog das Schwert zurück. »Nur

eine private Meinungsverschiedenheit«, bemerkte er zu dem Jarl König Horiks. »Stört den Markt nicht. Wenn sie es wollen, werde ich mich mit seinen Freunden außerhalb der Stadt auseinandersetzen.«

Der Jarl zögerte einen Augenblick, dann nickte auch er. Die Schreie der Schweden, die sich über ihren Anführer beugten, ignorierte er.

»Zahl die Summe und nimm deinen Mann mit. Und ihr übrigen haltet den Mund. Wenn ihr Männer beschimpft, müßt ihr schneller sein als sie. Wenn ihr noch eine Rechnung zu begleichen habt, dann nur zu. Aber nicht hier. Ist schlecht für das Geschäft. Und jetzt her mit dem nächsten Haufen Sklaven.«

Während die beiden Christenpriester einander umarmten, und der blonde Mann sich wieder zu seinen schwerbewaffneten Kameraden gesellte, wurde Shef auf den Hügel gestoßen. Einen Augenblick lang übermannte ihn die Panik, wie einen Schauspieler, dessen Einsatz gekommen war, aber der seinen Text vergessen hatte. Aber als Nikko nach vorne hetzte, und er die besorgte Miene Karlis unmittelbar hinter ihm sah, erinnerte er sich wieder daran, was er zu tun hatte.

Langsam legte er den schmutzigen, wollenen Waffenrock ab.

»Was haben wir denn da?« sagte der Auktionator. »Starker junger Mann. Beherrscht einfache Schmiedearbeiten, angeboten von… irgendeinem Schlammfüssler. Wen kümmert das schon?«

Shef warf den Umhang auf den Boden, überzeugte sich mit einem Handgriff, daß der Anhänger Rigrs gut sichtbar auf seinem Brustkorb baumelte, und spannte seine Muskeln in der Parodie eines Tagelöhners an, der die Aufmerksamkeit eines reichen Bauern suchte. Das Sonnenlicht entblößte die alten Narben der vielen Prügel, die ihm sein Stiefvater verabreicht hatte.

»Ist er fügsam?« schrie eine Stimme. »Er sieht jedenfalls nicht danach aus.«

»Einen Sklaven kann man gefügig machen«, schrie Nikko zurück, der neben dem Auktionator stand.

Shef nickte nachdenklich und ging zu den beiden Männern. Er streckte bedächtig die Finger seiner Linken aus und ballte sie dann zur Faust. Der Daumen ragte zwischen dem zweiten und dritten Glied hervor, wie Karli es ihm gezeigt hatte. Das folgende mußte dramatisch wirken. Es durfte nicht nur ein Schubs sein, keine Rauferei.

Er setzte den linken Fuß nach vorne, schwang den linken Arm in einem engen Bogen und legte sein ganzes Körpergewicht hinein. Der Schlag schien mit der Faust hinter seiner eigenen rechten Schulter enden zu wollen. Der linke Haken traf Nikko nicht am Kiefer – Karli hatte ihm als Anfänger davon abgeraten – sondern an der rechten Schläfe. Der stämmige Mann wurde völlig unvorbereitet getroffen und ging augenblicklich in die Knie.

Sofort packte Shef ihn am Kragen, riß ihn wieder hoch und dreht ihn zur Menge hin.

»Dieser Schlammkriecher«, schrie er auf Nordisch. »Redet zuviel und taugt zu nichts. Wieviel bekomme ich für so einen?«

»Ich dachte, er verkauft dich«, rief jemand aus der Menge.

Shef zuckte die Achseln. »Ich habe es mir anders überlegt.« Er starrte in die Menge, versuchte sie mit seinem einen Auge niederzuringen. Was machte einen Mann zum Thrall? Es brauchte letztendlich die Zustimmung des Versklavten. Einen Thrall, der einfach nicht gehorchte, ja sich widersetzte, konnte man einfach töten, aber er war nichts wert. Am Rande der Menge kam es zu einem kleineren Aufruhr, als Nikkos Sohn und Neffe nach vorn eilen wollten, aber

Karli ihnen mit erhobenen Fäusten den Weg versperrte.

»In Ordnung, in Ordnung«, knurrte der Jarl fast in Shefs Ohr. »Ich sehe schon, ihr beiden seid unverkäuflich. Aber ich sage euch eins – ihr schuldet mir immer noch die Gebühr für die Auktion, und wenn du sie nicht bezahlen kannst, dann steht ihr beide dafür gerade.«

Shef sah sich um. Der entscheidende Moment war gekommen. Er hatte darauf gehofft, schnell ein freundlich gesinntes Gesicht zu erblicken. Die Dänen, die sie auf der Straße nach Haithabu getroffen hatten, mußten überall von dem merkwürdigen einäugigen Engländer erzählt haben. Jetzt mußte er ohne fremde Hilfe den Jarl begleichen. Ihm blieben nur noch zwei Stücke von Wert. Seine Linke schloß sich um den silbernen Anhänger – er war seine letzte Zuflucht. Und das andere?

Der Speer glitt vor ihm in den Boden. Karli strahlte über das ganze Gesicht, rieb sich über die Knöchel und winkte ihm aufmunternd zu. Shef wollte den Speer herausziehen, um dem verächtlichen Jarl die Runen darauf zu zeigen und einen Handel zu schließen.

»Wenn dieser Einäugige zum Verkauf steht«, rief plötzlich eine Stimme, »dann kaufe ich ihn. Ich kenne jemanden, der ganz scharf auf ihn ist.«

Eine dunkle Vorahnung legte sich auf Shefs Herz, als er sich zu dem Sprecher umdrehte. Er hatte gehofft, daß ihn ein Freund erkennen würde. Er hatte freilich bedacht, daß es genausogut ein Feind sein konnte, aber alles darauf gesetzt, daß die Gefolgsleute der Ragnarssons, die Überlebenden der Großen Armee, mit ihrer Flotte unterwegs waren. Aber er hatte die losen Bündnisse, die endlosen neuen Verbindungen und Aufkündigungen der Gefolgschaft der Wikinger außer acht gelassen.

Es war Skuli der Kahle, der im vergangenen Jahr

einen der Belagerungstürme vor York befohlen hatte, sich dann aber den Ragnarssons angeschlossen hatte. Er kam jetzt nach vorne, seine Mannschaft hinter ihm in einer disziplinierten Formation.

Im selben Augenblick sagte Shef eine innere Stimme, daß ihn ein zweites Gesicht unverwandt anstarrte. Er wandte sich um und blickte in ein schwarzes, unversöhnliches Augenpaar. Und erkannte es auf der Stelle. Es gehörte Erkenbert, dem schwarzen Diakon, den er zum ersten Mal bei Ragnars Tod in der Schlangengrube gesehen hatte und das letzte Mal, als er nach der Niederlage der Christen in Hastings eines ihrer Schiffe bestiegen hatte. Er stand direkt neben dem geretteten Christenpriester und sprach hastig auf den blonden Mann ein. Dann zeigte er auf Shef.

»Skjef Sigvarthsson, der Verderber Ivars«, sagte Skuli grinsend. Nur noch eine Handvoll Schritte trennten ihn jetzt von Shef. »Ich bin bereit, über den gängigen Preis für dich zu zahlen. Ivars Brüder werden mir dein Gewicht in Silber aufwiegen.«

»Falls du Gelegenheit bekommst, es einzutreiben«, knurrte Shef und wich zurück. Mit einem Blick über die Schulter suchte er nach einer Wand, gegen die er sich lehnen konnte. Er registrierte, daß Karli neben ihm stand. Der junge Dithmarscher hatte das Schwert gezogen und schrie trotzig in den wachsenden Aufruhr. Shef sah auf den ersten Blick, daß Karli alles vergessen hatte, was er ihm beigebracht hatte. Er hielt das Schwert wie ein Mann, der Schilf schneiden wollte. Wenn die Spannung in einen Kampf umschlug, würde Karli innerhalb von fünf Pulsschlägen ein toter Mann sein.

Shef bemerkte, daß auch der blonde Deutsche das Schwert gezückt hatte, und seine Männer versuchten, eine Kette zwischen Shef und Skuli zu bilden. Er schrie ebenfalls etwas von einem Preis. Überall zerstreuten sich Händler und Sklaven. Einige versuchten mit heiler Haut zu entkommen, während andere ebenfalls die Waffen zogen und sich der einen oder anderen Seite anschlossen. Die Wachen König Horiks, die der plötzliche Gewaltausbruch überrumpelte, versuchten eine Keilformation zu bilden, um in die Mitte des Geschehens vorzustoßen.

Shef holte tief Luft und wog den Speer in der Hand. Er würde versuchen, Skuli zu erwischen und dann sein Glück mit Erkenbert und den Christen versuchen. Er wirbelte herum, um den ahnungslosen Karli mit dem Speerschaft bewußtlos zu schlagen. Wenn der kleine Mann auf dem Boden lag, würde während des Kampfs vielleicht niemand Notiz von ihm nehmen.

Aber etwas hing an der Speerspitze, zog sie nach unten, behinderte sie. Dann fiel etwas auf sein Gesicht, nahm ihm die Sicht. Als er verzweifelt versuchte, die Decke wegzureißen, spürte er eine weiche Erschütterung am Kopf, und plötzlich stützte er sich auf ein Knie und rang darum aufzustehen, rang darum, wieder etwas zu sehen. Wenn er jetzt das Bewußtsein verlor, würde der nächste Anblick, der ihm vergönnt war, der eines Ragnarsson sein, der durch seine Rippen schnitt, um den Blutadler zu ritzen.

Jemand schlug Shef die Beine unter dem Körper weg, und sein Kopf krachte auf den Boden.

KAPITEL 8

»ES TUT MIR LEID«, sagte das Gesicht vom anderen Ende des Tischs. »Hätte ich nur ein bißchen früher von dir gehört, hätte ich dich selbst deinen Freunden aus Dithmarschen abgekauft und niemand hätte etwas gemerkt. Aber du bist ja selbst König und weißt, wie es ist. Kein König ist klüger als die Nachrichten, die er erhält.«

Shef starrte über den Tisch. Erfolglos versuchte er, das Gesicht klar zu sehen. Er schüttelte den Kopf und zuckte zusammen.

»Da haben wir's«, sagte das Gesicht. »Du hast kein einziges Wort gehört. Wo tut es dir weh?«

Shef rieb sich die linke Schläfe und bemerkte im selben Moment, daß die Beule auf der anderen Seite des Schädels war. Vor seinen Augen strich eine Hand vorbei, und ihm ging auf, daß der Mann überprüfte, ob er eine Gehirnerschütterung erlitten hatte.

»Die Beule auf der einen Seite, der Schmerz auf der anderen. Gibt einem das Gefühl, das Gehirn würde im Schädel herumpurzeln, was?« plauderte das Gesicht weiter. »Deshalb sind soviele alte Krieger – wie soll man sagen? – na ja, etwas sonderbar. Wir nennen ihn *vithrhögg*, den Gegenschlag. Aber ich sehe, dir geht es schon besser. Also fange ich nochmal von vorne an.«

»Ich bin König Horik von Haithabu und Südjütland. Und du bist...?«

Plötzlich verstand Shef die Worte. Unwillkürlich stahl sich ein Grinsen auf sein Gesicht. »Ich bin dein Amtsbruder, König Shef von Ost- und Mittelanglien.«

»Gut. Ich bin froh, daß deine Erinnerung zurückkommt. Weißt du, wir haben öfters Aufruhr auf dem Markt, und meine Jungs sind dafür gedrillt. Sie werfen einfach Segeltuch über die Waffen und reißen jeden, der sein Schwert zücken will, von den Beinen. Uns gefällt es nicht, Kunden für immer zu verlieren.« Eine große Hand goß Wein in etwas, das Shef als goldenen Pokal erkannte. »Trink etwas Wasser dazu, dann wirst du dich bald besser fühlen.«

»Du hast heute einen Kunden verloren«, sagte Shef, als er sich an das Messer erinnerte, das aus dem Herzen des schwedischen Käufers geragt hatte.

»Ja, eine üble Sache. Aber mein Jarl berichtet mir, der Tote hätte den Angriff provoziert. Außerdem...«

Ein feister Finger zog Shefs Anhänger unter dem Mantel hervor. Jemand mußte ihn aufgehoben und ihn ihm umgehängt haben.

»Du bist ein Gefolgsmann des Weges, nicht wahr? Dann verschwendest du nicht viel Zeit auf die Christen. Überhaupt keine, wenn ich an die Geschichten über deinen Sieg gegen die Franken denke, und ich wage zu behaupten, daß sie noch weniger für dich übrig haben. Aber hier unten muß ich sehr genau auf sie aufpassen. Zwischen mir und Odin und ich weiß nicht wievielen deutschen Lanzenreitern liegt nur das Danewerk. Es stimmt schon, sie kämpfen die ganze Zeit untereinander. Und ja, sie haben mehr Angst vor uns als wir vor ihnen. Aber ich will wirklich keinen Ärger provozieren, schon gar nicht in Religionsdingen.

Also habe ich den Christen immer gestattet, ihre Priester hierherzuschicken, und hielt still, als sie anfingen, die Sklaven und Frauen zu taufen. Aber wenn die armen Teufel aufs Land gehen und verkauft werden oder in den Sumpf geworfen werden, bin ich machtlos. Ich halte Ordnung in Haithabu und auf der Handelsstraße und schlichte die Streitereien im Thing. Aber meinen Untertanen zu sagen, was sie glauben oder wovon sie die Finger lassen sollen… « Der dicke Mann lachte. »*Du* weißt ja, was ich damit aufs Spiel setzen würde.

Aber jetzt ist alles anders. Als dieses Frühjahr drei oder vier Priester aus Hamburg kamen, hatte jeder von ihnen eine Eskorte bei sich. Nicht groß genug, um sie eine Armee zu nennen, nicht einmal groß genug, um eine echte Bedrohung zu sein. Und außerdem brachten sie genug Geld für alle ihre Auslagen. Also ließ ich sie ins Land. Aber ich verrate dir etwas…« – Horik lehnte sich vor –, »von König zu König. Sie sind sehr gefährliche Männer. Und überaus wertvoll. Ich wünschte, ich könnte ein halbes Dutzend von ihnen anwerben. Erinnerst du dich noch an den einen mit den blonden Haaren, die steif wie Draht sind? Der Hauptmann meiner Wache sagt mir, er wäre der schnellste Mann, den er je gesehen hat. Und dazu noch verschlagen.«

»Schneller als Ivar Ragnarsson?« fragte Shef.

»Der Knochenlose? Ich hatte vergessen, daß du es warst, der ihn bezwungen hat.« Shefs Auge schien langsam wieder zu funktionieren, als der Wein seine Wirkung tat. Er besah sich den großen Mann, der sich in dem hölzernen Stuhl zurücklehnte, bis die Lehne quietschte. Er trug ein goldenes Diadem auf dem Haupt, eine schwere Goldkette um den Hals und dicke Armreife. Er strahlte die schlichte Gutmütigkeit eines Wirts in einer friedlichen Stadt aus. Aber unter den buschigen Augenbrauen fanden sich wachsame Augen, und sein muskelbepackter rechter Unterarm war mit Narben übersät. Es war die Stelle, an der sich Duellanten die meisten Verletzungen zuzogen – zumindest die erfolgreichen, denn die übrigen lebten nicht lange genug, als daß die Wunden verheilen könnten.

»Nun, dafür stehe ich wirklich in deiner Schuld. Ivar hat mir viel Kopfzerbrechen bereitet, und seine Brüder tun es immer noch.« Horik seufzte schwer. »Ein König hat es schwer hier unten, mit dem Kaiserreich und den Christen, die auf der anderen Seite des Danewerks grollen, und 50 Seekönigen im Norden, die sich endlos darüber streiten, wer von ihnen der ranghöchste ist. Die Christen sagen, sie bräuchten jetzt einen Kaiser. Und manchmal glaube ich, wir könnten ebenfalls einen gebrauchen. Aber dann hätten wir die Bescherung. Wir müßten entscheiden, wer es sein soll. Vielleicht ich. Vielleicht du. Vielleicht Sigvarth Ragnarsson. Aber wenn er Kaiser wäre, würden wir beide nicht einmal mehr den nächsten Tag erleben und wollten es wahrscheinlich auch gar nicht.«

»Aber was rede ich da? Du hast einiges durchgemacht, das sehe ich dir an. Wahrscheinlich könntest du ein gutes Abendessen gebrauchen. Wieso setzt du dich diesen Nachmittag nicht irgendwo in die Sonne, bis es Zeit fürs Essen ist? Ich sorge dafür, daß dir nichts geschieht.«

»Aber ich schulde noch Geld«, sagte Shef. »Der Mann, den ich im Sklavenring niedergeschlagen habe – er brachte mich hierher und ernährte mich eine Woche lang. Ich sollte ihn entschädigen. Und dann brauche ich Geld für die Fahrt nach Hause. Wenn englische Händler im Hafen liegen, kann ich es von ihnen leihen, in meinem eigenen Namen und dem König Alfreds.«

Horik hob eine mit Ringen übersäte Hand. »Ist bereits alles erledigt und bezahlt. Ich habe die Dithmarscher äußerst zufrieden weggeschickt. Sie können eine echte Plage sein, wenn sie wütend sind, deshalb versuche ich immer, es mir nicht mit ihnen zu verpatzen.

Der junge Kerl hat aber darauf bestanden, hier zu bleiben. Nein, du mußt mir nicht danken, du kannst mich ja bei Gelegenheit entschädigen.«

»Aber was die Fahrt nach Hause angeht... nun, die muß noch etwas warten.«

Shef musterte das verschlagene, fröhliche Gesicht. In der Ecke des Raums lehnte sein Speer an der Wand. Er gab sich nicht der Illusion hin, daß er ihn erreichen konnte.

»Soll ich hier bei dir bleiben?«

»Nein, ich habe dich weiterverkauft«, sagte Horik zwinkernd.

»Verkauft? An wen?«

»Keine Angst, nicht an Skuli. Er hat mir fünf Pfund Silber angeboten. Die Christen gingen bis zehn und Nachlaß aller meiner Sünden durch den Papst, in purpurner Tinte.«

»An wen dann?«

Horik zwinkerte ein zweites Mal. »An deine Freunde aus Kaupang. An die Akademie des Weges. Bei ihrem Gebot konnte ich einfach nicht widerstehen. Sagten irgend etwas von einem Prozeß. Aber das ist immer noch besser, als von Sigurth Schlangenauge abgeurteilt zu werden. Meinst du nicht auch?«

Mit einer langen, herzhaften Blutwurst am Gürtel, einem großen Laib Schwarzbrot unter dem Arm und Salz in der Hand schlenderte Shef durch die kraftvolle Nachmittagssonne. König Horiks Angebot, bis zum Abendessen auszuruhen, wollte er sich nicht entgehen lassen. Ein halbes Dutzend Wachen umringte ihn. Ihre Aufgabe war es, sicherzustellen, daß niemand ihn belästigte und er nicht aus der Stadt entkam. Karli, der ausnahmsweise einmal in etwas gedrückter Stimmung war, begleitete sie, das Schwert am Gürtel, Shefs Speer auf der Schulter.

Einige Minuten lang durchquerte die Gruppe die geschäftigen Straßen Haithabus. Überall waren Stände, die Bernstein, Honig, Wein aus dem Süden, Waffen, Knochenkämme, Schuhe, Roheisen und was immer sonst verkauften, was in Skandinavien verlangt oder dort hergestellt wurde. Dann, als Shef genug von dem endlosen Geschubse und Gedränge hatte, sah er einen flachen, grasbewachsenen Erdwall. Der Hügel war zwar gerade noch innerhalb der Palisade, aber unbebaut und menschenleer. Er deutete wortlos darauf und machte sich auf den Weg dorthin. Die Schmerzen in seinem Kopf waren verschwunden, aber er ging immer noch langsam und vorsichtig. Er wurde das Gefühl nicht los, daß die Schmerzen mit einem falschen Schritt wieder zurückkommen würden. Zudem schienen seine Sinne nur mit halber Kraft zu arbeiten, er hatte den Eindruck, alles durch eine dicke Wasserschicht wahrzunehmen. Und das ausgerechnet jetzt, wo er so vieles aufnehmen und verarbeiten mußte.

Er setzte sich auf den Erdwall und blickte über die breite Mündung der Schlei und die grünen Felder nördlich davon. Karli zögerte einen Augenblick, dann rammte er den Speer mit dem hinteren Ende in den weichen Rasen und setzte sich ebenfalls hin. Die Wachen tauschten verstohlene Blicke. »Du hast keine Angst vor der Grabbraut?« fragte einer der Männer.

»Ich war schon einmal in einem Grab«, sagte Shef. Er bemerkte, daß das Messer von seinem Gürtel verschwunden war. Horik ging nicht das geringste Risiko ein. Er reichte Karli die Wurst, damit dieser sie aufschnitt, und brach das Brot in Stücke. Die Wachen saßen oder kauerten behutsam in einem Kreis um sie herum.

Nach einiger Zeit deutete Shef mit vollem Magen und von der Sonne angenehm gewärmtem Rücken auf die fruchtbare Landschaft außerhalb der Stadtgemarkung. Die Schlei floß im Norden Haithabus. Auf dem gegenüberliegenden Ufer konnte er von Hecken gesäumte Felder erkennen und Bauern, die ihre Ochsen antrieben und braune Furchen pflügten. Zwischen den vereinzelten Baumgruppen stieg kräuselnd der Rauch aus den Schornsteinen der Churls auf. Einem Engländer erschienen die Ländereien der Wikinger als die Heimstatt von Feuer und Blutbädern, die Bewohner als Seeleute und Piraten, nicht als Bauern und Köhler. Dennoch wirkte die Gegend hier, im Stammland der Wikinger, friedlicher als Suffolk an einem Sommertag.

»Ich habe gehört, daß die Engländer einst von hier gekommen sind«, bemerkte Shef zu der nächsten Wache. »Leben hier immer noch Engländer?«

»Nein«, sagte die Wache. »Nur Dänen. Manche nennen sich auch Jüten, wenn sie nicht zugeben wollen, daß sie etwas mit den Seekönigen von den Inseln zu tun haben. Aber sie sprechen alle dänisch so wie du. Trotzdem, die Gegend zwischen der Schlei und der Flensburger Förde heißt immer noch Angeln. Wenn du mich fragst, kamen die Engländer von dort.«

Shef dachte darüber nach. Seine Hoffnung, die unterdrückten Engländer dieses Landes eines Tages von der dänischen Herrschaft zu befreien, war damit dahin. Dennoch, es blieb merkwürdig, daß die Dithmarscher kein Dänisch sprachen, schließlich waren sie unmittelbare Nachbarn der Dänen. Mindestens ebenso merkwürdig war die Sprache, die sie statt dessen sprachen: nicht Englisch oder Dänisch und auch nicht die Art von Deutsch, die der Priester am Morgen auf dem Sklavenmarkt gesprochen hatte. In der Sprache der Dithmarscher fanden sich Elemente aus allen diesen Sprachen, und sie ähnelte vielleicht am ehesten dem Friesischen, das Shef von den Männern auf den Inseln vor der niederländischen Küste gehört hatte. Vor langer Zeit war dieses Grenzgebiet ein Schmelztiegel der Stämme gewesen. Jetzt waren die Abgrenzungen deutlicher: Die Christen auf dieser Seite, die Heiden auf jener, hier wurde Deutsch gesprochen, dort Nordisch. Dennoch war die Entwicklung noch lange nicht zu Ende. Die Wache nannte ihre eigene Sprache Dänisch, *dönsk tunga,* andere Leute nannten dieselbe Sprache Nordisch, *norsk mal*. Dieselben Leute nannten sich den einen Tag Dänen und am nächsten Jüten. Shef war König der Ostangeln und Alfred König der Westsachsen, aber beide Völker würden zustimmen, daß sie im Grunde genommen Engländer waren. Die deutschen Stämme wurden vom selben Papst und derselben Königsfamilie regiert wie die fränkischen Stämme, aber hielten sich nicht für verwandt mit ihnen. Schweden und Gauten, Norweger und Gaddgedlar. Eines Tages würde man das Durcheinander entwirren müssen. Bereits jetzt war überall der Drang danach zu verspüren. Aber wem würde es gelingen, die Grenzen zu ziehen? Wem würde es gelingen, Gesetzen Geltung zu verschaffen, die über Horiks simple »Gut für's Geschäft«-Philosophie hinausgingen?

Shef war nur milde überrascht, als der blonde Deutsche, der am Morgen den Schweden getötet und den Christenpriester gerettet hatte, auf sie zukam. Horiks Wachen bemerkten ihn ebenfalls und machten nicht einmal den Versuch, die einem Krieger gemäße Gelassenheit vorzutäuschen. Zwei von ihnen versperrten dem Deutschen auf der Stelle mit gezückten Schwertern und erhobenen Schilden den Weg, die anderen hielten ihre Speere wurfbereit. Der blonde Mann lächelte, löste in theatralischer Langsamkeit den Schwertgürtel und ließ ihn fallen. Auf den scharfen Befehl des Wachhauptmanns legte er auch die Lederjacke ab und zog ein schweres Wurfmesser aus dem Ärmel und eine scharfe Eisenspitze aus dem Stiefel. Eine Wache trat vor und durchsuchte ihn ebenso ruppig wie gründlich. Schließlich traten die Männer Horiks widerstrebend zurück und ließen ihn durch, behielten aber die Speere wurfbereit. Als der blonde Deutsche die letzten Meter zum Erdwall zurücklegte, zückte auch Karli das Schwert und baute sich mißtrauisch vor ihm auf.

Der blonde Mann registrierte die Art, wie Karli das Schwert hielt, seufzte und ließ sich mit übergeschlagenen Beinen direkt vor Shef nieder. Diesmal schien sein Lächeln komplizenhaft.

»Ich bin Bruno«, sagte er. »Ich bin hier mit der Mission des Erzbischofs von Hamburg und Bremen. Wir lösen einige unserer Leute aus, wie du weißt. Und es heißt, du wärst der berühmte Shef Sigvarthsson, der Bezwinger des noch berühmteren Ivar.« Der starke Akzent seines Nordisch ließ den Namen ›Sigvarth‹ fast wie ›Siegfried‹ klingen.

»Wer hat dir das gesagt?«

Wieder lächelte der Deutsche komplizenhaft. »Nun, wie du bereits erraten hast, war es dein kleiner Landsmann, der Diakon Erkenbert. Er ist ein leidenschaftlicher Bursche und will kein gutes Haar an dir lassen. Dennoch kann er nicht leugnen, daß du den Knochenlosen Schwert gegen Schwert bezwungen hast.«

»Schwert gegen Hellebarde«, verbesserte ihn Shef, aber beließ es bei der Bemerkung.

»Ah ja. Das geschieht nicht oft. Aber du benutzt wohl öfters merkwürdige Waffen. Darf ich mir deinen Speer ansehen?« Bruno erhob sich und musterte den Speer, der neben Shef im Gras steckte, die Hände demonstrativ hinter dem Rücken verschränkt.

»Eine vorzügliche Waffe. Und dazu noch ganz neu, wie ich sehe. Ich interessiere mich für Speere. Und auch für andere Dinge. Darf ich sehen, was du am Hals trägst?«

Shef ignorierte Karlis mißtrauisches Knurren und zog den silbernen Anhänger mit dem Zeichen Rigrs unter dem Stoff hervor. Bruno, der sich wieder gesetzt hatte, starrte ihn forschend an.

»Und wie nennst du das hier?«

»Es ist ein *kraki*«, sagte Shef. «Eine Pfahlleiter. Ein Pfahl mit Sprossen an beiden Seiten. Es ist das Zeichen meines Gottes.«

»Aber hat man dich nicht getauft? Was für eine Schande! Jemand, der einmal an den wahren Gott geglaubt hat, läuft zu einem heidnischen Götzen über. Spürst du keinen Drang, wieder zurückzukehren? Würdest du es nicht tun, wenn bestimmte... Schwierigkeiten... aus dem Weg geräumt würden?«

Shef lächelte zum ersten Mal während ihres Gesprächs. Er erinnerte sich an die Greuel, die die schwarzen Mönche, die Wulfgar und Bischof Daniel ihm und anderen angetan hatten. Er schüttelte den Kopf.

»Ich hatte nicht erwartet, daß du deine Meinung auf einen bloßen Vorschlag hin änderst«, fuhr Bruno fort. »Aber ich will dir zwei Dinge sagen, die dir zu denken geben sollten.

Das eine ist dieses: Ich bezweifle nicht, daß es so aussieht, als ob alle diese Kämpfe nur um Geld und Land ausgefochten würden. Denn das werden sie tatsächlich! Horik wollte dich nicht an mich verkaufen, weil er woanders mehr für dich bekam, und außerdem will er uns Christen in keiner Weise stärken. Ich weiß, daß du die englischen Königreiche für deine Häresie der Glaubensfreiheit gewonnen hast, indem du den Zehnten, den die Männer an die Kirche zahlen müssen, abgeschafft hast. Aber ich bin sicher, du weißt, daß diesen Kämpfen noch etwas Tieferes zugrunde liegt. Hier ringen nicht nur Menschen miteinander, sondern auch andere Mächte.«

Shef nickte. Die unwiderstehlichen Stimmen seines Beschützers und der übrigen Götter in dem merkwürdigen Asgard seiner Träume waren unvergessen.

»Es gibt Mächte, auf die sich kein guter Mann einlassen sollte. Unsere Kirche nennt sie Teufel und Dämonen. Vielleicht hältst du das nur für ein Vorurteil der Kirche, die ihr – wie heißt es? – Monopol für die Erlösung der Seelen zu verteidigen sucht. Nun, ich kenne die Priester und ich verachte ihre Versessenheit aufs Geld, um Dinge zu kaufen und zu verkaufen, weil dies Gottes Wille sei, wie sie behaupten. Doch sie tun es nur, um für ihre Kirche noch mehr Reichtümer zusammenzuraffen. Aber ich sage dir eins, Shef Siegfriedsson, von Krieger zu Krieger: Ein große Veränderung wird kommen, und es gibt einen Mann, der sie über uns bringen wird. Und an diesem Tag werden Königreiche stürzen und neu geformt, und die Priester – und ja, auch die Erzbischöfe und Päpste –, die denken, sie beherrschten diese Veränderung, werden hinweggefegt werden. An diesem Tag solltest du nicht auf der falschen Seite stehen.«

»Und wer will wissen, welche die richtige Seite ist?« wandte Shef ein. Ein leidenschaftliches Glänzen hatte sich des harten, steinernen Gesichts vor ihm bemächtigt. Die Wachen, die den Unterton in Brunos Stimme hörten, rückten näher heran, als ob sie einen plötzlichen Gewaltausbruch erwarteten.

Da verzog sich Brunos Gesicht wieder zu einem seiner unerwarteten und auf sonderbare Weise gewinnenden Lächeln. »Oh, es wird ein Zeichen geben. Wenn du mich fragst, etwas sehr Eindeutiges. Ein Wunder, eine Reliquie, etwas, das Gott der Welt gesandt hat für seinen auserwählten Führer.« Er stand auf und schickte sich an zu gehen.

»Du hast gesagt, du willst mir zwei Dinge mitteilen«, erinnerte Shef ihn. »Auf der rechten Seite zu stehen, wenn die Königreiche fallen, war das eine. Und das andere?«

»Oh, natürlich. Ich muß dir sagen, daß du dich irrst, was dein Zeichen angeht. Ich hoffe nur, du erkennst andere Zeichen besser. Was du um den Hals trägst, mag im Nordischen ein *kraki* sein und eine Pfahlleiter in meiner und deiner Sprache. Im Lateinischen aber – du hast es die Priester sprechen hören oder? Nun, sie würden es einen *graduale* nennen. Von *gradus*, einer Stufe oder Sprosse, weißt du.«

Shef sagte nichts. Er wußte nicht, worauf Bruno hinaus wollte.

»Es gibt Männer, die an den Heiligen Graduale glauben. Die Franken nennen ihn den Heiligen Gral. Was für ein fürchterliches Latein sie sprechen – kannst du dir eine Sprache vorstellen, in der sich *aqua* in *eau* verwandelt? Ja, du trägst den Heiligen Gral auf deiner Brust. Manche behaupten, daß er zur Heiligen Lanze gehört.«

Bruno ging zu dem Haufen, den seine Kleider und Waffen bildeten, und legte sie mit gemessenen Bewegungen wieder an. Die Speerspitzen wandten sich keine Sekunde von ihm ab. Schließlich blickte er Shef an, nickte zum Abschied und schlenderte friedlich zurück zur Stadt und ihren Märkten.

»Was sollte das bedeuten?« fragte Karli argwöhnisch. Shef gab keine Antwort. Er hatte wieder das Gefühl, unter Wasser zu sein, viele Faden tief, aber in klarem Wasser, das nichts vor ihm verbarg. Noch während er über die friedlichen Felder Angelns blickte, spürte er die stählernen Finger im Nacken, die bestimmten, was er sah. Über die grünen Felder und Äcker und die Rauchfahnen der Hütten schoben sich andere Bilder.

Er blickte immer noch in dieselbe Richtung, aber die Gebäude Haithabus waren verschwunden und es gab mehr

Wälder, weniger urbares Land. Irgend etwas sagte ihm, daß er vor sich das Angeln zu der Zeit hatte, als die Engländer es verließen. Zehn Langschiffe fuhren die Schlei hinauf. Sie ähnelten denen Sigurth Ragnarssons, waren aber primitiver: Sie hatten weder Mast noch Segel, nur Ruder und schienen unbeholfener, zerbrechlicher. Ihnen fehlte die Geschmeidigkeit eines voll ausgestatteten Wikingerschiffs. Sie waren nicht mehr als Kriegskanus mit Dollen. Shef verfolgte, wie sie den Fluß hinaufruderten, einen Zustrom fanden und schließlich an einen kleinen, flachen See gelangten. Die Mannschaften strömten heraus. Das Wasser reichte ihnen nur zur Hüfte. Die Männer verloren sich in der Landschaft und kehrten erst kurz vor der Abenddämmerung zurück, schwer beladen mit Metall, Säcken und Fässern, Vieh und Frauen. Sie ließen sich neben ihren Schiffen nieder, entzündeten Feuer, schlachteten die Rinder und vergingen sich an den Frauen. Shef sah ihnen unbewegt zu. Er hatte bereits Schlimmeres in der richtigen Welt erlebt, ohne die Distanz der Vision.

Aber die Männer des Landes waren nicht verschwunden. Sie waren nur geflohen, um ihre Waffen zu holen und sich zu sammeln. Jetzt hatten sie einen Anführer. Er ließ Bäume an der Stelle fällen, an der der kleine Fluß aus dem See strömte und versperrte den Schiffen damit den Rückzug. Dann arbeiteten sich die Männer an das Nachtlager der Angreifer heran. Pfeile schossen aus den Bäumen. Die Piraten ließen von ihren Vergnügungen ab und rannten zu ihren Waffen, um den Angriff zurückzuschlagen. Einige der Frauen schlüpften davon, krochen in die Dunkelheit oder in das schwarze Wasser des Sees. Andere wurden von Pfeilen durchbohrt oder von wütenden Piraten niedergestreckt.

Die Landbewohner bildeten eine Schlachtlinie und rückten mit erhobenen Schilden vor. Die Piraten boten ihnen die Stirn, und beide Seiten hieben einige Minuten lang über die gelben Schilde aus Lindenholz hinweg aufeinander ein. Dann zogen sich die Landbewohner zurück. Wieder schossen

Pfeile aus den Baumwipfeln. Eine Stimme rief aus dem dunklen Wald, gelobte, die Piraten dem Kriegsgott zu übergeben, sie an den Bäumen aufzuhängen, damit die Vögel sie fraßen. Die Piraten sammelten ihre Schiffe. In der Morgendämmerung versuchten sie, denselben Weg zurückzufahren, den sie gekommen waren, und trafen auf die gefällten Bäume. Während des langen Morgens verfolgte Shef – das Geschehen lief beschleunigt ab, als ob zwei Ameisenarmeen aufeinanderprallten –, wie die Piraten besiegt wurden und sich zerstreuten. Decken wurden über die einzelnen Krieger geworfen, damit sie ihre Waffen nicht mehr benutzen konnten, und anschließend drängte man sie zwischen Schilde. Schließlich lagen zehn übel zugerichtete Kriegskanus am Rande des schwarzen Schlamms, und neben ihnen standen oder lagen 120 grimmig dreinblickende Gefangene.

Die Sieger sammelten die auf dem Schlachtfeld verstreuten Waffen und Leichen ein und brachten sie, angespornt von ihrem Anführer, auf die erbeuteten Boote. Shef erwartete, daß sie jetzt den Gefangenen die Rüstungen und Wertsachen abnahmen und die Beute aufteilten. Statt dessen schlugen die Männer Löcher in die Planken der Kriegskanus. Sie rammten die Speere der Piraten in Baumstämme und verbogen sie so, daß die eisernen Schäfte unbrauchbar waren. Sie zerbrachen die Pfeile und Bögen, hämmerten Löcher in Bronzehelme, nahmen die Schwerter, erhitzten sie im Feuer, um den Klingen die Härte zu nehmen und bogen sie mit Zangen in Spiralen. Schließlich wandten sie sich den Gefangenen zu und führten sie einzeln zu einem Kessel. Sie beugten sie über den Kessel und schnitten ihnen die Kehlen durch, wie Schweinen am Michaelstag. Sie stapelten die Leichen in den Booten und schoben sie aufs offene Wasser, damit sie sanken. Die unbrauchbar gemachten Waffen ließen sie am sumpfigen Ufer zurück.

Die Männer gingen weg. Jahrelang lag der Schauplatz des Gemetzels unberührt da. Die Menschen mieden den Ort, und nur hin und wieder störte ein wagemutiges Kind seine

Ruhe. Die Boote und Leichen versanken langsam zusammen mit den Maden in dem schwarzen Schlamm. Noch langsamer trocknete der See aus. Jetzt grasten Kühe auf ihm. Die Erinnerung an die Geschehnisse war seit langem verblaßt, sowohl bei den siegreichen Angeln, deren Nachkommen jetzt jenseits der See lebten, als auch bei den Männern von den Inseln, die nie wieder von ihrer Expedition gehört hatten.

Und wieso tun sie das? fragte sich Shef. Plötzlich veränderte sich, was er sah. Er schien nicht mehr auf die tatsächliche Erde, auf tatsächliche Geschichte herabzublicken, sondern auf eine Zeichnung. Aber eine Zeichnung, die sich bewegte. Über einer öden Ebene stieg die Sonne in den Himmel. Nur daß es nicht die Sonne war, sondern ein Feuerball, der von einem Streitwagen gezogen wurde. Die Pferde galoppierten erschreckt dahin, Schaum drang aus ihren Nüstern. Hinter ihnen rannten riesige Wölfe mit hängenden Zungen, entschlossen, die Pferde zu reißen und die Sonne zu verschlingen. Irgend etwas sagte ihm, daß der Schatten eines Wolfs auf die Sonne oder den Mond fiel, wenn sie verborgen waren. Eines Tages würden die Wölfe sie einholen, und es würde Blut vom Himmel regnen, bevor die Sonne und der Mond für immer erloschen.

Aus der Ebene erhob sich ein gewaltiger Baum, dessen Zweige allen Welten unter ihm Luft und Schatten und Leben spendeten. Als Shef ihn genauer musterte, sah er, daß er sich vor Schmerzen wand. Unter der Erde fraß eine mächtige Schlange an seinen Wurzeln, Gift tropfte von ihren Fängen. In der See schwamm eine noch monströsere Schlange und durchbrach von Zeit zu Zeit die Wellen, um Schiffe unter vollen Segeln mit einem Ruck auf den Grund zu ziehen. In noch größerer Tiefe konnte Shef die Umrisse eines weiteren, noch gewaltigeren Monsters erkennen, das an die Fundamente der Welt gekettet war und sich vor Schmerz krümmte, so daß die ganze Welt erzitterte. Eines Tages würde es sich befreien, um die Wölfe des Himmels und die Seeschlange anzutreiben.

Das ist die Welt, wie die Heiden sie kennen, dachte Shef. Kein Wunder, daß sie die Götter zugleich hassen und fürchten und versuchen, sie mit Grausamkeit zu besänftigen. Und ihre Götter haben ebenfalls Furcht. Selbst der Allvater Odin fürchtet die Götterdämmerung, weiß aber nicht, wie er sie abwenden soll. Wenn die Heiden einen besseren Weg hätten, würden sie ihn einschlagen. Er dachte daran, wie Thorvin den Weg Asgards predigte. Dachte auch an Christus, das leidende Gesicht unter der Dornenkrone, wie er es in der Statue in der Kathedrale von Ely gesehen hatte, und schließlich an Edmund, der unter Ivars Meißel gestorben war.

Aber das ist nicht die ganze Geschichte, sagte eine Stimme. Nur ein Teil davon. Eines Tages siehst du die Welt vielleicht, wie sie die Christen sehen. Bis dahin vergiß das hier nicht. Vergiß nicht die Wölfe am Himmel und die Schlange in der See.

Die Sonnenstrahlen, die seinen Rücken gewärmt hatten, waren verschwunden. Als langsam seine normale Sicht zurückkehrte, bemerkte er, daß er noch immer mit weit aufgerissenen Augen und ohne zu blinzeln über die Schlei blickte. Die grünen Felder waren immer noch da, aber Wolken waren vor die Sonne gezogen. Die Wachen waren zurückgewichen, starrten ihn an und murmelten einander ängstlich zu.

Vor ihm ruhte ein Mann auf einem Knie und blickte ihm tief ins Auge. Shef erkannte das weiße Gewand und die mit Ebereschen besetzte Kette, die einen Priester des Weges kennzeichneten. Ein silbernes Boot auf seiner Brust verriet, daß er einen Priester Njörds, des Seegottes, vor sich hatte.

»Ich bin Hagbarth«, sagte der Priester. »Ich bin hier, um dich nach Kaupang zu bringen. Meine Amtsbrüder sind begierig darauf, dich zu treffen, dich zu prüfen. Was für ein Glück, daß du hierher kamst.«

Er zögerte. »Wirst du mir sagen, was du gerade gesehen hast.«

»Nur die Welt, wie sie ist«, sagte Shef.

»Die Dinge so zu sehen, wie sie sind, ist eine seltene Gabe«, antwortete Hagbarth. »Und noch seltener ist sie, am hellichten Tag anzutreffen. Vielleicht bist du der wahre Prophet, für den Thorvin dich hält, und nicht der falsche Abgesandte Lokis, wie andere glauben. Ich werde Zeugnis für dich ablegen. Aber jetzt müssen wir gehen.«

»Zu Horiks Halle?«

»Und dann weiter nach Kaupang.«

Shef erhob sich. Er war steifer und verkrampfter als gewöhnlich. Als er von dem Erdwall hinunterstieg und den Weg nach Haithabu einschlug, grübelte er über das nach, was er gerade gesehen hatte. Was sollte er von Brunos Angebot halten? War es eine Warnung, die ihm die wahre Natur der Welt verriet, die er jetzt betrat? Die Welt der Seekönige, die seit hunderten Generationen von Blut und Schrecken bestimmt wurde.

Als sie an den Stadtrand gelangten, schlurfte eine Gruppe aneinandergeketteter Sklaven an ihnen vorbei. Shef starrte sie verwundert an, überrascht, daß derart jämmerliche Gestalten einen Käufer fanden: Alte Männer und Frauen, in deren Gesichter die lebenslange Plackerei tiefe Furchen gegraben hatte, humpelten an ihm vorbei. Sie waren nur noch Knochensäcke, und wie alte Ochsen taugten sie nur noch dazu, sie zu schlachten, um eine Suppe aus ihnen zu kochen.

»Lohnt es sich überhaupt, sie zum Markt zu bringen?« fragte er.

»Die Schweden kaufen sie, um sie in Uppsala zu opfern«, sagte eine der Wachen. »Jeden Sommer und Winter nehmen sie hundert Ochsen und hundert Pferde, hundert Frauen und hundert Männer und opfern sie. Anschließend hängen sie sie in den großen

Eichenwäldern Uppsalas auf. Sie behaupten, ohne die Opfer würde das Reich der Schweden untergehen und der Himmel würde auf sie herabstürzen. Wenn man aus einem Thrall keine Arbeit mehr rausquetschen kann, kriegt man wenigstens immer noch ein letztes Sümmchen für ihn.«

Eine der anderen Wachen lachte. »Und außerdem spornt es die Thralls an, so hart zu arbeiten, wie sie können. Eigentlich sollten wir ja die Schweden dafür bezahlen.«

KAPITEL 9

LEUCHTEND WEISS HOB SICH die Bergkette gegen den verblüffend blauen Himmel ab. In felsigen Kämmen fiel sie dem schwarzen Wasser an ihrem Fuß entgegen – schwarz aber nur an den Stellen, an denen Wasserströme kleine Kanäle freihielten. Überall sonst bedeckte dickes Eis das seichte Wasser des Fjords und verband das Land mit den davor verstreuten Inseln. Eine dünne, pulvrige Schicht Neuschnees hatte sich auf die Bäume auf den Inseln und das Eis gelegt. Wo der Wind den Schnee weggeweht hatte, wurde das alte, immer noch mehrere Fuß dicke Eis sichtbar, das seine Farbe den schwarzen Tiefen darunter verdankte.

Shef und Karli musterten die Landschaft ehrfürchtig aus dem Bug des Langschiffs. Sie hatten ein Land im Frühling verlassen, in dem überall die Knospen sprossen und die Vögel sangen und ihre Nester bauten. Aber hier im Norden gab es kein frisches Grün, nur das bedrückende Dunkel der Nadelbäume, und selbst die grelle Sonne schien von dem harten Schnee zurückgeworfen zu werden. Das Langschiff wurde nur noch von dem langsamen, fast paddelnden Ruderschlag fortbewegt. Hagbarth hatte das Segel noch in der Nacht gerefft, sobald er das Land zu beiden Seiten des Boots gespürt hatte. Er hatte gewußt, daß sie in dem tiefen Fjord waren, an dessen Ende die Stadt Oslo lag. Jetzt hörte die Mannschaft, wie Eisblöcke in unregelmäßigen Abständen an den zerbrechlichen Planken des Boots scharrten. Vor ihnen, auf dem eigentlichen Schandeckel, stand ein Mann und hielt sich mit einer Hand fest, während er sich über Bord lehnte. Unablässig rief er dem Steuermann am Heck schnelle Befehle zu, damit sie wenigstens den größten Eisblöcken, die mit der Strömung aufs Meer getragen wurden, ausweichen konnten.

»So spät im Frühling ist das Eis keine große Gefahr mehr«, hatte Hagbarth bemerkt, als seine Passagiere aus dem Süden beim ersten Scharren unter ihren Füßen erschreckt aufgesprungen waren. »Aber wir gehen trotzdem kein Risiko ein.«

Shef – und erst recht Karli – waren zutiefst erleichtert über die Verlangsamung ihrer Fahrt gewesen, und das nicht nur aus Angst darüber, was sie am Ende dieser Reise erwartete. Keiner der beiden hatte bis dahin eine schnelle Überfahrt auf einem Langschiff der Wikinger miterlebt. Shef mußte sich jetzt eingestehen, daß es eine völlig andere Erfahrung als das gemächliche Hinaufwackeln der *Norfolk* entlang der niederländischen Küste oder das übelkeiterregende Rollen und Stampfen eines Fischerboots war. Das Wikingerschiff, Hagbarths *Aurvandill,* schien wie eine riesige, geschmeidige Schlange über die Wellen zu gleiten. Jede Welle, die auf sie zukam, türmte sich hoch über dem offenen Rumpf und mußte – so schien es – unweigerlich auf das Schiff herabstürzen und es zerschmettern. Im selben Moment aber hob sich der Bug und kletterte die Wassermassen hinauf. Dann schien das Schiff wie ein intelligentes Wesen auf die andere Seite des Brechers zu äugen und glitt wieder hinunter, noch während das Heck weiter aufstieg.

Nach einer Weile, als seine Nerven sich wieder einigermaßen beruhigt hatten, bemerkte Shef, daß Karli dasaß und mit weit aufgerissenen Augen auf die

Planken unterhalb der Wasserlinie starrte. Sie waren unaufhörlich in Bewegung, rutschten von den Spanten des Schiffs weg und wieder zurück, nur gehalten von Leinen aus verdrehten Wurzeln. Oft klafften zwischen ihnen Lücken, die groß genug waren, daß ein Mann den Fuß, die Hand oder sogar den Kopf hindurchstrecken konnte. In diesen Augenblicken schien lediglich bloße Gewohnheit sie zusammenzuhalten. Eine Zeitlang saßen Karli und Shef zusammen da, fest überzeugt davon, daß der Zauber verpuffen und die See in das Schiff hereinschießen würde, wenn sie in ihrer Wachsamkeit auch nur einen Augenblick nachließen.

Und der Gedanke, daß irgend etwas gegen diese Eierschale stoßen könnte, war schlicht unerträglich. Shef hatte Hagbarth einmal gefragt, ob die Nordländer manchmal auch Pferde und Ochsen transportierten, und, wenn ja, wie sie die Tiere davon abhielten, in wilder Panik hin- und herzurennen. Hagbarth hatte nur gelacht. »Noch jedes Pferd, das man auf meine *Aurvandill* gebracht hat, ja selbst der wildeste Hengst, hat sich einmal umgesehen und ist dann ganz, ganz ruhig dagestanden.« Shef konnte die Tiere verstehen.

Und dennoch hatten sie sich beeilen müssen, ganz gleich, ob sich ihnen Eisschollen in den Weg stellten oder nicht. Während des Tages waren sie mit vollen Segeln gefahren, in einem Tempo, das nur wenig unter dem eines Pferds im vollen Galopp gelegen hatte und mindestens so schnell, wie ein junger Mann ohne Gepäck rennen würde, wenn er nur eine Viertelmeile zurückzulegen hätte. Und das Stunde um Stunde. In den zwölf Stunden Tageslicht ihres ersten Tages auf See hatten sie nach Shefs Schätzung mehr als 150 Meilen zurückgelegt, auch wenn sie unablässig gekreuzt waren und ihr Kurs damit einer geraden Linie alles andere als geähnelt hatte. In den zwei Tagen und Nächten hatten sie vielleicht 400 Meilen zurückgelegt – 400 Meilen, die sie aus dem Frühling des flachen Dänemarks in die beständige Kälte Norwegens und seiner Berge geführt hatten.

Auf dem ganzen Weg hatte Hagbarth ihnen die Gefahren, die auf sie lauerten, erläutert und damit ihre Eile erklärt. Einige Schiffe König Horiks hatten sie nachts die Küste Südjütlands hinauf und durch den Großen Belt begleitet, die Wasserstraße zwischen dem eigentlichen Dänemark und Odins Insel Fünen. »Kein allzugroßes Risiko«, hatte ihnen Hagbarth versichert. »Horik hat ein Abkommen mit König Gamli von Fünen.« Aber dann, mit Einbruch der Dämmerung, hatten sie Kurs auf die offene See genommen und Horiks Eskorte zurückgelassen. »Jetzt sind wir im Gebiet König Arnodds von Aalborg«, hatte Hagbarth den beiden erläutert. »Er ist uns nicht feindlich gesinnt, geht nur seinen Geschäften nach. Nur gehört dazu auch das Ausrauben von Schiffen. Jeden, der ohne seine Genehmigung seine Gewässer befährt, oder nicht mit ihm oder seinen Jarlen verwandt ist, oder einfach nur nicht in der Lage ist, sich zu wehren. Und außerdem fühlt er sich jetzt bedroht. Er muß seinen Ruf verteidigen.«

»Wer bedroht ihn?« hatte sich Shef erkundigt, der sich bereits bang gefragt hatte, ob die Seefestigkeit, die er sich in den letzten Wochen erworben hatte, der merkwürdigen Sturzfahrt der *Aurvandill* standhalten würde. Hagbarth hatte neben die sich übergebende Gestalt Karlis gespuckt und mit dem Daumen nach Steuerbord gedeutet, auf die undeutlichen Umrisse von Fünen und Seeland.

»Da drüben sitzen die wirklichen Hunde«, hatte er knapp bemerkt. »Deine Freunde, die Ragnarssons. Ihr Stützpunkt, Braethraborg, ist dort drüben, und nicht einmal der Kaiser der Griechen würde es wagen, sich mit ihnen auf See einzulassen. Aber keine Angst. Soweit wir wissen, hat Schlangenauge den ganzen Haufen mit nach Süden genommen, um dich zu stellen. Und sie sind noch nicht zurück. Wenn sie das nämlich wären, würden sie jetzt gerade dort drüben hervorkommen. Außer wenn sie sich verteilt haben, um eine lange Kette von Küste zu Küste vor uns zu bilden.«

Selbst als sie den Skagerrak hinter sich gelassen hatten und mit dem Wind querab zehn Meilen vor der langen Küste Südschwedens segelten, war aus Hagbarths Mund lediglich eine lange Liste von Gefahren gekommen: König Teit der Ostgauten, König Vifil der Westgauten, König Hjalti der Bauernhöfe, Berichte über unabhängige Piraten vor Dänemark und Gerüchte über eine Flotte aus den Kleinen Landen, die ihr Glück in Norwegen versuchen wollte. Dazu bestand immer – auch wenn Shef zu diesem Zeitpunkt Hagbarth verdächtigte, ihnen bewußt Angst einzujagen – die Möglichkeit, daß die furchterregenden Könige der Westfjorde ihre üblichen Reviere auf den Atlantischen Inseln und in Irland verließen, um die Schweden, die sie haßten, zu ärgern.

»Kann sich in eurem Land überhaupt jemand König nennen?« hatte sich Karli, aschfahl vor Übelkeit und Angst, einmal erkundigt.

»Kein *jemand*«, hatte Hagbarth mit ernster Stimme geantwortet. »Aber es hilft, wenn man sich auf göttliche Abstammung berufen kann. Und es gibt eine Menge Leute, die das nachprüfen. Wir Priester des Weges etwa. Doch es gibt auch welche, die zu stolz sind, um über ihre Vorfahren zu lügen, wie die Jarle von Hlathir – wenn sie überhaupt von irgend jemandem abstammen, dann müssen es Trolle sein.

Aber über den Daumen geschätzt, würde ich sagen, braucht man ungefähr 60 Schiffe, um sich König zu nennen. Wenn man dann einen Stützpunkt an Land findet, auch wenn er nur ein paar Meilen umfaßt wie Braethraborg – die Ragnarssons nahmen ihn dem alten König Kolfinn von Seeland ab –, kann man sich König nennen. Meistens nennen sie sich Seekönige.«

»Und wie wird man der König irgendeines Ortes? Sagen wir, des Misthaufens oder des hinteren Kuhstalls«, hatte Shef gefragt, sein Temperament durch Furcht gezügelt.

»Man muß einen Thing dazu bringen, daß er einen akzeptiert«, hatte Hagbarth entgegnet. »Am einfachsten ist es, sich auf die Lichtung zu stellen und zu sagen, man wäre König und würde alle besteuern. Wenn man die Lichtung lebend verläßt, ist man wahrscheinlich König, egal, ob man von den Göttern abstammt oder nicht.«

Die Spannung hatte erst nachgelassen, als Hagbarth in der Morgendämmerung sich sorgfältig umgeblickt und erklärt hatte, sie befänden sich im Gewässer der norwegischen Könige Olaf und Halfdan.

»Könige von Norwegen?« hatte Shef nachgehakt.

»Könige von Westfold und Ostfold«, hatte Hagbarth geantwortet. »Jeder herrscht über eines der Reiche und ist gleichzeitig Mitregent des anderen. Und guck nicht so dämlich aus der Wäsche. Was ist mit dir und Alfred? Ihr seid keine Brüder, ja nicht einmal Halbbrüder.«

Als mehrere Kriegsschiffe, jedes von ihnen von der anderthalbfachen Größe der *Aurvandill*, mit fliegenden Fahnen zu beiden Seiten erschienen, hatte ihre Diskussion ein jähes Ende gefunden. Shef wußte inzwischen genug über die Seefahrt, um sie als Schiffe zu erkennen, die lediglich der Küstenverteidigung dienten und wegen ihrer vernieteten Kiele weder für Hochseepassagen noch für stürmische See taugten. Dafür konnten sie kurzzeitig hundert Krieger aufnehmen, ohne sich um Proviant oder Trinkwasservorräte kümmern zu müssen. Als die Fahrrinne zwischen dem Eis immer enger wurde, rückten sie näher heran, bildeten eine Kette hinter der *Aurvandill* und ruderten sanft durch die Strudel, die die Riemen ihres jeweiligen Vorgängers hinterlassen hatten.

Bald konnte Shef voraus eine größere Ansiedlung erkennen, zahlreiche Blockhäuser, aus deren Schornsteinen Rauch aufstieg. In der Mitte der Häuser erhob sich eine große Halle, von deren First und Giebel Hörner abstanden. Weiter weg – außerhalb der Stadt, aber immer noch unterhalb der Berge – konnte er eine Ansammlung größerer Gebäude ausmachen. Obwohl sie von Nadelbäumen halb verdeckt wurden, registrierte er, daß manche von ihnen merkwürdige Umrisse hatten. Am Strand unterhalb der Stadt lagen ein Dutzend Boote verschiedener Größe an Landungsstegen. Und am längsten und größten der Stege glaubte er ein Empfangskomitee zu erkennen. Oder waren es seine Kerkermeister? Shef blickte sehnsüchtig zu der dichten Gruppe von Inseln zu ihrer Linken hinüber. Das Eis war jetzt gerade noch 100 Schritte von der *Aurvandill* entfernt. Danach trennten sie nur noch ein paar hundert weitere Schritte vom Land, und auf jeder Insel zeigte Rauch an, daß es dort Schutz und Wärme gab.

Und das gesamte Land, das er sah, wurde von den beiden Königen regiert. Er konnte es erreichen, falls sein Herz nicht im selben Moment, in dem er das eiskalte Wasser berührte, aussetzte. Falls er nicht zu einem Eisblock gefror, sobald er wieder herauskletterte.

Shef wurde sich verspätet bewußt, daß er nicht gerade eine königliche Figur machte. Er hatte die Überfahrt in genau demselben Waffenrock, derselben Hose und denselben Lederschuhen angetreten, die er seit seinem Landgang in Dithmarschen vor zwei Wochen ununterbrochen getragen hatte. Seine Kleider waren mit Flecken übersät: An ihnen klebte Schlamm, Salz, Blut, sein eigenes und das des Wikingers, den er auf der Sandbank getötet hatte; dazu kamen Flecken von verschütteter Fleischbrühe und Schweiß. Alles in allem war er nicht schlechter gekleidet als während seiner Kindheit in den Sümpfen Norfolks, aber ihm war nicht entgangen, daß die Wikinger größeren Wert auf Sauberkeit legten als die Engländer, oder zumindest als die englischen Churls. Beim Essen hatte sich nur Karli neben ihn gesetzt. Als sie immer weiter nach Norden vorgestoßen waren und der Seewind schneidender geworden war, hatte Hagbarth jedem von ihnen eine dicke Decke hingeworfen, die sie jetzt um ihre Oberkörper geschlungen hatten.

Auf der Landungsbrücke dagegen erkannte Shef scharlachrote Umhänge, schimmernde Rüstungen, auf Hochglanz polierte Schilde und in einer dichtgedrängten Gruppe ganz nah am Wasser die leuchtenden Gewänder der Priester des Weges, deren Weiß mit dem des Schnees wetteiferte. Shef strich sich verlegen durchs Haar, zerquetschte eine Laus und wandte sich hilfesuchend in Hagbarths Richtung. Dann drehte er sich wieder um. Einen Augenblick später beschleunigte ungläubige Freude seinen Puls.

Einer der Wartenden überragte selbst die übrigen hochgewachsenen Männer. Das konnte nur Brand sein! Als Shef den Landungssteg genauer betrachtete, bemerkte er eine Gruppe von Männern, die deutlich kleiner waren als die übrigen. Und einer von ihnen trug einen grellen, scharlachroten Umhang – den seidenen Mantel, den der ehemalige Sklave Cwicca bei besonderen Anlässen anzulegen pflegte. Jetzt, da er wußte, wonach sein Auge zu suchen hatte, erkannte Shef die übrigen Männer ohne große Mühe. Brand stand weit vorne und neben ihm Guthmund der Gierige. Weiter hinten, ihrem Rang entsprechend, standen Cwicca und Osmod und ihre Kameraden in einem engen Knäuel. Shef besah sich erneut die weißen Gewänder der Priester des Weges, die ganz am Rand des Landungsstegs standen. Ja, Thorvin war unter ihnen. Und auch Skaldfinn und Hound. Bei ihnen standen aber auch eine große Zahl unbekannter Priester, überragt von einer enormen Gestalt, die es beinahe mit dem hünenhaften Brand aufnehmen konnte. Und in einigem Abstand zu Brand und seinen Freunden und den Priestern wartete eine weitere Gruppe. Ein Windstoß aus den Bergen erfaßte die Wimpel der Bannerträger, und einen Augenblick lang sah Shef den Hammer des Weges, weiß auf schwarzem Untergrund, und einen blauen Wimpel mit einer merkwürdigen Zeichnung, die er nicht deuten konnte. Er blickte Hagbarth fragend an.

»Es ist der zupackende Drache«, sagte Hagbarth leise. Der Landungssteg war jetzt nur noch hundert Schritte entfernt.

»Das Banner König Halfdans? Oder König Olafs?«

»Weder noch«, entgegnete Hagbarth. Ein harter Unterton hatte sich in seine Stimme geschlichen. »Es gehört Königin Ragnhild.«

Die Ruderer nahmen die Riemen hoch und schleuderten sie in den Rumpf des Langschiffs, wo sie sich klappernd zu einem Bündel vereinten. Taue wurden von Bug und Heck geworfen, aufgefangen und um Poller geschlungen. Sanft kam die *Aurvandill* neben dem Landungssteg zur Ruhe. Die Gangway wurde ausgebracht.

Shef zögerte, das Wissen um seine eigene abgerissene Erscheinung machte ihn befangen. Vor ihm stand der hünenhafte unbekannte Priester und blickte mit verächtlicher und mißtrauischer Miene auf ihn herab, zumindest schien es Shef so. Shef dachte an das letzte Mal, als er Auge in Auge mit einem Gegner auf einer Planke gestanden hatte: Damals hatte er Ivar, den Champion des Nordens getötet. Niemand konnte ihm das jemals nehmen. Er legte die Decke ab, nahm den Speer ›Gungnir‹, den ihm Karli hinhielt und schritt über die Gangway, um den Priester damit zu zwingen, zurückzutreten.

Als er das Ende der Planke erreichte, schob ein beinahe mastdicker Arm den Priester beiseite. Brand drängte sich vor, in den Händen einen mächtigen Umhang aus Eisbärpelz. Die Spange und Kette waren aus purem Gold. Mit einem schnellen Schwung warf er ihn über Shefs Schultern und knöpfte ihn zu. Dann ließ er sich auf ein Knie nieder und huldigte ihm; dennoch war das Gesicht des Hünen nur wenige Fingerbreit unter dem Shefs.

»Sei uns willkommen, König der Ost- und Mittelangeln«, rief er. Auf sein Handzeichen hin jubelten Cwicca und seine Kameraden und die Mannschaften der *Walroß* und *Seemöwe* hinter ihnen laut los und klirrten mit ihren Waffen.

Brand, der zum ersten Mal in seinem Leben niedergekniet war, blinzelte mit dem rechten Auge und deutete fast unmerklich mit dem Kopf auf die übrigen Männer auf dem Landungssteg. Shef verstand den Wink und wandte sich an Hagbarth, der ihm die Gangway hinaufgefolgt war.

»Du darfst deine Begleiter jetzt vorstellen«, sagte er gebieterisch.

»Ja natürlich, das sind... äh... Eure Majestät, darf ich Euch vorstellen: Valgrim der Weise, der Leiter der Akademie des Weges und Priester Odins. Valgrim, das ist...«

Valgrim beachtete ihn nicht. Er blickte Brand finster an, streckte eine Hand aus und griff nach dem Speer in

Shefs Fingern. Dann drehte er ihn so, daß er die Runen darauf lesen konnte. Einige Sekunden später ließ er den Speer wieder los, drehte sich um und ging wortlos davon.

»Das hat ihm nicht gefallen«, murmelte Brand. »Was bedeuten die Runen?«

»›Gungnir‹. Aber der Speer gehört mir nicht, ich habe ihn Sigurth Ragnarsson abgenommen.«

Die meisten der Priester des Weges waren ihrem Anführer gefolgt, nur Thorvin und Hound waren zurückgeblieben. Kaum hatten sich die Priester abgewandt, kam die Gruppe mit dem blausilbernen Banner auf ihn zu. Er blickte es erstaunt an: Ein knurrendes Biest schien sich darauf mit der eigenen Vorderpfote zu erdrosseln, während es mit der anderen versuchte, eine Hinterpfote zu packen. Shef senkte den Kopf und blickte der eindrucksvollsten Frau in die Augen, die er jemals gesehen hatte.

Hätte sie ihm ein anderer beschrieben, hätte er ihm nicht geglaubt. Seit seiner Kindheit war Godive Shefs Maßstab für Schönheit gewesen: hochgewachsen, aber schlank, mit braunem Haar und der makellosen weißen Haut, die sie von ihrer Mutter, der irischen Konkubine, geerbt hatte. Diese Frau war völlig anders: Sie war so groß wie Shef, mit breiten Wangenknochen und großen, grünen Augen, die weit auseinanderstanden. Ihre Brüste und breiten Hüften hoben sich unter ihrem dunkelgrünen Gewand ab. Zwei schwere Zöpfe, fixiert von einem schweren, goldenen Stirnband, rahmten das Gesicht und hingen ihr über die Schultern. Sie war auch keine junge Frau mehr, wie Shef sah, er schätzte sie ungefähr doppelt so alt wie Godive. Neben ihr stand ein Junge, vielleicht zehn Jahre alt.

Shef sank auf ein Knie, um sich dem durchdringenden Blick der Frau zu entziehen, und wandte sich dem Jungen zu.

»Und wen haben wir denn da?«

»Ich bin Harald, der Sohn König Halfdans und Königin Ragnhilds. Was ist mit deinem Auge passiert?«

»Jemand hat es mit einer glühenden Nadel ausgestochen.«

»Hat es sehr weh getan?«

»Ich wurde gleich am Anfang ohnmächtig.«

Der Junge sah ihn verächtlich an. »Das war nicht *drengiligr*. Krieger werden nicht ohnmächtig. Hast du den Mann, der dir das antat, getötet?«

»Ich habe den Mann getötet, der dahintersteckte. Der Mann, der es getan hat, steht da drüben. Und neben ihm der Mann, der mich gehalten hat. Sie sind meine Freunde.«

Der Junge war verdutzt. »Wie können sie deine Freunde sein, wenn sie dir das Auge genommen haben?«

»Manchmal empfängt man von seinen Freunden, was man von seinen Feinden nicht ertragen könnte.«

Im selben Moment bemerkte er, daß der Oberschenkel der Königin nur einen Handbreit neben dem Jungen war. Befangen von ihrer starken weiblichen Wärme richtete er sich auf. Plötzlich spürte er, wie mitten auf dem Landungssteg, umringt von Dutzenden von Männern, geschah, um was sich das Mädchen in Dithmarschen vergeblich bemüht hatte: Seine Männlichkeit regte sich. Der Drang, die Königin auf die hölzernen Planken zu werfen und sie zu besteigen, wurde fast übermächtig – aber er bezweifelte, daß er dazu noch die Kraft gehabt hätte.

Die Königin musterte ihn eingehend, sie schien sich seiner Gefühle bewußt. »Du wirst also kommen, wenn ich dich rufe«, sagte sie knapp und wandte sich ab.

»Das hat noch nie ein Mann abgelehnt«, murmelte Brand in Shefs Ohr.

Während er dem grünen Gewand nachsah, das sich

prächtig durch den Schnee zurückzog, hörte Shef ein Geräusch, das er in jeder Situation wahrnehmen würde, ganz gleich, wie sehr ihn andere Geräusche ablenkten: Das Klirren und Schlagen leichter und schwerer Hämmer in einer Schmiede. Und dazu kam noch anderer Lärm, den er nicht einordnen konnte.

»Es gibt eine Menge, das wir dir zeigen müssen«, sagte Thorvin, dem es endlich gelungen war, zu seinem vormaligen Lehrling vorzudringen.

»So ist es«, sagte Brand. »Aber erst geht er ins Badehaus. Ich sehe Läuse in deinem Haar, und mich widern sie an, auch wenn sie Königin Ragnhild nicht zu stören scheinen.«

»Er kam einäugig an Land, in der Hand einen Speer mit der Aufschrift ›Gungnir‹«, knurrte Valgrim. »Was muß er noch tun, um sich als Odin auszugeben? Auf einem achtbeinigen Pferd heranreiten? Er ist ein Gotteslästerer!«

»Viele Männer haben nur ein Auge«, entgegnete Thorvin. »Und was die ›Gungnir‹-Runen angeht, er hat sie nicht in den Speer geritzt. Shef hat den Speer nur deswegen, weil Sigurth Schlangenauge ihn nach ihm geworfen hat. Wenn hier jemand ein Gotteslästerer ist, dann Sigurth.«

»Du hast uns gesagt, daß er vor zwei Wintern, als er aus dem Nichts aufgetaucht ist, behauptet hätte, er käme aus dem Norden.«

»Ja, aber damit wollte er nur sagen, daß er aus dem Norden seines Königreichs kommt.«

»Und dennoch hast du uns diesen Zufall als Beweis dafür dargestellt, daß er der eine ist, auf den wir warten. Der eine, der aus dem Norden kommen, die Christen besiegen und die Welt auf einen besseren Kurs bringen wird. Wenn dieses Nachäffen Odins nur ein Zufall ist, dann ist alles, was du gesagt hast, ebenfalls nur ein Zufall. Aber wenn, was du gesagt hast, ein Zeichen der Götter war, dann ist dies hier ebenfalls ein Zeichen. Er spielt sich als Odin auf, und ich, der Priester Odins an dieser Akademie, ich sage, daß er nicht Odins Gunst besitzen kann. Hat er sich nicht geweigert, das Odin zustehende Opfer darzubringen, als ihm das Heer der Christen auf Gedeih und Verderb ausgeliefert war?«

Thorvin schwieg, ihm fiel nichts ein, was Valgrims Logik entkräftet hätte.

»Ich kann euch sagen, daß er tatsächlich Visionen hat«, schaltete sich Hagbarth ein. »Und das nicht nur im Schlaf.«

Die versammelten Priester, ungefähr ein Dutzend Männer, musterten ihn interessiert. Sie hatten noch nicht den heiligen Kreis gebildet, noch nicht die heiligen, mit den Beeren der Eberesche geschmückten Bänder aufgespannt: Was sie sagten, waren lediglich die Worte gewöhnlicher Sterblicher, nicht von den Göttern geleitet. Dennoch war es ihnen nicht verboten, von den heiligen Dingen zu sprechen.

»Woher weißt du das?« brummte Valgrim.

»Ich habe ihn in Haithabu gesehen. Er saß auf einem Hügel vor der Stadt, dem Grabhügel eines alten Königs. Die Wachen sagten, er hätte sich von allein dorthin aufgemacht.«

»Und wenn schon?« sagte Valgrim. Er zitierte verächtlich einige Verse eines alten, überlieferten Gedichts:

»Dann saß der Bastard auf dem Grabhügel,
als die Prinzen die Beute aufteilten.«

»Nun, egal, ob er ein Bastard ist oder nicht«, fuhr Hagbarth fort. »Er hatte weit aufgerissene, gläserne Augen, sah nichts und reagierte auf niemanden. Als ich ihn fragte, was er erblickt habe, antwortete er, er hätte die Dinge so gesehen, wie sie früher gewesen waren.«

»Wie sah er während der Vision aus? fragte ein Priester mit dem Zeichen Ulls, des Jagdgottes, um den Hals.

»Wie er.« Hagbarth deutete mit dem Daumen auf den angesehensten Priester der Versammlung, Vigleik mit den vielen Visionen, der schweigend am Kopfende des Tisches saß.

Fast widerwillig rührte sich Vigleik. »Wir dürfen ein weiteres nicht vergessen«, gab er zu bedenken. »Den Beweis Farmans, unseres Bruders, der noch immer in England weilt. Vor zwei Wintern ist er im Lager der Ragnarssons gewesen, um neues Wissen zu suchen, um zu sehen, ob der eine, den wir erwarten, vielleicht unter der Brut Lokis zu finden wäre. Er hat dort Thorvins Lehrling, den Mann, den wir jetzt König Shef nennen, gesehen, aber ihn nur für einen entlaufenen englischen Sklaven gehalten. Dennoch, am Tag nach der großen Schlacht gegen König Jatmund hatte Farman eine Vision, am hellichten Tag. Eine Vision von der Schmiede der Götter. Und darin sah er Thorvins Lehrling als Wölund, den lahmen Schmied. Und er sah, wie Odin mit ihm sprach. Allerdings sagte mir Farman, daß Odin ihn nicht unter seinen Schutz stellte. Vielleicht fürchtet ihn also Valgrim, als Priester Odins, zurecht. Odin mag nicht der einzige Gott sein, der Pläne hat.«

Valgrims Brustkorb schien vor Wut zu bersten. Wie konnte Vigleik Odins Pläne in Frage stellen? Und ihm Furcht unterstellen? Dennoch wagte Valgrim es nicht, Vigleik zu trotzen. Unter den Priestern aus ganz Norwegen und dem übrigen Skandinavien, die sich an der Akademie versammelt hatten, gab es mehr, die von Vigleik dem Seher gehört hatten als von Valgrim dem Weisen – weise in den Eigenheiten der Könige und der Regierungskunst. Und eine der Fertigkeiten der Regierung war es, im richtigen Moment zu schweigen.

»Vielleicht wird man uns den Weg weisen«, sagte er versöhnlich.

»Wie das?« fragte ein Priester aus Ranrike im Norden.

»Durch unseren heiligen Kreis. Wenn die Zeit gekommen ist, werden wir ihn aufs neue bilden.«

»Und wenn wir Glück haben«, sagte Vigleik, »durch König Olaf. Er ist der weiseste König der Welt, wenn auch nicht der, dem das größte Glück zu eigen ist. Ich schlage vor, daß wir ihn in unsere Versammlung einladen. Er kann außerhalb des Kreises sitzen. Olaf ist nicht der eine, auch wenn wir ihn einst dafür hielten. Dennoch, wenn irgend jemand einen wahren König erkennt, dann er.«

»Ich dachte, Olaf Gjerstad-Alf, wäre tot«, murmelte der Priester aus Ranrike zu einem seiner Amtsbrüder aus der Provinz.

Nachdem er sich in einer Wanne mit warmem Wasser von Kopf bis Fuß mit Lauge abgeschrubbt und die Haare geschnitten hatte, schritt Shef vorsichtig über den alten, festgetretenen Schnee des Innenhofs der Akademie. Man hatte ihm seine Kleider genommen und ihm an ihrer Stelle ein Hanfhemd, enge, wollene Unterwäsche, einen dicken Wollumhang und eine Hose gegeben. Brand hatte seinen Umhang aus Eisbärpelz wieder an sich genommen und gemurmelt, daß er, wenn er darin auch nur eine Laus fände, Shef persönlich auf die Jagd nach einem neuen schicken würde. An Shefs Bizeps glitzerten erneut die goldenen Armreifen, aber er hatte sich geweigert, das goldene Diadem des Königs aufzusetzen. Er ging unbeholfen in einem Paar dicker, mit Stoffetzen gepolsterter Winterstiefel, einer Leihgabe Guthmunds. Doch trotz der Kälte und des Schnees hatte er zum ersten Mal seit Tagen aufgehört zu frieren.

Udd, der klein geratene Meister des Stahls, war an seiner Seite. Nach dem Bad hatte Shef Cwicca und die übrigen seiner treuesten Gefolgsleute begrüßt, ihnen den mißtrauischen Karli anvertraut und ihnen eingeschärft, sie sollten ihn als neuen und wertvollen Rekruten betrachten. Im selben Moment hatte er Udd registriert, der in seiner üblichen Schüchternheit neben ihm stand. Man bemerkte Udd immer nur dann, wenn er etwas zu sagen oder vorzuzeigen hatte, und für gewöhnlich hatte das mit Metall zu tun. Shef hatte sich das metallische Klirren, das er auf der Mole gehört hatte, ins Gedächtnis zurückgerufen, Udd auf die Schulter geklopft und Karli ein letztes Mal aufgefordert, sich gut zu benehmen. Dann war er Udd ins Freie gefolgt. Cwicca und die übrigen englischen Ex-Sklaven hatten auf der Stelle die Tür zugeknallt und sich wieder eng um das Feuer geschart, damit ihnen nicht ein einziges Quentchen Wärme entging.

Jetzt ging Udd aber nicht in Richtung der vertrauten Schmiedegeräusche, sondern zu einem kleinen Gebäude abseits der belebten Hallen und Schlafsäle. Plötzlich, vielleicht auf halbem Wege, schoß eine Gestalt an ihnen vorbei, schneller als der schnellste Mann rennen konnte. Shef sprang zur Seite, fingerte nach seinem Schwert und sah der Gestalt nach, wie sie den Hang hinunter zur Siedlung fegte.

»Was war das?« keuchte er. »Schlittschuhe? Auf Schnee? Und das bergab?«

»Sie nennen sie Skier«, sagte Udd. »Oder Skiläufer oder irgendsowas. Es sind Holzbretter, die man sich an die Füße bindet. Alle hier benutzen sie. Ein seltsames Volk. Und jetzt, Herr, seht Euch das hier an.« Er drückte die Tür auf und führte Shef in den leeren Schuppen.

Einige Augenblicke lang konnte Shef im dunklen Innenraum nichts erkennen. Dann, als Udd sich zu einem Fensterladen vortastete und ihn öffnete, erblickte er das große Steinrad, das mitten im Schuppen lag. Als sich seine Augen langsam an das Dämmerlicht gewöhnten, erkannte Shef, daß es sich eigentlich um zwei Räder handelte, die übereinander lagen. Er mußte eine Art Maschine vor sich haben.

»Wozu sind sie gut?« fragte er.

Udd hob eine Falltür an und deutete auf einen Kanal unter dem Schuppen. »Wenn der Schnee geschmolzen ist, fließt hier ein Bach. Seht Ihr das Rad da unten? Das mit den Schaufeln? Das Wasser dreht die Schaufeln und über diese Achse die beiden Räder hier oben. Und in den Oberflächen der Steine, die einander berühren, sind Rillen. Man muß nur Korn hineinschütten, dann wird es gemahlen.«

Shef nickte. Das eintönige Stampfen, mit der die alte Frau in der Hütte in Dithmarschen das Korn gemahlen hatte, hallte durch seine Gedanken. Es war eine Arbeit, die Kriegern zutiefst verhaßt war.

»Geht viel schneller als bei den Frauen mit Stößel und Mörser«, fügte Udd hinzu. »Aber seit wir hier sind, ist die Mühle gefroren. Sie sagen, wenn sie arbeitet, mahlt sie an einem Tag mehr Korn als 40 Frauen. Die Leute kommen von der Stadt herauf und bezahlen die Priester dafür, daß sie sie benutzen dürfen.«

Shef nickte erneut. Den Mönchen des Heiligen Johannes oder Petrus wäre eine solche Aufbesserung ihres Einkommens hochwillkommen gewesen. Er erkannte die Möglichkeiten dieser Vorrichtung, konnte aber Udds Interesse nicht nachvollziehen: Der kleine Mann war berüchtigt dafür, sich für nichts anderes als Metall zu interessieren. Aber es war das Klügste, ihn nicht zu drängen.

Schweigend führte Udd seinen König hinunter zu einem zweiten Schuppen. »Das hier ist wie die zweite Sprosse«, sagte er mit einem Seitenblick auf die Pfahlleiter, die auf Shefs Brust baumelte. »Und das hier geht auf uns zurück. Seit dem letzten Jahr, als die Priester von unseren Katapulten erfuhren, sind sie von ihnen fasziniert. Cwicca und seine Kameraden haben ihnen schon einige gebaut, um ihnen zu zeigen, wie sie funktionieren. Aber die kleinen Räder, die Zahnräder, haben sie schon vorher gekannt. Und der Priester, der sich um die Mühle kümmert, hatte die Idee, wirklich große Zahnräder zu schmieden. Nicht für ein Katapult, sondern für eine andere Art von Mühle.«

Die beiden näherten sich dem zweiten Gebäude. An einer Mauer war ein riesiges hölzernes Schaufelrad angebracht, das exakt dem ersten glich, nur daß es senkrecht in den schneeverschütteten Wasserlauf ragte, nicht waagrecht. Es war offensichtlich, daß das Wasser darauf eine noch bessere Hebelkraft ausüben würde. Aber wozu war eine Achse gut, die zwei senkrechte Mühlsteine antrieb? Das Korn würde einfach zwischen ihnen hindurchfallen, anstatt gemahlen zu werden. Denn erst das Gewicht des oberen Mühlsteins machte das Mahlen möglich.

Immer noch schweigend führte Udd Shef in den Schuppen und deutete auf das Getriebe. Am Ende der Achse ragte ein gewaltiges eisernes Zahnrad senkrecht in die Höhe. Seine Zähne griffen mit denen eines passenden waagrechten Zahnrads ineinander, an dem wiederum eine robuste Achse aus Eichenholz angebracht war. Darunter drehten sich die bereits vertrauten Mühlsteine. Ein Trichter zeigte die Stelle an, an der die Männer ihre Getreidesäcke entleerten.

»Ja, Herr, das ist gute Arbeit. Aber an das was ich Euch zeigen wollte, haben diese Leute noch nicht gedacht. Nun, Herr«, Udd senkte die Stimme, obwohl weit und breit niemand zu sehen war, »was ist unser Problem mit dem Eisen? Mit der Herstellung?«

»Das Aushämmern«, sagte Shef.

»Wieviele Tage benötigt ein Mann um 50 Pfund Eisen aus, sagen wir, der fünffachen Menge Erz zu bekommen?«

Shef pfiff nachdenklich. Er erinnerte sich noch gut an die vielen Stunden, die verstrichen waren, bis er die Schlacke ausgehämmert hatte, um sein erstes eigenes Schwert zu schmieden. »Zehn«, riet er. »Kommt darauf an, wie stark der Schmied ist.«

»Deshalb müssen Schmiede starke Männer sein«, stimmte Udd zu. »Ich könnte nie einer sein. Aber dann dachte ich mir, wenn diese Mühle die Arbeit von 40 Mühlsklavinnen übernimmt, wieso dann nicht auch die Arbeit von 20 Schmieden?«

Shef spürte ein vertrautes Kribbeln im Hinterkopf. Hier war mehr als nur ein Verstand an der Arbeit, wie damals, als sie das Katapult entworfen hatten oder die mit Winden zu spannenden Armbrüste. Irgendein Priester des Weges hatte sich die Wassermühle ausgedacht, irgendein längst vergessener Römer hatte die Zahnräder zurückgelassen, aus denen Shef und seine Männer die Katapulte rekonstruierten. Und nur aus dem wenigen, was er davon gehört hatte, war es einem Priester gelungen, die Kraft des fließenden Wassers für eine Aufgabe in einer anderen Ebene umzuleiten. Jetzt hatte Udd dessen Gedanken für seine eigenen Zwecke aufgegriffen. Es war, als ob auch Menschen nur Zahnräder wären, die ineinander griffen und einander drehten.

»Wie können steinerne Räder Eisen zermahlen?« fragte er vorsichtig.

»Nun, Herr, mir kam da ein Gedanke.« Udds Stimme wurde noch leiser. »Bisher haben alle Leute nur daran gedacht, daß ein Rad ein Rad antreiben kann. Aber ich dachte mir, was, wenn nicht? Was, wenn es etwas anders Geformtes antreibt? Und dazu etwas viel,

viel Größeres? Seht, hier dreht sich die Achse und dreht die Form so. Die Form dreht sich und hebt dabei immer weiter ein großes Gewicht, so schwer wie ein Mühlstein. Nur daß es nicht ein Mühlstein ist, sondern ein Hammer. Aber wenn die Form an diesen Punkt kommt, fällt der Hammer herunter. Und der Hammer ist richtig schwer, so daß ihn nicht einmal ein halbes Dutzend Schmiede heben könnten, selbst wenn jeder von ihnen so kräftig wie Brand wäre! Und er hämmert so schnell, wie sich die Achse dieses Mühlsteins dreht. Wie lange würde es damit dauern, 50 Pfund Eisen auszuhämmern? Oder 500 Pfund?«

Das bleiche Gesicht des kleinen, schmächtigen Mannes glänzte vor Aufregung, der Erregung des Erfinders. Shef ließ sich davon anstecken; seine Hände brannten darauf, sofort mit der Arbeit zu beginnen.

»Hör zu, Udd«, sagte er und versuchte, einen kühlen Kopf zu bewahren. »Ich verstehe nicht, was du mit dieser Form meinst, die sich hebt und senkt.«

Udd nickte schwungvoll. »Darüber habe ich mir fast jede Nacht in meiner Koje den Kopf zerbrochen. Ich glaube, was wir brauchen, ist ungefähr so etwas…«

Udd beugte sich vor und zeichnete in den dünnen Schnee, der durch die verzogene Holztür der Hütte hereingeweht war, den Querschnitt einer Kurvenscheibe. Nach einigen Momenten griff sich Shef ebenfalls einen Strohhalm und begann eine eigene Skizze. »Wenn es sich so dreht«, sagte er, »braucht man eine Nut am Griff des Hammers, damit er nicht einfach davonfliegt. Aber muß er überhaupt die Form eines Hammers haben?«

Als eine Stunde später der Priester und Schmied Thorvin aus der zweifelhaften Besprechung kamen, fiel sein Blick auf den hochgewachsenen König und den zu klein geratenen Freien, die den verschneiten Pfad hinuntergingen und wild gestikulierend neue

Maschinen entwarfen. Einen Augenblick lang verstand er Valgrims Zweifel. Farman und Vigleik mochten den einen König in ihren Visionen sehen. Aber er war sich sicher, daß keine der Visionen oder Prophezeiungen jemals auch nur den leisesten Hinweis auf abgerissene Ex-Sklaven an seiner Seite gegeben hatte.

KAPITEL 10

IM ACHTHUNDERTSIEBENUNDSECHZIGSTEN JAHR unseres Herrn waren sich die Dänen, Schweden und Norweger trotz jahrhundertelanger Streitereien, Eifersüchteleien und Kriege einander ähnlicher als allen anderen Völkerschaften. Aber ihre Ländereien, die von den fruchtbaren Weiden Dänemarks und Jütlands über die lange Küste Schwedens entlang der geschützten, gezeitenlosen Ostsee bis zur von steilen Fjorden zersplitterten norwegischen Atlantikküste reichten, konnten kaum unterschiedlicher sein. Die Norweger sagten von den Dänen, daß nur sie es fertigbrächten, in ihrem ganzen Königreich als höchsten Berg nur ein 1800 Fuß hohes Hügelchen zu haben und es Himmelbjerget, Himmelsberg zu nennen. Die Dänen dagegen sagten, man bräuchte nur zehn Norweger zusammenzustecken, damit sich elf von ihnen König nannten und 15 Armeen gegeneinander ins Feld führten. Diese Witze hatten ihren Ursprung in der Geographie und der Geschichte ihrer Länder. Für die Norweger war es zwar nicht unmöglich zu reisen – schließlich gab es überall entlang der Küste mit ihren Tausenden von vorgelagerten Inseln Durchfahrten, und im Winter fegten Skiläufer schneller über den Schnee als ein Pferd galoppieren konnte –, dennoch konnte es zwei Tage dauern, per Schiff einen 3000 Meter hohen Berg zu umgehen. In Norwegen war es einfacher zu teilen als zu vereinen. In jedem der tausend Fjorde gab es eine Werft, konnte man eine Flotte aufbringen, und die jüngeren Söhne, die kaum die Aussicht auf eine Handbreit des Ackerlands ihrer Väter hatten, waren nur zu willig, sie zu bemannen.

In diesem Land der kleinen Königreiche und flüchtigen Allianzen hatte es vor 40 Jahren einen König namens Gudröd gegeben. Er war König von Westfold, dem Land westlich des großen Fjords, der sich bis Oslo zieht und den Hauptteil Norwegens von Schweden trennt. Er war ein König, nicht schlechter oder besser als seine Nachbarn und Rivalen, die Könige von Ostfold, von Ranrike und Raumrike, von Hedemark und Hedeland, von Toten und Akershus und all die übrigen. Seine Untertanen, deren Zahl vielleicht einige Zehntausend betrug, kaum genug, um eine durchschnittliche englische Grafschaft zu bevölkern, nannten ihn den Jäger, weil er den Frauen hinterherjagte – eine ebenso gefährliche wie schwierige Leidenschaft in einem Land, in dem selbst der jämmerlichste Carl Speer und Axt besaß und auf die Hilfe seiner wehrhaften Nachbarn zählen konnte.

Aber Gudröd ließ sich nicht von seiner Leidenschaft abbringen. Schließlich starb seine erste Frau Alfhild, die Tochter des Königs von Rogaland, ausgelaugt vom Kummer über die Untreue ihres Mannes und den vielen Ausgaben und Scherereien, die damit einhergingen. Gudröd machte sich auf der Stelle daran, Ersatz zu finden. Sein Auge fiel auf die Tochter des Königs des winzigen Reiches Agde, das aus kaum mehr als einer Stadt und einer Handvoll Dörfer bestand. Afa, die Tochter des Harald Rotlipp war eine Jungfrau von unübertroffener Schönheit. Gudröd hoffte darauf, daß ihre Reize die Jugend, die ihn zu verlassen schien, neu erwecken würden. Aber Harald Rotlipp wies Gudröds Angebot mit den Worten zurück, seine Tochter hätte es nicht nötig, an den Betten anderer Frauen zu schnüffeln, um herauszufinden, wer darin gelegen hatte. Angestachelt von der Beleidigung machte sich Gudröd an seine einzige große Tat, die über das hinausging, was vom König eines kriegerischen Volks erwartet wurde: Er sammelte seine Männer und fiel in einer dunklen Winternacht auf Skiern über Agde her, kurz nach dem Julfest, als die Männer noch ihren Rausch ausschliefen. Er tötete Harald Rotlipp in einem fairen Kampf an der Tür seines Schlafgemachs, obwohl Gudröd zugegebenermaßen wach und in voller Rüstung kämpfte, während Harald halbbetrunken und splitternackt war. Dann packte er sich Afa, zerrte sie zu seinem Schlitten und brachte sie an die Schlittenstangen gefesselt in sein Königreich. Dort erklärten seine Priester die Ehe für geschlossen, und die widerspenstige Afa wurde in Gudröds Schlafgemach gebracht.

Ihre Schönheit erfüllte Gudröds Erwartungen, und neun Monate später gebar sie einen Sohn, Halfdan, den man später den Schwarzen nennen sollte, wegen seines Haars und seiner Wutanfälle. Von diesem Zeitpunkt an nahm Gudröd davon Abstand, Afas Handgelenke jede Nacht an die Bettpfosten zu binden, denn er wußte, daß eine Frau, die ein Kind zu schützen hatte, vernünftiger und weniger nachtragend wurde. Aber er vergewisserte sich immer noch, daß selbst das Messer, mit dem sie einen Apfel schnitt, nicht schärfer war als eines, das man für weichen Käse benutzt.

Doch er hatte übersehen, daß eine Frau ebensogut durch andere Männer wirken kann. An einem dunklen Abend ein Jahr nach dem Tod von Afas Vater, kurz nach dem Julfest, leerte Gudröd das große Auerochsenhorn mit Bier, das immer auf seinem Tisch auf ihn wartete. Es hatte keinen Ständer, damit man es in einem Zug leeren mußte. Kurz darauf stolperte er nach draußen, um in den Schnee zu pinkeln. Aber noch während er mit beiden Händen an seiner Hose nestelte, trat ein junger Mann aus dem Schatten seiner königlichen Halle, rammte ihm einen Speer mit einer breiten Spitze in den Bauch und floh auf der Stelle auf Skiern. Gudröd lebte noch lange genug, um hervorzustoßen, daß sein Mörder nur einen Satz gesagt hatte: »Wer einen Betrunkenen tötet, sollte für immer nüchtern bleiben.« Dann starb er, während er gleichzeitig versuchte, zu Ende zu pinkeln.

Guthrith hatte einen legitimen und unangefochtenen Sohn von seiner ersten Frau Thurith, einen starken, achtzehn Winter alten Burschen namens Olaf. Die Männer erwarteten, daß Olaf den Geist seines Vaters besänftigen würde, indem er ihm Königin Afa hinterherschickte, und anschließend seinen Halbbruder Halfdan in den Wäldern den Wölfen überlassen und damit klare Verhältnisse schaffen würde. Aber das tat er nicht. Und als man ihn fragte, wieso – die Tatsache, daß die Männer sich zu erkundigen wagten, war ein Zeichen dafür, daß man ihn nicht fürchtete, wie ein König gefürchtet werden sollte –, antwortete er, er hätte einen Traum gehabt. Darin hätte er einen großen Baum gesehen, der aus dem Mutterleib seiner Stiefmutter gewachsen war. Einen Baum mit blutroten Wurzeln, einem weißen Stamm und grünen Blättern, die sich über ganz Norwegen und sogar darüberhinaus ausgebreitet hätten. Deshalb wisse er, daß eine große Bestimmung auf Afas Kinder warte, und er wolle nicht den Willen der Götter mißachten und großes Unglück auf sich ziehen, indem er versuchte, es abzuwenden.

Olaf verschonte also seine Stiefmutter und beschützte seinen Halbbruder, aber von dieser Zeit an gelang ihm nur wenig, und man flüsterte, er hätte sein eigenes Glück weggeworfen. In den darauffolgenden Jahren stach ihn sein Halbbruder auf dem Schlachtfeld aus und eroberte sich ein Königreich auf der anderen Seite des Fjords in Ostfold. Und Olafs einziger Sohn, Rögnvald, den man wegen seines Muts und seiner dichterischen Begabung den Ruhmreichen nannte, starb, als ein bloßer Kratzer, den er sich in einem Scharmützel zugezogen hatte, anschwoll und ihn vergiftete. Selbst die Heiler des Weges bemühten sich vergeblich.

Dagegen brachte es Halfdan nicht nur zu dem neuen Königreich Ostfold, das er treu mit seinem vormaligen Beschützer teilte, und zu Agde, dem Königreich seines Großvaters, sondern auch zu einer Frau, die selbst die herrische Königin, die alle übrigen Frauen geringschätzte, nicht verachten konnte. Diese Frau war Ragnhild, die Tochter König Sigurds, des Hirschen von Ringerike. Wie Afa war sie ihrem Vater geraubt worden, aber nicht von Halfdan. Ihr Vater geriet auf einer Reise durch die Berge in den Hinterhalt eines Berghäuptlings, eines wilden Mannes und Berserkers namens Haki. Trotz seines Berserkertums gelang es Sigurth, Haki dreimal zu verwunden, bevor er getötet wurde. Haki verlor seinen linken Arm und war den langen Winter ans Bett gefesselt, ohne die Möglichkeit, sich an seiner jungfräulichen Braut zu schaffen zu machen. Gerade als Haki sich soweit erholt hatte, um sie zu entjungfern, schlug Halfdan zu. Er zog mit 50 ausgesuchten Männern in die Berge und steckte mitten in der Nacht Hakis Halle in Brand. Als Ragnhild hinausrannte, um ihre Retter zu begrüßen, schnappten sie sie und flohen mit ihr über einen gefrorenen See. Als Haki an den See gelangte und die Rentierschlitten verschwinden sah, wußte er, daß sie ihm für immer entkommen war. Mit der Schande, sowohl seinen Arm als auch seine Braut verloren zu haben, konnte er nicht leben. Er warf sich in sein eigenes Schwert, um unverkrüppelt in Walhall wiederaufzuerstehen. Und auf diese Weise errang Halfdan die schönste Braut des Nordens und die einzige Frau, deren Jähzorn es mit dem seiner Schwiegermutter aufnehmen konnte, und das entgegen dem Anschein noch rechtzeitig, um sich an ihrer Jungfräulichkeit zu erfreuen; oder zumindest glaubte er das. Bald darauf gebar auch sie einen Sohn, Harald, den die Männer im Gegensatz zu seinem Vater Schönhaar nannten.

Dies waren also die Herrscher Westfolds zu der Zeit, in der sich die Priester des Weges niederließen und die Handelsstadt Kaupang zu ihrem Hauptquartier machten: zuerst König Gudröd, dann König Olaf und anschließend König Olaf und König Halfdan zusammen, deren einziger fähiger Nachkomme Harald Schönhaar war. Und, mindestens so wichtig wie die Männer, Königin Afa, die Mutter Halfdans, und Königin Ragnhild, die Mutter Haralds.

Diakon Erkenbert saß auf einer Bank vor einem offenen Fenster in Haithabu und wog im Geiste die Namen der beiden Könige Halfdan (der Schwarze) und Olaf (Gjerstad-Alf, was immer das bedeuten mochte) und die ihrer Königreiche ab. Ostfold und Westfold waren beide Teil einer größeren Gruppierung, die die Männer *Northr Vegr*, den Nordweg nannten. Er glaubte nicht, daß einer der beiden Könige der Mann war, nachdem zu suchen man ihm aufgetragen hatte. Olaf der Elfe gewiß nicht. Erkenberts Aufzeichnungen besagten, daß er über Fünfzig und für sein Pech berüchtigt war, obwohl es ihm irgendwie gelungen war, sein Königreich zu behalten. Aber er kam auch nicht auf irgendeiner von Erkenberts vielen Listen vor, die – auch wenn sie nur auf vagen und unzuverlässigen Erinnerungen beruhten – diejenigen Krieger verzeichneten, die sich am großen Überfall auf Hamburg beteiligt hatten, in dessen Gefolge die Heilige Lanze des Longinus verschwunden war.

Der andere König, Halfdan, schnitt da etwas besser

ab. Er wurde weithin gefürchtet und respektiert, war nach den bedrückend bescheidenen Maßstäben der nordischen Lande so etwas wie ein Eroberer und galt als das größte Hindernis, das dem Drang der Ragnarssons nach Norwegen im Wege stand. Seine Schiffe waren schnell und hielten jeden Eindringling auf Distanz. Dennoch glaubte Erkenbert nicht, daß dieser Halfdan der Gesuchte war. Als Bruno ihm den Auftrag gegeben hatte, alle verfügbaren Informationen über die Könige, Häuptlinge und Jarle Skandinaviens zusammenzutragen, um herauszufinden, wer von ihnen die Heilige Lanze besitzen könnte, hatte er ihm eingeschärft, auf drei Dinge zu achten: Erstens, Erfolg. Zweitens, Teilnahme an dem Überfall auf Hamburg. Und drittens, plötzliche Veränderungen. Ein Fehlschlag, der sich unverhofft in einen Erfolg verwandelte, wäre der sicherste Beweis für das Wirken der mächtigen Reliquie. Aber davon gab es keine Anzeichen bei Halfdan. Er schien sich von Geburt oder zumindest seiner Jugend an beharrlich an die Macht gearbeitet zu haben.

Gegen seinen Willen – denn er hatte nicht auf diese Mission in den Norden gehen wollen und hätte es vorgezogen, in Köln oder Trier oder sogar Hamburg oder Bremen zu bleiben, um mehr über die Geheimnisse der Macht herauszufinden – begann Erkenbert die intellektuelle Herausforderung des Problems zu spüren, das ihm Bruno, der Sohn des Grafen Reginbald, gestellt hatte. »Jemand muß die Antwort kennen«, hatte Bruno gesagt, »dieser jemand weiß nur nicht, daß er sie weiß. Frag jeden, den wir treffen nach allem. Schreib alle Antworten auf. Und halte Ausschau nach dem Muster, das sich daraus ergibt.« Und genau das hatte Erkenbert getan. Erst hatte er die wenigen christlichen Konvertiten, die sie in Haithabu hatten gewinnen können, befragt – minderwertige Informanten, zumeist Frauen und Thralls, die nichts von den Taten und der Geschichte der Großen wußten – dann die christlichen Priester, die sie gerettet hatten, dann die Wachen König Horiks, die aus Höflichkeit mit ihm sprachen, und anschließend, gegen Bezahlung in teurem, südländischem Wein, die Kapitäne und Steuermänner der Schiffe, viele von ihnen berühmte Krieger und mit der feinen Nase einer Hure für Veränderungen im Ruf eines Mannes.

Ein Schatten verdüsterte die Tür, und Bruno, der ranghöchste Ritter des Lanzenordens, schob seine gewaltigen Schultern durch die Öffnung.

Wie so oft lächelte er. »Wie stehen die Wetten heute?« fragte er. »Irgendwelche neuen Rosse in unserem kleinen Pferderennen?«

Erkenbert schüttelte den Kopf. »Wenn wir, wie du sagst, die Antwort bereits haben, kann ich sie nicht erkennen«, sagte er. »Der eine, der deinem Bild am nächsten kommt, ist immer noch der junge Mann, der Ivar tötete und über Karl den Kahlen triumphierte. Er ist aus dem Nichts gekommen. Überall zerreißt man sich das Maul über seine Taten und sein Glück. Und er ist ein enger Vertrauter von Viga-Brand, Brand dem Mörder, der mit Sicherheit an der Plünderung Hamburgs beteiligt war.«

Bruno schüttelte bedauernd den Kopf. »Das dachte ich auch«, sagte er. »Bis zu dem Moment, als ich mit ihm sprach. Er ist ein merkwürdiger Mann, und vielleicht hat er mit all dem hier zu tun. Doch er hatte nur eine Waffe, zwar einen Speer, aber mit Sicherheit nicht *den* Speer. Er war zu neu, hatte die falsche Form und war dazu mit heidnischen Runen verziert. Ich denke, du hast ihn dir in den Kopf gesetzt, und willst nicht mehr davon lassen. Vielleicht hindert dich das daran, den wahren Besitzer der Heiligen Lanze zu erkennen. Erzähl mir mehr von diesen Heidenkönigen.«

Erkenbert zuckte die Achseln und griff erneut in den wachsenden Pergamentstapel. »Von den Königen Dänemarks und Schwedens habe ich dir erzählt«, sagte er. »Nun, in Schweden und im Land der Gauten mag es noch einmal zwanzig von ihnen geben. Ganz im Norden ist König Vikar von Roslagen. Er ist jetzt Fünfzig und wurde vor 20 Jahren auf dem Ros-Thing gewählt. Es heißt, er sei reich und friedlich, nehme Tribut von den Finnen und komme niemals in den Süden.«

Bruno schüttelte den Kopf.

»Wie wäre es dann mit Orm von Uppland? Er herrscht über die große Reichseiche und die Tempelopfer in Uppsala. Er hat sich vor 20 Jahren mit Gewalt an die Macht gebracht, und es heißt, er wäre zwar mächtig, meide aber den Kampf Mann gegen Mann.«

»Er paßt schon besser, aber nur ein wenig. Wir behalten ihn im Auge. Weißt du«, überlegte Bruno, »ich frage mich, ob Sigurth Ragnarsson oder einer seiner Brüder nicht unser Mann sein könnte, trotz ihrer jüngsten Niederlagen. Schließlich mußte selbst Karl der Große einige Rückschläge gegen die Sachsen hinnehmen.«

Erkenbert vermochte es nicht, ein unfreiwilliges Zittern zu unterdrücken.

»Ich glaube, wir müssen etwas näher an das Geschehen heran, um Gewißheit zu erlangen…« fuhr Bruno fort.

In der Hütte, die man ihnen auf dem Gelände der Akademie in Kaupang zugewiesen hatte, erzählten die englischen Ex-Sklaven und Karli, der Dithmarscher, einander Geschichten vom Verborgenen Volk. Eine kameradschaftliche Stimmung lag über dem engen, warmen Raum. Hama, Mitglied einer Katapultmannschaft, hatte eine aufgeplatzte Lippe. Eines von Cwiccas Augen war zugeschwollen. Karli hielt derweil vorsichtig sein angebissenes Ohr. Er hatte eine riesige Beule am Hinterkopf, an der Stelle, an der ihn Osmod, der verfolgt hatte, wie

Mann um Mann unter den Fäusten des Dithmarschers zu Boden ging, mit einem Scheit Feuerholz getroffen hatte. Die Männer hatten schließlich davon abgelassen, den Akzent ihres Gegenübers zu verspotten und versuchten jetzt Gemeinsamkeiten zu finden, indem sie die fremde Welt um sie herum erklärten.

»Wir glauben an etwas, das wir Thurse nennen«, sagte Karli.

»Wir auch«, pflichtete ihm Cwicca bei, der aus den Mooren im Osten Englands stammte. »Sie leben in Löchern im Sumpf. Wenn man in einem Boot Wildenten hinterherstakt, sollte man seine Stake besser nicht in ein Thursen-Nest stecken. Kein Vogeljäger, der das tut, kommt zurück.«

»Wo kommen diese Wesen her?« fragte einer der Männer.

»Nirgendwoher, sie waren schon immer da.«

»Ich habe das hier gehört«, sagte Cwicca. »Ihr wißt ja, daß wir angeblich von Adam und Eva abstammen. Nun, eines Tages kam Gott auf die Erde und bat Eva, ihm ihre Kinder zu zeigen. Tja, sie zeigte ihm einige von ihnen, aber ein paar von ihnen waren ungewaschen, weil sie eine faule Schlampe war, also sagte sie ihnen, sie sollten sich verstecken. Und am Ende sagte Gott: ›Diese Kinder, die du vor mir versteckt hast, sie sollen auf alle Zeit verborgen bleiben‹. Und seit dieser Zeit sind wir, die wir von Evas Kindern abstammen, die Gott gesehen hat, Menschen, aber die, die von den übrigen abstammen, sind das Verborgene Volk, das in den Mooren und Sümpfen lebt.«

Die Geschichte wurde diskutiert, aber stieß auf wenig Gegenliebe. Mit Ausnahme Karlis waren alle Anwesenden Sklaven der Kirche gewesen, die zuerst von Shefs Armee des Weges rekrutiert und dann freigelassen worden waren. Die christliche Lehre war ihnen vertraut, aber sie verbanden sie mit Sklaverei.

»Das hat doch nichts mit dem zu tun, was sie hier haben«, sagte eine andere Stimme. »Hier gibt es keine Thurse, weil es keine Sümpfe gibt. Hier haben sie Nixen. Im Wasser. Nur daß es hier kein Wasser gibt, weil alles gefroren ist.«

»Und Trolle«, warf eine weitere Stimme ein.

»Das Wort habe ich noch nie gehört« sagte Osmod. »Was sind Trolle?«

»Große, graue Wesen, die zwischen den Felsen leben. Und sie nennen sie Trolle, weil sie den Hügel hinunter auf einen zurollen.«

»Einer der Einheimischen hat mir eine Geschichte erzählt«, sagte Hama mit der aufgeplatzten Lippe. »Es gab einmal einen Mann, der in den Bergen lebte. Er hieß Lafi. Und eines Tages, auf der Jagd, fingen ihn zwei Trollweiber, zerrten ihn in ihren Bau in den Bergen und hielten ihn als Zuchthengst. Sie trugen nur unbearbeitete Pferdehäute und lebten allein von rohem Fleisch und Fisch. Manchmal war es Pferde- oder Schaffleisch, aber manchmal wollten sie ihm auch nicht zeigen, woher es stammte, doch er mußte es trotzdem essen. Nach einiger Zeit tat er so, als ob er krank wäre, und während das junge Trollweib auf der Jagd war, fragte ihn das andere, was ihn heilen würde. Und er sagte, ihm könne nur eines helfen: Verfaultes Fleisch, das fünf Jahre lang vergraben war. Sie antwortete, sie wüßte, wo solches zu finden sei, und zog los. Aber weil sie glaubte, er wäre zu krank, um das Bett zu verlassen, rollte sie den Stein nicht ganz vor den Eingang der Höhle. Er zwängte sich hindurch und rannte davon. Sie nahmen seine Witterung auf und verfolgten ihn, aber er roch brennendes Holz und rannte solange, bis er zu einem Köhlerlager kam. Die Köhler holten ihre Waffen und wehrten die Trollweiber ab. Und dann stiegen sie alle zusammen aus den Bergen herab und brachten sich in Sicherheit.«

»Aber als der Mann neun Monate später aus seinem Haus trat, lag ein Säugling auf der Türschwelle. Das Kind hatte überall graues Haar. Danach ging er nie wieder nachts nach draußen. Was mit dem Säugling geschehen ist, weiß ich nicht.«

»Dann sind sie also keine Tiere. Sie können mit uns Kinder haben«, sinnierte Osmod. »Vielleicht ist an Cwiccas Geschichte doch etwas dran.«

»Vielleicht sollten wir Karli draußen lassen, damit ihn die Trollweiber holen«, schlug eine Stimme vor.

»Ja, und wenn irgendein alter Troll-Papa Ärger macht, haut er ihn einfach aus den Latschen.«

Brand, der draußen drängend auf Shef einredete, ignorierte das Gelächter aus der dunklen Hütte.

»Glaub mir«, sagte er, »sie ist gefährlich. Ja tödlich. Seit du Ivar auf der Gangway gegenübergetreten bist, hast du es nicht mehr mit einer solchen Gefahr zu tun gehabt. Sie ist sogar noch schlimmer als Ivar. Er wußte damals schon, daß er verlieren mußte. Sie glaubt das nicht. Und für sie steht eine Menge auf dem Spiel.«

»Ich weiß nicht, was du hast«, sagte Shef. »Ich habe noch nicht einmal mit ihr geredet.«

»Meinst du, ich habe nicht bemerkt, wie du sie angesehen hast? Und sie dich? Du mußt dir darüber klar sein, daß sie nur eines interessiert, und das ist ihr Sohn Harald. Es gibt Prophezeiungen über ihn. Erst dachten die Leute, die Prophezeiungen meinten seinen Vater. Aber jetzt glauben sie, daß sie ihn betreffen. Ragnhild glaubt das auf jeden Fall.«

»Und jetzt kommst du daher, und plötzlich sagen die Leute, vielleicht bist du der eine, der große König, auf den alle warten, der über ganz Norwegen herrschen wird.«

»Ich wäre niemals nach Norwegen gekommen, wenn sie mich nicht Horik abgekauft und hierhergebracht hätten.«

»Was auch immer, jetzt bist du hier. Und Leute wie Thorvin – er führt nichts Böses im Schilde, aber er ist trotzdem schuld –, Leute wie er erzählen jedem, du wärst der Sohn der Götter und der, der aus dem Norden kommt, und was weiß ich alles. Du hast Visionen, und du bist *in* Visionen. Hagbarth behauptet das eine und Vigleik das andere. Und die Leute hören natürlich hin. Denn dahinter stehen Dinge, die niemand als die Geschichten von alten Weibern abtun kann: Du bist ein Thrall, der zum König wurde, ich habe es selbst mitangesehen. Du hast Alfred an deine Seite gestellt, und er und seinesgleichen stammen von Odin ab, das geben selbst die Engländer zu. Der König der Franken mußte vor dir kapitulieren. Was sind dagegen die Prophezeiungen irgendwelcher Seherinnen? Natürlich hält dich Ragnhild für gefährlich. Und deshalb ist sie gefährlich für dich.«

»Was geschieht morgen?« fragte Shef.

»Die Priester des Weges treffen sich im Heiligen Kreis. Sie müssen über dich entscheiden. Du wirst nicht dabei sein. Genausowenig wie ich.«

»Was, wenn sie zu dem Entschluß kommen, daß Thorvin sich irrt? Dann können sie sich gewiß darauf einigen, daß ich nichts mit ihnen zu tun habe und mich ziehen lassen. Ich habe schließlich den Weg Asgards unterstützt, trage sein Symbol und habe ihm geholfen, sich auf christlichem Boden auszubreiten. Priester des Weges dürfen jederzeit in mein Reich kommen und nach neuem Wissen streben. Mehr noch, sie sind mir hochwillkommen«, fügte er hinzu, als ihm die Pläne einfielen, die er und Udd diskutiert hatten.

»Und wenn sie sich anders entscheiden? Wenn sie entscheiden, daß du derjenige bist, den sie suchen?«

Shef zuckte die Achseln. »Wenn in der Welt irgendeine Veränderung stattfinden soll, dann kann ich sie eher in England anstoßen als in diesem Land, in das sich niemand freiwillig verirrt.«

Brand runzelte die Stirn. Er hörte es nicht gerne, wenn man Norwegen abtat. »Und was, wenn sie entscheiden, daß du nicht der bist, nach dem sie suchen, dich aber für ihn ausgegeben hast? Oder, noch wahrscheinlicher, daß du nicht der bist, den sie suchen, aber ein Rivale und Feind. Das ist, was Valgrim von dir denkt, und nicht ganz ohne Grund. Er ist sich sicher, daß die große Umwälzung, die die Macht der Christen zerstören wird, von Odin kommen muß. Und alle sind sich einig, daß du nicht von Odin stammst.«

Brand tippte Shef mit einer mächtigen Fingerspitze auf die Brust. »Auch wenn du mit deinem einen Auge und dem verfluchten Speer herumspazierst, als wäre das der Fall. Valgrim glaubt, daß du Odins Plan gefährdest. Er wird alles daran setzen, dich zu verurteilen.«

»Also hält Valgrim mich für eine Bedrohung für Odins Plan. Und Ragnhild hält mich für eine Bedrohung für die Zukunft ihres Sohns. Und das alles nur, weil ich gelernt habe, wie man Katapulte und Armbrüste baut, Seile macht, Räder schmiedet und Stahl biegt. Ihnen sollte aufgehen, daß Udd die eigentliche Gefahr ist.«

»Udd mißt gerade fünf Fuß«, knurrte Brand. »Die Leute halten ihn für keine Gefahr, weil sie ihn nicht einmal bemerken.«

»Da hast du deine echte Gefahr«, entgegnete Shef und fügte grüblerisch einige Worte hinzu, die ihm Thorvin beigebracht hatte:

»Der Ausgänge versichere dich erst,
Bevor du eintrittst.
Denn ungewiß ist, wo Widersacher
In der Halle lauern.«

Hoch droben in den Bergen saß ein Mann in der Dunkelheit, der das Glück seiner Familie verloren hatte, der gespürt hatte, wie es ihm entglitten war. Es gab Männer, die von sich behaupteten, sie könnten das Glück, das *hamingja* einer Familie, eines Landes oder Reiches sehen: für gewöhnlich eine Riesin in voller Rüstung. Olaf hatte nichts dergleichen gesehen. Dennoch hatte er gespürt, wie das Glück ihn verlassen hatte. Nur dem Verlust seines Glücks war der Tod seines Sohnes, Rögnvald des Ruhmreichen, zuzuschreiben. Er, sein eigener Vater hatte ihn getötet.

Nun mußte derselbe Vater darüber befinden, ob sein Opfer sinnlos gewesen war. Es ging um den neuen König, den Einäugigen. Olaf hatte verfolgt, wie er an Land gegangen war, und die Priester des Weges und seine Schwägerin, die gefährliche Hexe, ihn empfangen hatten. Selbst aus der großen Entfernung hatte Olaf das Glück gespürt, das der Einäugige ausstrahlte. So mächtig war es, daß es selbst das der Könige von Wessex, der Abkömmlinge Odins, überstrahlte. Jetzt konnte es spielend das Schicksal überstrahlen, das Olaf für die Familie seines Halbbruders vorausgesehen hatte. Denn Olaf wußte, daß die Zukunft nicht vorherbestimmt ist. Sie ist eine Frage der Möglichkeiten. Und Möglichkeiten konnten manchmal verändert werden.

Sollte er eingreifen? Olaf hatte den Weg Asgards vor vielen Jahren nach Westfold gebracht und respektierte sowohl seine aus dem neuen Wissen mündende weltliche Macht wie die spirituelle Macht seiner Hellseher und Träumer. Mit der weltlichen Macht hatte er nur wenig zu tun. Aber mit der spirituellen... wäre Olaf nicht König gewesen, hätte er es, was die Visionen anging, mit Vigleik aufnehmen können. Nur daß Vigleik sah, was bereits passiert war oder gerade passierte, Olaf dagegen, was passieren konnte. Allerdings nur wenn es ihm gelang, den Drang in die Zukunft zu sehen zu unterdrücken.

Schweigend grübelte Olaf über die Rolle, die er am

nächsten Morgen spielen würde, wenn der Weg Asgards zum Heiligen Kreis zusammenkommen und ihn einladen würde, an seinem Rand zu sitzen, um zuzuhören und mit seinem Rat zur Seite zu stehen. Er wußte, daß er, wenn er gegen den Einäugigen das Wort ergriffe, eine Mehrheit finden und seinen Plan erneuern könnte, dem er sein Leben und das seines Sohnes geopfert hatte. Aber wenn er das tat, opferte er eine andere Zukunft. Von weit her spürte Olaf das schwache Kitzeln eines Geistes, der seine Gedanken zu ergründen suchte, der nach dem forschte, was er wußte, und der wie er versuchte, im Labyrinth der Möglichkeiten seinen Pfad zu finden. Es gab Christenpriester, die ebenso umsichtig Erkundigungen einzogen wie er. Dennoch kamen sie zu spät: Er wußte bereits, wonach sie suchten, und er war den Ereignissen und Mächten, die über ihr Schicksal entscheiden würden, näher.

Als die Sonne ganz untergegangen war, nahm der Mann in dem Wäldchen seine Skier, ließ stapfend die Bäume hinter sich und schlängelte sich den Hang hinunter. Hinter ihm heulten die Wölfe. Als seine Skier an den Aussiedlerhöfen vorbeizischten, bemerkten ihn die Leibeigenen und brummelten zu ihren Frauen: »Da ist der Elfenkönig. Er war wieder am Steinring, dem Gjerstad, um den Rat der Götter einzuholen.«

KAPITEL 11

DIE PRIESTER DES WEGES hatten in der großen, bootsförmigen Halle ihren Heiligen Kreis gebildet. Von der übrigen Welt trennten ihn weiße Bänder, von denen die heiligen Beeren der Eberesche hingen – deren Scharlachrot jetzt, kurz vor Frühlingsanbruch, verblaßt war. Im Kreis saßen insgesamt 40 Priester, das größte Konklave seit Menschengedenken. Die meisten von ihnen kamen aus Norwegen, wo der Weg eine starke Stellung innehatte, und aus Dänemark und Schweden, aber es fanden sich auch einige Konvertiten und Missionare von den Atlantikinseln, aus Irland und aus Friesland, wo der Weg vor fast zwei Jahrhunderten entstanden war. Einer von ihnen, Hound der Heiler, war erst eine Woche zuvor dank der Fürsprache seines vormaligen Herrn Ingulf in den Kreis aufgenommen worden.

An einem Ende des Kreises steckte der silberne Speer Odins im Boden, am anderen knisterte das Feuer Lokis. Die Tradition diktierte, daß kein Holz mehr nachgelegt werden durfte, sobald das Konklave begonnen hatte. Und sobald kein Funke mehr in der Asche auszumachen war, endete es.

Valgrim der Weise stand neben dem Speer Odins. Er berührte ihn nicht, denn kein Mann hatte das Recht, ihn für sich zu beanspruchen, aber mit seiner Geste erinnerte er seine Genossen daran, daß er der einzige Priester unter ihnen war, der es gewagt hatte, in den gefährlichen Dienst Odins zu treten. Er zog es vor, dem Gott der Gehängten, dem Verräter der Krieger zu dienen, als einem der freundlicheren Götter wie Thor, dem Helfer der Bauern, oder Frey, dem Menschen und Tiere die Fruchtbarkeit verdankten. Zehn Schritte hinter Valgrim, fast unsichtbar im Halbdunkel der Halle, stand ein schwerer Thron aus geschnitztem Holz mit einem Baldachin, auf dem sich Drachen schlängelten. Ein bleiches Gesicht starrte aus der Düsternis, das goldene Diadem glänzte rötlich im Licht von Lokis Feuer: König Olaf, der Gastgeber und Beschützer des Weges, eingeladen der Debatte zu folgen und, falls nötig, zu beraten, aber nicht mit abzustimmen oder ohne ausdrückliche Aufforderung das Wort zu erheben.

Das Hin- und Herrücken der Stühle und die geflüsterten Gespräche erstarben langsam. Valgrim wartete, bis er den passenden Moment für gekommen hielt: Er wußte, daß er Gegner hatte, daß er auf jeden Vorteil, dessen er habhaft werden konnte, angewiesen war, um sie zu überwinden. Schließlich richteten sich aller Augen auf ihn, den einzigen Mann in der Runde, der stand.

»Der Weg steht an einem Wendepunkt«, sagte er unvermittelt. Dann, nach einer kurzen Pause: »Wir haben unseren ersten falschen Propheten.«

Um herauszufinden, ob das der Fall ist, sind wir hier, dachte Thorvin. Aber er unterbrach Valgrim nicht. Es war besser, die Dinge offen auszusprechen.

»Hundertfünfzig Jahre lang hat sich der Weg Asgards ausgebreitet. Anfangs langsam und nur hier im Norden, wo die Worte des Grafen Radbods Wurzeln schlugen. Doch jetzt finden wir Anhänger an vielen Orten, selbst solche aus anderen Völkern, die kein Nordisch beherrschen, ja sogar Männer, die als Säuglinge dem Christengott geweiht wurden. Und wer wollte damit hadern?

Denn wir dürfen unser Ziel und unsere Aufgabe nicht vergessen. Und ja, unsere Vision. Graf Radbod hatte erkannt, daß wir, die wir die wahren Götter verehren, vom Christengott zur Seite gefegt würden, wenn wir nicht dem Beispiel seiner Anhänger folgten: Zu predigen, zu missionieren und zu erklären, woher unsere Geister kommen und wohin sie gehen. Und dazu etwas, das sie nicht tun: Auch andere Lehren zuzulassen, nicht wie die Christenpriester zu sagen, daß auf jeden, der ihnen nicht in allem folgt, die Hölle wartet.

Das war unser erstes Ziel. Uns selbst, unsere Völker und Lehren gegen Männer zu verteidigen, die das alles hätten verheeren können. Aber nach diesem Ziel kam die Vision. Ich selbst habe sie nicht gesehen, aber andere in dieser Halle haben das. Mehrere Männer...« – Valgrim ließ den Blick über den Kreis wandern, und nickte mal diesem, mal jenem zu und ließ die übrigen damit wissen, daß er genau wußte, von wem er sprach, und lud sie ein, ihm zu widersprechen, sollten sie an seinen Worten zweifeln – »mehrere Männer, die dennoch dieselbe Vision hatten.

Und diese Vision ist von einer anderen Welt. Einer Welt, in der alle uns bekannten Länder, darunter auch die unseren, dem Christengott gehorchen müssen. In der Männer wie Tiere in Sklavenpferchen gehalten werden, so eng gedrängt, daß sie kaum atmen können, regiert von Herrschern, die sie niemals erblicken, in den Krieg geschickt wie Schweine zur Schlachtbank. Und noch schlimmere Dinge. Unsere weisen Männer und Seher nennen sie die Skuld-Welt: Die Welt, wie sie einmal sein wird – es sei denn, wir verhindern sie.

Und das können wir! Denn die Weisen haben noch

eine zweite Welt erblickt. Jawohl, und diese Welt habe ich mit eigenen Augen gesehen.« Valgrims grauer Vollbart wippte auf und ab, als er die Runde musterte. »Eine Welt so fremd, daß wir nur Bruchstücke von ihr sehen, ohne daß wir sie alle verstehen könnten. Ich habe Männer gesehen, die in der Schwärze einer luftlosen See schwebten, irgendwo zwischen den Welten, und hielt sie anfangs für die erbärmlichsten aller Sünder, verbannt von allen Welten, da selbst Nithöggr es verabscheute, an ihren Knochen zu nagen. Doch dann sah ich ihre Gesichter und erkannte, daß sie Männer waren, die ein großes Abenteuer bestanden: Und einige von ihnen waren von unserem Blut, sprachen unsere Sprache. Sie waren Seemänner neben denen jeder Steuermann unserer Tage wie ein unbedarftes Kind erscheint. Ich weiß nicht, wie es dazu kam oder ob es überhaupt dazu kommt, aber ich weiß, daß das der rechte Weg für wahre Männer ist: Nicht der Weg der furchtsamen, die Welt verachtenden Christen. Deshalb habe ich mein ganzes Leben lang nach neuem Wissen gestrebt.

Und ich weiß noch etwas. Ich weiß, weshalb wir diesen Weg nicht nur aus dem Verlangen nach Wissen und Macht und Ruhm einschlagen müssen. Wir müssen ihn einschlagen, weil wir nicht allein sind.«

Valgrim musterte erneut die Runde, versuchte seine letzten Worte, seine eigene Überzeugung Männern einzuprägen, die ihm in allem zustimmen mochten, was er zuvor gesagt hatte.

»Jeder weiß, daß um uns herum das Verborgene Volk lebt. Wir hier in den Siedlungen sind nicht in Gefahr, aber vielleicht die Jäger in den Bergen oder Kinder, die am Wasser spielen. Doch es gibt nicht nur das Verborgene Volk. Irgendwo dort draußen, das wissen wir, gibt es Wesen, deren Macht derer der Götter gleicht, keine Trolle oder Nixen, sondern die *iötnar*, die

Feinde der Götter und Menschen. Und die Brut Lokis, Wesen, die mehr als eine Haut haben und ihre Gestalt verändern können, Halbmensch, Halbdrache oder Halbwal sind.

Eines Tages, so glauben wir, kommt der große Tag, an dem die Götter und Menschen mit den Riesen und dem Verborgenen Volk ringen werden – und auf ihrer Seite werden auch viele Männer sein, die Christus verehren. Die Verräter. Jene, die man in die Irre geführt hat. Deshalb nimmt Odin die Krieger zu sich, um das Heer auszuheben, das am Tage des Ragnarök aus den Toren Wallhalls marschieren wird. Andere Heere werden dort sein, das Thors aus Truthvangar und das Heimdalls aus Himinbiörg und die aller übrigen, die Seemänner und Skiläufer, die Heiler und Bogenschützen. Aber Odins Heer wird das größte und zäheste sein, das, auf dem die meisten Hoffnungen ruhen.

Wir wagen es nicht, unsere Heere aufzuteilen, denn der Ausgang der Schlacht ist ungewiß. Wenn wir jetzt die falsche Entscheidung treffen, werden wir zersplittert sein und untergehen. Ich sage, daß der einäugige Engländer, der den Speer Odins trägt und ihm dennoch keine Ehre erweist, ein falscher Prophet ist, der uns auf den falschen Weg führt. Wir müssen ihn jetzt zurückweisen, um unsere wahre Bestimmung zu erfüllen: Den einen König willkommen zu heißen; den einen König, der nach unseren Prophezeiungen aus dem Norden kommen wird; den einen König, der die Welt verändern und uns am Tag des Ragnarök zum Sieg führen wird.«

Valgrim verstummte und drückte den Speer-Anhänger fest gegen seinen gewaltigen Brustkorb. Er wartete auf den Widerspruch, der unweigerlich kommen mußte.

Er kam von einer Seite, von der er eigentlich Unterstützung erwartet hatte. Vigleik, der Seher der vielen

Visionen, rührte sich auf seinem Platz und blickte auf das ungewöhnliche Zeichen, das er auf der Brust trug: die Schale Suttungs, des Wächters vom Skaldenmet, des Bringers von Erleuchtungen.

»Was du über die Visionen sagst, mag wahr sein, Valgrim«, ergriff der Seher das Wort, »aber was wir sehen, ist eine Sache, was wir verstehen, eine andere. Nun, ich habe dir das folgende schon zuvor gesagt, und wenn du es nicht abstreiten kannst, mußt du mir erklären, was es bedeutet. Wir wissen, daß unser Bruder Farman den einäugigen Engländer gesehen hat – als er noch beide Augen hatte. Er sah ihn in einer Vision von Asgard, dem Heim der Götter, an der Stelle Wölunds, des lahmen Schmieds der Götter. Und Farman sah, wie der Allvater zu ihm sprach. Niemand von uns hat das je bei einem anderen Sterblichen gesehen. Wieso sollte ich also nicht denken, daß dieser Mann eine göttliche Bestimmung hat?«

Valgrim nickte. »Ich weiß, daß deine Visionen wahr sind, Vigleik, und auch die Farmans. Ihr habt den Tod der Tyrannen vor einem Monat gesehen, und die Nachricht, daß ihr die Wahrheit gesehen habt, kam in der Zwischenzeit mit den Handelsschiffen. Vielleicht wurde der Einäugige als Wölund gesehen. Aber wie du sagst, sehen ist eine Sache, verstehen eine andere. Was sagt uns also die Geschichte Wölunds?«

Wieder ließ er den Blick über die Versammelten schweifen. Er wußte, daß er das Publikum im Griff hatte. Es war stets begierig, von den heiligen Mythen des eigenen Volkes zu hören. »Wir alle wissen, daß Wölunds Frau ein Schwanmädchen war, aber nachdem sie ihn verlassen hatte, wurde er von König Nidud gefangen. Nidud wollte seine Meisterschaft als Schmied, aber fürchtete seine Flucht, also zerschnitt er ihm die Kniesehnen und ließ ihn in seiner Schmiede in Säwarstad für sich arbeiten. Und was tat Wölund dort?«

Valgrim stimmte den tiefen Sprechgesang der Priester des Weges an:

Stets saß er, nicht schlief er
und schwang den Hammer:
Listige Werke
schuf Wölund König Nidud.

Er machte ihm feinste Armreife und Ketten aus Gold und Edelsteinen. Er machte ihm Schalen für sein Ale und Kufen für seinen Schlitten. Er machte ihm Schwerter, die Tuch mit ihrer Schärfe durchschnitten und Ambosse mit ihrer Kraft. Aber als Niduds Söhne zu ihm kamen, um die Wunder zu sehen, was tat er mit den beiden? Er lockte sie in die Schmiede, versprach ihnen, noch mehr erlesene Arbeiten zu zeigen, und holte eine Truhe hervor.«

Wieder verfiel Valgrim in einen Sprechgesang:

»Sie kamen zur Truhe, den Schlüssel begehrten sie.
Unheil öffneten sie, als sie hineinspähten.

Er tötete sie und vergrub ihre Leichen unter der Esse. Aus ihren Zähnen machte er Halsketten, Kelche aus ihren Schädeln und Broschen aus ihren schimmernden Augäpfeln. Die gab er Nidud. Und als Niduds Tochter zu ihm kam, damit er ihr einen Ring reparierte, was tat er? Flößte ihr Bier ein, vergewaltigte sie und warf sie aus der Schmiede.

Weinend erzählte sie ihrem Vater, was er ihr angetan hatte. Er ging zu Wölund, um ihm den Kopf abzuschlagen. Und Wölund, der Krüppel? Er nahm die Flügel, die er in der Schmiede hergestellt hatte, und flog davon. Was war nun das listige Werk, das er für Nidud gemacht hatte? Es war seine Rache. Denn das besagt sein Name, Wölund. Er kommt vom listigen Werk, *Vel*.«

Das Konklave dachte schweigend über die allen bekannte Geschichte nach. »Jetzt frage ich euch«, fuhr Valgrim fort, »wer ist der Held dieser Geschichte? Wölund, wegen seiner List? Oder Nidud, der ihn zu bändigen versuchte? Ich sage dir, Vigleik, dieser Engländer ist tatsächlich Wölund. Und wir sind Nidud! Er wird unsere Söhne töten und unsere Töchter schänden. Er wird uns unsere eigenen Nachkommen vorenthalten und uns in Kreaturen verwandeln, die seine Nachfahren für ihn gebären. Nidud beging nur einen Fehler: Er versuchte, Wölunds Fertigkeiten zu benutzen und glaubte sich sicher, weil er ihn zum Krüppel gemacht hatte. Aber er hätte ihn auf der Stelle töten sollen! Denn Männer wie Wölund oder der Engländer werden nicht ungefährlich, wenn man sie verkrüppelt. Sie sind wie Wölunds Frau, das Schwanenmädchen: Sie haben mehr als eine Haut. Aber der Engländer verwandelt sich auf der anderen Seite nicht in einen Schwan. Nein, er verwandelt sich in einen Drachen oder einen *haugbui*, den Bewohner eines Grabhügels. Hagbarth, ich frage dich: Hast du nicht erzählt, daß der Engländer sagte, *er wäre bereits in einem Grabhügel gewesen*?«

Aufgeregtes und zustimmendes Gemurmel empfing Valgrims unerwartete Erklärung. Die Priester des Weges wurden Zeuge, wie Hagbarth bedächtig nickte und widerstrebend bestätigte, was Valgrim gesagt hatte.

Thorvin setzte wie erwartet zu einer Erwiderung an. »Schön und gut, Valgrim, aber du verdrehst nur Worte. Natürlich ist der Bursche schon einmal in einem Grabhügel gewesen – er holte den Schatz des alten Königs heraus. Er grub sich mit einer Breithacke hinein und kämpfte sich wie ein Held wieder heraus. Ich bitte euch alle, hört nicht nur auf die Worte. Seht euch seine Taten an! Shef Sigvarthsson, so lautet sein richtiger Name, hat ein ganzes Land zum Weg Asgards bekehrt. Er hat die Christenkirche vertrieben. Die Christenpriester, denen er zu bleiben erlaubte, gestattete er dies nur unter der Bedingung, daß sie wie wir selbst für ihren Lebensunterhalt aufkommen und für ihre Glaubensbrüder arbeiten. Er hat Ivar Ragnarsson getötet. Und gibt es auch nur den leisesten Zweifel, daß er neues Wissen sucht und bereit wäre, alles dafür zu geben?«

Thorvin hob die Hand, um anzuzeigen, daß er noch nicht fertig war. »Wenn ihr mir nicht glaubt, dann hört euch das hier an.«

Von draußen drang ein vertrautes Geräusch, aber keines, mit dem auch nur ein einziger Priester des Konklaves gerechnet hätte. Über die Akademie, den alten, von zahllosen Fußspuren durchzogenen Schnee hallte das Klirren eines schweren Hammers und das Fauchen von Luft, die man durch Blasebälge zwang. Dort draußen arbeiteten Männer in der Schmiede.

In der Schmiede hatte Shef gerade die sorgfältige Bearbeitung des Schwerts beendet, das er vor einigen Wochen Karli gegeben hatte. Er hatte es zum Abkühlen beiseite gelegt, bevor Klinge, Parierstange und Knauf wieder montiert werden konnten. Jetzt übernahm Udd das Kommando über die Schmiede für eine Demonstration. Der zwergenhafte Mann stand neben dem Feuer und gab Anweisungen, während Shef, nackt bis auf die Hose und einen ledernen Schutzumhang, mit einer Zange die Eisen- und Stahlstücke führte. Cwicca kauerte auf einem Knie und pumpte mit den ledernen Blasebälgen Luft in das glühende Holzkohlefeuer. Der Rest der vormaligen Sklaven, insgesamt sieben Mann, lehnten zusammen mit Karli an der Wand, genossen die Wärme und gaben ihre Kommentare ab.

»Gut so«, sagte Udd. »Sie glühen rot. Nehmt den ersten Stift, Herr, und legt ihn zur Seite.«

Shef nahm den rotglühenden Stift, das Rohmaterial für einen Dolch oder eine Speerspitze, und legte ihn über die Öffnung einer Tonschale, vorsichtig darauf bedacht, den immer noch gefrorenen Boden nicht zu berühren.

»Nehmt den nächsten und legt ihn direkt in das Schneewasser.«

Shef hob den Stift mit der Zange und ließ das rotglühende Metall in einen Ledereimer mit kaum geschmolzenem Schnee fallen, den sie erst vor wenigen Minuten von draußen geholt hatten. Unter heftigem Zischen stieg eine Dampfwolke auf.

»Wenn das Metall kalt ist, Herr, dann nehmt es und verbiegt es mit bloßen Händen.«

Shef wartete ein oder zwei Minuten, zog den Nagel heraus und betastete ihn behutsam, um sicherzugehen, daß keine Restwärme mehr in ihm verblieben war. Dann bog er ihn zwischen den Händen. Er konnte sich bereits vorstellen, was geschehen würde, überließ es aber Udd, die Demonstration nach seinen eigenen Vorstellungen durchzuführen. Als die Muskeln aus Shefs Unterarmen hervortraten, brach der Metallstift plötzlich in zwei Teile.

»Und jetzt versucht den anderen.«

Shef mußte den Stift trotz der frostigen Luft mit Lumpen anfassen. Diesmal brauchte er keine Kraft. Das Metall bog sich in seinen Händen wie Draht und machte keine Anstalten wieder zur alten Form zurückzukehren, nachdem er es losgelassen hatte.

»Dasselbe Metall«, dozierte Udd. »Wenn man es abschreckt, wird es hart und spröde – es widersteht einer guten Klinge, aber es hat keine Stärke. Wenn man es aber einfach abkühlen läßt, wird es biegsam.«

»Und ist zu genauso viel nutze wie der Schwengel eines alten Furzers«, rief einer der Ex-Sklaven.

»Zu mehr als dein Schwänzchen«, entgegnete Karli.

»Haltet den Mund!« grollte Udd, der nur mutig war, wenn er Stahl schmiedete. »Darüber zu urteilen steht nur meinem Herrn, Shef, zu. Jetzt nehmt das verbogene Stück, Herr, und biegt es wieder gerade. Legt es zurück in das Feuer, bis es wieder rot glüht.«

»Und jetzt schreckt es ab.« Wieder stieg zischend eine Dampfwolke auf. »Legt es wieder ins Feuer. Aber laßt es diesmal nicht rotglühend werden. Erhitzt es langsam – vorsicht an den Blasebälgen, Cwicca. Wartet, bis es strohfarben ist, Herr.«

Der kurzsichtige Udd starrte angestrengt in die Esse, besorgt, daß seine Demonstration scheitern könnte. »Das ist genug. Nehmt es heraus und laßt es langsam abkühlen.«

Shef führte seine Anweisungen aus, diesmal weniger sicher, was passieren würde. Als Schmied wußte er nur zu gut um die Vorzüge des Abschreckens und die Gefahren des Ausglühens. Er hatte aber immer versucht, Stärke, Härte und Geschmeidigkeit dadurch zu erreichen, indem er mehrere verschiedene Metallstreifen kombinierte. Der Gedanke, einen bereits ausgeglühten Streifen weiter zu bearbeiten, war ihm nie gekommen. Und genausowenig war ihm klar, wieso das dritte, sanfte Erhitzen so wichtig sein sollte. Während das Metall abkühlte, musterte er zufrieden die frischen Blasen an seinen Händen. Seine Haut war zu weich geworden, während er König gewesen war.

»In Ordnung«, sagte Udd. »Jetzt versucht es.«

Shef nahm den eisernen Stift und bog ihn. Das Metall gab nach, wollte aber sofort wieder zur ursprünglichen Form zurückschnellen.

»So hast du also die Bügel für die Armbrüste gemacht«, bemerkte er.

»In gewisser Hinsicht ja, Herr. Aber das hier ist anders.« Udds Stimme nahm einen ehrfürchtigen Ton an. »Das ist das beste Eisen, das ich je gesehen habe. Das Erz, aus dem es kommt, braucht die Hälfte – nein, ein Viertel – der Arbeit wie gewöhnlich. Wie lange braucht eine Schmiede in England, um zehn Pfund Eisen herzustellen?«

»Zwei Tage«, schätzte Shef.

»Hier hätte man in derselben Zeit und mit derselben Arbeit 40 Pfund. Ich glaube, daß ist einer der Gründe, weshalb die Wikinger so gut bewaffnet sind. Ihr Eisen ist besser. Man braucht viel weniger Zeit und Holzkohle, um es herzustellen. Also kann jeder Mann eiserne Werkzeuge und Waffen haben, nicht nur die Reichen. Das Eisen kommt aus Jarnberaland, von jenseits der Berge im Osten. Die Wegleute sagen, sie hätten dort ein Bergwerk.«

»Aber wir haben noch mehr herausgefunden, Herr.«

In der Mitte der Esse war ein Haufen, der wie Asche aussah. Udd zog die Masse mit einer langen Zange heraus, setzte sie auf den Boden und kratzte mit schnellen Bewegungen die ausgeglühte Kohle ab. Eine Metallplatte kam zum Vorschein.

»Das hier ist seit gestern im Feuer gewesen. Ich habe die Glut in Gang gehalten, während der Rest von euch durchschnarchte.«

»Karli hat nicht geschnarcht, er war hinter irgendwelchen Frauen her.«

»Halt den Mund, Fritha! Ich habe diese Platte wie den Stift gemacht, zuerst auskühlen lassen, dann abgeschreckt und neu erhitzt, damit sie stark und elastisch wurde. Dann habe ich sie wieder erhitzt und im Feuer gelassen. Und die ganze Zeit habe ich dabei Holzkohle auf sie geschichtet. Und jetzt gleich, wenn sie abgekühlt ist, möchte ich, Herr, daß Ihr versucht, sie mit dem großen Speer, den Ihr Schlangenauge abnahmt, zu durchdringen.«

Shef hob eine Augenbraue. Die Spitze Gungnirs war aus dem besten Stahl gefertigt, den er je gesehen hatte. Udds Metallplatte war vielleicht drei Millimeter dick, was ungefähr der Dicke entsprach, die die Hand eines

Kriegers in der Mitte eines Schilds schützte. Dickeres Metall hätte den Schild zu schwer gemacht. Shef hatte keinen Zweifel, daß die stählerne Speerspitze die Platte glatt durchdringen würde.

Als die Platte abgekühlt war, lehnte Udd sie gegen die hölzernen Stämme der Wand. »Nur zu, Herr!«

Shef trat zurück, balancierte den Schaft und stellte sich vor, einem tödlichen Feind gegenüberzustehen. Er machte mit dem linken Fuß einen Schritt nach vorn und schwang Rumpf, Arm und Schulter. Er versuchte, durch die Platte und die Wand hindurch auf eine Stelle ungefähr einen Fuß dahinter zu zielen, wie Brand es ihm oft gezeigt hatte.

Der Schaft erbebte in seinen Händen und prallte zurück. Ungläubig starrte Shef auf die dünne Platte. Sie war unversehrt. Er besah sich die Speerspitze Gungnirs. Einen Fingerbreit war die dreieckige Spitze flachgequetscht.

»Das ist gehärteter Stahl«, erklärte Udd. »Ich dachte, das Zeug wäre gut für Rüstungen. Aber ich habe herausgefunden, daß man es nicht bearbeiten kann. Es ist völlig starr. Aber wenn man zuerst die Rüstung schmieden würde und sie dann härtete…«

»Oder wenn man dünne Plättchen wie diese macht und einfach annäht…«

Die nachdenkliche Stille wurde von einem der Ex-Sklaven unterbrochen. »Eins verstehe ich immer noch nicht. Wie kann das alles aus demselben Stoff sein? Das eine Metall ist hart und spröde, das andere weich und biegsam und wieder anderes so hart, daß man nicht einmal einen Kratzer hineinbekommt. Was macht den Unterschied? Ist es etwas im Wasser?«

»Manche der Wikinger denken das«, sagte Udd. »Sie glauben, daß es das Beste ist, das Blut eines Sklaven als Härtemittel zu benutzen, indem sie ihm die glühende Klinge durch den Leib treiben.«

Die Ex-Sklaven sahen einander vielsagend an, erleichtert, diesem Schicksal entronnen zu sein.

»Manche versuchen es auch mit Öl. Da könnte sogar etwas dran sein. Dieser ganze Dampf... ihr habt doch alle schon gesehen, wie der Schweiß von einer heißen Klinge abperlt? Nun, das Wasser versucht vom heißen Metall wegzukommen, und wenn man es abschreckt, will man genau das verhindern. Da könnte Öl besser sein.«

»Aber ich glaube nicht, daß es daran liegt. Es ist das Erhitzen und Abkühlen. Und wahrscheinlich hat es auch etwas mit der Holzkohle zu tun. Wenn das Metall die Kohle berührt, tauschen sie etwas aus. Daran glaube ich.«

Shef ging zur Tür und starrte über den Schnee zu dem Fjord mit seinen vielen Inseln hinaus, die immer noch in dickem Eis gefangen waren. Dort draußen, auf einer der äußersten Inseln war Ragnhild, die Königin, die er bei seiner Ankunft gesehen hatte, zusammen mit ihrem Sohn. Ihr Mann war fort, trieb Steuern in Ostfold ein. Sie war dort draußen auf der Insel, die sie Drottningholm, die Königininsel nannten. Er beobachtete, wie sein Atem in der kalten Luft zu Dampf wurde, und begann zu grübeln: über Schweiß auf Eisen; über Eisen, das in einem Wassereimer zischte; Männer, die auf ihre Hände bliesen, um sie zu wärmen; den Schweiß, der in kalter Luft von Körpern aufstieg... was war Dampf eigentlich?

Zwei Männer kamen auf ihn zu. In ihrer Mitte trugen sie einen an einer Stange befestigten Eimer. Der Anblick hatte etwas Merkwürdiges. Man hätte erwartet, daß Sklaven eine solche Aufgabe verrichteten, aber diese Männer waren keine Sklaven: Sie waren zu groß, zu gut gekleidet; Schwerter baumelten an ihren Gürteln. Hinter Shef befahl Cwicca Karli an die Blasebälge und folgte seinerseits Udds Anweisungen. Zwischen den unsicheren Hammerschlägen hörte er das Quietschen von Lederschuhen auf Schnee.

An der Tür der Schmiede angekommen, setzten die beiden Männer vorsichtig den Eimer ab. Wie bei so vielen der Norweger mußte Shef den Hals nach oben verdrehen, um ihnen in die Augen sehen zu können.

»Ich bin Stein, Hauptmann der Wache Königin Ragnhilds«, sagte einer der beiden.

»Von Wachen, die Eimer tragen, habe ich noch nie gehört«, entgegnete Shef.

Stein musterte ihn mürrisch. Die Geräusche aus der Schmiede verstummten, als die Männer drinnen den Wortwechsel hörten. Shef wußte, daß sie sich jetzt im Türrahmen drängten, bereit ihrem Anführer, falls nötig, zur Hilfe zu eilen.

»Das ist ein besonderer Eimer.« Stein zügelte seine Wut. »Ein Geschenk der Königin an dich, der du Ivars Verhängnis warst. Es ist Winter-Ale. Weißt du, was das ist, Südländer? Wir brauen unser stärkstes Ale, und dann, im schlimmsten Frost, stellen wir unsere Bottiche ins Freie. Das Wasser im Ale gefriert, und wir brechen das Eis auf der Oberfläche ab und werfen es weg. Je länger man das macht, desto weniger Wasser bleibt im Ale und desto stärker wird es. Es ist ein Getränk für Helden – Männer wie dich, solltest du wirklich der Bezwinger Ivars sein.«

Der Zweifel stand Stein ins Gesicht geschrieben und steigerte sich noch, als Cwicca und die übrigen durch die Tür schwärmten, um sich die gelbbraune Flüssigkeit genauer anzusehen. Die Engländer waren alle mindestens zwei Köpfe kleiner und schmächtiger als die beiden Nordmänner. Selbst der stämmige Karli nahm sich neben ihnen winzig aus.

Stein fingerte an seinem Gürtel. »Die Königin trug mir außerdem auf, dir das hier zu sagen. Das Ale ist für dich und deine Männer, wie es dir beliebt. Aber die

Königin sagte, du wärst mit leeren Händen an Land gekommen, deshalb sendet sie dir einen Kelch. Dieser Kelch ist für dich. Für dich allein.«

Der Wachhauptmann reichte Shef den Gegenstand, den er in der Hand gehalten hatte. Shef drehte ihn überrascht in den Händen. Nach Steins Ankündigung hatte er einen Kelch aus Gold oder Silber erwartet, irgend etwas Wertvolles. Statt dessen hielt er einen einfachen Becher aus ausgehöhltem Buchenholz in den Händen, wie ihn Churls benutzten. Als er ihn drehte, sah er Zeichen am Boden. Runen. Eine Botschaft.

Stein, der seinen Botengang vollendet hatte, wandte sich mit seinem Begleiter ab, ohne Shefs Dank abzuwarten. Shef riß sich zusammen und rief seinen Begleitern zu: »In Ordnung, gehen wir zurück ins Warme. Fritha, lauf zur Hütte und hol eure Becher und eine Schöpfkelle, wenn du eine auftreiben kannst. Wir wollen einen trinken. Und Udd, wirf ein paar Stifte ins Feuer, wir wollen sehen, wie dieses Ale warm schmeckt. Das ist genau das Richtige für dieses Land. Hama, du gehst an die Blasebälge. Osmod, hol noch mehr Holzkohle.«

Während die vormaligen Sklaven geschäftig hin- und herliefen, trat Shef in das kühle, helle Sonnenlicht, um die eingeritzten Runen zu lesen. Sie waren im nordländischen Stil, den er von Thorvin gelernt hatte, aber mit einigen ihm unbekannten Schlenkern. Nach und nach enträtselte er, was sie sagten.

»Bru er varthat, en iss er thykkr«, las er. »Die Brücke ist bewacht, aber das Eis ist dick.«

Welche Brücke? Shef blickte erneut über den Fjord. Dort draußen lagen die Inseln in dickem Eis. Jetzt, da er nach ihnen Ausschau hielt, konnte er die dünnen Linien erkennen, die sich von Insel zu Insel zogen: Lange Reihen von Holzstämmen, die man jeden Herbst wässerte und anschließend festfrieren ließ. Die äußerste

Insel war Drottningholm. Sie hatte gesagt, er würde zu ihr kommen, wenn sie ihn riefe. Und jetzt hatte sie ihn gerufen. Shef bemerkte, daß Karli ihn mit hochgezogener Augenbraue beobachtete. Für ihn alleine, hatte sie gesagt. Aber wenn er wie ein Kater herumstreunen wollte, war es vielleicht das Beste, einen erfahrenen Gefährten mitzunehmen.

In der Halle des Konklaves überschlugen sich die Emotionen. Und das aus gutem Grund: Die Priester wußten, daß sie bald zu einem Entschluß kommen mußten. Das Feuer Lokis hatte sich bereits vor längerer Zeit in Glut verwandelt, und jetzt schienen nur noch ein paar letzte Funken aus der Asche. Niemand durfte Holz nachlegen, noch durfte das Konklave weitertagen, nachdem die letzte Glut erloschen war.

»Was schlägst du also vor?« verlangte Valgrim von Thorvin. Im Lauf der Debatte hatten sich die beiden Männer als die Führer ihrer Gruppen herausgeschält, die einander immer öfters direkt zur Rede stellten. Auf Thorvins Seite standen die meisten der Priester Thors, Njörds und Iduns, praktisch veranlagte Männer mit fest umrissenen Fertigkeiten, die sich auf Schmiedekunst, die Seefahrt oder den Schiffsbau, die Medizin und die Chirurgie bezogen. Diese Männer wußten die Fortschritte und Experimente in Shefs Königreich zu schätzen und brannten darauf, den eingeschlagenen Pfad weiterzugehen. Zu Thorvins Anhängern zählten auch die ausländischen Priester, die Friesen, deren Muttersprache nicht Nordisch war. Gegen ihn waren Valgrim, der einzige Priester Odins, und die meisten der Priester Freys, sowie die Ulls, Heimdalls, Tyrs und der minderen Götter. Ihre Verehrung war bei den Norwegern am stärksten, und unter diesen insbesondere bei den Priestern, die aus abgelegenen Landstrichen kamen und wenig gereist waren.

»Laßt den Jungen nach England zurückkehren«, sagte Thorvin bereitwillig. »So viele von uns wie möglich sollen ihn begleiten. Laßt uns sein Königreich zum mächtigsten des Nordens machen, zu einem Ort, aus dem wir Gefolgsleute und Mittel schöpfen können. Von dort aus können wir den Christengott herausfordern. Nie zuvor ist es uns gelungen, ihm Anhänger abzunehmen, immer haben sich seine Priester in unsere Länder geschlichen, um die unseren zu stehlen. Wir müssen ihn unterstützen, er ist unser erster wahrer Erfolg.«

»Und was schlägst du vor, Valgrim?«

Der Hüne antwortete ebenso schnell. »Hängt ihn an einen Baum als Opfer für Odin. Dann laßt uns mit Hilfe König Olafs und König Halfdans die größte Flotte zusammenziehen, die wir auftreiben können, und sein Königreich erobern, bevor die Engländer erfahren, was aus ihm geworden ist. Dann verfahren wir, wie du gesagt hast, Thorvin. Nur daß wir dann die Befehle geben, nicht irgendein dahergelaufener Findling.«

»Wenn du ihn hängst, weist du den Boten der Götter zurück!«

»Er kann kein Bote der Götter sein. Er ist kein Nordmann, nicht einmal ein Däne. Aber das Wichtigste ist – und das mußt selbst du zugeben, Thorvin –, er mag einen Anhänger auf der Brust tragen und Visionen haben, aber er hat keinen Glauben. Er ist kein echter Anhänger des Weges!«

»Du redest genau wie ein Christ!«

Valgrims Gesicht lief rot an. Er schritt auf Thorvin zu, dessen Hand den Stiel seines Zeremonienhammers heruntérglitt. Als die übrigen Priester aufsprangen, um sich zwischen die beiden Männer zu stellen, schnitt eine weitere Stimme durch die frostige Luft, eine, die man während der erhitzten Debatte noch nicht vernommen hatte: die Vigleiks, des Sehers der vielen Visionen.

»Du sprachst davon, eine Flotte auszurüsten, Valgrim, und du, Thorvin, davon ein Königreich aufzubauen. Vielleicht ist es an der Zeit, den Rat eines Königs und Feldherrn einzuholen, bevor Lokis Feuer erlischt. Ihr habt unsere Worte gehört, König Olaf Gjerstad-Alf. Welchen weisen Rat habt Ihr für uns?«

Der Angesprochene erhob sich von dem geschnitzten Thron und trat bis unmittelbar an den Rand des Heiligen Kreises. Sein Gesicht war ernst, tiefe Sorgenfalten zeichneten sich darin ab. Darin lag etwas Majestätisches, aber nicht die Entschiedenheit, die man von einem Jarl oder Kapitän oder König erwartete. Olafs Augen schienen durch das, was vor ihm war, hindurchzublicken und ferne Ereignisse zu sehen.

»Habe ich die Erlaubnis zu sprechen?« fragte Olaf. Er wartete die gebrummte Zustimmung des Konklaves ab. »Dann habe ich das hier zu sagen, nachdem ich alles gehört habe, was beide Seiten vorzubringen hatten:

Ihr würdet es mir niemals ins Gesicht sagen, aber ihr alle wißt, daß ich ein Mann bin, der sein Glück verloren hat. Das Glück seiner Familie. Ich kann euch sagen, daß ich es nicht weggegeben habe. Ich wußte nur, daß es mich verlassen würde, und es hat mich verlassen. Ich unterscheide mich nur darin von anderen Männern, daß ich es wußte, anstatt es erst viel später oder niemals herauszufinden. Ich weiß vieles über das Glück.

Manche Männer werden euch erzählen, daß das Glück einer Familie, das *hamingja*, einer Riesin in voller Rüstung gleicht, und die Glücklichen sie sehen können wie die Geister des Landes. Es gibt Geschichten von Männern, die sahen, wie ihr schützender Geist sie verließ und zu einem anderen überlief. Vielleicht sind sie wahr. Aber das ist nicht, was ich sah. Ich sah nichts –

außer den Traum von dem großen Baum, von dem ihr zweifellos alle gehört habt.

Was ich spürte, war wie die Luft vor einem Blitzschlag. Ich wußte, daß der Blitz kommen würde, daß mein Glück auf einen anderen übergehen würde. Ich wußte, daß dieser andere zum Geschlecht meines Bruders gehörte. Als ich noch jung war, glaubte ich, dieser andere wäre mein Bruder Halfdan. Jetzt weiß ich es besser. Bis vor einigen Tagen glaubte ich, es wäre der Sohn meines Bruders, Harald, den man Schönhaar nennt.

Jetzt bin ich mir nicht mehr sicher. Denn ich habe wieder dieses Gefühl. Dieses Gefühl, daß der Blitz einschlagen wird. Mir scheint, daß das Glück wieder springen und ganz aus meinem Geschlecht verschwinden wird – und vielleicht auf den jungen Shef übergehen wird.«

Die Zuhörer rutschten unruhig hin und her. Valgrims Parteigänger warfen einander ungläubige Blicke zu.

»Dennoch, ich habe mich bereits bei Halfdan geirrt. Vielleicht irre ich mich wieder. Aber, wie ich glaube, nicht völlig. Je älter ich werde, desto mehr scheint es mir, daß das Glück nicht etwas ist, das man ganz für sich besitzt oder gar nicht, wie Jugend oder Stärke. Es ist eher wie Licht. Das schwächere Licht bleibt unverändert, wird aber unsichtbar, weil es durch ein stärkeres übertroffen wird. Wie eine Kerze in einem sonnenüberfluteten Zimmer. Nur daß das stärkere Licht vom schwächeren stiehlt oder es sogar ganz auslöscht.

Ich habe die Geschichte des jungen Shef vernommen. Er brachte seinem eigenen König Jatmund kein Glück. Er ließ sich von Ivars Glück nicht entmutigen. Wie man mir sagte, wurde er von König Alfred, einem Abkömmling Odins, gerettet. Kurz nach der

Rettung war der König nur noch ein Bittsteller, der seinerseits von Shef gerettet wurde. Ich glaube, daß dieser junge Mann das Glück anderer an sich zieht. Wo er hinkommt, geht das Glück hin. Er wird vielleicht sogar das meines Geschlechts nehmen, das Glück Norwegens – und das nur, weil ihr ihn hierher gebracht habt.«

»Das sind nichts als Worte«, brummte Valgrim. »Wir brauchen Beweise.«

»Nun, stellen wir sein Glück auf die Probe. Lassen wir sein Glück gegen das Haralds und Halfdans, gegen das der Königinnen Afa und Ragnhild antreten.«

»Und wie sollen wir das tun?«

»Stimmt der Probe zu, und ich werde es auch sagen. Aber tut das schnell, bevor Lokis Feuer erlischt.«

Die 40 Priester blickten auf den letzten, winzigen Funken. Gemurmel erhob sich. Dann nickten Thorvin und Valgrim zustimmend. Als ein Priester Tyrs niederkniete und vorsichtig in die verbliebene Glut blies, erläuterte Olaf die Probe. Noch bevor er zum Ende gekommen war, schüttelte Valgrim verärgert den Kopf.

»Das ist zu unsicher«, knurrte er. »Ich brauche ein eindeutigeres Zeichen.«

»Du erhältst vielleicht ein eindeutigeres Zeichen, als du dir wünschst, Valgrim. Ich habe von Licht und von Glück gesprochen. Aber man kann es auch anders sehen. Viele von euch glauben, daß unsere Leben von den drei Spinnerinnen Urd, Verdandi und Skuld bestimmt werden. Aber sie spinnen nicht einzelne Fäden, sondern schaffen ein großes Gewebe, in dem die Fäden einander überkreuzen. Doch wo sie einander überkreuzen, scheuern sie durch! Hüte dich vor einem Mann mit einem starken Lebensfaden, Valgrim. Besonders wenn er sich mit deinem kreuzt.«

Vigleik zwang sich zum Sprechen. »Ich habe die Spinnerinnen gesehen«, sagte er. »Die Gewichte ihrer Webstühle sind Schädel. Ihre Webschiffchen sind Schwerter und Speere. Ihr Gewebe ist aus menschlichen Gedärmen.«

»Das ist in der Skuld-Welt so«, erklärte Thorvin kategorisch. »Aber genau die wollen wir verhindern.«

KAPITEL 12

DIE BEIDEN MÄNNER KROCHEN vorsichtig durch die dunklen Wälder. Der Schnee, der sich in unregelmäßigen Verwehungen in den Senken angesammelt hatte, zwang sie immer wieder, sich durch das Gewirr der Tannenzweige zu kämpfen. Dennoch wagten sie es nicht, einen der Pfade durch den Wald zu benutzen – jeder, der sie sah, konnte sie herausfordern, und auch wenn es ihnen nicht verboten war, durch die Nacht zu wandern, wollten sie keine unnötige Aufmerksamkeit auf sich ziehen. Bald rutschte der erste Schnee von den Bäumen und glitt Karlis Nacken hinunter. Fluchend murmelte der Dithmarscher, er wüßte eine Menge Orte, an denen man mit weniger Mühe bereitwillige Frauen finden könne. Aber als Shef wortlos weiterkroch, verstummte Karli und akzeptierte die Expedition als das Ergebnis einer der merkwürdigen Vorlieben für eine ganz bestimmte Frau, die selbst die vernünftigsten Männer überkam. Es wäre schließlich eine echte Heldentat, sagte er sich, eine Königin zu verführen. Vielleicht würde für ihn eine Prinzessin abfallen.

An der Stelle, an der sich der Wald zur Eisfläche des Fjords senkte, hörte der Schnee auf, fortgeweht vom Wind oder geschmolzen von der Sonne, die während der länger werdenden Tage durch den Rand des Tannenwalds schien. Shef und Karli legten die letzten Schritte bis zum Eis unbehindert zurück und blieben einige Augenblicke lang stehen, um ihr weiteres Vorgehen zu überdenken.

Sie hatten die Akademie und die Stadt dahinter in einem weiten Bogen hinter sich gelassen und standen jetzt auf einer Landspitze, die aus dem Westufer des Fjords herausragte. Auf der gegenüberliegenden Seite des Fjords, ungefähr eine Viertelmeile entfernt, war die Inselkette, die nach Drottningholm führte. Dicke Wolken, die ein starker Südwestwind herangeweht hatte, bedeckten den mondlosen Himmel, aber dennoch konnten sie den pechschwarzen Umriß der bewaldeten Insel erkennen, die ihnen am nächsten lag. Die lange Kette der Baumstämme, die vom Land bis zu der Insel führte, war gerade noch als eine schwarze Linie zu erkennen. Sie konnten an keinem der beiden Enden die mit Sicherheit vorhandenen Wachposten ausmachen. Die entscheidende Frage war aber, konnten die Wachen die Silhouetten zweier Männer auf dem Eis erkennen?

»Der Wind hat den Schnee weggeweht«, flüsterte Shef Karli zu. »Wir werden uns nicht vom Eis abheben.«

»Aber wieso ist das Eis nicht auch weiß?« entgegnete Karli.

Die beiden Männer gingen in die Knie und betrachteten die Eisdecke vor ihnen. Sie schien schwarz und abweisend zu sein und so dick wie die Mauern einer Kathedrale. Sie konnten keinen Bruch im Eis erkennen, es mußte bis zum Schlamm am Grund des Fjords gefroren sein. Shef machte vorsichtig einen Schritt nach vorne und sprang mit seinen ledernen Stiefeln auf und ab. Beide Männer hatten sich Rohleder um die Schuhe gebunden, um besseren Halt zu haben und die Geräusche ihrer Schritte zu dämpfen.

»Es ist fest. Wir können darauf gehen. Und wenn das Eis schwarz ist, um so besser.«

Karli folgte Shefs Beispiel, und die beiden machten sich geduckt auf den Weg zu der Insel vor ihnen, in der Hoffnung, daß sie auf diese Weise schwerer zu sehen waren. Bei jedem Schritt setzten sie den Fuß mit aller Vorsicht auf, als ob das Eis unter einer plötzlichen Belastung zerbrechen würde. In unregelmäßigen Abständen verkrampfte sich einer der beiden, wenn er glaubte, das erste Knacken zu spüren, das dünnes Eis ankündigt, nur um einige Augenblicke später weiter zu trotten. Shef trug seinen Speer in einer Hand, dessen Spitze er wieder zur Schärfe einer Nadel gefeilt hatte. Karli hatte aus Angst zu stolpern die hölzerne Scheide vom Gürtel losgemacht und streckte jetzt Scheide und Schwert mit beiden Händen von sich, als wären sie eine Balancierstange.

Als die Insel näherkam, atmeten beide Männer wieder freier. Gleichzeitig wuchs in ihnen die Angst, entdeckt zu werden. Die Bäume vor ihnen schienen dunkel und bedrohlich, und sie hatten auf dem flachen Eis nicht einmal eine Spur von Deckung. Die Vernunft sagte ihnen, daß die schwarze Nacht und die tiefhängenden Wolken sie schützten, daß es kein Licht am Himmel gab, gegen das sie sich abhoben. Dennoch gelang es ihnen nicht, das Gefühl abzuschütteln, daß sie, wenn sie die Insel sehen konnten, auch von dort gesehen werden konnten. Am Ufer angekommen, beschleunigten beide ihre Schritte und verschwanden unverzüglich im Schatten der Bäume.

Shef drehte sich zu Karli um und murmelte: »Wir halten uns immer am Ufer und umrunden die Insel. Wenn wir die nächste Brücke sehen, entscheiden wir, wie es weitergeht.«

Einige Minuten lang schlichen sie mißtrauisch am Rand der Insel entlang. Einmal rochen sie ein Holzfeuer und erstarrten auf der Stelle. Aber in den Reihen der Bäume war keine Lücke zu sehen, geschweige denn der Landesteg eines Häuslers. Sie setzten ihren Weg fort.

Überraschend schnell stießen sie auf die Brücke zur nächsten Insel. Sie umrundeten eine kleine Halbinsel und da lag sie, keine 40 Schritte vor ihnen, bewacht von zwei Männern, die sich auf ihre Speere lehnten. Sie konnten sogar ihre gemurmelte Unterhaltung hören. Rasch zogen sich die beiden Eindringlinge zwischen die Bäume zurück.

»Wir sollten einen Umweg über die See einschlagen«, flüsterte Shef, »damit wir weit weg von ihnen bleiben.«

»Das gefällt mir nicht«, murmelte Karli. »Ich will da bleiben, wo das Eis dick ist.«

»Wenn das Eis nicht dick genug wäre, hätte sie uns nicht gesagt, wir sollten auf ihm gehen.«

»Frauen sind komische Wesen. Und sie könnte sich irren. Und wie dem auch sei, sie ist nicht hier bei uns, mit 50 Fuß Wasser unter den Füßen.«

Shef dachte kurz nach. »Dann laß uns etwas anderes probieren. Wir bleiben parallel zur Brücke, wo das Wasser am seichtesten und das Eis am dicksten ist. Aber wir laufen nicht, wir kriechen. Wenn wir die Köpfe unten halten, gibt es nicht viel für die Wachen zu sehen. Und außerdem halten sie den Pfad im Auge, nicht das Eis.«

Ungeschickt in ihrer schweren Kleidung krochen sie los, ihre Bärte streiften über das Eis. Wenn das Eis wirklich so dick ist, fragte sich Karli plötzlich, wieso bewachen diese Norweger nur die Brücken? Wieso bewachen sie sie überhaupt? Sind diese Leute einfach nur dumm? Oder will die Königin…?

Sein Freund war ihm aber bereits mehrere Mannslängen vorausgeeilt und schlängelte sich wie eine wütende Viper der zweiten Insel entgegen. Keine Zeit zum diskutieren. Und das Eis schien nicht dünner zu werden. Karli kroch ihm schnell hinterher und versuchte, nicht ständig auf die scheinbare Sicherheit der nur wenige Schritte entfernten Brücke zu schielen.

Sobald sie zur zweiten Insel gelangten, krochen beide Männer zur Seite, rutschten um einen der vielen Vorsprünge herum und stürzten keuchend in die Deckung der Bäume. Die Kälte des Eises drang jetzt durch die mehreren Schichten Wolle und Leder, die sie trugen. Vorsichtig legten sie ihre Waffen ab, zogen die Schafslederfäustlinge aus, die Brand ihnen gegeben hatte, und bliesen auf ihre kalten Hände. Mit ungeschickten Fingern löste Shef eine Lederflasche vom Gürtel und zog den Pfropfen heraus.

»Winterale«, murmelte er. »Die letzten Tropfen.«

Beide nahmen einen ausgiebigen Schluck. »Schmeckt wie Ale«, murmelte Karli, »fühlt sich aber nicht so an. Es bringt deine Kehle zum Glühen, ganz egal, wie kalt es ist. Schade, daß wir zuhause das Zeug nicht brauen können.« Shef nickte. Einen Augenblick lang dachte er an das Wasser, das über dem Ale gefror; an Dampf, der von einer heißen Klinge aufstieg. Aber jetzt war nicht die Zeit, solchen Gedanken nachzuhängen.

»Drottningholm ist die nächste Insel«, sagte er. »Wir wissen, daß der König nicht dort ist und kein Mann auf ihr die Nacht verbringen darf. Noch einmal über das Eis…«

»…und wir sind wie zwei Gockel im Hennenstall«, beendete Karli den Satz.

»Zumindest werden wir herausfinden, was die Königin von uns will.«

Ich weiß, was sie von *dir* will, dachte Karli, schwieg aber. Langsam arbeiteten sie sich entlang des Ufers der zweiten Insel entlang.

Diesmal war die Brücke nicht zu übersehen, befand sich aber weit weg von der Stelle, an dem sie ihren ersten Blick auf Drottningholm erhaschten. Sie standen zwischen den Bäumen, blickten über das Eis und rechneten sich ihre Chancen aus. Sie waren auf der Westseite einer kleinen Bucht, vielleicht eine Achtelmeile von Drottningholm entfernt. Zur Ostseite der Bucht, an der die Brücke zur äußersten Insel ihren Anfang nahm, war es ebenfalls eine Viertelmeile.

»Wir können genausogut hier losgehen, anstatt uns näher an die Brücke zu wagen«, sagte Shef. »Und wir brauchen nicht zu kriechen. Wir sind weit genug entfernt, daß uns die Wachposten nicht sehen können, und außerdem wird mit jedem Schritt unser Abstand zu ihnen größer.«

»In Ordnung«, sagte Karli. »Wenn das Eis brechen wollte, dann hätte es das schon getan. Ich habe keine Löcher gesehen, und es hat auch nicht gequietscht oder so ähnlich.«

Shef drückte kurz Karlis Schulter, nahm den Speer in beide Hände und machte sich auf den Weg über die schwarze, windgepeitschte Fläche.

»Raus damit, wo ist er?« Brand stand im Eingang der stinkenden Gemeinschaftshütte und starrte finster auf die acht Engländer vor sich hinunter. Er hatte seine Sorgen mit Guthmund und seinen Mannschaften in einer Taverne im Hafen Kaupangs hinuntergespült, als ihn die Nachricht vom Ende des Konklaves erreicht hatte. Nach einem kurzen Gespräch mit Thorvin hatte er sofort das Quartier aufgesucht, das Shef sich mit Karli teilte, der jetzt als sein Leibdiener galt. Als er dort niemanden angetroffen hatte, war er schnurstracks zur Hütte der Katapultmannschaften marschiert.

Im Angesicht eines wütenden Herrn, der eher sieben als sechs Fuß maß, verfielen die Ex-Sklaven in ihre alte Unterwürfigkeit. Mit kaum wahrnehmbaren Bewegungen formten sie eine enggedrängte Gruppe, an deren Spitze Osmod und Cwicca standen, die stämmigsten und selbstbewußtesten unter ihnen. In ihren Mienen spiegelte sich frostige Unwissenheit.

»Wen meint Ihr?« fragte Osmod, um Zeit zu gewinnen.

Brands mächtige Fäuste öffneten und schlossen sich. »Wo – ist – euer – Herr – Shef?«

»Ich weiß nicht«, sagte Cwicca. »Ist er nicht in seinen Gemächern?«

Brand machte einen Schritt nach vorn, Mordlust in den Augen, und hielt inne, als er sah, wie Osmod, ein vormaliger Hauptmann der Hellebardiere, einen schnellen Blick auf den Waffenständer warf. Der Wikinger wirbelte herum und knallte die Tür hinter sich zu.

Draußen wartete geduldig Hound, Shefs Freund aus Kindertagen und jetzt ein treuer Priester Iduns. »Mit mir reden sie nicht«, knurrte Brand. »Du bist Engländer. Sie wissen, daß du sein Freund bist. Vielleicht kannst du herausfinden, was los ist.«

Hound betrat die Hütte. Brand hörte ein Gewirr von Stimmen mit dem schwerfälligen Dialekt von Norfolk. Schließlich erschien Hound wieder im Türrahmen und winkte Brand herein.

»Sie sagen, sie wären sich nicht sicher«, übersetzte er. »Aber wenn sie alles zusammennehmen, was sie gesehen haben, glauben sie, daß er eine Art Botschaft erhalten hat. Sie vermuten, daß er nach Drottningholm gegangen ist, um Königin Ragnhild einen Besuch abzustatten. Er hat Karli mitgenommen.«

Brand glotzte Hound verständnislos an. »Nach Drottningholm? Aber kein Mann darf auf der Insel übernachten. Und die Brücken sind bewacht.«

Cwiccas Grinsen enthüllte mehrere Zahnlücken. »Ist schon gut, Kapitän«, sagte er im Englisch-Nordischen Mischmasch der Armee des Weges. »Wir sind nicht blöd. Wir wissen das. Wenn er dorthin ist, dann über das Eis. Wir waren heute nachmittag drunten und haben es uns angeschaut. Es ist immer noch dick genug, es wird nicht brechen.«

Brand starrte Cwicca und die übrigen an. Das Entsetzen stand ihm ins Gesicht geschrieben. Er versuchte vergeblich etwas zu sagen, dann setzte er ein zweites Mal an

»Habt ihr englischen Narren von nichts eine Ahnung?« krächzte er. »Das Eis in den Fjorden bricht um diese Jahreszeit nicht auseinander. Es fault von unten her. Füllt sich mit Wasser. Dann, eines Morgens, ist es einfach weg. Es bricht nicht auseinander, es sinkt!«

Als Shef und Karli den letzten Abschnitt erreichten, traf sie der Wind mit doppelter Stärke. Es war, als ob sie aus dem Lee einer unsichtbaren Landspitze hervorgetreten wären. Und mit dem Wind kam fast waagrechter, peitschender Regen. Shef zuckte in der Erwartung von Hagel oder eines Eissturms zusammen, als die ersten Tropfen sein Gesicht trafen. Dann legte er die Hand auf die Tropfen, die an seinem Gesicht herunterliefen, und machte eine verblüffende Feststellung. Regen. Der Frost war vorüber. Würden sie überhaupt wieder über das Eis zurückkehren können? Aber ihm blieb keine Zeit, sich darüber den Kopf zu zerbrechen. Und im Regen mußten sie wenigstens nicht mehr befürchten, von den Brückenwachen gesehen zu werden.

»Karli«, sagte er, »dieser Regen gefällt mir nicht. Vielleicht bricht das Eis. Wir können beide schwimmen. Sollte es brechen, mußt du unbedingt den Kopf oben halten. Du darfst auf keinen Fall unter das Eis geraten. Wenn wir in einem Loch im Eis sind, dann schwimm an den Rand und leg dein Gewicht auf das Eis. Wenn es bricht, schwimm weiter und versuch es nochmal. Wenn du an eine Stelle kommst, die dick genug ist, dich zu tragen, dann kriech darauf und immer weiter. Und schnall dein Schwert wieder an den Gürtel. Du brauchst vielleicht beide Hände.«

Während Karli herumfingerte, um seiner Aufforderung nachzukommen, blickte Shef einer Eingebung folgend zum dunklen Ufer 300 Fuß vor ihnen. Er nahm seinen Speer, machte zwei Schritte vorwärts, wirbelte herum und schleuderte ihn nach vorne. Er sah zu, wie er davonschoß, aufkam und auf dem Eis weiterschlitterte. Das Fauchen des Regens verschluckte das metallische Geklapper.

Als Shef weitergehen wollte, spürte er, wie das Eis unter ihm nachgab. Beide Männer standen einen Moment reglos da und lauschten. Nichts. Kein Knirschen. Sie hatten immer noch Eis unter den Füßen.

»Vielleicht hat es sich nur vom Ufer gelöst«, murmelte Karli.

Vorsichtig gingen sie weiter, setzten die Füße mit allem Feingefühl auf, das sie aufbringen konnten. Ein, zwei Schritte.

Kälte drang in Shefs Stiefel. Wasser. Eine Pfütze im Eis? Dann war auch im anderen Stiefel Wasser. Plötzlich war die Kälte an seinen Knien, seinen Hüften. Er spürte, wie seine Geschlechtsteile zusammenschrumpelten. Shef sah sich nach der Lücke im Eis um, aber es gab keine, seine Füße standen immer noch fest auf dem Eis, aber es sank unter ihnen weg…

Das schwarze Wasser schloß sich über Shefs Kopf. Verzweifelt kämpfte er darum, nicht unterzugehen. Und plötzlich schlossen sich Hände um seinen Hals. Sie packten ihn von hinten, Hände wie die Ivars, als ob der Knochenlose von den Toten zurückgekehrt wäre.

Shef wand sich wild in Karlis panischem Griff. Schließlich war Shef auf gleicher Höhe wie der Dithmarscher, verschränkte die Hände innerhalb Karlis Umarmung und schwang sie auf seinen Nasenrücken. Sich aufbäumend schoß Shef aus dem Wasser, schwang die Faust ein zweites Mal und spürte, wie der Knorpel von Karlis Nase nachgab. Wieder bäumte er sich auf, bereit, erneut zuzuschlagen, als er spürte, wie sich der Würgegriff lockerte.

»Tut mir leid. Es geht schon wieder.« Karli ließ ihn los und begann, Wasser zu treten. Shef spürte sofort den wütenden Biß der Kälte. Er war schon oft in den Fens, dem Sumpfland seiner Heimat, in kaltem Wasser geschwommen, zum Spaß oder um Flüsse zu überqueren, über die es keine Brücke gab. Aber das hier war anders. Die Kälte hatte jede Schicht seiner Kleidung durchdrungen, sie vollgesogen und zehrte mit jedem Augenblick mehr an seinen Kräften. Die mit Wasser vollgesogene Wolle wollte ihn hinunter in den Schlamm ziehen.

Und er hatte jede Orientierung verloren. Shef stieß sich so hoch wie möglich aus dem Wasser und verdrehte den Kopf auf der Suche nach der Insel oder nach dem anderen Ufer oder einer größeren Eisscholle, zu der er schwimmen konnte. Nichts. Überhaupt nichts.

Oder dort? War da ein Schwarz, noch dunkler als die Nacht? Er erhaschte einen Blick auf den Umriß Drottningholms, der sich gegen den Nachthimmel abhob, packte Karlis Schulter und zerrte ihn in diese Richtung. Panisch schwammen beide Männer los. Erst kraulten sie ungelenk, dann, als ihre durchtränkte Kleidung sie nach unten zog, suchten sie keuchend ihr Heil in kurzen, verzweifelten Brustschwimmzügen. Ihre Beine hingen hinter ihnen hinab. Die Stiefel! Weg mit ihnen, dachte Shef. Es heißt immer, weg mit den Stiefeln. Aber meine sind mit Rohleder verschnürt, und außerdem ist es zu kalt, viel zu kalt. Ich muß hier raus, oder ich sterbe.

Als seine Füße endlich Schlamm berührten, versuchte er darauf zu stehen. Sofort versank sein Kopf unter Wasser. Er straffte sich, schlug wieder weitausholend um sich, bis er Schlamm unter dem Bauch spürte. Dann kam er torkelnd hoch. Einen Augenblick später rutschen ihm die Beine unter dem Körper weg, seine Hände fanden eine Wurzel am Strand, und er zog sich weiter. Hinter sich hörte er Keuchen und schwaches Platschen. Shef merkte sich die hilfreiche Wurzel, drehte sich um und stürzte sich wieder ins Wasser. Er packte Karli und zerrte ihn mit roher Kraft die letzten Meter bis zum Ufer. Mit einer Hand griff er wieder nach der Wurzel, die andere vergrub er in Karlis Lokkenhaar und riß den Dithmarscher auf den gefrorenen Strand. Beide Männer sanken keuchend und hustend auf die Knie.

Im selben Moment wußte Shef mit Bestimmtheit, daß sie, sollten sie nichts unternehmen, hier schneller erfrieren würden, als ein Priester brauchte, um die Messe zu lesen. Das Wasser hatte wie Feuer gebrannt. Jetzt, in der Luft, war die Kälte noch schlimmer. Er spürte bereits, wie das Gefühl seinen Körper verließ, wie der bittere Schmerz verblaßte und eine angenehme Müdigkeit ihn nach unten zog.

»Zieh dich aus!« fauchte er Karli an. »Weg mit den Kleidern! Wring sie aus!«

Mit fühllosen Händen fingerte er an den Knebelknöpfen seines Mantels, konnte sie aber nicht finden. Karli hatte es irgendwie geschafft, das Schwert aus der Scheide zu ziehen, und sägte an seinen Mantelverschlüssen. Er reichte die Klinge weiter an Shef, der sie mit tauben Fingern entgegennahm. Stumm rangen sie in der Dunkelheit, schälten Schicht um Schicht von ihren Körpern. Bald geißelte der Wind ihre nackten, zusammengekrümmten Leiber. Aber der Regen war weitergezogen und der rauhe Wind trocknete sie rasch. Shef tastete nach seinem Umhang, wrang ihn aus, legte ihn zusammen und wrang ihn erneut aus. Der salzige, halbgefrorene Matsch tropfte herunter. Als er den Stoff wieder über die Schultern zwängte, spürte er für einen Augenblick die Illusion von Wärme.

Eine Illusion, nicht mehr. Hier am Ufer würden sie noch vor Tagesanbruch sterben. Aber wenigstens hatten sie einen Moment zum Nachdenken gewonnen.

Als Shef nach seiner Hose langte, bemerkte er eine Bewegung zwischen den Bäumen. Keine Männer. Die Schemen waren zu klein für die Wachen der Königin. Sie waren wie Wölfe, krochen mit den Bäuchen knapp über dem Boden näher, fletschten knurrend die Zähne. Aber es waren keine Wölfe, es waren die Wolfshunde der Königin. Zu astronomischen Preisen auf den Märkten Dublins erstanden, wurden sie jede Nacht zu ihrem Schutz losgelassen.

Nur das Wasser rettete die beiden Männer vor ihrem ersten Ansturm. Ein urtümlicher Instinkt ließ Shef und Karli ans Ufer zurückweichen, was den Hunden unmöglich machte, sie von allen Seiten gleichzeitig anzugreifen. Lautlos drang der riesige Leithund auf sie ein. Karli schwang sein Schwert, aber in seinen immer noch unerfahrenen Händen verdrehte es sich, als es den Hund berührte, und der Kiefer des Tieres schloß sich um sein Handgelenk.

Doch es war das Handgelenk eines Kämpfers mit blitzschnellen Reflexen, egal, was für ein armseliger Fechter er sein mochte. Einen Herzschlag später rammte Karli dem Hund den linken Daumen tief ins Auge, schüttelte das vor Schmerzen rasende Tier ab, und drängte Shef knurrend den Schwertgriff in die Hand. Shef empfing seinen ersten Angreifer mit einem Tritt seines nackten Fußes gegen die Kehle. Als der Hund sich wieder aufgerappelt hatte und seine Hüfte anspringen wollte, ergriff er Karlis Schwert, senkte die Spitze und durchbohrte das Herz des Tieres noch im Sprung.

Der gemarterte Leithund hatte sich in der Zwischenzeit in einen anderen Hund verbissen, und die beiden rollten in einem knurrenden Knäuel über den Boden. Ein viertes Tier von der Größe eines Kalbs umrundete die beiden Männer und sprang Karli an die Kehle. Karli empfing es nicht anders, als er einem Gegner in einem der Ringkämpfe in Dithmarschen begegnet wäre. Er senkte den Kopf, um ihn dem Wolfshund in die Zähne zu rammen, und vergrub beide Hände in den Flanken des Tiers, darauf aus, seine Rippen zu brechen und die Leber zu zerquetschen. Der Wolfshund verlor das Gleichgewicht und fiel nach hinten, dann setzte er zu einem zweiten Sprung an.

Im selben Moment streckte sich Shef. Seine Klinge trennte das linke Vorderbein des Tiers dicht unter dem Leib ab. Dann schlitzte er mit der Schwertspitze die Schnauze des Wolfshunds, der ihn bedrohte, holte mit der Vorhand nach den beiden Hunden aus, die immer noch miteinander kämpften, um einen Augenblick später mit der Rückhand den letzten verbliebenen Hund, der ihn eben ansprang, zu erledigen. Nicht töten, dachte er. Verstümmeln ist einfacher. Hunde sind nicht so gefährlich wie Männer, du mußt nur auf ihre Kiefer aufpassen.

Einer der Wolfshunde lag tot am Boden, ein zweiter humpelte auf drei Beinen. Dem halbblinden Leithund, den ein Schwertstreich in der Flanke zusätzlich schwächte, riß sein Kontrahent die Kehle heraus. Darauf wich das Tier mit einem warnenden Knurren zurück; es hatte offenbar genug vom Kämpfen. Damit blieb nur noch ein Hund, der mit gefletschten Zähnen immer wieder einige Handbreit vorrückte und beim Anblick des drohend erhobenen Schwerts wieder zurückwich. Karli, der aus Wunden an Kopf und am Handgelenk blutete, scharrte im Wasser nach einem Felsbrocken. Schließlich bekam er einen zu fassen und schleuderte ihn wütend aus zwei Schritten Entfernung. An der Schulter getroffen, heulte der Hund schmerzerfüllt auf, machte kehrt und verschwand in den Schatten.

Wieder stolperten die beiden Männer zu ihren Kleidern, tasteten sich durch den gefrierenden Haufen aus Wolle und Leder und versuchten, sie auszuwringen und anzuziehen. Als der Adrenalinstoß des Kampfes abebbte, registrierte Shef, daß er seine Finger nicht mehr bewegen konnte. Er konnte sie nur noch als Haken benutzen, aber einen Senkel zu binden oder einen Gürtel zu schließen, war ihm unmöglich.

Mühsam schloß er die Finger um den Schwertgriff und kniete neben der Leiche des Hundes hin, den er aufgespießt hatte. Er rammte die Spitze tief in den Bauch des Tieres und sägte mühsam nach unten. Innereien und gewundene Gedärme quollen heraus. Shef ließ das Schwert fallen, drückte seine gefrorenen Hände in die Körperhöhle und griff nach dem Herzen des Hundes.

Die Körpertemperatur eines Hundes ist höher als die eines Menschen. Das immer noch heiße Blut strömte wie flüssiges Feuer über Shefs Hände und schien seinen Körper hinaufzuschießen. Er schob die Arme tiefer in den Körper, bis zu den Ellenbogen, und wünschte sich, er könnte ganz hineinkriechen. Karli, der ihn genau beobachtet hatte, humpelte quälend langsam zu ihm herüber und folgte seinem Beispiel.

Als das Gefühl in seine blutverschmierten Hände zurückkehrte, zog Shef seine noch feuchte, aber nicht mehr tropfnasse Hose an, schloß den Gürtel und hüllte sich in seinen durchnäßten Ledermantel. Sein wollener Hut schwamm irgendwo im Fjord, seine Schafslederfäustlinge hatte er irgendwo in der Dunkelheit verloren. Er betastete Füße und Beine mit seinen neu erwärmten Händen. Sie fühlten sich wie Eisblöcke an.

Sollte er noch einen weiteren Hund aufschlitzen? Wenn es nicht absolut notwendig war, konnte er sich nicht dazu überwinden. Unbeholfen kippte er das Wasser aus den Stiefeln und steckte seine Füße hinein. Er hatte das Gefühl, daß seine Zehen jeden Augenblick abbrechen würden. Er machte keine Anstalten, die durchschnittenen Riemen an Mantel oder Stiefeln neu zu verknoten.

»Was jetzt?« fragte Karli. Er reichte Shef das Schwert und behielt die hölzerne Scheide als improvisierte Keule.

»Wir sind hierhergekommen, um die Königin zu besuchen«, sagte Shef.

Karli öffnete den Mund zu einer Entgegnung und schloß ihn wieder. Die Frau hatte ihnen eine Falle gestellt, das war offensichtlich. Wenn nicht sowieso von Anfang an ihr Mann hinter dem Ganzen gesteckt hatte. Er hatte von solchen Täuschungen gehört. Aber die Halle der Königin und die Nebengebäude waren die einzigen Behausungen auf dieser Insel. Wenn sie nicht Unterschlupf und ein wärmendes Feuer bekamen, würden sie noch vor der Dämmerung tot sein. Karli humpelte Shef hinterher, der darauf hoffte, auf einen Pfad zu stoßen. Er hatte auf eine Prinzessin gehofft. Jetzt würde er sich mit einer wohlgesonnenen Hure begnügen, mit irgendeiner schmutzigen Hausgehilfin, einem Feuer und einer Decke.

Im hintersten Raum der Halle der Königin auf Drottningholm saßen zwei Frauen einander gegenüber an einem glühenden Feuer. Beide saßen kerzengerade auf harten Holzstühlen, waren über und über mit Schmuck behängt und hatten die Ausstrahlung von Frauen, denen selten etwas verweigert wurde, und niemals ohne Gefahr. Doch das waren ihre einzigen Gemeinsamkeiten. Sie haßten einander seit ihrer ersten Begegnung.

Königin Afa, Witwe und Mörderin König Gudröds und die Mutter König Halfdans, hatte alle Hoffnungen auf ihren Jungen gesetzt. Aber kaum war er dem Kindesalter entwachsen, hatte er sie gefürchtet und ihr mißtraut. Hatte sie nicht seinen Vater getötet? In seiner Jugend hatte er es seinem Vater gleichgetan und den Frauen nachgestellt, jetzt, als Mann, verbrachte er den Sommer auf Feldzügen und die Winter damit, die nächsten zu planen oder die Erfolge der letzten zu festigen. Die Enttäuschung hatte Afa verdorren lassen, sie alt, verschrumpelt und grausam gemacht.

Königin Ragnhild, die Frau König Halfdans, fand weder Gefallen an ihrer Schwiegermutter noch an deren Sohn, dessen Lager sie gelegentlich teilte. Sie fragte sich oft, wen sie selbst ausgewählt hätte, wäre es ihrem Vater erspart geblieben, für sie eine Hochzeit zu arrangieren. Manchmal fragte sie sich sogar, ob nicht selbst Haki, der einarmige Berserker und Bergtroll, eine bessere Wahl für sie gewesen wäre. Als sie immer mehr Macht und Einfluß gewann, tröstete sie sich hin und wieder mit verschiedenen Angehörigen ihrer Leibwache. Ihr Mann bestand darauf, daß kein Mann auf der Insel übernachten durfte, um seines guten Namens und der Legitimität ihres einzigen Kindes willen. Aber die Tage waren lang. Ragnhild glich Afa nur noch in einer weiteren Hinsicht: Auch für sie stand ihr einziger Sohn, der junge Harald, im Mittelpunkt ihres ganzen Strebens. Und hätte Ragnhild es erlaubt, hätte die Großmutter des Jungen einen Bruchteil ihrer enttäuschten Liebe von ihrem Sohn abgezogen und dem Enkel geschenkt. Es war die eine Angelegenheit, in der sich ihre Interessen deckten.

»Schon Mitternacht«, sagte Ragnhild in die warme Stille. »Er wird nicht kommen.«

»Vielleicht hat er es überhaupt nicht versucht.«

»Männer lassen Einladungen von mir nicht unbeachtet. Ich spürte, was er fühlte, als er auf dem Steg stand. Er könnte mich genausowenig zurückweisen, wie meine Hunde eine läufige Hündin.«

»Wie passend du dich beschreibst. Aber du hättest genausoviel ohne dieses Theater ausrichten können. Du hättest einfach Stein losschicken können, um ihn niederzustrecken.«

»Seine Freunde des Weges hätten ihn geschützt. Das hätte Olaf in die Sache hineingezogen.«

»Olaf!« Die alte Königin spuckte das Wort förmlich aus. Sie verdankte ihr Leben und das ihres Kindes der Nachsicht ihres Stiefsohns. Sie haßte ihn dafür und noch mehr, weil ihr Kind ihre Gefühle nicht teilte und seinen älteren Halbbruder respektierte und ihm gehorchte, trotz Olafs weithin bekannter Glücklosigkeit und Halfdans eigener Erfolge auf dem Schlachtfeld.

»Und dein Sohn, mein Mann, hätte seinen Bruder unterstützt«, entgegnete Ragnhild, um weiteres Salz in die Wunde zu reiben. »Es war besser, es auf meine Weise zu tun. Man wird seine Leiche in einer Woche finden, wenn sie sich aufbläht, und die Männer werden den Kopf schütteln und sagen, was für Narren diese *Enzkir* sind, sich auf verrottetes Eis zu wagen.«

»Wieso hast du ihn nicht am Leben gelassen?« warf Afa ein, entschlossen, ihrer Schwiegertochter nicht nachzugeben. »Er war keine Gefahr. Ein einäugiges Jüngelchen aus einem fernen Land, aus dem wir unsere Sklaven holen. Wer glaubt ernsthaft, ein solcher Mann könnte einen wahren König wie Halfdan gefährden? Oder selbst deinen schwächlichen Harald? Du wärst besser beraten, diesen Halbtroll, Viga-Brand, zu fürchten.«

»Nicht die Größe macht den König aus«, sagte Ragnhild. »Genausowenig wie den Mann.«

»Du mußt es ja wissen«, zischte Afa.

Ragnhild lächelte verächtlich. »Der Einäugige hatte

Glück«, sagte sie. »Das machte ihn gefährlich. Aber Glück hält nur an, bis es auf stärkeres Glück trifft. Das Glück meines Geschlechts. Wir werden es sein, die den einen König des Nordens hervorbringen.«

Die Tür hinter ihnen öffnete sich quietschend und ließ einen eiskalten Windstoß herein. Beide Frauen sprangen auf; Ragnhild griff nach dem eisernen Stock, mit dem sie ihren Thralls Befehle erteilte. Zwei Männer stolperten durch die Türöffnung, einer hoch-, einer kleingewachsen. Der Kleine drückte die Tür wieder zu und ließ den Riegel zuschnappen, führte aber den Stift ein, der es unmöglich machte, die Tür von außen zu öffnen.

Shef straffte sich und schritt mit dem Schwert in der Hand durch den Raum. Mit letzter Kraft zwang er sich, nicht vor der gesegneten Glut des Feuers in die Knie zu gehen. Seine Gesichtszüge waren kaum erkennbar, überzogen mit Schlamm und dem Schmutz des Strands und des Waldes. Blut und Schleim bedeckten seine Hände und verklebten das Haar auf seinen Unterarmen. An den wenigen unbedeckten Stellen war seine Haut vor Kälte blau angelaufen; auf seiner Stirn und Nase schimmerte eine tödliche weiße Schicht.

»Ihr habt mir eine Botschaft geschickt, Lady«, sagte er. »Vor den Brückenwachen habt Ihr mich gewarnt, aber gelogen, was das Eis angeht. Und ich bin auch Euren Hunden begegnet am Ufer. Seht, das ist ihr Herzblut.«

Ragnhild hob die Eisenstange und schlug damit auf ein eisernes Dreieck, das über dem Feuer hing. Als Shef mit erhobenem Schwert vortrat, blieb sie reglos.

Die Sklavinnen hatten auf Pritschen in der Nähe geschlafen, waren aber noch nicht für die Nacht entlassen worden. Vier von ihnen stürzten durch die Tür, die zur Haupthalle und den übrigen Räumen führte. Sie rieben sich die Augen und ordneten ihre Kleider. Es wäre sehr unklug gewesen, dem Ruf einer der beiden Königinnen nicht unverzüglich zu folgen. Wie Afa oft bemerkte, würde sie bald ihren Grabhügel beziehen, hatte aber noch nicht entschieden, wer von ihren Sklavinnen ihr dort Gesellschaft leisten sollte. Die Frauen, jung bis mittleren Alters, aber ausnahmslos mit müden, von Sorgen zerfressenen Gesichtern, stellten sich hastig in einer Reihe auf. Sie wagten nicht mehr als Seitenblicke auf die beiden fremden Männer. Waren es überhaupt Männer? Oder Marbendille aus der Tiefe? Königin Ragnhild würde nicht zögern, selbst Marbendille in ihren Dienst zu pressen.

»Bringt heiße Steine in den Dampfraum«, blaffte Ragnhild. »Und mehr Holz für dieses Feuer. Erhitzt Wasser in Waschbecken und bringt Handtücher. Bringt zwei Decken – nein, eine Decke für diesen hier und meine Hermelinrobe für den englischen König. Und Mädchen…« – die Frauen hielten in ihrer Geschäftigkeit inne –, »wenn mir zu Ohren kommt, daß irgend jemand hiervon erfahren hat, werde ich nicht fragen, wer von euch die Verräterin ist. Im Hafen liegt immer ein schwedisches Schiff, und es gibt immer Platz an den Tempelbäumen in Uppsala.«

Die Frauen rannten aus dem Raum. Ragnhild baute sich zu ihrer vollen Größe auf und sah hinunter auf Shef, der immer noch unschlüssig dastand, und dann hinüber zu Afa.

»Gegen stärkeres Glück anzugehen, hat keinen Sinn«, sagte sie. »Am besten schließt man sich ihm an.«

KAPITEL 13

SHEF SASS AUF EINER BREITEN HOLZBANK, die fast den ganzen, winzigen Raum ausfüllte. Nur ein einziger Docht, der in einer mit Tran gefüllten Schale brannte, spendete schwaches Licht. Unter der Bank stand ein geschlossener Trog mit heißen Steinen und strahlte eine sengende Hitze aus, daß es ihm die Lippen verzog. Beißender Harzgeruch drang aus den hölzernen Wänden. Shef aalte sich darin, spürte, wie die grimmige Kälte in seinen Knochen dahinschmolz – und ebenso die Notwendigkeit für schnelle Entscheidungen. Er war jetzt in den Händen anderer. Selbst für Karli war er jetzt nicht mehr verantwortlich. Er wußte nicht einmal, wohin man den Dithmarscher gebracht hatte.

Auf Anweisung der Königin hatten ihn die Sklavinnen weggeführt und ihm die stinkenden, feuchten Kleider ausgezogen. Eine von ihnen hatte ihm wie wild mit Schnee von den schnell schrumpfenden Haufen vor der Halle über das Gesicht gerieben, um ihn vor Erfrierungen zu schützen. Andere hatten warmes Wasser über ihn geschüttet, ihn mit Lauge eingerieben und den Schmutz und das Blut und das Tierfett von seinen Händen geschrubbt. Verschwommen hatte er wahrgenommen, daß sie auch sein Schwert an sich nahmen und mit Karli ähnlich verfuhren. Doch er wehrte sich nicht, die plötzliche Wärme hatte ihn halb bewußtlos gemacht. Dann hatten sie ihn in den Dampfraum geführt und ihn allein gelassen.

Eine Zeitlang saß er einfach nur da, zufrieden damit, daß die Wärme sein halbgefrorenes Knochenmark durchtränkte. Er schwitzte nicht einmal, trotz der sengenden Hitze. Dann, als ihn die Müdigkeit überwältigte, legte er sich zurück, lehnte den Kopf gegen ein Holzscheit und versank in einen leichten, unruhigen Schlaf.

Irgendwo in der Dunkelheit über ihm wurde sein Schicksal diskutiert. Das inzwischen vertraute Donnern mächtiger Stimmen drang an sein Ohr. Eine von ihnen sprach für ihn, eine gegen ihn.

»Er hätte auf dem Eis sterben sollen«, sagte die feindselige Stimme: kalt, respekteinflößend, keinen Widerspruch gewohnt. Es war die Stimme nicht nur des Vaters, sondern des Herrschers der Götter und Menschen.

»Niemand sollte einem Mann einen Vorwurf daraus machen, daß er sich selbst rettet«, hielt die zweite Stimme dagegen. Shef hatte sie schon oft gehört. Es war die Stimme seines Gönners, vielleicht die seines Vaters, Rigr des Listigen.

»Er warf den Speer weg, den Speer mit meinen Runen. Er verweigert mir das Opfer. So benimmt sich kein Held.«

»Dann hast du um so weniger Grund, ihn zu dir zu holen. Er würde in Walhall keinen Platz finden, wäre kein folgsamer Rekrut für deine Einherier.*«*

Die erste Stimme schien zu zögern. »Und dennoch… er ist gerissen. Zu wenige meiner Champions sind das. Vielleicht ist das eine Gabe, die ich am Tag des Ragnarök brauchen werde.«

»Noch brauchst du sie nicht. Laß ihn, wo er ist. Wir wollen sehen, wohin sein Glück ihn trägt. Vielleicht erweist er dir auf seine Weise einen Dienst.« Shef wußte, daß die zweite Stimme log. Die süße Logik, die von ihrer

Zunge tropfte, sagte es ihm. Sein Gönner schlug Zeit für ihn heraus.

»Glück!« rief die erste Stimme plötzlich belustigt aus. »Das will ich sehen. Wenn er Glück hat, dann ist es sein eigenes, denn meines hat er weggeworfen. Und er wird mächtiges Glück brauchen, die Gefahren von Drottningholm zu überleben. Wir werden ihm folgen.«

Die beiden Stimmen entfernten sich mit einem zustimmenden Grollen.

Shef schreckte hoch. Wie lange hatte er geschlafen? Nicht lange, dachte er. Es war zu heiß, als daß irgend jemand hätte bequem liegen können. Er schwitzte jetzt, und die Bank unter ihm war feucht. Es war Zeit aufzustehen und sich umzusehen. Er dachte an die Verse, die er von Thorvin gelernt hatte:

> *Denn ungewiß ist, wo Widersacher*
> *In der Halle lauern.*

Als er sich aufrichtete, öffnete sich quietschend die Tür des winzigen Raums. In dem Raum dahinter brannte ein Feuer, und der Silhouette nach zu urteilen, die sich davor abzeichnete, war es Königin Ragnhild, die im Türrahmen stand. Er konnte nicht sehen, was sie trug. Sie machte einen Schritt vorwärts, schloß die Tür hinter sich und drückte sich an ihn.

»Ihr habt Euren Schmuck abgelegt, Königin«, sagte er mit ungewohnt rauher Stimme. Er spürte, wie sich sein Glied regte, als ihm ihr Duft in die Nase stieg, stärker noch als der des Harzes.

»Niemand kann Gold in einem Raum mit heißen Steinen tragen«, antwortete sie. »Es würde die Haut verbrennen. Also habe ich meine Ringe und Armreife abgelegt. Sieh nur, sogar meine Brosche ist fort.«

Sie nahm seine Hände, drückte sie an ihr Gewand und zog sie am Revers hinunter. Das Gewand öffnete sich. Shefs Hände schlossen sich über ihren schweren Brüsten. Ihm wurde klar, daß sie nichts außer dem einen, offenen Kleid trug. Seine Arme schlossen sich um sie, seine Hände strichen ihren langen, muskulösen Rücken hinunter und umklammerten wild ihre Hinterbacken. Sie drückte nach vorne, drängte ihm ihr Bekken entgegen und schubste ihn zurück. Die Bank prallte gegen seine Kniekehlen, und mit einem dumpfen Schlag kam er auf dem Holz auf.

Plötzlich rann ihm der Schweiß aus allen Poren. Die Königin setzte sich rittlings auf ihn und nahm sein steinhartes Glied in sich auf. Zum ersten Mal, seit er zwei Jahre zuvor mit Godive geschlafen hatte, spürte Shef wieder die innere Wärme einer Frau. Es war, als ob man einen Bann von ihm genommen hätte. Verblüfft über sein eigenes Vermögen, riß er das Kleid der Königin zur Seite, packte sie an den Hüften und begann ungestüm nach oben zu stoßen.

Ragnhild, die sich an seinen Schultern festhielt, lachte auf. »So behende wie du war noch keiner in diesem Raum«, sagte sie. »Normalerweise macht die Hitze die Männer so träge wie Ochsen. Aber ich sehe schon, bei dir werde ich die Rute nicht brauchen.«

Später – Shef konnte nicht sagen, wieviel später – ging er zur Eingangstür der Halle, öffnete sie und spähte vorsichtig hinaus. Vor ihm, im Osten, konnte er eine dünne, helle Linie über den Hügeln auf der anderen Seite des Fjords erkennen. Ragnhild blickte über seine Schulter.

»Es dämmert«, sagte sie. »Bald werden Stein und die Wachen hier sein. Du mußt dich verstecken.«

Shef drückte die Tür ganz auf und ließ den Wind um seinen nackten Körper streichen. In den letzten Stunden war er erst beinahe erforen und dann beinahe geröstet worden. Jetzt fühlte sich die Luft für ihn nur angenehm kühl und frisch an. Er atmete die klare Luft tief ein und glaubte, den Duft des ersten Grases zu erschnuppern, das durch den schmelzenden Schnee nach oben drängte. Der Frühling kam zwar erst spät nach Norwegen, aber dann holten Pflanzen, Tiere und Menschen die verlorene Zeit wieder auf. Niemals seit seiner Kindheit hatte er sich so lebendig und munter gefühlt. Die Gefahr, die ihm in seinem Traum gedroht hatte, war vergessen.

Er drehte sich um, legte seine Arme um Ragnhild und wollte sie zu Boden drängen. Sie widerstand ihm lachend. »Gleich sind die Männer hier.« Sie umfaßte sein aufragendes Glied. »Welche Kraft du hast! Wurde dein Hunger noch nicht gestillt? Nun, ich verspreche dir – heute nacht werde ich ihn dir stillen. Aber jetzt müssen wir dich verstecken. Die Mädchen werden nichts sagen, und die Männer nicht hinsehen. Das haben sie gelernt. Aber wir dürfen Halfdan keinen Anlaß geben, zornig zu werden.«

Sie zog den nackten Shef weg von der Tür.

Karli fragte sich, wo sie seinen Freund versteckt hatten – wahrscheinlich mußte er ihn jetzt seinen Herrn nennen. Er selbst lag auf einer Strohmatratze in einer Dachkammer, die man nur durch eine Leiter in den Quartieren der Sklavinnen erreichte. Durch ein kleines Fenster drang Licht herein, aber man hatte ihn gewarnt, nicht hinauszusehen. Seine Kopfwunden waren jetzt von Verbänden geschützt, und er war in eine warme Decke gewickelt.

Die Leiter knarrte, und er langte nach dem Schwert, das er an sich genommen hatte, als man ihn von Shef getrennt hatte. Aber es waren nur zwei der Sklavinnen. Er wußte ihre Namen nicht: Sie waren wenig anziehende, braunhaarige Frauen; eine in seinem Alter, die andere zehn Jahre älter und mit tiefen Falten im Gesicht. Sie brachten seine Kleider, gewaschen und neben dem Feuer getrocknet, einen Leib harten Brots, einen Krug mit Ale und einen zweiten mit Quark.

Karli setzte sich auf und langte dankbar nach dem Ale. »Ich würde aufstehen und euch anständig danken, Ladies«, sagte er, »aber ich habe nur diese Decke, und was sich darunter verbirgt, mag Euch erschrecken.«

Die Jüngere lächelte zaghaft, die Ältere schüttelte den Kopf. »Wer auf dieser Insel lebt, den kann nicht mehr viel schrecken«, sagte sie.

»Wie das?«

»Wir haben andere Sorgen. Die Königinnen spielen ihre Spielchen mit den Männern und dem König und dem jungen Harald. Am Ende wird eine von ihnen verlieren und den Preis dafür zahlen. Man wird sie zu ihrem Grabhügel tragen. Königin Afa hat schon damit angefangen, die Dinge, die sie mitnimmt, zur Seite zu legen, den Schlitten und den Karren und den Schmuck und die feinen Gewänder. Aber weder sie noch Ragnhild werden allein ins Grab gehen. Sie werden Dienerinnen mitnehmen – eine, vielleicht auch zwei. Ich bin die wertloseste von allen hier. Vielleicht wird Afa mich mitnehmen, vielleicht Ragnhild. Edith hier ist die Jüngste. Wer weiß? Vielleicht wird Ragnhild auf sie eifersüchtig und schickt sie mit ins Grab.«

»Edith«, sagte Karli, »das ist kein nordischer Name.«

»Ich bin Engländerin«, sagte das junge Mädchen. »Martha hier ist Friesin. Sie haben sie im Nebel von ihrer Insel geraubt. Mich haben die Sklavenjäger gefangen und auf dem Markt in Haithabu verkauft.«

Karli starrte die beiden an. Bis zu diesem Zeitpunkt hatten alle drei Nordisch gesprochen, die Frauen vollkommen flüssig, Karli noch unsicher und stockend. Jetzt wechselte er in die Sprache Dithmarschens, die mit dem Englischen und Friesischen verwandt war. Karli wußte, daß Shef sie mühelos verstand.

»Habt ihr gewußt, daß mein Freund und ich auch keine Nordländer sind? Er ist in England ein König. Aber es heißt, er war einst ein Thrall wie ihr. Und noch vor ein paar Wochen versuchten sie, ihn in Haithabu zu verkaufen.«

»Versuchten?«

»Er schlug den Mann nieder, der von sich behauptete, sein Herr zu sein, und drohte statt dessen, ihn zu verkaufen. Ein guter Witz und kein übler Schlag. Aber hört mir gut zu – ich kenne meinen Freund, und ich weiß, daß er für Sklavenhändler nichts übrig hat. Wenn wir zurück bei unseren Gefährten sind, soll ich ihn dann bitten, euch von hier freizukaufen? Wenn er erfährt, daß du Engländerin bist, Edith, würde er es tun. Und er würde vielleicht auch Martha freikaufen.«

»Ihr werdet nicht zu euren Gefährten zurückkehren«, erklärte Martha kategorisch. »Wir hören eine Menge. Königin Ragnhild fürchtet deinen Freund. Sie glaubt, daß er vielleicht den Platz einnimmt, der ihrem Sohn bestimmt ist. Sie wollte euch vergangene Nacht töten. Jetzt will sie die Männlichkeit deines Freunds anzapfen, ein Kind von ihm bekommen, für den Fall, daß es seinem Geschlecht bestimmt ist, zu herrschen. Sobald sie das Kind in ihrem Bauch spürt, wird dein Freund Bilsenkraut in seiner Grütze finden. Und du auch.«

Karli betrachtete unsicher den Laib, an dem er gekaut hatte.

»Nein«, fuhr die Frau fort, »noch bist du sicher. So sicher wie wir. Bis sie hat, was sie will.«

»Und wie lange wird das dauern?«

Martha lachte zum ersten Mal; ein kurzes, humorloses Bellen. »Einer Frau ein Kind in den Schoß zu pflanzen? Du als Mann solltest das wissen. Solange, wie man braucht eine Meile zu laufen? Bei den meisten von euch noch kürzer.«

»Bei mir länger«, murmelte Karli. Seine Hand legte sich fast automatisch auf Ediths Knie. Sie wehrte sie nicht ab.

Valgrim musterte den Speer sorgfältig, an dessen Eisenspitze sich bereits der erste Rost zeigte. Mühsam buchstabierte er die Runen auf dem eisernen Schaft.

»Wo habt ihr ihn gefunden?« fragte er.

»Am Ufer von Drottningholm«, antwortete Stein, der Hauptmann der Wache. »Als wir heute morgen auf die Insel gingen, schickte ich wie üblich einige Männer los, um die Hunde einzufangen. Sie konnten sie nicht finden, und Königin Ragnhild sagte mir, daß ihr Heulen sie gestört und sie deshalb ihre Mägde losgeschickt hätte, um sie hereinzuholen. Als ich weiterfragte, wurde sie wütend und brüllte, ich solle verschwinden, bevor sie mir die Ohren abschneiden ließe. Ich dachte mir, daß etwas nicht stimmte, und sandte ein Wachboot aus, um das Inselufer abzusuchen, jetzt, wo das Eis abgeschmolzen ist. Die Männer mit dem Boot fanden den Speer.«

»Treibend?«

»Nein, dafür ist die Spitze zu schwer. Die Männer sagten, sie hätten ihn nahe am Ufer gefunden, in etwa drei Fuß tiefem Wasser. Die Spitze steckte im Grund, aber der Schaft tanzte mit den Wellen auf und ab.«

»Was hat das deiner Ansicht nach zu bedeuten?«

»Vielleicht sind sie auf dem verrotteten Eis eingebrochen und ertrunken«, schlug Stein vor. »Als gestern nacht der Regen kam, ging alles sehr schnell.«

»Aber du glaubst nicht daran?«

»Nein. Es ist wegen der Hunde«, sagte Stein. »Irgendwas an der Sache ist faul. Ragnhild verbirgt etwas.«

»Vielleicht einen Mann?«

»Wahrscheinlich.«

Beide Köpfe wandten sich dem dritten Mann im

Raum zu, der unnahbaren, unbeugsamen Gestalt König Olafs.

»Das scheint den guten Namen Eurer Familie zu betreffen«, sagte Valgrim. Eine Spur von Unsicherheit schwang in seiner Stimme.

Der König lächelte. »Ihr glaubt, daß es auch eine gute Prüfung seines Glück ist. Falls König Shef gestern nacht auf dem verrotteten Eis war und überlebte, hat er diese Prüfung bestanden. Falls er an den Wolfshunden vorbeikam, eine weitere. Ihr wollt, daß ich ihm eine dritte Prüfung stelle?«

»Dreimal ist der Beweis«, sagte Stein.

»Ganz meine Meinung. Dann wird es eine dritte und letzte Prüfung geben und danach keine mehr, weder von mir noch von euch. Einverstanden?«

Valgrim nickte zögernd. Die Berechnung stand ihm ins Gesicht geschrieben.

»Dann werde ich meinem Bruder Nachricht geben, daß auf Drottningholm etwas nicht zu stimmen scheint. Ich habe das noch nie zuvor getan, und er weiß, daß ich das nicht ohne Grund tun würde. Also wird er mir glauben und mir die Erlaubnis geben, die Insel gründlich zu durchsuchen, von Ufer zu Ufer, Gebäude um Gebäude. Du wirst wissen, wie wir das am besten machen, Stein. Und wenn wir versteckte Eindringlinge finden, müssen sie sich der Gerechtigkeit des Königs stellen. Und sein Urteil wird hart sein, wenn er glaubt, daß der gute Ruf seines Sohns Harald auf dem Spiel steht.

Bis dahin, Stein, verdoppelst du besser die Wachen auf den Brücken, sowohl auf der von Drottningholm zur dritten Insel, wie auf der zur zweiten und der zum Festland. Ein mutiger Mann könnte auch von Insel zu Insel schwimmen, also laß die Wachboote ausschwärmen. Und ich brauche dir nicht zu sagen, daß du dafür sorgen mußt, daß es nirgends Boote gibt, die ein Mann stehlen könnte.

Wenn das eine Prüfung ist, dann liegt es in euren Händen sicherzustellen, daß es eine strenge ist. Kommt nicht hinterher zu mir gelaufen und beklagt euch, sie wäre unfair gewesen und jeder beliebige Mann hätte entkommen können. Ihr müßt dafür sorgen, daß er nur wie Wölund entkommen kann, durch die Luft! Wenn König Shef dann entkommt, wissen wir mit Bestimmtheit, daß er Wölund ist, egal in welcher Maske.«

Stein und Valgrim nickten erneut.

»Und kein Wort zu seinen Freunden«, fügte Valgrim hinzu. Durch das Fenster des Raums konnten sie Thorvin und Brand sehen, die nebeneinander über das Gelände der Akademie schritten. Beide Männer wirkten zutiefst beunruhigt.

»Kein Wort zu seinen Freunden«, stimmte Olaf zu. »Ich werde dies hier fair spielen, Valgrim. Sieh zu, daß du dasselbe tust. Sonst ist es keine Prüfung des Glücks des Königs.«

Als er sich umdrehte und den Raum verließ, blickten Valgrim und Stein einander an.

»Er sagte, wir sollen eine strenge Prüfung daraus machen«, sagte Stein. »Ich könnte sie noch etwas strenger machen, als er plant.«

»Tu das«, sagte Valgrim, und musterte erneut die Runen auf dem Speer in seinen Händen. »Keine Strenge ist zu hart für einen Mann, der vorgibt, vom Allvater abzustammen.«

»Und wenn sich sein Glück als stärker erweist?«

Valgrim hob den Speer und schüttelte ihn, als wollte er jeden Augenblick zustoßen. »Ich glaube, es hat ihn bereits verlassen. Ich habe ihn dafür gehaßt, meinen Herrn, Odin, nachzuäffen. Jetzt hasse ich ihn noch mehr: Er hat das Zeichen meines Herrn weggeworfen.«

Nachdenklich beobachtete Karli seinen Freund und Herrn aus einem dunklen Winkel der großen Halle.

Die Zeichen sind eindeutig, dachte er. Ich hätte schon früher darauf kommen müssen.

Fast vom ersten Moment an, an dem er Shef gesehen hatte – und mit Sicherheit seit ihrem ersten Gespräch –, war Karli unbewußt davon ausgegangen, daß Shef älter war als er, weiter gereist und dazu der erfahrenere Kämpfer. Dennoch fühlte sich Karli ihm nicht unterlegen. Dazu waren seine animalischen Instinkte viel zu stark. Seine Überzeugung, daß er mit seinen Fäusten jeden Mann bewußtlos schlagen und jede wenigstens halbwegs wohlgesonnene Frau herumkriegen konnte, blieb unverrückbar. Er fühlte sich nicht als der Unterlegene, aber er war davon ausgegangen, daß Shef genausoviel wußte wie er.

Was für ein Fehler. Er hätte begreifen müssen, daß dieser hochgewachsene Krieger mit den vielen Narben und mächtigen Freunden, was Frauen anging, nicht mehr als ein Junge war. Zumindest führte er sich jetzt wie einer auf. Wie ein Junge, der sein erstes Mädchen getroffen hat. Karli wußte nicht, was Shef den ganzen Tag mit Königin Ragnhild getrieben hatte, aber jetzt, nachdem sich die Wachen über Nacht zurückgezogen hatten, konnte er weder Augen noch Hände von ihr lassen. Während er den dicken, salzigen Eintopf löffelte, lag seine linke Hand auf dem unbekleideten Arm der Königin und streichelte ihn. Jedesmal, wenn sie etwas sagte, lehnte er sich ganz nahe an ihren Mund, lachte, und benutzte den geringsten Anlaß, um sie wieder zu berühren. Karli hatte Geschichten von Hexen gehört, die Männern die Männlichkeit aussaugten. Seiner Erfahrung nach brauchte es dazu keine Hexerei. Sexuelles Geschick wirkte, wenn eine Frau es bewußt einsetzte, auf jeden Mann – zumindest beim ersten Mal. Sobald man erkannte, daß noch mehr Fische im Meer schwammen, war man vor einer solchen Frau vielleicht gefeit. Aber Shef wußte das noch nicht. Und er ließ auch nicht mit sich reden. Als Karli endlich die Dachkammer hatte verlassen dürfen, hatte Shef sich zwar gefreut ihn zu sehen, war aber geistesabwesend gewesen und ziemlich unwillig, über das Geschehene zu sprechen, geschweige denn darüber nachzudenken. Karli hatte es zuerst nicht fassen können.

Ihr Schicksal lag also in seiner Hand. Karli hatte nicht den geringsten Zweifel, daß er und Shef trotz der Wärme, des Essens und der sorgfältigen Aufmerksamkeit in noch größerer Gefahr schwebten als auf dem Eis. Die Schilderungen Ediths und Marthas und der beiden übrigen Sklavinnen hatten ihn bis ins Mark erschreckt. Shef war gegen Sklaverei, weil man um ein Haar einen Sklaven aus ihm gemacht hatte. Karli war dagegen, weil sie ihm unbekannt war. Im unzivilisierten und von Armut gebeutelten Dithmarschen war weder Platz noch Arbeit für Sklaven. Die Menschen dort mochten schiffbrüchige Fremde an andere Fremde verkaufen, aber sie selbst hielten keine Thralls. Die unablässige Angst, unter der Thralls wie Edith oder Martha lebten, war ihm neu.

Und Angst machte aus Leuten gute Zuhörer. Das Leben von Sklaven hing davon ab, herauszuhören, was passieren würde. Nur dann konnten sie die wenigen jämmerlichen Vorsichtsmaßnahmen treffen, die ihnen offen standen. Also erduldete Martha nicht nur die Verachtung und Schikanen der norwegischen Haushälterin, die jeden Morgen mit den Wachen auf die Insel kam und sie zusammen mit ihnen abends wieder verließ, sondern ließ sogar absichtlich einen Topf fallen, um Prügel und einen wütenden Wortschwall zu provozieren. »Die Zeit für faule Schlampen wie dich läuft ab«, hatte die mächtige Vigdis der Sklavin versichert. »Jawohl, und vielleicht nicht nur für die. Was meinst du, wieso man die Wachen verdoppelt hat? Und glaub nicht, du kannst wie dein Vater, dieser rückgratlose

Aal, davonschwimmen. Die Männer warten in Booten zwischen den Inseln. Wenn der König kommt, werden wir schon sehen, wer nützlich genug ist, um am Leben zu bleiben, und wer nur für den Grabhügel taugt.«

Vigdis wußte offensichtlich nicht, wofür die Wachen dienten und hielt das Ganze für eine königliche Intrige: Vielleicht war es König Halfdan müde, auf den Tod seiner Mutter zu warten, oder er hatte seine Frau und ihren sturen Eigensinn satt. Aber die Sklavin wußte es besser. »Die Hunde«, hatte sie Karli erklärt. »Männer kamen und sahen sich in ihren Pferchen um. Sie fragten, wo die übrigen sind und wieso sie nicht zurückgekommen sind und man sie nicht bellen hört, wenn sie doch angeblich noch immer über die Insel streunen. Wir haben die Kadaver noch vor der Dämmerung weggeschafft, und der Regen hat das Blut weggewaschen, aber bei dem weichen Boden braucht es keinen Spurenleser, um zu sehen, daß etwas vorgefallen ist.«

Noch ein paar Nächte hast du ihre Gunst, dachte Karli, der immer noch Ragnhild und Shef beobachtete. Königin Afa funkelte die beiden vom anderen Ende des Tisches wütend an. Ich weiß es. Die Sklavinnen wissen es. Nur du willst nicht hören. Und Vigdis hat den Königinnen nichts gesagt. Nun, eins ist sicher, sie werden mich nicht vermissen. Wortlos ging er durch die Tür in den kleinen, vollgestopften Raum, in dem die Sklavinnen warteten.

»Ist dir etwas eingefallen?« flüsterte Edith.

Karli drückte ihre Hüfte. »Ich bin Dithmarscher«, sagte er. »Ich kenne mich mit Wasser aus. Ich muß ein…« – er zögerte, versuchte, das richtige Wort zu finden – »ein Boot bauen.«

»Es gibt keine Boote auf der Insel. Und genausowenig Planken oder Werkzeuge. Es würde Wochen dauern, Bäume zu fällen. Und sie würden dich dabei hören!«

»Ich meine nicht so ein Boot«, sagte Karli. »Ich meine«, er wandte sich an Martha, die Friesin, »wir nennen es *Punt*.«

»Einen Stechkahn, wie ihn Entenjäger benutzen«, sagte Martha und nickte. »Was brauchst du dafür?«

Stunden später beugte sich Karli schwitzend über die Konstruktion, die er am dem Meer zugewandten Ufer der Insel zusammengezimmert hatte, dem am weitesten von den Wachposten entfernten Punkt. Ihre Unterseite bestand aus einer Tür. Es hatte nur eine gegeben, deren Fehlen nicht sofort am nächsten Tag bemerkt würde – die, die zur stinkenden Latrine der Sklavinnen führte. Wahrscheinlich wußten weder die Königinnen noch die Wachen von der Existenz eines solchen Ortes, geschweige denn, ob er eine Tür hatte oder nicht. Karli hatte sie eigenhändig ausgehängt und davongetragen. Wenn es nur darum gegangen wäre, seichtes Gewässer zu durchqueren, hätte er auf ihr balancieren und sich davonstaken können. Aber er wußte, daß das nicht genügen würde. Er mußte einen weiten Bogen in Richtung Meer machen, bevor er an Land ging. Wenn er nicht von der ersten Welle davongetragen werden wollte, brauchte er einen Platz, an dem er stehen konnte, und etwas wie einen Bug, der durch das Wasser schnitt. Und er mußte das ohne Werkzeuge und ohne einen Laut bewerkstelligen.

Unbeholfen hatte er eine Kante der Tür mit der zwar scharfen, aber nicht gezackten Klinge seines Schwerts weggeschnitten. Mit eisernen Spießen aus der Küche hatte er mehrere Holzscheite am anderen Ende der Tür festgenagelt – und gehofft, daß die mehreren Lagen Stoff, die er unter den flachen Stein gelegt hatte, die Schläge genug dämpfen würden. Auf den Scheiten hatte er ein Stück Holzvertäfelung mit vier Nägeln befestigt, die er zuvor heimlich mit den Fingern gelockert und aus der reich verzierten Rückwand der Halle entfernt hatte. Schließlich war er ungeduldig geworden und hatte eines der Bretter unten weggezogen und es über dem Knie abgebrochen. Mit etwas Glück würde man sein Fehlen am nächsten Morgen nicht bemerken. Jetzt versuchte er, drei weitere Nägel durch das Brett in den zurechtgeschnittenen Teil der Tür zu treiben, um einen breiten, steilen Bug zu erhalten. Sobald er damit fertig war, würde er eine primitive Imitation der Boote haben, die die Vogeljäger durch die weiten Sümpfe Dithmarschens stakten. Aber er würde es nicht staken, sondern mit einem einzigen Paddel über das Heck wriggen – einem weiteren abgebrochenen Brett, das er zwischen einen gespaltenen Tannenzweig eingehängt hatte. Das würde genügen, solange die See ruhig blieb. Solange ihn niemand auf einem der nahen Wachboote sah, oder auf den riesigen Wachschiffen des Königs weiter draußen. Solange er keiner Kreatur aus den Tiefen begegnete.

Beim letzten Gedanken sträubten sich seine Nackenhaare. Tief in seinem Innern wußte er, daß er Angst hatte. Nicht vor dem Wasser oder den Wachen. Er und die englischen Ex-Sklaven hatten zuviele müßige Stunden damit verbracht, einander Geschichten von Monstern zu erzählen; entweder aus ihren eigenen Ländern oder solche, die sie von den Wikingern gehört hatten. In Karlis Heimat fürchtete man die Thurse des Sumpfs. Die Engländer fürchteten sich vor Schreckgespenstern und Hexen. Die Wikinger erzählten Geschichten von all diesen Wesen und anderen, noch merkwürdigeren: Skoffins und Nixen und Marbendillen und den Trollen der Schären. Wer wußte schon, was man dort draußen auf See in der Nacht antreffen würde? Es brauchte nicht mehr als eine mit grauen Haaren besetzte Hand, die aus dem Wasser schoß und sein Handgelenk packte, während er ruderte. Und schon würden sich die Wesen des Meeresgrunds an ihm weiden.

Karli schüttelte sich, schlug den letzten Nagel ein und richtete sich auf.

Eine Stimme murmelte ihm ins Ohr: »Gehst fischen, was?«

Der ohnehin bereits verängstigte Dithmarscher sprang in einem Satz über das Punt, wirbelte noch in der Luft herum und landete kampfbereit. Mit weit aufgerissenen Augen starrte er in die Nacht, um zu sehen, was für eine Bedrohung sich an ihn herangeschlichen hatte. Er war fast erleichtert, als er die belustigte, verächtliche Miene Steins erblickte. Der Wachhauptmann stand in voller Rüstung vor ihm, hatte aber die Daumen immer noch unter den Gürtel gehakt.

»Überrascht?« versetzte Stein. »Dachtest wohl, ich wäre erst wieder morgens zurück? Tja, ich dachte mir, etwas zusätzliche Aufmerksamkeit kann nicht schaden. Schließlich sind nach Einbruch der Dunkelheit keine Männer auf Drottningholm erlaubt. Du also auch nicht, was?«

»Und jetzt sag mir, Zwergenbein, wo ist dein großer Freund? Macht er in der Halle den Hengst? Er wird mehr als ein Auge verlieren, wenn wir ihn König Halfdan übergeben. Willst du sein Schicksal teilen?«

Das Schwert, das Shef für Karli gehärtet hatte, lag immer noch an der Stelle, an der er es als Säge benutzt hatte. Karli stürzte nach vorne, bekam den Griff zu fassen und schnellte wieder hoch. Der Schock war abgeebbt. Das hier war keine Hexe aus der Tiefe, sondern nur ein Mann. Und wie es schien, war er allein. Er trug Helm und Kettenhemd, aber keinen Schild.

Steins Hand fuhr an den Schwertgriff. Er zückte die Klinge und ging um das Boot herum. Karli war kein Zwerg, aber Stein war einen Kopf größer und hatte breitere Schultern. Er mußte mindestens 50 Pfund schwerer sein. Aber wie schnell war er? Die Wikingerarmeen waren voller Bauernsöhne, hatte Shef gesagt.

Karli winkelte den Ellbogen an und legte sein ganzes Gewicht in einen Vorhandschlag. Er zielte nicht auf den Kopf – sein Gegner hätte viel zu leicht ausweichen können –, sondern auf die Stelle, an der der Nacken in die Schultern übergeht, genau wie Shef es ihm gezeigt hatte.

Stein registrierte die Bewegung bereits im Ansatz und wußte, noch bevor Karli mit dem Schwert ausgeholt hatte, wohin der Dithmarscher zielte. Er hatte sogar genug Zeit, mit dem Fuß einmal auf den Boden zu klopfen, bevor er zur Riposte ansetzte. In einer fließenden Bewegung drehte der Wachhauptmann das eigene Schwert und fing Karlis weitausholenden Schlag knapp oberhalb der Parierstange ab. Die beiden Klingen klirrten aneinander. Karli wurde das Schwert aus der Hand geschlagen und in hohem Bogen davongeschleudert. Stein verdrehte kurz das Handgelenk, und seine Schwertspitze ruhte auf der Grube von Karlis Hals.

Also doch keiner der Bauernsöhne, dachte Karli matt. Steins Gesicht legte sich angewidert in Falten. Er ließ die Schwertspitze sinken.

»Es ist nicht die Haut, die den Bären ausmacht«, bemerkte er. »Noch das Schwert den Krieger. Also rede, du sommersprossiger kleiner Bastard, oder ich hacke dich zu Fischfutter.«

Stein beugte sich nieder und schob das Kinn vor. Karlis Füße schlurften von der Fechtposition in die für ihn natürliche. Alter Gewohnheit folgend täuschte er mit der Linken an und holte gleichzeitig mit der Rechten zu einem Haken auf den Kiefer aus.

Diesmal versagten Steins jahrzehntelang eingedrillten Reflexe völlig. Der Schlag traf ihn, ohne daß der Wachhauptmann auch nur den geringsten Versuch gemacht hätte, ihn abzuwehren. Als er sein Schwert für einen tödlichen Gegenstoß hochriß, warf ihm ein zweiter Schlag den Kopf zurück, und ein dritter rammte aus zwei Handbreit Entfernung gegen seine Schläfe. Karli wich dem nach vorn zusammensinkenden Wachhauptmann mit einem Seitschritt aus und zielte mit der Rückhand auf seinen Nacken: Verpönt in den Ringen Dithmarschens, aber legitim gegen Ehemänner und Rivalen, auf die man des nächtens traf. Der Veteran der Wache ging vor Karli in seiner ganzen Länge von über sechs Fuß zu Boden.

Martha, die Sklavin mittleren Alters, löste sich aus dem Schatten. Ihre Augen weiteten sich erschreckt, als sie den Mann auf dem Boden sah.

»Ich wollte nachsehen, ob du schon weg bist. Das ist Stein, der Hauptmann der Wachen. Er hat hier noch nie nachts herumspioniert. Sie müssen wissen, daß ihr hier seid! Ist er tot?«

Karli schüttelte den Kopf. »Hilf mir, ihn zu fesseln, bevor er wieder zu sich kommt.«

»Ihn fesseln? Bist du verrückt? Wir können ihn nicht ewig bewachen und dafür sorgen, daß er still hält.«

»Aber … aber was fangen wir dann mit ihm an?«

»Wir schneiden ihm die Kehle durch, was sonst? Aber mach schnell! Nimm seine Leiche mit und roll ihn später ins Wasser. Man wird ihn erst in ein paar Tagen finden.«

Karli nahm sein Schwert wieder an sich und starrte auf den bewußtlosen Mann. »Aber ich habe noch nie jemanden umgebracht. Er … er hat mir nichts getan.«

Marthas Miene verdüsterte sich. Sie trat vor und beugte sich über den Mann, der benommen versuchte, sich vom Boden hochzustemmen. Sie schnappte sich das kurze Messer aus der Scheide an Steins Gürtel, betastete kurz die Schneide, schleuderte den Helm beiseite und zog seinen Kopf an den Haaren zurück.

Dann langte sie um den Hals, stieß die Messerspitze tief unter das linke Ohr und zog es in einem Halbkreis durch das Fleisch. Blut spritzte aus den durchtrennten Arterien. Stein schrie auf, seine Stimme drang wie ein ersterbendes Pfeifen aus dem großen Loch in seiner Luftröhre.

Als Martha den Kopf losließ, fiel der Leichnam nach vorne. Die Sklavin wischte das Messer automatisch an ihrer schmutzigen Schürze ab. »Männer«, sagte sie. »Es ist nicht anders, als ein Schwein zu töten. Nur daß Schweine keine anderen Schweine von ihrem Zuhause rauben. Und sie nicht lebendig begraben. Er hat dir nichts getan! Wieviel haben er und seinesgleichen mir angetan? Mir und meinesgleichen?«

»Was steht du noch da, Mann? Verschwinde. Und nimm diesen Kadaver mit. Wenn du in zwei Tagen nicht zurück bist, werden wir ihm folgen. Wo immer er jetzt auch sein mag.«

Sie wandte sich ab und verschwand wieder in der Dunkelheit. Karli zog mit trockenem Hals sein plumpes Gefährt ins Wasser und lud das tote Gewicht darauf. Als er die schreckliche, klaffende Wunde sah, wurde ihm übel.

KAPITEL 14

SCHON WENIGE MINUTEN nachdem er die Insel hinter sich gelassen hatte, ging Karli auf, wie sehr sich selbst die See des Fjords von den seichten, trüben Wasserstraßen der Sümpfe unterschied. Bereits die leichteste Welle warf die Tür hin und her. Um überhaupt das Gleichgewicht halten zu können, mußte er mit weit gespreizten Beinen so nah wie möglich an der Mitte der Tür sitzen. Damit war aber seine Ruderplattform hinter ihm und nicht dort, wo er sie brauchte. Durch ermüdendes Probieren fand er schließlich heraus, wie er stehen konnte, einen Fuß weit vorne, den anderen gegen den Rand des Tabletts gestützt. Glücklicherweise hatte er den Stiel seines Paddels lang genug gemacht, um auch jetzt noch das Wasser zu erreichen.

Für einen Vogeljäger in den Sümpfen Dithmarschens gab es zwei Arten zu wriggen, die leichte und die schwere. Das prekäre Gewicht machte Karli die leichte unmöglich – auf einem durchgestreckten Bein zu stehen, das Paddel in die Kniebeuge des anderen zu legen und es mit beiden Händen zu schwingen. Er mußte sofort zur schweren Art wechseln, das Paddel unter einem Arm geklemmt, während der andere Arm das Paddel in einer endlosen Acht auf und ab, von links nach rechts schwang. Aber Karli hatte einen überdurchschnittlichen Gleichgewichtssinn und für einen Mann seiner Statur ungewöhnlich viel Kraft in Armen und Schultern. Er würde es schaffen, wenn auch nur unter größter Mühe und quälend langsam.

Man hatte ihn immer noch nicht bemerkt. Als das Wasser endlich so tief wurde, daß er mit dem Paddel nicht mehr gegen den Grund stieß, schob er die Leiche Steins über das vordere Ende der Tür und spürte, wie sich die hölzerne Planke unter ihm aufrichtete. Das Kettenhemd zog die Leiche auf den Grund. Nicht lange, und sie würde aufgedunsen wieder an die Oberfläche steigen, aber bis dahin würde Shef gerettet sein oder Karli würde sich zu Stein in die nächste Welt gesellt haben.

Er hielt in einer geraden Linie auf die schwarzen Umrisse der Hügel Ostfolds auf der gegenüberliegenden Seite des Fjords zu. 500 ermüdende Paddelschläge lang, und jeden einzelnen Augenblick mußte er um sein Gleichgewicht kämpfen. Dann wandte er sich um und blickte vorsichtig in Richtung Drottningholms und der übrigen Inseln. Er konnte sie sehen, aber keine Einzelheiten erkennen. Er glaubte nicht, daß in dieser bewölkten, mondlosen Nacht irgendeine der Wachen einen Mann entdecken konnte, der auf der pechschwarzen See auf einem fast unsichtbaren Floß kauerte

Er drehte sein Gefährt und begann nach Norden, in Richtung des Hafens von Kaupang zu wriggen. Wind und Gezeiten waren auf seiner Seite. Mit zunehmender Erschöpfung wechselte er immer öfters das Paddel von einem Arm zum anderen. Es war deprimierend, nichts zu sehen, weder Lichter, noch das geringste Anzeichen, daß er sich überhaupt vom Fleck bewegte. Er hätte genausogut auf einer unendlichen See sein und aus dem Nirgendwo ins Nirgendwo paddeln können.

Aber wenigstens war er hier allein. Oder? Über das Brausen des Windes und das Wogen der Wellen hörte Karli plötzlich ein weiteres Geräusch. Ein stetes Quietschen; etwas schnitt rhythmisch durch das Wasser. Er verdrehte den Kopf und erblickte voller Schrecken eine merkwürdige Wasserhexe, die hinter ihm herschwamm, auf Beute bedacht.

Nein, noch schlimmer. Gegen die schwarze See und den Himmel konnte Karli einen Schemen ausmachen, einen wütend hochgereckten Kopf, wie ein Monster, das nach Schwimmern Ausschau hielt. Der Drachenkopf eines von König Halfdans riesigen Kriegsschiffen auf einer seiner Patrouillienfahrten. Karli konnte die weiße Gischt an den Stellen sehen, an denen die Ruder durch die Wellen pflügten, hörte das rhythmische Quietschen der Dollen, das Stöhnen der Ruderer, wenn sie ihr Gewicht in die Riemen legten. Sie ruderten langsam, sehr langsam, ohne besonderes Ziel, darauf bedacht, ihre Kräfte zu schonen. An Bug und Heck standen Wachen, auf der Ausschau nach Kapitänen, die König Halfdans Steuern umgehen wollten, und Piraten, die sich für einen Überfall auf die Ostfold oder Westfold durchzuschleichen versuchten. Karli legte sich sofort flach auf die Tür. Das Wasser, das ihn augenblicklich durchnäßte, kümmerte ihn nicht. Er drückte den Kopf gegen das Holz, zog die Hände in die Ärmel zurück, versteckte das Paddel unter seinem Körper. Seine reichliche Erfahrung im Umgehen von Ehemännern und Vätern hatte ihn gelehrt, daß in einer dunklen Nacht nichts verräterischer war als helle Haut. Er versuchte, sich als treibendes Wrackteil auszugeben. Sein Rücken kribbelte bei dem Gedanken an die Bogenschützen, die vielleicht bereits auf ihn anlegten.

Die Ruderschläge dröhnten in seinen Ohren, die Tür wurde auf- und abgeworfen, als es die Bugwelle des großen Kriegsschiffs passierte. Aber keine Rufe erklangen, keine Pfeile schwirrten. Als er aus dem Augenwinkel heraus verfolgte, wie das Heck des Schiffs an ihm vorbeizog, hörte er, wie eine der Wachen etwas rief und ihr jemand undeutlich antwortete. Aber immer noch kein Ruf in seine Richtung; sie hatten ihn nicht entdeckt.

Vorsichtig und wackelig kam er wieder auf die Beine, nahm das Paddel und folgte langsam dem entschwindenden Heck des Kriegsschiffs. Als er wieder damit begann, seine Ruderschläge zu zählen, spürte er, wie sich die Tür unter ihm erneut hob. Eine weitere Bugwelle? Nein, es war etwas Größeres, Näheres. Sein empfindliches Gefährt kippte beinahe um. Karli ging in die Knie, klammerte sich an den Rand und hörte im selben Moment ein gewaltiges Schnauben, keine sechs Fuß von ihm entfernt.

Eine Flosse, mindestens so groß wie er selbst, glitt sanft an ihm vorbei. Sie ragte beinahe rechtwinklig aus dem Wasser. Unter ihr zeichnete sich ein riesiger, schwarzer, glänzender Körper ab. Vor ihm wendete die Flosse und glitt auf ihn zu, um ihn abzufangen. Ein Kopf stieg aus dem Wasser, groß genug, um die Tür in einem Stück zu verschlingen. Karli sah die glänzend weiße Musterung unter dem oberen Teil des schwarzen Körpers aufblitzen. Ein intelligentes Auge musterte ihn.

Der Mörderwal, ein Bulle, der seiner Herde auf der Suche nach Seehunden vorausgeeilt war, erwog, das Menschending von seiner Scholle zu kippen und im Wasser in Stücke zu reißen, entschied sich aber dagegen. Die Menschendinger waren keine faire Beute, sagte ihm eine sanfte, unwiderstehliche Stimme. Sie zu jagen war nicht aufregend. Manchmal folgten Schweinswale ihren Schiffen, und die waren ein guter Fang. Aber nicht in dieser Nacht. Der Mörderwal stellte die

Verfolgung des Kriegsschiffs ein, ignorierte das Ding auf der Scholle und schwamm davon, um sich wieder zu seinen Gefährten zu gesellen.

Karli richtete sich auf. Die Wärme in seiner Hose, ging ihm auf, stammte von seinem eigenen Urin. Zitternd nahm er das Paddel und begann von neuem, seine Schläge zu zählen. Dieses Land war ihm nicht geheuer. Seine Menschen und Tiere waren einfach zu groß.

In ihrer Hütte bereiteten die englischen Ex-Sklaven ihr Frühstück zu und überprüften gleichzeitig ihre Waffen. Am Himmel zeigte sich gerade das erste Licht, aber die Engländer waren es gewohnt, früh aufzustehen. Und dazu kam, daß sie sich trotz der Anhänger, die sie trugen, trotz der Tatsache, daß sie sich im Zentrum ihrer selbstgewählten Religion befanden, unwohl, isoliert und unsicher fühlten. Ihr Anführer war verschwunden, und niemand wußte wohin. Überall um sie herum waren Männer, die eine fremde Sprache sprachen und deren Temperament unberechenbar war. Tief in ihrem Innern wußten die Engländer, daß die meisten Nordländer, die sie getroffen hatten, Ausländer ausnahmslos für Sklavennachschub hielten, den man sich bei nächster Gelegenheit sichern mußte. Sie waren als Angehörige einer siegreichen Armee nach Kaupang gekommen. Jetzt schien ihr Ansehen langsam dahinzuschwinden. Wenn man sie entwaffnete, würden sie wieder Äcker pflügen und Ziegen hüten, wieder unter der Peitsche arbeiten. Ohne darüber zu sprechen, hatte jeder von ihnen für sich beschlossen, daß es dazu nicht kommen würde. Wenn nötig, mußten sie eben ausbrechen. Nur wie?

In der Armee des Weges in England hatte es im wesentlichen drei Gruppen gegeben: Armbrustschützen, Hellebardiere und die Katapultmannschaften. Niemand hatte irgendwelche Anstrengungen unternommen, die Ex-Sklaven als Fechter auszubilden, obwohl jeder von ihnen ein breites, einschneidiges Messer trug, das zum Schneiden von Feuerholz ebensogut taugte wie zur Abwehr von Feinden. Aber Udd hatte dafür gesorgt, daß jeder Mann, egal, was seine eigentliche Aufgabe war, eine Armbrust bei sich trug und wußte, wie man sie bediente. Die neuen Modelle wurden nicht mehr mit einer Gürtelwinde gespannt, sondern mit einem langen, gezinkten Hebel. Er war unter der Bogensehne angebracht und wurde in eingefügte Verschlüsse eingelegt. Ein Mann mußte nur den Fuß in den am vorderen Ende angebrachten Steigbügel setzen, um die Armbrust zu fixieren und anschließend mit einem einzigem Zug zu spannen. Osmod und drei andere hatten dazu noch ihre sperrigen Hellebarden bei sich, die Kombination aus Axt und Speer, die Shef für sich selbst erfunden hatte, um sein mangelndes Gewicht und seine fehlende Übung auszugleichen.

Aber die wichtigste Waffe der kleinen Gruppe Engländer stand vor der Hütte: Der Maulesel, das felsenschleudernde Katapult, das sie von der *Norfolk* auf Brands *Walroß* umgeladen hatten. Seit ihrer Ankunft war bei den Priestern Thors große Geschäftigkeit ausgebrochen. Die Priester untersuchten das Katapult, verfolgten aufmerksam die Schießübungen der Ex-Sklaven und brachten sie dazu, Modelle der beiden anderen Arten von Katapulten, die sie kannten, herzustellen: der auf Torsion beruhenden Bolzenschleuder und des einfacheren Zugkatapults, das die Armee des Weges bereits auf dem Schlachtfeld eingesetzt hatte. Es hieß, König Halfdan hätte Versuche angeordnet, nachgebaute Maulesel am Bug und Heck seiner Küstenwachschiffe zu installieren. Die Schiffe waren groß genug, sie aufzunehmen, aber niemand wußte, ob ihre

Kiele dem wiederholten Rückstoß standhalten würden. Bislang war aber der Maulesel der Engländer der einzige im Norden.

Es gab noch eine weitere Neuerung, die bis jetzt niemand erprobt hatte. Udds Erfindung gehärteten Stahls schien bislang völlig nutzlos. Das Metall war, nachdem es ausgehärtet war, viel zu hart, als das man es mit irgendeinem ihrer Werkzeuge hätte bearbeiten können. Udd hatte gehärtete Bolzen für die Armbrüste vorgeschlagen, aber die übrigen wiesen darauf hin, daß die, die sie hatten, bereits jede bekannte Rüstung durchschlugen. Wozu also die Mühe? Schließlich hatte Udd eine dünne, runde Platte des neuen Stahls gefertigt, zwei Fuß im Durchmesser, und sie an einem herkömmlichen Schild aus Lindenholz befestigt. Aber nur die allerwenigsten Krieger trugen eiserne Schilde. Sie waren zu schwer, als daß man sie länger als einige kurze Momente hätte führen können. Statt dessen benutzte man weiches Lindenholz, in dem sich die Speerspitze oder Schneide des Gegners verklemmte. Als Schutz für die Hand diente ein eiserner Schildbuckel. Die Platte, die Udd hergestellt hatte, war so dünn, daß sie keinen Schutz gespendet hätte, wäre sie aus Eisen gewesen. Aber der gehärtete Stahl würde jedes gewöhnliche Schwert, jeden Speer oder Pfeil abwehren und wog dabei nicht mehr als eine zweite Holzschicht. Udd und die übrigen hatten noch nicht herausgefunden, wozu der neuartige Schild nutze war – zumindest Männern, die wie sie kämpften, nützte er nichts. Es war einer der Fälle, in dem eine neue Technik noch keinen Einsatzzweck gefunden hatte.

Anfangs bemerkte niemand im morgendlichen Gewirr das Kratzen an der Tür. Dann, beim zweiten Kratzen, hielt Cwicca inne. Die übrigen verstummten. Fritha und Hama griffen nach ihren Armbrüsten und spannten sie. Osmod trat neben die Tür, die Hellebarde zum Schlag erhoben. Cwicca zog einen Pflock heraus, hob den Riegel und öffnete die Tür.

Karli fiel auf Händen und Knien herein, er konnte sich kaum noch abstützen. Die sieben Männer in der Hütte glotzten ihn mit offenem Mund an, dann schlug einer von ihnen die Tür zu und die restlichen eilten dem Dithmarscher zu Hilfe.

»Bringt ihn zum Stuhl!« befahl Osmod. »Er ist völlig durchnäßt. Ha, und es ist nicht nur Wasser! Zieht ihm die Kleider aus und holt eine Decke. Reib seine Hände, Cwicca, er ist halb erfroren.«

Karli, den mehrere Hände auf dem Stuhl stützten, deutete auf einen Becher. Osmod reichte ihm das warme, starke Bier und sah zu, wie Karli es mit einem Zug hinunterstürzte. Der Dithmarscher atmete aus und straffte sich.

»In Ordnung. Ich bin gleich wieder auf dem Damm. Bin nur durchfroren und naß und todmüde. Aber ich habe Nachrichten.«

»Erstens, Shef lebt. Er ist auf Drottningholm. Die Botschaft der Königin war eine Falle, aber wir haben es trotzdem dorthin geschafft. Er ist also auf der Insel und lebt, aber nicht mehr lange, wenn er nicht bald von dort verschwindet. Das Problem ist nur, daß die Königin das letzte Quentchen Verstand aus ihm herausrammelt und er nicht fort will. Wir müssen hin und ihn rausholen. Aber freiwillig wird er nicht mitkommen, und sie haben ihre Wachen an den Brücken verstärkt. Und außerdem ist er nicht der einzige dort, den wir retten müssen…«

Als Karli seine Geschichte fortsetzte, verdüsterte sich der Kreis der Gesichter um ihn herum zusehends. Als er fertig war, reichte Osmod ihm wortlos einen frischgefüllten Becher und blickte Cwicca an, der als Hauptmann der Katapultmannschaften in Shefs Abwesenheit das Kommando mit ihm teilte.

»Wir müssen ihn da rausholen. Wir könnten es selber tun, aber wir würden hinterher niemals entkommen. Daran müssen wir noch arbeiten. Also, wem können wir hier vertrauen?«

»Hound dem Heiler?« fragte Cwicca.

Osmod dachte kurz nach. »Ja, ihn hätte ich gerne dabei. Er ist Engländer und der älteste Freund unseres Königs. Und außerdem ist er ein Priester des Weges.«

»Was ist mit Thorvin, dem Priester?« schlug einer der Männer vor, der das Abzeichen Thors um den Hals trug. Die Gesichter um ihn herum nahmen einen skeptischen Ausdruck an. Cwicca schüttelte den Kopf.

»Er ist dem Weg Asgards treuer ergeben, als er es König Shef ist. Das hier geht auch den Weg an. Man kann nicht wissen, wie er sich entscheidet.«

»Können wir irgendeinem dieser Nordländer vertrauen?« fragte ein anderer Mann.

»Vielleicht Brand.«

Stille setzte ein, als sie den Vorschlag überdachten. Schließlich nickte Osmod. »Vielleicht Brand.«

»Nun, wenn wir ihn auf unsere Seite kriegen, ist es ein Kinderspiel. Er mißt fast sieben Fuß und hat die Statur einer Steinmauer. Er ist der Champion von was-weiß-ich-wo, nicht? Er wird durch diese Wachen schneiden wie Pisse durch Schnee.«

»Da wäre ich mir nicht so sicher«, murmelte Osmod. »Erst letztes Jahr hat er ein Schwert in den Bauch gekriegt. Gut, sie haben ihn wieder zusammengeflickt. Aber nicht seinen Kopf, oder? Ich weiß nicht, ob er heute noch irgendwo Champion werden würde.«

»Willst du damit sagen, daß er ein Feigling geworden ist?« fragte Fritha ungläubig.

»Nein, aber er ist vorsichtiger als früher. In diesem Land der Berserker – oder wie sie diese Rasenden auch immer nennen – kommt das fast auf dasselbe heraus.«

»Aber du glaubst trotzdem, daß er uns helfen wird.«

»Solange wir nicht zuviel von ihm verlangen.« Osmod blickte mit gerunzelter Stirn in die Runde. »Wir sind sieben und dazu kommt Karli. Wo ist Udd?«

»Was denkst du denn? Jetzt, wo die Bäche aufgetaut sind, ist er bei den Mühlen, um sich anzusehen, wie sie funktionieren. Er nahm sich beim ersten Lichtschein ein Stück Brot.«

»Nun, dann soll einer los und ihn holen. Und die übrigen hören mir zu. Ich habe mir folgendes überlegt...«

»...das ist also unser Plan«, schloß Osmod und blickte Brand verbissen über den Tisch an. »Und wir werden ihn durchführen. Die einzige Frage, die wir an dich haben, ist, bist du dabei oder nicht?«

Brand starrte nachdenklich auf die Tischplatte. Obwohl beide Männer saßen, überragte er den Engländer immer noch um einen Kopf. Es war eine echte Überraschung, dachte der Wikinger, wie die Männer Shefs sich verändert hatten. Sein Leben lang hatte alles in Brands Erziehung, Kultur und Erfahrung ihm gesagt, daß ein Sklave ein Sklave blieb und ein Krieger ein Krieger und man unmöglich den einen zum anderen machen konnte. Einen Krieger konnte man nicht versklaven – oder nur unter strengsten Vorkehrungen, wie es König Nidud mit Wölund gemacht hatte. Und was hatte der König davon gehabt? Und aus Sklaven konnte man keine Krieger machen. Ihnen fehlten nicht nur die Fertigkeiten, sie hatten auch nicht den Mumm. Während der Schlachten des Vorjahres in England hatte er seine Meinung ein wenig geändert. Er war zu dem Schluß gekommen, daß Ex-Sklaven im Maschinenkrieg nützlich waren, weil man sie zu Maschinen machen konnte: Sie taten, was man ihnen auftrug, zogen auf Befehl an Seilen, mehr aber nicht.

Aber hier hatte er einen vor sich, der nicht nur einen eigenen Plan entwarf und ihm, Brand, mitteilte, daß er ihn durchführen würde, sondern ihn auch noch herausforderte, ihn aufzuhalten. Der Hüne aus Halogaland verspürte eine Mischung aus Ärger, Belustigung und etwas wie – Angst? Furcht war kein Gefühl, das er jemals ohne weiteres eingestehen würde.

»Ja, ich bin dabei«, sagte er. »Aber ich will nicht, daß meine Mannschaft mit hineingezogen wird. Und ich will nicht mein Schiff verlieren.«

»Wir brauchen dein Schiff, um dorthin zu kommen«, sagte Osmod. »Und um anschließend nach England zu segeln.«

Brand schüttelte den Kopf. »Keine Chance«, sagte er. »König Halfdan hat seine Küste so eng zugeschnürt wie einen Froscharsch. Und die *Walroß* kommt nicht gegen ihre Wachschiffe an, sie sind doppelt so groß.«

»Benutz den Maulesel.«

»Du weißt, wie lange es brauchen würde, das Katapult an Bord zu bringen. Und dann muß es noch schußbereit gemacht werden. Und außerdem zerreißt es jedes Schiff, das nicht speziell dafür gebaut wurde, dieses Ding abzuschießen.«

»Wie können wir dann entkommen, nachdem wir Shef von seiner Königin losgeeist haben? Willst du damit sagen, daß es unmöglich ist?«

Brand biß sich auf die Lippe. »Wir können es schaffen. Vielleicht. Aber nicht über das Meer. Ich glaube, das Beste wäre folgendes: Ich erfinde einen Vorwand und verschwinde – sage, ich bräuchte etwas Bewegung nach dem ewigen Eingepferchtsein im Winter. Dann kaufe ich Pferde für euch. Wenn ihr euren Teil getan habt, treffen wir uns an einem Ort, den ich euch noch sage. Dann müssen wir reiten wie der Wind, bis wir aus Halfdans und Olafs Gebiet sind – sie werden erst nicht wissen, wohin wir sind. Dann marschieren wir quer durch das Land bis zum Gulafjord. Mein Steuermann Steinulf wird hier für mich übernehmen. Ich wage zu behaupten, daß er mit der Unterstützung des Weges – oder zumindest der Thorvins und Skaldfinns und ihrer Freunde – die *Walroß* loseisen und um die Küste segeln kann, um uns zu treffen. Selbst wenn es hier Probleme gibt, sollte Guthmund es schaffen, mit der *Seemöwe* zu entkommen. Dann treffen wir uns alle in Gula und nehmen Kurs auf England, wie du gesagt hast.«

»Du willst beim Angriff nicht dabei sein?«

Brand schüttelte schweigend den Kopf. Osmod starrte fassungslos über den Tisch. Auch er hatte immer geglaubt, daß Sklaven und Krieger zwei verschiedene Rassen seien, so verschieden wie Schafe und Wölfe. Dann hatte er herausgefunden, daß er, wenn man ihm einen Grund und die Chance zu kämpfen gab, einen Wolf in sich hatte. Jetzt staunte er über die riesige Gestalt, die ihm gegenübersaß. Er war ein Mann, der selbst unter den wilden, streitlustigen, endlos miteinander konkurrierenden Helden des Nordens berühmt war. Wieso sträubte er sich jetzt so hartnäckig, überließ er anderen die gefährliche Arbeit? Stimmte es also, daß ein Mann, der von einer Wunde genesen war, die ihn an die Tore des Todes gebracht hatte, nie wieder derselbe war? Brand hatte vor dem Tor gestanden und den kalten Wind gespürt…

»Dann überlaß das uns«, sagte Osmod. »Uns Engländern«, fügte er spitz hinzu. »Glaubst du, wir können es?«

»Ich glaube, ihr könnt es, wie du es gesagt hast«, entgegnete Brand. »Ihr Engländer. Was mir Sorgen macht, ist, euch über die Berge zum Gulafjord zu bringen. Bisher habt ihr nur zivilisierte Norweger getroffen. Die Bewohner dieser Berge – sie sind anders.«

»Wenn wir mit König Halfdans Wachen fertigwerden, dann auch mit ihnen. Und was ist mit dir? Du bist der Champion der Männer von Halogaland, oder?«

»Ich glaube, es wird einen Champion brauchen, um euch Däumlinge durch Norwegen zu bringen. Ich werde mich wie ein Hund fühlen, der einen Trupp Mäuse durchs Katzenland führt. Ihr werdet ein gefundenes Fressen für sie sein.«

Osmods Lippen wurden zu weißen Strichen. »Dann zeigt mir, wo wir Euch mit den Pferden treffen, Fürst Hund. Ich und die übrigen Mäuse werden dort sein. Vielleicht mit ein paar Katzenfellen.«

Der kleine Konvoi, der sich die Brücke hinunter und zu den dahinterliegenden Inseln bewegte, sah so abgerissen und ungefährlich aus wie möglich. Vorneweg ging ein alter Ackergaul, der einen ramponierten Karren zog. Zur Linken des Pferds lief ein Mann, der aufmunternd zwitscherte. Die Ladung des Karrens wurde von einer schmutzigen Persenning verdeckt, die an einer Seite lose herunterbaumelte. Zur Rechten des Pferds lief Udd, der kleinste der Männer, und glotzte kurzsichtig auf das Kummet: Eine norwegische Erfindung, die neben der Katapultmannschaft nur wenige Engländer jemals erblickt hatten. Es ermöglichte einem Pferd, doppelt soviel Gewicht zu ziehen wie mit einer herkömmlichen Deichsel, wie man sie bei Ochsen benutzte, und Udd hatte bezeichnenderweisende völlig vergessen, weshalb sie eigentlich unterwegs waren, so sehr faszinierte ihn dieses neue technische Wunder.

Neben und hinter dem Karren quälten sich acht weitere Männer vorwärts, die übrigen sechs Ex-Sklaven, Hound der Heiler, sein weißes Priestergewand unter einem grauen Mantel versteckt, und Karli. Die Messer in ihren Gürteln waren die einzigen Waffen, die sie offen trugen. Die Hellebarden hingen unauffällig an Nägeln an den Seiten des Karrens. Die gespannten Armbrüste warteten unter der Persenning auf ihren Einsatz.

Als der Karren Richtung Ufer kippte, richteten sich die beiden Wachen neben der Brücke auf und nahmen ihre Speere an sich.

»Die Brücke ist geschlossen«, schrie einer von ihnen. »Auf der Insel ist niemand mehr. Habt ihr keine Augen im Kopf? Die Sonne ist fast untergegangen.«

Osmod ging weiter und schrie undeutlich in schlechtem Nordisch. Er wußte, daß der Posten aus sechs Mann bestand. Er wollte, daß sie alle nach draußen kamen. Der Mann, der das Pferd führte, folgte ihm.

Eine der Wachen riß die Geduld. Der Krieger sprang mit erhobenem Speer zurück und stieß einen gellenden Schrei aus. Plötzlich strömten weitere Männer aus der Hütte neben der Brücke, fuchtelten mit Äxten und ergriffen ihre Schilde. Vier weitere, zählte Osmod stumm. Das waren alle. Er wandte sich um und gab den übrigen Ex-Sklaven, die sich um den Karren drängten, das verabredete Zeichen.

Einen Augenblick später hatten sie die Armbrüste von der Ladefläche geholt und angelegt. Udd ließ sich zurückfallen und schloß sich den Schützen an.

»Zeigt es ihnen«, sagte Osmod knapp.

Fritha, der Scharfschütze der Gruppe, zielte und drückte ab. Ein scharfes Schwirren ertönte, unmittelbar gefolgt von einem dumpfen Schlag. Einer der Männer mit den Schilden keuchte, sein Gesicht war plötzlich weiß. Er starrte auf den eisernen Bolzen, der sich durch den Schild und tief in seinen Oberarm gebohrt hatte. Fritha senkte die Armbrust, stieß den Fuß in den Steigbügel, riß den aus einem Ziegenbein gefertigten Hebel herum und legte einen zweiten Bolzen ein.

»Wir haben euch alle im Visier«, rief Osmod. »Diese Bögen durchschlagen jeden Schild und jede Rüstung.

Ihr könnt nicht gegen uns kämpfen. Nur sterben. Laßt die Waffen fallen und geht in die Hütte.«

Die Wachen blickten einander an. Es waren tapfere Männer, aber die fehlende Herausforderung von Mann zu Mann und die Drohung, von weitem niedergestreckt zu werden, entnervte sie.

»Ihr könnt die Schwerter behalten«, bot Osmod an. »Laßt nur die Speere fallen. Geht in die Hütte.«

Zögernd ließen sie die Speere fallen, schlurften – immer ein Auge auf die Feinde gerichtet – rückwärts und sammelten sich in der Wachhütte. Zwei der Engländer rannten mit Balken, Hämmern und Nägeln vor und nagelten in aller Eile Balken vor die Tür und das einzige Fenster der Hütte.

»Eines haben wir von König Shef gelernt«, bemerkte Cwicca. »Überleg dir immer genau, was du tust, bevor du es tust.«

»Sie werden bald herausstürzen«, sagte Karli.

»Dann werden sie denken, daß wir in der Falle sitzen. Das wird uns etwas mehr Zeit geben.«

Der Karren rollte auf die Brücke. Im Winter waren die Stämme im Eis festgefroren, im Sommer trieben sie im Wasser und wurden mit Planken abgedeckt. Die Männer trugen die Armbrüste und Hellebarden jetzt offen, weithin sichtbar in der langen nordischen Dämmerung. Aber niemand würde sie sehen oder aufhalten, bis sie auf die andere Seite der ersten Insel und damit zur nächsten Brücke gelangten.

Die beiden Wachen der nächsten Brücke konnten den Karren heranrumpeln hören, wußten aber gleichzeitig, daß eigentlich niemand auf der Insel sein durfte und waren damit gewarnt. Angesichts eines halben Dutzends auf sie gerichteter Armbrüste tat einer der beiden Männer das einzig Vernünftige: Er machte kehrt und rannte los in der Hoffnung, Hilfe holen zu können. Fritha zielte sorgfältig und jagte einen Bolzen durch seinen Oberschenkel. Der Mann ging auf der Stelle zu Boden. Der zweite Mann legte vorsichtig den Speer ab, seine Augen funkelten rachedurstig.

Hound verließ seinen Platz am Ende des Konvois, um die Wunde zu inspizieren, die der Armbrustbolzen gerissen hatte. Auf dem Schenkel des Mannes breitete sich schnell Blut aus. Hound schnalzte mit der Zunge, als er sah, daß der Bolzen sich tief in den Knochen gegraben hatte.

Osmod gesellte sich zu ihm. »Wird haarig, das Ding rauszuholen«, bemerkte er. »Trotzdem, besser verletzt am Leben als tot. Und an der Akademie in Kaupang warten die besten Heiler der Welt.«

Hound nickte. »Du da, wenn du deinen Kameraden zu Meister Ingulf bringst, dann bestell ihm Grüße von Hound dem Priester und sag ihm, daß ihn die Engländer auf mein Drängen verschont haben. Bis dahin verbind die Wunde und unterbinde die Blutung.« Er zeigte dem Mann kurz seinen Apfel-Anhänger, das Zeichen Iduns, der Göttin der Heilkunst, und wandte sich ab.

Der Karren rumpelte über die zweite Brücke, über die zweite Insel und weiter zur letzten Etappe nach Drottningholm. Die Ex-Sklaven, die immer wieder den Kopf auf der Suche nach etwaigen Verfolgern verdrehten, schlossen auf. Sie wußten, daß sie diesmal kämpfen mußten.

Der dritte Wachposten war mit seinem Dutzend Männern der wichtigste. Nach dem Verschwinden von Hauptmann Stein hatten die dortigen Wachen den Tag in wachsender Angst verbracht. Sie hatten mit Ausnahme der Gemächer der Königin die gesamte Insel abgesucht, ohne Erfolg. Sie warteten jetzt nur noch auf den Befehl König Halfdans, auch die Halle der Königin zu durchsuchen, aber sie erwarteten dennoch nicht, Stein zu finden. Sie wußten, daß Feinde in der Nähe waren, entweder Menschen oder Wesen aus der Tiefe. Einige von ihnen hatten eine Gruppe Mörderwale mit ihren riesigen Flossen vorbeiziehen sehen und sich gefragt, ob Stein so töricht gewesen war, ins Wasser zu gehen. Die schwachen Schreie, die von den kurzen Scharmützeln auf den übrigen Inseln zu ihnen gedrungen waren, hatten ihre Unruhe nur noch gesteigert. Als der Karren und seine Eskorte in Sicht kamen, stellten sie sich in drei Reihen auf der Brücke auf.

Aus der letzten Reihe schoß ein Pfeil auf den Kopf des Pferds zu. Was immer der Karren und seine Fracht sein mochten, die Wachen waren entschlossen, ihn aufzuhalten. Wilfi, der immer noch das Pferd führte, trug jetzt den neuen, gehärteten Schild. Er hob ihn hoch. Der Pfeil prallte fast rechtwinklig dagegen und fiel mit abgestumpfter Spitze zu Boden.

Cwicca, Osmod, Hama und Lulla traten mit den Hellebarden vor und stützten sich auf ein Knie, um einen Schutzwall aus scharfen Klingen gegen die 40 Fuß entfernten Nordländer zu bilden.

»Legt eure Waffen ab«, schrie Osmod. Er erwartete nicht, daß sie seiner Aufforderung folgen würden. Ein Dutzend erfahrener Krieger sollten sich einem zahlenmäßig unterlegenen Haufen Fremder ergeben? Ihre Mütter hätten sie enterbt. Dennoch plagten Osmod wenigstens entfernt Gewissensbisse, Männer niederzuschießen, die völlig hilflos Waffen ausgeliefert waren, die sie nicht verstanden. Er wartete darauf, daß die Wachen ihre Bögen spannten, ihre Speere in Wurfposition brachten, bevor er die Stimme ein zweites Mal erhob.

»Los!«

Vier Armbrüste klimperten gleichzeitig. Auf 40 Fuß Entfernung konnte keiner der Ex-Sklaven die unbeweglichen Ziele verfehlen. Die vorderste Reihe der Wikinger brach zusammen. Einer der Männer wurde vom

Aufprall des Bolzens, in dem die gesamte gespeicherte Energie des durchgebogenen Stahls gespeichert war, von den Beinen gehoben. Ein Mann in der zweiten Reihe schnappte nach Luft und zuckte zusammen, als ein Bolzen den Körper des Manns vor ihm durchschlug und sich in seinen Brustkorb pflügte.

Ein weiterer Mann löste sich aus dem Haufen der gefallenen Wikinger und warf sich nach vorne, das Schwert hoch erhoben für einen mächtigen Streich. Schaum spritzte über seinen Schnurrbart, als er versessen auf den Ruhm und den einen Hieb losrannte. Heiser schrie er nach Odin. Ein Armbrustbolzen des kurzsichtigen Udd zischte an seinem Ohr vorbei, ein zweiter des unerfahrenen Karli ging über seinen Kopf.

Als er auf drei Schritte heran war, richtete sich Osmod auf, packte den Stiel seiner Hellebarde fast ganz hinten und stieß nach oben. Der angreifende Krieger rannte direkt in die Klinge, teilte sein eigenes Herz entzwei und rannte mit allerletzter Kraft weiter, bis ihn die quer angebrachte Axtklinge stoppte. Sein letzter Atemzug war ein Grunzen, seine Augen starrten schockiert geradeaus.

Das Schwert entglitt seiner Hand. Osmod drehte den Stiel einmal, löste die Klinge aus der Leiche und sank wieder auf das linke Knie. Eine schnelle Folge von dumpfen Schlägen hinter ihm signalisierte die zweite Salve der Armbrustschützen.

Die sechs verbliebenen Wikinger suchten ihr Heil in der Flucht, vier entlang des Ufers, zwei rannten auf die Brücke in Richtung Drottningholm. Osmod zeigte mit einer kurzen Handbewegung auf sie. »Putzt die beiden weg«, sagte er. »Die übrigen lassen wir ziehen.«

Leichen wurden zur Seite gezogen, und der Karren rollte ein letztes Mal vor. Sie spornten den alten Gaul jetzt zum Trab an. Einige der Engländer folgten ihm rückwärts gehend, auf der Hut vor möglichen Verfolgern. Osmod und Cwicca liefen vorneweg und versuchten, das Halbdunkel vor ihnen zu durchdringen.

»Dort«, sagte Cwicca und zeigte mit dem Daumen. »Sag Udd und Hound, sie sollen das Boot dort drüben sichern; auf die beiden können wir am ehesten verzichten. Sie müssen es nur abstoßen und um die Landspitze rudern.«

Osmod rief ihnen die Richtung zu, und die beiden Männer lösten sich von der Gruppe. »Ihr übrigen schiebt den Karren diesen Hang hinauf. Die Halle ist auf der anderen Seite, und wir müssen uns beeilen.«

Von einem Pferd und acht Männern gewuchtet, schaukelte der Karren die kurze Steigung hinauf, durchquerte ein Tannenwäldchen und gelangte zu einer Lichtung. In deren Mitte stand die Halle der beiden Königinnen, mit ihrem steilen Dach und dem reich verzierten Giebel. Über den Türen hingen Hirschgeweihe. Außer einem Gesicht, das ängstlich hinter einem fast verschlossenen Fensterladen hervorlugte, war nichts von den Bewohnern zu sehen. Aber aus einem der Schornsteine drang Rauch.

Die Männer schwangen den Karren herum, so daß seine Rückseite auf die Halle zeigte, rissen die Persenning beiseite und drängten sich um den niedrigen Umriß des Maulesels auf der Ladefläche.

»Nicht dorthin«, rief Karli. »Ihr zielt auf das Sklavenquartier. Er wird dort drüben sein, in den Privatgemächern. Zielt rechts davon hin, vielleicht sechs Fuß.«

Der 25 Zentner schwere Maulesel konnte nur unter größter Anstrengung hochgehoben werden. Ein Mann zog das Pferd zur Seite; Handbreit um Handbreit rutschte der Karren auf seiner robusten Achse in Position.

»Genug!« grunzte Cwicca heiser und hob den Arm, wie es der vielgeübte Drill der Katapultmannschaft vorschrieb Fritha, der Ladeschütze, hob einen 20 Pfund schweren, in einem Bachbett geglätteten Felsen von der Ladefläche und legte ihn in die Schlinge. Mit Ausnahme von Cwicca und Hama, dem Schützen, sprangen alle vom Karren. Sie hatten ihre Waffe mit dem furchtbaren Rückstoß noch nie zuvor von einem Karren abgeschossen und wußten nicht, was passieren würde.

Cwicca überprüfte noch einmal die Ausrichtung des Katapults, dann senkte er den Arm.

Shef räkelte sich völlig entspannt in dem riesigen Federbett. Noch nie zuvor in seinem Leben hatte er soviel Zeit liegend verbracht, außer als ihn einmal das Sumpffieber ans Bett gefesselt hatte. Ein Mann, der wach war, sollte arbeiten oder essen oder – ab und zu – feiern. Alle, die er kannte, glaubten das. Die Idee einer Pause wäre ihnen niemals in den Sinn gekommen.

Wie sie sich irrten! Einen Tag und eine Nacht lang hatte er sich kaum aus dem riesigen Bett bewegt, außer um die Mahlzeiten zu sich zu nehmen. Und selbst die wurden ihm tagsüber von den Sklavinnen gebracht. Er hatte sich noch nie besser gefühlt.

Aber vielleicht lag das auch an der Königin. Auch sie suchte ihn während des Tages häufig auf, viel häufiger, als er es für möglich gehalten hätte. In Shefs strengem und finsterem Zuhause, dominiert von seinem frommen und jähzornigen Stiefvater Wulfgar, waren alle möglichen Arten der Sexualität verboten gewesen – am Samstag, am Sonntag, während der Fastenzeit, der Adventszeit und den übrigen Fastentagen der Kirche. Die Diener hatten diese Vorschriften natürlich umgangen und erst recht die Dorfbewohner, aber die Sexualität hatte den Charakter von etwas Verstohlenem bekommen, war zu etwas geworden, das man ergatterte, zwischen den langen Arbeitsperioden erledigte oder kurz vor dem Einschlafen. Frauen wie Königin Ragnhild hatte er sich vielleicht in seinen Träumen ausgemalt, waren aber für einen Bauernburschen wie ihn unerreichbar gewesen.

Doch was er in den letzten Tagen vollbracht hatte, übertraf alle seine Träume. Verwundert registrierte Shef, wie sich sein Glied bei dem Gedanken an das, was er gefühlt und gesehen hatte, erneut versteifte. Doch die Königin würde erst später wiederkommen. Sie hatte ihm gesagt, sie würde einen Spaziergang entlang des Ufers machen. Es war besser, seine Kräfte zu schonen, wieder zu schlafen, satt und gut gewärmt. Als er sich gegen die Nackenrolle aus Entendaunen zurücklehnte und die Augen schloß, dachte Shef undeutlich an Karli. Er sollte besser nachsehen, was sein Gefährte trieb. Die Sklavinnen würden Bescheid wissen. Er hatte sich nicht einmal nach ihren Namen erkundigt. Merkwürdig. Vielleicht benahm er sich endlich doch noch wie ein König.

In seinem Traum stand Shef neben einer Schmiede, wo er schon oft gestanden hatte. Es war nicht die große Schmiede der Götter in Asgard, die er einmal besucht hatte, doch sie ähnelte dieser: Überall standen Kisten, Holzscheite und grob gezimmerte Tische. Hier und da waren Handgriffe an die Wände genagelt.

Sie waren dort, erinnerte sich Shef, weil der Schmied lahm war. In dem Körper, dem er jetzt innewohnte, erinnerte er sich an den heftigen Schmerz, als sie ihm die Sehnen mit dem Messer durchtrennten, an das lachende Gesicht seines Feindes Nidud, an das Versprechen, das Nidud ihm gegeben hatte.

»Jetzt wirst du mir nicht davonrennen, Wölund, nicht mit zerschnittenen Kniesehnen, weder zu Fuß noch auf Skiern, du Jäger des Waldes. Und durchtrennte Sehnen wachsen nie wieder zusammen. Doch deine Hände sind unversehrt, und du hast immer noch deine Augen. Also ar-

beite, Wölund, du mächtiger Schmied! Arbeite für mich, Nidud, mach mir wertvolle Dinge, Tag und Nacht. Denn für dich gibt es kein Entkommen, weder zu Land noch zu Wasser. Und ich verspreche dir dies, auch wenn du der Gatte einer Wallküre bist: Wenn du dir nicht jeden Tag dein Brot verdienst, wirst du wie der elendeste meiner finnischen Hunde von Thralls die Peitsche spüren!«

Und Nidud hatte ihn an Ort und Stelle fesseln lassen und ihm einen Vorgeschmack des Leders gegeben, um ihm zu zeigen, daß er es ernst meinte. Wölund erinnerte sich immer noch an seinen brennenden Rücken, die Scham, wehrlos ausgepeitscht zu werden, die funkelnden Augen von König Niduds Frau, die zugesehen hatte. An ihrem Finger hatte der Ring seiner eigenen Frau geglitzert, denn sie hatten ihn nicht nur verstümmelt, sondern auch beraubt.

Shef-der-jetzt-Wölund-war hieb wütend auf das rotglühende Eisen ein. In dieser Stimmung vertraute er sich selbst nicht das Kupfer oder Silber oder das rote Gold an, das Nidud am meisten verlangte.

Als er sich mit Hilfe der Griffe durch die Schmiede zog, bemerkte er leuchtende Augen, die ihn beobachteten. Vier Augen. Sie gehörten den beiden jungen Söhnen Niduds, die gekommen waren, das Feuer und die sprühenden Funken zu sehen. Wölund hielt inne und sah sie an. Nidud ließ sie nach Gutdünken kommen. Er war sich sicher, daß sein Sklave niemals entkommen konnte, sicher, daß Wölund – ganz gleich, wie sehr er sich nach Rache verzehrte – niemals Rache nehmen würde, deren Vergeltung er nicht entrinnen konnte. Dem Glauben des Nordens zufolge hätte das bedeutet, eine Rache gegen zwei einzutauschen, was weder vernünftig noch ehrenhaft gewesen wäre. Eine Rache war nur dann eine Rache, wenn sie vollständig war.

Hoch über Wölund, in den Sparren, lagen die Schwingen, die er gefertigt hatte: Die magischen Flügel, die ihn hinwegtragen würden. Aber zuerst kam die Rache. Die vollständige Rache.

»Kommt und seht euch das an«, rief Wölund den gespannten Gesichtern zu. »Seht nur, was ich in meiner Truhe habe.«

Er langte hinein und zog eine Kette aus goldenen Gliedern hervor, dazwischen glitzerten in einem komplexen Muster rote, blaue und grüne Edelsteine. »Oder das hier.« Ganz kurz nur zeigte er ihnen ein Kästchen aus dem Stoßzahn von einem Walroß. Darin eingraviert waren mythische Szenen, mit Silber eingelegt. »Seht, in der Truhe ist noch viel mehr. Kommt, schaut in die Truhe, lehnt euch über den Rand, wenn ihr euch traut.«

Zögernd traten die beiden Jungen in den Lichtschein der Esse. Sie hielten sich bei den Händen. Einer war sechs, der andere vier. Es waren die Kinder Niduds und seiner zweiten Frau, der Zauberin, viel jünger als ihre Halbschwester, die Maid Bödwild, die ihm auch ab und zu aus dem Schatten zusah. Es waren gute Jungen, scheu aber freundlich. Die Gier ihres Vaters und die Gerissenheit ihrer Mutter hatte sie noch nicht verdorben. Einer von ihnen hatte ihm am Vortag einen Apfel geschenkt, den er sich von seiner eigenen Mahlzeit abgespart hatte.

Wölund winkte sie heran, öffnete die Truhe und hielt den schweren Deckel mit einer Hand offen. Er achtete darauf, ihn am Griff zu halten. Zahllose Stunden hatte er damit verbracht, eine Schneide daran zu schmieden; die schärfste, die er je in seinem Leben gemacht hatte. Es waren gute Kinder, und er wollte nicht, daß sie unnötig Schmerzen litten.

»Kommt, seht euch das an!« rief er wieder. Sie lugten über den Rand und quietschten dabei wie aufgeregte Mäuse. Ihre Hälse waren über der eisernen Schneide der Truhe. Der grausame Wölund wandte die Augen ab, als er sich darauf vorbereitete, den Deckel herunterzuschlagen…

Ich will nicht in seinem Körper sein, dachte Shef, und kämpfte gegen die Götterfinger an, die ihn festhielten und zum Zusehen zwangen. Was für eine Lektion das auch immer sein mag, ich will sie nicht lernen!

Als er sich langsam aus dem Griff wand, sah er etwas anderes, weit unterhalb der Schmiede, im tiefen, felsigen Innern, nicht Midgards, sondern der Mauern, die die neun Welten der Menschen, Götter und Riesen umschlossen. Eine riesige Gestalt mit den wilden Zügen eines Gottes war es, die mit mächtigen Fesseln an das Fundament des Universums gekettet war. Eine gewaltige Schlange zischelte vor dem Gott und spuckte ihm ihr Gift ins Gesicht. Der Schmerz verzerrte die Züge des Gottes, aber dennoch war er immer noch bei Bewußtsein, dachte er immer noch nach, sah über den Schmerz hinaus.

Die Gestalt war der angekettete Gott Loki, erkannte Shef. Die Priester des Weges glaubten, daß sein Vater Odin ihn für den Mord an seinem Bruder Balder quälte, er sich aber am Letzten Tag befreien und sich mit seiner monströsen Brut an Göttern und Menschen rächen würde. Shef sah, daß die Klammer der einen starken Handgelenksfessel schon beinahe von der Wand losgerissen war. Sobald sie los war, würde Loki eine Hand frei haben, um die quälende Schlange zu erdrosseln, die sein Vater Odin geschickt hatte. Die Fessel schien bereits jetzt so lose, daß er seinen Verbündeten Zeichen geben konnte, der Brut der Monster in den Wäldern und den Tiefen des Meeres. Einen Augenblick lang schienen seine wütenden Augen aus seinem Gefängnis zu Shef hinauf zu blicken.

Als er sich losriß, spürte Shef einen letzten Rinnsal von Wölunds Gedanken.

Tu es, sagten sie. Tu es jetzt! Und dann löffle die Schädel aus und schnitze sie wie das Elfenbein der Walrosse. Poliere die Zähne, bis sie wie Perlen glitzern und nimm die glitzernden Augäpfel aus ihren Höhlen…

Zurück in seinem eigenen Körper spürte Shef einen furchtbaren Schlag und sah einen Herzschlag lang einen geschärften Deckel, der nach unten sauste.

Der Schlag war echt. Er spürte, wie das Bett immer noch unter ihm erbebte. Shef befreite seine Füße von dem Leintuch und der Wolldecke, sprang aus dem Bett und griff nach Umhang, Hose und Schuhen. Wollte der Gatte der Königin sich ihn vorknöpfen?

Die Tür schwang auf, und der Junge Harald stürmte herein. »Mutter! Mutter!« Er hielt inne, als er nur Shef auf dem Bett seiner Mutter sitzen sah. Ohne zu zögern zog er das kleine Messer aus dem Gürtel und stürzte sich auf Shef, um es ihm in die Kehle zu stoßen.

Shef parierte den Hieb, bekam das dünne Handgelenk zu fassen und entwand ihm das Messer. Die wütenden Tritte und Schläge der freien Hand ignorierte er. »Sachte, sachte«, sagte er. »Ich habe hier nur gewartet. Was ist da draußen los?«

»Ich weiß nicht. Da sind Männer – sie haben etwas, mit dem sie Felsen werfen. Eine Wand ist eingestürzt.«

Shef ließ den Jungen los und rannte durch die Tür hinaus in den Salon der Königin. Im selben Moment schmetterte ein konzentrierter Ansturm die Tür zur Haupthalle zu Boden, und ein Pulk Männer strömte mit gezogenen Messern und gespannten Armbrüsten hinein. Shef erkannte Cwicca im selben Moment, als die Ex-Sklaven ihn erkannten, und ging ihnen entgegen. Er fuchtelte wild mit den Armen und bedeutete ihnen aufzuhören.

Karli sprang aus der Masse der Männer hervor und schrie etwas, aber seine Worte gingen im Geschrei der übrigen unter.

»Das ist unnötig!« brüllte Shef zurück. »Mir geht es gut. Sag ihnen, sie sollen aufhören.«

Karli legte eine Hand auf seinen Arm und versuchte, ihn in Richtung Tür zu ziehen. Wütend schüttelte Shef sie ab und erkannte im selben Moment, daß Karli ihn bewußtlos schlagen wollte. Er tauchte unter dem linken Haken weg und bekam eine Hand gerade rechtzeitig hoch, um Karlis Rechte abzublocken. Shef duckte sich, rammte den Kopf in Karlis bereits gebrochene

Nase und packte den Arm des Dithmarschers, um ihn daran zu hindern, weitere Schläge anzubringen. Als sie miteinander rangen, spürte Shef andere Hände auf sich, Arme und Beine, Männer, die versuchten, ihn wie einen Sack wegzutragen. Eine Stimme keuchte: »Zieh ihm einen mit dem Sandsack über, Cwicca, er gibt nicht auf.«

Shef ließ von Karli ab, schwang die beiden Männer, die seine Arme hielten, gegeneinander und löste sich strampelnd von dem Mann, der seine Beine hielt. Er holte tief Luft für ein zweites, herrischeres Brüllen.

Hinter Shef hatte inzwischen auch die alte Königin Afa den Raum betreten. Einer der englischen Angreifer sah den Kampf zu und konnte sich nicht dazu überwinden, einzugreifen und Hand an seinen Herrn zu legen. Die alte Königin schnappte den eisernen Stab, mit dem sie ihre Sklavinnen herbeirief, und ließ ihn hart auf seinen Kopf krachen. Dann zog sie dem zusammensinkenden Mann das Messer aus dem Gürtel. Mit drei humpelnden Schritten war sie hinter Shef, dem Mann, der ihrem Sohn Hörner aufgesetzt hatte und ihren Enkel bedrohte. Shef stand mit dem Rücken zu ihr, ohne sie zu bemerken.

Im selben Moment verspürte Harald, der dem Kampfgeschehen ebenfalls folgte, den Ruf von Generationen kriegerischer Vorfahren. Mit einem schrillen Aufschrei hob er erneut sein Messer und rannte los, um die Angreifer auf seine Halle zurückzuschlagen. Als er an Shef vorbei auf die Reihe der erwachsenen Männer zurennen wollte, ergriff dieser den Jungen, zog ihn fest an sich und schlang seine Arme um ihn, damit er sich nicht wehren konnte. Shef versuchte wieder zu schreien: »Sofort aufhören! Alle!«

Die Gesichter vor ihm nahmen einen erschreckten Ausdruck an, Männer sprangen vor. Shef wirbelte mit der Geschwindigkeit herum, die er bei den Ringkämpfen in seinem heimischen Emneth gelernt hatte, Harald immer noch an sich gepreßt.

Königin Afa stieß das breitklingige Messer mit aller Gewalt nach oben. Shef spürte einen dumpfen Schlag, dann einen Stich auf seinem Brustkorb. Er blickte auf den Jungen in seinen Armen. Sah, wie Harald den Kopf hob, um eine ungläubige Frage zu stellen. Sah die Messerspitze, die glatt durch das Herz und den Körper des Jungen geglitten war. Sah das Messer in den Händen seiner Großmutter.

Shef hörte weit entfernt wieder einen Deckel herunterschlagen. Immer und immer wieder.

Völlige Stille hatte sich über den Raum gesenkt. Niemand machte auch nur die kleinste Bewegung. Shef löste seinen Griff, zog den kleinen Körper langsam gerade und legte ihn auf den Boden.

Als er hinunterblickte, schien seine Sicht einen Augenblick zu verschwimmen. Er schien nicht die schmächtige Gestalt eines Zehnjährigen zu sehen, sondern die eines hochgewachsenen und kräftigen Erwachsenen, mit einer großen Mähne und Bart.

Das war Harald Schönhaar, sagte eine kalte, belustigte Stimme, die ihm nur allzu vertraut war. *Der Harald Schönhaar, der gewesen wäre. Du bist jetzt sein Erbe. Du hast den Schatz König Edmunds geerbt und mit deiner Jugend dafür bezahlt. Du hast das Glück König Alfreds geerbt und mit deiner Liebe dafür bezahlt. Und jetzt erbst du das Schicksal König Haralds. Was wirst du diesmal bezahlen müssen? Und versuch nie wieder, dich meinen Visionen zu entziehen.*

Der Augenblick ging vorüber. Shef war wieder in dem Salon und starrte auf den blutbedeckten Jungen. Harald war tot. Er hatte gefühlt, wie das Leben den Jungen verlassen hatte. Dann spürte er wieder drängende Arme auf seinen Schultern und diesmal wehrte er sich nicht. Hinter ihm ging Königin Afa mit unendlich langsamen Schritten zur Leiche ihres Enkels, die zitternde Hand zaghaft ausgestreckt. Shef verlor sie aus den Augen, als die Männer ihn in die Halle zogen und durch die vom Katapult zerschmetterte Haupttür ins Freie.

Dort brach das Stimmengewirr von neuem los. Jemand schrie: »Aber sie hat immer noch mein Messer!« Andere Stimmen knurrten den Mann an, und Osmod zählte: »Sieben, acht, neun, in Ordnung, wir sind komplett. Hauen wir ab!« Cwicca erschien plötzlich mit einer Fackel und einem Faß des trockenen Zunders, den die Sklaven benutzten, und warf beides auf den Karren. Noch während er das Pferd losschnitt, breiteten sich die Flammen aus.

»Unser Katapult kriegen sie nicht«, rief er.

»Was willst du mit diesen Frauen?« schrie Osmod, als Karli aus der Halle rannte, eine Frau an jeder Hand. Zwei weitere rannten ängstlich hinter ihm her.

»Sie müssen mit uns kommen.«

»Das Boot ist zu klein, es hat nur sechs Ruder.«

»Sie müssen mit. Und jetzt erst recht, wo der Junge tot ist. Sie werden ihnen bei seinem Begräbnis die Kehlen durchschneiden.«

Osmod, der vormalige Sklave, gab seinen Widerstand auf. »In Ordnung, dann los!«

In einer ungeordneten Kette rannten neun Männer und vier Frauen den Pfad zu dem kleinen Strand hinunter, an dem Martha erst am Abend zuvor Stein getötet hatte. Cwicca und Osmod deckten ihren Rückzug mit gespannten Armbrüsten. Auf halbem Weg hörte Shef, wie ein gewaltiges Kreischen die Luft hinter ihnen erschütterte. Ragnhild war von ihrem Spaziergang zurückgekehrt. Dahinter hörte er Männer schreien. Die überlebenden Wachen hatten sich gesammelt und machten sich daran, sich für ihre Niederlage zu rächen.

Ihr Lauf verwandelte sich in eine kopflose Flucht. Jeder rannte so schnell er konnte zu dem Boot, in dem Udd und Hound mit erhobenen Rudern warteten, bereit abzustoßen. Männer und Frauen strömten über die Ruderbänke, ergriffen Riemen oder wurden aus dem Weg gestoßen. Doch das überladene Boot steckte im Kies fest. Shef und Karli sprangen wieder heraus und wuchteten es sechs, zehn Fuß weit, bis der Strand hinter ihnen zurückblieb, und die übrigen sie über die nur wenige Fingerbreit über das Wasser herausragende Bootskante zogen. Sechs Männer fanden ihre Plätze, setzten die Füße auf und stemmten sich in die Riemen, einmal, zweimal, als Osmod mit heiserer Stimme begann, den Takt vorzugeben.

Vor dem Hintergrund des jetzt lichterloh brennenden Karrens sah Shef die Silhouette Königin Ragnhilds mit hoch erhobenen Armen zum Strand hinunterlaufen. Pfeile, die die Männer hinter ihr abgeschossen hatten, hüpften über das Wasser, aber Shef ignorierte sie. Mit einer Handbewegung bedeutete er seinen Männern, die zur Erwiderung bereiten Armbrüste zu senken.

»Du Dieb! Du hast mein Glück gestohlen!« schrie die Königin. »Du Verderber meines Sohns. Du sollst das Verderben für alle um dich herum sein. Du sollst nie wieder eine Frau berühren. Nie sollst du einen Erben zeugen.«

»Es war nicht seine Schuld«, murmelte Wilfi am Bug und rieb sich über die Wunde, die der Eisenstab auf seinem Kopf hinterlassen hatte. »Es war diese übergeschnappte Alte, die mir das Messer abgenommen hat.«

»Hör endlich mit deinem Messer auf«, knurrte Fritha. »Hättest du es halt besser festgehalten.«

Während die Männer weiterstritten, hielt das Boot mit gleichmäßigem Ruderschlag auf die Schwärze des

Fjords zu. Sobald sie aus der Sicht der Insel verschwunden waren, würden sie abdrehen, weg von Halfdans Wachschiffen, nur um eine Meile weiter an der Küste des Fjords wieder anzulegen.

Shef starrte noch lange über das Heck auf die Frau, die am Strand der Insel schrie und weinte.

KAPITEL 15

ALFRED, KÖNIG DER WESTSACHSEN und zusammen mit dem abwesenden König Shef Herrscher über alle englischen Grafschaften südlich des Trent, verfolgte mit einer gewissen Nervosität, wie seine junge Braut die letzten Meter des Hügels bei Winchester hinauflief. Es bestand die Möglichkeit – die Heiler waren sich noch nicht ganz sicher –, daß sie bereits sein Kind in sich trug, und er befürchtete, daß sie sich überanstrengte. Aber da er wußte, wie sehr sie es haßte, wenn er den Beschützer spielte, hielt er seine Zunge im Zaum.

Sie gelangte zum Gipfel, drehte sich um und blickte über das Tal. Überall dort, wo die Churls von Hampshire Apfelbäume für ihren geliebten Cider gepflanzt hatten, war es ein einziges Meer weißer Blüten. Auf den weitläufigen Feldern auf der gegenüberliegenden Seite der befestigten Stadt sah man Gruppen von Männern, die entlang der Ackerfurchen hinter den gemächlichen Ochsen einherschritten; es waren sehr lange Furchen, denn die Gespanne aus jeweils acht Tieren brauchten eine kleine Ewigkeit für jede Wende. Alfred folgte dem Blick seiner Braut und deutete auf einen Punkt in mittlerer Entfernung.

»Sieh nur«, sagte er, »da ist eine Gruppe, die mit vier Pferden statt acht Ochsen pflügt. Sie ist auf deinem Besitz. Wonred der Aufseher hat die Kummete gesehen, die die Männer des Weges bei den Gespannen ihrer

Katapulte benutzen, und wollte sie zum Pflügen ausprobieren. Er sagt, Pferde bräuchten mehr Futter als Ochsen, aber wenn man sie richtig anspannt, sind sie viel stärker und schneller und erledigen viel mehr Arbeit. Und er sagt, er will bald größere und stärkere Pferde züchten. Und dazu kommt ein Vorteil, an den keiner gedacht hat. Ein Churl braucht einen guten Teil seines Arbeitstages, um mit einem Ochsenzug zu den äußeren Feldern und wieder zurückzugelangen. Mit den Pferden reiten sie einfach hin und zurück, und ihnen bleibt viel mehr Zeit auf den Feldern.«

»Oder mehr Zeit sich auszuruhen, hoffe ich«, sagte Godive. »Ein Grund, weshalb die Churls ein so kurzes Leben haben, ist der, daß sie nur sonntags zur Ruhe kommen, und selbst den nimmt ihnen die Kirche.«

»Nahm ihnen die Kirche«, korrigierte Alfred sie. »Jetzt kann jeder Churl selbst entscheiden.«

Er zögerte einen Augenblick, dann tätschelte er zärtlich ihre Schulter. »Weißt du, es funktioniert«, sagte er. »Keinem von uns ist je aufgegangen, wie reich ein Land sein kann, das man in Ruhe läßt, das keine Herren hat. Oder nur einen Herrn, dessen ganze Sorge dem Land gilt. Aber jeden Tag kommen neue gute Nachrichten. Was König Shef, dein Bruder, mir sagte, stimmt. Es gibt immer jemanden, der eine Antwort weiß, aber fast immer hat niemand ihn zuvor danach gefragt. Gestern kam eine Gruppe Bergleute zu mir, von den Bleiminen in den Bergen. Früher gehörten sie den Mönchen in Winchcombe. Jetzt sind die Mönche fort, und sie betreiben die Minen selbst, für meinen Verwalter und den Alderman von Gloucester. Sie erzählten mir, daß die alten Römer in den Hügeln nach Silber gegraben hätten und sie wahrscheinlich dasselbe tun könnten.

Silber«, sinnierte er. »Hätten die schwarzen Mönche davon gewußt, hätten sie ihre Sklaven ausgepeitscht, bis sie auf der Suche danach gestorben wären. Also sagten ihnen die Sklaven nichts davon. Aber sie erzählen es mir, weil sie wissen, daß sie davon einen Anteil erhalten werden. Und mit dem neuen Silber – weißt du, es ist nicht lange her, daß unser Geld mit jeder Prägung schlechter wurde, und es hätte nicht mehr lange gedauert und das Geld von Canterbury wäre so schlecht gewesen wie das von York. Jetzt, mit dem Silber, das ich aus den Schätzen der Kirche zurückgeholt habe, ist der Penny von Wessex so gut wie das Geld des Frankenlands und der deutschen Länder jenseits davon. Und die Händler kommen von überall her, von Dorestad und Compostella und auch aus dem Frankenland, wenn es ihnen gelingt, den Bann ihres Königs zu umgehen. Sie alle zahlen Hafengebühren, und damit bezahle ich die Bergleute. Die Händler sind zufrieden, die Bergleute und ich auch.

Wie du siehst, Godive, liegen die Dinge nicht mehr so schlecht wie früher, selbst für die Churls. Auch wenn es wenig scheint, für viele bedeutet ein Pferd zum Reiten und ein voller Bauch selbst während der Fastenzeit bereits Zufriedenheit.«

In der alten Kathedrale in der Stadt unter ihnen schlug eine Glocke, ihre Schläge hallten durch das steile Tal. Wahrscheinlich zeigten sie eine Hochzeit an: Die Christenpriester, die in Wessex geblieben waren, hatten festgestellt, daß sie ihre Musik und ihre Riten – die den merkwürdigen Geschichten der Missionare des Weges immer noch überlegen waren – einsetzen mußten, um überhaupt noch Anhänger für ihren Weißen Christus zu behalten.

»Aber alles fußt immer noch auf Krieg«, entgegnete sie.

Alfred nickte. »Das war immer so. Als Junge habe ich dieses Tal als eine einzige Einöde verbrannter Felder gesehen. Die Wikinger nahmen die Stadt und brannten mit Ausnahme der steinernen Kathedrale jedes Haus nieder. Wenn ihnen die Zeit geblieben wäre, hätten sie diese auch niedergerissen. Wir haben gegen sie gekämpft und tun es immer noch. Der Unterschied ist nur, daß wir jetzt auf See gegen sie kämpfen und das Land verschont bleibt. Und je mehr es verschont bleibt, desto stärker werden wir und desto schwächer sie.«

Er zögerte erneut. »Vermißt du deinen... deinen Bruder? Ich weiß nur zu gut, daß all dies hier auf ihn zurückgeht. Ohne ihn wäre ich jetzt tot oder ein mittelloser Verbannter oder bestenfalls ein Marionettenkönig in den Händen Bischof Daniels. Oder vielleicht irgendeines Jarls der Wikinger. Ich verdanke ihm alles.« Er tätschelte ihre Hand. »Selbst dich.«

Godive senkte den Blick. Ihr Ehemann nannte Shef jetzt immer ihren Bruder, obwohl er wußte, daß zwischen ihnen keine Blutsverwandschaft bestand, sie lediglich Stiefbruder und Stiefschwester waren. Manchmal glaubte sie, daß Alfred den wahren Charakter ihrer Beziehung erkannt hatte, vielleicht auch, daß ihr erster Ehemann ihr Halbbruder gewesen war. Aber selbst wenn er etwas vermuten sollte, vermied er es, weiter nachzufragen. Er wußte nicht, daß sie während ihrer ersten Ehe absichtlich zwei Fehlgeburten herbeigeführt hatte, indem sie die gefährliche Einbeere geschluckt hatte. Wenn sie an irgendeinen Gott geglaubt hätte, den der Christen oder einen aus dem merkwürdigen Pantheon des Weges, hätte sie zu ihm gebetet und ihn um die sichere Geburt des Kindes angefleht, das vielleicht bereits in ihrem Leib heranwuchs.

»Ich hoffe, er lebt.«

»Wenigstens hat ihn niemand tot gesehen. Alle unsere Händler wissen, daß wir für jede Nachricht eine Belohnung geben und eine noch größere demjenigen, der ihn zurückbringt.«

»Nicht viele Könige würden für die Rückkehr eines Rivalen bezahlen«, sagte Godive.

»Er ist nicht mein Rivale. Meine Rivalen sitzen jenseits des Kanals oder hoch oben im Norden und hekken neue Pläne aus. Jetzt, wie wir hier auf diesem Hügel sitzen und über die Felder blicken, wirkt alles sicher. Aber ich sage dir, ich würde mich zwanzigmal sicherer fühlen, wenn Shef zurück in England wäre. Er ist unsere größte Hoffnung. Weißt du, die Churls nennen ihn *sigasaelig*, den Siegreichen.«

Godive drückte den Arm ihres Gatten. »Und dich nennen sie Alfred *esteadig*. Den Gütigen. Das ist ein besserer Name.«

Die Zusammenkunft in dem großen Zelt aus gestreiftem Segeltuch viele Tagesmärsche weiter im Norden war weniger freudig. Das Zelt war mit der Rückseite in den Wind aufgestellt worden, die Vorderseite hatte man hochgeschlagen, damit die Männer, die darin saßen, nach draußen sehen konnten. Was sie sahen, war eine düstere Moor- und Heidelandschaft, aus der hier und da Rauchsäulen aufstiegen – Hinterlassenschaften der Piratentrupps, die über die eine oder andere Ansammlung elender Hütten herfielen. Die drei überlebenden Ragnarssons saßen auf ihren Feldstühlen, Hörner mit Ale in den Händen. Neben jedem von ihnen steckte eine Waffe im Boden, Speer oder Streitaxt, und an ihren Gürteln hingen Schwerter. Bereits zweimal in diesem Frühjahr, seit der Schlacht an der Elbe, hatten Jarle ihre Autorität herausgefordert. Die drei Brüder teilten dasselbe feine Gefühl für das ständige Auf und Ab von Reputationen, auf dem ihre Macht beruhte, und wußten, daß sie ihren Gefolgsleuten einen Plan anbieten mußten, einen Vorschlag, etwas, das sie zum Bleiben bewegte. Sonst würden bald des Nachts Zelte abgebrochen, Schiffe dem nächsten Treffpunkt fernbleiben und Männer sich einem anderen Seekönig verdingen, dem das Glück eher beiseite stand.

»Das hält die Jungs beschäftigt«, sagte der grauhaarige Ubbi und deutete mit einem Nicken in Richtung der Rauchsäulen. »Gutes Rindfleisch, gutes Hammelfleisch und Frauen, die sie aufs Kreuz legen können. Und kaum Verluste.«

»Und kein Geld«, fügte Halfdan hinzu. »Und ebensowenig Ruhm.«

Sigurth Schlangenauge wußte, daß ihm seine Brüder das Problem nur zurechtlegten, damit er sich darum kümmerte. Kritik lag ihnen fern. Die Brüder stritten nie miteinander und waren sich höchst selten uneinig. Ihre Beziehung hatte selbst den psychotischen Ivar überstanden. Die beiden warteten auf Schlangenauges Entgegnung.

»Wenn wir nach Süden gehen«, sagte er, »treffen wir wieder auf diese Felsschleudern. Unserer Schiffe sind schneller und wendiger als ihre, das wissen wir. Aber im Augenblick sind sie im Vorteil. Sie wissen, daß wir hier in Schottland sind, weil sie uns aus dem Ärmelkanal vertrieben haben. Sie müssen nur irgendwo entlang der Küste an ihrer Nordgrenze anlegen – wo immer es ihnen beliebt, sie zu ziehen. Wenn wir die Küste hinuntersegeln, versenken sie uns. Wenn wir sie umfahren – und wir wissen nicht, wo sie sind – erfahren sie davon, verfolgen uns und versenken uns dort, wo wir vor Anker gegangen sind. Die Gefahr ist also, sie entweder auf See zu treffen oder von einem Raubzug zurückzukehren und nur noch die Trümmer unserer Schiffe vorzufinden. Vielleicht bleibt uns nichts anderes übrig, als von Küste zu Küste zu marschieren. Ich glaube nicht, daß irgendeiner unserer Männer scharf darauf ist, den Felsschleudern noch einmal auf See zu begegnen – ganz gleich, was für eine große Klappe sie jetzt haben. Auf einem Bündel Planken kann man nicht kämpfen.«

Ubbi versetzte ihm einen Schubs. »Also sind wir geschlagen.« Die drei Männer lachten.

»Vielleicht brauche wir auch ein paar von diesen Katapulten«, schlug Halfdan vor. »Zumindest dachte das Ivar. Er hat diesen kleinen schwarzgekleideten Bastard – wie war sein Name? Erkinbjart? – er hat ihn dazu gebracht, ihm ein paar zu bauen. Schade, daß uns der Hund entwischt ist.«

»Das können wir nächstes Jahr tun«, sagte Sigurth. »Man kann nicht mitten im Rennen die Pferde wechseln, und fürs erste müssen wir mit dem auskommen, was wir haben. Wir werden auf den Sklavenmärkten streuen, daß wir hohe Preise für Männer zahlen, die diese Katapulte bedienen können. Jemand wird uns einen Spezialisten bringen. Und wer diese Dinger abschießen kann, kann sie auch bauen. Wenn wir so jemanden mit einem echten Schiffsbauer zusammenstekken, bekommen wir Schiffe mit Katapulten, die diese schwerfälligen englischen Wannen in Grund und Boden segeln.«

»Aber jetzt brauchen wir etwas, das unserem Haufen neuen Mut einflößt und Silber in unsere Beutel bringt. Oder wenigstens die Hoffnung auf Silber in ihre Köpfe.«

»Irland«, schlug Halfdan vor.

»Dazu müßten wir die Nordspitze Schottlands umrunden, und auf dem ganzen Weg wimmelt es vor Norwegern.«

»Friesland?« warf Ubbi skeptisch ein.

»Genauso arm wie Schottland, nur flacher.«

»Dann die Inseln. Oder das Festland? Wir könnten es wieder mit Hamburg versuchen. Oder Bremen.«

»Nicht gerade Gewässer, die uns dieses Jahr Glück gebracht haben«, sagte Sigurth. Seine Brüder nickten;

ihre Zähne blitzten auf, als sie unwillkürlich knurrten. Sie erinnerten sich noch an die Demütigung auf der Sandbank, als sie von einer fruchtlosen Jagd ohne Beute zurückgekehrt waren und obendrein noch einen Krieger verloren hatten. An die Demütigung, ausmanövriert zu werden, und so die Herausforderung eines einzelnen Mannes ausschlagen zu müssen.

»Aber die Idee ist richtig«, sagte Sigurth. »Oder zumindest beinahe. Wir halten die Jungs hier noch ein paar Wochen beschäftigt, stellen das ganze Land auf den Kopf. Lassen sie wissen, daß sie sich hier nur vergnügen, weil etwas Großes bevorsteht. Dann überqueren wir die Nordsee und nehmen Kurs auf die Graniteinseln.«

Seine Brüder nickten. Sie wußten, daß er die Inseln der Nordfriesen vor der Küste Dithmarschens meinte, Föhr, Amrum und Sylt. Drei Felseninseln in einer Einöde aus Sand, der niemals zur Ruhe kam.

»Dann segeln wir die Eider hinunter und nehmen Haithabu.«

Halfdan und Ubbi starrten einander nachdenklich an. »Das ist unser eigenes Volk«, sagte Halfdan. »Irgendwie. Sie sind auf jeden Fall Dänen.«

»Na und? Haben die uns jemals einen Gefallen getan? Dieser fette Händlerkönig Horik wollte Skuli nicht einmal den Mann, den wir wollten, verkaufen. Er hat es zugelassen, daß ihn die Priester des Weges in ihr Schlupfloch mitnahmen.«

»Vielleicht sollten wir lieber sie angreifen.«

»Genau«, sagte Sigurth. »Aber England kommt im Augenblick nicht für uns in Frage. Für uns springt in unseren eigenen Ländern mehr heraus als bei den Raubzügen in diesen armen Gegenden. Ich weiß, das ist gefährlicher. Aber mit Haithabu und Horiks Gold in der Hand werden wir nur um so mehr Unterstützung finden, wenn wir uns auf Halfdan und seinen schwachsinnigen Bruder Olaf stürzen. Sicher, es wird immer jemanden geben, der nicht mitmacht, der einen Bruder in Kaupang oder einen Vater in Haithabu hat. Aber es bleiben mehr als genug Krieger übrig. Und die, die wir besiegen, werden sich uns für den nächsten Raubzug anschließen.«

»Erst rollen wir den Norden auf«, sagte Halfdan. »Wir setzen dich als den einen König aller Länder des Nordens ein. Dann kommen wir zurück in den Süden.«

»Mit tausend Schiffen und Felsschleudern«, malte Ubbi sich aus.

»Und erledigen die Christen ein für allemal…«

»Erfüllen den Schwur, den wir vor langer Zeit vor Bragi leisteten…«

»Und rächen Ivar.«

Halfdan erhob sich, leerte sein Horn und zog seine Streitaxt aus dem Boden. »Ich mache eine Runde durch die Zelte«, sagte er. »Mache ein paar Andeutungen. Sage, wir haben einen Plan. Und wenn die Männer ihn erfahren, werden sie erst einmal schockiert sein. Wird sie noch ein paar Wochen länger ruhig halten.«

Diakon Erkenbert stand in einem großen Ring uralter Steine. Es war der Gerichtsring der Völker von Småland, der kleinen Reiche zwischen dem dänischen Skane und dem riesigen Bund der Schweden, der sich Hunderte von Meilen nach Norden zog, einem Land der vielen Könige, die immer danach strebten ein *Svea-riki,* ein Reich der Schweden, zu errichten. Es war die Frühjahrsversammlung der Smålander, zu der die Männer aus ihren verschneiten Hütten kamen, um sich auf den kurzen Sommer vorzubereiten.

Erkenbert hatte seine abgetragene schwarze Kutte so gefärbt, daß sie noch schwärzer glänzte und im scharfen Kontrast zu den Fellen und selbstgesponnenen

Stoffen stand, die ihn umgaben. Der Begleiter des Diakons hatte ebenso seine Tonsur erneuert, damit die kahle runde Stelle auf seinem Kopf noch stärker auffiel. »Wir wollen uns nicht verstecken«, hatte Bruno gesagt. »Das ist der alte Stil. Zu versuchen, durch Duldung weiterzukommen. Wir wollen, daß sie uns sehen, ihnen das Christentum unter die Nase reiben.« Erkenbert hatte eine scharfe Entgegnung und einen Verweis auf die Tugenden der Demut erwogen, sich aber zurückgehalten. Zum einen wagten es nur noch wenige Männer, dem Herrn des Lanzenordens – wie viele den Sohn des Grafen Reginbalds bereits nannten – zu widersprechen. Zum anderen war Brunos Vorgehen vernünftig.

Die Smålander verkauften wie üblich Sklaven. Die meisten von ihnen waren nur noch Haut und Knochen. Nachdem man sie über den Winter schlecht verpflegt hatte, waren sie eine zweifelhafte Investition für den Sommer und die Arbeitsperiode. Die Abgesandten König Orms von Uppsala kauften wie üblich die billigsten. Macht euch keine Mühe mit den meisten, hatte Bruno gesagt. Die Mittel sind knapp. Aber diesen einen mußte er haben.

Ein stämmiger Bauer war an der Reihe. Mit einer Hand zog er eine abgezehrte Gestalt in den Ring. Der Sklave trug nur noch Lumpen und zitterte jämmerlich in der Kälte. Durch die Fetzen konnte man seine Rippen sehen. Alle paar Sekunden erschütterte ein Hustenanfall seinen Körper, und er stank nach dem Misthaufen, in dem er über Nacht Wärme gesucht hatte.

Die Nachbarn des Verkäufers begrüßten ihn mit feixenden Rufen. »Was willst du für ihn, Arni? Wenn er ein Huhn wäre, könntest du ihn nur noch für eine Suppe gebrauchen. Nicht einmal die Schweden werden ihn nehmen. Bis zum nächsten Opfer packt er es nicht mehr.«

Arni starrte wütend in die Runde. Sein Blick fiel auf Erkenbert, der bedächtig über den Verkaufsplatz schlenderte. Der Diakon ging ruhig zu dem dünnen Mann, legte seine Arme um ihn und zog ihn an sich.

»Keine Angst, Sirra, wir haben von dir gehört. Wir sind hier, um dich zu retten.«

Der Gestank raubte Erkenbert beinahe den Atem, aber er dachte an das Buch Hiob und ertrug ihn. Der dünne Mann begann zu weinen, was eine neue Salve höhnischer Bemerkungen und Gejohle der Menge auslöste.

»Wie kannst du mich retten? Sie werden dich auch nehmen, sie sind Tiere, die Rechte Gottes sind ihnen gleich…«

Sanft machte Erkenbert sich von dem Mann los und zeigte hinter sich auf die Gruppe seiner Begleiter. In zwei Reihen standen zehn Ritter des Lanzenordens, jeder von ihnen mit Rüstung, Helm und glänzenden Panzerhandschuhen. In der Rechten hielten die Männer Piken, die unteren Enden auf den Boden gestützt, die Klingen im exakt selben Winkel ausgerichtet. »Diese Leute sind gute Krieger«, hatte Bruno gesagt. »Aber sie haben keine Disziplin. Wir werden ihnen welche zeigen. Das wird sie unsicher machen.«

»Was willst du für diesen Mann?« fragte Erkenbert. Er sprach laut genug, damit die Zuschauer ihn hören konnten.

Arni, ein frommer Anhänger Freys, spuckte auf den Boden. »Dich, mein Christlein, kostet er 20 Unzen Silber.«

Die Menge johlte abfällig. Acht Unzen war der Preis für einen kräftigen, gesunden Mann, zwölf für ein hübsches Mädchen.

»Ich werde dir vier geben«, rief Erkenbert, mehr an die Menge als an den Bauern gerichtet. »Du hast dir die übrigen 16 über den Winter an Essen und Kleidern gespart.«

Arni wußte den Scherz nicht zu schätzen. Er lief rot an und schritt auf den viel kleineren Mann zu.

»Pfaffe! Vier Unzen. Du hast hier keine Rechte. Das Gesetz der Smålander gibt jedem, der einen Christenpriester fängt, das Recht, ihn zu versklaven. Was sollte mich daran hindern, dich und deine vier Unzen zu nehmen?«

»Du hast das Recht, einen Christenpriester zu versklaven«, entgegnete Erkenbert ungerührt, »aber hast du auch die Kraft dazu?«

Im selben Moment bahnte sich die unheimliche Gestalt Brunos ihren Weg durch die Menge gegenüber den Rittern. Er drängte sich sanft durch die zuschauenden Männer, schob sie mit seinen riesigen Schultern beiseite. Er hatte keine Pike bei sich, trug aber dieselbe Rüstung wie seine Männer. Seine Linke ruhte auf dem Knauf seines vom Gürtel herabhängenden, überlangen Schwerts.

In der plötzlichen Stille starrte Arni wütend um sich. Ihm ging auf, daß innerhalb eines Augenblicks er derjenige geworden war, der sich bewähren mußte. Er versuchte, sich die Unterstützung der Menge zu sichern.

»Werden wir das hier zulassen? Werden wir diesen Männern erlauben, hierherzukommen und unsere Sklaven zu stehlen?«

»Sie zahlen bar«, bemerkte eine Stimme aus der Menge.

»Und was werden sie mit den Männern machen, die sie nehmen? Solche wie dieser hier…« Außer sich vor Wut wirbelte Arni herum und schlug dem Sklaven brutal auf den Kopf. Der Mann fiel der Länge nach hin und blieb wimmernd liegen. »Solche wie dieser hier gehören in die Haine von Uppsala, als Opfer für die wahren Götter. Gehen sie zurück in ihre Heimat, erzählen sie nur mehr Lügen über die Söhne von Jungfrauen und Tote, die wiederauf…«

Arni verstummte mitten im Wort. Wie ein Luchs hatte Bruno die vier Schritte zwischen ihnen zurückgelegt. Seine Hand schoß schneller nach vorne, als die Zuschauer folgen konnten. Aber sie konnten alle sehen, daß sich Brunos Finger um Arnis Adamsapfel geschlossen hatten und ihn in ihrem stählernen Griff hielten. Der Ritter hob die Hand etwas an, und der Bauer tänzelte verzweifelt auf den Zehenspitzen.

»Abschaum«, sagte Bruno. »Du hast Hand an die Diener des lebendigen Gottes gelegt. Du hast unseren Glauben gelästert. Ich werde dich hier im Gerichtsring, in dem kein Blut vergossen werden darf, nicht töten, aber wirst du auf dem Duellplatz gegen mich antreten, mit Schwert und Rundschild, oder Axt und Speer oder welche Waffe du auch immer vorziehst?«

Der Bauer glotzte ihn nur an, er konnte sich weder rühren noch sprechen.

»Das dachte ich mir.« Bruno ließ den Bauern los, machte auf dem Absatz kehrt und blaffte ein Kommando. In einer lange geübten Bewegung stapfte die erste Reihe seiner Ritter ein, zwei, drei Schritte vor und nahm wieder Haltung an. »Fahrt mit dem Verkauf fort.«

»Vier Unzen«, wiederholte Erkenbert. Wir dürfen sie nicht berauben, hatte Bruno gesagt, denn dann *werden* sie kämpfen. Aber wir müssen auch keine unverschämten Preise bezahlen. Dennoch, wir müssen Sirra Eilif, den Priester, retten. Nur er weiß etwas über die Könige in den Gebieten jenseits von Birka. Er muß uns bei unserer Suche helfen. Ich muß mehr über diesen König Kjallak erfahren, von dem sie alle reden, hoch oben im Norden an der Grenze zu Jarnberaland, dem Land des Eisens.

Der Bauer massierte seinen Hals und fragte sich, ob er es wagen sollte, sich weiter zu sträuben, aber ein Blick in Erkenberts feindselig glitzernde Augen belehrte ihn eines Besseren. Er nickte.

Erkenbert warf ihm einen kleinen Beutel vor die Füße, ergriff sanft Eilifs Arm und zog ihn mit sich zwischen die Reihen der Ritter, zu denen sich jetzt auch Bruno gesellt hatte. Der Priester und der Diakon begaben sich in die Mitte der Formation, Bruno knurrte einen Befehl, und die Ritter schulterten ihre Piken und marschierten im Gleichschritt davon.

Die Schweden und Småländer verfolgten ihren Abmarsch und wandten sich wieder ihren üblichen Geschäften zu.

»Was hältst du davon?« fragte ein Schwede einen Landsmann.

»Davon? Das ist der Hund, der König Orms Mann in Haithabu getötet hat. Er macht langsam eine Gewohnheit aus diesen Auftritten. Ich weiß nicht, was er will, aber ich sage dir eins: Das ist eine neue Art von Christen.«

Der andere Schwede nickte nachdenklich und versicherte sich mit einem schnellen Seitenblick, daß niemand seine Worte aufschnappte. »Wenn es eine neue Art von Christen gibt, dann brauchen wir vielleicht eine neue Art von König, der es mit ihnen aufnimmt.«

KAPITEL 16

BRAND HATTE KURZ ABER HEFTIG gegen das unerwartete Auftauchen von vier Frauen protestiert. »Wir haben nicht genug Pferde. Wir müssen sie zurücklassen.« Als die Ex-Sklaven ihm erzählten, was in Drottningholm geschehen war, stellte er seine Proteste ein. »Wir verschwinden besser«, sagte er nur. »Jetzt, da sein Sohn tot ist, wird Halfdan nicht eher ruhen, bis alle, die damit zu tun haben, ebenfalls tot sind. Oder er selbst. Ich glaube nicht, daß er meine Mannschaft anrührt, zumindest nicht, bis er herausfindet, daß ich mit euch gegangen bin. Aber wir müssen schneller aus Westfold verschwinden, als es irgend jemandem zuvor gelungen ist. Wer zurückfällt, wird zurückgelassen.«

Shef schwieg zu all dem. Während er dahinstolperte, weilten seine Gedanken immer noch auf der Insel. Und bei dem toten Jungen. Ein Teil von ihm war immer noch dort gefangen, verloren zwischen warmen Oberschenkeln, eingehüllt von riesigen Brüsten.

Sie waren auf einem Pfad aufgebrochen, der sie direkt in die Berge führte, sich durch die endlosen dunklen Fichten- und Tannenwälder schlängelte und wand. Zehn Engländer, vier Frauen, Karli und Brand und zwischen ihnen ein Dutzend Pferde. Und am Morgen würden sich ihnen die Verfolger an die Fersen heften.

Dennoch schienen Brands Befürchtungen von Anfang an übertrieben. Einer der Ex-Sklaven, Wilfi, hatte sofort verkündet, daß er früher in England ein Vorläufer gewesen war; ein Sklave, der seinem Herrn auf Reisen vorausgeeilt war, um für angemessene Unterkunft und Verpflegung zu sorgen. 40 Meilen am Tag, sagte Wilfi, waren für ihn keine größere Anstrengung als 20 für einen gewöhnlichen Mann. Er brauchte kein Pferd. Die Frauen ritten entweder jeweils zu zweit auf einem Pferd, oder eine ritt, während sich die Männer damit abwechselten, mit der Hand am Sattel neben ihr herzutrotten.

Es war eine lange Nacht, und die Dämmerung setzte nur zögerlich ein. Im ersten Licht ließ Brand die Kolonne anhalten, um zu kochen, während die Pferde an einem Bach tranken, und die Bergponys auf den eben erblühenden Wiesen grasten. Die Sklavinnen machten schnell ein Feuer, mahlten Getreide und bereiteten die unvermeidliche Grütze zu. Dann waren sie bereit zum Weitermarsch, während Brand immer noch stöhnte und seine steifen Oberschenkelmuskeln massierte. Als er die sich neu formierende Kolonne überrascht musterte, beschied ihm Osmod genüßlich: »Vergiß nicht, ein Sklave muß weiter, ganz gleich, ob er will oder nicht. Es sind die Freien, die man überreden muß, oder die denken, eine volle Blase oder Hunger und Durst wären eine Ausrede für eine Rast.«

Und Wikinger – so schnell sie auch im Vergleich zu den trägen Armeen des christlichen Abendlands sein mochten – waren Seemänner und Skiläufer, keine Reiter. Trotz seines Drängens war es ausgerechnet Brand, der die Gruppe aufhielt. Keines der Pferde konnte seine hünenhafte Gestalt lange tragen. Während des langen Tages, der der langen Nacht folgte, übernahm Osmod schließlich das Kommando und verteilte die Pferde neu, so daß die Männer und Frauen abwechselnd ritten oder marschierten. Er sagte Brand, er solle zwei Pferde nehmen, sie abwechselnd reiten und auf den flacheren Stücken zwischen ihnen gehen und sich an den Sätteln abstützen.

»Werden wir es schaffen?« fragte Cwicca schließlich, als sie zum zweiten Mal anhielten, um die Pferde an den Vorderbeinen gefesselt in einem Flecken frischer Vegetation grasen zu lassen. Die übrigen warteten ängstlich auf die Antwort. Brand blickte sich um und versuchte abzuschätzen, wo sie sich jetzt befanden und wie weit sie gekommen waren.

»Ich denke schon«, sagte er. »Wir waren schneller, als ich es für möglich gehalten hätte. Und außerdem müssen wir einen Vorsprung haben. Halfdan kann nicht wissen, in welche Richtung wir aufgebrochen sind.«

»Aber er wird es herausfinden?« erkundigte sich Cwicca.

»Es werden jetzt Reiter auf dem Weg sein, die ihm mitteilen, wer in seinem Land unterwegs ist. Aber sie müssen erst zu ihm gelangen, seine Befehle empfangen und dann zurückkommen, um zu versuchen, sie auszuführen. Und während dieser ganzen Zeit marschieren wir weiter. Noch drei Etappen wie die beiden, die wir hinter uns haben, und Westfold liegt hinter uns. Das wird Halfdan nicht davon abhalten, uns Reiter hinterherzuschicken, aber wenigstens kann er niemandem befehlen, uns den Weg zu verlegen.«

»Aber wir gehen besser kein Risiko ein«, sagte Osmod. »Sobald die Pferde satt sind, brechen wir auf.«

»Wir müssen irgendwann schlafen«, protestierte Brand.

»Nicht in den nächsten Tagen. Wenn die ersten Leute von den Pferden fallen, dann können wir schlafen. Oder wir binden sie fest.«

Der Trupp zog müde weiter, mit schmerzenden Füßen und knurrenden Mägen. Aber niemand beklagte sich. Die Frauen gingen vorneweg und straften das geringste Zeichen von Nachlassen mit bösen Blicken.

Nach und nach dämmerte ihnen aber, daß die eigentliche Bedrohung nicht hinter ihnen lauerte, sondern vor ihnen. Im gebirgigen und abgelegenen Norwegen ließen die Wege fast zwangsläufig kein Gehöft aus. Den Leuten auf den Bauernhöfen gab das die Gelegenheit, Neuigkeiten zu erfahren oder weiterzugeben, und den fahrenden Händlern, Stoffe, Wein und Salz zu verkaufen. Anfangs hatte Brand an jedem Gehöft um zusätzliche Pferde gefeilscht, und hier und da eines oder zwei gekauft, bis die gesamte Gruppe beritten war und sie sogar noch Ersatzpferde hatten. Doch obwohl er mit guten Silbermünzen bezahlte, schienen die Bauern nur widerwillig zu verkaufen. »Ich bin zu hastig«, erklärte er. »Sie wollen, daß ich einen halben Tag bei ihnen herumlungere und feilsche. Hier passiert nicht viel. Sie lieben es, die Dinge in die Länge zu ziehen. Den Preis zu zahlen und weiterzuziehen, erscheint ihnen unanständig. Außerdem ist es nur natürlich, daß sie sich fragen, wer wir sind. Zehn Zwerge, die nicht richtig sprechen können, vier Frauen in den Kleidern von Sklavinnen, ein in Träumen verlorener Mann« – er deutete auf den schweigenden Shef – »und ich. Das muß sie beunruhigen. Wie ich euch sagte, ich führe einen Trupp Mäuse durchs Katzenland.«

Einen Tag nachdem sie laut Brand Westfold hinter sich gelassen hatten, begannen die Schwierigkeiten. Sie hatten eine Furt durchquert und folgten einem sich schlängelnden Weg durch ein steiles Tal. Neben ihnen rauschte Wasser, und überall, wo sich frisches Gras zeigte, grasten Tiere, die man erst unlängst aus ihren Winterställen entlassen hatte. Wie ein dutzend Mal zuvor gelangte ihre Kolonne an ein Gehöft, einer Ansammlung von Gebäuden, die sich um einen unregelmäßigen Platz drängten. Die Arbeit kam sofort zum Stillstand, als die Männer sich daran machten, die Neuankömmlinge zu inspizieren. Einige unterhielten sich mit Brand, während andere die Frauen und Kinder herausriefen. Langsam registrierte Shef, dessen Gedanken sich immer noch unablässig um den Jungen drehten, der in seinen Armen gestorben war, daß die Stimmung auf diesem Hof irgendwie anders war. Die Männer waren nicht unruhig und mißtrauisch, sie amüsierten sich. Sie waren zu irgendeinem Schluß gekommen. Alarmiert blickte Shef sich um. Wieviele Bauern waren es? Waren es noch genausoviele wie am Anfang? Und wieviele Angehörige seiner Gruppe standen auf dem Platz?

Plötzlich ertönte hinter dem Kuhstall ein schriller Schrei. Eine Stimme, die auf Englisch um Hilfe rief. Sie gehörte Edith, der jüngsten und hübschesten der Frauen. Wortlos griffen Cwicca, Osmod und die übrigen nach ihren Armbrüsten und stürzten in Richtung der Schreie. Brand, Shef und die Bewohner des Gehöfts rannten ihnen hinterher.

Als sie um die Ecke des Stalls bogen, sahen sie zwei Nordländer, die Edith festhielten. Einer hatte sie von hinten gepackt und versuchte, die Hand auf ihren Mund zu pressen. Der andere hatte ein Bein ergriffen und grapschte nach dem anderen. Als er die Schritte hinter sich hörte, ließ der Mann das Bein los und drehte sich um.

»Sie ist es gewohnt«, sagte er. »Seht sie euch an. Nur eine Sklavenhure. Macht es die ganze Zeit. Wieso sollten wir nicht auch was abbekommen?«

»Sie ist keine Sklavin«, schrie Osmod. »Und sie war niemals deine Sklavin.«

»Was hast du schon zu sagen?« Die übrigen Bauern des Gehöfts, ungefähr ein Dutzend Männer, waren jetzt ebenfalls um die Ecke gebogen und schlugen sich auf die Seite ihrer Landsleute. »Sie hat hier keine Rechte. Genausowenig wie du. Wenn ich sage, daß du ein Sklave bist, bist du bald einer.«

Shef drängte sich nach vorne und blickte den Nordländer an. Er wußte, daß sie hier nicht in Gefahr waren, zumindest nicht in unmittelbarer. Er hatte das Klicken gehört, mit dem seine Begleiter die Armbrüste gespannt hatten. Sie konnten die Nordländer durchlöchern, noch bevor sie eine Chance hatten, die Äxte und Messer, die sie in den Händen hielten, einzusetzen. Aber wenn sie das taten, selbst wenn sie jeden einzelnen Mann, jede einzelne Frau und jedes einzelne Kind töteten, wie es die Wikingerpiraten in England taten, würde sich die Nachricht dennoch wie ein Lauffeuer verbreiten und für Aufruhr sorgen. Sie mußten diese Männer zum Nachgeben bewegen. Nur, diese hatten auf ihre gedankenlose Art entschieden, daß sie es mit minderwertigen Wesen zu tun hatten.

»Überlaßt uns die Frau hier«, schlug der Nordländer vor, »und ihr übrigen könnt weiterreiten.«

Ediths Aufschrei drang gedämpft durch die schwere Hand auf ihrem Mund, sie schlug wild um sich. Sie glaubt, daß wir es vielleicht tun könnten, dachte Shef.

Brand trat hinter ihm vor. Der Stiel der Axt, die er vom Sattel gelöst hatte, rutschte seine Handfläche hinunter. Es war eine mächtige Waffe, der Stiel ein drei Fuß langer Eschenholzschaft, die gekrümmte Scheide maß einen Fuß. Ihr eisernes Blatt war mit silbernen Schlangenmustern eingelegt, die angeschmiedete Stahlklinge stand glänzend gegen das dunklere Eisen ab. Ein langer Stachel ragte aus der Rückseite des Blatts heraus, er verlieh der Waffe eine bessere Balance und stellte eine zusätzliche Bedrohung für jeden Gegner dar. Es war die Waffe eines Champions.

»Laßt sie los«, sagte er ruhig. »Außer ihr wollt gegen mich kämpfen. Alle gleichzeitig oder einer nach dem anderen, wie ihr wollt.«

Der Nordländer, der Edith am Bein gehalten hatte, sah zu ihm hinauf. Er war nicht so groß wie Brand –

Shef hatte noch niemanden gesehen, der das war – aber wieder einmal stellte Shef fest, was für Riesen die Norweger waren. Der Nordländer überragte Shef spielend um eine Handbreit und war viel stämmiger und schwerer. Der Mann überlegte, ob er die Herausforderung annehmen sollte. War sie es wert? Wie groß war das Risiko?

Brand warf die Axt mit einer schnellen Drehung des Handgelenks hoch, ließ sie mehrfach durch die Luft wirbeln und fing sie ohne hinzusehen wieder auf.

Der Norweger nickte langsam. »In Ordnung. Thorgeir, laß sie los. Sie ist es nicht wert. Diesmal nicht. Aber irgend jemand wird dich kriegen, bevor ihr aus den Bergen raus seid, großer Mann. Dann werden wir sehen, wieso du Sklaven durch das Buskerud lotst. Vielleicht fließt in dir ja auch Sklavenblut.«

Shef sah, wie die Farbe aus Brands Knöcheln auf dem Axtstiel wich, aber der Hüne blieb reglos. Edith wurde losgelassen und rannte sofort in die Mitte der Gruppe, die sie mit gespannten und angelegten Armbrüsten erwartete. Vorsichtig rückwärts gehend zogen sich die Frauen, die Engländer und Brand zu ihren Pferden zurück und sammelten schweigend ihre Besitztümer ein. Zwei der Pferde fehlten. Man hatte sie während der kurzen Konfrontation gestohlen.

»Macht kein Theater deswegen«, murmelte Brand. »Geht einfach weiter.« Die Kolonne schlängelte sich durch die Gebäude und Ställe. Ein Kind warf ihnen einen Klumpen Erde hinterher, und dann taten es ihm die übrigen Bewohner des Gehöfts gleich und vermischten Erde und Steine mit spöttischen und höhnischen Bemerkungen, die sie noch eine halbe Meile weit begleiteten.

In der folgenden Nacht kampierten sie bequemer als jemals zuvor auf ihrer Flucht. Sie breiteten ihre wenigen Decken aus und nahmen sich Zeit, das gepökelte

Fleisch und die getrockneten Zwiebeln zu kochen, die sie am Vortag erstanden hatten. Aber sie aßen schweigend und ängstlich. Eine Wache blieb stehen und behielt den Weg vor und hinter ihnen ohne Unterlaß im Auge.

Als die übrigen sich zum Schlafen zusammenrollten, setzten sich Osmod und Cwicca neben Shef und den immer noch schweigenden Brand.

»So werden wir nicht weit kommen«, sagte Osmod. »Die Nachricht wird uns auf uns unbekannten Pfaden vorauseilen. Wir können bei jedem Gehöft Ärger kriegen. Wenn wir in ein Dorf oder in eine Stadt kommen noch Schlimmeres.«

»Ich habe es euch gesagt«, entgegnete Brand. »Es ist, als ob man eine Mäusefamilie durchs Katzenland führt.«

»Wir haben uns auf unseren Hund verlassen«, sagte Cwicca.

Shef starrte Brand erschrocken an. Er war mehrmals Zeuge geworden, wie man Brand in den Winterlagern in York und Ostanglien provoziert oder herausgefordert hatte. Und das wesentlich behutsamer und vorsichtiger und von Männern, die ein mehrfaches bedrohlicher waren als Cwicca. Brand hatte jedesmal ohne zu zögern reagiert, Arme gebrochen, Männer bewußtlos geschlagen. Diesmal saß Brand nur still da, er schien tief in Gedanken versunken.

»Ja«, sagte er schließlich. »Ihr habt euch auf mich verlassen, und das könnt ihr immer noch. Ich habe mein Wort gegeben, euch zum Gulafjord zu bringen, und ich werde mein Bestes geben, um es zu halten. Aber etwas müßt ihr wissen. Ich weiß es jetzt, vorher habe ich es nicht gewußt.

Seit 25 Wintern bin ich ein Krieger. Wenn ich hier die Männer, die ich getötet habe, oder die Schlachten, die ich gesehen habe, aufzählen sollte – nun, es würde wie eine Saga von König Hrolfs Champions klingen oder wie die des alten Ragnar Lodenhose. In all dieser Zeit konnte niemand von mir sagen, daß ich mich jemals davongemacht oder gezögert hätte, wenn die Speere hin- und herschwirrten.«

Er blickte sich wütend um. »Ihr habt es gesehen! Ich sollte mich hier nicht damit brüsten müssen.

Aber der Kampf mit Ivar hat mir etwas genommen. Ich bin viele Male verwundet worden, und man hat mich mehr als einmal als tot liegengelassen. Aber in meinem Herzen habe ich nie gespürt, daß ich tot bin. Doch als sich Ivar unter meinem Hieb wegduckte, er mich mit seinem Schwert durchbohrte, und ich seine Klinge in meinen Eingeweiden spürte, wußte ich, daß ich, selbst wenn ich mich davonwinden und diesen Tag überleben könnte, innerhalb der nächsten beiden Tage sterben würde. Ich wußte es. Es dauerte weniger als einen Herzschlag, aber ich werde es nie vergessen. Auch nicht, obwohl Hound da drüben meine Eingeweide und meinen Bauch wieder zusammenflickte, mich durch das Fieber pflegte und den Eiter abfließen ließ. Ich habe meine alte Stärke zurück, aber ich kann das nicht vergessen.«

Er blickte in die Runde. »Und wißt ihr, das Problem ist, daß sie hier oben in den Bergen, wo jeder Distrikt seinen Champion hat, das spüren. Hier vertreibt man sich die Zeit mit *mannjafnathr*, damit, Männer zu vergleichen, um herauszufinden, wer von ihnen der tödlichste ist. Der Mann in diesem Gehöft wußte, daß er nicht gegen mich ankommen konnte – er wußte, daß ich ein Dutzend Knechte wie ihn getötet habe, bevor mir der Bart gewachsen war. Aber er wußte auch, daß ich nicht mit Leib und Seele bei der Sache war. Wer weiß? Hätte er nur ein bißchen mehr Zeit zum Nachdenken gehabt, wäre er das Risiko vielleicht eingegangen.«

»Du bist so stark wie eh und je«, sagte Osmod. »Du hättest ihn getötet. Wäre für uns alle besser gewesen.«

»Wahrscheinlich hätte ich das«, stimmte Brand zu. »Er ist nur der Hahn seines eigenen Misthaufens. Aber wenn ein Mann den Mut verliert, geschehen merkwürdige Dinge. Ich habe große Krieger gesehen, denen die eigene Pisse an den gelähmten Beinen herunterlief, bis sie jemand niederstreckte. Die Walküren, Odins Töchter, die die Gefallenen auswählen, werfen ihre Fesseln der Angst über sie, und sie erstarren.«

Die Engländer saßen schweigend da. Schließlich ergriff Osmod wieder das Wort. »Das mag sein. Aber ab jetzt sollten wir Orte nur eng beieinander und kampfbereit betreten. Die Hellebarden in den Händen, die Armbrüste gespannt. Ich wünschte nur, diese blöden Hunde hätten gesehen, was die Armbrüste anrichten. Dann hätten sie jetzt höllisch Angst. Aber wir können nicht einfach jemanden erschießen, nur um es ihnen zu zeigen.

Und noch etwas«, fügte er hinzu. »Edith ging nicht hinter diesen Stall, weil sie dumm ist. Sie wurde gerufen. Von einer Frau. Und sie sprach Englisch, nicht Nordisch. Sie muß gehört haben, wie wir miteinander sprachen. Eine Sklavin. Muß hier 20 Jahre gewesen sein.«

Brand nickte schwerfällig. »Sie holen jetzt seit 50 Jahren Sklaven aus England. Ich schätze, daß jedes Gehöft im ganzen Norden seine Mühlsklavin hat oder ein halbes Dutzend von ihnen und dazu männliche Sklaven für die schwere Feldarbeit. Was wollte sie?«

»Natürlich, daß wir sie mitnehmen. Sie redete mit Edith, weil sie dachte, sie hätte vielleicht Mitleid. Dann kamen diese Männer um die Ecke, sie müssen zugesehen haben.«

»Hast du mit der Sklavin gesprochen?« fragte Shef, dem es endlich gelang, aus seinen inneren Kämpfen auszubrechen. »Was hast du ihr gesagt?«

»Daß sie nicht mitkommen kann. Zuviele Scherereien. Das hätte ich auch Edith und den anderen sagen sollen, auch wenn man ihnen bei dem Begräbnis dieses Prinzenlümmels die Kehle durchgeschnitten hätte. Diese Sklavin war aus Norfolk«, fügte Osmod hinzu. »Sie haben sie vor 20 Jahren als Mädchen aus Norwich geraubt. Jetzt wird sie hier oben alt werden und sterben.«

Er und Cwicca standen auf und breiteten einige Meter weiter ihre Decken aus.

Shef sah Brand an, wagte es aber nicht, etwas zu sagen. Die Worte mußten den Hünen soviel Kummer und Scham gekostet haben, wie es einen minderen Mann getan hätte, öffentlich in Tränen auszubrechen. Shef fragte sich, was für ein Mann Brand in Zukunft sein würde. Konnten sie seinen Geist jemals wieder gesundpflegen, wie Hound es mit seinem Körper getan hatte? Noch lange nachdem das ganze Lager mit Ausnahme der patrouillierenden Wache schlafen gegangen war, saß Brand ruhelos da, brach mißmutig Zweige ab und warf sie ins Feuer.

Am nächsten Tag, als sie befreit von der verzweifelten Hast, mit der sie aus König Halfdans Reich geflohen waren, durch die Kiefernwälder der Berge trotteten, bemerkte Shef, daß Udd neben ihm ritt. Überrascht blickte er auf den kleinen Mann hinunter. Udd hatte für gewöhnlich nichts oder sehr wenig zu sagen, wenn keine Schmiedearbeiten anstanden.

»Ich habe über diese Mühlsteine nachgedacht«, sagte Udd. »Sie werden hier oben nicht viel benutzt, weil das Wasser nur die Hälfte des Jahres fließt. Und wenn es fließt, dann so.« Er zeigte auf einen Bergbach, der vor ihnen in einem dünnen, engen Kanal über eine Reihe von sechs Fuß hohen Stufen den Hügel hinunterrauschte.

»Was sie hier brauchen, ist etwas Gleichmäßigeres. Und das die ganze Zeit.«

»Wie zum Beispiel?«

Udd leckte sich über einen Finger und streckte ihn in die Luft. »Hier oben haben sie keinen Mangel an Wind, oder?«

Shef lachte. Der Gedanke, daß der Wind, etwas, das niemand sehen oder messen oder wiegen, geschweige denn einfangen konnte, die schwersten Werkzeuge der Menschen antreiben sollte, war unmöglich.

»Aber Wind kann ein Schiff antreiben, nicht?«, sagte Udd, der die Gedanken seines Königs erriet. »Wenn er ein zehn Tonnen schweres Schiff antreiben kann, wieso dann nicht einen eine Tonne schweren Stein?«

»Wind ist nicht wie Wasser«, sagte Shef. »Er kommt aus verschiedenen Richtungen.«

»Das hält die Seeleute nicht auf, oder? Nein, an was ich dachte, ist folgendes…« Während sie weiterritten, skizzierte Udd seine Idee einer von Segeln angetriebenen Windmühle, die auf einem drehbaren Gerüst ruhte und von einem Steuermann in den Wind gedreht werden konnte wie das Ruder eines Schiffes. Als er Einwände vorbrachte, Antworten erhielt, seine eigenen Ideen hinzufügte, spürte Shef, wie ihn langsam immer stärker die unbeschreibliche Erregung des Erfinders erfaßte. Cwicca, der hinter den beiden ritt, stupste Karli an.

»Er hat ihn zum Reden gebracht. Wurde auch Zeit. Ich hatte langsam befürchtet, wir würden durch diese Gegend mit zwei Anführern reiten, von denen jeder den Kopf in einer anderen Welt stecken hat. Ich wünschte, wir könnten dasselbe für den anderen tun.« Er deutete auf die hünenhafte Gestalt Brands, der an der Spitze der Kolonne mit einem Arm auf dem Sattel seines überforderten Pferdes dahinschlurfte.

»Er könnte das größere Problem werden«, schaltete

sich Hound hinter ihnen ein. »Ich wünschte nur, wir könnten ihn endlich auf sein Schiff schaffen.«

Die Herausforderung blieb an den Gehöften, die sie an diesem oder dem nachfolgenden Tag passierten, aus, obwohl sie dort nur gesenkte Blicke und Männer, die schweigend neben ihren Ställen und Scheunen standen, empfingen. Vorgewarnt sah Shef sich an jedem Gehöft nach Zeichen anderer Leute neben den Männern um. Zweimal erhaschte er einen Blick auf schmale Gesichter, die hinter Fensterläden hervorlugten: Frauen, die auf ein Wunder oder nur einen freundlichen Gruß in ihrer Muttersprache hofften. Im Schlaf glaubte Shef immer das Klopfen und Scharren der Handmühlen zu hören, endlos, für 20, 30 Jahre, das Geräusch, das ein Leben aus hoffnungsloser Plackerei begleitete.

Aber wenigstens maßen die Gehöfte nur wenige Schritte. In keinem von ihnen gab es mehr als zehn oder 12 Männer und Jungen jedweden Alters. Sie würden sich kaum darauf einlassen, ihre Kräfte mit einer gut bewaffneten Gruppe gleicher Stärke zu messen, selbst wenn die Fremden der Sklavenrasse angehörten und von einem zweifelhaften Champion angeführt wurden. Als die Straße über die Bergpässe schließlich in ein Tal abfiel, das weiter unten in zwei weitere mündete, sah die kleine Kolonne vor sich eine Ansammlung von Häusern, an der Stelle, an der sich die Bäche trafen. Ein mehrstöckiges Gebäude, dessen Giebel und Seitenpfosten mit phantastisch gearbeiteten Drachen verziert waren, überragte die übrigen.

Brand machte halt und drehte sich um zu den anderen. »Das ist Flaa«, sagte er. »Es ist die wichtigste Stadt des Distrikts von Hallingdal. Sie haben hier einen Tempel. Versucht einfach durchzureiten, als wäre es irgendein Gehöft.«

Als sie über den kleinen Platz in der Mitte der Siedlung ritten, den massigen Umriß des Tempels zu ihrer Linken, strömten plötzlich Männer aus den Häusern und umringten sie. Sie waren in voller Rüstung, hielten die Speere und Schilde in Bereitschaft; hinter den Kriegern standen junge Männer und Burschen mit Bögen. Shef hörte wieder das Klicken, mit dem die Armbrüste gespannt wurden. Sie konnten ein Dutzend der Gegner töten oder verstümmeln, da war er sich sicher. Aber danach würden sie nur eine geringe Chance gegen die verbliebenen 30 oder 40 Männer haben. Sollten sie sich für eine Richtung entscheiden und versuchen, auszubrechen?

Ein Mann trat vor, um sie zu begrüßen. Er hatte keine Waffe gezückt und die rechte Hand als Zeichen dafür erhoben, daß er mit ihnen verhandeln wollte. Er und Brand starrten einander an.

»Nun, Vigdjarf«, sagte Brand. »Wir haben uns seit Hamburg nicht mehr gesehen. Oder ist es beim Überfall auf die Orkneyinseln gewesen?«

»Es waren die Orkneys«, sagte der Nordländer. Er war um einiges kürzer als Brand, aber stämmig. Das Haar über seinem dicken Nacken lichtete sich bereits. Die goldenen Ringe versanken beinahe in den Muskeln seiner rundlichen Arme. Ein schlechtes Zeichen. Dieser Mann hatte große Gewinne aus etwas gezogen, und in dieser armen Gebirgsgegend hatte er sie wohl kaum der Viehzucht zu verdanken.

Vigdjarf blickte demonstrativ auf den Hammeranhänger auf Brands Brust, dann auf den Haufen der Pferde, Männer und Frauen hinter ihm. »Du bist in merkwürdiger Gesellschaft«, bemerkte er. »Oder vielleicht ist es gar nicht so merkwürdig. Sobald Leute damit anfangen, sich irgendwelche Dinger um den Hals zu hängen, denke ich immer, daß sie genausogut hätten Christen werden können. Und was dann? Sie reden mit den anderen Sklaven und helfen ihnen davonzurennen. Werden selbst einer. Steht es schon so schlimm um dich, Viga-Brand? Oder ist in dir noch etwas von dem alten Champion?«

Brand glitt von seinem Pferd und trat mit der Axt in der Hand vor. »Spar dir dein Gerede, Vigdjarf«, sagte er. »Als wir uns das letzte Mal trafen, hast du nicht einmal einen Pieps gemacht. Jetzt denkst du, du bist wer. Nun, was habt ihr vor? Wollen du und deine Cousins versuchen, über uns herzufallen? Ich sage dir nur eins, wenn ihr das tut, werden wir eine Menge von euch töten.«

Hinter ihm hob Osmod die Armbrust, zielte auf die dicke Eichentür des Tempels und drückte den Abzug. Etwas schoß zu schnell davon, als daß das Auge hätte folgen können, dann hallte ein dumpfer Schlag über den Platz. Osmod lud ohne Eile nach, und vier mühelose Bewegungen und ein Klicken später fand ein weiterer Eisenbolzen sein Ziel.

»Versucht nur, sie wieder herauszuziehen«, fuhr Brand fort. »Oder hast du einen anderen Vorschlag? Vielleicht nur du und ich, Mann gegen Mann.«

»Nur du und ich«, bestätigte Vigdjarf.

»Und wenn ich gewinne?«

»Freies Geleit für euch alle.«

»Und wenn du gewinnst, Vigdjarf?«

»Nehmen wir den ganzen Haufen. Pferde, Sklaven, Männer und Frauen. Für die Frauen finden wir einen Platz, nicht für die Männer. Thralls, denen man erlaubt hat, herumzurennen, als wären sie Menschen, kommen auf komische Ideen. Sie werden am heiligen Baum hängen, als Futter für Odins Raben. Vielleicht behalten wir ein paar von ihnen, wenn wir sie für ungefährlich halten. Aber du weißt, was wir hier mit entlaufenen Sklaven machen. Wenn wir sie nicht töten, kastrieren und brandmarken wir sie. Ist das einzig Sichere.

Aber für dich gibt es noch einen anderen Ausweg, Brand. Für dich allein. Laß sie einfach stehen. Sie gehören nicht zu deinem Volk. Schließ dich uns an, übergib sie an uns, und wir beide haben keinen Ärger. Wir werden dir sogar einen Anteil am Gewinn geben.«

»Nein«, sagte Brand. Er warf die Axt hoch und umfaßte den Stiel mit beiden Händen. »Hier und jetzt?«

Vigdjarf schüttelte den Kopf. »Zuviele Leute wollen zusehen. Ich habe ihnen gesagt, daß du ablehnen würdest. Jetzt kommen sie aus allen Siedlungen der drei Täler. Wir haben unten am Fluß einen Platz für das Duell markiert. Morgen früh. Ich gegen dich.«

Als Shef dastand und dem Wortwechsel lauschte, dem Wortwechsel, der ihn zur Kastration, zum Brandmal und zum Eisenkragen des Sklaven verurteilen konnte, spürte er wieder das vertraute Drücken im Nacken. Sein Blick wurde geführt. Diesmal wehrte er sich nicht. Wie damals, als er auf dem Grabhügel in Haithabu gesessen hatte, blieb sein Auge offen, sah er noch immer den kleinen, schlammigen Platz, den hölzernen Tempel und die bewaffneten Männer, die gespannt warteten. Aber gleichzeitig legte sich ein zweites Bild darüber und füllte sein Gehirn, als ob der Augapfel, den sie ihm genommen hatten, woanders wäre und genauso wie der, der noch immer in seinem Kopf saß, berichtete, was er sah.

Er sah eine große Mühle, wie die, die ihm Udd an der Akademie in Kaupang gezeigt hatte. Zwei horizontal angeordnete Mühlsteine drehten sich aufeinander, darüber hing ein Trichter, durch den das Getreide geführt wurde. Aber es gab keine Zahnräder, kein fließendes Wasser. In der Mühle war es so trocken wie zur Mitte eines heißen Jahres. Der Staub stieg vom Boden auf und legte sich auf die Lungen. Kein einziger Wassertropfen band ihn.

Durch den Staub bewegte sich ein Mann, eine einsame Gestalt, die langsam und gleichmäßig gegen eine Stange drückte. Die Stange, so dick wie der Steuerriemen eines Kriegsschiffs, war am oberen Mühlstein befestigt und im sel-

ben Maß, wie der Mann gegen die Stange drückte, drehte sich der Mühlstein. Und der Mann drehte sich ebenfalls, immer im selben Kreis, ohne Pause, ohne jemals fertig zu werden oder etwas anderes zu erblicken als denselben staubigen Raum.

Aber eigentlich konnte der Mann gar nichts sehen, bemerkte Shef, denn er war blind, seine Augenhöhlen leer. Der Mann hielt kurz an, um besseren Halt für seine Füße zu finden. Sofort kam ein Peitschenschlag aus dem Nichts, und ein roter Streifen platzte auf seinem nackten, dreckigen Rücken auf. Obwohl er blind war, verdrehte der Mann den Kopf, als ob ihn eine Fliege belästigte, die er nicht zu fassen bekam. Seine Hände waren mit schweren Eisenfesseln an die Stange gekettet. Als er wieder mit seinem ganzen Gewicht gegen die Stange drückte, sah Shef monströse Muskeln, die auf seinen Armen und seinem Rücken herausstanden. Zwischen ihnen und der Haut schien nicht einmal eine Unze Fett. Der Mann war so hünenhaft und so sehnig und muskulös wie Shef. Langes, lockiges Haar fiel über seine Schultern.

Auf diese Art des Mahlens ist Udd nicht gekommen, sinnierte Shef, als die Vision zu verschwimmen begann und er wieder zu sich kam. Ein Mann statt eines Ochsens oder Pferds oder eines Dutzends Sklaven mit Handmühlen. Aber ich glaube nicht, daß mein Beschützer in Asgard mir diese Vision geschickt hat, um mich etwas über die Müllerei zu lehren, genausowenig wie er mir die Vision Wölunds geschickt hat, um mich vor offenen Truhen zu warnen. Damals wollte er mir sagen, daß der Junge sterben muß. Und der Schlag, mit dem sich die Truhe schloß, war der Einschlag der Steine des Katapults. Und jetzt dieser Mühlstein… er bedeutet etwas dringenderes als Zahnräder oder Getriebe.

»Morgen früh«, wiederholte Brand Vigdjarfs Worte. »Ich gegen dich.«

Shef trieb sein Pferd an, bis es auf gleicher Höhe mit Brand war. »Morgen früh«, sagte er und blickte vom

Rücken seines Pferds hinunter auf den massigen Vigdjarf. »Aber nicht du gegen ihn. Unser Champion gegen euren.«

Als der Krieger die Armbrüste beäugte und den Mund zum Protest öffnete, fügte Shef rasch hinzu: »Euer Champion hat die Wahl der Waffen.« Vigdjarf blickte sich mißtrauisch um, musterte die Gruppe der Männer und Frauen hinter Brand und nickte schließlich zustimmend.

Von irgendwoher, nicht allzuweit entfernt – oder war es in seinem Kopf? – hörte Shef das trockene, langsame Scharren eines Mühlsteins.

KAPITEL 17

SHEF BEMERKTE ALS ERSTER DEN MANN, der auf die kleine Gruppe zukam, die in dem abgezäunten Hof auf dem kommunalen Weideland am Rande des Dorfs biwakierte. Er schien eher unsicher als feindselig oder aggressiv. Und in der Tat, als er vor der Gruppe stand, machte er eine Bewegung, die man als eine ungeschickte Verbeugung deuten konnte – ausgeführt von jemandem, der von der Sitte gehört, sie aber noch nie gesehen hatte. Seine Augen hingen an dem weißen – allerdings jetzt stark verschmutzten – Priestergewand Hounds und dem kleinen Apfel der Idun, den er um den Hals trug.

»Du bist ein Heiler«, sagte der Mann.

Hound nickte, blieb aber sitzen.

»Es gibt viele Kranke in diesem Dorf, viele Leute mit Wunden, die nicht verheilt sind. Mein Sohn hat sich das Bein gebrochen, wir haben es zusammengebunden, aber es ist krumm, er kann nicht darauf stehen. Meine Mutter ist augenkrank. Und es gibt noch viele andere – Frauen, die bei der Niederkunft aufgerissen wurden; Männer, die seit Jahren Zahnschmerzen haben, ganz gleich, welche Zähne wir ziehen… hierher, in die Berge, kommen nie Heiler. Wirst du sie dir ansehen?«

»Wieso sollte ich?« fragte Hound. Die Priester des Weges glaubten nicht an Demut, noch hatten sie von

Hippokrates gehört. »Wenn unser Champion morgen verliert, werdet ihr uns aufknüpfen oder verstümmeln und versklaven. Wenn ihr mich morgen brandmarkt, wieso sollte ich heute eure Kranken heilen?«

Der Mann beäugte unbehaglich die übrigen Angehörigen der Gruppe. »Vigdjarf hat nicht erkannt, daß du ein Heiler bist. Ich bin sicher… was immer auch passiert… er meinte nicht dich.«

Hound zuckte die Achseln. »Er meinte meine Gefährten.«

Shef stand auf, sah zu Hound hinunter und blinzelte ihm kaum merklich zu. Hound, der Shef von Kindesbeinen an kannte, verstand den Wink und wandte den Kopf ab. Sein Gesichtsausdruck war undurchschaubar.

»Er kommt«, beschied Shef dem Mann. »Sobald er seine Werkzeuge ausgepackt hat. Warte dort drüben auf ihn.«

Als der Mann weggegangen war, wandte sich Shef an Hound. In seiner Stimme schwang ein dringlicher Unterton. »Behandle die Leute, die er bringt. Dann verlang die übrigen zu sehen, selbst die Thralls. Frag jeden, dem du meinst trauen zu können, nach der Mühle. Die Mühle, die wir quietschen hören können. Und was immer auch passiert, sei bei Einbruch der Dunkelheit zurück.«

Die Scheibe der Sonne balancierte bereits auf den zerklüfteten Gipfeln als Hound zu seinen Gefährten zurückkehrte. Er sah müde aus. Auf den Ärmeln seines Gewands waren braune Flecken getrockneten Bluts. Während des Nachmittags hatten sie von Zeit zu Zeit entfernte Schmerzensschreie gehört: Unvermeidliche Begleiterscheinungen der Arbeit eines Heilers, der an einen Ort gekommen war, an dem man noch nicht einmal Mohn und Bilsenkraut kannte.

»Eine Menge zu tun hier oben«, sagte Hound. Er

setzte sich hin und nahm die Schale mit Essen, die ihm Shef reichte. »Ich mußte dem Kind den Knochen ein zweites Mal brechen, um ihn richtig auszurichten. Es gibt soviel Leid auf der Welt. Und das meiste davon ist so einfach zu heilen. Warmes Wasser und Lauge für die Hände der Hebammen würde die Hälfte der Frauen, die bei der Geburt sterben, retten.«

»Was ist mit der Mühle?« wollte Shef wissen.

»Gegen Abend brachten sie eine Sklavin zu mir. Sie wollten es nicht, sagten, es hätte keinen Sinn, und sie sagte es auch. Sie hatten recht. Die Geschwulst in ihr ist zu groß. Selbst in Kaupang mit meinen Assistenten und meinen besten Tränken könnte ich sie kaum retten. Aber ich habe versucht, ihre Schmerzen zu lindern. Ihre körperlichen Schmerzen wohlgemerkt. Für ihren Geist gibt es keine Heilung. Sie kommt aus Irland, wo man sie als junges Mädchen geraubt hat, vor 40 Jahren. Man hat sie an irgendeinen Mann hier in den Bergen verkauft. Seitdem hat sie niemals wieder ihre eigene Sprache gehört und fünf Kinder von verschiedenen Männern zur Welt gebracht. Jedes einzelne hat man ihr weggenommen. Wundert euch nie wieder, wieso es soviele Wikinger gibt. Jeder Mann zeugt so viele Kinder er kann mit Sklavinnen. Damit sichern sie sich ihren Nachschub.«

»Die Mühle«, drängte Shef.

»Sie erzählte mir, daß es eine Mühle gibt. Wie du gesagt hast. Ein Priester des Weges, ein Freund Valgrims, hat sie erst letztes Jahr erbaut. Und letztes Jahr brachten sie auch einen Mann, der sie dreht. Wie kann ein Mann eine Mühle drehen?«

»Ich weiß es«, sagte Shef und erinnerte sich an seine Vision. »Erzähl weiter.«

»Die Sklavin sagt, er wäre Engländer. Er ist immer dort oben eingesperrt. Zweimal ist er ausgebrochen und davongerannt. Beide Male haben sie ihn geschnappt. Beim ersten Mal haben sie ihn vor dem Tempel ausgepeitscht. Sie sagt, sie hätte zugesehen. Sie sagt, er ist sehr stark. Sie peitschten ihn so lange aus, wie man braucht, einen Morgen zu pflügen, und er schrie nie, außer um sie zu verfluchen. Beim zweiten Mal, machten… machten sie etwas anderes.«

»Was war das?« fragte Brand, der aufmerksam zugehört hatte.

»Wenn sie sagen, daß sie Sklaven kastrieren, meinen sie für gewöhnlich damit, daß sie ihnen die Hoden abschneiden, wie bei einem Ochsen oder Hengst. Das macht sie zahm und folgsam. Aber das haben sie bei ihm nicht getan. Sie schnitten ihm das Glied ab. Die Hoden haben sie ihm gelassen. Er ist immer noch so stark wie ein Bulle, und so wild. Er hat die Begierden eines Mannes, aber er kann sie nie wieder befriedigen.«

Die lauschenden Männer starrten einander an. Jeder von ihnen fragte sich bang, welches Schicksal ihn am Morgen erwartete.

»Ich sage euch eines«, erklärte Cwicca bestimmt. »Mir ist egal, was für Versprechen gemacht wurden. Wenn Brand morgen verliert – und möge Thor geben, daß er es nicht tut – wird mein erster Bolzen den Mann aufspießen, der ihn besiegt hat. Und dann schießen wir alle. Vielleicht schaffen wir es nicht, hier herauszukommen, aber ich werde kein Thrall mehr sein. Diese Bergtrolle sind genauso schlimm wie die schwarzen Mönche.«

Die übrigen Männer und Frauen brummten zustimmend.

»Die Sklavin sagte noch etwas«, fuhr Hound fort. »Sie sagte, er wäre verrückt.«

Shef nickte nachdenklich. »Ein verrückter Engländer«, sagte er. »So stark und wild wie ein Bulle. Wir werden ihn heute Nacht loslassen. Ich weiß, da sind

Wachen, die uns beobachten. Aber sie werden erwarten, daß wir versuchen, uns mit den Pferden davonzuschleichen. Wenn die Sonne untergegangen ist, gehen wir einzeln zur Latrine, aber drei von uns werden sich auf der anderen Seite verstecken, bis es ganz dunkel ist. Ich, Udd und Karli. Verstau deine Schmiedewerkzeuge in deinem Mantel, Udd. Und eine Flasche Fett aus dem Fleischtopf. Und jetzt, Hound, erzähl uns soviel du kannst über das Dorf…«

Stunden später, in der tiefen, nur von den Sternen erleuchteten Dunkelheit, drängten sich die drei Männer im Schatten einer primitiven Hütte am Rand des Dorfs: der Mühle.

Shef warf einen letzten Blick auf die in Dunkelheit gehüllten Häuser in ihrer Nähe und winkte Udd weiter. Sie kamen an eine massive, verschlossene Tür. Der Riegel war mit einem schweren, eisernen Bolzen gesichert. Aber an dem Bolzen war kein Schloß, er diente nur dazu, einen Ausbruch zu verhindern. Noch brauchten sie Udds Fertigkeiten nicht. Der kleine Mann zog den Bolzen heraus und hob den Riegel. Er war bereit, die Tür zu öffnen.

Shef hantierte mit der Lampe und dem Feuerstein. Er fing die Funken auf und blies auf den Zunder, bis der Docht, der in dem mit Tran gefüllten Behälter schwamm, Feuer fing. Anschließend schob er den dünnen, durchsichtigen Schirm aus Horn herunter, der das Licht hindurch ließ, aber die Flamme vor dem Wind schützte. Es war ein Risiko, im Freien ein Licht zu entzünden, ganz gleich, wie vorsichtig er es hinter seinem Körper und Mantel versteckte. Aber wenn es stimmte, was Hound sagte, war es noch riskanter, sich blind in die Höhle des wilden Tiers zu stürzen.

Als das Licht schließlich brannte, gab Shef Udd ein Zeichen. Der kleine Mann riß die Tür auf. Shef glitt wie eine Schlange hinein, dicht gefolgt von Udd und Karli. Als er sich in der großen Mühle umblickte, hörte er, wie hinter ihm die Tür sanft zugezogen wurde. Einige Fuß weiter, an der Wand, lag eine zusammengekrümmte Gestalt auf ein paar Lumpen. Er machte einen Schritt, dann einen zweiten. Sein Blick wurde von der mächtigen Stange angezogen, die aus der Mitte des oberen Mühlsteins herausragte, der dicken Kette, die von dort…

Mit einer blitzschnellen Bewegung schlug etwas nach seinem Knöchel. Shef sprang hoch, hielt dabei die Lampe wie durch ein Wunder waagrecht, und kam drei Fuß weiter hinten wieder auf.

Die Hand verfehlte seinen Knöchel um einen Fingerbreit. Ein dumpfer, knochenzerschmetternder Schlag hallte durch die Mühle. Im schwachen Licht der Lampe starrte Shef plötzlich in ein Paar wütend funkelnder, weit auseinanderstehender Augen. Der dumpfe Schlag war von einer Kette gekommen, die der Eisenkragen um einen gewaltigen Hals plötzlich bis zum Anschlag gedehnt hatte. In den funkelnden Augen zeigte sich nicht einmal ein Anflug von Schmerz, nur rasender Zorn darüber, verfehlt zu haben.

Shefs Blick fiel auf die Kette. Ja, sie lief von der Stange bis zum Eisenkragen. Und eine zweite Kette endete in einigen tief in die Mauer versenkten Haken. Die Hände des Mannes waren ebenfalls gefesselt und an den Eisenkragen gekettet, so daß der Engländer sie nicht weiter als von der Hüfte bis zum Mund bewegen konnte. Wozu diese ganzen Ketten? Langsam ging Shef auf, daß sie dazu dienten, den Mann von der Wand zu der Stange und wieder zurück zu ziehen, ohne daß sich jemand in seine Nähe begeben mußte. Der Raum stank. Es gab einen Latrineneimer, aber Shef bezweifelte, daß der Mann ihn benutzte. Ein Krug mit Wasser. Den mußte er benutzen. Es gab kein Essen, kein Licht, nur die Lumpen, um sich gegen die Kälte des Gebirgsfrühlings zu schützen. Wie hatte er den Winter überlebt? Der Mann trug lediglich einen einzigen, zerrissenen Umhang, durch den die Haare auf seiner Brust und dem übrigen Körper durchschienen.

Der angekettete Mann wartete immer noch ungerührt, beobachtete sie. Er wartete auf ihren Gegenschlag. Hoffte darauf, daß der, der ihn führte, in seine Reichweite gelangte. Langsam schlurfte er zurück, versuchte mit schwachsinniger Gerissenheit ängstlich zu wirken. Er wollte Shef vorlocken, in die Reichweite seiner Kette.

Shefs Gedächtnis regte sich. So entstellt wie der Mann war, mit seinem Haar und dem Bart, die genau so kurz geschnitten waren, daß sie nicht über die Mühlenstange fielen, er kam ihm bekannt vor. Und verblüffenderweise zeichnete sich in den Augen seines Gegenübers ebenfalls etwas wie Erkennen ab.

Shef setzte sich hin, achtete aber genau darauf, außerhalb der Reichweite der Kette zu bleiben. »Wir sind auch Engländer«, sagte er. »Und ich habe dich schon einmal gesehen.«

»Und ich dich«, sagte der Mann. Seine Stimme war ein Krächzen, als hätte er sie viele Jahre nicht benutzt. »Ich habe dich in York gesehen. Ich habe versucht, dich zu töten, Einäugiger. Du warst ganz vorne bei denen, die durchbrachen. Neben dir stand einer dieser nordländischen Hurensöhne, ein Riese. Ich habe nach ihm ausgeholt, aber du hast den Schlag pariert. Ich hätte ihn und dich einen Augenblick später mit dem getötet, aber die anderen drängten sich zwischen uns. Und jetzt bist du hier im Land der Wikinger und verspottest mich, Verräter.«

Seine Züge verzerrten sich. »Aber Gott wird gut zu mir sein, so wie zu meinem König Ella. Irgendwann werde ich sterben können. Ich bitte dich, Gott, gib mir vorher eine ungefesselte Hand!«

»Ich bin kein Verräter«, sagte Shef. »Nicht an deinem König Ella. Ich habe ihm einen Gefallen getan, bevor er starb. Und ich kann auch dir einen tun. Gefallen gegen Gefallen. Aber sag mir zuerst, wer du bist, und wo ich dich gesehen habe.«

Wieder verzerrten sich seine Züge. Es war, als ob ein weinender Mann versuchte, keine Tränen zu vergießen. »Einst war ich Cuthred, Hauptmann von König Ellas Leibgarde, seiner ausgesuchten Champions. Ich war der beste Krieger zwischen Humber und Tyne. Die Männer der Ragnarssons keilten mich zwischen ihren Schilden ein, nachdem ich ein halbes Dutzend von ihnen getötet hatte. Sie fesselten mich und verkauften mich wegen meiner Stärke.«

Der Mann lachte lautlos, er warf den Kopf wie ein Wolf zurück. »Doch etwas erfuhren sie nie. Gold hätten sie dafür bezahlt, es zu hören.«

»Ich weiß«, sagte Shef. »Du hast ihren Vater in die Schlangengrube geworfen, damit er am Biß der Viper starb. Ich war dort. Ich sah es, und ich sah dich. Und ich weiß noch etwas. Es war nicht dein Werk, sondern das Erkenberts, des Diakons. Ella hätte Ragnar freigelassen.«

Er lehnte sich vor, blieb aber immer noch außer Reichweite. »Ich sah, wie du Ragnars Daumen auf den Tisch warfst. Ich stand hinter dem Stuhl meines Stiefvaters Wulfgar, den die Wikinger später zum *heimnar* machten. Dem Mann, der Ragnar nach York brachte.«

Die irren Augen weiteten sich ungläubig. »Du mußt der Teufel sein«, murmelte Cuthred. »Meine letzte Versuchung.«

»Nein. Ich bin dein Engel, wenn du immer noch an diesen Christengott glaubst. Wir werden dich befreien. Wenn du versprichtst, eines für uns zu tun.«

»Und das ist?«

»Kämpfe morgen gegen Vigdjarf, den Champion.«

Wieder flog der Kopf wie der eines Wolfs zurück. Wilde Schadenfreude leuchtete in Cuthreds Miene auf. »Ah, Vigdjarf«, flüsterte er mit belegter Stimme. »Er führte das Messer, während sie mich hielten. Er ist mir seitdem nie wieder nahe gekommen. Dennoch hält er sich für einen kühnen Mann. Vielleicht wird er mir die Stirn bieten. Einmal. Mehr brauche ich nicht.«

»Du mußt uns in deine Nähe lassen, damit wir die Fesseln und den Eisenkragen losmachen können.«

Shef winkte Udd vorwärts. Der kleine Mann schlich sich mit einem Bündel Werkzeuge in den Händen heran wie eine Maus an eine Katze, Schritt für Schritt. Dann war er in Reichweite. Und im selben Moment hatte Cuthred ihn bereits gepackt, eine mächtige Pranke ruhte auf seinem Gesicht, die zweite umklammerte seinen Nacken, bereit, dem Ex-Sklaven das Genick zu brechen.

»Ein armseliger Ersatz für Vigdjarf«, erinnerte ihn Shef.

Zögernd gab Cuthred Udd frei. Er starrte seine eigenen Hände an, als ob er ihnen nicht traute. Karli senkte die Schwertspitze. Der zitternde Udd trat wieder vor, beäugte kurzsichtig das Eisen und machte sich an die Arbeit. Nach einigen Augenblicken wandte er sich wieder an Shef und starrte auf den Kragen.

»Es ist am besten, wenn ich den Kragen durchfeile, Herr. Das macht vielleicht Lärm. Und es wird ihm auch wehtun.«

»Achte darauf, daß die Feile immer gefettet ist. Hörst du, Cuthred. Er tut dir vielleicht weh. Schlag nicht nach ihm aus. Spar dir das für Vigdjarf.«

Das Gesicht des ehemaligen Champions verzog sich. Reglos saß er da, während Udd emsig feilte, fettete und wieder feilte. Die Lampe verbrannte flackernd den letzten Tran. Schließlich trat Udd zurück. »Der Kragen ist durchtrennt, Herr. Jetzt muß man ihn auseinanderziehen.«

Shef trat vorsichtig vor. Karli stand einige Schritte hinter ihm, das Schwert wieder zum Streich erhoben. Cuthred winkte ab, grinste und packte die beiden Enden des dicken Eisenrings. Dann zog er. Fasziniert beobachtete Shef, wie die Muskeln auf seinen Armen und dem Brustkorb wie Taue herausstanden. Das robuste, kalte Eisen gab nach, als wäre es ein Tannenzweig. Cuthred trat vor, der verbogene Kragen und die Ketten fielen klirrend zu Boden. Er kniete nieder, umfaßte Shefs Hände, legte sie auf seinen Kopf und drückte seine Stirn gegen Shefs Knie.

»Ich gehöre dir«, sagte er schlicht.

Schließlich erlosch die Lampe. Die vier Männer öffneten in der Dunkelheit vorsichtig die Tür und traten in die sternenhelle Nacht. Wie Schatten krochen sie zurück in das Dorf, schlichen zurück zu ihrem Lager, vorsichtig darauf bedacht, die an den Vorderbeinen gefesselten Pferde zwischen sich und den norwegischen Wachen zu halten. Das Feuer brannte immer noch. Die wachsame Edith hatte es gehütet.

Beim Anblick der Frau drang ein erstickter Ton aus Cuthreds Kehle, er schien wieder kurz davor, jemanden anzufallen.

»Sie ist auch Engländerin«, flüsterte Shef. »Edith, gib ihm unser ganzes Essen. Sprich sanft mit ihm. Sprich mit ihm auf Englisch.« Als die übrigen sich in ihren Decken regten, kroch er zu Cwicca. »Und du redest auch mit ihm, Cwicca. Gib ihm einen Becher Ale, wenn noch etwas übrig ist. Aber zuerst spann leise deine Armbrust. Wenn er irgend jemand anspringt, erschieß ihn. Und jetzt schlafe ich bis zur Dämmerung.«

Shef rührte sich, nicht im ersten Licht der Dämmerung, sondern als die Sonne schon über die Gipfel stieg, die das Tal zu beiden Seiten einschlossen. Es war kalt, und der Tau bedeckte in einer dicken Schicht seine einzige Decke. Einige Momente lang zögerte Shef aufzustehen, den Kokon der Wärme, den sein Körper erzeugt hatte, zu zerstören. Dann dachte er an Cuthreds irre glitzernden Augen und sprang auf.

Cuthred schlief noch, sein Mund stand weit offen. Eine Decke bedeckte seinen Körper, und sein Kopf ruhte auf der Brust Edtheows, der ältesten und mütterlichsten der Sklavinnen. Sie war wach, rührte sich aber nicht. Einen Arm hatte sie zärtlich um Cuthreds Kopf geschlungen.

Und dann wachte er auf. Seine Augen öffneten sich übergangslos, und er erfaßte Shef, der ihn anstarrte, und die Männer, die sich daranmachten, ein Feuer zu entzünden, Decken zusammenrollten oder zur Latrine gingen. Dann fiel sein Blick auf Brand, der ebenfalls aufgestanden war und Cuthred musterte.

Shef sollte Cuthreds Bewegung niemals sehen. Was er sah, war eine Decke die davonflog. Dahinter mußte Cuthred aus seiner liegenden Position aufgesprungen und losgerannt sein. Noch bevor Shefs Kopf herumflog, hörte er einen Aufprall und ein Grunzen, als Cuthreds Schulter Brand den Atem raubte. Dann lagen beide Männer am Boden und rollten übereinander her. Shef sah, wie Cuthreds Daumen auf Brands Augen zuschossen, sah, wie Brands mächtige Finger Cuthreds Handgelenke packten und versuchten, sie zurückzudrehen. Dann hielten sich die beiden einen Augenblick lang im Fesselgriff, Cuthred auf Brand sitzend, ohne daß einer der beiden den anderen hätte zurückzwingen können. Cuthred wand seine Hände aus Brands Griff, zog dessen Messer aus dem Gürtel und sprang mit derselben unglaublichen Geschwindigkeit wieder hoch. Brand versuchte ebenfalls, auf die Beine zu kommen, aber Cuthred schwang das

Messer bereits in einem tödlichen Streich unter das Kinn.

Osmod packte seinen Unterarm im Flug und riß das Messer zur Seite. Dann rollte der Ex-Sklave über den Boden, ein Rückhandschlag mit dem Messergriff hatte ihn niedergestreckt. Cwicca umklammerte Cuthreds Handgelenk mit beiden Händen. Shef rannte los, ergriff Cuthreds linken Arm und versuchte ihn zu verdrehen. Vergeblich. Es war, als ob er die Fessel eines Pferdes in den Händen hielte, er war einfach zu dick. Während Cwicca und Shef jeweils mit einem Arm rangen, trat Karli vor. Sein Gesicht glänzte vor Erregung.

»Ich bringe ihn zur Ruhe!« schrie er. Seine Füße suchten Halt, dann senkte er die Schulter und schwang beide Hände – links, rechts, links – und versetzte Cuthred einen Haken in den ungeschützten Bauch. Seine Fäuste zielten aufwärts unter die Rippen auf die Leber.

Cuthred hob Shef mit einem Arm vom Boden, schmetterte ihm einen Ellbogen an den Kopf und riß seinen Arm los. Eine Faust wie ein Knüppel sauste auf Karlis Kopf herunter. Cuthred trampelte wild auf Cwiccas Füßen herum, vermochte aber nicht, den verzweifelten Griff um sein Handgelenk zu lösen. Er langte hinüber, um das Messer mit der linken Hand zu führen.

Shef, der torkelnd wieder auf die Beine kam, sah, wie Udd mit der Armbrust zielte, wollte »Halt!« schreien und erkannte im selben Augenblick, daß entweder Cwiccas Bauch gleich aufgeschlitzt oder Cuthred erschossen würde.

Brand trat vor, zwischen Cuthred und die Armbrust. Er sagte nichts und machte keine Anstalten, sein Gegenüber anzugreifen. Statt dessen hielt er ihm die Axt entgegen, die er auf beiden Handflächen balancierte.

Cuthred starrte sie an, vergaß das Messer und langte

statt dessen nach dem Axtstiel. Und hielt inne. Der keuchende Cwicca ließ Cuthreds Handgelenk langsam los und zog sich aus der Gefahrenzone zurück. Ein halbes Dutzend Armbrüste waren jetzt auf den ehemaligen Hauptmann König Ellas gerichtet. Cuthred schenkte ihnen keine Beachtung, er starrte nur auf die Axt. Langsam streckte er den Arm aus, nahm sie, fühlte, wie sie in der Hand lag, und schwang sie vor und zurück.

»Jetzt erinnere ich mich«, murmelte er heiser in seinem northumbrischen Englisch. »Ihr wollt, daß ich Vigdjarf töte. Ha!« Er schleuderte die Axt hoch. Wirbelnd drehte sie sich, das Licht glänzte auf ihrer polierten Schneide. Dann fing er sie wieder am Stiel auf. »Vigdjarf töten!« Er sah sich um, als ob er seinen Feind bereits in der Nähe vermutete, und wälzte sich wie ein Erdrutsch auf das Dorf zu.

Brand sprang vor und versperrte ihm mit ausgestreckten Armen den Weg. »Ja, ja, töte Vigdjarf«, rief er in seinem primitiven Englisch. »Aber nicht jetzt. Später. Alle zusehen. Jetzt iß. Mach dich bereit. Wähle Waffe.«

Cuthred grinste und entblößte sein Zahnfleisch, in dem einige wenige Vorderzähne verblieben waren. »Essen«, stimmte er zu. »Habe schon einmal versucht dich zu töten, Riese, in York. Versuche es später wieder. Jetzt töte ich Vigdjarf. Aber erst Essen.« Er vergrub die Klinge der Axt tief in einem Holzklotz, der als Stuhl diente, blickte sich um und sah Edtheow, die mit einem großen Stück Brot auf ihn zukam. Er nahm es und begann daran zu nagen. Sie beruhigte ihn wie ein ängstliches Pferd, streichelte seinen Arm durch den schmutzigen Stoff seines Ärmels.

»O ja«, sagte Brand und blickte Shef an, der noch immer sein summendes Ohr rieb. »O ja. Der gefällt mir. Wir haben einen Berserker bei uns. Sehr nützliche

Leute. Aber man muß sie in die richtige Richtung drehen.«

Unter Brands Anleitung kümmerte sich das gesamte Lager um Cuthred. Sie huschten um ihn herum wie um ein siegreiches Rennpferd. Zuerst kam das Essen. Während er an der Rinde kaute, die Edtheow ihm gebracht hatte, erhitzten die Ex-Sklaven ihren Vorrat an Hafergrütze, reichten ihm eine Schale davon. Währenddessen wärmten sie den Eintopf auf, den sie in der vorigen Nacht aus den Hühnern gemacht hatten, die unvorsichtig nahe an ihrem Lager gepickt hatten, und gaben gewürfelte Zwiebeln und Knoblauch dazu. Unter den wachsamen Augen Brands und Hounds aß Cuthred ohne Pause. Sie gaben ihm immer nur kleine Mengen und achteten darauf, daß sein Löffel am Holz der Schale kratzte, bevor sie ihm die nächste Portion gaben. »Das Essen gibt ihm Kraft«, murmelte Brand. »Aber sein Magen ist zusammengeschrumpft. Er kann nicht soviel auf einmal vertragen. Gebt ihm einen Becher Ale, daß wird ihn bremsen. Und jetzt zieht ihm diese Fetzen aus. Ich werde ihn waschen und ölen.«

Die Ex-Sklaven stemmten Steine aus der Asche des Lagerfeuers und warfen sie in einen ledernen Wassereimer. Dampf stieg auf. Aber als Shef vortrat und Cuthred mit Gesten bedeutete, den Umhang abzunehmen, schüttelte dieser heftig den Kopf und blickte in Richtung der Frauen.

Shef ging auf, daß er seine schändliche Verstümmelung nicht vor den Frauen entblößen wollte, schickte sie davon und zog sich selbst aus. Er drehte sich um, damit Cuthred die Narben auf seinem Rücken sehen konnte, die Narben, die ihm sein Stiefvater mit der Peitsche beigebracht hatte. Dann zog er sich wieder an. Fritha und Cwicca breiteten eine Decke aus, bedeuteten Cuthred, daß er sich auf den Bauch legen sollte und schnitten ihm mit ihren Messern den Umhang vom Leib.

Beim Anblick seines Rückens warfen die beiden Ex-Sklaven einander entsetzte Blicke zu. An manchen Stellen hatten die Peitschenhiebe das Fleisch bis zur Wirbelsäule abgetragen, nur dünnes Narbengewebe bedeckte die Knochen. Fritha machte sich daran, mit Lauge und warmem Wasser den Schmutz und das tote Gewebe abzuwaschen, das sich über den Winter angesammelt hatte. Als er fertig war, kam Brand mit seiner Ersatzhose und signalisierte Cuthred, er solle sie anziehen. Die Männer starrten angestrengt in die Ferne, während Cuthred hineinstieg. Dann setzten sie ihn auf einen Baumstumpf, und Fritha machte sich an seine Arme, an Gesicht und Brust.

Shef musterte ihn währenddessen genau. Cuthred war in der Tat ein Hüne. Er war viel größer als jeder der Ex-Sklaven, und überragte selbst ihn um einiges. Aber er war nicht so groß wie Brand – sie mußten die Hose an den Knöcheln zweimal umschlagen, und seine Taille war so schmal, daß man Brands Gürtel zweimal um sie hätte schlingen können. Aber Cuthred war anders als fast alle Männer, die Shef je gesehen hatte, und anders als alle Krieger von Brands Mannschaft oder der großen Armee. Ein Krieger wie Brand hatte keinen Wanst oder Bierbauch, aber er war gedrungen und aß gut, seine Muskeln waren von einem dicken Polster bedeckt, das die Kälte abhielt. Wenn man ihn über der Brust packte, konnte man eine Handvoll Fleisch herausziehen.

Aber im Vergleich zu Cuthred war Brand unförmig. Die Muskeln des Mühlensklaven, der Stunde um Stunde, Tag um Tag, Woche um Woche, Monat um Monat ein gewaltiges Gewicht gedreht und wenig mehr als Wasser und Brot erhalten hatte, standen heraus, als hätte man sie auf Pergament gezeichnet. Sie glichen denen des Blinden, den Shef in seiner flüchtigen Vision gesehen hatte. Es war die Kombination von Kraft und Abgezehrtheit, die Cuthred so rasend schnell machte, erkannte Shef. Das und sein Wahnsinn.

»Fangt mit seinen Händen und Füßen an«, befahl Brand. »Seht ihr? Er hat Zehennägel wie Bärenklauen. Schneidet sie, oder wir schaffen es nie, ihm Schuhe anzuziehen. Und er braucht sie, um Halt zu haben. Zeigt mir seine Hände.«

Brand drehte sie hin und her; prüfte, ob sie sich beugen ließen. »Hände wie Horn«, murmelte er. »Gut für einen Seemann, schlecht für einen Fechter. Gebt mir Öl, ich reibe sie ein.«

Während sie sich an ihm zu schaffen machten, saß Cuthred ungerührt in der Kälte. Er schien ihre Aufmerksamkeit als sein selbstverständliches Recht aufzufassen. Vielleicht ist er das aus seinem früheren Leben gewohnt, dachte Shef. Er war Hauptmann der Leibgarde des Königs von Northumbrien gewesen; eine Position, die nur derjenige erreichte, der sie sich erkämpfte. Cuthred mußte unzählige Duelle ausgefochten haben. Neben den Foltermalen fanden sich unter seinen verfilzten Haaren Narben von Speerspitzen und Schwertklingen. Wie einem Pferd war ihm über den Gebirgswinter in der ungeheizten Mühle ein Pelz gewachsen. Schließlich schnitten sie ihm die Haare und den Bart mit ihrer kostbaren Schere ab. Es war die einzige, die sie besaßen. »Damit ihm nicht irgend etwas die Sicht nimmt«, erklärte Brand.

Er gab ihm seinen Ersatzkittel aus prachtvoller, grüngefärbter Wolle. Cuthred zog ihn mit einem Achselzucken über, öffnete die Hose, steckte ihn hinein und zog den Gürtel aus Stricken wieder zu. Gewaschen, die Haare geschnitten und in neuen Kleidern – sah er nicht völlig anders aus als die elende Kreatur, die sie gerettet hatten?

Nein, sagte sich Shef, er war unverändert. Jeder, der Cuthred auf einer Straße oder einem Pfad begegnet wäre und auch nur einen Funken Verstand besaß, wäre auf der Stelle zur Seite gesprungen und auf einen Baum geklettert, als wäre er einem Bären oder einem Wolfsrudel begegnet. Er war so verrückt und gefährlich wie... wie Ivar der Knochenlose oder sein Vater Ragnar Lodenhose. Er sah sogar Ragnar ein bißchen ähnlich, dachte Shef. Da war irgend etwas in seiner Haltung, in seinen gleichgültigen Augen.

Brand begann damit, Cuthred ihre Waffen zu zeigen. Es war eine armselige Auswahl. Cuthred prüfte Karlis geliebtes Schwert, rümpfte die Nase und verbog es wortlos über dem Knie. Als der erschreckte Karli protestierend brummte, blickte Cuthred auf, wartete, ob er ein zweites Mal brummen würde, und grinste, als der stämmige Dithmarscher schwieg. Die Messer der Ex-Sklaven warf er verächtlich beiseite. Osmods Hellebarde interessierte ihn, und er focht damit einige Sekunden lang, ließ sie mit einer Hand kreisen, als wäre es eine Weidenrute. Aber ihr Schwerpunkt taugte nicht, um sie einhändig zu führen. Cuthred legte sie beiseite und musterte Brands wertvolle, mit Silber eingelegte Axt.

»Wie heißt sie?« fragte er.

»*Rimmugygr*«, sagte Brand. »Das heißt ›Schlachtentroll‹.«

»Ah«, sagte Cuthred, die Waffe unablässig drehend. »Trolle. Im Winter kamen sie aus den Bergen und spähten durch die Fensterläden herein zu dem einsamen, angeketteten Mann. Das ist keine Waffe für mich. Du, Häuptling«, sagte er zu Shef. »Du trägst Gold an deinen Armen. Du mußt ein berühmtes Schwert besitzen, das du mir leihen kannst.«

Shef schüttelte den Kopf. Nach der Schlacht bei Hastings hatten seine Thanes darauf bestanden, daß ein

König eine ihm gebührende Waffe brauchte, und hatten ihm ein Schwert aus feinstem schwedischem Stahl ausgesucht. Es hatte einen goldenen Griff und den Namen auf der Klinge eingraviert: *Atlaneat*. Er hatte es in der Schatzkammer zurückgelassen und nur einen einfachen Entersäbel getragen. Den hatte er vor seinem Marsch nach Drottningholm zurückgelassen und nur den Speer Gungnir mitgenommen. Aber Cwicca hatte den Entersäbel mitgebracht, und Shef hatte ihn wieder an seinen Gürtel gehängt. Er zog ihn aus der Scheide und reichte ihn dem Engländer. Cuthred prüfte ihn mit einem ähnlichen Gesichtsausdruck wie Karlis Schwert. Der Säbel war eine leicht gebogene, einschneidige Waffe, mit einem schweren Rücken, aus schlichtem Eisen, auf das Shef selbst eine gute Stahlklinge geschmiedet hatte. Eine Hiebwaffe, die sich nicht zum Fechten eignete.

»Nur ein Säbel«, murmelte Cuthred. »Aber wuchtig im ersten Schlag. Ich nehme ihn.«

Einem Impuls folgend gab ihm Shef auch den Schild, den Udd hergestellt hatte, die gehärtete Stahlscheibe, die an gewöhnlichem Holz befestigt war. Cuthred musterte das dünne Metall interessiert, seine merkwürdige Farbe, und versuchte ihn umzuschnallen, aber der Riemen wollte erst über seinen Unterarm passen, nachdem sie ein zusätzliches Loch gebohrt hatten. Cuthred stand auf, die bloße Klinge in der Hand, den Schild angeschnallt. Sein Grinsen war das eines hungrigen Wolfs.

»Jetzt«, sagte er. »Vigdjarf.«

KAPITEL 18

EIN MANN IN RÜSTUNG STAND am Rand des Lagers, in der Hand einen kurzen Stab: Ein Marschall, gekommen, um sie an den Austragungsort des Duells zu führen. Shef erhob sich, um Cuthred vor ihm zu verbergen, und gab Brand mit einer ruckartigen Bewegung des Kopfes zu verstehen, daß er das Reden übernehmen sollte.

»Seid ihr bereit?« rief der Marschall.

»Ja. Wir wollen die Bedingungen des Duells wiederholen.«

Während die übrigen lauschten, gingen Brand und der Marschall durch die Einzelheiten des Vereinbarten: nur Hiebwaffen, Champion gegen Champion, freies Geleit für die Sieger oder, im Falle einer Niederlage, erneute Versklavung aller ehemaligen Thralls. Shef spürte, wie die Spannung unter den Männern und Frauen stieg, als dieser Teil der Vereinbarung bestätigt wurde.

»Egal, ob wir gewinnen oder verlieren, wir lassen das nicht zu«, murmelte Osmod. »Haltet eure Armbrüste und Hellebarden bereit. Ihr Frauen nehmt die Zügel aller Pferde. Wenn unser Mann zu Boden geht – was er natürlich nicht wird«, fügte Osmod mit einem hastigen Seitenblick auf Cuthred hinzu, »versuchen wir, uns den Weg freizuschießen.«

Shef sah, wie sich Brands Schultern mißbilligend spannten, als er Osmods unsportliche Befehle hörte, aber er redete weiter. Der Marschall, der kein Englisch sprach, schenkte Osmod keine Beachtung. Cuthred grinste immer breiter. Für den Augenblick legte er eine merkwürdige Zurückhaltung an den Tag. Er blieb auf seinem Stuhl sitzen und machte keine Anstalten, sich zu zeigen. Entweder hatte ihn das vertraute Ritual eines Zweikampfs in den Bann gezogen, oder er genoß den Gedanken an die Überraschung, die auf Vigdjarf wartete.

Der Marschall wandte sich ab, und Brand ging zurück zur Gruppe, die bereits abmarschbereit war, die Pferde beladen, die Bündel festgezurrt. Im letzten Augenblick fiel Cuthreds Blick auf das kleine Beil, das sie zum Zurechthauen des Feuerholzes verwendeten. Er löste es aus den Gurten und reichte es Udd. »Feile mir eine Schneide darauf«, befahl er.

Die Gruppe zog durch die kurze, bereits menschenleere Dorfstraße. Auf dem kleinen Platz vor dem Tempel drängte sich nicht nur die ganze Bevölkerung des Ortes, sondern Dutzende weitere Männer, Frauen und Kinder aus den umliegenden Tälern, die auf den Kampf der Champions brannten. Sie hatten die Straße als Durchgang für Brands Gruppe offengelassen, aber hinter ihnen schlossen Männer mit Schilden und Speeren die Lücke. Osmod sah sich mit berechnendem Blick auf der Suche nach dem schwächsten Punkt in dem Ring um, ohne Erfolg.

Ihnen direkt gegenüber zeigten scharlachrote Mäntel die Stelle vor dem Tempel an, an der Vigdjarf und seine beiden Sekundanten warteten. Brand blickte sich um, musterte eingehend Cuthred und nickte Cwicca und Osmod links und rechts von ihm zu. »Warte«, sagte er und hob einen Finger. »Warte, bis ich dich rufe.«

Cuthred beachtete ihn nicht. Er hatte das geschärfte Beil an sich genommen und hielt es zusammen mit dem Schildgurt in der linken Hand. Mit der anderen Hand warf er immer wieder Shefs Entersäbel hoch. Der Säbel drehte sich taumelnd in der Luft, und sobald er wieder herunterkam, fing ihn Cuthred an dem nicht von einer Parierstange geschützten Griff auf. Gemurmel brandete in der Menge auf, als die ersten Zuschauer ihn als den Mühlsklaven erkannten und sich fragten, was das zu bedeuten hatte.

Brand löste sich von der Gruppe. Shef, der ihn begleitete, murmelte: »Hätten wir nicht versuchen sollen, ihm eine Rüstung anzulegen? Dein Kettenhemd? Einen Helm? Wenigsten eine Lederjacke? Vigdjarf ist komplett ausgestattet.«

»Das hat bei einem Berserker keinen Sinn«, sagte Brand kurz. »Du wirst sehen.«

Er hielt nach sieben Schritten an und hob die Stimme, damit ihn sowohl die Menge wie die Herausforderer hören konnten.

»Bist du bereit, dein Glück zu versuchen, Vigdjarf? Weißt du, du hättest es schon vor Jahren mit mir versuchen können. Aber damals hattest du keine Lust.«

»Und jetzt willst du nicht«, entgegnete Vigdjarf grinsend. »Habt ihr entschieden, wer gegen mich antritt? Du? Oder dein einäugiger Freund hier mit den leeren Händen?«

Brand deutete mit dem Daumen über die Schulter. »Wir dachten, wir geben dem da hinten in dem grünen Kittel eine Chance. Er ist ganz scharf darauf, gegen dich zu kämpfen. Er will es *wirklich* wissen.«

Vigdjarfs Grinsen schwand dahin, als er forschend über den Platz spähte und Cuthred erblickte, der jetzt allein und unübersehbar dastand und immer wieder in regelmäßigem Abstand den Entersäbel hochwarf und auffing. Nur daß er jetzt auch noch in den Momenten, in denen der Säbel in der Luft war, das Beil von einer Hand in die andere warf.

»Ihr könnt ihn nicht gegen mich antreten lassen«, sagte Vigdjarf. »Er ist ein Thrall. Mein eigener Thrall. Ihr müßt ihn in der Nacht gestohlen haben. Ich kann nicht gegen meinen eigenen Thrall kämpfen. Ich erhebe Einspruch bei den Marschällen.« Er sah zu den beiden bewaffneten, mit Kettenhemden bekleideten Männern hinüber, die am anderen Ende des Platzes warteten.

»Du bist sehr forsch darin, andere Leute Thralls zu nennen«, sagte Shef. »Erst sagst du, einige Reisende wären Thralls und sie müßten kämpfen, um das Gegenteil zu beweisen. Dann will jemand gegen dich kämpfen, und du sagst, er wäre auch ein Thrall. Vielleicht wäre es einfacher, wenn du einfach jeden einen Thrall nennen würdest. Denn dann müßtest du sie nur noch dazu bringen, sich wie Thralls zu benehmen. Denn wenn sie es nicht tun – sind sie keine.«

»Ich werde nicht gegen ihn kämpfen«, sagte Vigdjarf entschieden. »Er ist mein Besitz, der mir in der Nacht gestohlen wurde, und ihr seid alle hinterhältige Diebe.« Er wandte sich den Marschällen zu und protestierte erneut.

Brand sah über die Schulter. »Wenn du nicht gegen ihn kämpfen willst, dann ist das deine Entscheidung«, bemerkte er. »Aber ich kann dir eines garantieren. Er wird gegen dich kämpfen. Und gegen jeden anderen, der ihm in die Quere kommt.«

Mit einem heiseren Bellen löste sich Cuthred von seinen Führern und schritt über den Platz. Sein Blick war starr nach vorne gerichtet, er blinzelte nicht. Mit unbewegter Miene starrte er geradeaus. Dann begann er zu singen. Shef, der selbst einmal kurz einen fahrenden Sänger gemimt hatte, erkannte das Lied. Es war der alte northumbrische Leich von der Schlacht von Nechtansmere, in der die Pikten das Heer der Nordengländer ausgelöscht hatten. Cuthred sang den Teil, der von den heldenmütigen Kriegern handelte, die sich weigerten, zu fliehen oder sich zu ergeben, und einen Schildwall bildeten, um bis zum letzten Mann zu kämpfen. Brand und Shef traten zur Seite und sahen zu, wie der Hüne an ihnen vorbeischritt. Cuthred ging langsam, war aber bereit, sich jeden Augenblick auf seinen Gegner zu stürzen.

Vigdjarf, der vor ihm stand, zog am Mantel seines Sekundanten und winkte wieder den Marschällen zu, aber die beiden Männer wichen zurück. Plötzlich stand er Auge in Auge dem Mann gegenüber, den er mit eigener Hand auf schändlichste Weise kastriert hatte.

Aus fünf Schritten Abstand griff Cuthred an. Ohne Finten, ohne behutsames Vortasten, ohne an die eigene Verteidigung zu denken. Es war der Angriff eines erbosten Churls, eines Schweinehirten oder Pflugknechts, nicht der eines königlichen Champions. Cuthred holte aus. Die Spitze des gebogenen Entersäbels berührte sein Rückgrat und schoß in einem weiten Bogen auf Vigdjarfs Helm. Nur ein gelenkkranker Großvater hätte den Hieb nicht abwehren können. Vigdjarf, der immer noch protestierend zu den Marschällen herüberschrie, riß den Schild reflexhaft hoch und blockte den Säbel mit dem Schildbuckel ab.

Die pure Wucht des Schlags ließ ihn beinahe in die Knie gehen. Und dann hämmerten bereits der zweite und der dritte auf ihn ein. Cuthred kümmerte sich nicht um seine Deckung und tanzte um seinen Gegner, schlug aus jedem erdenklichen Winkel nach ihm aus. Mit jedem Hieb stoben Splitter von dem eisenbewehrten Lindenholzschild, und innerhalb weniger Augenblicke schien Vigdjarf nur noch ein zusammengehacktes Überbleibsel zu halten. Ein heftiges Klirren hallte über den Platz, als es Vigdjarf zum ersten Mal gelang, das Schwert zur Parade hochzureißen.

»Das da wird nicht lange dauern«, sagte Brand.

»Und das Ende wird scheußlich sein. Alle aufsteigen. Shef, hol etwas Seil.«

Cuthreds Angriff hatte nichts an Wildheit verloren, aber der erfahrene Vigdjarf schien sich jetzt zusammengerissen zu haben. Er benutzte jetzt sowohl das Schwert wie den halbmondförmigen Überrest seines Schilds, um die Hiebe abzuwehren. Ihm war auch aufgegangen, daß Cuthred nie parierte, niemals die entsprechende Haltung einnahm. Der englische Champion hätte den Schild genausogut nur dazu benutzen können, sein Gleichgewicht zu halten. Zweimal in schneller Folge griff Vigdjarf aus der Parade heraus an, stach nach dem Gesicht seines Gegners. Beide Male war Cuthred bereits zur Seite gesprungen und hatte schon nach der Gelegenheit für den nächsten Hieb gesucht.

»Irgendwann kommt einer durch«, murmelte Brand, »und dann...«

Als ob er sich endlich seines Verstands erinnerte, änderte Cuthred plötzlich die Taktik. Statt weiter auf Kopf und Körper seines Gegners zu zielen, beugte er sich vor und holte mit der Rückhand nach dem Knie aus. Vigdjarf sah den Trick nicht zum ersten Mal und sprang über die Klinge, kam zusammengekauert auf und holte seinerseits aus.

Mit einem entsetzten Ächzen verfolgten die Engländer, wie der Hieb Cuthreds Oberschenkel traf. Sie warteten auf den Blutstrahl, den letzten, verzweifelten Hieb, der mit Leichtigkeit abgewehrt wurde, das Umkippen und den Todesstoß. So ging es immer zu Ende. Vigdjarfs gefletschte Zähne waren über den ganzen Platz zu sehen, während er darauf wartete, daß Cuthred zusammensank.

Aber nicht diesmal. Cuthred sprang hoch, wirbelte den Säbel in Richtung von Vigdjarfs Kopf und holte in derselben unbeholfenen Bewegung mit dem Beil in der

Schildhand aus. Mit einem dumpfen Schlag bohrte sich die Schneide durch Helm und Schädel.

Cuthred ließ das Beil los und packte mit der Schildhand Vigdjarfs Handgelenk, das das Schwert hielt. Als Vigdjarf ebenso verzweifelt wie vergeblich mit dem Rest seines Schilds auf ihn eindrosch, sprang Cuthred vor und rammte den Entersäbel unter das Kettenhemd. Langsam sägte er vor und zurück. Vigdjarf brüllte auf, ließ das Schwert fallen und versuchte den Entersäbel wegzudrücken. Cuthred redete jetzt auf den Norweger ein, hielt ihn hoch, schrie in das Gesicht des Sterbenden.

Die Marschälle und Vigdjarfs Sekundanten – entsetzt nicht über den Tod an sich, sondern über seine Würdelosigkeit – stürmten vor. Shef bemerkte, daß die ersten umsichtigen Männer unter den Zuschauern ihre Frauen und Kinder abdrängten, fort durch die engen Gassen oder in Türrahmen. Immer noch ohne Waffe in den Händen trat Shef vor und rief den Marschällen zu, sie sollten sich zurückhalten.

Cuthred ließ seinen fürchterlich blutenden Gegner fallen und griff ohne Vorwarnung an. Einer der Marschälle, der immer noch seinen Stab vorreckte und eine Warnung schrie, ging plötzlich zu Boden, aufgeschlitzt vom Hals bis zum Brustbein. Als der Säbel im Knochen steckenblieb, rammte Cuthred den zweiten Marschall mit dem Schild. Der Norweger taumelte zurück. Cuthred entriß dem sterbenden Marschall das Schwert und trennte dem zweiten das Bein in Kniehöhe ab. Dann rannte er weiter, griff ohne Unterlaß oder Zögern Vigdjarfs Anhänger an, die sich vor dem Tempel versammelt hatten.

Ein Speer flog ihm entgegen, ein schwerer eisenbeschlagener Schaft, mit voller Kraft aus zehn Fuß Entfernung geschleudert. Er schoß direkt auf seinen Körper zu. Cuthred senkte den Schild aus gehärtetem

Stahl über das Herz. Der Speer traf das Metall mit voller Wucht, sank aber nicht ein. Cuthreds Schildarm wurde heruntergezogen, dann prallte der Speer ab, so wie damals, als Shef Gungnir an dem Metall ausprobiert hatte.

Überraschte und ängstliche Aufschreie ertönten, dann waren nur noch die Rücken der fliehenden Männer zu sehen. Cuthred schlug nach ihnen aus; Männer rannten davon oder gingen zu Boden, dann kamen von überall her Rufe: »Berserker! Berserker!«

»Nun«, sagte Brand und ließ den Blick über den plötzlich leergefegten Platz schweifen, »wir machen uns jetzt besser ganz leise davon… vielleicht sollten wir noch ein paar der nützlichen Reste aufsammeln, die hier überall herumliegen – wie dieses Schwert hier. Du brauchst es doch nicht mehr, oder, Vigdjarf? Wenn du mich fragst, hast du für einen echten *drengr* den Sklavinnen immer etwas zu arg zugesetzt. Tja, das hast du jetzt davon.«

»Nehmen wir den armen Cuthred nicht mit?« fragte Edtheow entrüstet. »Immerhin hat er uns alle gerettet.«

Brand schüttelte angewidert den Kopf. »Ich glaube, es ist besser für uns alle, nichts mit ihm zu tun zu haben.«

Cuthred lag 100 Schritte weiter regungslos im Morast des Weges. Neben ihm lagen zwei abgeschlagene Köpfe, seine Fäuste klammerten sich um ihre langen Haare. Shef wurde plötzlich von Hound zur Seite gestoßen. Fasziniert starrte der Heiler auf Cuthreds linken Oberschenkel, den Vigdjarfs furchtbarer Hieb getroffen hatte.

Ein tiefer, sehr tiefer, fast handbreiter Schnitt klaffte dort, an dessen Grund der bleiche Knochen leuchtete. Aber nur ein Hauch von Blut war zu sehen, als ob die Klinge durch totes Fleisch geschnitten hätte.

»Wie kann das sein?« fragte Hound. »Wie kann ein

Mann mit einer solchen Wunde nicht bluten? Wie kann er mit durchtrennten Muskeln weiterlaufen?«

»Ich weiß es nicht«, sagte Brand, »aber ich sehe es nicht zum ersten Mal. Das ist es, was einen Berserker ausmacht. Es heißt, kein Stahl kann ihnen etwas anhaben. Das tut er doch, aber ein Berserker spürt es nicht, zumindest anfangs. Was tust du da?«

Hound hatte Nadel und Darmfaden hervorgeholt und machte sich daran, die Ränder der klaffenden Wunde zusammenzunähen. Erst machte er große Stiche, dann ging er noch einmal mit kleinen, präzisen Bewegungen wie denen eines Schneiders über den Schnitt. Während er arbeitete, sickerte erstes Blut aus der Wunde und verdichtete sich nach und nach zu einem Strom. Schließlich war er fertig. Er verband den Oberschenkel, rollte seinen Patienten zur Seite und schloß seine Lider. Dann schüttelte er verwundert den Kopf.

»Legt ihn über ein Pferd«, befahl er. »Eigentlich sollte er tot sein. Aber ich glaube, er schläft nur fest.«

Er mußte mit dem Messer das Haar der abgetrennten Köpfe durchschneiden, um sie aus Cuthreds Griff zu befreien.

»Ja«, sagte Brand bedächtig. »Man behauptet vieles über die Berserker. Mir persönlich ist das meiste davon egal.«

Sie ritten, wie schon seit Tagen, auf einem Gebirgskamm. Anfangs hatte der Weg immer aufwärts geführt, dann mehr oder weniger eben, und jetzt schienen allmählich die Abstiege zu überwiegen. Zu ihrer Rechten erstreckte sich eine lange Reihe von Tälern, in denen Wasser glitzerte und hier und da das helle Grün frischen Grases. Zu ihrer Linken fiel das Land steiler ab, in eine Einöde aus Kiefern- und Tannenwäldern. Vor ihnen konnten sie wenig mehr erkennen als den

Kamm, der sich hob und senkte, und dahinter bis zum Horizont Reihe um Reihe blauer Bergrücken. Die Luft war kalt und schneidend, aber füllte die Lungen mit Leben und dem scharfen Duft der Kiefernwälder.

Hinter Brand und Shef und Hound, der ihnen interessiert lauschend dichtauf folgte, zog sich 200 Schritte lang eine Kette von Ponys. Hier und da gingen Männer und Frauen zwischen den Reitern. Ihre Gruppe war jetzt größer als die, die vor einer Woche Flaa verlassen hatte. Während die Engländer sich ihren Weg durch einen verlassenen Landstrich gebahnt hatten – einen Landstrich, der sich vor ihnen leerte – waren immer wieder Gestalten aus den Wäldern getreten, hatten sich vorsichtig an ihre Lagerfeuer geschlichen, um sich ihnen anzuschließen: Entlaufene Sklaven mit Eisenringen um den Hals, die meisten von ihnen Engländer. Das Gerücht von den Freien, die das Land durchquerten, hatte sie angelockt. Von den Freien, die von einem Riesen und einem einäugigen König geführt und von einem Berserker aus ihrem Heimatland beschützt wurden. Die meisten der entlaufenen Sklaven waren Männer und beileibe nicht alle Thralls oder Churls von Geburt. Wenn sich die Gelegenheit bot, versklavten die Wikinger auch Thanes oder Krieger, die sie für ihre Stärke schätzten. Zudem brauchte es ein gehöriges Maß an Entschlossenheit und Mut, seinem Herrn in einem fremden Land davonzulaufen. Nach einer kurzen Diskussion hatte Shef zugestimmt, alle aufzunehmen, die zu ihnen stießen, hatte es aber abgelehnt, Bauernhöfe zu suchen oder ihren Besitzern nachzustellen. Männer und auch Frauen, die sich selbst hatten befreien können, würden ihre Schlagkraft erhöhen – ein gewichtiges Argument, nachdem jede Hoffnung darauf, unbemerkt zu bleiben, verflogen war.

»Manche Leute behaupten, das Wort hieße eigentlich ›ber-serkr‹«, fuhr Brand fort. »Also ›Bloß-Hemden‹, weil sie nur in Hemden, ohne Rüstung, kämpfen. Ihr habt ja unseren irren Freund gesehen.« Er deutete mit dem Daumen auf Cuthred, der sich zum allgemeinen Erstaunen weit genug erholt hatte, um auf einem Pony zu sitzen. Er ritt fast am Ende der Kolonne, sorgsam eskortiert von denjenigen, deren Gesellschaft er am besten zu ertragen schien. »Überhaupt kein Schutz und genausowenig Interesse daran. Wenn ihr mich fragt, hätte er sich jede Rüstung, die wir ihm angelegt hätten, wieder vom Leib gerissen. Also ist ›ber-serkr‹ gar nicht so weit hergeholt.«

»Aber andere Leute sagen, das Wort hieße in Wirklichkeit ›bär-serk‹, also ›Bärenhemd‹. Denn Berserker benehmen sich wie Bären, sie stürzen sich einfach auf alles und jeden, und man kann ihnen keine Angst einjagen. Was die Leute damit meinen, ist, daß sie eigentlich…« – Brand sah sich argwöhnisch um und senkte die Stimme –, »…daß sie eigentlich wie Ivar sind. *Männer mit mehr als einer Haut.* Wenn die Wut sie übermannt, nehmen sie auf gewisse Weise andere Gestalt an.«

»Du meinst, sie sind Werwölfe«, schloß Shef.

»Werbären, ja«, stimmte Brand zu. »Aber das ergibt nicht wirklich Sinn. Denn das Gestaltwandeln wird innerhalb der Familie vererbt, doch jeder kann zum Berserker werden.«

»Kann dieser Zustand von Drogen hervorgerufen werden?« fragte Hound. »Mir scheint, es gibt verschiedene Dinge, die einen Menschen aus sich selbst herausholen können, ihm glauben machen, er wäre ein Bär oder ähnliches. In kleinen Mengen zum Beispiel der Saft des Nachtschattens, auch wenn er gleichzeitig ein tödliches Gift ist. Manche sagen, man könnte es mit Schweineschmalz mischen und die Salbe einreiben. Die Leute glauben dann, sie verließen ihre Körper. Und es gibt andere Gewächse mit ähnlicher Wirkung.«

»Das mag sein«, sagte Brand, »aber du weißt, daß das bei unserem Irren nicht der Fall war. Er aß dasselbe wie wir, und außerdem war er schon völlig irre, bevor wir ihm etwas gaben.

Nein, ich glaube nicht, daß es schwer zu verstehen ist. Manche Männer lieben den Kampf. Ich auch – wenn vielleicht auch nicht mehr ganz so sehr wie früher. Aber wenn du den Kampf liebst, du daran gewöhnt und gut darin bist, dann läßt der Lärm der Schlacht und die Erregung dein Herz höher schlagen. Du fühlst, wie die Erregung in dir anschwillt, und auf dem Höhepunkt fühlst du dich doppelt so stark und schnell wie gewöhnlich und tust Dinge, die du noch nie zuvor getan hast. Ein Berserker zu sein ist genauso, nur noch viel, viel geballter. Und ich glaube, daß man nur an diesen Punkt kommen kann, wenn man einen besonderen Grund hat. Denn die meisten Männer erinnern sich selbst im Fieber der Schlacht irgendwo tief drinnen daran, wie es sich anfühlt, wenn man verletzt wird, und daß man nicht mit einem Arm- oder Beinstumpf nach Hause kommen will, und wie die Freunde aussehen, wenn man ihre Leichen in eine Grube wirft. Also benutzen sie weiter ihre Schilde und ihre Rüstungen. Aber ein Berserker hat das alles vergessen. Um ein Berserker zu sein, muß man tief drinnen nicht mehr leben wollen. Man muß sich selbst hassen. Ich kannte einige solcher Männer, die so geboren wurden oder die man dazu gemacht hatte. Wir alle wissen, wieso Cuthred sich selbst haßt und nicht mehr weiterleben will. Er kann die Schande über das, was sie ihm antaten, nicht mehr ertragen. Er ist nur zufrieden, wenn er seine Scham und Wut an jemandem auslassen kann.«

»Du glaubst also, daß mit den anderen Berserkern, die du kanntest, ebenfalls etwas nicht stimmte«, sagte Shef nachdenklich. »Aber vielleicht stimmte etwas nicht in ihren Köpfen.«

»Das war der Fall bei Ivar Ragnarsson«, bestätigte Hound. »Man nannte ihn wegen seiner Impotenz den Knochenlosen, und er haßte Frauen. Aber sein Körper war normal, ich habe es selbst gesehen. Er haßte Frauen für das, was er nicht tun konnte, und Männer für das, was sie tun konnten, aber ihm verwehrt blieb. Vielleicht stimmt das auch für Cuthred, nur daß es nicht seine Schuld ist. Man hat ihn dazu gemacht. Seine Heilung verblüfft mich. Dieser Schnitt ging durch den ganzen Oberschenkel bis in den Knochen. Aber er fing erst dann zu bluten an, als ich ihn verband. Und jetzt ist die Wunde geheilt, als wäre sie nur ein Kratzer in der Haut gewesen. Ich hätte von seinem Blut probieren sollen, um herauszufinden, ob etwas Fremdes darin war«, fügte er nachdenklich hinzu.

Brand und Shef sahen einander einen Moment lang beunruhigt an. Dann wurde ihre Aufmerksamkeit abgelenkt. Der Pfad machte bei einem Steinhaufen eine scharfe Linkskurve, und als sie weiterritten, schien sich das Land vor ihnen zu öffnen.

Dort, weit unter ihnen, war ein tief eingeschnittenes Tal. An seinem Ende erblickten sie ein neues, silbernes Glitzern. Es war zu groß für einen der Gebirgsbäche, die überall herum um sie strömten, und verbreiterte sich in Richtung Horizont. Die Männer mit den scharfen Augen von Seeleuten erkannten darauf kleine Farbflecken.

»Das Meer«, murmelte Brand und packte Shefs Schulter. »Das Meer. Und sieh nur, da liegen Schiffe vor Anker. Das ist der Gulafjord und dort, wo die Schiffe sind, ist der Hafen für den großen Gulathing. Wenn wir es bis dorthin schaffen – vielleicht ist meine *Walroß* dort. Wenn König Halfdan sie nicht genommen hat. Ich glaube fast – es ist zu weit weg – sie ist eines von den Schiffen, die festgemacht haben.«

»Du kannst auf zehn Meilen ein Schiff vom anderen unterscheiden?« fragte Hound verblüfft.

»Ein Kapitän kann sein Schiff selbst im Nebel auf zehn Meilen erkennen«, versetzte Brand. Er trat dem müden Pony in die Flanken und stürzte sich den Abhang hinab. Shef folgte ihm langsamer und bedeutete dem Rest der Kolonne aufzuschließen.

Sie holten Brand ein, als sein überfordertes Pferd erlahmte, und überredeten ihn haltzumachen, da der Hafen des Gulathings noch mehrere Meilen entfernt war und bereits die Nacht anbrach. Als sie schließlich am nächsten Morgen in das eine halbe Meile durchmessende Gewirr von Zelten, grasgedeckten Hütten und provisorischen Unterständen, von denen Rauch in die atlantische Brise aufstieg, ritten, erwartete sie ein kleiner Pulk Männer: Nicht wohlgerüstete Krieger, wie Shef besorgt registrierte, sondern ältere Männer, manche von ihnen sogar mit grauem Haar. Sie waren die Sprecher der Gemeinschaft, der Grafschaften, die am Thing teilnahmen, und der regionalen Könige und Jarle, die seinen Frieden garantierten.

»Wir hören, ihr seid Räuber und Diebe«, sagte einer von ihnen ohne Umschweife. »Wenn das zutrifft, darf jeder freie Mann, der zu diesem Thing kommt, euch straflos hetzen und töten. Ihr habt keinen Anteil an seinem Frieden.«

»Wir haben nichts gestohlen«, sagte Shef. Das war gelogen – er wußte, daß seine Männer ohne Gewissensbisse von jedem Hof Hühner gestohlen und Schafe für ihre Töpfe geschlachtet hatten –, aber er glaubte nicht, daß diese kleinen Diebstähle das Problem waren. Wie Osmod sagte, sie hätten für das Essen bezahlt, wenn es ihnen irgend jemand zum Kauf angeboten hätte.

»Ihr habt Männer und Frauen gestohlen.«

»Diese Männer und Frauen waren ohnehin gestohlen. Sie kamen aus freien Stücken zu uns – wir haben uns nicht um sie bemüht. Und wer kann es ihnen verdenken, daß sie sich selbst befreit haben?«

Die Sprecher warfen einander unsichere Blicke zu. Brand schlug einen versöhnlicheren Ton an. »Wir werden im Kreis des Things nichts stehlen, und wir werden den Thingfrieden in jeder Hinsicht achten. Seht, wir haben Silber. Eine Menge davon. Und auch Gold.« Er klatschte auf eine klirrende Satteltasche und deutete auf das kostbare Metall, das an Shefs und seiner eigenen Kleidung glänzte.

»Ihr versprecht, keine Thralls zu stehlen?«

»Wir werden keine Thralls stehlen und auch keinen Zuflucht gewähren«, sagte Brand bestimmt und bedeutete Shef mit einer Handbewegung zu schweigen. »Aber wenn irgendein Mann, der uns folgt oder der bereits hier ist, den Anspruch erhebt, daß irgendein Angehöriger unserer Gruppe sein Thrall war oder ist, werden wir gegen ihn Anklage erheben. Denn dann hat er einen freien Mann gegen das Recht versklavt. Und wir werden von ihm Entschädigung einfordern für jede Verletzung, jeden Schlag, jede Beleidigung und Verstümmelung, die der Betroffene dabei erlitten hat. Ebenso für jedes in der Sklaverei verbrachte Jahr und für den Verlust an Einkommen während dieser Zeit. Darüber hinaus…«

Shef, dem die Freude vertraut war, mit der Wikinger selbst die unwichtigsten rechtlichen Fragen bis ins Detail verfolgten, schnitt ihm das Wort ab. »Die Entscheidung soll durch den Zweikampf ausgewählter Champions gefällt werden«, fügte er hinzu.

Wieder blickten die norwegischen Sprecher einander unsicher an.

»Darüber hinaus werden wir von hier so schnell als möglich verschwinden«, bot Brand an.

»In Ordnung. Aber vergeßt nicht, wenn irgendeiner von euch Streit anfängt oder durchdreht...« – der alte Mann blickte über Shefs Schulter auf die gebückte Gestalt Cuthreds, der schlaff auf dem Rücken seines Ponys hing, mit Martha und Edtheow an seiner Seite, die beruhigend seine Arme tätschelten –, »...dann seid ihr alle dafür verantwortlich. Hier sind 500 Männer versammelt. Falls nötig, können wir euch alle bezwingen.«

»In Ordnung«, stimmte Shef zu. »Zeigt uns, wo wir unser Lager aufschlagen können und wo wir Wasser bekommen. Wir müssen auch Essen kaufen. Und ich muß für einen Tag eine Schmiede mieten.«

Die Gruppe der Sprecher teilte sich und ließ die Kolonne passieren.

König Alfreds gute Silberpennies fanden auf dem Thingplatz augenblicklich große Wertschätzung, und wenige Stunden später hämmerte Shef Metall mit geliehenen Werkzeugen in einer angemieteten Schmiede. Er trug nur eine Hose und eine angekohlte Lederschürze. Brand hatte sich auf der Stelle zum eine Meile entfernten Hafen aufgemacht, während sie den übrigen aufgetragen hatten, mit Pflöcken und Seilen eine Lagergrenze zu markieren und sie nicht zu übertreten. Cuthred war währenddessen von einer Gruppe sorgfältig ausgesuchter Betreuer umringt. Seine Vorlieben und Abneigungen waren inzwischen jedermann bekannt. Aus irgendeinem Grund reagierte er gut auf Udd, wahrscheinlich weil er den kleinen Mann in keiner Weise als Bedrohung auffaßte, und lauschte stundenlang seinen einschläfernden Monologen über die Metallverarbeitung. Er mochte den mütterlichen Trost der älteren und weniger hübschen Frauen. Dagegen legte sich beim Anblick der geringsten sexuellen Zurschaustellung durch eine der jüngeren Frauen sein Gesicht in mörderische Falten – selbst wenn es sich nur um einen unabsichtlichen Hüftschwung oder eine unbedeckte Wade handelte. Er ertrug die schwächsten der Thralls und Freien, gehorchte Shef, grinste Brand höhnisch an und wurde bei jedem Anzeichen von Stärke oder Konkurrenz durch andere Männer zornig. Sobald Karli, der jung, stark und beliebt bei den Frauen war, in Sicht kam, folgten ihm Cuthreds Augen. Shef, dem das nicht entgangen war, hatte Karli aufgefordert, sich von Cuthred fernzuhalten. Und er hatte Cwicca und Osmod befohlen, einen Wachdienst zu organisieren: Zwei Männer mit Armbrüsten sollten Cuthred zu jeder Zeit beobachten, ohne selbst gesehen zu werden. Ein zahmer Berserker war wertvoll, besonders wenn man, wie sie es getan hatten, feindselige Landstriche durchquerte. Nur gab es keine zahmen Berserker.

Shef hatte damit begonnen, ein Dutzend Anhänger zu schmieden, wie sie die Gefolgsleute des Weges trugen. Er hoffte, auf diese Weise ihrem Haufen entlaufener Sklaven wenigstens ein wenig Schutz bieten zu können. Sie waren nur aus Eisen, denn das für gewöhnlich bevorzugte Silber brauchten sie im Augenblick für andere Zwecke. Aber wenigstens würden sie herausstechen. Um sie noch auffälliger zu machen, schmiedete Shef alle Anhänger nach dem Vorbild seines eigenen, der Pfahlleiter Rigrs. Keiner der Geretteten wußte, was die Leiter bedeutete, aber sie trugen die Anhänger als Talisman.

Seine nächste Aufgabe war es, dafür zu sorgen, daß jeder der Männer irgendeine Waffe besaß. Nicht um sie zu benutzen – zumindest hoffte Shef das nicht –, sondern als ein Statussymbol in einer Welt, in der jeder freie Mann mindestens einen Speer und ein Messer trug. Shef hatte einen Packen überlanger Nägel gekauft, die man zur Befestigung von Holz benutzte, wenn hölzerne Stifte nicht ausreichten. Diese hämmerte er zu Speerspitzen, die man in Schafte aus Eschenholz stecken und mit nassem Rohleder festbinden würde. Damit wären ihre neuesten Rekruten ausgestattet. Die Katapultmannschaft hatte immer noch ihre Hellebarden, Messer und Armbrüste. Shef hatte seinen Entersäbel wieder an sich genommen und Karlis billiges, untaugliches Schwert geradegebogen. Der Kampf in Flaa hatte ihnen eine Handvoll weiterer Waffen eingebracht, darunter auch Vigdjarfs Schwert, das sie Cuthred übergeben hatten.

Nachdem er die letzte der Speerspitzen geschmiedet hatte, machte sich Shef an seine abschließende Aufgabe: Den Schild aus gehärtetem Stahl in eine Angriffswaffe für Cuthred zu verwandeln. Obwohl er sein lebenslanges Training im Fechten mit Schild und Breitschwert vergessen zu haben schien, führte der Engländer den Schild stets mit sich. Er gab ihn nur äußerst widerwillig aus der Hand und stand direkt neben Shef, als dieser sich entschied, die doppelten Lederriemen für Hand und Unterarm abzuschneiden und statt dessen einen einzigen Griff in der Mitte des Schilds anzubringen – eine Konstruktion, wie sie Muirtachs und Ivars Gaddgedlar bevorzugt hatten. Cuthred stieß ein Grunzen aus, das man als zustimmend interpretieren konnte, und erlaubte Shef zögernd, den Schild zur Schmiede zu bringen. Dort befestigte er einen der fast unterarmlangen Nägel in der Mitte des Schilds. Um ein Loch in den gehärteten Stahl zu treiben, hätte es mehr als ein Dutzend Schläge bedurft, also entschloß sich Shef, den Nagel anzuschmieden. Es war eine schwierige Aufgabe, und mehrere Männer mußten sich an den Blasebälgen abwechseln, um das Metall so weißglühend wie möglich zu halten.

Schließlich richtete Shef sich auf, nahm den Schild und drehte ihn in der linken Hand von einer Seite zur anderen. Er sinnierte, daß das, was selbst für seine in der Schmiede trainierten Muskeln harte Arbeit war, Cuthred keine Mühe machen würde. Er wandte sich ab, verließ die gemietete Schmiede – und stand direkt vor einem Neuankömmling. Er rieb sich den Rauch aus den Augen, blinzelte in das blendende Sonnenlicht und erkannte einen grinsenden Thorvin. Brand stand unmittelbar hinter ihm.

»Ich sehe, du bist wieder zu dir gekommen«, sagte Thorvin und umfaßte seine Hand. »Wie sagte ich doch Brand? Wir müssen nur dem Geräusch des Hammers folgen. Dann wissen wir, daß es dir gut geht.«

KAPITEL 19

»ALS KÖNIG HALFDAN VOM TOD seines Sohns erfuhr«, erläuterte eine Stunde später Thorvin, nachdem er es sich auf einem Lagerstuhl bequem gemacht hatte und einen Becher Ale in der Hand hielt, »kannte seine Wut keine Grenzen. Er legte seiner Mutter ein Seil um den Hals, sagte ihr, sie hätte viel zu lange gelebt und solle sich als ein Opfer für Odin gleichzeitig erhängen und erstechen, damit der kleine Harald Eingang in die Halle der Helden in Walhall finde. Sie tat es bereitwillig, zumindest habe ich das gehört.

Dann fand er heraus, daß Brand und Shefs Männer verschwunden waren, und beschloß, seine Wut an Brands Schiff und Mannschaft auszulassen. Aber die Männer verbarrikadierten sich in einer Halle auf dem Gelände der Akademie und riefen einige der übrigen von uns auf, ihnen zu helfen. Valgrim und viele seiner Gefolgsleute schlugen sich auf Halfdans Seite und eine Zeitlang schien es, als würde es zu einem Bürgerkrieg innerhalb des Weges kommen.

Aber Halfdan tat etwas anderes. Man konnte nicht vor ihm verbergen, daß du auf Drottningholm gewesen warst, und eine von Steins Wachen gab zu, daß Ragnhild dich dorthin eingeladen hatte. Also mußte Halfdan auch Ragnhild schuldig sprechen und schwor, daß sie für die Untreue und Sorglosigkeit, die sie seinem Sohn entgegengebracht hatte, ihrer Mutter in den Grabhügel folgen sollte.«

»Nun«, Thorvin nahm einen weiteren Schluck Ale. »Am nächsten Tag war er tot. Lag tot in seinem Bett. Er starb den Tod im Stroh, wie ein erschöpfter, vorzeitig gealterter Thrall.«

»Was für Symptome zeigte er?« fragte Hound, der neben Thorvin auf dem Boden saß.

»Ingulf sagte, die einer Bilsenkrautvergiftung.« Karli, der ebenfalls der informellen Ratssitzung beiwohnen durfte, rollte die Augen, öffnete den Mund, um etwas zu sagen, schloß ihn aber wieder, als Thorvin ihn anblickte.

»Also sammelten sich überall Männer, überall wurden Racheschwüre ausgestoßen. Es hieß, die von König Halfdan eroberten Gebiete würden die Chance nutzen, seine Herrschaft abzuschütteln. Königin Ragnhild wollte angeblich zu ihrem Volk zurückkehren, eine Armee ausheben und den Mördern ihres Sohnes hinterherschicken. Die Kapitäne der Küstenwachschiffe kehrten zurück in den Hafen, um ihre eigenen Interessen zu wahren, und Brands Mannschaft zog sich auf die *Walroß* zurück und bat mich, mit ihr zu fliehen.«

»Aber das hast du nicht getan?« erriet Shef.

Thorvin schüttelte den Kopf. »Erst mußte ich mich um die Angelegenheiten des Weges kümmern. Außerdem beruhigte sich die Lage plötzlich. Denn König Olaf zeigte, was er in der Hand hielt. Habt ihr euch je gefragt«, erkundigte sich Thorvin, »wieso sie König Olaf Gjerstad-Alf, den Elfen von Gjerstad nennen?«

Die Zuhörer schüttelten wortlos den Kopf. Nach einigen Augenblicken meldete sich Cwicca. »*Alf* steht für dasselbe wie in Alfred oder Alfwyn. Einer vom Verborgenen Volk, aber nicht so häßlich oder böse wie die Thurse der Sümpfe oder die Bergtrolle. Elfenfrauen paaren sich manchmal mit Männern und andersherum, heißt es zumindest. Sie sind weise, aber sie haben keine Seele.«

»Was geschieht dann mit ihnen, wenn sie sterben?« fragte Thorvin. Er blickte sich um. Die Zuhörer zuckten unsicher die Achseln oder schüttelten den Kopf. »Keiner von uns weiß es, auch wenn manche sagen, sie gingen in ihre eigene Welt, die mittlere der neun Welten. Aber andere sagen, sie sterben. Sterben und kehren zurück. Und manche sagen, daß das auch mit Männern geschehen kann, die von Menschenfrauen geboren wurden. Nun, das ist, was König Olaf von sich selbst glaubt. Er sagt, daß er schon einmal auf dieser Erde gewesen ist und er in einer Person seines Geschlechts wieder zurückkehren wird. Und wenn das nicht geschähe – denn jetzt lebt niemand mehr aus seiner Familie oder der seines Bruder –, würde sein Leben in das Gewahrsam eines anderen übergehen.

Er sagte, daß er dich, Shef, zusammen mit Valgrim einer Prüfung unterzogen habe und du sie bestanden hättest. Er sagte, du hättest das Glück seines Geschlechts an dich genommen und von jetzt an würden sein Glück und sein Geist durch deines fließen. Und er trug mir auf, dir mitzuteilen, daß du Valgrims und seine Prüfung bestanden hättest und er jetzt Ostfold und Westfold für dich verwaltet – als dein Unterkönig.«

Thorvin stand auf, ging zu Shef und schloß bedachtsam die Hände seines Freundes um die seinen. »König Olaf wollte, daß ich in seinem Namen meine Hände in die deinen lege. Er akzeptiert dich als den wahren König, den einen, der aus dem Norden kommt, und bittet dich, zurückzukehren und deinen dir zustehenden Platz in seinem Königreich und der Akademie des Weges einzunehmen.«

Shef starrte verblüfft in den Kreis der ebenso überraschten Gesichter. Die bloße Vorstellung eines Unterkönigs war Nordländern und Engländern gleichermaßen fremd. Ein König erkannte per Definition keinen Höhergestellten an. Wie konnte ein Unterkönig, der einen Oberkönig akzeptierte, ein König sein und nicht nur ein gewöhnlicher Jarl oder *hersir*?

»Wie nahmen seine Männer das auf?« fragte Shef zaghaft. »Olaf wurde viele Jahre lang von seinem Bruder unterstützt, nicht? Seitdem sagt man, er hätte sein Glück an ihn verloren. Wenn die Provinzen sich zum Aufstand entschließen, könnte Olaf wenig gegen sie ausrichten. Und erst recht nicht, wenn er sich zum Unterkönig eines Fremden erklärt.«

Thorvin lächelte. »Niemand hatte die Zeit, irgend etwas zu sagen. Nach all diesen Jahren handelte Olaf so rücksichtslos wie… wie ein Ragnarsson. Er verbrannte Ragnhilds Bruder in seiner Halle, noch ehe er seine Stiefel anziehen konnte. Er ließ all die wichtigen Männer Ostfolds, die von Revolte gesprochen hatten, nur mit Hemden bekleidet und mit einem Strick um den Hals, zu sich bringen und um ihr Leben betteln. Er berief eine Vollversammlung der Priester des Weges ein, ein Konklave, und ließ Valgrim neben dem Feuer sagen, daß er dir eine Prüfung auferlegt habe und du sie bestanden hättest. Niemand konnte ihm die Stirn bieten. Und jetzt zieht er in seinem Gebiet von Thing zu Thing und bringt die Männer jeder einzelnen Provinz dazu, seine Herrschaft anzuerkennen – und die deine.«

»Und was ist mit Ragnhild?« fragte Shef. »Was hat Olaf mit ihr angestellt?«

Thorvin seufzte. »Sie ist entkommen. Sie hat sich irgendwo in das Land ihres Vaters geflüchtet. Ich glaube, Valgrim hat sie begleitet. Olaf hat die meisten seiner Gefolgsleute überzeugt, aber Valgrims Groll gegen dich war zu groß. Er hatte das Gefühl, daß du ihn geschlagen hast.«

»Dennoch ist der Weg für uns frei. Wir können zuerst nach Kaupang zurückkehren, dann nach England. Wie schnell bist du bereit, Brand?«

Brand kratzte sich am Kopf. »Wir haben zwei Schiffe hier, die *Walroß* und Guthmunds *Seemöwe*. Aber du hast auf unserem Weg über das Gebirge eine Menge Leute aufgesammelt, wir müssen erst Proviant für so viele Passagiere laden. Zwei Tage nach der nächsten Morgendämmerung.«

»Dann ist es beschlossen«, sagte Shef. »Zwei Tage nach der nächsten Morgendämmerung kehren wir in den Süden zurück.«

»Als wir uns das erste Mal trafen«, sagte Thorvin, »hast du gesagt, du kämst aus dem Norden. Jetzt hast du es sehr eilig, in den Süden zurückzukehren. Bist du sicher, daß du den *northr vegr*, den Nordweg, weit genug gegangen bist?«

»Du meinst, nördlich von *hier* gibt es Orte?« murmelte eine unidentifizierbare englische Stimme aus dem Kreis der Zuhörer. »Ich dachte, nördlich von *hier* lebten nur Trolle.«

Viele hundert Meilen weiter im Süden, im Palast des Erzbischofs von Köln, trafen sich erneut die Verschwörer, die Papst Nikolaus beseitigt hatten. Nicht alle, die am ersten Treffen teilgenommen hatten, waren zugegen: Hinkmar von Reims, den eigene Angelegenheiten aufhielten, fehlte. Aber seine Abwesenheit wurde mehr als wettgemacht durch Scharen von geringeren Prälaten, Bischöfen und Äbten aus allen Winkeln der deutschsprachigen Länder, die sehnlichst darauf brannten, sich den Gründern und Herrschern des berühmten Lanzenordens anzuschließen. Erzbischof Gunthar musterte sie mit einer Mischung aus Zufriedenheit und Verachtung. Es war gut, soviel Unterstützung zu finden, und es war auch ein Anzeichen für die schwindende Macht des neuen Papstes, daß so viele Kleriker an einer Versammlung teilnahmen, die zumindest der alte Papst Nikolaus als Hochverrat verurteilt hätte. Dennoch, mit steigenden Zahlen wurde die Stärke ihres Zwecks abgeschwächt. Diese Männer hier folgten dem Erfolg. Und sie würden ihnen Erfolg geben müssen. Glücklicherweise hatten sie davon reichlich.

Arno, der Kaplan und Sekretär Gunthars, kam zum Ende des Berichts, um den man ihn gebeten hatte. »Damit«, schloß er, »erhöht sich die Rekrutierung für den Lanzenorden unablässig. Gruppen von Priestern sind mit ihren Beschützern in alle Länder des Nordens vorgestoßen. Viele Gefangene wurden befreit oder ausgelöst und nach Hause geschickt, darunter viele unserer christlichen Brüder, die jahrelang die Versklavung durch die Heiden hatten erdulden müssen. Und während wir ungehindert in die Länder der Heiden vordringen, haben ihre Angriffe auf uns und unsere fränkischen Brüder aufgehört oder zumindest nachgelassen.«

Weil sie Angst haben, den Kanal hinunterzufahren, dachte Gunthar verbissen. Sie fürchten die englischen Renegaten, nicht uns. Der Erzbischof ließ sich nichts von seinen Gedanken anmerken, als er den Applaus anführte. Aber kaum war der Applaus abgeebbt, widersprach eine andere Stimme Arnos lächelnder Selbstzufriedenheit. Es war die Stimme Rimberts des Asketen, des Erzbischofs von Hamburg und Bremen, der treibenden Kraft hinter der Ausbreitung des neuen Ordens.

»Dennoch«, sagte er. »Trotz all der neuen Mitglieder und des Geldes und all der geretteten Sklaven sind wir dem wahren Zweck des Ordens kein Stück näher gekommen. Wir haben nicht die Lanze gefunden, die heilige Reliquie Karls des Großen. Und ohne sie sind unsere ganzen Erfolge nur klingelnde Lieder. So eitel wie die Bänder am Ärmel einer Dirne.«

Gunthar schloß einen Augenblick lang die Augen, während die ernste Stimme weiterschnarrte. Als er sie wieder öffnete, stand in vielen Gesichtern Besorgnis. Denn wenn der heilige Rimbert nicht an seine eigene Schöpfung glaubte, wer sollte es dann?

»Ja«, entgegnete Arno und ordnete seine Papiere. »Das ist wahr. Aber ich habe hier einen Bericht von der wagemutigsten unserer Expeditionen in die heidnischen Länder; einen Bericht von unserem englischen Diakon Erkenbert, in dem Gottes Macht stark ist, abgesandt im Auftrag seines Anführers Bruno, dem Sohn Reginbalds.«

Bereits die bloße Nennung von Brunos Namen ließ eine Welle der Erleichterung durch den Saal gehen, registrierte Gunthar. Selbst Rimbert nickte zustimmend und ließ von seiner öffentlichen Anprangerung ab.

»Unser geschätzter Erkenbert berichtet, daß er und Bruno immer tiefer in die Reiche der Heiden vordringen und furchtlos möglicher Verfolgung trotzen. Sie prüfen jeden König und jedes Reich auf Anzeichen der Wunderwirkung der Lanze, haben aber bislang nichts gefunden. Nichtsdestoweniger sagt der geschätzte Erkenbert, sollten wir nicht vergessen, daß man auch, wenn man nichts erfährt, jedesmal etwas lernt.«

Arno blickte auf, sah, daß Erkenberts Argumentation einen Teil des Publikums überforderte, und setzte erneut an. Er sprach vor einer Zuhörerschaft, die zumindest theoretisch des Lesens und Schreibens mächtig war, und konnte es sich leisten, Bezug auf das Schreiben zu nehmen. »Erkenbert will damit sagen, daß man, wenn man eine Liste von Namen hat – wie die Liste der Zeugen einer Charta, ein Name unter dem anderen...« – die Bischöfe und Äbte nickten verwundert; sie konnten ihm bis zu diesem Punkt folgen –, »und einen Namen darauf *durchstreicht*, weniger Namen übrig sind, die man in Betracht ziehen muß. Wenn man alle Namen bis auf einen durchgestrichen hat, dann muß dieser letzte derjenige sein, den man sucht. Wie ihr seht, bedeutet also selbst ein negatives Resultat – selbst nichts zu finden – einen Zugewinn an Wissen.«

Seine Erörterung wurde schweigend aufgenommen. Die Kleriker schienen alles andere als überzeugt. Erzbischof Rimbert beendete schließlich die Stille.

»Die Anstrengungen unserer Brüder im Reich der Heiden lassen sich mit Worten nicht genug rühmen«, sagte er. »Wir müssen sie mit jedem Mann und jeder Mark, die wir aufbringen können, unterstützen. Er blickte herausfordernd in die Runde. »Ich sage, mit jedem Mann und jeder Mark! Dennoch, trotz alledem glaube ich nicht, daß die Lanze des Longinus, die Lanze Karls des Großen, die Lanze des Kaisers-der-kommen-wird von der Hand eines Mannes gefunden werden wird.«

Während Brand und Guthmund den Proviant für ihre Fahrt nach Süden zusammenstellten, verbrachte Shef einen guten Teil seiner Zeit damit, auf dem großen Thing – einer Mischung aus der Gerichtsversammlung einer Grafschaft und einem sommerlichen Jahrmarkt – herumzulaufen und zu beobachten, wie die Nordländer ihren Geschäften nachgingen. Die Angehörigen seiner Gruppe, die ebenfalls frei umherstreunen konnten, taten es ihm gleich, aber es waren nur wenige – Cuthred blieb unter ständiger Bewachung, und die entlaufenen Sklaven übertraten nie die von Shef gezogene Lagergrenze, außer um die öffentlichen Latrinen aufzusuchen. Aber auch dann taten sie es nur in Gruppen und unter der Aufsicht Brands oder Guthmunds.

Das Thing war eine merkwürdige Sitte, sinnierte Shef. Eigentlich hatte es noch nicht einmal begonnen. Die traditionelle Zeit für den Gulathing war um Mittsommer, der erst in einigen Wochen anstand. Dann würden viele Rechtsfälle von den 36 ausgesuchten weisen Männern aus den Thinglanden, den drei *fylkir* von Sogn, Hord und den Fjorden, entschieden. Dies waren die Gegenden, aus denen so viele der Piratenhorden stammten, die jeden Sommer gen Süden segelten. Es war deshalb keine leichte Aufgabe, einen Mann wegen eines Mordes, Landstreitigkeiten oder einer Vaterschaftsklage zum Mittsommer herzuzitieren, wenn er sich in anderen Landen befand oder es zumindest mit Leichtigkeit vorgeben konnte. Deshalb tagte oft eine Art verkleinertes Gericht und versuchte zu irgendeiner Übereinkunft zu kommen, ohne die Angelegenheit den Weisen vorzulegen. Gleichzeitig wurde ohne Unterlaß gehandelt und viele andere Geschäfte getätigt, unaufhörlich legten Schiffe an und ab.

Der zur Schau gestellte Wohlstand verblüffte Shef. Während seiner kurzen Herrschaft hatte er erkannt, daß England reich an Land und Nahrung war, aber in die Länder der Wikinger waren seit mehr als zwei Generationen Silbermünzen und Gold geflossen. Die Wohlhabenden zahlten hohe Preise für Luxusgüter, was es für Schiffe mit starker Besatzung lohnend machte, vom Süden herauf an den Piraten von Rogaland vorbeizusegeln. Und im Strom der Güter fand Shef Luxusgegenstände, die er nie zuvor gesehen hatte. Er selbst war jetzt dank der Steuern Ostangliens ein reicher Mann, und Brand bewahrte einen Teil seines Reichtums zu seiner freien Verwendung in der *Walroß* auf. Auf das Drängen seines hünenhaften Freunds hin kaufte Shef sich einen Mantel aus bester, wasserdichter Robbenhaut. Seine Kapuze war mit Wolfshaaren besetzt, auf denen der Atem eines Manns selbst im kältesten Winter niemals gefrieren würde. Dazu ein zweischneidiges Schwert aus bestem schwedischem Stahl, dessen Griff aus dem verdrehten Horn eines wundersamen Tieres der Nordmeere geschnitzt war. Brand nannte es Narwal. Er erstand auch einen Sack zum Schlafen, außen aus Robbenhaut und innen aus Wolle und dazwischen mit einer dicken Schicht Daunen gepolstert. Shef, dem es widerstrebte, Geld auszugeben, das er nicht für sein eigenes hielt, hatte genug Nächte in dünnen Kleidern und einer Decke durchgefroren, um sich jetzt endlich über seine Bedenken hinwegzusetzen. Die Geduld, die es brauchte, diese Güter herzustellen, versetzte ihn in Verwunderung. Er fragte sich, wie lange es dauerte, die seltenen Eiderenten, die die wärmsten Daunen der Welt besaßen, zu fangen und zu rupfen. Aber Brand lachte nur, als er den Gedanken erwähnte.

»Wir fangen sie nicht«, sagte er. »Das überlassen wir den Finnen.«

»Den Finnen?« Shef hatte das Wort noch nie zuvor gehört.

»Hoch oben im Norden«, erklärte Brand, »wo Schweden und Norwegen aneinandergrenzen, noch jenseits von Halogaland, meiner Heimat, verwandelt sich die Welt in eine Gegend, in der niemand Nahrung anbauen kann, weder Roggen noch Gerste, nicht einmal Hafer. Schweine erfrieren, und die Kühe müssen fast das ganze Jahr über im Stall gefüttert werden. Dort oben leben die Finnen. Sie haben keine Häuser, sondern Zelte aus Häuten, und ziehen mit ihren Rentierherden umher. Wir legen ihnen Tribut auf, die *finnskatt*, die Finnensteuer. Jeder Mann muß pro Jahr einen bestimmten Betrag zahlen, in Häuten, Fellen oder Daunen. Sie verbringen ihre Zeit mit Jagen und Fischen, also fällt ihnen das nicht schwer. Was sie über die Steuer hinaus fangen, kaufen wir ihnen ab und verkaufen es an die Händler hier oder weiter im Süden. Die Könige der Welt hüllen sich in Pelze, die meine Finnen gefangen haben – und zahlen wahrhaft königliche Preise dafür! Aber ich selbst kaufe das Zeug meistens für Butter und Käse. Kein Finne kann eine Kuh melken, aber gleichzeitig kann er auch keiner Schüssel Milch widerstehen. Es ist ein guter Handel.«

Gut für dich, dachte Shef. Es muß dort schwer sein, die Steuer einzutreiben.

Nachdem Shef genug vom Feilschen hatte, ging er in den Bereich, in dem die Rechtsfälle beigelegt wurden. Meistens standen dort nur in kleinen Gruppen bewaffnete Männer, die sich auf ihre Speere lehnten und dem lauschten, was ihre Freunde oder deren Gegenspieler dem Rat der weisen Männer ihrer Provinz zu sagen hatten. Der Thing in Gula hatte strenge Gesetze, aber die wenigsten Menschen kannten sie, da niemand sie jemals niedergeschrieben hatte. Es war die Aufgabe der weisen Männer, soviel wie sie konnten von ihnen zu lernen, oder sogar alle, wenn sie Recht sprechen wollten. Die Nordländer mochten sich dabei winden und mit spitzfindigen Argumenten aufwarten oder einfach versuchen, ihr Gegenüber so einzuschüchtern, daß er eine billige Einigung akzeptierte, aber sie würden niemals die Existenz des Gesetzes an sich verneinen.

Doch es gab einige Angelegenheiten – meistens handelte es sich um Verführung, Vergewaltigung, Ehebruch oder Frauenraub – in denen das Gesetz zwar eindeutig war, die Leidenschaften aber besonders hochschlugen. Mehrere Male während der beiden Tage hörte Shef plötzlich lautes Geschrei und das Klirren von Waffen. Zweimal wurde Hound gerufen, um Verwundete zu verpflegen, und einmal ritten Männer mit verhärteten Gesichtern davon, die Leiche eines der ihren über ein Packpferd gebunden.

»Dafür wird jemand ausgeräuchert werden«, bemerkte Brand. »Das sind harte Männer, eine Zeitlang kommen sie mit so etwas davon. Dann sammeln sich ihre Nachbarn, fallen über sie her und brennen ihr Haus nieder. Und töten jeden, der daraus zu entkommen versucht. Funktioniert sogar irgendwann bei Berserkern. Wie das Gedicht sagt:«

»Der Weise Mann nennt sich kriegerisch
Nur mit Vorsicht.
Sonst erfährt er, wenn er unter Wütende gerät,
Daß jedem Mann ein anderer ebenbürtig ist.«

Am zweiten Nachmittag auf dem Thing räkelte sich Shef in der Sonne und sah zu, wie Guthmund wild gestikulierend um zwei Fässer mit gepökeltem Schweinefleisch feilschte. Guthmunds Verhandlungsgeschick wurde weithin bewundert, selbst von seinen Opfern, die schworen, sie hätten sich nie vorstellen können, daß der berühmte Plünderer von Kathedralen solche Leidenschaft wegen eines armseligen Pennys aufbringen konnte. Dann bemerkte Shef, wie die Aufmerksamkeit der Männer zu schwinden begann. Die ersten Köpfe verdrehten sich und bald setzte ein allgemeiner Zug in Richtung der Steine des Gerichtsrings ein. Guthmund brach mitten im Satz ab, löste seinen Griff um den Kragen des Schweinefleischhändlers, knallte das Geld auf den Tisch und folgte dem Zug. Shef schloß sich ihm hastig an.

»Was ist da los?« fragte er.

Guthmund hatte von anderen in der Menge aufgeschnappt, was sich anbahnte. »Zwei Männer haben verabredet, ihren Streit nach der Sitte Rogalands beizulegen.«

»Nach der Sitte Rogalands? Und die wäre?«

»Die Leute in Rogaland sind arm, bis vor kurzem konnten sie sich nicht einmal anständige Schwerter leisten und trugen Säbel oder Holzfälleräxte. Aber mit ihnen ist trotzdem nicht zu spaßen. Wenn sie also beschließen, einen Zweikampf auszutragen, stecken sie nicht einfach mit Haselzweigen ein Viereck ab oder kämpfen einen normalen *holmgang*, wie du es einmal getan hast. Nein, sie breiten die Haut eines Bullen aus, und beide Männer stellen sich darauf. Sie dürfen nicht davon runter. Dann kämpfen sie mit Messern.«

»Klingt nicht allzu gefährlich«, warf Shef ein.

»Zuerst binden sie ihre linken Handgelenke aneinander.«

Der Schauplatz für Duelle dieser Art befand sich in einer Senke, damit sich die Zuschauer ringsum an den Hängen aufstellen konnten. Shef und Guthmund fanden Plätze in den oberen Reihen. Sie verfolgten, wie die Bullenhaut sorgfältig ausgebreitet wurde, und man die beiden Kontrahenten in die Mitte führte. Ein Priester des Weges sagte einige Sätze, die sie nicht hören konnten, und dann zogen die beiden Männer die Hemden aus und traten nur mit Hosen bekleidet vor. Jeder von ihnen hielt in der Rechten ein langes, breites Messer, ähnlich der einschneidigen Messer von Shefs Katapultmannschaft, aber mit einer geraden Klinge und einer scharfen Spitze – gleichermaßen eine Stich- und Hiebwaffe. Ein lederner Riemen wurde erst um ein Handgelenk, dann um das zweite gebunden. Shef registrierte, daß ungefähr drei Fuß Leder zwischen den beiden Männern übrig blieben. Jeder der beiden nahm die Hälfte des baumelnden Lederbands in die gefesselte Linke, so daß sich bei Beginn des Kampfes ihre Handrücken berührten. Der eine Mann war jung, hochgewachsen, und hatte langes, blondes Haar, das ihm in einem Zopf auf den Rücken fiel. Der andere war 20 Jahre älter, stämmig und glatzköpfig; seine Miene strahlte grimmige Wut aus.

»Worum geht es?« murmelte Shef.

»Der Jüngere hat die Tochter des Älteren geschwängert. Er behauptet, sie hätte eingewilligt; der Vater sagt, er hätte sie auf dem Feld vergewaltigt.«

»Und was sagt sie?« fragte Shef. Er erinnerte sich an einen ähnlich gelagerten Fall aus seinen eigenen Gerichtsstunden.

»Ich glaube nicht, daß jemand sie gefragt hat.«

Shef öffnete den Mund, um weitere Fragen zu stellen, bemerkte aber, daß es zu spät war. Im Ring wurde weitergesprochen, dann folgte die rituelle Bitte, Vermittlung zu akzeptieren. Aber das war jetzt unmöglich, ohne Schande auf sich zu laden. Die beiden Männer schüttelten den Kopf. Der Verkünder des Rechts trat bedächtig von der Bullenhaut und gab ein Zeichen.

Sofort waren die beiden Duellanten in Bewegung, sprangen umeinander herum. Der Vater hatte beim ersten Zucken der Hand des Richters zugestoßen, tief unter den gefesselten Händen hindurch. Aber der junge Mann hatte im selben Moment das Lederband fallenlassen und war soweit wie möglich zurückgesprungen.

Der Vater ließ das Leder ebenfalls fallen und griff nach dem Band, das vom Handgelenk seines Gegners baumelte. Bekam er es zu fassen, konnte er den jüngeren bis auf Armeslänge heranziehen und ihn abstechen. Aber einen tödlichen Streich zu führen, hieß immer auch, sich der Gefahr eines tödlichen Konters auszusetzen. In dieser Art des Zweikampfs war es einfach, den Gegner zu töten – wenn man ihm die Chance gab, seinerseits einen selbst zu töten.

Der ältere Mann griff ins Leere. Der jüngere schnellte davon, hielt sich ganz am Rande der Haut. Plötzlich streckte er sich vor und schnitt seinem Gegner über den Handrücken. Beim Anblick des hervorquellenden Bluts schrie der junge Mann auf, der verwundete ältere antwortete mit einer höhnischen Bemerkung.

»Ist nicht schwer in diesem Spiel, dem anderen einen Kratzer zuzufügen«, bemerkte Guthmund. »Aber ein Kratzer entscheidet die Sache nicht. Gut, da ist der Blutverlust, wenn der Kampf lange dauert – aber das tut er nie.«

Das Duell lief jetzt fast nach einem gleichbleibenden Muster ab. Der ältere Mann versuchte immer aufzuschließen, stach unter den Armen hindurch und riß an dem Lederband. Der andere ignorierte das Band, hielt Abstand und zielte mit kurzen, schnellen Stößen auf Arme und Beine, achtete aber immer darauf, daß sein Messer sich nicht verfing und ihn einen Moment lang gefangenhielt.

Er tat es einmal zuviel. Der kahle Vater, der jetzt aus einem Dutzend kleinerer Wunden blutete, steckte einen weiteren Schnitt hoch am linken Bizeps ein. Dann fing er die sich zurückziehende Messerhand seines Kontrahenten mit seiner Linken. Er verdrehte sie brutal und schrie etwas, das Shef über dem Getöse der Menge nicht verstehen konnte. Die Linke des Verführers schnellte vor, verzweifelt versuchte er, die Messerhand seines Gegners zu packen. Aber der ältere Mann hatte sich weggedreht. Er hielt das Messer weg von seinem Körper, außerhalb der Reichweite seines Gegners, und täuschte erst einen tiefen, dann einen hohen Stich an. Und gleichzeitig verdrehte er das Handgelenk des Jüngeren immer weiter.

Dem gefangenen Mann blieb nur noch eine Hoffnung. Er sprang hoch und versuchte die Oberschenkel seines Gegners mit einem Scherengriff zu umfassen. Der ältere Mann torkelte zurück. Als die beiden einander umklammernd zu Boden gingen, sah Shef Blut spritzen und hörte, wie die Zuschauer in einem kollektiven Stöhnen die angehaltene Luft aus ihren Lungen entließen. Der Richter trat vor und zog die beiden Männer auseinander. Shef sah ein Messer, das in der

Brust des jungen Mannes steckte. Als sie seinen Gegner zur Seite drehten, sah er einen weiteren Messergriff aus der Augenhöhle des älteren Mannes ragen.

Frauen kreischten und stürzten vor. Shef drehte sich zu Guthmund, um ein System zu verdammen, das es zuließ, daß eine Frau innerhalb eines Herzschlags ihren Mann und Vater verlor und ein Kind Vater und Großvater. Aber die Worte erstarben ihm in der Kehle.

Cuthred schritt die Senke hinunter, den Schild mit dem frisch angeschmiedeten Stachel in einer Hand, das Schwert in der anderen. Dicht hinter ihm folgten Fritha, Osmod und Udd, die trotz ihrer Armbrüste völlig hilflos wirkten. Als Shef sich nach vorne drängte, hörte er Cuthreds verrückte Stimme.

»Stümper!« schrie er in bruchstückhaftem Nordisch. »*Nithings!* Muß man zusammenbinden, sonst rennen weg? Muß man Mann festbinden? Kämpft gegen Engländer, ohne Fesseln! Oder eine Hand gefesselt, ihr sucht aus. *Hornungs*, Hurensöhne! Du, du da!«

Weißer Speichel spritzte aus seinem Mund. Der Kreis um ihn herum weitete sich immer mehr, bis er allein mit den beiden Toten zu seinen Füßen dastand. Cuthred starrte nach unten. Plötzlich holte er aus. Seine Klinge grub sich tief in das Gesicht des jüngeren Toten. Er begann mit den Füßen aufzustampfen und atmete keuchend, bereit, die gesamte Menschenmenge anzugreifen.

Shef trat vor ihn hin und wartete, bis sich in den irren Augen Erkennen abzeichnete. Zögerliches Erkennen.

»Sie werden nicht kämpfen«, sagte Shef langsam. »Wir müssen auf einen besseren Zeitpunkt warten. Und eine Leiche zu schlagen ist ehrlos, Cuthred. Ehrlos für einen *ordwiga*, einen *herecempa*, einen *frumgar* wie du es bist, den Champion eines Königs. Warte auf die Ragnarssons, die Mörder deines Königs Ella.«

Cuthreds Miene war anzusehen, daß er im Geiste die Ehrentitel abwog, die er sich in seinem früheren Leben als Hauptmann der Leibwache des Königs von Northumbrien erworben hatte. Er warf einen Blick auf sein blutiges Schwert, dann auf die Leiche, nach der er den Streich geführt hatte, warf seine Waffe zu Boden und brach in gequältes Schluchzen aus. Udd und Osmod näherten sich ihm von links und rechts, nahmen seine Arme und führten ihn weg.

Shef wischte sich den Schweiß von der Stirn, drehte sich um und sah in die mißbilligenden Augen des Kampfrichters.

»Einen Toten zu verstümmeln«, sagte der Nordländer, »wird bestraft mit einer Summe von...«

»Wir zahlen«, unterbrach ihn Shef. »Wir zahlen. Aber irgend jemand sollte dafür bezahlen, was man diesem Lebenden angetan hat.«

Am nächsten Morgen stand Shef neben der schmalen Gangway, die zu Brands hochgeschätztem Schiff, der *Walroß*, hinaufführte. Guthmunds bereits beladene *Seemöwe* schaukelte geschmeidig 40 Schritte weiter draußen; eine Reihe von Gesichtern blickte über das Dollbord. Die Schiffe zu beladen war keine einfache Aufgabe gewesen. Beide hatten jeweils 36 Ruder und eine Besatzung von 40 Mann. Dazu kamen noch Shef, Hound, Karli und Thorvin, die achtköpfige englische Katapultmannschaft, die vier Frauen, die sie auf Drottningholm gerettet hatten, Cuthred und die entlaufenen Sklaven, die sich ihrem Ritt durch Oppland und Sogn angeschlossen hatten – insgesamt fast 30 Personen, eine beachtliche Zahl angesichts der gedrängten Verhältnisse auf den engen Schiffen.

Aber jetzt waren nicht alle dort: Lulla, Fritha und Edwi von der Katapultmannschaft fehlten. Hatte man ihnen irgendwie den Weg abgeschnitten? Hielt man sie irgendwo im Thingkreis versteckt, um sie zu versklaven oder sich an ihnen zu rächen? Oder waren sie sogar als Menschenopfer bestimmt? Beim Gedanken an seine Männer, die vom Opferbaum irgendeiner Provinzstadt baumelten, riß Shef der Geduldsfaden.

»Schaff alle Männer runter«, schrie er Brand zu. »Du auch, Guthmund. Zusammen können wir hundert Mann aufbieten. Wir durchkämmen alles, drehen jedes Zelt um, bis sie uns unsere Männer zurückgeben. Und wenn das jemandem nicht paßt, kriegt er einen Bolzen in den Wanst.«

Shef registrierte, daß Cwicca und die übrigen Ex-Sklaven nicht mit der Begeisterung, die er erwartet hätte, auf seine Befehle reagierten. Sie hatten wieder diesen glasigen Blick aufgesetzt, der ihm anzeigte, daß sie etwas wußten, es aber nicht auszusprechen wagten.

»In Ordnung«, sagte Shef. »Was ist mit den dreien?«

Osmod, für gewöhnlich der Sprecher der Gruppe in schwierigen Situationen, ergriff das Wort. »Es ist so. Ein paar von uns sind herumgelaufen und haben sich umgesehen. Sie reden hier überall nur von Katapulten und Armbrüsten und ähnlichem. Sie haben eine Menge von ihnen gehört, wissen aber nicht, wie sie funktionieren. Also antworteten wir natürlich, daß wir alles über Katapulte wissen und Udd die Armbrust praktisch erfunden hat. Also sagten sie – in der Zwischenzeit hatten sie uns schon ein, zwei Becher Ale ausgegeben – sagten sie, ›Wie interessant. Wißt ihr eigentlich, was drunten im Süden passiert?‹ Wir antworteten natürlich nein, denn woher sollten wir auch? Dann sagten sie…«

»Komm zur Sache!« befahl Shef.

»Sie zahlen viel Geld für erfahrene Leute, Männer, die wissen, wie man Katapulte baut und sie bedient. Sehr viel Geld. Wir glauben, daß Lulla, Edwi und Fritha beschlossen haben, einzuschlagen.«

Shef starrte ihn einen Augenblick lang an, unsicher, wie er reagieren sollte. Er hatte diese Männer befreit. Zuhause in England waren sie bereits Landbesitzer. Wie konnten sie einfach in den Dienst eines anderen treten und ihren Herrn im Stich lassen? Aber andererseits waren sie freie Männer, weil er sie befreit hatte...

»In Ordnung«, sagte er. »Vergessen wir das Ganze, Brand. Osmod, ich danke dir und den übrigen dafür, daß ihr geblieben seid. Ich hoffe, es wird nicht euer Schaden sein. Also an Bord mit euch und dann los! Wenn Thor uns einen günstigen Wind schickt, sind wir in zwei Wochen in England.«

Das tat der Gott nicht, zumindest nicht gleich. Den ganzen Weg den langen Fjord hinunter ruderten die beiden Schiffe beständig gegen eine frische Brise an. Beide drückte das Gewicht der Passagiere und des Proviants tief ins Wasser. Brand wechselte seine eigenen Leute an den Rudern immer wieder mit den männlichen Passagieren ab.

»Sobald wir um die Landzunge herum sind«, bemerkte er, »laufen wir vor dem Wind. Dann können wir mit dem Rudern aufhören und nach Süden segeln. Was ist das da vorne?«

Um die Spitze des Vorgebirges, das in kaum einer halben Meile Entfernung über den Gulafjord wachte, kam ein Schiff. Ein merkwürdiges Schiff, anders als die Handelsschiffe und Fischerboote, von denen sie bereits einem halben Dutzend begegnet waren. Sein blauweiß gestreiftes Segel bauschte sich in der Brise auf, ein Banner flatterte direkt in ihre Richtung. Erst als eine Bö das Banner erfaßte, konnten sie es für einen kurzen Augenblick in seiner ganzen Länge sehen. Außerdem stimmte etwas nicht mit dem Segel des Schiffs. Und mit seiner Größe.

»Thor steh uns bei«, sagte Brand am Steuerriemen. »Es ist eines von Halfdans Küstenwachschiffen. Aber es hat zwei Segel, ja, sogar zwei Masten. So etwas habe ich noch nie gesehen. Wozu haben sie das gemacht?«

Shefs einziges, aber scharfes Auge erhaschte einen Blick auf den Banner, erkannte den Packenden Drachen.

»Dreh ab!« sagte er. »Wir müssen von hier verschwinden. Das ist Königin Ragnhild. Und sie will uns nichts Gutes.«

»Es ist ein großes Schiff. Aber wir sind zwei gegen eins, wir können kämpfen...«

»Dreh ab«, schrie Shef. Irgend etwas an den Bewegungen der Männer an Deck des Zweimasters kam ihm bekannt vor.

Brand erfaßte die Lage im selben Moment, und warf die *Walroß* so brutal herum, daß die Ruderer über die Bänke schlitterten. »Steuerbord zurück«, schrie er. »Pullt backbord. Und jetzt zusammen, fest! Und schneller! Und jetzt runter mit dem Segel, du da im Mittelschiff. Narf, Ansgeir, helft ihm. Guthmund...« Seine Stimme hallte über das Wasser zu ihrem Begleitschiff, das ihnen mit einer Achtelmeile Abstand folgte. Die *Walroß*, die jetzt vor dem Wind lief, machte sich auf demselben Weg zurück, den sie gekommen war.

Shef, der ihren Verfolger im Auge behielt, sah, wie das Schiff gierte, um den Baum überzuholen. »Wenn ich es sage, schlägst du hart backbord ein«, sagte er ruhig. »Jetzt!«

Die *Walroß* schwang flink herum. Im selben Moment rief Brand seiner Mannschaft zu, die Riemen zu heben, um das Schiff frei unter dem Segel laufen zu lassen. Behende hoben sich die Ruder gleichzeitig aus dem Wasser. Dann hörten sie ein Summen, und drei der Ruderer wurden von ihren Bänken geschleudert und landeten fluchend oder stöhnend im Bauch des Schiffs. Holzsplitter wirbelten durch die Luft und platschten ins Wasser. Der von einem Maulesel abgeschossene

Stein, der die Ruder eine Handbreit über Kopfhöhe zerschmettert hatte, flog weiter, traf auf das Wasser und hüpfte von Welle zu Welle, bevor er schließlich versank.

»Sie haben davon geredet, eins von den Schiffen umzurüsten«, sagte Brand. »Aber sie sagten, es könnte dem Rückstoß nie standhalten. Müssen das Schiff komplett neu gebaut haben, als sie den zweiten Mast anbrachten.«

»Aber wer bedient den Maulesel?« fragte Shef, der das Schiff hinter ihnen aufmerksam beobachtete. Es war zurückgefallen, aber Shef erwartete immer noch jeden Augenblick einen Schlenker, der das Katapult wieder auf sie ausrichten würde. Es war ihr Glück, daß die Verfolger an ihrem Heck hingen und Ragnhilds Männer nicht über den eigenen Bug schießen konnten. »Männer, die mir abtrünnig wurden? Aber woher sollten sie sie haben?«

»Der Weg hat sich sehr für alles, was du getan hast, interessiert«, schaltete sich Thorvin ein, der dicht neben Brand stand. »Sie haben Nachahmungen aller Maschinen gebaut, die du gemacht hast. Valgrim könnte den Maulesel gebaut und eine Mannschaft, die ihn bedient, zusammengetrommelt haben. Einige seiner Freunde sind Priester Njörds; sie wüßten, wie man ein Schiff umrüstet. Was tun wir jetzt? Sollen wir zurück in den Gulafjord segeln und darauf hoffen, an Land gegen sie zu kämpfen?«

Shef verfolgte wieder aufmerksam die Aktivitäten im Bug ihres Verfolgers. Er war beim Versuch, in Schußposition zu manövrieren, zurückgefallen, und jetzt vergrößerten die *Walroß* und ihr Begleitschiff den Abstand mit jeder Welle. Anfangs hatte nur eine halbe Meile Jäger und Gejagte getrennt, jetzt war die Distanz deutlich angewachsen. Dennoch war sich Shef sicher, eine hochgewachsene, weibliche Gestalt ganz vorne am Bug des Schiffs zu sehen, die langen Haare zerzaust. Ragnhild, die hinter ihm her war. Die ihn, ganz gleich, wie schnell sie segelten, in einen engen, ausweglosen Fjord drängte. Und im Bug des Verfolgerschiffs geschah auf jeden Fall etwas Merkwürdiges. Konnte es sein, daß sie einen Maulesel gebaut hatten, der nicht tief in der Mitte des Schiffs plaziert werden mußte?

Hinter Ragnhild war plötzlich Licht. Feuer. Ein großes, grell loderndes Feuer. Im selben Moment erkannte Shef die Bewegungen der Männer um die Flammen. Er hatte noch nie ein Katapult gesehen, das von vorne gespannt wurde, aber das war es, was sie gerade taten – nein, getan hatten, denn die Männer sprangen zurück, um dem Schützen freie Sicht zu geben, genauso wie es Cwiccas Mannschaft immer tat. Es war kein Katapult, sondern eine der großen Bolzenschleudern. Er hatte selbst eine davon benutzt, um König Ella zu töten und Ivar Ragnarssons Armee zu spalten.

Als Shef sich abwandte, um Brand einen zweiten Schlenker zu befehlen, sah er plötzlich das Licht mit unvorstellbarer Geschwindigkeit auf sich zuschießen. Es kam in einem flachen Bogen, der sich an seinem höchsten Punkt kaum mehr als sechs Fuß von der See entfernte. Unwillkürlich zuckte Shef zusammen. Beugte sich vor, legte die Arme vor den Bauch, in der Überzeugung, daß die Maschine ihren speergroßen Bolzen direkt durch seinen Körper und seine Wirbelsäule schießen würde.

Ein dumpfer Schlag unmittelbar unter seinen Füßen ließ ihn taumeln. Der Geruch brennenden Teers und Holzes stieg auf. Brand stieß einen heiseren Schrei aus. Das Schiff schlingerte, als Brand den Steuerriemen losließ, um über die Seitenwand zu sehen. Dann wurde Shef von Männern zur Seite gestoßen, die mit Eimern von mittschiffs herrannten und hektisch versuchten, sich weit genug hinauszulehnen, um Wasser zu schöpfen. Sie wollten es über dem großen Feuerpfeil ausschütten, der drei Fuß von Shefs Bein entfernt steckengeblieben war und jetzt die Planken und die Ruderbänke gleichzeitig in Brand steckte.

»Nehmt das Trinkwasser!« schrie Brand. Die wenigen Tropfen Meerwasser, die seine Mannschaft aus den Wellen schöpfte, zeigten keine Wirkung auf die Masse aus Pech und Teer an der Spitze des festgekeilten Bolzens. Und das Feuer breitete sich rasch aus. Wenn es erst das Segel erfaßte… Ein Mann rannte vom Süßwasserfaß am Fuß des Masts los, stolperte und fiel hin. Der Eimer flog im weiten Bogen in die Bilge. Andere zögerten, hin- und hergerissen zwischen der See, die um ein Haar außer Reichweite war, und dem Wasserfaß, das zu weit entfernt war.

Cuthred schlurfte von seinem Platz am Bug heran. Niemand hatte es gewagt, ihn an die Ruder zu bitten. Er hatte eine Axt in der Hand. Der Engländer stellte sich über den Feuerpfeil, schmetterte drei Schläge durch die zerbrechlichen Planken der *Walroß* und beugte sich vor. Er zog den Pfeil weiter ins Schiffsinnere, bis der flammende Kopf weit weg von der Innenwand war. Dann schwang er die Axt erneut und durchtrennte glatt den dicken Holzschaft. Er nahm die abgeschlagene Spitze, ignorierte die Flammen, die seinen Arm hinaufzüngelten, und warf sie über Bord. Als Cuthred sich umwandte, um Brand mit einem höhnischen Grinsen zu bedenken, bemerkte Shef, daß das Schiff hinter ihnen wieder gierte.

Maschinenkrieg, dachte er angewidert. Es kommt zu schnell. Selbst ein tapferer Mann will anhalten und »Wartet, bis ich soweit bin!« schreien. Hilflos verfolgte er, wie der Stein des Maulesels ihm wie ein Schemen entgegentaumelte, und wieder schien er direkt auf ihn zu zielen, nicht auf das Schiff, nein, auf ihn persönlich, seinen Brustkorb, um seine Rippen und sein Herz zu zerschmettern.

Der Stein spritzte 60 Schritte vor dem Schiff ins Wasser, sprang wie das Steinchen eines Kindes wieder hoch, und krachte mit einem Hammerschlag unmittelbar vor dem Steuerruder in die *Walroß*. Plankenstücke flogen zur Seite, eine Ruderbank schleuderte aus ihrer Verankerung und grünes Wasser schoß ins Schiff. Aber es war nur ein Loch, das Schiff löste sich nicht komplett auf, wie eines, das am Kiel oder am Vordersteven getroffen wird.

Du warst ein König, sagte sich Shef. Jetzt sagen sie, du wärst ein Oberkönig. Und was tust du? Du krümmst dich vor Furcht zusammen und wartest auf die Hilfe eines Irren. Das gebührt einem Anführer nicht. Du hast schon früher Männer aus der Ferne getötet, aber du hast noch nie daran gedacht, was du tun sollst, wenn nur deine Gegner Maschinen haben.

Shef trat wieder an das Heck. Sollte sich die Mannschaft um das Leck kümmern. Ragnhilds Schiff verfolgte sie weiter, während ihre Männer an Deck sich mühten, die Maschinen wieder schußbereit zu machen. Eine von beiden würde sie versenken, sobald die Männer der Königin gelernt hatten, sich zu zügeln, bis sie in angemessener Schußweite waren. Währenddessen waren die *Walroß* und die *Seemöwe* mit vollen Segeln beinahe wieder an die Stelle zurückgekehrt, von der sie aufgebrochen waren. Shef konnte eine Zuschauermenge am Hafen des Things erkennen. Und unmittelbar vor ihnen lag die Insel, die Gula-ey, auf der man in früheren Jahren das eigentliche Thing abgehalten hatte. Shef betrachtete prüfend den engen Kanal zwischen der Insel und dem Ufer des Fjords, schätzte die Größe von Halfdans Kriegsschiff ab und erinnerte sich an Sigurth Schlangenauges Trick. Er glaubte nicht, daß ein erfahrener Wikingerkapitän auf ihn hereinfallen würde.

Er packte Brands Schulter und deutete nach vorne. »Steuer uns da durch!«

Brand öffnete den Mund, um zu widersprechen, schloß ihn aber wieder, als er die verzweifelte Dringlichkeit in Shefs Stimme registrierte. Schweigend lehnte er sich gegen das Ruder, steuerte zwischen die Felsen und gab Guthmund mit einer herrischen Geste zu verstehen, er solle ihm folgen. Nach einigen Augenblicken wagte er eine Bemerkung: »Gleich sind wir aus dem Wind.«

»Das ist in Ordnung.« Shef beobachtete das Schiff hinter ihnen. Wie erwartet hatte es den Kurs gewechselt. Es würde ihnen nicht folgen, sondern die Insel auf der anderen Seite umfahren, auf Halbwindkurs gehen, das Tempo behalten, die *Walroß* und die *Seemöwe* überholen und sie aus nächster Nähe zerstören. Wahrscheinlich glaubte der Kapitän von Ragnhilds Schiff, seine Gegner wollten auf den Strand setzen und zu Fuß entkommen. Ragnhild würde auch für diesen Fall einen Plan haben.

Aber einige Momente lang würde die Insel zwischen ihnen und ihrem Verfolger liegen.

»Auf mein Kommando«, sagte Shef ruhig, »holen wir das Segel ein, wenden und rudern so schnell wir können zurück. Wenn wir an ihnen vorbei sind, ist es nur ein Ruderwettbewerb. Gegen ein Schiff dieser Größe und dieses Gewichts müssen wir einfach gewinnen.«

»Außer sie warten einfach auf uns. Dann rudern wir zurück und blicken ihren Katapulten aus 100 Schritten Entfernung ins Auge.«

Shef nickte. »Wende jetzt!«

Die *Walroß* und die *Seemöwe* drehten gleichzeitig und ruderten zurück. Die Männer an den Riemen mühten sich so leise wie möglich ab. Das einzige Geräusch, bemerkte Shef, war das Durcheinander der Stimmen vom

300 Fuß entfernten Strand. Er hoffte, daß die ausgestreckten Finger der Menge seinen Plan nicht verraten würden. Brand hatte recht. Was sie hier taten, war nichts anderes, als wenn zwei Kinder einander um den Küchentisch jagten. Wenn der Verfolger einfach anhielt, rannte der Gejagte, der umdrehte, direkt in ihn hinein. Shef glaubte nicht, daß ihre Verfolger anhalten würden. Ganz gleich, wie erfahren der Kapitän sein mochte, das Schiff wurde von Ragnhild befehligt. Sie würde nicht innehalten, um nachzudenken. Sie wollte ihn in den Grund bohren. Außerdem hatte er gesehen, wie ihre Männer die Waffen geschwenkt und herübergeschrien hatten. Sie hatten sich zwar Maschinen verschafft, aber sie dachten noch nicht wie Maschinenkrieger. Ihr Instinkt und ihr Training drängten sie dazu, aufzuschließen und den Gegner zu überwältigen, seine Linien mit bloßer Wucht zu durchbrechen, und nicht, sich hinzusetzen und aus der Entfernung ihre Waffen abzuschießen.

Als die *Walroß* vor dem Wind aus dem Kanal lief, blickte Shef steuerbord über das Hinterschiff. Erleichterung erfüllte ihn. Halfdans Schiff war um die Insel gerast, hatte zu spät erkannt, was vor sich ging, und wendete erst jetzt mit flatternden Segeln. Und das nicht sehr geschickt. Mannschaft und Kapitän hatten offensichtlich die Schwierigkeiten einer zweimastigen Takelage noch nicht ganz gemeistert. Das Verfolgerschiff war jetzt fast eine Meile hinter ihnen, ohne eine Chance aufzuholen. Brands Ruderer legten jetzt ihr ganzes Gewicht in die Riemen. Einer von ihnen sang, während die übrigen mit dem Refrain antworteten, jedesmal wenn sie die Riemen nach vorne schwangen. Drei der Männer bogen Planken zurück an ihre Plätze und dichteten die Lücken mit Robbenhäuten und Segeltuch ab. Der Weg in die offene See und nach Süden war wieder offen.

Karli faßte Shef am Arm und deutete nach vorne. Ein kleines Skiff paddelte aus dem Hafen, um sie abzufangen. Ein einzelner Mann saß darin.

»Das ist Fritha«, sagte er. »Muß es sich anders überlegt haben.«

Shef runzelte die Stirn, trat wieder an den Bug und nahm ein Seil. Als die *Walroß* sich dem Skiff näherte, warf er es über Bord und sah zu, wie Fritha es ergriff. Der Ex-Sklave machte keine Anstalten, sein Boot längs zu ziehen, sondern ließ es einfach zurück. Er ließ die Ruder fallen und schwang hüfttief durch das Wasser, bis er sich an den Rumpf der *Walroß* klammern konnte. Shef packte ihn am Kragen, zog ihn über den Dollbord und blickte drohend auf ihn hinab.

»Was ist passiert? Kam das Silber nicht pünktlich?«

Fritha schnappte nach Luft und kämpfte sich tropfend auf die Beine. »Nein, Herr, ich mußte es Euch mitteilen. Im Thing überschlagen sich die Nachrichten. Vor diesem Schiff hier ist ein anderes eingelaufen. Wir wußten noch vor Euch, daß Königin Ragnhild kommen würde. Aber das Schiff brachte noch eine weitere Nachricht. Sie, die Königin, hat in jedem Hafen auf dem Weg verkündet, daß sie ein Kopfgeld für Euch bezahlt, solltet Ihr entkommen. Ein großes Kopfgeld, ihr gesamtes Erbe. Jeder Pirat Rogalands hält jetzt nach Euch Ausschau. Die gesamte Küste entlang, 200 Meilen weit.«

Die Leute in Rogaland sind arm, sinnierte Shef, aber mit ihnen ist nicht zu spaßen. Er blickte zu Thorvin.

»Es scheint, der Weg nach Süden ist uns versperrt. Jetzt werde ich doch der eine sein, der aus dem Norden kommt.«

»Wir sagen die Worte«, bemerkte Thorvin. »Aber die Götter legen sie uns in den Mund.«

KAPITEL 20

»NATÜRLICH WERDEN SIE UNS FOLGEN«, sagte Brand, die Flosse einer Robbe in der Hand. Er nagte gewissenhaft an einem der langen Knochen, schlürfte lautstark den Tran von der Haut und schleuderte die Überreste ins Meer. Dann entsann er sich seiner fettigen Hände, wischte sie am Bart ab, stand auf und schlurfte in Richtung der Bootshäuser von Hrafnsey, seiner Inselheimat. Über die Schulter rief er: »Aber sie werden uns nicht finden. Und wenn sie es doch tun, sehen wir sie zuerst.«

Shef blickte der hünenhaften Gestalt hinterher. Brand machte ihm mehr und mehr Sorgen. Shef kannte ihn jetzt seit fast zwei Jahren, und zu keiner Zeit hätte Brand als Vorbild für höfische Etikette dienen können. Dennoch war sein Benehmen im Rahmen der – zugegebenermaßen niedrigen – Standards der Wikingerarmeen normal gewesen: rauh, brutal und lautstark, doch gleichzeitig war er zu feineren Gefühlen fähig und sogar zu etwas wie Schauspielerei. Brand hatte bei der Hochzeit Alfreds und Godives eine hervorragende Figur gemacht. Bei Shefs Ankunft in Kaupang hatte er sehr glaubwürdig einen Höfling verkörpert, der einen geachteten König willkommen heißt. Er war immer reinlich gewesen und hatte in allen Feldlagern auf Sauberkeit geachtet.

In den vergangen Tagen waren die Schiffe immer

weiter nach Norden vorgestoßen, waren mit dem Wind im Rücken die scheinbar endlose Küste Norwegens entlanggejagt. Steuerbord hatten die zerklüfteten Felsen mit ihrem Durcheinander von Riffen, Inseln und Inselchen gelauert, backbord der stürmische Atlantik. Und mit jeder Meile hatte sich Brands Benehmen geändert – ebenso wie sein Akzent und der seiner Mannschaft aus Halogaland. Verglichen mit den übrigen Norwegern hatten sie immer merkwürdig geredet. Als sie sich dem ewigen Eis näherten, wurde ihr Akzent immer stärker, ihre Stimmen wurden barscher, und es schien, als ob sie sich in Fett und Öl aalten. Sie aßen ihr Brot vollgesogen mit Robbenfett und streuten Prisen von Salz darauf. Den Fisch, den sie fingen, aßen sie roh, manchmal sogar lebend: Shef hatte gesehen, wie einer von ihnen an seiner Leine einen Hering aus dem Meer zog und sofort seine Zähne in den noch zappelnden Fisch schlug. Eines Tages hatte Brand das Segel gerefft, als ob er sich genau nach Landmarken umsehen wollte, und schließlich Kurs auf einen Strand genommen. Noch bevor das Schiff Land erreicht hatte, war seine Mannschaft mit lautem Geschrei über Bord gesprungen und den Strand hinaufgerannt und hatte begonnen, im Sand zu graben. Bei dem Gestank, der sich gleich darauf ausgebreitet hatte, waren Shef und die übrigen Engländer zurückgewichen. Dort, in sicherem Abstand, hatten sich Guthmund und seine Schweden von der *Seemöwe* zu ihnen gesellt. Zumindest dieses eine Mal waren sich Engländer und Schweden völlig einig gewesen, was die Norweger anging.

»Was für ein Zeug aus dem Totenreich habt ihr da?« hatte Shef von der abgewandten Seite eines Holzfeuers herübergerufen, den schützenden Rauch in der Nase.

»Verrottete Haileber«, hatte Brand zurückgerufen. »Wir haben sie auf dem Weg nach Süden vergraben, damit sie etwas reift. Willst du ein Stück probieren?«

Wie ein Mann waren die Schweden und Engländer weitere hundert Schritte zurückgewichen, begleitet von brüllendem Gelächter. »Das wird euch guttun!« hatten die Norweger geschrien. »Hält die Kälte ab! Beiß einen Hai, und er kann dich nicht beißen!«

Nach ihrer Ankunft auf Hrafnsey war es noch schlimmer geworden. Die Insel selbst war etwa fünf Meilen lang und zwei Meilen breit und vergleichsweise flach. Ein großer Teil davon war als Weideland nutzbar und ein kleinerer sogar als Ackerland. Hrafnsey lag vor der trostlosesten Küste, die Shef je gesehen hatte, noch weit öder und zerklüfteter als die Berge Norwegens, die sich bis zum Oslofjord hinunterzogen. Selbst jetzt, nach Mittsommer, lag überall noch Schnee. Die Berge schienen geradewegs bis in das eisige Wasser zu reichen. Nur hier und da zeigten sich grüne Flecken auf kleineren Vorsprüngen und Abhängen, die aber – so schien es zumindest von der Insel aus – weder von der Küste noch von den Gipfeln aus zugänglich waren. Noch viele Tage lang konnte Shef nicht glauben, daß irgend jemand an diesem Ort leben und Nahrung finden konnte. Dennoch war Brands Mannschaft wie Wasser in Sand fast spurlos in der felsigen Wildnis verschwunden. Die Männer waren in Ein- oder Zweiruderern und in kleinen Segelbooten davongerudert- und gesegelt. In jedem Fjord schien es einen Hof zu geben oder wenigstens eine grasgedeckte Hütte aus Stein.

In Wahrheit, war Shef aufgegangen, waren diese Leute Fleischesser, auch wenn sie an einigen begünstigten Flecken Hafer und Gerste anbauten. Das eiskalte Wasser wimmelte vor Fischen, die man mühelos für den Winter in Salzlake einlegen konnte. Dazu gab es überall Robben, die mit den Männern um den Fisch konkurrierten und deshalb doppelt lohnende Beute darstellten. Es gab genug Gras, um Kühe und Schafe im Sommer weiden zu lassen und um Heu für den Winter einzubringen. Die Ziegen in den Bergen sahen selbst nach ihrem Futter. Diese Bewohner des hohen Nordens schätzten Milch, Butter, Molke, Quark und Käse über alles. Während des Sommers melkten sie alle ihre Tiere, sogar die Schafe und Ziegen, zweimal täglich und lagerten alles, was sie nicht unmittelbar aßen oder tranken. Es war in der Tat ein reiches Land, das sie bewohnten, auch wenn es nicht mehr als eine felsige Einöde schien. Doch es brauchte besondere Fertigkeiten, dort zu überleben. Einige von Brands Männern hatten Karli und ein paar Seeleute aus Guthmunds Mannschaft mit zu den Nestern der Vögel mitgenommen, die während der Brutzeit in riesigen Schwärmen auf jeder Klippe und jedem Vorsprung zu finden waren. Nach einem halben Tag waren sie prustend zurückgekehrt und hatten die kreidebleichen Fremdländer mit übertriebener Behutsamkeit wieder am Ufer abgesetzt. Nur völlig schwindelfreie Männer mit Nerven aus Stahl konnten sich lediglich an den Fingerspitzen haltend und auf winzige Vorsprünge angewiesen die Klippen hinunterschwingen. Auf Hrafnsey durfte ein Mann erst dann heiraten, hatte Brand Shef berichtet, nachdem er zu einem bestimmten Fels 200 Fuß über dem zerklüfteten Ufer geklettert war und darauf balanciert hatte – der Fels bewegte sich im Wind. Dann mußte er sich über den Rand beugen, die eigenen Zehen berühren und in die Brandung pissen. Es war zum letzten Mal zu Zeiten seines Großvaters gewesen, daß jemand ausgerutscht war: Die Höhenangst war seit langem aus Brands Familie und der seiner Gefährten verschwunden.

Keines dieser Dinge machte es einfacher, mit den Männern Halogalands zu leben. Von Anfang an hatte Shef sich den Kopf darüber zerbrochen, wie sie wieder von der Insel wegkommen sollten. Dann war ihm der

Gedanke gekommen, daß sie vielleicht auf der Insel überwintern mußten – Brand schien es zufrieden, auf ihre Verfolger zu warten, anstatt zum Gegenangriff überzugehen oder vor ihnen zu fliehen. Doch wie sollten sie den langen Winter mit den vielen nutzlosen Mündern überstehen? Mit den vielen Engländern und Schweden, die weder Robben jagen, noch Klippen erklimmen, noch die vergrabenen Lebern der riesigen Haie verdauen konnten. »Fangt mehr Fische«, antwortete Brand immer nur auf Shefs Bedenken. Er schien sich um nichts Sorgen zu machen, zufrieden, endlich wieder in seinem fremdartigen Zuhause zu sein. Die einzigen Pläne, die er schmiedete, dienten der Eintreibung der Finnensteuer.

Shef hatte neben Brand noch viele andere Sorgen. Sie stürmten auf ihn ein, wenn er sich schlaflos im kurzen Zwielicht der nordischen Sommernächte wälzte. Zum einen hatte er während der langen Fahrt die Küste hinauf Zeit gehabt, mit all seinen Männern, Cwicca, Hama, Udd, Osmod und den übrigen, zu sprechen. Sie hatten ihren Aufenthalt beim Gulathing dazu genutzt, möglichst viel Klatsch und Tratsch aufzuschnappen. Die Norweger waren überraschend gut informiert – doch wenn man an ihren schwunghaften Handel und ihre vielen Raubzüge dachte, verblaßte die Überraschung. Shef fügte die Berichte seiner Männer zusammen und erkannte, daß seine eigenen Taten viel größere Auswirkungen auf die skandinavischen Länder hatten, als er es sich je hätte träumen lassen. Die gesamte nordisch sprechende Welt brannte auf Informationen über die neuen Waffen, die die Franken und die Ragnarssons besiegt hatten. Deshalb wurden so hohe Preise für echte Experten bezahlt. Detaillierte Berichte von der Seeschlacht vor der Elbmündung waren ebenfalls im Umlauf, und Pläne, Schiffe mit Katapulten auszustatten, waren bereits weit fortgeschritten. Es hat keinen Sinn mehr, den Süden zu überfallen, sagten einige, bevor die Nordländer nicht wieder mit ihrer englischen Beute mithalten konnten oder ihr wieder überlegen waren.

Die Erwartungen über den Gegenschlag der Ragnarssons wuchsen ebenfalls. Osmod zufolge, dem genauesten der Informanten, war man allgemein der Ansicht, daß die Ragnarssons etwas unternehmen mußten. Sie hatten in Northumbrien versagt und ihren Vater nicht zufriedenstellend rächen können. Sie hatten einen der Ihren verloren und genausowenig vermocht, ihn zu rächen. Ihr großangelegter Gegenangriff im Frühjahr war gescheitert, und es war ihnen nicht einmal dann gelungen, sich des Mannes, den sie als die Quelle ihres Unglücks ansahen, zu bemächtigen, als dieser auf dem Sklavenmarkt zum Verkauf stand. Gerade diese Geschichte, so Osmod, war weithin bekannt, und die Männer lachten in aller Öffentlichkeit darüber. Weisere Männer spürten, daß die Ragnarssons etwas unternehmen mußten. Noch im Jahr zuvor war jedermann bekannt gewesen, daß Sigurth Schlangenauge seine Brüder zu den Herrschern Englands und Irlands machen wollte, um dann mit ihrer Hilfe Dänemark unter seiner Herrschaft zu einen; ein Unterfangen, das seit den Tagen der mythischen Skjöldungen niemandem mehr gelungen war. Und was wurde jetzt über sie geredet? Daß sie nicht einmal einen einzelnen Mann auf einer Sandbank fangen konnten, und das, obwohl die Flut hereinkam. Viele lachten sie aus, wiederholte Osmod, aber andere sagten, daß man sich einer Sache sicher sein konnte: Die Ragnarssons würden von ihren Raubzügen in Schottland zurückkehren, bereit für einen Verzweiflungsschlag. Die umsichtigeren der Könige Dänemarks hatten ihren Untertanen Raubzüge in andere Länder untersagt und riefen ihre Flotten und Armeen zur Verteidigung der Heimat zurück.

Und dann rührten sich auch noch die Christen. Darüber erzählte Thorvin Shef am meisten. Ausgerechnet Thorvin, der noch im Vorjahr beim Gedanken an christliche Könige, die um Missionare des Weges baten, jubiliert hatte. Nun schien es laut Thorvin, als hätte sich die Situation umgekehrt. Bericht um Bericht von sonderbaren Auftritten bei den Märkten und Thingen im Süden Skandinaviens hatte ihn erreicht: Die Christenpriester versuchten nicht mehr nur wie seit Jahrzehnten, Konvertiten unter den Armen und den Frauen zu finden, nur um verspottet und versklavt zu werden. Nein, sie stolzierten großspurig im Schutz von Kriegern einher, beantworteten Beleidigung mit Beleidigung und Gewalt mit Gewalt, und kauften ihre eigenen Leute zurück. Und sie stellten Fragen. Fragen über den Überfall auf Hamburg vor 16 Jahren. Fragen über Könige. Und sie schrieben die Antworten auf. Sie waren nicht darauf aus, Seelen zu erretten, nein, sie suchten nach etwas. Thorvin hatte insbesondere von dem Mann, den sie Bruno nannten, gehört – und das nur im Tonfall höchster Bewunderung.

An diesem Punkt hatte Shef Thorvin berichten können, was er auf dem Markt in Haithabu gesehen hatte, sowie von seinem anschließenden Gespräch mit Bruno. Ihn überraschte weniger, daß Bruno die Wikinger derartig beeindruckte – jedem mit seiner Schnelligkeit und seinen Fähigkeiten mußte in der Welt der Wikinger unweigerlich Bewunderung zuteil werden – sondern daß der Ritter weitergereist war, in das Land der Schweden, nach Småland und die beiden Provinzen Gautalands südlich der großen schwedischen Seen.

Thorvin hatte ihm etwas erzählt, das ihm neu war. »Weißt du, wieso so viele von uns Eirik heißen?« hatte Thorvin ihn gefragt. »Das ist wegen der Eiriksgata, oder eigentlich sollte man *Ein-riks-gata* sagen. Der Weg des einen Herrschers. Niemand kann König aller

Schweden werden, sagt man, bevor er nicht diesen Weg gegangen ist. Er führt entlang aller Provinzen. Der wahre König muß jeden Thing aufsuchen, sich in jeder Versammlung zum König erklären und jeden Widerspruch überwinden. Erst wenn ein König das getan hat, ist er König aller Schweden.«

»Und wer war der letzte König, dem das gelungen ist?« hatte Shef gefragt und sich daran erinnert, was ihm Hagbarth vor Monaten darüber erzählt hatte, wie man König wurde, auch wenn es nur der König Ostfolds oder der Fjordlande war. Oder, wie Shef spöttisch angefügt hatte, König des nächsten Misthaufens oder Kuhstalls.

Thorvin hatte die Lippen geschürzt und bedächtig den Kopf geschüttelt. »Vielleicht König Ali«, hatte er sich an eine Geschichte erinnert, die so alt war, daß sie zum Mythos geronnen war, »der wahnsinnige Onkel König Adils. Die Schweden sagen, er war König von ganz Schweden und auch des Lande der Gauten und Skanes. Aber er kann diese Gebiete nicht lange beherrscht haben – König Hrolf hat seinen Neffen auf dem Fyrrisfeld zum Gespött gemacht. Das weißt du. Du hast es in einer deiner Visionen mit eigenen Augen gesehen.«

Manchmal schien es Shef, daß der breitschultrige Bruno durch die skandinavischen Länder zog, als wollte er selbst dem *Eiriksgata* folgen und die Nordländer von oben durch Gewalt zu Christen machen, anstatt von unten durch Bekehrung. Wenn das der Fall war, würde der Sieg des Weges in England in Gestalt Ostangliens und Alfreds Königreich durch den Sieg der Christen im Norden mehr als ausgeglichen. Das konnte Shef sich nicht vorstellen. Dennoch, ihn quälte es, keine neuen Nachrichten zu haben, nachdem er die letzten Brocken aus seinen Männern herausgefischt hatte. Und es quälte ihn noch mehr, daß er hier, am äußersten Rand der bewohnten Welt, seine Tage fristete, während im Zentrum große Dinge in Bewegung kamen. Er verschwendete seine Zeit in diesem Land der Vogeleier und der Hailebern, während im Süden die Heere aufmarschierten.

Und tatsächlich, die Armeen marschierten und die Flotten brachten sich in Position. Während Shef und seine Männer Seile flochten und Holz bearbeiteten, um mit Katapulten, Mauleseln und Bolzenschleudern jede Zufahrt nach Hrafnsey unter Beschuß nehmen zu können, fielen die Ragnarssons wie ein Wirbelsturm über Dithmarschen und die Inseln Nordfrieslands her. König Horik versuchte panisch Männer auszuheben, Bündnisse zu schließen und Vorräte für die Belagerung Haithabus anzulegen. Der Erzbischof von Hamburg und Bremen, der asketische Rimbert, den immer zuversichtlichere Berichte aus dem Norden erreichten, verdoppelte die Streitmacht des Lanzenordens und schickte sie in ihren eigenen Schiffen über die Ostsee, begeistert unterstützt von seinen Amtsbrüdern in Köln und Mainz und Trier und vielen anderen Städten jenseits davon. Die fränkischen Nachkommen Karls des Großen stritten und zankten um die Nachfolge Karls des Kahlen, während der neue Papst – das Päpstlein, wie ihn viele nannten – mal den einen, mal den anderen der Rivalen unterstützte. Und in einer Jahreszeit des unerwarteten Friedens wuchs Godives Kind im Mutterleib heran, während ihr Ehemann die Delegationen vieler königsloser englischer Grafschaften empfing, die darauf drängten, am – in ihren Augen – neuen Goldenen Zeitalter ohne Kirche und Heiden teilzuhaben.

Aber Shef wartete an unbekanntem Ort auf große Ereignisse und konnte seine Anspannung nur durch ununterbrochene Arbeit in der Schmiede oder mit den übrigen Handwerkern lindern.

Cwiccas Männer versuchten, Winterale im Sommer herzustellen. Das starke Gebräu, das man ihnen in Kaupang gegeben hatte, hatte sie tief beeindruckt und am Gulathing hatten sie zusammengelegt und ein kleines Faß davon erstanden. Es war jetzt leer, aber nun hatten sie freie Zeit, und Udd erklärte ihnen seine Theorie.

»Um Winterale zu machen«, dozierte er, »frieren sie das Wasser heraus, damit das verbleibende Ale stärker wird.«

Die übrigen nickten zustimmend.

»Nun, Dampf ist nichts anderes als Wasser.« Über diesen Punkt gab es einige Diskussionen, aber jeder von ihnen hatte schon Dampf aus feuchtem Boden steigen sehen oder Schweiß, der sich unter der Berührung eines glühenden Eisens in Dampf verwandelte. »Wenn wir also Bier erhitzen, bis es dampft, dann bekommen wir das Wasser genauso aus ihm heraus, als ob es gefroren wäre. Es wird nur kein Winterale sein, sondern eine Art Sommerale.«

»Aber es wird stärker sein«, sagte Cwicca, um den wesentlichen Punkt nicht in Vergessenheit geraten zu lassen.

»Richtig.«

Die Männer hatten sich einen Kübel Bier besorgt – der Löwenanteil der spärlichen Gerstenernte Hrafnseys wurde zum Brauen statt zum Backen von Brot benutzt – schütteten die Hälfte davon in den größten Kupfertopf, den sie sich geliehen hatten, und erhitzten es über einem kleinen Feuer, vorsichtig darauf bedacht, daß der Boden des Topfs nicht durchbrannte. Nach einer Weile stiegen die ersten Blasen aus der dicken Brühe auf, und Dampf erfüllte das dickwandige, niedrige Brauhaus. Ungefähr 20 Männer und ein halbes Dutzend Frauen drängten sich darin – die Katapultmannschaft und die entlaufenen Sklaven, die sich ihrem Zug über Oppland angeschlossen hatten und jetzt auch ihre *Kraki*-Anhänger trugen.

Udd, der das Experiment leitete, beaufsichtigte die Männer am Feuer und wehrte alle Versuche, vorzeitig von der Flüssigkeit zu probieren, mit seiner großen Schöpfkelle aus Buchenholz ab. Schließlich schätzte er anhand des Flüssigkeitsstands in dem Topf ab, daß mindestens die Hälfte des Biers verdampft sein mußte. Zwei Männer hoben den Topf vorsichtig vom Feuer, und die Anwesenden warteten darauf, daß die Flüssigkeit abkühlte.

Udd hatte sich in den vergangenen Monaten zumindest grundlegende Fertigkeiten im Umgang mit Menschen erworben und gab die Ehre des ersten Schlucks an jemand anderes ab; an jemanden, der sie zu schätzen wissen würde. Er überging Cwicca und Osmod, die eigentlichen Anführer der Ex-Sklaven, und rief einen der kürzlich Geretteten nach vorne. Es war ein großer, aber stiller Mann, in dem die befreiten, aber immer noch klassenbewußten Engländer einen ehemaligen Thane König Burgreds vermuteten, der von den Wikingern gefangen und versklavt worden war.

»Ceolwulf«, rief er. »Du bist doch an gutes Zeug gewöhnt. Komm und versuch das hier.«

Der vormalige Thane trat vor und nahm den hölzernen Becher, den man ihm entgegenstreckte. Er schnupperte an der Flüssigkeit, nahm einen tiefen Schluck und rollte ihn im Mund, bevor er ihn hinunterschluckte.

»Und? Wie schmeckt es?« fragte Karli bange. »Ist es so gut wie das letzte Faß?«

Ceolwulf schwieg einige Sekunden, um seinen Worten größeres Gewicht zu verleihen. »Weißt du, wie es schmeckt?« sagte er. »Wie Wasser, mit dem man altes, muffiges Korn gewaschen hat. Oder wie sehr, sehr dünne alte Grütze.«

Cwicca nahm ihm den Becher aus der Hand, trank ebenfalls einen tiefen Schluck und senkte den Becher mit ungläubiger Miene. »Du liegst völlig falsch, Ceolwulf«, sagte er. »Das hier schmeckt nach Mückenpisse.«

Während die übrigen Männer ihre Becher in den Topf steckten, um sein Urteil zu bestätigen, starrte Udd mit offenem Mund auf das Gebräu, das Feuer und den Dampf, der sich auf der Haut niederschlug, die das Fenster der Hütte abschloß.

»Die Stärke war da«, murmelte er. »Und jetzt ist sie weg. Sie muß mit dem Dampf verschwunden sein. Aber sie verschwindet nicht, wenn man das Bier einfriert. Eis und Dampf sind also doch verschiedene Dinge. Das Eis ist Wasser. Also muß der Dampf etwas – etwas anderes sein.« Versuchsweise streckte er einen Finger aus, strich über die mit Dampf beschlagene Haut und leckte daran.

»Also darf man nicht das behalten, was im Topf bleibt«, schloß er, »sondern den Dampf. Nur, wie fängt man ihn ein?« Nachdenklich musterte er den Kupfertopf.

Müde und voller Sorgen beschloß Shef, einen Nachmittag im Dampfbad zu verbringen. Das Bad war eine kleine Holzhütte am Ende eines Landungsstegs, neben der eine Plattform über dem tiefen Wasser des Fjords hing. Jeden Tag hoben Männer heiße Steine aus einer Grube, in der sie sich über Nacht aufgeheizt hatten, und rollten sie zur Hütte, wo sie stundenlang Wärme spendeten. Es war hiesige Gewohnheit, daß diejenigen, die nichts zu tun hatten oder von irgendeiner Arbeit ermüdet waren, sich eine Stunde oder länger in die Hütte setzten, Wasser auf die heißen Steine tropfen ließen und ab und zu auf die Plattform schlenderten, um in das eiskalte Wasser zu springen.

Als Shef in die dunkle Hütte trat, bemerkte er, daß bereits jemand vor ihm eingetroffen war. Er spähte forschend in das Dunkel und erkannte im Licht, das durch die offene Tür hereindrang, Cuthred. Der ehemalige Champion saß nicht, wie alle übrigen Männer es taten, nackt auf der Bank, sondern trug eine abgerissene Wollhose. Shef zögerte einen Moment lang, dann trat er ein. Er kannte niemanden, der sich freiwillig zu Cuthred ins Dunkle gesetzt hätte, aber irgend etwas sagte ihm, daß er nichts zu befürchten hatte. Cuthred vergaß selbst in seinem Berserkertum niemals, wer ihn aus der Mühle befreit hatte. Überdies glaubte Cuthred, seit er erfahren hatte, daß Shef bei der Gefangennahme Ragnars zugegen gewesen war, daß seines und Shefs Schicksal miteinander verknüpft waren.

Nachdem sie eine Zeitlang in der Dunkelheit gesessen hatte, bemerkte Shef, daß Cuthred ganz leise redete, als führte er Selbstgespräche. Es schien, als rede er über Brand.

»Ein großer Bursche ist er«, murmelte Cuthred. »Aber Größe an sich ist nichts Besonderes. Ich kannte einen Mann, der fast genauso groß war und zwei, die größer waren. Dieser Schotte, den ich tötete, war sieben Fuß groß. Ich hab's nachgemessen. Hatte aber schwache Knochen. Nein, es ist nicht die Größe dieses Hundesohns, die mir an die Nieren geht, er ist einfach nicht normal. Seine Knochen stimmen nicht. Sieh dir seine Hände an, sie sind doppelt so groß wie meine. Und seine Augen. Über seinen Augen.«

Er streckte die Hand aus und rieb fest über Shefs Augenbrauen. Dann murmelte die Stimme weiter. »Verstehst du? Normale Leute haben nichts unter ihren Augenbrauen, nur die Augenhöhlen. Ich habe seine Augenbrauen nicht abgetastet, dazu komme ich nicht nahe genug an ihn heran, aber ich habe genau hingesehen. Er hat dort einen Knochenkamm, deshalb stehen seine Brauen heraus.

Und dann sind da seine Zähne.« Wieder kam die Hand aus der Dunkelheit und zog Shefs Unterlippe herunter. »Weißt du, bei den meisten Leuten, bei fast allen, stehen die oberen Zähne über den unteren. Wenn man mit den Vorderzähnen zubeißt, sind sie wie eine Schere, die eine Schneide rutscht über die andere. Aber seine Zähne sind anders. Ich habe sie mir lange angesehen, und ich schätze, daß die Schneiden direkt aufeinanderpassen. Sie rutschen nicht übereinander. Wenn er zubeißt, ist es, als ob eine Axt auf einen Block heruntersaust. Und seine Backenzähne, sie müssen richtige Mühlsteine sein. Er hat irgendwas Merkwürdiges. Und nicht nur er, davon gibt es hier einige. Seine Vettern haben es auch. Aber bei ihm ist es am schlimmsten.

Und noch etwas ist mir aufgefallen. Er versteckt etwas. Wißt Ihr, Herr«, zum ersten Mal gab Cuthred zu erkennen, daß er wußte, mit wem er redete, »wißt Ihr, ich verbringe viel Zeit damit herumzurudern.«

Shef nickte in der Dunkelheit. Cuthred hatte tatsächlich damit begonnen, in einem kleinen Zweimannboot hinauszurudern, das er sich geliehen oder, besser gesagt, mit Beschlag belegt hatte. Man war allgemein erleichtert, daß er wenigstens für diese Ausflüge aus dem Weg war.

»Nun, beim ersten Mal bin ich um die Insel gefahren, und dann ein wenig die Küste hinunter und anschließend nach Norden. Aber nicht weit, ich war erst spät am Tag aufgebrochen. Aber als ich zurückkam, warteten sie am Kai auf mich. Brand und vier seiner Vettern, alle mit Speeren und Äxten und in Rüstung, als ob sie mit Ärger rechneten.

Nun, das machte mich gleich wütend. Aber ich bin nicht so wütend, wie sie denken. Auch wenn sie das gern gehabt hätten, an diesem Tag. Aber ich stieg aus dem Boot und stellte mich ganz nah vor Brand, so daß ich ihn in die Finger kriegen konnte, falls irgendwas passierte – er wußte, was ich getan hatte.

›Hör mir gut zu‹, sagte er ganz langsam. ›Ich will dir nichts Böses, aber ich muß dich warnen. Du kannst in deinem Boot herumfahren, das ist in Ordnung. Fahr, wohin du willst – um die Insel, zu den Robbenstränden, überallhin in den Süden. Aber nicht nach Norden.‹

›Ich war gerade im Norden‹, sagte ich. ›Konnte nichts Gefährliches sehen.‹

›Dann bist du nicht sehr weit gerudert‹, sagte er. ›Du bist nur bis Naestifjorth gekommen, das ist der nächste große Fjord im Norden. Das ist in Ordnung. Meistens wenigstens. Der nächste Fjord dahinter ist Midfjorth. Dort solltest du nicht hineinfahren.‹

›Und danach kommt?‹ fragte ich ihn, um ihn etwas aus der Reserve zu locken.

Nun, sein Mund klappte wie eine Wolfsfalle zu. Schließlich sagte er nur: ›Das Ganze geht dich nichts an. Halt dich einfach fern.‹«

»Das ist merkwürdig«, sagte Shef. »Sie fahren ja oft in den Norden, um mit den Finnen zu handeln und die Finnensteuer einzutreiben. Sie sagen, daß im Norden niemand lebt, zumindest keine Nordländer, nur die Finnen. Aber sie scheinen den Weg in den Norden trotzdem gut zu kennen.«

»Wenn sie mit ihren Schiffen nach Norden segeln«, antwortete Cuthred, »fahren sie *außerhalb* der Schären. Ich habe soviel, wie ich kann, herumgefragt. Und Martha fragt für mich die Frauen. Im Norden von hier, an der eigentlichen Küste, innerhalb der Schären – das ist gesperrtes Gebiet. Ich frage mich: Warum? Sie verstecken irgend etwas. Als ich wegging, nachdem sie mich gewarnt hatten, hörte ich wie einer seiner Vettern etwas sagte, um Brand zu beruhigen: ›Laß ihn doch gehen‹, sagte der Vetter. ›Er ist kein Verlust.‹ Er wollte mich also wirklich warnen, vor etwas, das sie für gefährlich halten. Aber sie wollen trotzdem nicht, daß darüber geredet wird.«

Cuthreds leise Stimme wandte sich langsam einer Liste der Beleidigungen und Boshaftigkeiten zu, mit denen man ihn während seiner Schufterei in der Mühle bedacht hatte. Männer und Frauen, die ihn verspottet hatten, der bitterkalte Winter in den Bergen, wie er versucht hatte, den Fensterladen mit Dreck zu versperren, wie der Fensterladen immer wieder aufging, Gesichter, die am Fenster erschienen, das Klappern an der Tür, als sie nachts versuchten, zu ihm zu gelangen...

In der wohligen Hitze hörte Shefs Verstand langsam auf, unablässig über Bruno und Alfred, Sigurth und Olaf, den toten Harald und Ragnhild und, ja, auch über Godive zu grübeln. Sein Kopf sank zurück in die Ecke. Shef lehnte sich gegen die nach Kiefer duftende Holzwand und fiel in einen unruhigen Schlaf.

Er war immer noch in der Dunkelheit, aber sie war anders – sie war nicht der warme, wohlriechende, freundliche Ort, den er zurückgelassen hatte, sondern kalt und still. Es roch nach Erde und Schimmel. Dennoch war er in keinem Haus. Es war eine Straße und unter ihm war ein Pferd, das ihn mit überirdischer Geschwindigkeit dahintrug. Seine Bewegungen waren kräftig, aber zugleich in einem ungewohnten Rhythmus, als hätte es zuviele Beine.

Das Pferd war Sleipnir, erkannte Shef, der achtbeinige Hengst des Göttervaters. Aber der Reiter, den Shef in seinem Traum begleitete, war nicht der Allvater. Er spürte, wer der Reiter war: Er war ein Mensch, kein Gott. Ein Irrer wie Cuthred, aber ohne die Verstandesreste, die dem Champion verblieben waren. Ihn erfüllte nur ein Gefühl: Eine wütende

Freude, sich Hindernissen zu stellen und sie zu überwinden. Seine Erinnerung war ein verschwommener Strudel von Schlägen und Hieben und Trampeln, nur unterbrochen von dem Vergessen, das Odins Met spendete. Der Reiter Sleipnirs, wußte Shef unvermittelt, war Hermod. Er hatte den Namen schon zuvor gehört. Es war der Name, den die Champions nach einem langen Tag der Zweikämpfe mit lauten Rufen gerühmt hatten. Die Champions des Tages, die Einherier, *kehrten in die Halle zu ihrem Gastgeber Odin zurück. Ihre Wunden waren auf wundersame Weise geheilt, und ein Zechabend erwartete sie vor den Zweikämpfen des nächsten Tages. Hermod hatte öfter als alle übrigen gewonnen, öfter als Sigurd Fafnirsbani, öfter als Bödwar Bjarki. Deshalb hatten sie ihn für diese Heldentat auserwählt, die wichtigste, die je einem Krieger aufgetragen worden war.*

Er sollte Balder von den Toten zurückholen. Shef wußte etwas von Balder, dem toten Gott. Thorvin hatte ihm eine Geschichte erzählt. Jetzt stieg sie in ihm auf, nicht als eine Geschichte, sondern als eine Abfolge von Szenen. Balder, Odins Sohn, der schönste aller Götter. Er war ein Mann, aber zu schön, als daß man ihn nur gutaussehend hätte nennen können. Shef konnte kein klares Bild von ihm erkennen, nur ein verschwommenes, glitzerndes Licht durch Hermods Geist. Es schien direkt aus dem Fleisch des Gottes zu strahlen.

So schön war Balder, daß die Götter aus Angst, ihn zu verlieren, allen Dingen den Schwur abgenommen hatten, ihn nicht zu verletzen. Das Eisen hatte geschworen, ebenso wie das Feuer und die Krankheit und das furchtbare, sieche Alter, ja selbst die Brut der Riesen, die seiner Schönheit nicht widerstehen konnte, und jeder Fisch und jede Schlange und jedes einzelne Tier der Welt und jeder einzelne Baum der Welt. Nur eine Pflanze hatte den Schwur nicht geleistet: Die kleine, schwache, saftige Mistel, die die Eiche hinaufkriecht. Selbst wenn sie es wollte, konnte sie niemandem etwas zuleide tun – glaubten wenigstens die Götter.

Nachdem alle Dinge den Schwur geleistet hatten, war Balder unverletzbar, und so machten sich die Götter – die sich nur wenig anders die Zeit vertrieben als ihre irdischen Jünger – den Spaß, Balder den Schönen als Zielscheibe zu benutzen und jede Art von Waffe auf ihn zu werfen, die ihnen in die Hände kam. Nur ein Gott konnte nicht mitmachen – Höd, Balders blinder Bruder. Aber eines Tages hörte Höd eine Stimme, die ihn fragte, ob er nicht auch teilhaben wolle. Ja, sagte er, aber ich bin blind. Und die Stimme sagte: Ich bringe dich an den rechten Platz und führe deinen Arm. Wirf das hier. Und die Stimme legte ihm einen aus der Mistel gefertigten Speer in die Hand, der auf magische Weise gehärtet worden war.

Die Stimme gehörte Loki, dem Schwindler unter den Göttern, dem Feind der Götter und Menschen, dem Vater der Monsterbrut. Höd nahm den Speer und warf ihn.

In Hermods Ohren klang immer noch der klagende Aufschrei nach, der sich erhob, als die Götter und dann alle anderen Dinge erkannten, daß Balder tot war. Sie erkannten es daran, daß das Licht aus dem Universum verschwand und alle Dinge gewöhnlich, langweilig und matt wurden und es seitdem geblieben sind. Vor seinem geistigen Auge konnte Shef immer noch den großen Scheiterhaufen sehen, auf den Odin seinen Sohn gelegt hatte, auf dem Grabschiff, das ihn in die Unterwelt bringen würde. Sah, wie selbst die Riesen zu dem Begräbnis gebeten wurden und kamen. Sah, wie die Riesin Hyrrokkin schluchzend das Boot hinausschob – Hermod war einer der vier Champions gewesen, die währenddessen die Giftschlangen hielten, die ihr als Zügel für ihren Reitwolf dienten. Sah, wie das Schiff die Helling hinunterglitt, und Odin sich vorbeugte und etwas in das Ohr seines toten Sohns flüsterte.

Was hatte der Allvater gesagt? Er wußte es nicht. Es war jetzt seine Aufgabe, nach Hel zu reiten und Balder zurückzuholen.

Das Pferd hatte die Enge der Mauern hinter sich gelassen

und galoppierte klappernd auf eine große Brücke, die sich durch Luft spannte – was für eine Luft das in der Welt unter ihm sein konnte, wußte Hermod nicht. Er ritt an Geistern vorbei; Schatten, die ihn ängstlich anstarrten, aufgescheucht vom Klappern der Hufe, so anders als ihr eigenes, lautloses Dahingleiten. Sie waren unbedeutende Geister, bleiche Männer, Frauen und Kinder, keine Geister, die man für Walhall oder die Haine Freyrs auserwählt hatte. Und am Ende der Brücke waren Tore.

Als Sleipnir auf sie zuritt, schlossen sich langsam ihre Flügel. Hermod beugte sich vor und flüsterte seinem Roß anfeuernd ins Ohr.

Sleipnirs Muskeln ballten sich. Mit einem gewaltigen Satz, der beinahe die Decke Hels zu streifen schien, ließen Pferd und Reiter die Tore hinter sich. Die verblüfften Wachen sahen ihnen mit offenem Mund nach.

Dann war eine Mauer vor ihnen. So hoch, sie schien sich in den nichtvorhandenen Himmel zu türmen. Dennoch gab es einen Riß, einen winzigen Riß an ihrer Spitze. Zu schmal für Sleipnir, zu schmal für Hermod. Niemand mußte Hermod sagen, daß dies Zauberwerk war. Er zog an den Zügeln, wechselte in einen leichten Galopp, hielt an und stieg ab. Er hämmerte mit seinen gewaltigen Knöcheln gegen die Steinmauer. Hämmerte, bis seine Knöchel bluteten. Er ignorierte den Schmerz, so wie er es immer tat.

Von der anderen Seite kam eine Stimme. »Wer ist da, der da nicht anklopft wie einer der bleichen Geister Hels?«

»Hermod bin ich, Odins Junge, Odins Bote. Ich komme, um mit Balder zu sprechen.«

Eine andere Stimme ertönte – die Balders. Sie war langsam und schleppend und dumpf, als hätte er Erde im Mund. »Geh nach Hause, Hermod, und sag ihnen: Ich darf diesen Ort nur verlassen, wenn die ganze Welt um mich weint. Und ich weiß eines. Genauso wie es etwas gab, das mir Böses wollte, wird es etwas geben, das nicht um mich weint. Sag es ihnen.« Und die Stimme wurde schwächer, als ob man ihn einen langen und staubigen Gang hinuntertrüge.

Hermod zögerte nicht, das entsprach nicht seinem Naturell. Er erkannte Gewißheit, wenn er sie hörte. Und er fürchtete sich nicht, mit einer so entmutigenden Botschaft zurückzukehren. Er stieg auf sein Roß und wollte sich abwenden. Und dachte einen Augenblick lang nach. Er langte in seinen Mantel, wo er einen schwarzen Hahn aus Asgard hatte, aus Odins eigener Zucht.

Er zog das Messer aus dem Gürtel, trennte den Kopf des jungen Hahns ab und warf zuerst den Kopf und dann den Körper mit der Genauigkeit der Götter durch den Riß zwischen der Mauer und dem Himmel.

Einen Moment später drang ein Ruf von der anderen Seite, so mächtig, daß selbst die Mauer widerzuhallen schien. Ein Hahn krähte. Krähte für die Dämmerung, für neues Leben, für die Wiederauferstehung.

Staunend ritt Hermod zurück durch das Heltor und über die Brücke Gjallarbru, die das Reich der Toten von den übrigen acht Welten trennt. Er wußte nicht, was der Ruf zu bedeuten hatte, aber er glaubte nicht, daß er Odin überraschen würde.

Was hatte Odin auf dem Scheiterhaufen in das Ohr seines toten Sohns geflüstert?

Shefs Kopf schoß nach oben. Er spürte, daß draußen etwas vor sich ging. Sein Körper war schweißbedeckt, er hatte zu lange geschlafen. Einen Augenblick lang dachte er, daß Ragnhild endlich gekommen war. Wie sie es schon einmal getan hatte, als er in einem Dampfbad schlief. Dann schnappten seine Ohren das Entzücken und den Jubel auf. Die Stimmen schrien etwas, aber was? »Der Wind, der Wind«?

Cuthred war an der Tür und umklammerte den Griff. Die Tür hatte sich verklemmt – was in der Hitze oft geschah – und einen Moment lang hämmerte Shefs

Puls – es gab kaum ein schlimmeres Schicksal, als in der Hitze eines Dampfbads gebacken zu werden, aber das war bereits vorgekommen. Die Tür klappte knarrend auf, und Licht und kalte Luft strömten herein.

Cuthred war mit zwei Schritten draußen und sprang über das Geländer in das Wasser. Shef folgte ihm. Als das bitterkalte Wasser über seinem Kopf zusammenschlug, keuchte er. Nach seinen Erfahrungen auf dem Eis vor Drottningholm hatte Shef geglaubt, nie wieder freiwillig in kaltes Wasser zu gehen, aber das Dampfbad hatte seine Meinung geändert. Die beiden Männer schwammen zu der Leiter, die zur Plattform führte, zurück zu ihren wartenden Kleidern. Mit offenem Mund glotzten sie die Menge der hin und her rennenden Männer an, die aus dem Nichts gekommen zu sein schien.

Die Norweger rannten zu den Booten. Nicht zu den seetüchtigen Schiffen wie der *Walroß* und *Seemöwe,* nein, zu den Ruderbooten. Sie schleppten Boote heraus, die Shef noch nie gesehen hatte. Und da waren andere Boote, die wie Dämonen in den Hafen ruderten, darin Männer aus den Fjorden, die laut schrien. Und alle schrien dieselben Worte. Diesmal verstand Shef sie. Nicht ›der Wind‹. »Der Grind! Der Grind!«

Shef und Cuthred starrten einander verwundert an. Unter ihnen, am Hafen, verfolgte Brand, wie sich die beiden trocken rieben. Er formte die Hände zu einem Trichter und brüllte zu ihnen herüber.

»Eure Männer bleiben hier. Wenn der Grind kommt, ist für Idioten kein Platz auf den Booten! Ihr beide folgt uns, wenn ihr etwas sehen wollt.«

Dann war er schon auf einem Boot und balancierte mit einer großen Lanze in der Hand auf einer Ruderbank.

Cuthred deutete auf das kleine, zweiriemige Boot, das er beschlagnahmt hatte. Es war zehn Fuß weiter am Strand vertäut. Shef nickte, blickte sich nach seinem Schwert mit dem Narwalgriff um und entsann sich, daß er es wie üblich an seinem Bett zurückgelassen hatte. Ihm blieb keine Zeit, es zu holen. Außerdem trug er ein Messer am Gürtel. Cuthred verstaute Schwert und den Schild mit dem Stachel am Bootsboden, griff nach den Riemen und pullte in den langen Fjord, der zur offenen See führte. Gleich darauf bemerkte Shef die Katapultmannschaft. Die Ex-Sklaven standen neben ihren Maschinen, die neuerdings die Hafeneinfahrt bewachten, und schrien: »Was ist? Was ist los?«

Shef konnte nur hilflos die Achseln zucken, während Cuthred weiterruderte.

KAPITEL 21

NACH EINIGEN MINUTEN sah Shef einen jungen Mann, der mit großen Sätzen den felsigen Abhang von einem der Aussiedlerhöfe herunterrannte und ihnen verzweifelt zuwinkte. Shef bedeutete Cuthred, längs zu gehen.

»Vielleicht kann er uns sagen, was hier vor sich geht.«

Der junge Mann sprang von einem scharfkantigen Felsen zum nächsten, schätzte das Tanzen des kleinen Bootes auf den Wellen ab und hüpfte wie eine Robbe, die auf einen Felsen gleitet, in den Bug. Er grinste breit.

»Danke, Kumpels«, sagte er. »Der Grind kommt vielleicht alle fünf Jahre. Diesmal will ich ihn nicht verpassen.«

»Was ist der Grind?« fragte Shef und ignorierte Cuthreds wütendes Stirnrunzeln.

»Der Grind?« Der junge Mann schien seinen Ohren nicht zu trauen. »Der Grind? Das ist, wenn die Wale kommen, in einer Herde. Zwischen die Schären und die Küste. Dann treiben wir sie in Richtung Küste, bis sie stranden. Und töten sie. Walfischspeck. Öl. Walfleisch für den ganzen Winter.« Mit einem verzückten Lächeln fletschte er die Zähne.

»Eine ganze Herde Wale töten?« wiederholte Shef. »Wieviele werden das sein?«

»Vielleicht 50 oder 60.«

»60 Wale töten«, knurrte Cuthred. »Wenn ihr das

könntet, du verlogenes Stück Walroßfutter, könntet ihr sie nie aufessen. Nicht einmal, wenn ihr dasitzen und bis zum letzten Tag essen würdet.«

»Es sind nur Grindwale«, sagte der junge Mann gekränkt. »Keine Pottwale oder große Bartenwale. Sie sind nur zehn, zwölf Ellen lang.«

15 bis 18 Fuß, dachte Shef. Vielleicht war es doch wahr.

»Womit tötet ihr sie?« fragte er.

Der junge Mann grinste erneut. »Mit langen Lanzen«, sagte er. »Oder damit.« Er zog ein langes, breites Messer aus dem Gürtel. Es hatte nur eine Schneide und statt einer gewöhnlichen Spitze einen auf beiden Seiten geschärften Haken.

»Ein *grindar-knoivur*«, sagte der junge Mann in seinem starken Akzent. »Ein Grindmesser. Du springst aus dem Boot ins seichte Wasser und setzt dich rittlings auf den Wal, tastest nach seinem Rückgrat und stichst seitlich davon hinein. Dann ziehst du das Messer zurück und durchtrennst es. Ha! Ha! Viel Fleisch und Fett für den Winter.«

Als das Boot die Mündung des Fjords hinter sich ließ, blickte der junge Mann sich um und sah den Zug der Boote, die zügig nach Norden ruderten. Wortlos setzte er sich neben Cuthred auf die Ruderbank, ergriff einen Riemen und begann ebenfalls zu rudern. Shef registrierte überrascht das säuerliche Grinsen auf Cuthreds Gesicht. Vielleicht behagte ihm nicht, daß der junge Nordländer wie selbstverständlich annahm, der mächtige Berserker bräuchte Hilfe.

Shef sah, wie sich die Boote vor ihnen sammelten und einen unregelmäßigen Kreis auf den Wellen bildeten. Und dann, vielleicht eine halbe Meile hinter den Booten, erblickte Shef zum ersten Mal die Walherde, die sie verfolgten. Erst war es nur eine weiße Fontäne vor dem Hintergrund der grauen See, dann waren es zwei, schließlich Dutzende von ihnen. Und unter ihnen erhaschte er kurze Blicke auf mühelos durch das Wasser gleitende schwarze Rücken.

Den Männern entgingen die Fontänen ebensowenig. Sie standen auf und schwenkten ihre Lanzen mit den langen Spitzen. Rufe der Erregung hallten undeutlich zu ihnen herüber. Aber selbst aus der Entfernung konnte Shef Brands bullenhaftes Brüllen hören, mit dem er die übrigen niederschrie. Er schien Boot für Boot eine lange Reihe von Befehlen zu erteilen.

»Man braucht einen Grind-Hauptmann«, erklärte der junge Mann zwischen den Ruderschlägen. »Wenn die Boote nicht zusammenarbeiten, schlüpfen die Wale hinaus. Alle arbeiten zusammen und erhalten den gleichen Anteil. Einen Anteil für jeden Mann, einen Anteil für jedes Boot, der Hauptmann bekommt den doppelten Anteil.«

Shefs Boot schloß gerade zu der Hauptgruppe auf, als diese sich aufzulösen begann. Im letzten Moment stand der junge Mann auf, rief zu einem Verwandten hinüber und sprang mit derselben Leichtigkeit, mit der er an Bord gekommen war, von Boot zu Boot. Er hielt nur kurz inne, um ihnen fröhlich zum Abschied zuzuwinken. Dann bildeten die Boote der Nordländer, zum größten Teil Zwei- und Dreiruderer, eine lange Kette. Brand, dessen Boot sich in der Mitte der Kette befand, drehte sich im Vorbeifahren kurz zu Shef und schrie über die Wellen: »Ihr beide! Bleibt hinten und tut gar nichts. Haltet euch aus dem Ganzen raus!«

Lange Zeit legte sich Cuthred entschlossen in die Riemen und hielt die Position als letztes Boot der Kette. Er scheint in den letzten Wochen noch stärker geworden zu sein, dachte Shef beim Anblick seines schweißbedeckten Körpers. Feste Nahrung hatte eine Fettschicht über die harten Muskeln des ehemaligen Mühlsklavens gelegt. Dennoch war es schwere Arbeit, mit den mit erfahrenen Seeleuten bemannten Zweiruderern Schritt zu halten. Doch Cuthred blieb eisern bei seiner Aufgabe. Aber die Walboote ruderten nicht durchgehend mit Höchstgeschwindigkeit. Langsam ging Shef auf, daß die Jagd besonderes Geschick verlangte, einer bestimmten Taktik folgte.

Brands erstes Ziel war es gewesen, im Westen eine Reihe von Booten zwischen die Walherde und die Kette der Schären zu bekommen, die die Außenseite des Kanals zum Atlantik bildeten. Nachdem das gelungen war, versuchte er, sie in Richtung Küste zu treiben. Boote scherten nahe der Herde aus und hielten an. Die Mannschaften lehnten sich hinaus und schlugen mit den Ruderblättern aufs Wasser. Wer konnte wissen, wie die Schläge in Walohren klangen? Sicher war nur, daß die Wale das Geräusch nicht mochten. Sie drehten ab und versuchten zu entkommen. Manchmal schwammen sie schneller und versuchten, um das äußere Ende der Bootskette zu gelangen. Dann scherten die führenden Boote aus, und die Männer schlugen auf das Wasser ein und zwangen so die Wale zur Umkehr. Einmal schien es, als ob das Leittier beschlossen hätte, umzudrehen und nach Süden zurückzuschwimmen. Dort, am Ende der Kette, warteten immer noch Shef und Cuthred. Einige Minuten lang wurde das Wasser von eng aneinandergedrängten, schwarzen Rücken aufgewühlt, als einige der Wale noch vorwärts schwammen, während andere bereits kehrt machten. Dann rückten alle Boote gemeinsam vor, und die Männer trieben die Wale schreiend und klatschend in Richtung der Felsenküste, die sie so sehr fürchteten.

Brand baute ebenfalls auf Panik, erkannte Shef, als der Hüne die Boote erneut vorrücken ließ. Und er hatte einen ganz speziellen Ort im Sinn. Es genügte nicht, die Wale lediglich auf die Felsenküste zu treiben. Wäre es dazu gekommen, hätten sie vielleicht kehrt gemacht und die Kette mit nackter Gewalt durchbrochen. Sie mußten sie an einen Schlachtplatz treiben: einen Strand, aber auch eine schmale Bucht, deren Mündung man sperren konnte, würde genügen. Am besten geschah das während der Flut, damit die Tiere dann bei Ebbe strandeten.

Langsam manövrierte Brand die Boote und Wale dorthin, wo er sie wollte. Die Wale sammelten sich in einer schäumenden Masse vor dem Zugang zu der von ihm ausgesuchten Bucht, die Boote in einem Halbkreis dahinter. Dann winkte Brand weitausholend mit der Lanze, und die Boote rückten vor.

Brand erlegte persönlich das erste Tier. Sein Boot ging längsseits einer langsam schwimmenden Walkuh. Er lehnte sich, einen Fuß auf das Dollbord gestützt, hinaus und rammte die Lanze mit dem gezackten Blatt unmittelbar vor der Rückenflosse in den Körper. Von ihrer Position nur 100 Schritte hinter Brand aus konnten Shef und Cuthred sehen, wie sich auf der Stelle schwarzes Blut im Wasser ausbreitete – in einer See, die von einer panisch schlagenden Schwanzflosse aufgewühlt wurde.

Der sterbende Wal mußte unter Wasser eine Art Schmerzensschrei ausgestoßen haben, denn der Rest der Herde schien umgehend in Panik auszubrechen und schoß nach vorne, weg von der Gefahr, die hinter ihnen lauerte. Fast im selben Moment fanden sich die Wale im seichten Wasser wieder. Ihre Bäuche rieben über Kies, die Schwanzflossen stiegen aus dem Wasser, als sie um Platz kämpften. Die übrigen Boote fielen wie ein einziges Raubtier über sie her. Die Führer im Bug suchten nach Stellen, an denen sie ihre Harpunen versenken konnten, und feuerten einander an.

Dann verließ der erste Mann sein Boot. Vielleicht war es der junge Mann, den sie mitgenommen hatten, der dort vorne sein Grindmesser umklammerte, aber ihm folgten einen Moment später ein Dutzend weitere. Tollkühn stürzten sie sich in das Gewirr der zuckenden Leiber, packten Flossen und versuchten, sich mit gespreizten Beinen auf ihre Beute zu setzen. Messer wurden erhoben und sausten herunter. Und sausten wieder herunter, als die Männer versuchten, die verletzliche Stelle zwischen den Wirbeln zu finden, an der die hakenförmigen Klingen mit einem Ruck das Rückgrat durchtrennten und die Tiere lähmten. Die Wale wanden sich und schlugen aus. Sie konnten sich weder wehren noch schwimmen und versuchten nur, ihre Peiniger davon abzuhalten, sie zu töten.

»Sieht gefährlich aus«, murmelte Shef.

»Ist es aber nicht.« In Cuthreds Stimme schwang ein angewiderter Unterton mit. »Nicht gefährlicher, als Schafe zu schlachten. Diese Viecher wehren sich nicht. Ich glaube, sie haben nicht einmal Zähne. Vielleicht könnte man zwischen zweien von ihnen zerquetscht werden, aber sie versuchen es nicht einmal, um einander nicht zu verletzen.«

Eine Gruppe Männer hatte einen Wal an den Flossen und an den Speeren und Klingen, die aus ihm herausragten, gepackt und rannte mit ihm den Strand hinauf. Sie setzten das sich kraftlos windende Tier ab und rannten zurück ins Wasser, um das nächste zu holen. Das Blut, das aus den durchstochenen Herzen der Wale strömte, hatte die Oberfläche der Bucht bereits rot verfärbt. Shef sah, wie sich ein Kalb freikämpfte und seine sterbende Mutter zurückließ. Kaum sechs Fuß lang quälte es sich aus dem seichten Wasser und nahm Kurs in Richtung offene See. Ein Boot setzte sich hinter den Wal, und ein Mann fuchtelte wild mit dem Messer und sprang auf seinen Rücken. Einen Augenblick später spritzte eine Blutfontäne in das Boot und über die Männer darin. Shef hörte ihr brüllendes Lachen und sah, wie eine andere Gruppe Männer bereits einem sterbenden Tier den Walspeck abzog, sich große Stücke davon in den Mund stopfte und in ekstatischer Freude aufschrie.

»Ich glaube, wir haben genug gesehen«, sagte Cuthred. »Mich hat noch keiner zimperlich genannt, aber wenn ich Leuten was antue, dann weil ich sie nicht mag. Ich habe nichts gegen Wale. Mir schmeckt nicht einmal ihr Fleisch.«

Mit Shefs schweigender Zustimmung ruderte er vom Ort der Schlächterei weg. Die ganz auf ihre blutige Arbeit fixierten Nordländer ignorierten sie. Als Brand schließlich aufblickte, um nach Shef und Cuthred zu sehen, waren sie verschwunden.

Vor der Bucht stellte Shef überrascht fest, wie tief die Sonne bereits gesunken war. In dieser Jahreszeit gab es so hoch im Norden keine echte Nacht. Fahles Licht erhellte ununterbrochen den Himmel. Dennoch versank die Sonne jeden Tag für kurze Zeit hinter dem Horizont. Es war jetzt beinahe soweit; die tiefhängende, rote Scheibe warf lange Schatten über die ruhige See. Cuthred beugte sich über die Riemen und trieb das Boot vorwärts. Es war eine lange Fahrt zurück zu Bett und Feuer. Shef merkte, daß er seit Stunden weder getrunken noch gegessen hatte. Und er hatte die lange Bootsfahrt ausgedörrt von dem Dampfbad angetreten.

»Hast du etwas zu Essen im Boot?« fragte er.

»Ich habe immer etwas in dem Verschlag dort im Heck«, grunzte Cuthred. »Butter und Käse, einen Krug Milch und frisches Wasser. Ich bringe uns in Fahrt, dann können wir uns mit dem Rudern und Essen abwechseln.«

Shef fand Cuthreds Vorratskiste in dem Verschlag und zog sie heraus. Sie war gut gefüllt, aber für den Augenblick genügte es Shef vollauf, von dem Wasser zu trinken und an dem verrunzelten Apfel zu kauen, der noch vom vorigen Herbst stammte.

»Weißt du«, sagte er zwischen einigen Bissen. »Das ist der Ort, vor dem dich Brand gewarnt hat. Innerhalb der Schären und nördlich von Hrafnsey. Nach dem zu urteilen, was sie erzählen, kommt keiner von ihnen oft hierher. Aber wegen dem Grind hat keiner von ihnen darauf geachtet, wo sie sind. Und wenn es hier irgend etwas Gefährliches gibt, will es sich wahrscheinlich nicht mit den Booten anlegen. Nicht mit der ganzen Flottille und den aufgekratzten Männern.«

»Aber dieses etwas könnte vielleicht Gefallen an zwei Männern in einem einzelnen Boot kurz vor Sonnenuntergang finden«, folgerte Cuthred. Mit einem Knurren fletschte er die Zähne. »Nun, wir werden sehen.«

Shef warf den Apfelrest über Bord und spähte mit zusammengekniffenen Augen in die langen Schatten. Dann beugte er sich vor und legte eine Hand auf Cuthreds muskulösen Arm. Wortlos deutete er nach vorne.

Ungefähr eine Viertelmeile vor ihnen ragte nahezu senkrecht eine riesige Flosse aus dem Wasser. Sie schien fast mannshoch. Unter ihr zeichnete sich ein schwarzer Rücken ab, und gleich darauf wurden weitere sichtbar. Flossen stießen aus dem Wasser, Rücken wirbelten hoch und tauchten wie gewaltige Räder wieder unter.

»Mörderwale«, sagte Cuthred bestimmt. Sie hatten auf ihrer Fahrt nach Norden mehrere Herden von ihnen gesehen und jedesmal war Brand an das Dollbord getreten und hatte sie forschend gemustert. »Habe noch nie gehört, daß sie ein Schiff angreifen«, hatte er gesagt. »Und auch kein Boot. Aber von wem sollte man es auch gehört haben? Wenn einer von ihnen beschließt, ein Boot anzugreifen, ist niemand mehr am Leben, um davon zu erzählen. Robben sind ihre Nahrung. Menschen müssen für sie fast wie Robben aussehen. Ich gehe nie ins Wasser, wenn einer von ihnen in der Nähe ist.«

Die führende Flosse wechselte plötzlich den Kurs, bog in einer scharfen Kurve ab und kam auf sie zu. Ohne zu zögern warf Cuthred das Boot herum und nahm Kurs auf die 300 Fuß entfernte Felsenküste. Sie hatten keine Chance, dort an Land zu gehen, die Felsen fielen steil ins Wasser ab, aber jede Art von Sandbank oder vorspringende Klippen würden das riesige Biest von ihnen fernhalten. Es hatte sie mit Sicherheit gesehen oder gewittert. Die Flosse schoß jetzt direkt auf sie zu. Ein weißer Wellenkamm hob sich vor ihr, als sie durch das Wasser schnitt.

Die Mörderwale hatten das Blut gerochen, das sich in gewaltigen Mengen ins Wasser ergoß. Vielleicht waren sie auch der Herde Grindwale gefolgt, darauf aus, aufzuschließen und Beute zu machen. Konnten solche Wesen Zorn darüber empfinden, daß ihnen jemand zuvorgekommen war? Groll darüber, daß man ihnen eine derart große Beute weggeschnappt hatte? Wut gegen die Landaffen, die so leicht und rücksichtslos die Wale dezimierten? Vielleicht war es nur die Erregung durch das gewitterte Blut oder ein spielerischer Drang, es den Menschen zu zeigen, die sich so zuversichtlich außerhalb ihres natürlichen Elements bewegten. Der Walbulle schoß auf das kleine Boot zu, sein glänzender, schwarzweißer Körper eine einzige Bedrohung. Shef spürte sofort, daß er das Boot in die Luft schleudern und die herunterfallenden Männer aufschnappen wollte, um sie dann im Wasser mit seinen riesigen, zapfenförmigen Zähnen zu zerreißen.

»Weiter«, rief Shef. »Steuere direkt an die Felsen.«

Das Boot glitt an einer nackten Felswand entlang, und die beiden Männer suchten nach einem Halt, um das Boot noch näher heranzuziehen. Nur wenige Fuß trennten sie von dem tiefen Wasser. Die Flosse senkte sich und stieg dann wieder aus den Wellen, bis ihre Spitze selbst den auf der Ruderbank sitzenden Shef überragte. Der Wal wälzte sich an ihnen vorbei und kratzte dabei über den seewärtigen Dollbord des Boots. Shef sah das Weiß unterhalb des schwarzen Rückens, hörte den scharfen Atemzug des Spritzlochs, registrierte, wie ein kaltes Auge ihn musterte. Die Schwanzflosse klatschte auf das Wasser, der Wal schnaubte und machte für einen zweiten Anlauf kehrt.

Shef ergriff ein Ruder, drückte es gegen den Felsen und schob das Boot einige Schritte weiter. Nur wenige Fuß vor ihnen war die Öffnung einer felsigen Bucht, zu klein, um sie einen Fjord zu nennen. Vielleicht würde der Wal abdrehen, statt ihnen in die Enge zu folgen. Der Rest der Herde hatte jetzt aufgeschlossen und zog in weiterem Abstand als das Leittier an ihnen vorbei. Das Spritzwasser aus den Atemlöchern der Wale erfüllte die Luft.

Cuthred drückte zu fest, und das Boot glitt weg vom Felsen. Der Bulle war sofort zur Stelle und schoß mit dem Kopf voraus auf sie zu. Shef schwang sein Ruder und riß das Boot herum, auf die winzige Bucht zu. Wie ein Mann drückten Shef und Cuthred die Riemen wieder in die Dollen, ruderten wild zwei, drei Schläge und schnellten in das ruhige Wasser der Bucht.

Dann war etwas unter ihnen, hob sie unwiderstehlich hoch. Das Boot war fast ganz aus dem Wasser und begann zu kippen. Shef wußte, daß er, wenn er jetzt ins Wasser fiel, als nächstes riesige Zähne spüren würde, die sich um seinen Körper schlossen. Er warf sich zur Seite und trat mit aller Kraft. Ein Fuß schnellte ins Wasser, der zweite fand Halt auf einem winzigen Felsvorsprung. Er stieß sich ab, wuchtete sich hoch und hastete zu einer lächerlich kleinen, ebenen Fläche, dem einzigen Fleck Kies an der felsigen Küste.

Das Boot kippte ganz ab, als der Wal sich schüttelte. Cuthred wurde herausgeschleudert, begleitet von einem Schauer von Gegenständen, die sich im Boot befunden hatten. Der Schild aus gehärtetem Stahl landete einen Fuß neben Shefs Hand. Er beobachtete betäubt, wie Cuthred ins Wasser platschte und der Wal wendete.

Cuthreds Füße traten einen Augenblick lang ins Leere, dann schien er Halt zu finden. Nur sechs Fuß von der Stelle, an der Shef kauerte, machte er einen Schritt rückwärts, in Richtung Land, stand aber noch bis zur Hüfte im Wasser. Plötzlich hatte er das Schwert in der Hand und richtete es auf die großen schwarzweißen Zähne, die mit der Brandung auf ihn zuschossen. Der Wal scherte aus, und im selben Moment versteifte sich Cuthred und stieß zu.

Mit einem dumpfen Schlag bohrte sich die Klinge in den Körper. Der Wal zuckte, die Schwanzflosse krachte ins Wasser. Dann war der Wal verschwunden. Er ließ nur eine dünne Blutspur und die zerschmetterten Planken des Boots zurück.

Cuthred richtete sich langsam auf und wischte sein Schwert am nassen Ärmel ab. Die Vorratskiste trieb einige Fuß vor ihm. Er trat wieder vor, bis ihm das Wasser fast bis zur Brust reichte, und nahm sie ohne Eile an sich. Dann drehte er sich um und watete zu dem Vorsprung, auf dem Shef immer noch reglos kauerte.

»Und wie kommen wir jetzt hier herunter?« fragte er. »Ich habe keine Lust mehr auf Schwimmen.«

Sie kauerten einige Minuten lang auf dem steilen Felsen und blickten über die winzige Bucht. Die Wale waren immer noch da und glitten herein und hinaus. Einmal stieg einer von ihnen vor dem Boot, das halbzerschmettert einige Fuß vor den Felsen trieb, aus dem

Wasser und zermalmte es in aller Ruhe zwischen seinen Kiefern.

Die beiden Männer drehten sich unsicher um und musterten die Felsen. Das Beste, was man über die Küste sagen konnte, war, daß sie nicht völlig senkrecht abfiel. Sie glich eher einem Steilhang, steiler als das Dach eines Hauses, bestand aber aus einem Gewirr von Felsen. Hände und Füße würden dort genug Halt finden, aber der Hang schien ohne Unterlaß direkt in den Himmel zu ragen. Womöglich würde es Stunden dauern, ihn zu überwinden. Stunden ohne jede Möglichkeit einer Rast. Dennoch blieb ihnen keine Wahl. Langsam und vorsichtig – nur wenige Fuß trennten sie von der tödlichen Brandung – sammelten die Männer ihre spärlichen Besitztümer zusammen. Cuthred hatte Schwert und Schild. Es war unmöglich, sie beim Klettern in den Händen zu halten. Shef dachte einen Augenblick lang nach und schnitt ein Stück seiner ledernen Schnürsenkel ab. Dann band er Schwert und Schild zusammen und zeigte Cuthred, wie er beide um seinen Rücken schlingen konnte. Die Seilgriffe der Vorratskiste ließen sich verlängern. Shef löste sie und verknotete sie erneut, um sie als Tragseile zu benutzen. Shef schulterte die Kiste und versicherte sich, daß sein Messer und der Feuerstein, den er immer bei sich trug, noch im Gürtel steckten. Neben den goldenen Ringen um seine Arme war das sein einziger Besitz.

Vorsichtig machten sie sich an den Aufstieg. Eine Ewigkeit lang krochen sie auf allen vieren von Fels zu Fels, versuchten senkrechte Überhänge zu umgehen, fanden immer wieder gerade noch gangbare Wege, aber niemals eine Stelle, an der sie stehen, geschweige denn sich hinsetzen konnten. Shefs Oberschenkelmuskeln schmerzten zuerst, dann zuckten sie unkontrolliert. Jeden Augenblick erwartete er einen Krampf. Dann würde er den Halt verlieren und hinunterfallen und -rollen, bis ins Wasser. Wenn er hinunterblickte, sah er nichts außer den erbarmungslosen Felsen, die sich bis zur metallgrauen See erstreckten, in der immer noch die Mörderwale auf sie warteten. Er zwang sich dazu, sich einige Fuß weiter hoch zu kämpfen. Das Bein anzuspannen, sich abzustoßen und mit der schwindenden Kraft seiner Arme hochzuziehen.

Er hörte eine Stimme. Es war Cuthred, der einige Fuß über ihm kletterte. »Gütiger Gott«, sagte er. »Noch drei Schritte, noch zwei. Gib uns einen Platz zum Ausruhen.«

Fast als Antwort auf Cuthreds Worte schoß ein brennender Schmerz durch Shefs rechten Oberschenkel. Er wußte, daß er den Krampf mißachten mußte, aber er hatte nicht mehr die Kraft dazu. Er spürte, wie sein Bein nachgab, seine Finger klammerten sich verzweifelt an den Fels.

Dann packte eine Hand sein Haar und riß mit gnadenloser Gewalt daran. Shef wurde wie ein Hündchen in die Höhe gehoben und über einen Vorsprung gezogen. Keuchend lag er auf dem Bauch. Cuthred packte ihn an der Hose und zog ihn den letzten Fuß hinauf. Dann rollte er Shef auf den Rücken und knetete seinen Oberschenkel.

Nach zwei Dutzend tiefen Atemzügen spürte Shef, wie der Schmerz nachließ. Er rieb sich die Tränen, die gegen seinen Willen hervorgeschossen waren, aus den Augen und setzte sich auf.

Sie schienen einen schmalen Pfad erreicht zu haben, nicht einmal anderthalb Fuß breit, aber nach der schroffen Felswand erschien er ihnen als ein unerhörter Luxus. Der Pfad zog sich oberhalb der Bucht entlang, aber sie konnten seinen weiteren Verlauf in beide Richtungen nur einige Schritte weit verfolgen. Der Weg schien sich aber auf der seewärts gerichteten Seite zu verzweigen. Eine Abzweigung verlief etwa waagrecht, die andere kletterte weiter den Hang hinauf.

Cuthred deutete auf den ansteigenden Pfad. »Der hier sollte zum höchsten Punkt des Vorgebirges führen«, sagte er. »Ist ein guter Aussichtspunkt. Ich gehe und sehe nach. Vielleicht finden wir dort etwas Holz und können ein Signalfeuer machen. Die Walfänger müssen hier irgendwann wieder vorbeikommen.«

Das wird noch lange dauern, dachte Shef. Und selbst dann entschließen sie sich vielleicht, außerhalb der Schären zu fahren, wie sie es für gewöhnlich tun, wenn sie nicht auf Waljagd sind. Aber Cuthred war bereits davongeschlüpft, Schwert und Schild kampfbereit in den Händen. Shef fragte sich, wer den Pfad getreten hatte. Ziegen? Was konnte hier oben schon leben außer Bergziegen? Wie merkwürdig, daß sie einen so klar markierten Weg in den Fels getrampelt hatten.

Plötzlich wurde er sich seines Hungers und Dursts bewußt. Er löste die Seile der Vorratskiste, griff nach dem Milchkrug und nahm einen langen Schluck. Als er ihn absetzte, spürte er, wie sich Verzweiflung und Niedergeschlagenheit wie eine schwere Decke um seine Schultern legten.

Der Anblick vor ihm war unaussprechlich düster: Weit unter ihm brandete die graue See unablässig gegen den grauen Fels. Darüber waren nur Steine und Geröll, die sich bis zu einem Kamm hoch über Shef erstreckten. Und darüber war ein weiterer, noch höherer Kamm, und ein weiterer, bedeckt von ewigem Schnee. Weißer Schnee und grauer Fels verschmolzen mit einem fahlen, farblosen Himmel. Nirgends war auch nur die Andeutung grünen Grases oder blauen Himmels zu sehen, nur die niemals endenwollende Blässe des hohen Nordens. Shef hatte das Gefühl, am Rande der Welt zu sein und gleich herunterzufallen. Der Schweiß der Plackerei und des Schmerzes trocknete, und er fror in dem bitterkalten Wind, der die Bergflanke entlang flüsterte.

Wer würde je davon erfahren, wenn er hier starb? Die Möwen und Skuas würden sein Fleisch fressen, und dann würden seine Knochen für immer im Wind ausbleichen. Brand würde sich eine Zeit lang fragen, was geschehen war. Vielleicht würde er sich nie die Mühe machen, die Nachricht nach Süden, an Godive und Alfred weiterzugeben. In ein paar Jahren würden sie ihn vergessen haben. Plötzlich erschien ihm sein ganzes Leben als eine einzige Abfolge von Katastrophen. Der Tod Ragnars und die Schläge seines Stiefvaters. Die Rettung Godives und seine Blendung. Die vielen Schlachten und der Preis, den er für sie bezahlt hatte. Dann sein Stranden an der Küste Dithmarschens, der Marsch nach Haithabu, die Art, wie Horik ihn nach Kaupang verkaufte, das Einbrechen auf dem Eis, Ragnhilds falsches Spiel und der Tod des kleinen Harald. Alles schien demselben Muster zu folgen: Ein kurzer Erfolg, erkauft durch Schmerz und Verlust. Und jetzt war er hier, ohne Hoffnung auf Rettung, an einem Ort, den seit Anbeginn der Zeit keines Menschen Fuß betreten hatte. Vielleicht war es jetzt besser, loszulassen, den Hang hinunterzufallen und für immer zu verschwinden.

Shef sank zurück gegen den Fels, neben ihm die immer noch geöffnete Vorratskiste. Er spürte wie eine Vision in ihm aufkeimte, seinen Geist und Körper in seiner erschöpften, wachenden Ohnmacht übernahm.

Ich habe es dir doch schon gesagt, ertönte eine Stimme. Vergiß nicht die Wölfe im Himmel und die Schlangen in der See. Das ist es, was die Heiden erblicken, wenn sie die Welt betrachten. Und jetzt sieh dir ein anderes Bild an.

Shef fand sich im Körper eines anderen Mannes wieder. Wie er selbst war er erschöpft und von Schmerzen gebeutelt, der Verzweiflung nahe – aber dem Tod war er noch näher. Der Mann stolperte einen felsigen Hang hinauf, zwar weniger steil als jener, den Shef gerade erklommen hatte, doch der Mann war in schlechterer Verfassung. Etwas drückte auf seine Schulter und bohrte sich in das Fleisch, aber er konnte es nicht ablegen oder auf die andere Schulter setzen. Es rieb auch hart in seinen brennenden Rücken – Shef spürte ein mitfühlendes Stechen in seinem eigenen Rücken. Er kannte den Schmerz der Peitsche, des Leders, das die Haut aufriß und sich tief in das Fleisch und die Knochen bohrte.

Dennoch begrüßte der Mann auf gewisse Weise den Schmerz und die Erschöpfung. Wieso? Er wußte, spürte Shef, daß die Erschöpfung seine Leiden verkürzte.

Dann waren sie dort. Wo immer dort war. Der Mann entledigte sich seiner Last, einem großen Holzbalken. Andere Männer nahmen ihn, Männer in merkwürdigen Rüstungen aus Metallstreifen. Sie befestigten den Balken an einem noch größeren Balken. Ein Kreuz, erkannte Shef. Ich sehe die Kreuzigung. Die des Weißen Christus? Wieso sollte mein göttlicher Patron mir das zeigen? Wir sind keine Christen. Wir sind ihre Feinde.

Die Soldaten hatten den Mann ausgestreckt und schlugen jetzt die Nägel ein. Einen durch jedes Handgelenk, nicht durch die Handflächen, deren Fleisch unter dem vollen Gewicht des Körpers reißen würde. Dann schlugen sie einen weiteren durch die Füße; es war eine schwierige Aufgabe beide Beine in die richtige Position zu bringen. Gnädigerweise drang der Schmerz jetzt nicht mehr bis zu Shefs Geist durch. Shef musterte die Männer, die ihrer grausigen Aufgabe nachgingen.

Sie arbeiteten zügig, als hätten sie den Vorgang schon viele Male hinter sich gebracht, und unterhielten sich in einer Sprache, die Shef nicht verstand. Doch nach und nach konnte Shef das eine oder andere Wort aufschnappen: hamar, *sagten sie. Und* nagal. *Es waren römische Soldaten, wie man Shef immer erzählt hatte, aber sie sprachen irgend-*

einen germanischen Dialekt mit ein paar verstümmelten Brocken Latein.

Der Mann am Kreuz verlor das Bewußtsein, als sie ihn hochzogen. Dann schlug er die Augen wieder auf, und er sah eine Vision, wie es Shef jetzt tat und es vor Jahren nach seiner Blendung getan hatte. Damals hatte Shef Edmund gesehen, den christlichen König, der den Märtyrertod gestorben war. Mit dem eigenen Rückgrat in der Hand war Edmund zu ihm gekommen und war weitergezogen – an einen anderen Ort. Also gab es neben dem Walhall der Heiden einen Ort, an den die Christen gingen.

Langsam versank die Sonne über dem Kalvarienberg. Einige kurze Augenblicke lang sah Shef die Sonne, wie der sterbende Mann oder Menschgott sie sah. Nicht wie einen Streitwagen, der von panischen Pferden gezogen und beutegierigen Wölfen verfolgt wurde, wie es die Heiden glaubten, genausowenig wie in seinen Augen die Erde und das Meer darunter der Tummelplatz für riesige Schlangen waren, nur darauf aus, die Menschheit zu vernichten. Nein, der Mann sah weder Streitwagen noch eine goldene Scheibe, sondern den glänzenden Bart eines Gesichts, das auf ihn herabblickte, erfüllt sowohl von Härte als auch von Mitgefühl. Das Gesicht blickte herab auf eine Welt voller Wesen, die ihre Arme hochwarfen und um Hilfe flehten, um Vergebung und Gnade.

Eloi, eloi, *schrie der Sterbende,* lama sabachthani. *Mein Gott, mein Gott, wieso hast du mich verlassen.*

Gott schüttelte den glänzenden Kopf. Es war kein Verlassen, es war ein Heilung. Eine bittere Medizin für die Sünden der Welt, eine Antwort auf die flehenden Arme. Und jetzt eine abschließende Gnade.

Ein Mann trat aus der Reihe der Soldaten am Fuß des Kreuzes vor. Ein roter Mantel bedeckte seine Rüstung, rote Federn schmückten seinen eisernen Helm. Genuch, *sagte er in demselben halbgermanischen Gebrabbel, das seine Soldaten sprachen.* Giba me thin lancea. *»Genug. Gib mir deine Lanze.«*

Der Sterbende spürte einen Schwamm an seinen Lippen und saugte fieberhaft daran. Er schmeckte den dünnen, sauren Wein, den die Soldaten mit ihrer täglichen Ration erhielten und ihrem Wasser beimengten. Als die gesegnete Erleichterung, die besser schmeckte als alles, das er je zuvor getrunken hatte, seine ausgedörrte Kehle hinunterrann, streifte der Zenturio unter ihm den Schwamm von der Lanze, nahm sorgfältig Maß und rammte sie dann zwischen die Rippen des Verurteilten, um sein Herz zu durchstoßen.

Blut und Wasser ergossen sich über die Hand des Zenturios. Überrascht betrachtete er die Mischung und spürte im selben Moment, wie sich die Welt um ihn herum bewegte, als ob sich etwas für immer verändert hätte. Er blickte auf, und statt der grimmig brennenden Sonne dieses Wüstenlands sah er das Gesicht seines eigenen toten Vaters, das auf ihn herabzulächeln schien. Um ihn herum schien ein jubilierendes Beben aus dem Sand aufzusteigen, und unter seinen Füßen drang ein Schrei der Erleichterung aus den Felsen, aus der Hölle, wo die Verdammten die versprochene Erlösung kommen sahen.

Der Zenturio taumelte, fing sich wieder und blickte auf die gewöhnliche Lanze, von der Blut und Wasser auf seinen Arm rannen.

Das ist es, was die Christen sehen, sagte die Stimme von Shefs Patron. Sie sehen eine Rettung von außen, während die Heiden nur einen Kampf sehen, den sie nicht gewinnen können und nicht zu verlieren wagen. Das ist alles schön und gut – falls es einen Retter gibt.

Die Vision verblaßte, und Shef fand sich auf dem nackten Fels wieder. Er blinzelte und überdachte, was er gesehen hatte. Das Problem ist, erkannte er, daß die Christen auf die Rettung vertrauen und deshalb statt selbst zu kämpfen ihre Hoffnung auf die Kirche setzen. Die Heiden kämpfen um den Sieg, haben aber keine Hoffnung. Also begraben sie Mädchen bei lebendigem Leib und lassen ihre Schiffe über gefesselte Sklaven vom Stapel laufen, weil sie glauben, daß es nichts Gutes in der Welt gibt. Der Weg Asgards muß zwischen diesen beiden liegen. Er muß Hoffnung spenden, etwas, das die Heiden nicht haben: Nicht einmal Odin konnte seinen eigenen Sohn Balder von den Toten zurückholen. Der Weg Asgards muß eigene Anstrengungen ermutigen, etwas, das die Kirche der Christen ablehnt: Für sie ist die Erlösung ein Geschenk, eine Gnade, die sich die Menschheit nicht selbst erwerben kann.

Plötzlich hatte Shef das Gefühl, beobachtet zu werden. Er setzte sich auf und sah sich nach Cuthred um. Der Engländer war immer noch nicht zurückgekehrt. Wieder griff Shef in der Hoffnung, daß ihm Essen und Trinken neue Hoffnung einflößen würden, in die offene Vorratskiste. Er nahm die Milch, dicken Käse und Kekse heraus.

Da erschien vor ihm eine Gestalt, so unvermittelt, als ob sie aus einem Stein entsprungen wäre. Shefs Unterkiefer erstarrte mitten im Biß.

KAPITEL 22

SHEF BRAUCHTE EINEN AUGENBLICK, um zu erkennen, daß die Gestalt ein Kind war, ein kleiner Junge. Dennoch konnte man ihn kaum klein nennen. Er maß ungefähr fünf Fuß und war damit so groß wie Udd, war aber um einiges breiter gebaut. Er hätte ein kleiner Mann sein können. Gleichzeitig deutete etwas in der aufrichtigen Unschuld seiner Haltung auf einen Jungen hin.

Und er sah überhaupt nicht wie ein Mensch aus. Seine Arme hingen tief herunter, sein Kopf saß schräg auf einem unmöglich dicken Nacken. Kleine Augen spähten unter schweren Augenbrauen hervor. Er trug – nichts. Nein, korrigierte sich Shef, er trug einen rauhen, aus irgendeiner Art Haut hergestellten Kilt. Aber er verschwand beinahe in seinem eigenen Fell. Der Junge war von Kopf bis Fuß mit langem, grauem Haar bedeckt.

Es starrte reglos auf das Käsestück, das Shef gerade in den Mund hatte stecken wollen. Als er den Geruch erschnupperte, weiteten sich plötzlich seine Nüstern, und aus seinem Mundwinkel quoll Speichel. Langsam nahm Shef das Käsestück von dem Keks und hielt es dem merkwürdigen Jungen wortlos entgegen.

Der zögerte und wollte nicht näherkommen. Schließlich schlurfte er vorsichtig zwei Schritte näher, streckte einen langen, grauen Arm aus und schnappte den

Käse aus Shefs Hand. Seine Nüstern weiteten sich erneut, als er daran schnüffelte, dann stopfte er ihn schnell in den Mund. Er kaute den Käse mit vor Verzückung geschlossenen Augen, die hochgezogenen Lippen entblößten riesige Zähne. In einem unfreiwilligen, merkwürdig unpassenden Tanz trat er freudig von einem Fuß auf den anderen.

Finnen können Käse, Milch und Butter nicht widerstehen, hatte Brand gesagt. Shef glaubte nicht, daß das Wesen vor ihm ein Finne war. Aber vielleicht hatte es dieselben Vorlieben. Mit behutsamen Bewegungen reichte Shef ihm den Krug mit den Resten von Cuthreds Milch. Wieder untersuchte der Junge das ihm Gereichte schnuppernd, entschied sich dann plötzlich und leerte den Krug in einem Zug. Als er – oder es – trank, beugte es die Knie auf sonderbare Weise, um den ganzen Körper zurückzulehnen. Es konnte nicht wie ein echter Mensch den Kopf zurückbeugen, um zu trinken, erkannte Shef.

Das Wesen ließ den leeren Krug fallen. Das Klirren, mit dem er auf dem Stein zerbrach, schien es zu überraschen. Es blickte erst hinunter und anschließend zu Shef. Dann, daran war kein Zweifel möglich, sagte es etwas, und dieses etwas hatte den Tonfall von ›Es tut mir leid‹. Aber Shef konnte dennoch keine einzige Silbe verstehen.

Und dann war es fort. Es hastete einige Schritte den Pfad hinunter, und dann war es einfach verschwunden, das graue Fell verschmolz mit dem grauen Fels. Shef kämpfte sich auf die Beine und rannte steif an die Stelle, an der das Wesen verschwunden war, aber er konnte keine Spur von ihm entdecken. Es hatte sich wie eine seiner Visionen verflüchtigt.

Du hast einen vom Verborgenen Volk gesehen, dachte Shef, eines von den Wesen, die in den Bergen leben. Er erinnerte sich an Brands Geschichten von den

Wesen, die Menschen unter Wasser zogen, an die langen, grauen Arme, die sich nach Booten ausstreckten. Und an die Geschichten, die Cwicca und seine Katapultmannschaft erzählten, von den Männern, die in den Bergen von Trollfrauen entführt wurden und ihnen zu Willen sein mußten. Sie hatten erst vor kurzem wieder eine erzählt: Von einem großen Zauberer, einem weisen Mann, der es sich zur Aufgabe gemacht hatte, eine Insel im Norden von Trollen und dem Verborgenen Volk zu befreien. Er war über die ganze Insel gewandert, hatte seine Zaubersformeln gesprochen und die Wesen vertrieben, damit sie den Menschen nichts mehr antun konnten. Schließlich hatte er sich die letzte Klippe der Insel hinunter abgeseilt, um seine Aufgabe zu vollenden. Als die Männer von oben das Seil herabließen, drang eine Stimme aus der Klippe. »Menschending«, hatte sie gesagt, »selbst das Verborgene Volk muß einen Platz haben.« Und im selben Moment war ein grauer Arm aus dem Fels gekommen, hatte den Menschen aus dem Seil gerissen und ihn auf die Felsen am Fuß der Klippe geschleudert. Die Geschichte ergibt keinen Sinn, hatte Shef den Ex-Sklaven vorgehalten. Wer außer dem Mann am Seil, dem Mann, der wenige Sekunden später seinem Tod entgegenfiel, konnte die Worte gehört haben? Aber plötzlich schien ihm die Geschichte nicht mehr so widersinnig.

Noch immer war Cuthred nirgends zu sehen. Shef öffnete den Mund, um nach ihm zu rufen, und schloß ihn wieder. Wer konnte wissen, wer oder was ihn hören könnte? Er hob einen vom Fels abgeblätterten Stein auf und kratzte einen Pfeil in die flechtenbewachsene Felswand. Er zeigte in die Richtung, die er einschlug: landeinwärts. Shef ließ die Vorratskiste zurück, und schlich so schnell er konnte den engen Pfad entlang

Der Pfad schlängelte sich ungefähr eine halbe Meile hoch über der Bucht entlang, verengte sich oft auf bloße Fußbreite, ohne jemals ganz zu verschwinden. Einer von Brands Vogeljägern wäre ihm ohne zu zögern gefolgt. Der Flachländer Karli wäre vor Angst erstarrt. Shef, ebenfalls ein Flachländer, humpelte vor Angst und Erschöpfung zitternd weiter und versuchte, nicht hinunterzusehen.

Und dann war plötzlich eine Lichtung vor ihm. Shef blickte sich in dem schwachen Dämmerlicht um. Eine Lichtung? Wenigstens eine flache Stelle mit einer dünnen, spärlichen Grasdecke und einigem Unkraut zwischen dem unvergänglichen Stein. Wieso hatten sie das Grün nicht von See aus gesehen? Weil die Stelle in einer Senke zwischen See und Bergen versteckt war. Auf der gegenüberliegenden Seite konnte er einen Lichtspalt sehen. Ein Feuer? Eine Hütte?

Als Shef mit größter Vorsicht weiterging, erkannte er, daß es tatsächlich eine Hütte war. Mit ihren steinernen Mauern und dem grasgedeckten Dach schien sie direkt aus dem Hang gewachsen. Selbst aus hundert Schritten Entfernung konnte Shef kaum seinem Auge trauen, auch wenn ein schwaches Leuchten durch den einen oder anderen Spalt in den Mauern trat.

Im selben Augenblick bemerkte Shef, daß seine linke Hand auf einer weiteren Mauer unmittelbar neben ihm ruhte. Er war bis direkt an ein zweites Gebäude gelaufen, ohne es zu sehen. Und dazu war es noch ein großes, ein Anbau aus flachen Steinen, der von der Stelle aus, an der der Pfad in die Lichtung mündete, vielleicht 40 Fuß maß. Er roch auch etwas, Rauch und einen schwachen Essensgeruch.

Die Hand am Messer und mit derselben Vorsicht, mit der sich ein Vogeljäger einem Nest näherte, schlich sich Shef zur Türöffnung. Dort gab es keine Holztür, sondern nur einen an Haken befestigten ledernen Vorhang. Er streifte die Riemen von den Haken und schlüpfte hinein.

Zwanzig Herzschläge lang konnte er nichts sehen, dann hatte sich seine Auge umgestellt. Schwaches Licht drang durch Risse in den Wänden und eine Öffnung im Dach, unter der ein verhaltenes Feuer glühte. Darüber hing ein Rumpf. Es war eine Räucherkammer, erkannte Shef. Auf der gesamten gegenüberliegenden Seite stand Ständer um Ständer mit geräuchertem und getrocknetem Fisch. Auf der anderen Seite Wannen mit weiterem Fisch und gesalzenem Fleisch. Direkt vor ihm baumelte der Rumpf einer Robbe von einem Haken – einer von vielen, die in Reihen in der Kammer hingen. Er streckte die Hand aus und berührte den Haken. Der Pflock war aus Stein und der Haken, an dem der aufgeschnittene Robbenrumpf hing, aus Holz. Man hatte ihn aber nicht zurechtgeschnitzt, sondern gebogen und in die gewünschte Form wachsen lassen. Nirgends konnte Shef Metall entdecken. Nur Holz und Stein.

Die Rümpfe wurden größer, als er fasziniert die Reihe entlangging. Eine Robbe. Ein Walroß, das bis fast auf den Boden reichte. Und dann ein Bär. Aber kein Braunbär, wie er im Süden Norwegens oder den schwer zugänglicheren Wäldern Englands lebte. Nein, es war eine Kreatur, die soviel größer als ein gewöhnlicher Bär war, wie ein Mörderwal größer als ein Schweinswal war, und weit größer als Shef. Hier und da konnte man noch Stücke weißen Fells sehen. Es war ein großer Eisbär, das Tier, aus dessen Fell Brands bester Mantel gefertigt war. Drei Männer hatten für das Kleidungsstück mit dem Leben bezahlt, zumindest behauptete das Brand.

Shef war jetzt beinahe beim Rauch, an der Stelle, an der das Feuer glühte und das Licht durch eine Öffnung im Dach hereinfiel. Was war das für ein Wesen, das der mächtige Jäger der Berge erlegt hatte? Es war weder eine Robbe, noch ein Walroß, noch ein Schweinswal oder ein Bär. Shef wurde klar, daß dort vor ihm ein Mensch am Haken baumelte und sich sanft drehte. Gehäutet, der Länge nach zerteilt und ausgenommen wie ein Schwein, aber dennoch unzweifelhaft ein Mensch. Hinter ihm hingen wie Speckseiten weitere Körper, Männer wie Frauen, einige an der Kehle aufgespießt, andere an den Füßen aufgehängt. Die Brüste der Frauen hingen schlaff an den Seiten herab.

In einer Ecke stapelten sich achtlos hingeworfene Gegenstände. Zum größten Teil waren es ungeordnete Kleidungsstücke, dazwischen glitzerte hier und da Metall, Silber und Emaille und auch Eisen. Wer oder was immer diese Menschen gefangen und getötet hatte, machte sich nichts aus Beute. Die Besitztümer der Opfer waren beiseite geschleudert worden wie Hörner und Hufe oder andere ungenießbare Teile. Schimmerte dort eine Waffe?

Auf zwei Pflöcken, die waagrecht aus der Wand ragten, ruhte ein Dutzend langer Speere. Shef nahm einen an sich und bemerkte sofort, daß sich Würmer in das Holz gefressen hatten. Zudem war der Schaft vom jahrelangen Liegen in der Hitze gebogen. So leise wie möglich durchstöberte er den Stapel.

Er fand nur Gerümpel. Gespaltene Schafte, verbogene Spitzen und dicke Rostschichten. Aber er mußte eine Waffe finden. Er hatte nur sein winziges Messer, um sich einer Kreatur zu erwehren, die Walrosse und Eisbären töten konnte.

Dort. Dort war eine. Am Grund des Haufens schien er einen intakten Schaft zu erblicken. Er griff nach dem Speer und hob ihn hoch. Erleichterung erfüllte ihn bei dem Gedanken, daß er jetzt nicht mehr völlig wehrlos war.

Doch als er den Speer hochhob, widerte ihn plötzlich

der Gedanke, mit ihm zuzustoßen und zu töten, an. Es war, als ob eine Stimme sagte: »Nein. Das ist kein Werkzeug für solch einen Zweck. Es wäre, als ob man glühendes Eisen mit einem Hammer aus dem Feuer ziehen oder Eisen mit den Griffen einer Zange aushämmern wollte.«

Verwirrt musterte Shef einen Augenblick lang den Speer in seinen Händen, blickte aber gleichzeitig immer wieder ängstlich zum Eingang. Es war eine merkwürdige Waffe. Eine, wie man sie heute nicht mehr herstellte. Statt einer massiven, dreieckigen Spitze wie Sigurth Schlangenauges Gungnir hatte sie eine blattförmige Klinge, und darunter ragte ein langer, eiserner Stachel aus dem Eschenholzschaft. Auf dem grauen Metall fanden sich Spuren von Verzierungen. Jemand hatte sogar in das Eisen eingeschnitten und die Linien mit Gold eingelegt. Einst hatten sich zwei goldene Kreuze am Sockel der Klinge befunden. Das Gold war jetzt fort – nur noch ein farbiger Fleck verriet sein einstmaliges Vorhandensein –, aber die gemeißelten Kreuze waren geblieben. Der Eisenstachel kennzeichnete den Speer als Kriegswaffe und sein Gewicht ihn als Wurfspeer. Aber wer würde einen Speer, den man auf seine Feinde schleuderte, mit Gold verzieren?

Auf jeden Fall mußte jemand ihn hochgeschätzt haben. Eine der Leichen, die im Rauch hingen. Unsicher hob Shef die Waffe ein zweites Mal. Es wäre Wahnsinn, eine Waffe liegenzulassen, die ihm an diesem tödlichen Ort eine Überlebenschance geben würde. Wieso hatte er sie bereits wieder zurückgestellt, sie sanft auf die Pflöcke gelegt?

Shef spürte einen schwachen Luftzug hinter sich. Aufgeschreckt wirbelte er herum. Irgend jemand oder etwas kam in die Räucherkammer. Er kauerte sich nieder und spähte unter den Reihen der baumelnden Rümpfe den Boden entlang.

Jemand kam auf ihn zu. Erleichterung durchzuckte Shef, als er die geschnürte Hose Cuthreds erkannte. Er verließ seine Deckung, winkte seinen Gefährten herbei und deutete wortlos auf die hängenden Leichen.

Cuthred nickte. Er hatte das Schwert in einer Hand, den Schild in der anderen.

»Ich habe es dir gesagt«, flüsterte er heiser. »Trolle. In den Bergen. Sie haben mich durch die Fenster der Hütte angeglotzt. Ratterten nachts an der Tür und versuchten, hereinzukommen. Rochen das Fleisch. Schwere Riegel haben sie an den Türen in diesen Bergdörfern. Nicht alle brauchen sie.«

»Was tun wir jetzt?«

»Wir kriegen sie dran, bevor sie uns drankriegen. Hast du die Hütte gegenüber gesehen? Dann los! Hast du keine Waffe?«

Shef schüttelte wortlos den Kopf.

Cuthred trat hinter ihn, nahm den Speer, den Shef gerade wieder zurückgelegt hatte, und hielt ihn ihm entgegen. »Hier«, sagte er, »nimm den hier. Mach schon!« drängte er, als er Shefs Zögern bemerkte, »er gehört niemandem mehr.«

Shef streckte die Hand aus, zögerte, dann umfaßte er die Waffe fest. In der warmen, rauchigen Dunkelheit hörte er ein leises Klirren, als ob Metall gegen Stein geprallt wäre. Wieder verspürte Shef eine Art Erleichterung. Nicht darüber, daß er nicht mehr wehrlos war, sondern darüber, daß man ihm die Waffe übergeben hatte. Sie war von ihrem Besitzer an den Herrn der Räucherkammer und dann an Cuthred übergegangen, den Mann, der kein Mensch war. Es war recht für ihn, Shef, sie jetzt in den Händen zu halten. Vielleicht nicht, sie zu behalten oder sie zu führen. Aber sie zu halten, ja. Vorerst.

Die beiden Männer bahnten sich ihren Weg nach draußen, in die plötzlich lieblich duftende Luft.

Wie zwei Gespenster huschten sie über die kleine, offene Fläche und umgingen dabei sorgfältig das Unkraut, um selbst das leiseste Rascheln zu verhindern. Ein einziger Fehler, dachte Shef, und wir hängen auch im Rauch. War der kleine Junge weggerannt, um seine Leute zu warnen? Seinen Vater? Er war eher dankbar als ängstlich oder feindselig erschienen. Shef wollte nicht in die Lage kommen, ihn töten zu müssen.

Im Türrahmen der Hütte hing wie bei der Räucherkammer ein Vorhang, offenbar aus Pferdeleder. Sollten sie versuchen, ihn langsam anzuheben? Oder sollten sie ihn mit dem Schwert weghauen und hindurchstürmen? Cuthred plagten dagegen keine Zweifel über ihr weiteres Vorgehen. Er bedeutete Shef wortlos, den Vorhang oben festzuhalten. Dann zog er sein Schwert und durchtrennte mit der rasiermesserscharfen Klinge die Schlaufen, an denen er befestigt war. Damit hielt nur noch Shef den Vorhang fest. Cuthred nickte.

Als Shef den Vorhang fallen ließ, schoß Cuthred mit erhobenem Schwert in die Hütte. Und blieb reglos stehen. Shef folgte ihm. Niemand war in der Hütte. Zu ihrer Linken war der Hauptraum. Ein primitiver Tisch stand in der Mitte, umringt von aus Treibholz gefertigten Stühlen. Sie waren riesig. Shef hätte hinaufklettern müssen, um sich auf einen von ihnen zu setzen. Am gegenüberliegenden Ende der Hütte schien eine schwarze Öffnung in den Fels zu führen. Der Innenraum wurde von einem Docht erleuchtet, der in einer mit Öl gefüllten steinernen Schale brannte.

Vielleicht schliefen die Bewohner. Auch wenn der Himmel sich kaum verdunkelt hatte, mußte es jetzt Mitternacht sein. Aber Shef hatte registriert, daß im Mittsommer die Nordländer ihr Zeitgefühl fast ganz verloren. Sie schliefen, wann sie mußten, und auch nur sehr wenig, als ob sie den furchtbaren Winter wettmachen wollten. Für das Verborgene Volk traf vielleicht dasselbe zu.

Zu ihrer Rechten war allerdings eine weitere schmale Öffnung, die zu den Schlafkammern führen mußte. Shef wappnete sich innerlich für einen tödlichen Streich und glitt mit erhobenem Speer durch den Türrahmen. Zwei Betten, wie Regale in den Felsen eingelassen, um die Wärme festzuhalten, und darauf Pelzhaufen. Shef trat näher, um sicherzustellen, daß sich nicht das graue Fell eines Trolls darunter versteckte. Er fand keinen.

Als er sich umdrehte, um Cuthred ein Zeichen zu geben, ließ ein lautes Krachen sein Herz aussetzen. Er stürzte vor, um zu sehen, was geschehen war. In der Mitte des anderen Raums rang Cuthred neben dem umgestürzten Tisch wild mit einem Troll.

Nein, es war eine Trollfrau. Sie trug wie das Kind eine Art Kilt, aber die Rundungen ihrer Brüste waren auch unter dem grauen Fell unübersehbar, und ihr langes Haar hing wie die Mähne eines Pferds den Nacken herunter. Sie hatte sich in der in den Felsen getriebenen Speisekammer versteckt und war hervorgesprungen, als Cuthred sich ihr genähert hatte. Mit einer Hand packte sie den Stachel seines Schilds, mit der anderen das Handgelenk seiner Schwerthand. Die beiden taumelten vor und zurück, Cuthred versuchte eine seiner Waffen freizubekommen, sie versuchte, sie ihm abzuringen. Ihre Zähne blitzten auf, als sie plötzlich nach Cuthreds Gesicht schnappte.

Shef stand einen Augenblick lang mit offenem Mund da. Die Stärke der Frau erstaunte ihn. Cuthred bot jedes Quentchen seiner Kraft auf, grunzte wild, als er sich gegen sie warf. Die immensen Muskeln seiner Arme wölbten sich. Zweimal hatte er sie von den Füßen gestoßen, jetzt hob er ihre 200 Pfund ohne Mühe, aber sie klammerte sich an ihm fest.

Dann stürzte sie plötzlich vor und drängte Cuthred

zurück. Als sie an Schwung gewann, setzte sie eine Ferse hinter sein Knöchelgelenk. Die beiden gingen zu Boden, die Trollfrau obenauf, und Cuthreds Schwert und Schild flogen zur Seite. Einen Augenblick später hatte sie ein Steinmesser aus dem Gürtel gezogen und rammte es in Richtung von Cuthreds Kehle. Der Engländer fing ihr Handgelenk mit einer Hand ab, und wieder erstarrten die beiden in einer verzweifelten Kraftprobe.

In der schmalen Türfüllung war der Speer ein Hindernis. Als Shef seitwärts trat, um sich mit der Waffe durch die Tür der Schlafkammer zu zwängen, erstarb das trübe Licht, das von außen in die Hütte gedrungen war. Der Hausherr, der Jäger der Berge, war zurückgekehrt. Wie ein Felsklotz schritt er lautlos über die Schwelle und wandte sich dem Kampf zu.

Selbst wenn der Troll sich vorbeugte, berührte sein Schädel die Decke. Seine Arme hingen beinahe bis auf den Boden herab. Seine Schultern waren nicht eckig wie die eines Menschen, sondern eher rundlich und abfallend, aber selbst so lagen seine Schulterblätter mehr als eine Schwertlänge auseinander. Er wandte Shef, den er nicht bemerkt hatte, den Rücken zu. Seine ganze Aufmerksamkeit galt Cuthred und der Trollfrau.

Shef hob den Speer. Er hatte die Chance auf einen ungehinderten Stoß, auf das Rückgrat, die Nieren oder unter den Rippen hindurch auf das Herz des Trolls. Nicht einmal ein Riese konnte einen solchen Stoß überleben. Vor ihm, das wußte er, stand der Menschenfresser.

Als Shef in Position ging, überkam ihn plötzlich, was für ein hoffnungslos trostloser Ort dies war. Er hatte dieses Gefühl schon einmal gehabt, vor nicht allzulanger Zeit auf dem Felsvorsprung des Pfades, ein Gefühl von Farblosigkeit, Härte, Feindseligkeit. Anschließend hatte er in seiner Vision gesehen und gespürt, wie die Welt nach Rettung schrie, nach Befreiung. Und das sonnenglänzende Gesicht hatte sie gewährt; hatte gewährt, was Hermod und Balder verwehrt geblieben war. Die eiserne Speerspitze neben seiner Wange schien sowohl Wärme als auch eine Art Müdigkeit auszustrahlen; sie drängte ihn, dem Gemetzel ein Ende zu machen. Die Welt hatte zuviel davon gesehen. Es war Zeit innezuhalten, Zeit für eine Veränderung.

Die Trollfrau, die auf Cuthreds Brustkorb saß, schoß plötzlich mit dem Kopf voraus durch den Raum und rammte in die Beine ihres männlichen Artgenossen. Der Troll taumelte zurück und spießte sich um ein Haar auf Shefs Speerspitze auf. Cuthred hatte die Trollfrau soweit zurückgedrängt, daß sie mit aller Kraft nach vorne drückte, dann hatte er seine Hände gesenkt, ihre Handgelenke gepackt und sie über seinen Kopf geschleudert. Sich windend kam der Engländer wieder auf die Beine und griff nach seinem Schwert. Er stellte sich dem männlichen Troll mit einem wütenden Grinsen. Der Troll knurrte wie ein Bär und stieß die Frau aus dem Weg.

Shef rammte den Lanzenschaft gegen den Steinboden und schrie mit sich überschlagender Stimme: »Halt!«

Die beiden Trolle wirbelten herum. Ihre Augen wanderten von der Bedrohung vor ihnen zu der hinter ihnen und wieder zurück. Shef schrie wieder »Halt!«. Diesmal richtete sich sein Ruf an Cuthred, der nach vorne glitt.

Im selben Augenblick rannte der junge Troll, den Shef auf dem Pfad getroffen hatte, in die Hütte, klammerte sich an die Beine seines Vaters und redete in schnellen, fremdartigen Silben auf ihn ein. Shef trat durch die schmale Tür der Schlafkammer, breitete die Arme aus und stellte den Speer mit langsamen, vorsichtigen Bewegungen in eine Ecke. Er winkte Cuthred herrisch zu. Der zögerte, senkte aber dennoch das Schwert.

Was taten die Trolle? Shef starrte sie im Licht der Öllampe an. Der mächtige männliche Troll starrte mit verwirrtem Gesichtsausdruck zu ihm herunter. Doch Shef kannte den Ausdruck. Trotz des grauen Pelzes, des rundlichen Schädels, des merkwürdig vorgeschobenen Kiefers und des mächtigen Gebisses war da etwas Vertrautes – etwas in den Augenbrauen, den Wangenknochen, dem kantigen Kopf, der auf dem säulenartigen Hals saß. Langsam trat Shef vor, nahm sanft die enorme Hand des Trolls in die seine und drehte sie um. Ja. Riesige Finger, halb so groß wie ein Quarttopf.

»Du siehst aus wie jemand, den ich kenne«, sagte Shef, mehr zu sich selbst.

Zu seiner Überraschung grinste der Troll breit. Er entblößte sein mächtiges Hundegebiß und antwortete ihm in stockendem, aber verständlichem Nordisch: »Ich glaube, du hast meinen Cousin Brand getroffen.«

Laut Echegorgun – das meiste von dem, was er erzählte, wurde Shef von Cuthred erst später in vielen langen Nächten an Lagerfeuern berichtet – hatte das Verborgene Volk einst viel weiter im Süden gelebt, in Norwegen und den anderen Ländern unterhalb des Meeres, das Echegorgun die Seichte See nannte, der Ostsee. Aber als sich mit der Zeit das Klima veränderte, waren sie mit dem Eis nach Norden gezogen, unablässig bedrängt von Denen mit Kinn, den Dünnen, den Eisenschmieden – Echegorgun kannte viele Namen für Shef und seinesgleichen. Die Menschen waren natürlich keine ernstzunehmenden Gegner – der bloße Gedanke daran ließ Echegorgun auflachen; ein merkwürdig harter Laut, der tief aus seiner Kehle zu dringen schien. Aber sie waren zahlreich. Sie vermehrten sich so schnell wie die Robben, sagte er, oder die Brut der Lachse. Und in Gruppen waren sie gefährlich, und nachdem sie sich das Metall angeeignet hatten, waren sie das in noch höherem Maße. Es schien, als ob die Erinnerungen des Verborgenen Volks in die Tage zurückreichten, noch bevor es Metall gegeben hatte, als alle aufrecht laufenden Wesen, Menschen und Trolle, nur Steinwerkzeuge besaßen. Aber sobald die Menschen Metall hatten, erst Bronze – Echegorgun nannte es das braune Eisen – und dann das wahre, graue Eisen, hatte die alte Gleichheit zwischen den Rassen – wenn es denn Rassen waren – dahinzuschwinden begonnen. Echegorgun wollte es sich nicht eingestehen, aber Shef dachte manchmal, daß die schnelle Vermehrung der Menschen, die der Troll so sehr verachtete, etwas mit dem Metall zu tun hatte. Eisen aus Erz herauszuhämmern ist dem Menschen nicht von Natur aus gegeben, es ist nach dem ersten glücklichen Unfall das Resultat von Versuch und Irrtum. Kurzlebige Wesen, die wenig zu verlieren hatten, und die mit einem starken Antrieb ausgestattet waren, sich von ihren allzu zahlreichen Mitbewerbern abzuheben, würden viel eher Zeit auf Experimente verschwenden als das langlebigere, langsamer reifende und weniger fruchtbare Wahre Volk – wie sich die Trolle selbst nannten.

Ob das nun zutraf oder nicht, über die Jahrhunderte war aus dem Wahren Volk das Verborgene Volk geworden, das sich in unzugängliche Gebirge zurückzog und immer größere Meisterschaft darin entwickelte, sich zu verstecken. Es war nicht so schwer, sagte Echegorgun. Es gab mehr vom Wahren Volk, als die Dünnen dachten. Die beiden Völker lebten nicht an denselben Orten, ja nicht einmal zur selben Zeit. Die Nordländer in Halogaland, führte Echegorgun aus, waren fast ganz auf die Küste fixiert. Sie gingen die Straße an der See, den Nordweg, dem das Land seinen Namen verdankte, auf und ab, errichteten ihre Hütten in den Fjorden und ließen ihre Tiere auf den winzigen Weiden, die sie finden konnten, grasen. Aber nur selten fand man irgendeinen von ihnen auch nur wenige Meilen im Inland, denn nur wenige, die es wagten, aus Neugier oder auf der Jagd dorthin vorzudringen, kehrten zurück.

Die Finnen waren lästiger, denn sie zogen mit ihren Rentierherden, ihren Schlitten und Bögen und Fallen weit umher. Dennoch beschränkten sich ihre Aktivitäten zumeist auf den Sommer und die Tagesstunden. Im Winter blieben sie in ihren Zelten und Hütten und begnügten sich damit, regelmäßig ihre Fallen abzugehen. Sie waren leicht zu vermeiden. Der Schnee und das Eis, die Dunkelheit und die Höhen gehören uns, sagte Echegorgun. Wir sind das Volk der Dunkelheit.

Und was ist mit den toten Männern, die du in deiner Räucherkammer aufhängst? hatte Shef ihn am Nachmittag ihres ersten Treffens gefragt. Echegorgun hatte die Frage ernst genommen. Die Robbenfelsen seien das Problem, hatte der Troll geantwortet. Die Dünnen müßten von ihnen ferngehalten werden, zumindest von jenen, die er als sein Eigentum betrachtete. Shef ging langsam auf, daß Echegorgun wie der Rest seines Volkes beinahe so amphibisch wie ein Eisbär war, die man oft weit entfernt vom Land schwimmend antraf. Echegorguns Pelz hielt die Kälte ab und war ebenso wasserdicht wie der einer Robbe. Keiner der Erwachsenen fand etwas dabei, einige Meilen durch das eiskalte Wasser zu einer Schäre zu schwimmen, um dort Robben zu erschlagen oder Walrossen mit Harpunen nachzustellen. Meeressäuger machten einen großen Teil ihrer Nahrung aus. Dem Verborgenen Volk gefiel es nicht, wenn die Dünnen zu den Schären gingen und die Tiere mit ihren Hinterhalten vertrieben. Die Geschichten von grauen Armen, die Boote zum Kentern brachten, waren also wahr. Was das Räuchern und Essen ihrer Beute anging – Echegorgun zuckte die Achseln. Was war schlimm daran, seine Beute zu essen? Die Dünnen aßen das Verborgene Volk vielleicht nicht, aber sie töteten seine Angehörigen aus anderen Gründen und oft auch grundlos, aber nicht, weil das Verborgene Volk die Nahrung der Menschen aß. Was war also schlimmer?

Außerdem mußte es keine Hinterhalte und Morde geben, wenn jeder auf seiner Seite der Grenze blieb. Ärger mochte es in Zeiten des Hungers geben. Wenn die Getreideernte ausfiel – Echegorgun schätzte, daß das in drei von zehn Jahren geschah – trieb die Verzweiflung die Dünnen zur Jagd auf die Schären. Eßt kein Getreide, war die Antwort in Echegorguns Augen, vermehrt euch nicht so schnell, daß ihr von riskanten Nahrungsmitteln abhängig seid. Aber die echten Nordländer unter den Menschen, betonte Echegorgun, ließen es gar nicht so weit kommen. Sie kannten ihren Platz und den seinen. Die Menschen, die er tötete, waren immer Besucher, die die traditionellen Grenzen nicht respektierten.

»Wie der Mann, der das hier zurückgelassen hat?« fragte Shef und hielt den Speer, den er an sich genommen hatte, hoch.

Echegorgun nahm ihn, betastete ihn und schnüffelte nachdenklich an dem Metall. Seine großen Nasenlöcher weiteten sich. »Ja«, sagte er. »Ich erinnere mich an ihn. Ein Jarl der Tronden. Närrische Leute. Wollen immer die Finnensteuer und den Finnenhandel, ihn Brand und seiner Familie abnehmen. Er kam in einem Langschiff hierher. Ich folgte ihnen, bis sie auf einer Insel kampierten. Er und zwei andere gingen auf die Jagd nach Vogeleiern. Nachdem er – und ein paar weitere – verschwunden waren, verließ den Rest der Mut, und sie fuhren nach Hause.«

»Woher wußtest du, daß er ein Jarl war?« fragte Shef.

»Das Verborgene Volk weiß eine Menge. Manche Dinge erzählt man uns. Und wir sehen noch viel mehr, in der Dunkelheit, in der Stille.«

Echegorgun führte den Punkt nicht weiter aus, aber Shef war sich sicher, daß er und Brands Familie ihre Methoden hatten, miteinander Kontakt aufzunehmen – vielleicht ein Zeichen auf den Schären, Steine, die man in einem verabredeten Muster anordnete. Das Verborgene Volk mochte den Einwohnern Halogalands sogar dabei helfen, unerwünschte Rivalen aus dem Süden fernzuhalten. Brand und seine Familie schützten im Gegenzug bestimmte Gebiete.

Und dazu kam das Gefühl familiärer Verbundenheit. Echegorgun grinste nur lüstern, als Shef darauf anspielte. Vor vielen Jahren, sagte er, war der Vater von Brands Vater Barn, ein Mann namens Bjarni, bei einem Schiffbruch auf einer Schäre gestrandet. Er hatte Essen bei sich gehabt – gutes Essen, Milch und Molke – und legte es als Köder für das Verborgene Volk aus. Ein Mädchen seiner Rasse ging dem Köder auf den Leim. Bjarni hatte sie nicht gefangen, nein, wie hätte ein Dünner selbst ein Mädchen des Wahren Volks fangen können? Aber er hatte ihr das Essen gezeigt und verführte sie. Ihr Dünnen seid an einer Stelle dick, sagte Echegorgun, und seine Augen wanderten zu Cuthred, der nahe bei der Trollfrau saß.

Das Mädchen, Echegorguns Tante, hatte den Säugling namens Barn behalten, bis klar wurde, daß seine Haut zu haarlos sein würde, um unter dem Verborgenen Volk zu leben. Dann setzte sie ihn an der Türschwelle ihres Vaters aus. Aber Bjarni, und auch Barn und schließlich auch Brand hatten ihre Blutsverwandtschaft nicht vergessen.

Shef hörte nur wenig von dem folgenden. Er machte sich Sorgen um Cuthred. Die Dünnen mochten an einer gewissen Stelle dick sein, doch diese fehlte bei Cuthred völlig. Der ehemalige Champion hatte sich im Norden bisher tadellos aufgeführt, aber dennoch war sich Shef in einer Hinsicht sicher: Bei jeder Erinnerung an seine Verstümmelung, bei jeder sexuellen Zurschaustellung eines Mannes oder einer Aufforderung durch eine Frau würde Cuthred wieder zum Berserker. Und doch geschah es nicht. Er saß da und redete mit Miltastaray, der Tochter Echegorguns und Schwester des kleinen Ekwetargun, als wäre sie Martha oder eine der am wenigsten femininen Sklavinnen. Vielleicht war es, weil sie ihn bezwungen hatte. Vielleicht war es auch, weil sie zwar weiblich war, aber so anders, daß zwischen ihnen keine Koketterie aufkommen konnte. Doch ganz gleich, was es war, Cuthred schien zumindest für den Augenblick ruhig und gefaßt.

Shef konzentrierte sich wieder auf Echegorguns Geschichte. Die fünf Wesen – Männer und Frauen? Menschen? Menschen und Nicht-Menschen? – saßen jetzt in der Sonne auf der ebenen Fläche zwischen der Hütte und der Räucherkammer. Von ihrem Aussichtspunkt aus konnten sie die ruhige, metallgraue See, aus der einzelne Schären ragten, sehen, waren aber ihrerseits vor zufälliger Entdeckung geschützt. Das Verborgene Volk hatte einen ausgeprägten Sinn für Tarnung, registrierte Shef. Was immer sie auch sonst taten, sie blieben immer außer Sicht.

»Ihr seht also viel, und man erzählt euch noch mehr?« fragte er. »Was weißt du über mich? Über uns?«

»Über ihn«, Echegorgun deutete mit seinem hängenden Kiefer auf Cuthred, »viel. Er war ein Thrall in den Bergen im Süden. Einige von uns versuchten, ihn herauszuholen. Vielleicht hätten sie ihn gegessen, vielleicht auch nicht. Euer Volk ist hart zu den seinen. Ich weiß, was sie ihm angetan haben. Es würde uns nicht soviel bedeuten. Wir denken an andere Dinge als Paarung.

Über dich.« Tiefe, braune Augen fixierten Shef. »Von dir gibt es keine Nachrichten. Aber Leute folgen dir.«

Shef lachte. »Das ist mir nicht neu.«

»Dir folgen auch andere Dinge. Die Mörderwale, die dich angriffen – manchmal tun sie das, wenn sie Lust auf etwas Abwechslung haben oder sie irgend etwas ärgert. Aber ich habe gesehen, wie diese Herde die Küste hinauf und hinunterpatrouilliert ist, und sie ist nicht von hier. Die Wale sind vom Süden heraufgekommen, wie du. Vielleicht sind sie dir gefolgt.

Doch wenn du weißt, daß dir die Leute folgen, brauche ich dir den Rest nicht zu erzählen.«

Echegorgun breitete seine riesigen Arme, über neun Fuß von Fingerspitze zu Fingerspitze, in einer betont gleichgültigen Geste aus.

»Welchen Rest? Folgen mir jetzt auch andere Leute?«

»Ein Schiff versteckt sich im Vitazgjafi-Fjord, einen halben Schwimmtag südlich von Brands Gehöften auf Hrafnsey. Ich hätte ihn gewarnt, aber er ist auf dem Grind – der Grind, mußt du wissen, steht ihm zu. Er hat genau darauf geachtet, die Wale nicht hier oder in der Nähe an Land zu treiben. Aber wie auch immer, er ist weg, und das Schiff wartet dort unten. Es ist ein großes Schiff. Es hat zwei... zwei Stangen. Diese Dinger, an die ihr Tuch hängt. Eine große, blonde Frau gibt den Männern schreiend Befehle.« Echegorgun lachte. »Ein Winter mit mir würde sie besänftigen.«

Shefs Gedanken überschlugen sich. Die Frau war Ragnhild, das Schiff jenes, das sie im Gulafjord hatte versenken wollen. »Was haben sie deiner Meinung nach vor?«

Echegorgun blickte zur Sonne. »Wenn sie nicht beim letzten Sonnenuntergang angegriffen haben, dann werden sie es beim kommenden tun. Die beiden Schiffe, die Brand hat, werden nicht kampfbereit sein. Er wird sie zum Grindstrand gebracht und sie mit Fleisch und

Öl beladen haben. Die Fremden werden alle schlafend oder müde überraschen. Der Grind macht viel Arbeit.«

»Wirst du sie nicht warnen?«

Echegorgun blickte so überrascht, wie es sein flaches, haarbedecktes Gesicht zuließ. »Ich würde meinen Cousin Brand warnen. Was den Rest angeht – je mehr der Dünnen einander umbringen, desto besser. Ich weiß, daß du mich verschont hast, als du mich mit dem Speer hättest töten können, deshalb verschone ich dich jetzt. Das Verborgene Volk hält sich an seine Abmachungen, auch wenn sie nicht ausgesprochen wurden. Du hast auch meinem Jungen, meinem Ekwetargun, Essen gegeben. Aber es wäre weiser, euch die Köpfe abzureißen und eure Rümpfe zu den übrigen zu hängen.«

Shef ignorierte die Drohung. »Ich kann dir etwas sagen, was du nicht weißt«, sagte er. »Ich bin ein Mann mit Autorität. In meinem eigenen Land bin ich König. Manche sagen, ich wäre sogar hier eine Art König. Und ich spreche für viele Menschen. Hier ist ein Zeichen meiner Autorität.« Er zeigte auf das *kraki*, das Emblem Rigrs, auf seiner Brust und deutete auf den Anhänger, den er für Cuthred gemacht hatte. »Vielleicht könnte ich etwas für dich tun. Für dich und deine Rasse. Ich könnte die Männer dazu bringen, euch nicht mehr zu jagen. Könnte euch weniger felsige Orte zum Leben geben. Aber ihr müßtet etwas für mich tun. Helft mir, diese Männer aus dem Süden und ihre Frau zu besiegen.«

»Nun, das könnte ich«, sagte Echegorgun vorsichtig. Er richtete sich auf und kauerte sich auf merkwürdige Weise hin. Seine riesigen Hände umfaßten seine nackten Füße.

»Wie? Würdest du Brand warnen? Würdest du auf unserer Seite kämpfen? Wenn ich dir Eisen gäbe, wärst du ein mächtiger Krieger.«

Echegorgun schüttelte den massigen Kopf. »Ich werde nichts dergleichen tun. Aber ich könnte für dich mit den Walen sprechen. Sie sind ohnehin bereits aufgebracht. Wenn sie denken, daß ich dich getötet habe, hören sie mir vielleicht zu. Und es sind natürlich fremde Wale. Wenn sie hierher gehörten, würde ich sie niemals in die Irre führen.«

KAPITEL 23

BRUNO, ERSTER RITTER DES LANZENORDENS, stand vor einer Doppelreihe seiner gepanzerten Ritter, die mit gesenkten Piken in der üblichen Habachtstellung warteten. Die Krieger blickten zu der Zeremonie, die 200 Schritte vor ihnen ihren Lauf nahm. Aus der Nähe hätten sie besser gesehen, aber man konnte nie wissen, wie die Einheimischen eine Störung ihrer geheiligten Sitten aufnahmen. Bruno hatte nichts dagegen, sich in ihre barbarischen Sitten einzumischen, aber dies war nicht der richtige Moment dazu.

Ein Aufschrei löste sich aus den tausend Kehlen der Männer, die sich in der Mitte des Gerichtsrings der Gauten drängten, gefolgt vom Klirren der Waffen auf Schilden.

»Was bedeutet das?« murmelte eine Stimme aus der hinteren Reihe. »Haben sie sich entschieden?«

»Ruhe im Glied«, befahl Bruno, aber ohne besonderen Nachdruck. Der Lanzenorden verfocht energisch die theoretische Gleichheit aller seiner Angehörigen und kam ohne die brutale Disziplin aus, die man Bauernheeren auferlegen mußte. »Ja, seht nur, sie haben einen König. *Habeunt regem*«, fügte er hinzu und parodierte damit die Formel, mit der die Wahl eines neuen Papstes verkündet wurde.

Eine heftig schwankende Gestalt erhob sich aus dem Gedränge vor ihnen. Ein Mann, der von einem Dutzend eifriger Anhänger auf den Schild gehoben wurde. Als er sein Gleichgewicht wiedergefunden hatte, blickte er um sich, zog sein Schwert und schrie seinen Namen und die traditionelle Proklamationsformel. »Ich bin König der Gauten. Wer bestreitet das?«

Ein Augenblick der Stille folgte, dann klirrten die Waffen erneut. Noch vor einer Woche hätten ein Dutzend Häuptlinge seinen Rang bestritten. Die Machtfrage Mann gegen Mann auszukämpfen hätte die Gauten dem Großteil ihrer herrschenden Klasse beraubt, der Reichen ebenso wie derjenigen, die von den Göttern abstammten. Also war der *Gautalagathing*, der Thing all derer, die dem Gesetz der Gauten unterlagen, in den vergangenen Tagen der Schauplatz von zahllosen Gerüchten, Botengängen, Treueschwüren und Rückziehern, Geschäften und Versprechungen gewesen. Jetzt war alles geklärt – bis sich die Macht erneut verschob.

Die Menge zerstreute sich jetzt langsam in Richtung des gebratenen Ochsens und der großen Bierfässer, die der neue König als Teil seines Krönungspreises stellte. Die deutschen Ritter sahen ihnen teils mit Neid, teils mit Verachtung zu. Bruno beschloß, seine Männer noch eine Weile in Habachtstellung verbleiben zu lassen, damit sich keiner von ihnen dem Fest anschloß und in einen Händel verwickelt wurde.

Eine weitere Gestalt kam auf sie zu, der dürre, schwarzgewandete Engländer Erkenbert. Sein üblicherweise bleiches Gesicht war vor Aufregung leicht gerötet, und Bruno fühlte, wie sich sein eigener Herzschlag erwartungsvoll beschleunigte. Der Engländer hielt eine seiner unvermeidlichen Listen in den Händen.

»Glaubst du, du hast sie gefunden?« fragte Bruno, sobald er in Hörweite war.

»Ja. Drunten bei den Zelten habe ich einen alten Mann getroffen. Zu alt, um an der Wahl teilzunehmen, aber nicht zu alt, um seine Erinnerung verloren zu haben. Er hat am Überfall auf Hamburg teilgenommen. Mehr noch, er war einer der Männer, die die Kathedrale plünderten. Er erinnert sich noch genau, wer dabei war – ganz genau, denn er glaubt immer noch, daß man ihn bei der Aufteilung der Beute übers Ohr gehauen hat. Er hat mir eine vollständige Liste der beteiligten Häuptlinge gegeben, sieben davon sollen mehr als ein Dutzend Schiffe angeführt haben. Und jetzt kommt das eigentlich Wichtige. Von sechs dieser Häuptlinge haben wir bereits Nachricht. Wir wissen, daß sie nicht in Frage kommen.«

»Also muß es der siebente sein?«

»So scheint es. Sein Name ist Bolli. Er ist der Jarl der Tronden.«

»Und wer, zum Teufel, sind diese Tronden? Seit einem halben Jahr bin ich jetzt in diesem gottvergessenen Land und habe von mehr winzigen Stämmen und Königreichen gehört als mein Vater Schweine in seinen Ställen hat, aber von den Tronden habe ich noch nie gehört.«

»Sie leben hoch im Norden«, sagte Erkenbert. »Weit oben am Nordweg, wo sie versuchen, den Pelzhandel zu beherrschen.«

»Hoch oben im Norden mögen sie sein«, murmelte Bruno, »aber wenn es dort einen neuen König, einen werdenden Kaiser gäbe, hätten wir schon von ihm gehört. Ich frage mich langsam, ob deine Methode nicht falsch ist. Oder könnte es sogar sein, daß dem heiligen Rimbert ein Fehler unterlaufen ist? Vielleicht gibt es keine Heilige Lanze.«

»Oder vielleicht liegt sie unbeachtet in irgendeiner Schatzkammer.«

Brunos Züge nahmen einen Erkenbert bis dahin unbekannten Ausdruck von Niedergeschlagenheit an. »Ich kann mir nicht helfen«, sagte er. »Du sagst mir, die

Lanze wäre in Norwegen. Und wir hören ebenso, daß das große Ringen um die Macht im Norden in Haithabu stattfinden wird, der Stadt, die wir im Frühjahr verließen. Und hier sind wir und machen die Runde der Provinztreffen in Schweden.«

»Gautaland«, korrigierte Erkenbert.

»Ist dasselbe. Ich bin am falschen Ort.«

Erkenbert streckte den Arm aus und klopfte dem untröstlichen Ritter auf die mächtige Schulter. »Wen Gott liebt, den bestraft er«, sagte er. »Denk an König David in der Wildnis. Denk an Samson bei der Mühle, und wie er schließlich den großen Tempel der Philister zum Einsturz brachte. Gott kann jederzeit ein Wunder bewirken. Hat er nicht Josef von Potiphar und Daniel aus der Löwengrube erlöst? Ich sage dir den heiligen Text, den du nie vergessen darfst: *Qui perseravabit usque ad finem, ille salvabitur.* Er, der bis an das Ende aushält, soll errettet werden. Es heißt aber bis an das *Ende,* nicht bis *fast* an das Ende.«

Brunos Züge hellten sich langsam auf. Er drückte ebenso fest wie vorsichtig Erkenberts Hand. »Danke«, sagte er. »Danke für deine weisen Worte. Wir müssen mehr über diese Tronden herausfinden. Und derweilen hoffe ich, daß Gott etwas im Sinn hatte, als er mich in diese Gegend schickte.«

Horik, der König Haithabus, kaute an seinem Bart, während er den Berichten seiner Kundschafter lauschte.

»Die Ragnarssons. Kein Zweifel?« erkundigte er sich.

»Kein Zweifel. Wir waren nahe genug dran, um das Rabenbanner zu sehen.«

»Das die Hunde nur hissen, wenn sie alle zusammen losziehen. Wenigstens ist es jetzt ein Hund weniger, und der war der schlimmste von allen. 120 Schiffe, sagt ihr, und sie ankern an der Küste gegenüber von Sylt?« Horik rechnete sorgfältig nach. »Nun, die

Ragnarssons bedeuten immer Unheil, aber es könnte schlimmer sein. Sie müssen erst durch die Sümpfe, und dann müssen sie unsere guten hölzernen Palisaden überwinden. Ich weiß alles über ihre Rammböcke und die Tricks, die sie von ihrem Vater gelernt haben. Ich glaube, wir werden ihnen standhalten können.«

Einer der Kundschafter räusperte sich. »Ich fürchte, es gibt noch weitere schlechte Nachrichten, Herr. Katapulte. Wir haben gesehen, wie sie sie ausluden. Große Geräte, sie wiegen mindestens eine Tonne. Drei oder vier von ihnen.«

Der besorgte Ausdruck kehrte wieder in Horiks Züge zurück. »Katapulte! Was für welche? Sind es die Steinschleudern, von denen wir gehört haben, oder Bolzenschleudern oder was?«

»Das wissen wir nicht. Ich habe nie beobachtet, wie eines abgeschossen wurde. Wir haben nur die Geschichten gehört, genauso wie Ihr. Und alle von Männern, die von ihnen besiegt wurden.«

»Thor stehe uns bei! Wir brauchen Männer, die sich mit diesen Dingen auskennen.«

Horiks Hafenmeister, der der Konferenz beiwohnte, schaltete sich ein. »Hierbei kann ich Euch helfen, Herr. Gestern bekam ich den Bericht eines Kapitäns. Er war im Norden beim Gulathing. Er sagt, daß es dort große Aufregung gab – ich werde euch die Einzelheiten ein andermal berichten. Aber er sagte, am Ende hätte eines unserer Schiffe zwei Engländer rekrutiert und brächte sie nach Süden. Engländer«, betonte er. »Das sind echte Fachleute. Diese Männer waren dabei, als Ivar geschlagen wurde und auch bei Karls Niederlage. Das Schiff sollte in ein paar Tagen eintreffen.«

»Gut. Während Sigurth Schlangenauge durch die Sümpfe kriecht, werden diese Männer Maschinen für uns bauen, die die seinen bekämpfen. Sehr gut. Aber wir sollten auch das Naheliegende tun. Wenn die Ragnarssons an der Westküste sind, dann ist die Ostküste frei. Wir werden also Schiffe zu König Arnodd und König Gamli entsenden und sie bitten, uns jedes Schiff und jeden Mann, den sie entbehren können, zu schikken. Wenn die Ragnarssons erledigt sind, werden wir alle besser schlafen.«

»Wenn die Ragnarssons erledigt sind«, sagte der Hafenmeister, »ist es vielleicht Zeit, daß Dänemark einen einzigen König erhält.«

»Solange du das nirgends sonst erzählst«, stimmte Horik zu.

Viele Tagesreisen weiter im Norden, weit weg von den sich zusammenbrauenden Kriegsstürmen, die das Schicksal vieler Königreiche entscheiden würden, kauerten Shef und Cuthred reglos im Schatten eines Felsen. Zweimal hatten sie sich an Stellen niedergelassen, die sie für gute Verstecke gehalten hatten. Beide Male hatte Echegorgun etwas in seiner fremden Sprache gemurmelt und sie vertrieben. »Ihr Dünnen«, sagte er schließlich auf Nordisch. »Ihr wißt nicht, wie man sich versteckt. Oder wie man sieht. Ich könnte am hellichten Tag durch eine eurer Städte laufen, und ihr würdet mich niemals sehen.« Shef nahm ihm das nicht ab, aber er mußte die unheimliche Geschicklichkeit des Verborgenen Volkes im Verschwinden zugestehen. Egal, ob am Tag, in der Nacht oder dem blassen Dämmerlicht, das sich nach einem weiteren langen Tag des Schlafens und Wartens über die Berge gelegt hatte.

Vor ihnen stand Echegorgun knietief im Wasser am Rande der Bucht. Er hatte sie durch gerade noch gangbare Pfade hinabgeführt. Die beiden Menschen waren die Felsen hinuntergeklettert und immer wieder auf den Steinen ausgerutscht. Echegorgun oder Miltastaray hatten sie wieder aufgerichtet und manchmal auf Felsvorsprüngen abgesetzt. Schließlich, nachdem sie sich zu seiner Zufriedenheit versteckt hatten, hatte Echegorgun ihnen eingeschärft, reglos sitzenzubleiben und zuzusehen. Zuzusehen, was einer vom Wahren Volk vermochte. Sie würden Zeuge von etwas werden, was seit vielen Menschenaltern kein Haarloser gesehen hatte: Wie das Wahre Volk sein Brudergeschlecht, die Wale, herbeirief.

Echegorgun blickte jetzt in Richtung der offenen See. Hoch über ihm hielt Miltastaray Ausschau nach Booten, die Männer oder Fleisch zwischen dem Ort des Grind und Brands bedrohter Heimat Hrafnsey transportierten.

In einer Hand hielt Echegorgun ein langes Paddel mit sonderbar gerundetem Blatt, das man mühselig mit Steinwerkzeugen aus dem Stamm einer Espe zurechtgeschnitten hatte. Fremdartige Schnörkel verliefen entlang seiner Innenseite. Echegorgun hielt es hoch über seinen Kopf. Plötzlich wurde die groteske Länge seines Arms offensichtlich. Dann schlug er das Paddel mit aller Kraft auf das Wasser. Während kleine Wellen sich in die Brandung des Atlantik hinauskräuselten, schien das Klatschen von Horizont zu Horizont zu hallen. Wieder schlug Echegorgun auf die Wellen. Und wieder. Die beiden kauernden Männer fragten sich, wie weit man das Klatschen unter Wasser hören konnte. Und wie tief.

Nach einem Dutzend Schlägen wandte sich Echegorgun um und legte das Paddel vorsichtig auf einen Fels am steilen Ufer. Er nahm ein zweites Gerät, eine spitz zulaufende Röhre aus mehreren Schichten gebogener und verklebter Birkenrinde, und machte einen weiteren, vorsichtigen Schritt ins Wasser. Er stand jetzt auf einem unsichtbaren Felsvorsprung bis zur Hüfte in den Wellen. Er nahm das kleinere Ende der Röhre in den Mund und senkte das andere ins Wasser.

Selbst in dem Dämmerlicht konnte Shef sehen, wie

sich Echegorguns ungeheurer Rücken weitete, als er tief Luft holte. Shef wurde unwillkürlich an die Blasebälge einer Schmiede erinnert. Dann blies Echegorgun.

Die beiden Männer zwischen den Felsen hörten nichts, aber nach einigen Augenblicken schien die Luft zu schwirren, lautlos zu vibrieren. Erbebte die Oberfläche des Meeres zustimmend? So sehr Shef sein Auge bemühte, konnte er nichts erkennen, aber er hatte keinen Zweifel, daß unter dem Wasser enorme Unruhe ausgebrochen war.

Das Blasen nahm kein Ende. Irgendwie gelang es Echegorgun gleichzeitig ein- und auszuatmen. Shef war sich nicht sicher, aber er spürte undeutlich, daß die ›Noten‹, die Echegorgun jetzt spielte, einem unbekannten Code folgend hin und wieder variierten. Er blieb bewegungslos sitzen und fühlte, wie die Kälte des hohen Nordens sich an ihn heranschlich, seine Muskeln sich versteiften, der kalte Stein durch seine Hose stach. Er wagte nicht, sich zu rühren. Echegorgun hatte gesagt, daß er sein Rufen bei der geringsten Störung abbrechen würde. »Schon ein herabrollendes Steinchen genügt«, hatte er gewarnt. »Wenn das Walvolk glaubt, ich würde es betrügen, selbst ein fremdes Walvolk… ich könnte nie wieder gefahrlos ins Meer.«

Neben Shef saß Cuthred wie ein steinernes Abbild. Aber dann, selbst aus einer Entfernung von zwei Fuß kaum merklich, bewegten sich seine Augen, hob sich sein Kinn einen Fingerbreit. Zwischen den Schären und der Küste hob sich eine Flosse aus dem Wasser. Die gerade, rechtwinklige Flosse eines Mörderwals. Sie kam auf sie zu, nicht schnell, aber zielstrebig. Von Zeit zu Zeit stieß auch der Kopf aus dem Wasser, und weiße Gischtfontänen aus dem Atemloch des Tiers hoben sich vor den grauen Inseln ab. Der Mörderwal sah sich genau um. Hinter ihm, in deutlichem Abstand, folgte der Rest der Herde.

Langsam kam die Flosse näher. Echegorguns Atmung schien gleichzeitig nachzulassen, als ob er die Lautstärke seiner Rufe der Entfernung der Wale anpaßte. Er schien jetzt in einem kürzeren, abwechslungsreicheren Rhythmus zu atmen. Schließlich war die Flosse fast ganz heran. Der Mörderwal schwamm parallel zur Küste, drehte um und kam langsam zurück. Bei jeder Drehung hielt er das merkwürdige graue Wesen im Auge, daß hüfttief im Wasser stand. Beim Gedanken daran, was passieren konnte, zog sich Shefs Haut zusammen. Ein Sprung der gewaltigen Kiefer nach vorne, ein Fegen der Fluke, und Echegorgun würde von den Füßen gerissen. Selbst der riesige Körper des Trolls wäre für den Wal nicht mehr als ein Robbenbulle. Im Wasser war nichts und niemand vor den Mörderwalen sicher, weder die Walrosse mit ihren Hauern, noch die Eisbären, ja nicht einmal die riesigen, grauen Wale, die die Killer bei lebendigem Leib in Stücke rissen.

Echegorgun legte die Röhre vorsichtig auf dem Fels hinter sich ab. Dann tauchte er langsam in das Wasser und schwamm nach draußen. Der Mörderwal sah ihm zu und machte ihm Platz. Die Männer am Ufer konnten nur das wenige verfolgen, was über der Wasseroberfläche geschah. Dennoch schien es ihnen nach einiger Zeit, als ob Echegorgun eine Art Pantomime aufführte. Manchmal schien er die Bewegungen eines Wals nachzuahmen, manchmal einen schwimmenden Menschen. Einmal erschien es Shef, als ob er die Hakken über dem Wasser zusammenknallte und sich dann wild drehte: ein gekentertes Boot? Die Bewegungen des Mörderwals glichen sich immer mehr denen des Trolls an, und schließlich schwammen beide Wesen auf und ab, in einer für einen Menschen phantastischen Geschwindigkeit, aber für einen Wal war es nur ein Schlendern.

Und dann drehte die Flosse ab, eine riesige Fluke klatschte wie zum Abschied zweimal auf die Wellen. Die übrigen Wale schwammen ebenfalls die Küste auf und ab. Dann rasten sie mit Höchstgeschwindigkeit aus der Bucht, sprangen in einem komplexen Ballett immer wieder aus dem Wasser, als ob sie jubelten. Sie nahmen Kurs auf Süden, auf Hrafnsey.

Echegorgun blieb im Wasser, bis sie aus der Sicht verschwunden waren, und pendelte mit mühelosen Schwimmzügen hin und her. Nur sein Schädel und seine Arme waren zu sehen und in regelmäßigen Abständen ein unruhiges Kräuseln an den Stellen, an denen seine Hacken beinahe durch die Wasseroberfläche stießen. Mit Ausnahme einer weit entfernten Robbe war das Meer leergefegt. Schließlich drehte Echegorgun ab, schwamm ans Ufer, wuchtete sich aus dem Wasser und schüttelte sich wie ein Hund.

»Nun«, sagte er auf Nordisch. »Jetzt könnt ihr herauskommen, Dünne. Ich sagte ihnen, der Mensch, der ihren Anführer verletzt hat, wäre tot. Und der, dem sie folgten? fragten sie. Ist auch tot, sagte ich. Sie waren enttäuscht. Es war nicht schwer, ihnen zu erzählen, daß auf dem Schiff noch mehr Feinde der Wale sind. Auf dem großen Schiff, das gerade nach Hrafnsey fährt. Sie sagten, sie würden ihren Spaß mit ihm haben.«

»Daß gerade nach Hrafnsey fährt?« fragte Shef. »Und wie kommen wir dorthin?«

»Es gibt einen Weg«, sagte Echegorgun. »Kein Dünner würde ihn finden, aber ich kann ihn euch zeigen. Doch ich sollte euch besser eines sagen. Das Walvolk ist nicht gut darin, Dünne zu unterscheiden. Und es ist ihnen auch gleich. Jeder, der heute Nacht ins Wasser geht, ist in Gefahr.«

»Zeig uns, wie wir nach Hrafnsey kommen«, sagte Shef. »Ich schwöre, daß ich dich für das alles entgelten werde. Selbst wenn ich dazu auch noch König dieses Landes werden muß.«

Die Männer auf der *Kranich*, Königin Ragnhilds Zweimaster, der mit gerefften Segeln auf den Hafen Hrafnseys zufuhr, hatten eine lange Reise entlang der norwegischen Küste hinter sich – Zeit, in der sie sich mit ihren ungewohnten Waffen und der Takelage hatten vertraut machen können. Zum größten Teil waren sie Männer aus Agde, der Heimat Königin Ragnhilds. In dem Aufruhr, der nach dem plötzlichen Tod Halfdans und der Machtübernahme Olafs ausgebrochen war, hatte einer der Kapitäne von König Halfdans Flotte beschlossen, sich Ragnhild anzuschließen. Der Großteil der Mannschaft war daraufhin desertiert, und Ragnhilds eigene Männer hatten ihre Plätze eingenommen. Mit ihnen war Valgrim der Weise gekommen, dessen Plan, die Herrschaft über die Akademie des Weges an sich zu reißen, gescheitert war, und der jetzt darauf brannte, Rache an seinem ärgsten Feind zu nehmen. Und nicht nur das – er wollte auch den Weg und seine törichten Amtsbrüder wieder auf den wahren Pfad Odins zurückführen, den Pfad, der sie beim Ragnarök zum Sieg führen würde, und nicht zur Niederlage. Er und seine Anhänger hatten die Katapulte gebaut und ihre Mannschaften ausgebildet. Und sie wollten unbedingt ihre Schlappe am Gulafjord wettmachen.

Doch der eigentliche Antrieb hinter allen – egal ob Kapitän, Valgrim oder der Mannschaft – war der Haß Königin Ragnhilds auf den Mann, der ihren Sohn ermordet oder zumindest seinen Tod verschuldet hatte. Den Dieb des Glücks, dem sie ihr ganzes Leben verpfändet hatte. Ragnhild hatte ohne das geringste Zögern veranlaßt, daß ihre Schwiegermutter Königin Afa gehängt wurde, hatte ihren Ehemann Halfdan ohne mit der Wimper zu zucken vergiftet. Eines Tages würde vielleicht ein neues Königsgeschlecht aus ihrem Mutterleib entspringen. Aber vorher mußte dieser dahergelaufene Engländer, den sie verführt und versteckt hatte, den sie dazu hatte benutzen wollen, den Weg für ihren Sohn freizumachen, vorher mußte er nach Hel fahren, um ihr und ihrem Sohn für alle Ewigkeit zu dienen.

Als die *Kranich* in die Nähe Hrafnseys gelangt war, war sie nicht mehr länger der Küste gefolgt, sondern hatte Kurs auf die Brecher des Atlantiks genommen, um nicht von Land aus gesehen zu werden. Erst wenige Meilen vor der Stelle, an der Ragnhild ihre Beute vermutete, war die *Kranich* wieder an die Küste zurückgekehrt. Dort hatte es unbemerkt an einer der zahllosen Buchten der zerklüfteten Küste angelegt – unbemerkt zumindest von Menschen.

Dennoch verfügten die Männer Königin Ragnhilds über genaue Informationen. Nachdem die Schlächterei der Wale zu Ende war, hatte für die Männer Halogalands die eigentliche Arbeit begonnen. Alles kam darauf an, die Kadaver schnell zu zerteilen und soviel Fleisch wie möglich in Salz einzulegen. Noch wichtiger war, die Kessel am Strand aufzustellen, den Walfischspeck abzuschälen und mit dem langen Prozeß des Auslassens des Walöls zu beginnen. Das Öl war unendlich kostbar für Lampen, als Brennmaterial und selbst als Nahrung während der langen Winternächte. Die Kessel anzufeuern war kein Problem. Nachdem sie das Öl aus dem Walfischspeck ausgekocht hatten, benutzten die Männer die Streifen als Brennmaterial für die nächste Partie. Aber selbst alle Fässer Halogalands hätten nicht ausgereicht, um den plötzlichen Reichtum des Grunds aufzunehmen. Boote schwärmten die Küste nach Norden und nach Süden aus, luden Fässer, vertäuten sie zu Gebinden, die sie hinter sich herzogen, und überbrachten dringende Aufrufe zur Hilfe. Ein

Walboot mit zwei Männern passierte den Fjord, in dem die *Kranich* lag, und wurde unverzüglich von dessen Beiboot aufgebracht.

Mit wenigen Ausnahmen wie Ivar dem Knochenlosen und seinem Vater Ragnar folterten die Nordländer einander nicht, was immer sie auch ihren Sklaven antun mochten. Ragnhild hatte die beiden Männer an Bord geholt und ihnen unumwunden erklärt, daß ihnen die Wahl zwischen zwei Möglichkeiten blieb: Auf der Stelle an der Reling der *Kranich* geköpft zu werden oder sie über die Lage auf Hrafnsey zu unterrichten. Die Fischer hatten sich für letzteres entschieden. Ragnhild kannte jetzt den Plan des Hafens, wußte auch von den Katapulten und den beiden Langschiffen. Sie wußte ebenfalls, daß die Hälfte der einheimischen Männer immer noch am Grindstrand Öl ausließ und die übrigen von den langen Stunden des Ladens und Ausladens und den vielen Fahrten zwischen Strand und Hafen erschöpft waren. Was sie nicht wußte, war, daß Shef und Cuthred vermißt wurden. Ihre Gefangenen hatten es einfach nicht bemerkt, zu sehr waren sie mit anderen Dingen beschäftigt gewesen.

Was sie aber bemerkt hatten, war, daß Brand in seiner verzweifelten Suche nach weiteren Helfern die englischen Katapultmannschaften und Guthmunds Schweden von ihren Posten genommen und sie zur Arbeit am Landungssteg eingeteilt hatte. Schließlich taugten sie zu keiner Arbeit, die mit den Walen zu tun hatte. Brand hatte mit einem halben Ohr Cwiccas und Osmods Protesten und ihren Forderungen, die Suche nach ihrem Herrn Shef aufzunehmen, gelauscht und eine Wache an der Hafeneinfahrt aufgestellt. Sie sollte beim Herannahen eines fremden Schiffs ihr Horn blasen. Die Wache hatte sich auf den weichen Rasen gesetzt, sich gegen den Fels gelehnt und war auf der Stelle eingeschlafen.

Wenige Augenblicke, bevor der Sonnenaufgang den matten Himmel erleuchtete, fuhr die *Kranich* in den Hafen Hrafnseys ein. Ihre übergroße Mannschaft von 120 Männern war kampfbereit, traf aber auf keinen Widerstand. Die Männer stießen einander beim Anblick der unbemannten Katapulte, deren Umrisse sich gegen den Himmel abhoben, an.

Brand, der unten an der Mole das Löschen einer weiteren Ladung Fässer aus der *Walroß* leitete, registrierte die Angreifer erst, als der erste Felsblock über das Wasser surrte.

Er war mit tödlicher Genauigkeit gezielt. Die Besatzung der *Kranich* hatte genug Zeit zum Üben und keinen Mangel an tauglichen, runden Steinen gehabt. Aus einer Distanz von 400 Schritten, der Entfernung zwischen Landungssteg und Hafenausfahrt, traf das Geschoß die *Walroß* mitten in den Bug. Der Bug gab nach, und die darin eingefügten Planken sprangen aus ihren Halterungen. Wäre das Schiff gesegelt, es wäre wie ein Stein gesunken. Doch im Hafen fiel es lediglich auseinander und sank sanft auf den Fels zehn Fuß unter dem Kiel.

Brand starrte mit offenem Mund auf den Mast, der aus dem Wasser herausragte; er konnte nicht verarbeiten, was gerade geschehen war. Der zweite Stein zertrümmerte den Landungssteg einige Schritte neben ihm und schleuderte ein halbes Dutzend Männer ins Wasser. Im selben Moment flackerten Lichter auf dem dunklen Deck der *Kranich* auf. Die Mannschaft der Bolzenschleuder fieberte darauf, ihre Feuerpfeile ein zweites Mal einzusetzen. Ragnhild trat hinter sie, während sie zielten.

»Dort«, rief sie. »Dort hinten. Zielt auf das große Faß. Diesmal trefft ihr doch, oder?«

Die Mannschaft richtete ihr Geschütz einige Handbreit neu aus, zielte ein zweites Mal und betätigte den

Abzug. Der Feuerpfeil schoß über das Wasser, eine glühende Linie markierte seinen Flug. Dann krachte er in das Faß mit Walöl, das man gerade erst aus der *Walroß* entladen hatte. Sofort schoß eine blendende Flammenzunge in die Höhe. Die Männer am Ufer verwandelten sich in dunkle Schatten, die schreiend und verwirrt hin- und herrannten. Einige versuchten, das Feuer zu löschen, andere wollten zu den Waffen greifen, während die Engländer zum langen Lauf um den Hafen herum zu ihren verlassenen Katapulten ansetzten.

Ragnhilds Kapitän verfolgte die Szene mit einem zufriedenen Grinsen. Er hieß Kormak und war Sohn einer Irin. Die niemals endenwollenden irischen Kriege hatten ihm reichlich Erfahrung gegeben. Er wußte, wann der Feind die Initiative verloren hatte.

»Wir rücken zum Landungssteg vor«, befahl er. »Ihr mit der Steinschleuder, versenkt das andere Schiff, das schwedische. Ihr an der Bolzenschleuder steckt die Fässer in Brand und dann die Häuser. Bootsmann, such 20 Männer aus. Sobald wir an Land sind, roll das Segel ein und ruder das Schiff 200 Schritte weg vom Ufer. Ich will nicht, daß irgend jemand die *Kranich* entert, während wir beschäftigt sind. Wir übrigen steigen am Landungssteg aus und rücken direkt ins Dorf vor.«

»Und vergeßt nicht den Einäugigen«, übertönte ihn Ragnhild. »Ich gebe sechs goldene Armreife für den Einäugigen.«

Neben ihr hob Valgrim den Speer Gungnir. Er hatte ihn dem Wachhauptmann Stein abgenommen, und Stein wiederum hatte ihm an dem Strand an sich genommen, an den Shef ihn geworfen hatte. Eine gute Waffe, dachte er, um das Blut eines Häretikers zu trinken.

Nicht weit davon und gleichzeitig aus zu weiter Ferne sah Shef, wie die Stichflamme den Himmel erleuchtete.

Er stand am Ufer des Festlands kaum eine Viertelmeile von Hrafnsey entfernt. Aber er hatte kein Boot. Er hätte nicht einmal geglaubt, daß sie so schnell hierher hätten gelangen können. Aber Echegorgun hatte sie zusammen mit Miltastaray und Ekwetargun über Pfade geführt, die selbst einer Ziege verborgen geblieben wären, und anschließend über einen überraschend einfachen Kammweg zur Küste. Obwohl sie vor Tagen noch stundenlang gerudert hatten, lag jetzt dank der Abkürzung quer durch die Halbinsel ein Fußmarsch von allenfalls fünf Meilen hinter ihnen.

»Wie kommen wir hinüber?« fragte er.

»Wir schwimmen?« schlug Echegorgun vor.

Shef zögerte. Eine Viertelmeile war nicht weit. Aber er wußte, daß dieses Wasser immer eiskalt war. Und außerdem konnte er die Bedrohung durch die Wale nicht vergessen.

Cuthred stieß ihn an und deutete auf das Meer. Vor dem Hintergrund des rotglühenden Himmels konnten sie den schwarzen Punkt eines Walfängerboots ausmachen, das wie wild aus Richtung des Grindstrands heranruderte. Dahinter folgten weitere Punkte. Es waren Männer, die eine Ladung Walöl nach Hrafnsey brachten oder Süßwasser holen wollten.

»Noch mehr Dünne«, sagte Echegorgun. »Wir gehen jetzt. Erzählt niemand von uns, außer meinem Cousin Brand. Und wenn ihr euch noch einmal mit einem Boot in unsere Nähe wagt, werdet ihr niemals wieder mit irgend jemandem sprechen.«

»Halt!« sagte Shef in scharfem Ton. »Kannst du uns sagen, wo die Wale sind?«

Echegorgun nickte. »Ja, ich höre sie im Wasser. Sie sind vor dem Hafen und beobachten das fremde Schiff. Sie sind nicht zufrieden. Sie wollen kleine Boote zum Umwerfen, nicht große Schiffe zum Rammen. Aber die Dünnen gehen nicht in Boote.«

»Kannst du uns sagen, wann die Wale in den Hafen schwimmen? Ist es dann für ein paar Minuten ungefährlich hinüberzurudern?«

Echegorgun rümpfte skeptisch die Nase. »Wenn ihr einen Schrei wie den von einem Walroß hört, rudert ihr los. Aber beeilt euch.« Einen Augenblick später war er fort, sein gewaltiger Körper schien förmlich im Fels zu verschwinden.

»Ein Schrei wie von einem Walroß?« murmelte Cuthred. »Nützt uns wahrscheinlich genausoviel wie ein rülpsender Engel…«

Shef ignorierte ihn. Er war auf den höchsten Felsvorsprung in ihrer Nähe getreten und schwang die Lanze in einem weiten Bogen über seinem Kopf. Wenige Augenblicke später sah ihn das führende Walfängerboot, zögerte kurz und ruderte dann heran.

»Haltet die übrigen Boote an«, rief Shef. »Nein, tut, was ich sage. Ich weiß, daß die Insel angegriffen wird. Wir müssen zusammen übersetzen, nicht einer nach dem anderen.«

Langsam sammelten sich die neun oder zehn Boote. Es waren vielleicht 40 oder 50 Männer, grimmige und erfahrene Seeleute, aber mit Ausnahme der langen Wallanzen, die einige von ihnen bei sich trugen, der Flensäxte und Grindmesser waren sie unbewaffnet.

»Ihr müßt mir genau zuhören«, sagte Shef. »Erstens, vor dem Hafen lauert eine Herde Mörderwale, und wir wollen nicht in sie hineinrudern. Zweitens werden wir wissen, wann sie in den Hafen eindringen…«

Als sich ungläubiges Stimmengewirr erhob, pochte er mit dem Lanzenschaft gegen den Fels und übertönte es mit gebieterischem Tonfall.

Kormak verfuhr mit den Männern Hrafnseys fast genauso, wie sie ihrerseits mit den Walen verfahren waren. Vorsätzlich hielt er den Druck auf sie aufrecht, damit sie in Panik verfielen, obwohl er wußte, daß ihre Panik sich in einem Frontalangriff äußern würde. Als die *Kranich* auf den Landungssteg zuglitt, schwirrten Felsblöcke von ihrem Maulesel und zerstörten Häuser. Feuerpfeile bohrten sich mit dumpfen Schlägen in Holz und Ölfässer und verwandelten das Dorf in eine Feuersbrunst. Zwar wurden nur wenige Männer verwundet oder getötet, und die Kampfkraft der Verteidiger nahm kaum ab, aber ihnen blieb keine Zeit zum Nachdenken.

Beim Anblick seines gesunkenen Schiffs und der in Flammen stehenden Lagerhäuser schwoll Brands Herz an, bis es sein Wams zu sprengen drohte. Er hatte keine Zeit, seine Rüstung zu holen oder die Männer in Schlachtformation aufzustellen. Er stand mit verzerrter Miene zwischen den Flammen, umklammerte seine Axt ›Schlachtentroll‹ und wartete darauf, daß die Plünderer den Fuß an Land setzten.

Als die *Kranich* den Landungssteg berührte, sprangen die von Kormak ausgesuchten Männer an Land und bildeten sofort eine sechs Mann breite, gepanzerte Front. Gleichzeitig beugte sich Kormak vor und flüsterte seinem Bootsmann etwas ins Ohr. Zwei Männer huschten von Bord und liefen entlang der Seitenstreben des Stegs, einer auf jeder Seite. An der richtigen Stelle zogen sie ein Seil hindurch und machten es fest.

Kormak drängte sich in die Mitte der vordersten Reihe, trat zwei weitere Schritte vor und ordnete die Männer in der Keilformation der Wikinger an. Mit einem vielstimmigen Kriegsschrei setzte sich der Keil in Bewegung. Kormak wartete auf den wütenden Angriff, der seiner Einschätzung nach unweigerlich kommen mußte.

Und er kam. Als Brand den dreisten Angreifer auf sich zukommen sah, waren all die Zweifel und Ängste, die ihn seit dem Duell mit Ivar plagten, wie weggefegt.

Mit hoch erhobener Axt rannte er los. Hinter ihm folgten die Männer von Hrafnsey in einer ausgefransten Formation, in den Händen die wenigen Waffen, die sie in der Eile hatten ergreifen können.

»Ein gewaltiger Bursche«, bemerkte Kormak zu seinem nächsten Schildgefährten grinsend. Er hob abwehrend den Schild und rief eine spöttische Bemerkung, die im Tosen der Flammen unterging.

Dann zog der im Schatten des Landungsstegs kauernde Bootsmann an dem Seil. Brand wurden die Füße unter dem Körper weggerissen. Mit ausgestreckten Armen stolperte er nach vorne und krachte der Länge nach hin. Der Landungssteg erbebte. ›Schlachtentroll‹ schlitterte aus seiner Hand. Brüllend versuchte Brand wieder auf die Beine zu kommen, aber im selben Moment schlug ihn Kormak gnadenlos, mit aller Kraft, die er aufbringen konnte, von der Seite gegen den Kopf. Brand schüttelte den Kopf und kämpfte sich weiter hoch. Ungläubig schwang Kormak seinen mit Bleischrot gefüllten Sandsack ein zweites Mal. Diesmal ging der Riese auf allen vieren nieder.

Die angreifenden Männer hinter Brand zögerten. Einige von ihnen waren ebenfalls über das Seil gestürzt. Zwei von ihnen rannten weiter, wurden von einer konzentrierten Breitseite von Speeren empfangen und gingen zu Boden. Die übrigen gerieten ins Wanken und rannten einzeln oder in Paaren zurück in das brennende Dorf.

»Fesselt ihn«, sagte Kormak knapp. Er winkte seine Männer weiter. Es galt jetzt Nachzügler zu vertreiben, eine Lagergrenze zu errichten und Boote, Nahrung und Waffen in ihren Besitz zu bringen. Danach stand das Aufspüren der Geflohenen an. Er wünschte nur, der Einäugige hätte zusammen mit Brand angegriffen. Dann hätte ihn Ragnhild eine Zeitlang in Ruhe gelassen.

Die Engländer, die man am Landungssteg als Träger eingesetzt hatte, waren beim ersten Schuß des Katapults davongerannt. Sie hatten keine Waffen und nicht das geringste Bedürfnis, das Dorf zu verteidigen. In der Dunkelheit jenseits der Feuer sammelten sie sich keuchend um Cwicca.

»Hätte uns nie vom Maulesel wegschicken sollen«, sagte eine Stimme in der Schwärze. »Wir wußten, daß sie kommen würden. Wir haben es ihm gesagt, aber nein, er wollte nicht…«

»Halt den Mund!« sagte Cwicca. »Wenn wir es zum Maulesel schaffen, können wir ihr Schiff unter Beschuß nehmen. Kein Problem. Das wird sie wieder zurück an Bord treiben.«

»Nützt nichts«, sagte Osmod. »Sieh nur.«

Er deutete auf das Beiboot der *Kranich*, das vollbesetzt mit bewaffneten Männern durch den Hafen in Richtung der beiden verlassenen Katapulte ruderte. Kormak hatte auch daran gedacht.

Doch an die Wale hatte Kormak nicht gedacht. Die Mörderwale hatten die *Kranich* auf ihrer Fahrt nach Hrafnsey beschattet und darauf gebrannt anzugreifen. Doch der Leitbulle hatte sie zurückgehalten. Er hatte ein genaues Gefühl für die Ausmaße der *Kranich* und wußte, daß sie das größte Menschending war, dem sie je begegnet waren. Wenn er sie frontal rammte, würde sie vielleicht mit Wasser vollaufen und sinken, vielleicht auch nicht. Der Kratzer, den ihm Cuthred beigebracht hatte, erzürnte ihn und ermahnte ihn gleichzeitig zur Vorsicht. Was er wollte, war, ein Boot wie eine Eisscholle anzustoßen und die Männer wie unvorsichtige Seehunde zu schnappen. Also zögerte er und mit ihm seine Herde. Der Leitbulle schwamm vor der Hafeneinfahrt auf und ab, hielt ein Auge auf die *Kranich* und den Tumult und ein zweites auf die verlockenden, aber durch das Ufer geschützten Walfangboote, die er am eine Viertelmeile entfernten Festland spürte.

Dann hörte er die regelmäßigen Ruderschläge des Beiboots und zögerte nicht länger. Erfüllt vom grausamen Drang des Fuchses im Hühnerstall fegte er in das Hafenbecken, gefolgt von seiner Herde.

»Das nützt nichts«, sagte Osmod wieder. »Großer, allmächtiger Heiland.« In seine Kindheit zurückgeworfen bekreuzigte er sich instinktiv über dem Hammer auf seiner Brust, um sich vor Unheil zu schützen. Niemand korrigierte ihn. Zusammen starrten die Ex-Sklaven auf das Beiboot und verfolgten, wie eine mannshohe Flosse hinter dem Boot aus dem Wasser stieg, unter ihr ein schwarzweißer Körper.

Boot und Mannschaft gingen fast geräuschlos unter. Einen Augenblick lang hoben und senkten sich Köpfe mit den Wellen, dann schnitt Flosse um Flosse durch das Wasser, als die Mörderwale ihrem langgeübten Ritual nachgingen. Abwechselnd stürzten sie sich auf ihre Beute, schnappten mit ihren gewaltigen Kiefern nach den zappelnden Männern und drehten anschließend ab, um Platz für den nächsten Gefährten zu machen. Aber während der Biß eines ausgewachsenen Mörderwals einen 60 Fuß langen Blauwal nur verletzte, zerteilte er einen Menschen in zwei Hälften. Das Gewühl erstarb in Sekundenschnelle, und die Wale tauchten wieder ab, um ihre Anwesenheit zu verbergen.

»Ich bin einem von ihnen draußen im Fjord vor Drottningholm begegnet«, murmelte der aschfahle Karli. »Ich sage euch, der hätte mein Boot spielend kentern lassen können. Seine Fluke war so groß wie ich. Wie sich ihre Zähne wohl anfühlen?«

Cwicca riß die anderen aus ihrer Betäubung. »Nun, Thor soll ihnen beistehen, aber seht nur. Der Weg zu den Mauleseln ist frei. Gehen wir.«

Mit Mühe wandten die Männer den Blick von dem bedrohlichen, durch das Feuer erleuchteten Wasser ab und rannten wieder in Richtung der Katapulte.

An Bord der *Kranich* galt die ganze Aufmerksamkeit Brands Angriff und Sturz. Niemand außer den beiden Fischern, die man an den äußeren Dollbord gefesselt hatte, bemerkte den Untergang des Beiboots. Die beiden Gefangenen starrten auf das Wasser unter ihnen und versuchten, seine Tiefe abzuschätzen. Mit einem vorsichtigen Seitenblick über die Schulter machten sie sich daran, ihre Hände zu befreien.

Auf dem Festland registrierte Shef, wie die Flammen erneut hochzüngelten. Die Männer in den Booten murrten. Sie glaubten allenfalls widerstrebend an die Gefahr durch die Mörderwale, und die Ungewißheit, was mit ihren Häusern geschehen war, machte sie rasend. Hinter Shef ertönte ein merkwürdiges Geräusch, eine Art langes, heftiges Schnaufen, gefolgt von einem Platschen, als ob eine mächtige Fluke aufs Wasser träfe.

»Was war das?« fragte er.

»Hörte sich an wie ein abtauchendes Walroß«, sagte einer der Männer in den Booten. »Aber das kann nicht sein, nicht…«

»In Ordnung«, rief Shef. Er reckte die Lanze in die Höhe und rief zu den Booten hinüber. »Jetzt besteht keine Gefahr, aber vielleicht nur wenige Augenblicke lang. Rudert so schnell ihr könnt hinüber, und geht direkt am Strand gegenüber an Land und verlaßt die Boote. Aber fahrt nicht in die Nähe des Hafens. Hört ihr mich? Nicht zum Hafen. Und jetzt los!«

Er ließ sich im Bug des vordersten Boots nieder, Cuthred im Heck. Die Walfänger legten sich in die Riemen und ließen das Boot über die ruhige See schießen. Shef verdrehte unablässig den Kopf. Die Angst, daß jeden Moment Flossen auf sie zurasen würden, ließ ihn nicht los. Die Boote erreichten die Mitte ihrer Überfahrt und glitten weiter. Sie näherten sich der Inselküste etwa eine halbe Meile entfernt von der Hauptsiedlung, aber vor ihr durch einen Hügel verborgen. Plötzlich spürte Shef, wie sich ihr Boot verlangsamte.

»Wieso halten wir nicht direkt auf das Dorf zu?« rief einer der Ruderer.

»Glaubt mir«, sagte Shef. »Es würde euch nicht gefallen.«

Der Bug von Shefs Boot bohrte sich knirschend in den Kiesstrand, gefolgt von den meisten übrigen. Die Männer sprangen eilig hinaus, wuchteten ihre Boote weiter den Strand hinauf und ergriffen ihre provisorischen Waffen. Eines der Boote ignorierte Shefs Rufe, raste weiter in Richtung Hafeneinfahrt und verschwand hinter der Spitze der Landzunge. Shef schüttelte angewidert den Kopf.

»Ich verstehe immer noch nicht, wieso...« setzte ein weiterer Mann an. Cuthred, dessen Geduld erschöpft war, schlug ihm den Schwertknauf über das Ohr, packte ihn am Hals und zerrte ihn auf die Beine.

»Tu, was er sagt«, knurrte er. »Kapiert?«

Shef bedeutete den 50 Männern mit einer Handbewegung, eine langgestreckte Doppellinie zu bilden, und führte sie in einer breiten Pfeilformation den Hügel hinauf. Er hielt sie im Laufschritt, zügelte aber jeden Impuls loszurennen. Sie würden ihre Kraft noch brauchen, um gegen die Angreifer in Rüstungen anzukommen. Sein Plan war es, in einem weiten Bogen den Hügel zu umgehen, um dann im Schutz des Baches, der durch die Siedlung floß, hinunter zum Dorf vorzudringen und die Angreifer zurück ins Meer zu drängen. Vielleicht hatten sie sich bereits zerstreut, um zu plündern und zu vergewaltigen. In der Überraschung lag jetzt ihre einzige Chance.

Die Engländer kamen beim ersten der Maulesel an und hielten einen Augenblick lang inne. Sollten sie nur einen oder beide bemannen? Selbst wenn sie Karli hinzuzählten, waren sie nicht genug, um zwei vollständige Mannschaften zu bilden.

»Wir bleiben fürs erste bei einem«, entschied Cwicca knapp. »Macht euch ans Aufziehen.«

Vor ihrem Abmarsch zum Landungssteg hatten sie die verdrehten Seile gelockert. Es war nicht gut, sie zu lange unter Spannung zu halten. Die Stangen, die zum Verdrehen der Seile dienten, waren immer noch säuberlich aufgeschichtet, und die Männer stürzten sich auf sie. Gleichzeitig rief Cwicca Karli zu, er solle ihm helfen. In den langen Wochen des Wartens hatten sie die Maschinen in einem entscheidenden Punkt verbessert. Sie hatten es bislang nie vermocht, ihre Katapulte mehr als ein paar Fingerbreit nach links oder rechts auszurichten. Auf See mußte man statt mit dem Maulesel mit dem ganzen Schiff zielen. Aber Udd war es gelungen, durch unermüdliches Probieren das Problem zu lösen. Sie hatten die schwere Maschine auf kleine, in Eisen gefaßte Räder gestellt, aber nicht, damit man sie wie die leichteren Bolzenschleudern über Land transportieren konnte. Statt dessen ruhten die kleinen Räder auf einem größeren, das flach auf dem Boden lag. Spurkränze verhinderten, daß die kleineren Räder abrutschten. Zwei starke Männer konnten die fünfundzwanzig Zentner schweren Ungetüme auf ihren starren Achsen nach vorne kippen und sie mit Hilfe des Schwanzstücks drehen.

Mit vereinter Kraft gelang es Karli und Cwicca, das Schwanzstück anzuheben und die Maschine von ihrer ursprünglichen Ausrichtung auf die Hafeneinfahrt in Richtung *Kranich* zu drehen, die sich jetzt langsam von dem Landungssteg entfernte.

»Noch einen Schritt weiter«, grunzte Cwicca. »Und

jetzt eine Handbreit zurück. Gut so. Kipp sie nach vorne und hämmer zwei… nein drei Keile hinein.«

Sie kippten die Maschine so weit vorwärts, daß sie auf das Wasser zeigte. Die Seile wurden verdreht, der Wurfarm zerrte an dem Rückhaltebolzen. Cwicca legte einen 30 Pfund schweren Stein in die vom Wurfarm herunterbaumelnde Schlinge und überprüfte sorgfältig den Winkel des Hakens, von dem sich die Schlinge im richtigen Moment lösen mußte.

»Fertig. Zurück mit euch. Los!«

Der Bolzen wurde zurückgezogen, der Wurfarm schoß mit unvorstellbarer Gewalt hoch, und die Schlinge schwirrte herum und fügte der Kraft der verdrehten Seile ihren eigenen Vektor an. Der Stein schoß in einer flachen, geraden Linie über das Wasser.

Und verfehlte sein Ziel. Die Maschine war so weit wie möglich nach vorne geneigt. Aber es war schwierig, ihre Reichweite zu verkürzen. Der Stein hüpfte knapp über das Deck der *Kranich* hinweg und spritzte in der Mitte der sich vergrößernden Lücke zwischen Schiff und Landesteg ins Wasser. Die Fontäne, mit der der Stein eintauchte, spritzte Wasser in Kormaks Gesicht, der sich gerade von dem gewonnenen Scharmützel auf dem Landungssteg abwandte.

»Thor steh mir bei«, rief er. »Was ist mit dem Beiboot passiert? Es sollte diese Maschine einnehmen.« Dann brüllte er Befehle. Nichts war ernster als eine Gefahr für sein Schiff, alles andere – der Sieg in der Schlacht, das Aufbringen von Gefangenen, selbst Ragnhild zu beschwichtigen – war dagegen unwichtig.

Als der Königin klar wurde, daß Kormak der Plünderung des Dorfes den Rücken zuwenden wollte, dem Dorf, in dem sich mit Sicherheit der Mann verstecken mußte, der ihrem Sohn zum Verhängnis geworden war, stürzte sie sich auf ihn. Ihre Forderungen kreischend hing sie an seinem Arm, bis er sie abschüttelte.

Kormak wußte, auf was es jetzt ankam: Sie mußten die *Kranich* zur anderen Seite des Hafens bringen. Ihre Gegner konnten ihre Katapulte nicht tief genug nach unten verstellen, um dorthin zu zielen. Und sie brauchten mehr Männer auf dem Schiff, und zwar schnell. Am Landungssteg und dem Kiesstrand daneben lagen immer noch ein Dutzend kleinerer Boote verschiedener Bauart. Kormak stellte 50 Mann ab, um den Fuß des Landungsstegs verteidigen, während er den übrigen befahl, in die Boote zu gehen. Im letzten Moment hielt er inne, befahl zwei Männern aus dem nächsten Boot zu steigen und ließ statt dessen den noch immer bewußtlosen und gefesselten Brand an Bord nehmen.

»Damit er sicher verstaut ist«, bemerkte er und bestieg dasselbe Boot. Er stieß die wutentbrannte Ragnhild von sich weg. »Lady, wir holen Euch später. Wenn der Mann, nach dem Ihr sucht, irgendwo hier ist, dann am Strand. Ich schlage vor, Ihr seht Euch selbst nach ihm um. Und los«, rief er den Ruderern zu.

Als ein zweiter Stein, diesmal auf die vordersten der ablegenden Boote gezielt, wirkungslos ins Meer klatschte, machten sich 50 Männer daran, die letzten 300 Fuß zwischen sich und den Katapulten zu überbrücken.

Shefs Gruppe übersprang den Bach und betrat das brennende Dorf auf der meerabgewandten Seite am Ende einer schlammigen Straße. Als sie den Weg hinunter rannten, lösten sich immer wieder Männer aus den Schatten und Flammen, begierig darauf, sich dem ersten Anzeichen organisierten Widerstands anzuschließen. Shef spürte, wie ihn die wölfische Kraft ihrer Wut mitriß. Sie waren jetzt nicht mehr im Zaum zu halten. Sie würden sich auf die Angreifer stürzen, ganz gleich, was er sagte oder tat.

Doch die Männer Hrafnseys hatten keine Rüstungen, und der einzige Schild der Gruppe gehörte Cuthred. Ihr Feind dagegen war bestens ausgerüstet. Shef sah, wie die Krieger in festen Reihen am Fuß des Landungsstegs standen, furchtlos und unerschütterlich. Welche Chance hatte er, das Gefecht zu überleben? Mitten in der vordersten Reihe, eine Zielscheibe für jeden Speer? Aber so war die Welt. Shef hob die Lanze. Er wußte nicht, wie er die Welt hätte ändern können. Er versuchte, wieder den Blutdurst in sich heraufzubeschwören, der in ihm getobt hatte, als er den Wikinger Hrani auf der Sandbank getötet hatte. Aber nichts geschah. Die Lanze schien seinen Blutdurst zu dämpfen und ihn statt dessen zur Zurückhaltung zu drängen. Mitleid zu haben, statt zuzuschlagen. Die Männer zu seiner Rechten und Linken blickten ihn an, erwarteten das Signal zum Angriff. Irgend etwas veranlaßte Shef dazu, die Lanze seitwärts zu schwingen, die Männer zurückzuhalten.

Hinter dem Schildwall auf dem Landungssteg stieg die Sonne über die Hügel und schien zum ersten Mal an diesem Tag direkt auf das Wasser. Ihre Strahlen fielen auf die Flossen und Körper der Mörderwale, die zum zweiten Mal aus dem tiefen Wasser heranschossen. Sie waren sich ihrer Sache sicher, der erste Erfolg hatte sie ermutigt. Ein gewaltiger Schrei stieg auf, als die Männer auf den Booten erkannten, was auf sie zukam.

Es waren tapfere Männer. Manche von ihnen stachen mit Speeren und Schwertern auf die schwarzweißen Schemen ein. Valgrim der Weise, der ungläubig im Bug seines Boots stand, schwang Gungnir zurück, um ihn als Harpune zu benutzen. Aber seine Reaktion war zu halbherzig, zu langsam. Die Boote wurden von unten erfaßt. Von tonnenschweren Körpern mit einer Geschwindigkeit von 30 Meilen pro Stunde hochgeschleudert, zerbarsten die Boote. Die schwerbewaffneten Männer stürzten oder glitten ins Wasser, und im selben Moment schlossen sich die Kiefer um sie. Die Mörderwale schossen vor und zurück in demselben Muster, das sie bei der Jagd auf Robben oder Schweinswale anwandten. Innerhalb von Sekunden färbte sich das Hafenbecken so rot wie die Bucht des Grinds. Aber diesmal war es das Blut von Männern, nicht von Walen. Das Blut der Mannschaften vermischte sich mit dem ihres Kapitäns und dem Valgrims des Weisen, dem Priester Odins, der jetzt Odins eigenen Kreaturen zum Opfer fiel. Unbemerkt sank Gungnir sanft auf den Boden: Der Speer hatte seinem letzten Besitzer kein Glück gebracht.

Shefs Angriffsformation kam ins Stocken, als die Männer erfaßten, was geschah; etwas, das keiner von ihnen jemals gesehen hatte. Kormaks am Landungssteg verbliebene Krieger sahen, daß ihre Gegner anhielten und auf das Gemetzel starrten, und drehten sich ebenfalls um. Beide Seiten standen vor Schrecken gelähmt da. Es gab nichts, was sie hätten unternehmen können.

Dann trat Shef vor und rief zu dem Mann hinüber, der ihm der Anführer der Krieger auf dem Landungssteg schien. »Legt eure Waffen ab«, sagte er. »Wir schenken euch Leib und Leben und die Fahrt nach Hause, wenn wir können. Ihr könnt nicht mehr entkommen, und es wurde bereits genug Blut vergossen.«

Mit blutleeren Lippen musterte der Anführer seine Männer. Ihre erschütterten und entsetzten Mienen ließen keinen Zweifel daran, daß sie jeden Kampfgeist verloren hatten. Er nickte und legte langsam Schwert und Schild ab. Cuthred trat vor, bahnte für Shef einen Weg durch die geschlagenen Krieger und ging mit ihm bis an die Spitze des Landungsstegs, um das Ende des Schauspiels zu verfolgen.

Im selben Augenblick erhob sich eine kreischende Gestalt von den Planken. Es war Ragnhild, ein Messer in der Hand; ungerührt von dem Gemetzel galt ihr einziger Gedanke der Rache. Wie eine Furie stürzte sie sich auf Shef. Sie hielt das Messer tief für den Stoß. Shef sah sie kommen, registrierte die vollen Lippen, die er geküßt hatte, das Haar, in das sich verzückt seine Finger vergraben hatten. Die Spitze seiner Lanze senkte sich unbeachtet, als er nach passenden Worten der Entschuldigung suchte. Sie kreischte etwas, aber er schnappte nur die Worte »…meinen Sohn getötet!« auf. Er stand mit ausgebreiteten Armen da, gelähmt, und hoffte, daß er sich ihr erklären konnte, hoffte auf ein weiteres Wunder.

Cuthred trat zwischen sie. Das Messer kratzte kreischend am harten Stahl seines Schilds entlang. Automatisch hob er den Schild, um die Königin wegzustoßen. Im selben Moment weiteten sich Ragnhilds Augen. Dann fiel sie nach hinten und zog Cuthreds Schild mit sich. Den Schild mit dem einen Fuß langen Stachel, den Shef selbst angeschmiedet hatte. Der Stachel hatte sich unterhalb ihrer Brüste in ihren Leib gebohrt.

»Ich schwöre bei Gott«, sagte Cuthred, »das war nicht mein Wille. Ich habe noch nie in meinem Leben eine Frau getötet.«

»Zu viele Morde«, sagte Shef. Er bückte sich, um nach Lebenszeichen von Ragnhild zu sehen. Ihre Lippen bewegten sich noch, verfluchten ihn immer noch flüsternd. Dann erstarrten sie, und ihre Augen rollten nach oben. Als er sich abwandte, trat Cuthred vor, setzte einen Fuß auf Ragnhilds ausgestreckten Arm und zog den Schild heraus. Er schüttelte unglücklich den Kopf und drehte sich um. Hatte sein Herr gesehen, was er getan hatte?

Aber Shefs Augen hatten sich von der Leiche auf

dem Landungssteg abgewandt und ruhten jetzt auf dem rot verfärbten, von Flossen durchpflügten Wasser. Dann starrte er ungläubig über die Bucht. Dort wurden im zunehmenden Tageslicht zwei Gestalten sichtbar, die im flachen Wasser saßen. Hinter Shef erhob sich erstauntes Murmeln, als mehr und mehr Männer des erstaunlichen Anblicks gewahr wurden. Es war bereits der zweite an diesem Morgen, der noch keinem lebenden Mann zuvor vergönnt gewesen war. Am anderen Ende der Bucht saß einer vom Verborgenen Volk.

Echegorgun hatte die Stimmung der Wale genau abgeschätzt und war mühelos und zuversichtlich hinter den Walbooten hergeschwommen. Er beobachtete, wie Shef die Männer an Land brachte und wie das einzelne, übermütige Boot in den Hafen fuhr, nur um dort von den Mörderwalen empfangen und in Stücke gerissen zu werden. Er hielt weiten Abstand, folgte aber den Walen in das Hafenbecken, zuversichtlich, daß er es rechtzeitig hören würde, wenn sie sich in seine Richtung wandten. Dann schwamm er am Ufer entlang. Nur die Spitze seines Kopfs ragte aus dem Wasser und ließ ihn wie einen gewöhnlichen, grauen Felsen erscheinen. Er verfolgte die Aktivitäten der Menschen interessiert, aber ohne innere Anteilnahme – bis er die beiden Männer erblickte, die eine unverkennbare Gestalt in eines der Boote luden. Brand, der Sohn Barns, des Sohns von Bjarni. Der Enkel seiner Tante.

Echegorgun wußte genau, was als nächstes geschehen würde. Ihm blieben nur wenige Minuten, es zu verhindern. Wie eine Robbe schoß er durch das Wasser und klammerte sich einen Augenblick lang an das Heck der *Kranich*, um die Entfernung zwischen ihm und dem führenden Boot, in dem Kormak saß, abzuschätzen. Er spürte das Wirbeln der Schwanzflossen nur wenige Fuß von sich entfernt. Echegorgun tauchte unter und entfernte sich mit kräftigen, ottergleichen Zügen von der *Kranich*.

Brand, der hilflos gefesselt im Boot lag, den schweren Stiefel Kormaks auf dem Brustkorb, sah nur, wie eine große, graue Hand den Dollbord packte. Dann kippte das Boot. Kippte in Richtung Echegorguns, noch bevor der erste Wal zuschlug. Als die Männer aufschrien und nach ihren Waffen griffen, schloß sich eine unwiderstehliche Faust um seinen Mantel und zerrte ihn über Bord und tief, tief hinunter, weg von den zersplitternden Planken und den panisch um sich schlagenden Armen und Beinen.

Eine Sekunde lang erfüllte Brand all der abergläubische Schrecken seines Volkes. Ein Marbendill hatte ihn in seinen Klauen und zerrte ihn hinunter auf den Meeresgrund, wo er als Monsterfutter enden würde. Und dennoch, irgendwie war ihm die Hand vertraut erschienen. Er wehrte sich nicht, sondern lag einfach reglos da und hielt die Luft seines letzten, langen Atemzugs in den Lungen. Langsam zog ihn die Hand durch das Wasser, angetrieben von den mächtigen Muskeln des Nicht-Menschen. Unter dem Kiel der *Kranich* hindurch. Durch die Bucht. In das Flachwasser. Schließlich stießen die beiden aus dem Wasser. Brand entließ keuchend die angehaltene Luft aus den Lungen und starrte in das Gesicht neben sich. Das Gesicht starrte zurück. Während Echegorgun mit einem Steinmesser die Fesseln um Brands Arme löste, musterten sie einander schweigend, untersuchten einander auf Gemeinsamkeiten, auf Familienähnlichkeiten.

Schließlich, sie saßen immer noch im seichten Wasser, öffnete Brand den Mund. »Ich habe Botschaften für dich und dein Volk an unserem geheimen Platz hinterlassen«, sagte er, »und ich habe mich immer an unseren Pakt gehalten. Dennoch hätte ich nie geglaubt, einen von euch jemals hier im Licht des Tages zu erblicken. Du gehörst zu der Rasse, die mein Großvater Bjarni getroffen hat.«

Ein Lächeln entblößte Echegorguns mächtiges Gebiß. »Ja. Und du mußt mein guter Cousin Brand sein.«

KAPITEL 24

»ES IST EIN TEURER SPASS, Unterschlupf für euch zu finden«, sagte Brand müde.

Shef antwortete nicht. Er hätte entgegnen können, daß es teilweise auch ein gewinnträchtiges Unterfangen gewesen war, aber er durfte Brands geistigen Zustand nicht außer Acht lassen. Er war sich nicht sicher, wieviele Tage seit der Schlacht vergangen waren – im hohen Norden war das nur schwer zu sagen. Alle schienen seitdem länger und härter gearbeitet zu haben, als sie ertragen konnten, hatten nur aufgehört, wenn sie eingeschlafen waren. Und jetzt – was für ein unheilvolles Zeichen – kehrte langsam die Dunkelheit in den Nachthimmel zurück. Der Sommer war vorüber, der Winter stand bevor. Und in Halogaland kam die kalte Jahreszeit sehr schnell.

Ganz gleich, wieviele Tage seit der Schlacht vergangen waren, das Dorf schien kaum mehr geeignet, ihr Überleben zu sichern. Die drei Schiffe im Hafen waren entweder gesunken oder unbrauchbar. Unglücklicherweise war es Cwicca und seiner Mannschaft genau in dem Moment, in dem die Schlacht gewonnen war, gelungen, das Katapult ausreichend nach vorne zu kippen, um einen Felsblock direkt durch den Fuß des Masts der *Kranich* zu schießen. Angetrieben von der nackten Furcht vor den Walen war es ihrer Mannschaft gelungen, das Schiff mit Staken an den Strand zu setzen, aber es würde nie wieder auslaufen. Die *Walroß* ruhte noch immer auf dem Grund des Hafens, nur ihr Mast ragte einsam aus dem Wasser. Die *Seemöwe* hatte Feuer gefangen und war verbrannt. Zwar waren ihnen Boote aller Art verblieben, aber sie hatten kein Schiff, das groß genug gewesen wäre, nach Trondheim, dem nächsten Hafen, zu segeln und Vorräte zu holen. Mit der Zeit würden sie eines aus den geborgenen Planken und Hölzern zimmern – denn auf den unfruchtbaren Hängen der windgepeitschten Insel gab es nur wenige größere Bäume. Aus demselben Grund würde es schwierig werden, die niedergebrannten Hütten wiederaufzubauen, trotz des Geschicks der Einheimischen im Umgang mit Steinen und Torf. Ein großer Teil des Ertrags des Grind war in Flammen aufgegangen und mit ihnen die Lagerhäuser, in denen Brand nicht nur die Felle und Federn aus der Finnensteuer aufbewahrt hatte, mit denen er handelte, sondern auch das Fleisch, den Käse und die Butter, von denen er und seinesgleichen lebten.

Und neben Shefs Gefolge und Guthmunds Mannschaft waren da noch die 70 Überlebenden der *Kranich*. Sie hatten ihnen das Leben versprochen, und niemand hatte bisher vorgeschlagen, das Versprechen zu brechen. Aber die Gefangenen mußten essen. Und ganz gleich, wie sehr sie fischten und jagten, den nächsten Winter konnten unmöglich alle Menschen auf der Insel überleben. Viele der Einheimischen hatten sich bereits insgeheim auf ihre Gehöfte zurückgezogen und damit signalisiert, daß sie von Brand und seinen Problemen nichts wissen wollten. Sie würden überleben. Es würden die Fremden und ihre Gastgeber sein, die starben – sollten sie so närrisch sein, mit ihnen zu teilen.

»Wenigstens haben wir Gold und Silber«, fuhr Brand fort. »Das brennt nicht. Das Beste ist, ein Boot zusammenzuzimmern, so viele Männer wie möglich darauf zu quetschen und es dann nach Süden loszuschicken. Wenn es eng an der Küste bleibt, dann kommt es vielleicht an irgendeinen Ort, wo sie Nahrung entbehren können. Dann setzen wir Ragnhilds Männer ab, kaufen soviel wir können und nehmen wieder Kurs nach Norden.«

Wieder verbot sich Shef einen Kommentar. Wäre Brand nicht so müde gewesen, hätte er den Fehler in seinem Plan bemerkt. Die Männer Ragnhilds wären stark genug, ihre Wachen zu überwältigen und das Geld an sich zu nehmen, was die Siedlung ebenso zum Hungertod verurteilt hätte. Bereits jetzt verlangte die Bewachung der Gefangenen einen viel zu hohen Tribut von den Kräften aller. Sie würden die Gefangenen alleine losschicken müssen. Wenn es ihnen überhaupt gelang, sie dazu zu überreden, sich wieder auf See zu wagen. Die Furcht vor den Walen steckte ihnen tief in den Knochen.

»Es tut mir leid«, sagte Brand und schüttelte seinen mächtigen Kopf. »Ich habe zuviel mitgemacht, um mir einen guten Plan auszudenken. Ein Marbendill als Cousin! Ich wußte es, aber jetzt wissen es alle. Was werden die Leute sagen?«

»Sie werden sagen, daß du dich glücklich schätzen kannst«, schaltete sich Thorvin ein. »In Schweden gibt es einen Priester des Weges, der die Göttin Freyja verehrt. Seine Fertigkeit ist das Züchten von Tieren. Er forscht danach, wie man sie kreuzen muß, um die besten Milchkühe oder die wolligsten Schafe zu erhalten. Er hat mir oft davon erzählt, wie man Maulesel züchtet, und vom Kreuzen von Hunden und Wölfen und solchen Dingen. Sobald er hiervon erfährt, wird er hierherkommen. Denn mir scheint, daß wir und die Meer-Menschen mehr wie Hund und Wolf sind als wie Pferd und Esel. Dein Großvater Bjarni hat sich mit einer ihrer Frauen gepaart, und sie bekam ein Kind, deinen Vater Barn. Aber Barn hatte auch ein Kind, und das warst du, und wenn man euch zusammen sieht, ist deine Abstammung offensichtlich. Wenn Barn ein Maulesel gewesen wäre, ein menschlicher Maulesel, hätte das nicht passieren können. Also sind wir und die Marbendille nicht so weit voneinander entfernt. Vielleicht fließt in unserer Rasse mehr Marbendillblut, als wir glaubten.«

Shef nickte. Beim Anblick der Nordländer mit ihren gewaltigen Körpern, ihren vorspringenden, knochigen Schläfen, ihrer beharrten Haut und ihren buschigen Bärten war ihm der Gedanke schon früher gekommen. Aber er hatte ihn nicht ausgesprochen. Ihm entging nicht, daß das Wort ›Troll‹ immer seltener im Dorf benutzt wurde, und die Leute statt dessen ›Seevolk‹ oder ›Marbendill‹ sagten. Es schien, daß Brand nicht der einzige war, der sich Gedanken über seine Vorfahren machte

»Nun, wie dem auch sei«, sagte Brand, der jetzt etwas besser gelaunt schien. »Ich weiß nicht, was wir tun sollen. Ich wünschte – und ich spreche das offen aus – ich wünschte, ich hätte den guten Rat meines Cousins.«

Aber Echegorgun war verschwunden, kaum daß er Brand ans Ufer geschleppt hatte. Eine kurze Zeit schien er die Aufmerksamkeit der Männer und die Dankbarkeit Brands genossen zu haben. Dann mußte ihn der Krach geärgert haben, denn er war auf die Weise entschwunden, die nur dem Verborgenen Volk gegeben war. Und Echegorgun hatte Cuthred, der ihn zu beeindrucken schien, mitgenommen.

»Nicht ganz ein Dünner«, hatte er gesagt. »Und auf jeden Fall stärker als Miltastaray. Und sieh dir nur die Haare auf seinem Rücken an! Gut eingefettet könnte er mit den Robben schwimmen. Miltastaray mag ihn. Er wäre ein guter Gefährte für sie.«

Shef hatte ihn beim letzten Gedanken mit offenem Mund angestarrt. Dann hatte er, unsicher wie er sich ausdrücken sollte, gesagt: »Hast du nicht behauptet, du wüßtest, was mit ihm geschehen ist? Nun, ich sage es dir. Einige andere Dünne, sie schnitten ihm ab... hm... nicht, was ihm zum Mann macht, sondern, was...«

Echegorgun winkte ab. »Ich weiß. Es bedeutet uns weniger als euch. Wißt ihr, wieso eure Leben so kurz sind? Weil ihr euch die ganze Zeit paart und nicht nur zur Brunstzeit. Mit jedem Mal, wenn ihr es tut, geht mehr von eurem Leben. Tausend Mal für ein einziges Kind, ich habe an vielen Fenstern gelauscht! Ha. Miltastaray sucht nach etwas anderem in einem Mann.«

Und mit diesen Worten war er verschwunden. Shef war nur die Zeit geblieben, kurz einige Worte mit Cuthred zu wechseln und ihn zu bitten, daß er Echegorgun dazu veranlaßte, seine menschliche Beute wie ein zivilisiertes Wesen zu begraben, anstatt sie wie ein Marbendill zu räuchern. »Sag ihm, wir bezahlen ihn in Schweinen«, hatte er ihm aufgetragen.

»Ihr habt keine Schweine«, hatte Cuthred geantwortet. »Und außerdem sind mir Schweine lieber als Menschen.«

Vielleicht haben wir alle, noch bevor der Winter vorüber ist, Speisekammern wie Echegorgun, dachte Shef. Während sich die Diskussion zwischen Thorvin, Brand, Guthmund und den übrigen weiter im Kreis drehte, stand er grübelnd auf und ging davon. Er trug die Lanze bei sich, die er in der Räucherkammer gefunden hatte: Sie lag angenehmer in der Hand als der Speer Gungnir oder die teuren Schwerter, die er erworben und wieder verloren hatte. Wenn man vor einem unlösbaren Problem stand, war es seiner Erfahrung nach das Beste, herumzufragen, bis man denjenigen fand, der die Antwort wußte.

Er traf Cwicca und die übrigen Engländer dabei an, wie sie sich in einer Pause vom Bergen von Schiffsplanken eine spärliche Mahlzeit teilten. Als er sich ihnen näherte, erhoben sie sich respektvoll. Einen Augenblick lang wunderte sich Shef. Manchmal taten sie das. Aber manchmal, wenn er Englisch sprach, ließ sein Akzent sie seinen Rang vergessen, und sie behandelten ihn als einen der Ihren. Aber das schien immer seltener zu geschehen.

»Setzt euch«, sagte er, blieb aber selbst auf die Lanze gelehnt stehen. »Wie ich sehe, gibt es nicht viel zu essen.«

»Und es wird bald noch weniger sein«, stimmte Cwicca zu.

»Man erzählt, daß die Gefangenen in dem Schiff, das wir bauen, weggeschickt werden. Wenn wir zwei bauen, könnten wir jemanden nach Süden schicken, um Nahrung zu holen.«

»Falls wir zwei bauen können«, wandte Wilfi ein.

»Falls wir jemand dazubringen können, damit zu fahren«, fügte Osmod hinzu. »Im Augenblick haben alle solchen Schiß vor Walen, daß sie es bei der ersten Fontäne auf Grund laufen ließen.«

»Ganz genau«, warf Karli leidenschaftlich ein. »Ich will nur eines sagen, Herr. Ihr wißt doch, daß ich eines dieser Dinger gesehen habe, als ich von Drottningholm herübergepaddelt bin. Weit draußen im Wasser, aus nächster Nähe. Nun, der gleiche Wal ist bei diesen hier dabei. Ich habe die Bißwunde an seiner Flosse gesehen. Und hier dieselbe. Es sieht so aus, als ob… na, ja, als ob sie uns gefolgt seien.«

Oder dir, Shef, dachte Karli, sprach den Gedanken aber nicht aus. Die Ex-Sklaven hatten ihm viele merkwürdige Geschichten über ihren Herrn erzählt, den sie verehrten und dem sie vertrauten. Er hatte die wenigsten davon geglaubt. Jetzt kamen ihm langsam Zweifel.

Gibt es eine Strafe, dachte er, für einen Mann, der den Sohn eines Gottes zur Begrüßung bewußtlos schlägt? Bis jetzt schien es zumindest noch nicht so.

»Nun, wenn wir nichts unternehmen, werden wir alle verhungern«, sagte Shef.

Die Ex-Sklaven ließen seine Worte einsinken. Die Aussicht waren ihnen nicht fremd. Viele Sklaven und genausoviele arme Leute starben im Winter, an der Kälte, an Hunger oder beidem. Sie alle hatten es schon mitangesehen.

»Ich hätte da eine Idee«, sagte Udd und brach dann ab, als ihn seine übliche Scheu vor Gruppen überwältigte.

»Hat sie mit Eisen zu tun?« fragte Shef.

Udd, der seinen Mut zurückgewonnen hatte, nickte heftig. »Ja, Herr. Erinnert Ihr Euch noch an das Erz, das wir in Kaupang sahen? Das so wenig Arbeit brauchte, weil soviel Metall im Stein ist? Es kommt aus Jarnberaland, dem Land des Eisens.«

Shef nickte aufmunternd, ohne die geringste Vorstellung davon zu haben, worauf Udd hinauswollte. Eisen konnten sie nicht essen, aber eine sarkastische Bemerkung würde Udd auf der Stelle verstummen lassen.

»Es gibt auch einen Ort namens Kopparberg. Kupferberg. Tja, und beide sind hier in der Nähe.« Udd deutete über den Hafen auf die gebirgige Küste des Festlands. »Auf der anderen Seite der Berge, meine ich. Ich dachte mir, wenn wir nicht segeln können, könnten wir vielleicht laufen. Auf der anderen Seite ist ja nicht das Nichts.«

Shef musterte die zerklüftete, düstere Küste und dachte an den quälenden Aufstieg in Echegorguns Bucht, die furchtbaren Krämpfe, die durch seine Muskeln gejagt waren. Und an den Pfad, den sie zurückgekommen waren. Den mühelosen Kammweg, auf dem sie Echegorgun quer über die Landzunge gebracht hatte.

»Danke, Udd«, sagte er. »Ich werde darüber nachdenken.«

Er spazierte weiter, bis er Guthmund den Schweden fand. Guthmund war unerwartet guter Dinge. Er hatte zwar sein Schiff verloren, und sie hatten alle Aussichten zu verhungern, aber andererseits hatten sie an Bord der *Kranich* überraschend gute Beute gemacht. Ragnhild hatte die Hälfte des Schatzes ihres Geschlechts mitgenommen, um Männer und Vergeltung zu erkaufen, und sie hatten ihn aus dem Wrack geborgen. Und die beim Angriff Gefallenen bedeuteten, daß sie die Beute mit weniger Köpfen teilen mußten. Guthmund begrüßte seinen jungen Anführer mit einem Lächeln. Man nannte ihn Guthmund den Gierigen, und er brannte darauf Gull-Guthmund zu werden, Gold-Guthmund.

Das Lächeln verschwand, als Shef ihn über die Dinge befragte, die Udd ihm erzählt hatte. »O ja, das Erz ist irgendwo dort oben«, stimmte er zu. »Aber ich könnte nicht sagen, wo genau. Euresgleichen versteht einfach nicht. Schweden mißt von einem zum anderen Ende, von Skane bis zur Lappmark 1000 Meilen. Wenn man Skane überhaupt zu Schweden zählen kann«, fügte er hinzu. »Ich selbst komme aus Södermanland, bin ein echter Schwede. Aber ich schätze, wir sind hier auf der Höhe von Jarnberaland.«

»Woher weißt du das?«

»Das sehe ich an den Schatten. Wenn man einen Schatten am Mittag mißt und weiß, wie lange es noch bis Mittsommer ist oder wie lange seitdem vergangen ist, kann man feststellen, wie weit nördlich man ist. Es ist eine der Fertigkeiten des Weges. Skaldfinn, der Priester Njörds, hat sie mir einmal gezeigt.«

»Wenn wir also dort hinaufgingen und nach Osten zögen, würden wir nach Jarnberaland im Land der Schweden kommen?«

»Ihr müßtet vielleicht nicht den ganzen Weg laufen«, sagte Guthmund. »Ich habe gehört, daß es dort oben im Zentralmassiv, dem Kjolen-Gebirge, Seen gibt, und sie sich von Osten nach Westen ziehen. Brand hat mir erzählt, daß die Finnen auf dieser Seite, wenn sie die Finnen auf der anderen Seite – sie nennen sie Kwenen – überfallen, Boote aus Rinde nehmen und an den Seen entlangpaddeln.«

»Danke, Guthmund«, sagte Shef und setzte seinen Weg fort.

Brand starrte Shef ungläubig an, als er ihm die Ergebnisse seiner Gespräche schilderte. Thorvin und der Wikinger saßen immer noch zusammen. »Das geht nicht«, sagte Brand knapp.

»Wieso nicht?«

»Es ist zu spät im Jahr.«

»Einen Monat nach Mittsommer?«

Brand seufzte. »Du verstehst nicht. Hier oben sind die Sommer kurz. Zugegeben, an der Küste hält das Meer den Schnee und das Eis eine Weile zurück. Aber denk mal nach. Weißt du noch, wie es in Haithabu war? Wie Frühling, hast du gesagt. Und Kaupang danach lag immer noch unter Schnee. Und wie weit ist das? 300 Meilen weiter nördlich? Hier bist du noch einmal 600 Meilen weiter im Norden. Ein paar Meilen landeinwärts von der Küste – und weiter bin ich nie gewesen, auch nicht, wenn ich den Finnen nachgejagt bin – und schon liegt über die Hälfte des Jahres Schnee. Und je höher du kommst, desto schlimmer wird es. Auf den hohen Bergen schmilzt er nie.«

»Also ist die Kälte das Problem. Aber Udd hat recht, oder? Auf der anderen Seite ist Jarnberaland, vielleicht 200 Meilen von hier? Zehn Tagesmärsche.«

»Zwanzig. Wenn du sehr, sehr viel Glück hast. In manchen Gegenden, die ich gesehen habe, bedeuten schon drei Meilen einen harten Tag. Wenn du nicht vom Weg abkommst und im Kreis läufst, bis du stirbst «

»Trotzdem«, warf Thorvin ein und zupfte an seinem Bart. »Nur wenige wissen, daß der Weg Asgards in Jarnberaland stark ist. Das ist nur natürlich, wir sind ja Handwerker und Schmiede. Und Schmiede zieht es zum Eisen. Es gibt dort Priester des Weges, die mit den Leuten arbeiten, die das Eisen schürfen. Manche sagen, es gäbe dort eine zweite Akademie. Valgrim war dagegen. Er sagte, es könnte nur eine Akademie des Weges geben.«

Und nur einen Leiter, dachte Shef. Valgrims Irrtümer hatten ihn schließlich eingeholt. Er war in einem der Boote gewesen, die zur *Kranich* zurückgerudert waren. Nur zwei der Männer hatten überlebt, Brand und ein junger Norweger, der sich seitdem zu einem Ball zusammengerollt hatte und ängstlich wimmerte. Ragnhild hätte genauso sterben können, sagte sich Shef. Es war nur ein Unfall. Ein weiterer unter den vielen, die um ihn herum geschahen. Das war Teil seines Glücks, würde Olaf Gjerstad-Alf sagen, und König Alfred hätte ihm zugestimmt.

»Wenn wir also die Berge überquerten«, fuhr Shef fort, »könnten wir auf der anderen Seite vielleicht sogar Hilfe finden.«

»Aber du kannst die Berge nicht überqueren«, wiederholte Brand verärgert. »Die Berge wimmeln vor Finnen und…«

»…und Trollen. Dem Verborgenen Volk«, beendete Shef den Satz für ihn. »Danke, Brand.« Er stand auf und ging davon, die Lanze als Wanderstock schwingend.

Das letzte Wort kam von einem Mann, dessen Namen er nicht wußte. Er gehörte zur Mannschaft der *Kranich* und schwitzte in der fahlen Sonne, als er und seine Kameraden Felsen auf einen Schlitten wuchteten, um daraus im Dorf einige weitere Unterkünfte für den Winter zu errichten. Eine Handvoll Einheimische bewachten die Gefangenen aus einiger Entfernung, in den Händen Bündel mit Robben-Harpunen. Shef, der sich immer noch nicht über sein weiteres Vorgehen klar geworden war, hielt einen Augenblick an, um den Gefangenen zuzusehen.

Einer von ihnen blickte auf. Er war ein Verwandter Kormaks, und seine Worte waren von Bitterkeit erfüllt. »Heute schwitzen wir, und ihr seht zu. Wir wurden geschlagen – aber nicht von Männern, sondern von Walen! Das kann nicht zweimal passieren. Nächstes Mal werdet ihr keine Beschützer finden. Die Männer Rogalands suchen dich immer noch, und Ragnhilds Familie wird ihnen ein Kopfgeld zahlen. Und da sind noch die Ragnarssons. Sigurth Schlangenauge wird ebensoviel für dich bezahlen, wie Ragnhild bezahlt hätte. Wenn du nach Süden gehst, wirst du auf irgendeinen von ihnen treffen. Du wirst England nie wiedersehen, Einauge. Der Mann, der dem trotzen könnte, was dich erwartet, bräuchte eine eiserne Haut. Wie Sigurd Fafnirsbani. Und selbst er hatte eine schwache Stelle!«

Shef senkte nachdenklich den Blick. Er kannte die Geschichte Sigurds, der den Drachen Fafnir tötete – er hatte einen Teil davon in einer seiner Visionen gesehen, hatte die Drachenmaske erblickt. Er wußte auch, daß Sigurd anschließend von seiner Geliebten betrogen und von ihrem Ehemann und seiner Familie getötet worden war. Sie hatten herausgefunden, daß das Drachenblut, das seine Haut undurchdringlich gemacht hatte, an einer Stelle von einem Blatt abgehalten worden war, das an seinem Rücken klebte. Dort war er verletzlich geblieben. Er, Shef, hatte ebenfalls eine wütende Geliebte, auch wenn sie und ihr Mann tot waren.

Und er hatte einen Drachen getötet, wenn man Ivar den Knochenlosen als solchen betrachten konnte.

Die Übereinstimmungen waren zu groß, um ihm zu behagen. Und es stimmte auch, daß der Nordweg die Küste hinunter den einzigen Weg in den Süden darstellte und gleichzeitig spielend blockiert werden konnte.

»Ich höre, was du sagst«, antwortete er. »Und ich danke dir für deine Warnung. Aber du hast sie in böser Absicht ausgesprochen. Wenn du nichts besseres zu sagen hast, dann schweig das nächste Mal.« Er streckte vorsichtig den Arm aus und drückte die Lanzenspitze gegen den Adamsapfel des wütenden Wikingers.

Der menschliche Verstand ist ein merkwürdiges Wesen. Nasen bluten aus Angst. Stottern wird durch einen Schock geheilt, bei Erdbeben springen gebrechliche alte Frauen aus den Betten und heben schwere Balken von den Körpern ihrer Söhne. Kormaks Verwandter wußte, daß er den Mund zu voll genommen hatte. Er wußte, daß sich niemand darüber beschweren würde, wenn der Einäugige ihm die Lanze durch die Kehle rammte. Als die kalte Spitze seinen Hals berührte, erstarrte seine Kehle vor Angst. Und blieb erstarrt.

Als Shef sich entfernte, sagte einer seiner Kameraden kopfschüttelnd: »Da hast du es ja wirklich darauf ankommen lassen, Svipdag.«

Svipdag drehte sich mit weit aufgerissenen Augen zu ihm um und versuchte zu sprechen. Versuchte es wieder und wieder. Außer einem tiefen Gurgeln drang kein Laut aus seiner Kehle. Die Männer sahen, wie der Schrecken in Svipdags Augen aufblitzte, als er erkannte, daß er stumm geworden war. Es war, als hätte sich eine Schlinge um seine Luftröhre gelegt.

Die anderen Gefangenen starrten Shefs langsam entschwindenden Rücken nach. Sie hatten die Geschichten über ihn gehört, vom Tod Ivars, von Halfdan, davon, wie König Olaf sein eigenes und das Glück seiner Familie in die Hände dieses Mannes gelegt hatte. Sie wußten, daß er das Symbol eines unbekannten Gottes um den Hals trug. Das seines Vaters, wie einige gehört hatten.

»Er sagte ›dann schweig‹«, murmelte einer der Wikinger. »Und jetzt kann er nicht mehr sprechen!«

»Ich sage euch, er war es, der die Wale hergerufen hat«, sagte ein anderer.

»Und das Verborgene Volk eilt ihm zur Hilfe.«

»Hätte ich das alles gewußt, hätte sich Ragnhild heiser schreien können, ich wäre nie auf diese verfluchte Fahrt mitgekommen.«

»Du weißt, daß du das nicht tun mußt«, sagte Brand, als Shef ihm seine Entscheidung mitteilte. »Wir denken uns etwas anderes aus. Wir schaffen diese gierigen Tölpel von der *Kranich* aus dem Weg, dann sieht alles schon besser aus. Wir können ein paar der Männer mit Booten in den Süden schicken, vielleicht können sie eine Bootsladung Vorräte in Trondheim kaufen und ein Boot, um sie zu transportieren. Und *du* mußt nicht durch den Schnee marschieren, auch wenn es andere tun.«

»Aber das werde ich so oder so«, sagte Shef.

Brand zögerte verlegen. Er hatte das Gefühl, daß er mit seinen düsteren Bemerkungen diese wahnwitzige Entscheidung ausgelöst hatte. Er erinnerte sich daran, wie er Shef unter seinen Schutz gestellt hatte, nachdem man ihm ein Auge ausgestochen hatte. Er hatte ihn Nordisch gelehrt, ihm beigebracht, wie man ein Schwert richtig führt, hatte ihm die Lebensart des *drengr*, des umherziehenden Kriegers, gezeigt. Und Shef hatte ihn auch vieles gelehrt. Hatte ihm zu Ruhm und Reichtum verholfen – denn ihre Not war der Mangel an Nahrung, Brennstoffen und Schiffen und nicht an Geld.

»Sieh mal, niemand ist je weit in diese Berge vorgedrungen und wieder zurückgekommen. Und schon gar nicht auf der anderen Seite wieder herausgekommen. Vielleicht können das die Finnen, aber sie sind anders. Da sind die Wölfe und die Bären und die Kälte. Und wo bist du, wenn du es schaffst? In Schweden! Oder der schwedischen Finnmark oder was weiß ich wo. Ich verstehe nicht, wieso du das tust.«

Shef dachte einen Augenblick lang nach, bevor er antwortete. »Ich glaube, ich habe zwei Gründe«, sagte er. »Einer davon ist dieser: Seit ich dieses Frühjahr in der Kathedrale gewesen bin und zugesehen habe, wie Alfred und Godive heirateten, plagt mich das Gefühl, daß mir die Dinge aus der Hand gleiten. Leute stießen mich herum, und ich habe mitgespielt. Ich tat, was ich tun mußte. Angefangen bei der Sandbank über den Sklavenmarkt bis zu Kaupang und der Königin. Durch Oppland und bis hierher. Gejagt von den Ragnarssons, der Königin und sogar von den Walen. Jetzt habe ich es satt zu fliehen. Ab jetzt gehe ich wieder zurück. Ich war tief in der Dunkelheit, sogar in der Räucherkammer des Verborgenen Volkes. Jetzt muß ich ans Licht. Und ich habe nicht vor, denselben Weg zurückzugehen, den ich gekommen bin.«

Brand wartete. Wie die meisten Nordländer glaubte er fest an das Glück. Was Shef sagte, war, daß er sein Glück in die Hand nehmen wollte. Oder vielleicht, daß sich sein Glück gegen ihn gewendet hatte. Einige Leute würden sagen, der junge Mann hätte es ohnehin im Überfluß. Aber eines war sicher: Kein Mann konnte über das Glück eines anderen urteilen.

»Und der zweite Grund?«

Shef hob den Anhänger Rigrs von seiner Brust. »Ich weiß nicht, ob das hier irgend etwas bedeutet«, sagte er. »Glaubst du, ich habe einen Gott als Vater?«

Brand sagte nichts.

»Nun«, fuhr Shef fort, »wie du weißt, sehe ich immer wieder Dinge. Manchmal im Schlaf, manchmal, wenn ich wach bin. Ich weiß, daß jemand versucht, mir Dinge mitzuteilen. Manchmal ist es sehr einfach. Wie damals, als wir Cuthred fanden, und man mir gezeigt hatte, ich solle nach einem Mann suchen, der eine große Mühle antreibt. Oder hatte ich das Mühlrad bereits quietschen hören? Ich weiß es nicht. Aber danach und damals, als Cwicca die Wand der Halle der Königin niederriß, um mich zu befreien, schickte man mir eine Warnung. Eine Warnung, daß gleich etwas passieren würde.

Das war leicht zu verstehen. Aber andere Dinge, die ich gesehen habe, waren nicht so leicht zu verstehen. Ich sah einen Helden sterben. Und eine alte Frau. Ich sah, wie sich die Sonne in einen von Wölfen gejagten Streitwagen verwandelte und anschließend in das Gesicht eines Vatergotts. Ich sah einen Helden reiten, der Balder aus dem Totenreich retten wollte, und ich sah, wie der Weiße Christus von römischen Soldaten getötet wurde, die unsere Sprache sprachen. Ich sah die Helden in Walhall und wie diejenigen, die keine Helden sind, dort empfangen werden.

Alle diese Visionen versuchten mir etwas zu sagen. Nichts Einfaches, nicht nur aus der Sicht einer Seite, egal, ob Christen oder Heiden. Ich glaube, was sie mir sagen wollen, ist, daß etwas nicht stimmt. Irgend etwas stimmt nicht damit, wie wir leben. Wir gleiten in die Skuld-Welt, wie Thorvin sagen würde. Die Tugend hat uns verlassen. Uns alle, Christen wie Heiden. Wenn dieser Anhänger um meinen Hals irgend etwas bedeutet, dann, daß ich versuchen muß, sie zurückzubringen. Schritt für Schritt, als ob ich eine Leiter bestiege.«

Brand seufzte. »Ich sehe, du bist fest entschlossen. Wer wird dich begleiten?«

»Du?«

Brand schüttelte den Kopf. »Für mich ist hier zu viel zu tun. Ich kann die Meinen nicht ohne Essen und Unterschlupf zurücklassen.«

»Cwicca und die übrige Katapultmannschaft werden mitkommen, glaube ich. Und Karli. Er hat mich um des Abenteuers willen begleitet. Wenn er zurück nach Dithmarschen kommt, wird er der größte Geschichtenerzähler sein, denn sie dort je hatten. Udd ist sicher dabei, vielleicht auch Hound und Thorvin. Und ich muß noch einmal mit Cuthred und deinem Cousin sprechen.«

»Es gibt eine Schäre, auf der ich eine Botschaft hinterlassen kann«, räumte Brand widerstrebend ein. »Du hättest viel bessere Chancen, wenn er dich begleitet. Aber vielleicht ist er der Meinung, genug getan zu haben.«

»Was ist mit Proviant? Wieviel könnt ihr uns überlassen?«

»Nicht viel. Aber du wirst das Beste von dem, was wir noch besitzen, bekommen.« Brand deutete auf Shefs Hand. »Noch etwas: Wieso schleppst du immer noch diese alte Waffe mit dir herum? Ich weiß schon, du hast sie in der Räucherkammer an dich genommen, als du nichts anderes hattest, aber sieh sie dir doch an. Sie ist alt, das eingelegte Gold ist verschwunden, die Klinge ist dünn und sie hat keine Parierstange. Sie taugt nicht halb soviel wie Sigurths Gungnir. Gib sie mir, und ich finde eine bessere für dich.«

Shef wog die Lanze nachdenklich in der Hand. »Eine Waffe, die einen zum Sieg geführt hat, ist eine gute Waffe«, sagte er. »Ich behalte sie.«

KAPITEL 25

LETZTENDLICH UMFASSTE DIE GRUPPE, die Shef an den Fuß der Berge führte, 23 Männer und Frauen, bis auf drei von ihnen Engländer. Cwicca, Osmod, Udd und ihre drei verbliebenen Kameraden Fritha, Hama und Wilfi hatten sich ihm ohne Zögern angeschlossen, ebenso wie Karli. Hound hatte es ihnen mit den Worten, er hätte das Gefühl, sie bräuchten einen Heiler, gleichgetan. Zu Shefs Überraschung hatte Thorvin dem Marsch zugestimmt und als Entschuldigung angeführt, daß er als Schmied Jarnberaland und den Vorposten des Weges dort mit eigenen Augen sehen wollte. Verblüfft hatte Shef allerdings die Abordnung, die ihn aufsuchte. Sie wurde angeführt von Martha, der Friesin und vormaligen Sklavin Königin Ragnhilds, und Ceolwulf, dem geretteten Thrall, den viele für einen ehemaligen Thane hielten.

»Wir wollen hier nicht zurückgelassen werden«, sagten sie. »Wir sind zu lange unter dem Nordvolk gewesen und wollen wieder nach Hause. Du bist unsere beste Chance.«

»Keine gute Chance«, hatte Shef erwidert.

»Besser als die, die wir noch vor einiger Zeit hatten«, hatte Ceolwulf grimmig gesagt.

Damit hatte sich die Gruppe um vier Frauen und acht Männer vergrößert. Shef hatte sich kurz gefragt, ob er vorbringen sollte, daß den Frauen die Kraft für den Marsch fehlte, aber die Worte waren ihm an der Zunge kleben geblieben. Er war mit ihnen von Kaupang nach Gula marschiert, und sie hatten sich ebenso gut gehalten wie die Männer und auf jeden Fall besser als der schwächliche Udd oder der kurzbeinige Osmod. Was die männlichen Ex-Sklaven anging, die allesamt noch ihre eisernen Rigr-Anhänger trugen – Shef konnte sich einfach nicht dazu bringen, sie zurückzulassen. Sie konnten eine Stütze sein. Viele von ihnen, wie der formidable Ceolwulf, hatten mit Sicherheit ihre ganz eigenen Talente. Sie hatten in den Scharmützeln gegen die Mannschaft der *Kranich* zwar nur kurz, aber gut gekämpft. Einige von ihnen hatten sogar in ihrem Drang, gegen das Volk, das sie versklavt und gepeinigt hatte, loszuschlagen, ihr Leben gelassen.

Der letzte, der zu der Gruppe stieß, war Cuthred. Brand war eines Tages in der Abenddämmerung losgezogen und hatte klar zu verstehen geben, daß man ihn weder beobachten noch ihm folgen sollte. Der Tradition seiner Familie folgend hatte er an einem geheimen Ort, den seine Verwandten im Verborgenen Volk kannten, eine Botschaft hinterlassen. In irgendeinem privaten Code hatte er um ein Treffen ersucht. Aber Echegorgun war weder erschienen, noch hatte er auf irgendeine andere Weise reagiert. Statt dessen kam zwei Tage später Cuthred am Morgen ins Dorf marschiert. Seine Kleidung war trocken, und er trug Schwert und Schild, also war er nicht vom Festland herübergeschwommen. Echegorgun mußte irgendein Boot oder ein anderes Wasserfahrzeug besitzen, aber was das anging, war Cuthred so schweigsam, als ob er bereits zu einem vom Verborgenen Volk geworden wäre.

Als Shef ihm von seinem Vorhaben erzählte, hörte er zu und nickte. Dann saß er den Rest des Tages schweigend da und verschwand schließlich in der Dunkelheit. Als er wieder zurückkehrte, brachte er entmutigende Nachrichten.

»Echegorgun wird euch nicht begleiten«, berichtete er. »Er sagt, man hätte ihn schon zu oft gesehen. Er sagt, ich soll statt dessen mit euch kommen.«

Shef verzog eine Augenbraue. Cuthred sprach, als ob er eine bessere Alternative hätte – sich vielleicht dem Verborgenen Volk für immer anzuschließen in einer Art Austausch für den Säugling Barn.

»Er sagt, er wird ein Auge auf uns haben«, fuhr Cuthred fort. »Und er wird seinen Verwandten ausrichten, sie sollen uns in Ruhe lassen. Das ist eine große Gefahr weniger. Du weißt, wieso die meisten Jäger nicht mehr aus den Bergen zurückkommen. Sie enden wie Räucherfisch. Aber die Bären und Wölfe sind immer noch da. Und die Kälte und der Hunger. Und die Finnen. Wir werden es darauf ankommen lassen müssen.«

Shef, dem keine andere Wahl geblieben war, als ihm zuzustimmen, widmete sich wieder seinen Vorbereitungen. Schließlich mußte jedes einzelne Mitglied der Gruppe vor Brand paradieren, der ihre Ausstattung sorgfältig überprüfte. Alle trugen feste, gut eingefettete Stiefel, die bis über die Wade reichten. Dazu kamen dicke Ledergamaschen und Wollhosen, sowohl für die Männer als auch für die Frauen, Hemden aus Hanf, wollene Umhänge und Pelzmäntel. »Schweiß ist gefährlich«, erklärte ihnen Brand. »Er friert an einem fest. Hanfhemden saugen den Schweiß besser auf als Wolle. Aber am besten ist es, nicht zu schwitzen. Tut alles gleichmäßig, aber haltet nie an, außer ihr habt ein Feuer. Auf diese Weise bleibt ihr warm, aber nicht zu warm.« Er versicherte sich, daß jeder von ihnen einen Sack zum Schlafen hatte. Leider Gottes war Shefs vorzüglicher Sack, den er in Gula erworben hatte, mit so vielen anderen Dingen verbrannt. Aber ein Vorrat an

Federn war den Flammen entgangen, und jeder von ihnen hatte einen Zweischichtensack aus Wolle oder Haut, der mit den Daunen von Seevögeln gepolstert war. Dazu kamen Fäustlinge und Hüte und Tuchstreifen, die sie im Fall eines Schneesturms um Hals und Kopf schlingen konnten. Jeder Angehörige der Gruppe trug in einem Rucksack Proviant für zehn Tage, zumeist getrockneten Fisch und Robbenfleisch oder würzigen Käse aus Schafs- oder Ziegenmilch. Das genügte nicht für den ganzen Marsch, aber jedes zusätzliche Gewicht hätte ihr Fortkommen weiter verlangsamt. »Wenn ihr irgend etwas Lebendiges seht, eßt es«, sagte Brand. »Zehrt solange wie möglich von dem, was ihr tragt. Ihr werdet hungern, noch bevor ihr auf der anderen Seite ankommt.«

Die sorgfältig ausgesuchte Bewaffnung der Gruppe war nicht auf Kriegführung ausgerichtet. Die Katapultmannschaft trug ihre Armbrüste und Messer. Selbst Osmod hatte man davon überzeugt, seine schwere und sperrige Hellebarde besser zurückzulassen. Thorvin hatte seinen Schmiedehammer, während Hound unbewaffnet blieb. Die anderen trugen entweder Holzäxte oder Speere mit dicken Schäften und Parierstangen, aber keine Wurfspeere oder Harpunen. »Wegen der Bären«, erklärte Brand. »Ohne Parierstange krabbeln sie dir den Schaft hinauf.« Vier kurze Jagdbögen gingen an diejenigen in der Gruppe, die sich für gute Schützen hielten. Cuthred trug das Schwert, das er Vigdjarf abgenommen hatte, und den stählernen Schild mit dem Stachel. Shef hatte seine Lanze, sowie ein breites Messer mit scharfer Spitze, das man aus der *Kranich* geborgen hatte.

Zu guter Letzt drängte Brand ihnen sechs Paar der merkwürdigen Dauben auf, auf denen die Norweger durch den Schnee glitten – Skier. »Keiner von uns kann mit ihnen umgehen«, protestierte Shef.

»Thorvin kann es«, entgegnete Brand.

»Ich habe es auch gelernt«, erklärte Ceolwulf. »Gleich im ersten Winter.«

»Du mußt vielleicht Kundschafter losschicken«, drängte Brand. Was er eigentlich dachte, war, daß vielleicht einige von ihnen den Marsch überleben würden und sich auf den Skiern retten konnten.

Im Morgengrauen ungefähr zwei Wochen nach der Schlacht brach die Gruppe auf. Ein Schiff, das die Einheimischen aus geborgenen Teilen zusammengezimmert hatten, brachte sie zum Festland. Es bestand aus Planken beider Wracks, den Kiel hatten sie aus einer Hälfte des genieteten Kiels der *Kranich* gefertigt. Das Schiff war kurz und breit. Wegen seiner Unförmigkeit hatte Brand es angewidert *Entchen* getauft. Dennoch segelte es mit annehmbarer Geschwindigkeit, als sich die fast zwei Dutzend Männer im geräumigen Mittelschiff drängten. Die sechs Seeleute der Mannschaft arbeiteten um sie herum. Es hatte einige Debatten darüber gegeben, an welchem Ort man sie am besten absetzen sollte. Brand hatte sich für einen Fjord stark gemacht, der am weitesten in das wirre Bergmassiv hineinreichte und damit ihre Marschzeit am stärksten verkürzt hätte. Aber Cuthred hatte mit unerschütterlicher Selbstsicherheit sein Veto eingelegt. »Echegorgun sagte nein«, berichtete er. »Er sagte, geht zu dem Fjord, der zu dem Berg mit den drei Hörnern führt. Dann geht immer nach Osten. Auf diese Weise schlagen wir eine Richtung ein, die uns vielleicht zu dem großen See führt, der tief in das Kjolen-Gebirge einschneidet.«

»Eine Richtung oder einen Pfad?« erkundigte sich Shef.

»Eine Richtung. Es gibt dort keine Pfade. Nicht einmal welche des Verborgenen Volks. Tief in den Bergen brauchen sie keine Pfade.«

Shef entging nicht, daß er beinahe ›wir‹ gesagt hätte.

Schließlich standen 23 schwer beladene Männer und Frauen am äußersten Ende eines tiefen Fjords. Die Sonne stand hoch am Himmel, kam aber dennoch kaum über die Berggipfel herauf. Die eine Hälfte des Fjords lag im Schatten, während sich in dem tiefen Wasser der anderen Hälfte die schneebedeckten Gipfel spiegelten, nur kurz verwischt von den Wellen, die über die Wasseroberfläche rollten, als die *Entchen* vom Ufer wegstakte. Die Menschen schienen unter den mächtigen, grauen Felsen nur wie einige vereinzelte, gegabelte Zweige, ihr Pfad nur ein Schnitt in den Felsen, von denen unablässig weißes, schäumendes Wasser stürzte.

Brand rief über das Wasser herüber. »Möge Thor euch beistehen.«

Thorvin machte als Antwort wortlos das Hammerzeichen.

»Du gehst voraus«, forderte Shef Cuthred auf.

Zwölf Tage später wußte Shef, daß er sich verkalkuliert hatte. Er schnitt eine zwölfte Kerbe in den Stock, den er seit dem ersten Tag in den Gürtel gesteckt trug, und spürte die Blicke seiner Kameraden, die auf ihm ruhten. Sie beobachteten ihn, weil er einen trockenen Stock hatte.

Das war Teil seiner Fehleinschätzung. Der erste Tag war so schlimm gewesen, wie Shef erwartet hatte, eine quälende Kletterei das Ufer hinauf, wo sie Ekwetargun getroffen hatten. Die Bergflanke hatte sich nie in eine senkrechte Wand verwandelt, die sie hätten erklettern müssen. Aber sie war auch nie so sehr abgeflacht, daß ein Mensch darauf hätte laufen können. Zuerst schmerzten die Oberschenkel. Dann fingen die Arme an, als die müden Kletterer sich mehr und mehr hinaufzogen und sich immer weniger mit den Beinen abstießen. Die Rastpausen wurden länger und häufiger, und jedesmal, wenn sie weitergingen, schien der Schmerz schlimmer.

All das hatte Shef vorausgesehen. Schließlich ging es nur darum, 5000 Fuß hinaufzuklettern. 5000 Schritte sollten dafür genügen. Wir müssen schon 3000 geschafft haben, sagte er den anderen. Noch 2000 Schritte! Wir können sie zählen. Und auch wenn er sich, was die Zahl anging, geirrt hatte, stimmte es, daß es ein Ende geben mußte.

Die nächsten Tage waren sie bester Dinge. Nachdem sie so lange in Sklavenhütten oder auf Schiffen eingepfercht gewesen waren, genossen die Engländer die Luft, die Sonne, die Weite des Landes, seine erhebende Kargheit. Seine Kargheit... das war das Problem. Selbst Thorvin vertraute Shef an, daß er erwartet hatte, dort die Sträucher, die die Norweger *barrskog* nannten, anzutreffen. Aber sie befanden sich inzwischen über der Baumgrenze. In jeder Nacht, jeder feuerlosen Nacht – sie führten kein Brennholz mit sich – schien die Kälte brutaler. Die Nahrung war streng rationiert, und es schien nie genug davon zu geben. Wenn sie wenigstens ein Feuer gehabt hätten, um darüber ihr Fleisch zu kochen, murmelten sie einander zu, dann hätte ihnen das getrocknete Robbenfleisch vielleicht das Gefühl gegeben, den Magen zu füllen. Aber ungekocht schien es ihnen, als ob sie Leder kauten. Es dauerte eine Ewigkeit, es hinunterzuwürgen, und einmal im Magen angekommen, verursachte es Krämpfe. Nacht um Nacht weckte die Kälte Shef trotz seines daunengefüllten Sacks und ließ ihn von Brot phantasieren. Brot mit dicker, gelber Butter. Und Honig! Mit Bier. Dickem, braunem Bier. Keiner von ihnen hatte den Marsch mit viel Fett am Körper angetreten, und ihre Körper begannen bald in Ermangelung anderer Alternativen, ihre Muskeln zu zersetzen.

Also starrten sie auf seinen Stock. Sie wollten, daß Shef ihn schälte, ihn als Zunder benutzte und ein Feuer entfachte. Daß er das verdörrte braune Gras und Moos des hügeligen Hochplateaus verbrannte. Es war unmöglich, aber sie konnten nicht von dem Gedanken lassen.

Wenigstens hatten sie einiges an Entfernung zurückgelegt, sinnierte Shef. Weder die Berge noch die Wälder hatten sie aufhalten können, dafür aber Sumpf und Moor. Dennoch waren sie nicht an den See, auf den sie hofften, gelangt, und Cuthred wollte nicht mehr sagen, als daß er weiter weg sein mußte. Ein See, sagte er, von Bäumen gesäumt, aus deren Rinde sie leichte Boote bauen konnten. So hatte ihm Echegorgun versichert. Schade, daß Echegorgun nicht kommt und uns den See zeigt, war Shef immer wieder auf der Zunge gelegen. Aber angesichts Cuthreds zweifelhafter Treue hatte er die Bemerkung jedesmal hinuntergeschluckt.

Vor einigen Tagen hatte er sich wenigstens noch damit trösten können, daß die Gruppe zusammenhielt. Die Leidensfähigkeit der Ex-Sklaven war eine große Stütze. Wo stolze Krieger gestritten, gekämpft und einander die Schuld gegeben und aus jeder Blase und jedem Magenweh eine Katastrophe stilisiert hätten, verhielt sich Shefs Gruppe wie – nun, wie Frauen. Als Martha eines Morgens Magenkrämpfe hatte und ihren Aufbruch zu verzögern drohte, hatte Wilfi den Narren gespielt und die Aufmerksamkeit von ihr abgelenkt. Als Udd, der schwächste der Gruppe, zu lahmen begann und immer fahler im Gesicht wurde, und er es aus Angst, zurückgelassen zu werden, zu verbergen versuchte, hatte Ceolwulf die Gruppe angehalten und Udds wunde Ferse mit seinem eigenen Robbenfett eingerieben und war anschließend ermutigend neben ihm hergelaufen.

Dennoch machte sich die Belastung schließlich in Streitereien Luft. Besonders Cuthred wurde wieder unberechenbar. Am Vortag hatte Karli, dessen Hang zu Frauen unerschütterlich schien, zu der an der Spitze laufenden Edith aufgeschlossen und kurz ihren Hintern gestreichelt. Er und Edith teilten, seit sich die Gelegenheit auf Drottningholm ergeben hatte, miteinander das Lager. Cuthred, der hinter Edith lief, hatte Karli mit einer weitausholenden Bewegung aufs Ohr geschlagen. Einen Augenblick lang hatte Karli die Fäuste gehoben, dann aber die Schultern gesenkt und sich abgewandt, als er Cuthreds offensichtliche Bereitschaft zurückzuschlagen erkannte. Der Schlag des Engländers wäre zweifellos tödlich gewesen. Jetzt war Karli gedemütigt. Nicht so sehr, wie Cuthred es war, aber zwischen den beiden herrschte Feindschaft, die sich ausbreitete, als die Mitglieder der Gruppe für den einen oder anderen Partei ergriffen.

Shef klemmte den Stock wieder unter den Gürtel und sah zu den Sternen hinauf, die nach und nach in der eiskalten Nacht aufleuchteten. »Schlaft jetzt«, sagte er. »Wir marschieren in der Morgendämmerung los. Uns bleibt nichts anderes übrig. Morgen finden wir bestimmt Holz. Und Cuthreds See.«

Wenn der Anführer nachläßt, steht er dem Heer im Weg, sagt das Sprichwort. Wenn der Anführer scherzen muß, dann ist das Heer bereits schwach.

Irgendwo über Shef schwebte ein Bewußtsein und beobachtete die kleine, freudlose Gruppe, der die Kälte und der Hunger zusetzte. Wenigstens einer von ihnen schluchzte vor inneren Krämpfen. Das Bewußtsein blickte zufrieden herab, nur Vorsicht zügelte seine Stimmung.

Er hat meine Wale überlebt, dachte es. Er hat die Prüfung meines Jüngers überlebt. Er trug meinen Speer und trägt immer noch mein Zeichen, aber er erweist mir keine Ehre. Er hat mir nie Ehre erwiesen. Aber was ist schon Ehre? Was zählt, ist, daß er mich und die meinen für den Tag des Ragnarök schwächt.

Ja, dachte Odin, wie wenig habe ich seit dem Tod meines

Sohns geschlafen. Seit sie mir Balder nahmen, und die besten meiner Männer, meine Einherier, *es nicht vermochten, ihn aus dem Totenreich zurückzuholen. Seitdem ist die Welt grau und stumpf, und so wird sie bis zum Tag des Ragnarök bleiben. Und wenn wir an diesem Tag nicht siegen, welche Hoffnung bleibt uns dann noch? Aber diese Kreatur, dieses Menschlein, das in einem Bett geboren wurde, will die Welt verbessern, will den Menschen ein glückliches Leben geben, noch vor dem Tag des Ragnarök. Wenn sich dieser Glaube ausbreitet, woher werden dann meine* Einherier *kommen?*

Er muß hier sterben und mit ihm seine Gedanken. Und auch seine Anhänger. Und dennoch – es wäre ein Verlust. Denn diese Kreatur – einäugig wie ich – besitzt eine besondere Art der Weisheit. Wer hat sie ihm wohl gegeben? Manchmal erinnert er mich an einen meiner Söhne. Auf jeden Fall hat er mir einen großen Champion für den Tag des Ragnarök geschickt, Ivar, den Schlächter der Könige, der jetzt jeden Tag in Walhall mit seinen Gefährten ringt. Und der eine, den er bei sich hat, der Verstümmelte, ist auch ein großer Champion. In Walhall gibt es keine Frauen, die ihn reizen könnten, er wäre mir willkommen. Er mag im Namen des Weißen Christus getauft sein, aber der Glaube ist aus ihm entschwunden, und er könnte mein sein. Aber dafür muß er mit der Waffe in der Hand sterben.

Es wäre ein Jammer, ihn zu verlieren. Selbst den Einäugigen. Er ist gerissen, etwas, das man nur zu selten auf den Feldern um Walhall findet. Was soll ich ihnen schicken? Meine Wölfe?

Nein. Wenn die Wölfe sie verschlängen, würde es genügen. Aber jetzt würden sie die Wölfe verschlingen, sie als Leckerbissen willkommen heißen. Nein, die Wale scheiterten und Valgrim scheiterte und der alte Jötun *gehörte niemals zu mir, sondern zur Brut Lokis. Die Wölfe würden ebenfalls scheitern. Also schicke ich ihnen Schnee. Und im Schnee meine Finnen.*

Die ersten Flocken rieselten kurz nach der Abenddämmerung vom Himmel. Erst waren es nur ein paar, und sie schienen eher zu kristallisieren als zu fallen. Dann kamen größere und größere Flocken und dazu ein Wind aus dem Norden, der sie vor sich hertrieb. Als sich um Mitternacht der Schnee auf den Säcken der auf dem nackten Boden liegenden Männer und Frauen aufzuhäufen begann, beschlossen die Wachen, ihre Kameraden aufzuwecken, damit sie den Schnee abschüttelten. Das Lager verwandelte sich ein Gewirr erschöpfter Männer und Frauen, die sich aus ihren Säcken quälten, sie abschüttelten und sich an anderen Stellen hinlegten, nur um zu spüren, wie der harte Boden sich unter ihrer Körperwärme in Matsch verwandelte. Unbewußt krochen sie in den Windschatten ihrer Kameraden, und das gesamte Lager wanderte Stück um Stück in Windrichtung.

Irgendwann kurz vor der Morgendämmerung erkannte Shef, was geschah. Er häufte die Rucksäcke in einer Linie auf und trug Schnee über ihnen zusammen, um eine provisorische Mauer zu errichten. Dahinter ordnete er seine Kameraden in Reihen an, die schwächsten in der Mitte, die stärksten an den Rändern. Doch nur den wenigsten gelang es zu schlafen. Die Dämmerung brach über einer müden, hungrigen und frierenden Gruppe an.

Sie konnten nicht weitermarschieren, bevor der Schneefall aufhörte, was erst einige Stunden später der Fall war. Um sie herum erstreckte sich eine gleichförmige, weiße Ebene. Die Sonne blieb hinter Wolken verborgen. Einen Augenblick übermannte Shef der Zweifel. Während der Nacht hatte er jede Orientierung verloren. Und jetzt war die Sonne hinter den Wolken... Er hatte von einem durchsichtigen Stein gehört, der die Strahlen so stark aufsog, daß man die Sonne sogar durch Wolken sehen konnte, aber keiner in ihrer Gruppe besaß einen solchen.

Er unterdrückte seine Furcht. In welche Richtung sie sich wandten, war nicht mehr wichtig. Sie mußten Feuerholz und Unterschlupf finden, und jeder Weg, der sie dorthin führte, war gut. Er barg die Skier aus dem Schnee und trug Thorvin und Ceolwulf, die einzigen, die mit ihnen umgehen konnten, auf, in verschiedene Richtungen aufzubrechen und nach einer Lücke in der Hochebene zu suchen.

Erst nach ihrem Aufbruch kam ihm der Gedanke, die Gruppe durchzuzählen. Ein Mitglied fehlte. Die vermißte Frau war Godsibb, ein stilles, trauriges Mädchen, das ohne Klagen den ganzen Weg von Drottningholm mitmarschiert war. Selbst Karli hatte sich nicht die Mühe gemacht, sein Glück bei ihr zu versuchen. Seine Anstrengungen, sie aufzuheitern, waren erfolglos geblieben. Sie fanden ihre Leiche unter einem überraschend weit entfernten Buckel im Schnee. Während der Nacht waren sie weit gewandert.

»Woran ist sie gestorben?« fragte Shef, nachdem sie mit den Händen den Schnee von ihrer Leiche gekehrt hatten.

»Kälte. Erschöpfung. Hunger«, sagte Hound. »Menschen sind unterschiedlich widerstandsfähig. Sie war ein dünnes Mädchen. Vielleicht wurde ihr Sack naß. In der Nacht bemerkte sie niemand, und sie fiel in einen Schneeschlaf. Es ist ein friedlicher Tod – besser als das, was ihr Königin Afa zugedacht hatte«, fügte er in einem Versuch, Shefs Selbstvorwürfe abzulenken, hinzu.

Shef blickte in das abgehärmte Gesicht. Es war viel zu alt für ein junges Mädchen. »Sie kam einen langen Weg, um hier zu sterben«, sagte er.

Und mit ihrem Tod verursachte sie ihm neue Probleme. Es war unmöglich, sie in dem gefrorenen Boden zu begraben. Konnten sie sie auf oder unter dem Schnee zurücklassen? Im ersten Moment erschien ihm das ausreichend, aber dann wurde ihm klar, daß niemand den Gedanken unterdrücken könnte, was mit ihr geschehen würde, wenn der Schnee schmolz und ihre Leiche freigab.

Hound berührte Shefs Arm und deutete wortlos über die Ebene. Von einer 200 Schritt entfernten Anhöhe starrte sie eine vierbeinige Gestalt an. Sie setzte sich hin und wartete mit hängender Zunge. Weitere Wölfe erschienen hinter ihm, beurteilten die Lage und setzten oder legten sich hin.

Über Wölfe gab es verschiedene Meinungen. Einige der Engländer waren sie gewöhnt und hatten vor dem Aufbruch behauptet, sie wären nicht wirklich gefährlich. Brand hatte ihnen mit seiner üblichen Entschiedenheit widersprochen. »Sie werden euch den Mut nehmen«, hatte er gesagt. »Sie haben nicht die geringste Angst vor Menschen. Natürlich werden sie euch nicht in der Gruppe angreifen, bewaffnet wie ihr seid. Aber zwei Männer allein im Wald, das ist gefährlich.«

Die Wölfe bedeuteten, daß sie Godsibb unmöglich einfach zurücklassen konnten. Erst mußten sie Erde finden, in der sie das Mädchen begraben konnten, Feuer, um den Boden aufzuweichen, und Steine, um sie auf ihr Grab zu häufen. Sie zu tragen würde sie weiter schwächen. Wenn dann noch eine zweite Leiche dazukam und eine dritte...

Shef rief zwei der Männer herüber und trug ihnen auf, Godsibb in ihrem Sack festzubinden, daran Seile anzubringen und sie hinter sich herzuziehen. Mit einer Handbewegung wehrte er Frithas erwartungsvolles Angebot, einen der Wölfe mit der Armbrust niederzustrecken, ab. Der Ex-Sklave hätte nur einen Bolzen verschwendet. Es würde eine Zeit kommen, in dem sie ihn dringlicher benötigen würden. Gleich darauf stellten sie fest, daß sie in der Nacht die Jagdbögen verloren hatten. Sie waren einfach unter dem Schnee begraben worden. Shef ließ die ganze Gruppe eine Linie bilden, und sie gingen über das ganze Gelände, das sie in der Nacht heruntergerutscht waren und untersuchten den Schnee mit Füßen und behandschuhten Händen. Sie fanden zwei der vier Bögen, aber nur einen Köcher mit Pfeilen, sowie ein Paar Skier und einen vergessenen Rucksack. Zu diesem Zeitpunkt war es beinahe Mittag, ohne daß sie einen einzigen Schritt vorangekommen waren. Ein schlechter Anfang für ihren ersten Schlechtwettertag. Shef bedachte den Mann, der seinen Rucksack verloren hatte, mit einem finsteren Blick und stellte mit einigen harschen Worten sicher, daß seine Botschaft verstanden wurde.

»Behalte immer alles bei dir. Oder auf dir. Laß nie irgend etwas bis zum Morgen liegen, oder du wirst keinen mehr erleben. Und vergiß nicht, deine Mutter ist nicht bei uns!«

Thorvin und Ceolwulf kehrten zurück. Wie Shef verärgert registrierte, ließen die Stunden vielversprechender Bewegung sie warm und gutgelaunt strahlen.

»Gehen wir da lang«, sagte Ceolwulf und deutete in die angegebene Richtung. »Dort ist eine Senke, ein Tal. Und ein paar Meilen weiter scheinen Bäume zu sein.«

Shef dachte nach. »In Ordnung«, sagte er. »Aber angesichts unserer neuen Begleiter seid ihr zu zweit vielleicht nicht mehr sicher. Sucht euch vier der jüngeren Männer aus und zeigt ihnen, wie man die Skier benutzt. Dann nehmt sie mit euch. Selbst eure Anfänger werden schneller sein als Leute, die sich zu Fuß durch den Schnee quälen. Sobald ihr an den Wald kommt, schlagt ihr Holz ein und bringt soviel zu uns zurück, wie ihr tragen könnt. Ein Feuer wird den Leuten den Mut zurückgeben und es ihnen einfacher machen weiterzulaufen. Ich werde die Gruppe so schnell ich kann zu euch führen. Paßt auf, daß ihr uns nicht aus der Sicht verliert, und kommt sofort zurück, wenn es wieder zu schneien anfängt.«

Die Skiläufer fuhren voraus. Thorvin und Ceolwulf riefen den Anfängern Ratschläge zu und halfen Hingefallenen wieder auf die Beine. Shef und die übrigen, 15 Männer und Frauen und eine mitgeschleifte Leiche, quälten sich durch den Schnee und stolperten von Zeit zu Zeit in Verwehungen. Der Schnee kroch in ihre Stiefel und Fäustlinge.

Piruusi der Finne genoß den ersten Schnee des Winters. Dieser war früh gekommen aber gern gesehen. Der Finne hatte sein warmes Zelt aus Häuten im Morgengrauen verlassen, hatte die Knochenkufen seines Schlittens gewässert, damit sie vereisten, hatte sein Gesicht und seine Skier mit gelbem Rentierfett eingeschmiert und war mit dem Bogen in der Hand davongeglitten. Er hoffte auf Schneehühner oder Polarhasen, aber alles würde ihm willkommen sein, selbst gar keine Beute. Winter war die Zeit der Freiheit für die Finnen, und wenn er früh kam, hieß das, daß die Geister ihrer Vorfahren ihnen gewogen waren.

Als er an dem Zelt des alten Pehto vorbeischwang, kam der Schamane heraus und grüßte ihn. Piruusi hielt mit gerunzelter Stirn an. Pehto hatte zu gute Verbindungen zu den Geistern, als daß man ihn hätte verärgern dürfen, aber er verlangte immer nach Aufmerksamkeit, Respekt, Nahrung und vergorener Milch.

Aber nicht diesmal. Der Schamane machte Luftsprünge, wie es seinem Amt entsprach, schüttelte seine Rassel und sprach wenigstens diese eine Mal zusammenhängend. »Nach Westen, Piruusi, du mächtiger Jäger, Herr der Rentiere. Nach Westen, dort kommt etwas. Etwas Mächtiges, Piruusi, etwas, das das Mißfallen eines Gottes erregt hat. Aijiiie!« Und Pehto verfiel in einen stampfenden Tanz, den Piruusi ignorierte.

Dennoch ließ der Finne den niedrigen Birkenwald, dessen Blätter sich unter dem ersten Frost bereits braun verfärbten, hinter sich und fuhr den sanften Hang im Westen hinauf. Seine Skier zischten geschmeidig über den Schnee, und Piruusis Bewegungen waren ebenso automatisch wie mühelos. Er hatte Skistöcke auf den Rücken geschnallt, aber er benötigte sie nur bei wirklich steilen Hängen. Es war wichtiger, Pfeil und Bogen in den Händen zu halten, jeden Augenblick schußbereit zu sein. Nur wer jede Gelegenheit nutzte, wer keine Chance verpaßte, überlebte in der winterlichen Wildnis.

In der Ferne bewegte sich etwas, da war er sich sicher. Hatte der alte Schwindler Pehto die Fremden wirklich in seiner mystischen Vision geschaut? Vielleicht war er nur früh aufgestanden und hatte Glück gehabt, denn ihr Zug über den Schnee war nicht zu übersehen. Zuerst kamen Männer auf Skiern. Männer! Sie fielen alle hundert Schritte hin, schlimmer als Jungen, als wären sie Säuglinge. Und dahinter, für Piruusis weitsichtige Augen klar erkennbar, folgte eine ganze Herde von ihnen. Sie bewegten sich wie Ochsen, stolperten dahin und wirbelten mit jedem Schritt Schnee auf. Sie zogen einen provisorischen Schlitten oder ein Tragegestell hinter sich her.

Piruusi hatte niemals die Finnensteuer bezahlt, aber diejenigen seiner Cousins, die näher an der Küste lebten, taten es. Es lohnte sich, ihre sommerlichen Fisch- und Jagdzüge nicht von mordlustigen Seeleuten stören zu lassen. Es ist Zeit, dachte Piruusi, eine Nordländersteuer einzutreiben. Er schoß zurück zu der Ansammlung von Zelten, zwischen denen die Männer und Frauen um Feuer aus Rentierkot saßen, und rief die Männer zusammen.

Shefs Gruppe gewann ihre Stärke zurück, als sie die ersten Bäume erreichten. Es waren nur winzige Birken, aber in ihrer Verzweiflung hoch willkommen. Shef rief die Skifahrer zurück, ängstlich darauf bedacht, daß kein Angehöriger der Gruppe außer Sicht kam.

»Wir gehen zwischen die Bäume und suchen Schutz«, rief er. »Dann können wir ein Feuer machen und kochen. Wenigstens sind wir dann aus dem Moor.«

Fast wie eine Antwort schoß ein Pfeil hinter einem Baum hervor und traf Wiferth, der sich mit seinen Skiern abmühte, am Hinterkopf. Er kippte um und war auf der Stelle tot, noch bevor er den Boden berührte. Augenblicke später erfüllte das Zischen von Pfeilen die Luft. Gestalten huschten von Baum zu Baum, ohne sich mehr als nur einen Moment zu zeigen, und riefen einander anfeuernd in einer unbekannten Sprache zu.

Viele Angehörige von Shefs Gruppe waren kampferfahrene Veteranen. Sie kauerten sich sofort nieder, bildeten einen unregelmäßigen Kreis und suchten Schutz hinter der spärlichen natürlichen Deckung. Die Pfeile kamen von allen Seiten, wurden aber nicht mit viel Druck abgefeuert. Shef sah, wie Ceolwulf eine Grimasse schnitt und scheinbar mühelos einen Pfeil aus seinem Oberschenkelmuskel zog. Dennoch, ein Treffer in den Hals oder in das Auge wäre tödlich gewesen. Die Angreifer schossen aus nächster Nähe.

»Fritha«, schrie Shef, »benutz deine Armbrust. Die restlichen mit den Bögen – ihr schießt nur, wenn ihr euch sicher seid, zu treffen. Wer keinen Bogen hat, legt sich auf den Boden.«

Die Armbrust klickte, als Fritha sie spannte. Cuthred trat hinter Fritha, wehrte einen Pfeil mit dem Schild ab und stellte sich über ihn, um seinen Rücken zu schützen. Fritha zielte auf einen Baum, hinter dem sich ein Finne versteckte, und wartete, bis der Mann den Kopf hervorstreckte, um zu schießen. Als der Finne sich zeigte, drückte Fritha den Abzug.

Aus 60 Schritten Entfernung mitten in die Brust getroffen taumelte der Finne zurück. Der Bolzen hatte sich bis zu den Federn in seinen Brustkorb gebohrt. Piruusi, der einige Schritte neben dem Getroffenen stand, starrte ihn verwundert an. Die Nordländer waren keine Bogenschützen! Und er hatte keinen Bogen gesehen. Den Finnen waren kriegerische Traditionen, der Drang nach Ruhm fremd. Sie kämpften wie Wölfe, wie Raubtiere. Wenn die Beute sich wehrte, zogen sie sich zurück und warteten ab. Unter Zurufen und Pfeile abschießend wichen die Angreifer zurück.

»Das war nicht besonders schwer«, murmelte Shef und stand auf.

»Warte nur, bis wir versuchen, weiterzumarschieren«, antwortete Cuthred.

Einige Stunden später, aber immer noch einige Zeit vor Einbruch der Dunkelheit, war ihre Lage klar. Shefs Gruppe hatte zwei Tote zu beklagen – und damit drei Leichen, die sie mit sich zerren mußten – und ein halbes Dutzend Männer und Frauen hatte kleinere Wunden davongetragen. Die Armbrüste oder die Angst vor ihnen hielt die Finnen auf Abstand, aber nach Shefs Schätzung hatten nur einige wenige der ein Dutzend Bolzen ihr Ziel gefunden. Sie hatten nicht mehr allzuviele übrig, und die Finnen wurden immer geschickter darin, sich anzuschleichen, zu schießen und anschließend wieder zwischen den Bäumen zu verschwinden. Sie waren jetzt tief in den Wald vorgedrungen, und der Schutz, den sie sich so sehr herbeigesehnt hatten, erwies sich jetzt als Gefahr. Auf dem offenen Moor, das sie hinter sich gelassen hatten, hätten die Armbrüste den Kampf entschieden. Aber die Aussichten für die Nacht waren schlecht. Es war Zeit, Bäume zu fällen und Barrikaden zu errichten. Wenigstens konnten sie endlich ihr Feuer entzünden.

Als die erste Axt sich in den Stamm einer Birke grub, bemerkte Shef ein Bündel in den Ästen des Baumes. Er starrte hinauf. Es war ein langes Bündel. Ein beunruhigend langes Bündel.

Er zeigte es Thorvin, der ebenso wie er aus Angst vor Pfeilen am Boden kauerte. »Was ist das?«

Thorvin raufte seinen Bart. »Ich habe gehört, daß sie hier oben ihre Toten in Bäume hängen. Der Boden ist oft zu hart gefroren, um sie zu begraben.«

»Wir sind im Kirchhof der Finnen?«

»Wohl kaum im Kirchhof. Aber an dem Ort, an dem sie ihre Toten bestatten.«

Shef bedeutete dem Mann mit der Axt weiterzuarbeiten und sah sich nach anderen Bündeln in den Bäumen um. »Macht ein Feuer«, rief er. »Ein großes Feuer. Vielleicht bezahlen sie Lösegeld für ihre Toten.«

Piruusi runzelte die Stirn. Das Feuer, das die Nordländer entzündet hatten, zeichnete ihre Silhouetten und würde sie in der Nacht zu einfachen Zielen machen. Aber halt, war das nicht seine Großmutter, die sie von ihrem Ruheplatz geschnitten hatten? Was mochten sie mit ihr anstellen? Vielleicht verbrannten sie sie! Und ein verbrannter Geist verlor seinen Körper in der anderen Welt und kehrte zurück, um seine unachtsamen Verwandten zu verfolgen. Seine Großmutter war schon zu Lebzeiten eine Plage gewesen.

Zeit für eine List, dachte Piruusi. Er glitt auf den Skiern davon, weg von dem Rentierschlitten, den sie mitgebracht hatten, um ihre Toten abzutransportieren, und brach einen Zweig mit Blättern ab. Er winkte mit ihm, um seinen Wunsch nach Verhandlungen anzuzeigen, achtete aber gleichzeitig aufmerksam auf jedes Zeichen, ob die Fremden mit einer ihrer merkwürdigen Waffen auf ihn zielten.

Shef sah den Mann, der einen Zweig schwenkte, und registrierte selbst in jenem Moment das wunderbar geschmeidige Leder seines Mantels und seiner Hose – seine Frauen mußten es viele Tage lange weichgekaut haben. Und ebenso registrierte er seine Wachsamkeit, beim geringsten Anzeichen eines Angriffs wegzutauchen. Shef stieß Frithas Armbrust zur Seite und brach seinerseits einen Zweig ab. Dann trat er vor.

Der Finne hielt ungefähr zwanzig Schritte vor ihm an. Als Shef sich fragte, was für eine Sprache er wohl sprechen mochte, löste sich das Problem, indem der Finne ihn in passablem Nordisch anrief.

»Ihr«, schrie er. »Wieso Feuer? Wieso fällt ihr Bäume, holt alte Leute herunter? Verbrennt ihr sie? Sie tun euch nichts.«

»Wieso schießt ihr Pfeile auf uns?« entgegnete Shef in dem gleichen, abgehackten Stil. »Wir tun euch nichts. Ihr tötet meine Freunde.«

»Ihr tötet meine Freunde«, antwortete der Finne. Shef registrierte aus dem Augenwinkel heraus eine schnelle Bewegung; etwas huschte zu seiner Linken von Baum zu Baum. Und zu seiner Rechten. Der Finne rief wieder herüber, versuchte seine Aufmerksamkeit auf sich zu ziehen – während seine Gefährten sich von beiden Seiten anschlichen. Er wollte einen Gefangenen nehmen, nicht verhandeln. Das wäre vielleicht nicht das Schlechteste, dachte Shef. Wenn er zwei oder drei der Finnen in einen Kampf verwickeln konnte, würde Cuthred zu seiner Rettung herbeieilen. Und das mochte ihnen genug Angst einjagen, um ihnen einen ungestörten Weitermarsch zu ermöglichen. Aber natürlich bestand die Möglichkeit, daß er, Shef, das Manöver nicht überlebte.

Noch eine weitere Gestalt bewegte sich durch den Wald. Nicht links oder rechts von Shef, sondern hinter dem Finnen. Piruusi hatte seinen Schlitten mit den beiden Rentieren hinter sich zurückgelassen. Die Tiere standen ruhig da und versuchten, Flechten herauszuscharren. Aber hinter ihnen war etwas, daran bestand nicht der geringste Zweifel.

Ungläubig verfolgte Shef, wie die riesenhafte Gestalt Echegorguns hinter einer Birke hervortrat. Er konnte sich nicht hinter dem Baum versteckt haben – der Stamm maß allenfalls einen Fuß, und war damit kaum dicker als einer von Echegorguns Armen. Dennoch stand er unvermittelt da und sah Shef an. Offenkundig wollte er gesehen werden. Einen Augenblick zuvor war er noch nicht dort gewesen. Wie war das möglich? Sie hatten die letzten Tage damit verbracht, ein offenes Moor zu durchqueren, in dem man jeden Vogel und jeden Grashalm hatte sehen können. Wie konnte Echegorgun ihnen gefolgt sein? Selbst die Rentiere schienen ihn nicht bemerkt zu haben. Sie weideten sorglos weiter.

Der Finne hatte Shefs starren Blick bemerkt. »Ho, ho«, johlte er. »Der alte Trick. ›Dreh dich um, Piruusi, da ist etwas hinter dir.‹ Dann mache ich das, und deine Männer schießen und schießen.«

Echegorgun trat vorsichtig an eines der grasenden Rentiere heran, nahm seinen Kopf in seine gewaltigen Hände und verdrehte ihn fast zärtlich. Die Beine des Rentiers sanken sofort zusammen, es fiel nach vorne, nur noch einen kurzen Moment von Echegorgun gehalten. Der Troll ging zu dem zweiten Tier, das immer noch nicht aufgeschreckt war, und brach ihm in derselben Seelenruhe ebenfalls das Genick.

Und dann war der Troll verschwunden. Er verblaßte im Schatten der Birken, als wenn es ihn nie gegeben hätte, nur die beiden toten Tiere gaben Zeugnis von seiner Existenz.

Piruusi wurde plötzlich bewußt, daß Shef ihn ignorierte, und schoß wie eine Viper herum. Und erblickte die reglosen Körper seiner Rentiere. Seine Augen weiteten sich, sein Unterkiefer klappte herunter, und als er sich wieder zu Shef umdrehte, standen ihm die Angst und der Unglaube ins Gesicht geschrieben.

Shef wandte sich um, blickte bedächtig in Richtung der Finnen, die von beiden Seiten auf ihn zukrochen, und rief Fritha und seinen Kameraden zu, auf sie anzulegen. Warnend deutete er auf die sich hebenden Armbrüste. Dann ging er zu Piruusi, der jetzt neben seinen toten Rentieren stand.

»Wie hast du das gemacht?« fragte Piruusi. Hatte der alte Pehto recht gehabt, auch wenn er ein Schwindler war? Besaß dieser merkwürdige Mann mit dem einen Auge und dem alten Speer eine besondere Macht?

Er betastete die gebrochenen Genicke seiner liebsten Tiere, seiner hochgeschätzten Zugtiere, und fragte wieder: »Wie hast du das gemacht?«

»Ich war das nicht«, sagte Shef. »Aber weißt du, ich habe Freunde in diesen Wäldern. Freunde, die du nicht sehen kannst, denen du nicht begegnen willst. Hast du von solchen Wesen gehört?«

Offenbar hatte der Finne das, denn er blickte sich jetzt nervös um, als ob jeden Moment ein solches Wesen auftauchen und seine Hände sich um seinen Hals schließen würden. Shef streckte den Arm aus und tippte Piruusi mit dem stumpfen Ende der Lanze an.

»Keine Pfeile mehr«, sagte er. »Keine weiteren Tricks. Wir wollen Feuer und Essen. Wir geben Gold, Silber. Dann ziehen wir weiter nach Jarnberaland. Kennst du Jarnberaland?«

Erkennen blitzte in den Augen des Finnen auf, gemischt mit Zweifel. »Ich zeige euch Jarnberaland«, willigte er ein. »Aber zuerst trinken wir zusammen. Trank des...« – ihm schien das passende Wort nicht einzufallen – »Trank des Sehens. Du, ich, Pehto.«

Ohne zu verstehen nickte Shef.

KAPITEL 26

AM ABEND DES NÄCHSTEN TAGES brachte Piruusi Pehto die traditionellen Opfergaben: einen Block Salz, einen Sack der streng riechenden, halb ranzigen Butter aus Rentiermilch, eine Blutwurst mit dicken Fettstükken und eine gekaute und gestärkte Rentierhaut. Als zusätzliches Geschenk hatte er ein Paar weicher Stiefel mit roten Schnüren bei sich. Pehto inspizierte die Geschenke mit der Teilnahmslosigkeit, die von ihm erwartet wurde, und wies sie zweimal zurück. Das dritte Mal fegte er sie beiseite und rief seine Frau – ein altes Weib, bereits jenseits der Vierzig – und trug ihr auf, sie wegzuschaffen.

»Für wieviele?« fragte er.

»Für mich und dich. Für den einäugigen Fremden und seinen Begleiter.«

Pehto dachte nach. Für ihn war es ein kurzer Moment, nicht der Macht – denn eine Zurückweisung von Piruusis Ansinnen kam nicht in Frage –, sondern der Aufmerksamkeit. Er entschloß sich, ihn nicht bis zur Neige auszukosten. Die Geschenke Piruusis waren in der Tat großzügig – so großzügig, daß Pehto wußte, daß ihn jemand dazu gezwungen hatte.

»Kommt, wenn der Himmel sich verdunkelt hat«, sagte der Schamane.

Piruusi verließ das Zelt ohne weitere Förmlichkeiten. Er wußte, was dem Schamanen – trotz all seiner Ansprüche, er könne in die Ferne und das Verborgene sehen – verborgen geblieben war: Der Einäugige war reich. Als Piruusi von ihm Entschädigung für die abgeschlachteten Rentiere gefordert hatte, hatte er ohne weiteres Aufhebens einen Goldring vom Arm gezogen und ihn ihm gereicht. Piruusi hatte zwar fast noch nie zuvor Gold – das gelbe Eisen, wie es sein Volk nannte – gesehen, war sich aber des Werts, dem ihm die Nordländer beimaßen, bewußt. Für einen Ring mit diesem Gewicht konnte er alles, was der Stamm besaß, kaufen, mit Ausnahme der Rentierherden.

Dennoch hatte der Fremde den Verstand nicht völlig verloren. Als Piruusi weitere Entschädigung für die beiden von Armbrustbolzen getöteten Männer forderte, deutete der Fremde nur wortlos auf die eigenen Toten. Piruusi war auch nicht das grausame Funkeln im Gesicht des riesigen Manns mit dem Schild und Schwert entgangen. Es war weiser, solche Männer, welche die Geister berührt hatten, nicht zu provozieren. Außerdem durfte er den geheimnisvollen Tod seiner Rentiere nicht außer Acht lassen. Piruusi war zumindest vorläufig zu dem Schluß gekommen, daß der Fremde ein mächtiger Schamane der Nordländer sein mußte, von einer Art, wie sie ihm bisher nicht begegnet war. Er mußte sich teilen und verschiedene Gestalten annehmen können. Als Bär mußte er die Rentiere getötet haben, während der Mensch vor ihm gestanden war.

Nach dem Trank des Sehens würden sie mehr wissen. Ungeduldig kehrte Piruusi in sein Zelt zurück und rief die jüngste seiner Frauen herbei, entschlossen, sich die Wartezeit so angenehm wie möglich zu vertreiben.

Shef inspizierte zusammen mit Hound ihr provisorisches Lager. Die beiden toten Rentiere waren innerhalb weniger Stunden verschwunden, als die hungernden

Männer und Frauen erst ein Feuer entzündeten und anschließend Streifen des frischen Fleischs darüber brieten. Die Nahrung stärkte sie soweit, daß sie Steine erhitzten, sie in hölzerne Töpfe legten und weiteres Fleisch kochten. Anfangs hatten sie das Fleisch noch fast roh hinuntergeschlungen. Shef erinnerte sich an den Rausch, der ihn beim ersten Bissen der frischen Leber übermannt hatte. Die Wirkung war fast so stark wie die von Winterale gewesen. Aber das war kein Wunder. Noch am Vortag, sinnierte er, hatte er nicht nur von Brot und Butter geträumt, sondern sich auch gefragt, warum er von Brands verrotteter Haileber nicht gekostet hatte.

»Was denkst du, wie geht es den Leuten?« fragte Shef.

»Es ist erstaunlich, wie schnell sie sich erholen«, sagte Hound. »Vor anderthalb Tagen hatte ich noch Angst um Udd. Er hat wenig Kraft. Ich dachte, daß wir ihn vielleicht genauso wie Godsibb verlieren würden, daß er einfach zu schwach ist, um eine weitere kalte Nacht zu überstehen. Jetzt, mit drei kräftigen Mahlzeiten im Bauch und nach einer Nacht an einem guten Feuer kann er wieder einen Tag lang marschieren. Eines macht mir allerdings Sorgen. Einige der Männer haben alte Wunden, die sich wieder öffnen – obwohl sie schon seit Jahren verheilt waren.«

»Wie kommt das?«

»Das weiß keiner. Aber es passiert immer am Ende des Frühlings, wenn die Leute zu lange nur von ihren eingelagerten Vorräten gelebt haben. Alle Heiler Iduns wissen, daß sich die Leute sofort erholen, wenn man ihnen frisches Gemüse gibt, Kraut, Knoblauch oder Zwiebeln. Brot nützt nichts.«

»Wir haben jetzt nicht Frühling. Der Winter hat gerade erst angefangen, und dazu noch früh.«

»Das ist wahr. Aber wie lange haben wir von Schiffsrationen gezehrt? Und was haben wir auf Hrafnsey gegessen? Viel getrocknetes Fleisch und getrockneten Fisch. Wir brauchen Frisches und müssen es roh essen. Ich glaube, rohes und halbgekochtes Fleisch, wie wir es gestern gegessen haben, hilft vielleicht. Wir können versuchen, noch mehr Fleisch zu bekommen, bevor wir die Minen des Weges erreichen. Und sie werden dort einen Vorrat an Kohl und Zwiebeln haben, selbst wenn er nur eingelegt ist.«

Shef nickte. Irgend etwas war daran merkwürdig. Es war, als ob Essen mehr als nur ein Stoff war, den man verbrauchte, und von dem man nur genug bekommen mußte. Dennoch hatte er noch nie von Kühen oder Schafen oder Hunden oder Wölfen gehört, die krank wurden, weil sie nur eine bestimmte Nahrung hatten. Er wechselte das Thema.

»Weißt du, was wir heute abend mit dem Häuptling der Finnen trinken werden?«

»Ich werde es wissen, sobald ich es sehe oder spätestens, wenn ich daran rieche oder davon probiere. Aber wenn es ein Seher-Trank ist, gibt es nicht soviele Möglichkeiten. Vielleicht ist es ein schwacher Aufguß des Bilsenkrauts, mit dem Ragnhild ihren Mann umbrachte, oder des tödlichen Bittersüß. Aber ich bezweifle, daß diese Pflanzen in dieser Einöde wachsen. Wahrscheinlich – nun, wir werden sehen. Aber ich muß dir eines sagen, Shef.«

Hound drehte sich um und blickte Shef ungewöhnlich ernst an. »Wir sind seit langem Freunde, und ich kenne dich gut. Du bist ein steifer Mann, der noch steifer geworden ist. Du bist jetzt in einem fremden Land, noch fremder als Haithabu, Kaupang oder Hrafnsey. Sie werden vielleicht Dinge von dir verlangen, die du für erniedrigend hältst. Aber sie wollen dir nichts antun. Wenn der Häuptling etwas macht, tust du es auch.«

»Was ist mit dir?«

»Ich bin ein Heiler. Es ist meine Aufgabe, dazusitzen und zu beobachten und dafür zu sorgen, daß dir nichts zustößt. Wenn sie es von dir erwarten, dann nimm einen anderen Mann mit, der mit dir trinkt. Aber tu, was sie von dir erwarten.«

Shef entsann sich eines Sprichworts aus ihrer gemeinsamen Jugend. Pater Andreas hatte es immer gesagt. »›Andere Länder, andere Sitten.‹ Meinst du das?«

»Man kann es auch anders sagen: ›Unter Wölfen mußt du lernen, wie ein Wolf zu heulen.‹«

Kurz darauf führte Shef mit der Lanze in der Hand Hound und Karli ins Lager der Finnen, kaum eine Viertelmeile von ihrem eigenen entfernt. Er verspürte eine gewisse Befreiung und Vorfreude, als ginge er zu einem der Trinkfeste seiner Jugend in Emneth und nicht zu einem unbekannten Ritual von Menschen, die ihn gerade erst zu töten versucht hatten. Er analysierte seine Gefühle und erkannte schließlich, warum. Es war die Befreiung von der übermächtigen Präsenz Cuthreds. Es stand offensichtlich außer Frage, ihn zu einem Treffen mit Fremden mitzunehmen, die ihn unabsichtlich provozieren konnten. Karli schien ebenfalls erleichtert. Er starrte den Finnen nach, die hin und wieder auf Skiern an ihnen vorbeifegten.

»Ein paar von ihnen müssen Frauen sein«, bemerkte er schließlich.

Shef führte seine Gefährten zu dem Zelt, das man ihm beschrieben hatte, dem Zelt des Zauberers. An einer Stelle war die Haut hochgeklappt, und ein verkrüppelter alter Mann winkte sie ins Innere des Zeltes, wo der Häuptling Piruusi bereits saß und sie erwartete. Der Anblick dreier Männer schien ihn zu verärgern.

»Nur zwei«, sagte er und hielt zwei Finger hoch. »Nicht genug für mehr.«

»Ich werde nicht trinken«, sagte Hound vorsichtig. »Ich sehe nur zu.«

Piruusi schien nicht beschwichtigt, aber er schwieg, als der alte Mann den Neuankömmlingen bedeutete, sich auf dem mit Häuten ausgelegten Boden niederzulassen. Er reichte jedem von ihnen einen Birkenholzrahmen als Rückenlehne. Dann verfiel der Schamane in einen eintönigen Sprechgesang und schüttelte von Zeit zu Zeit eine Rassel. Von irgendwo vor dem Zelt gesellte sich eine kleine Trommel dazu.

»Er ruft die Geister an, damit sie uns führen«, sagte Piruusi. »Wieviele Rentiere willst du für den Goldring an deinem anderen Arm? Ich gebe dir zwei. Zwei fette, auch wenn dir kein anderer Mann mehr als eines geben würde.«

Shef grinste und machte ein Gegenangebot. Drei ganze Silberpennies für drei Rentiere, und einer von ihnen sollte im Gegenzug für ihre Häute zurückgegeben werden. Piruusi, der mit Erleichterung vermerkte, daß sein Gast nicht völlig den Verstand verloren hatte, gackerte demonstrativ und versuchte es ein zweites Mal.

Als sie zu einer Einigung kamen – zehn Silberpennies und ein goldener Fingering für fünf Rentiere, Rückerstattung der Häute an den Verkäufer, und 20 Pfund Vogelfedern für ihre Schlafsäcke –, beendete Pehto sein Lied. Ohne weiteres Zeremoniell steckte er die Hand aus dem Zelt und nahm ein großes, dampfendes Gefäß entgegen, das ihm der unbekannte Trommler reichte. Er schöpfte vier große Becher aus ausgehöhlter Kiefer daraus, reichte jeweils einen davon an Piruusi, Karli und Shef und behielt den letzten für sich.

»Trinkt«, sagte er auf Nordisch.

Shef reichte seinen Becher wortlos an Hound, der sorgfältig daran schnupperte, einen Finger hineintauchte und ihn ableckte. Im selben Moment verschwand Piruusis gerunzelte Stirn. Endlich hatte er die Aufgabe des dritten Manns verstanden. Er war ein Vorkoster. Der Einäugige mußte ein Mann von großer Wichtigkeit sein, um einen solchen Diener zu haben.

»Es ist Wasser, in dem man einen Fliegenpilz gekocht hat«, sagte Hound.

»Kann ich es gefahrlos trinken?«

»Du ja, glaube ich. Du bist diese Dinge gewöhnt. Und ich wage zu behaupten, daß es auch Karli nicht schaden wird.«

Shef hob den Becher höflich in Richtung des Gastgebers und nahm einen tiefen Schluck. Die übrigen taten es ihm gleich. Shef registrierte, daß die örtliche Etikette offenbar diktierte, ein Drittel des Bechers zu leeren, innezuhalten, wieder zu trinken und innezuhalten und anschließend den Rest in einem Zug zu leeren. Die Flüssigkeit schmeckte scharf, abgestanden und leicht bitter: Nicht angenehm, aber besser als vieles, was ihm Hound eingeflößt hatte. Die Männer saßen einige Zeit schweigend da und hingen ihren Gedanken nach.

Shef spürte, wie seine Seele durch den Mund und aus seinem Körper hinaus stieg. Dann durch das Zelt, als ob es nicht greifbar wäre, und in die kalte Luft. Wie ein Vogel kreiste sie über dem dunklen Wald und den umliegenden Mooren. Interessiert registrierte Shef den halbgefrorenen See, der nicht allzuweit am anderen Ende des Walds lag: Cuthred hatte recht gehabt. Doch so sehr sein Verstand interessiert war, seine Seele war es nicht. Wie ein Blitz schoß sie davon, gen Westen. Als sie gedankenschnell Land und Meer überquerte, kehrte das Licht in die Welt zurück. An dem Ort, über dem sie schließlich zur Ruhe kam, war es noch Abend, nicht Nacht. Noch Herbst, nicht Winter.

Es war Haithabu. Shef erkannte den Grabhügel außerhalb der Mauern, auf dem er gesessen und die lang vergessene, furchtbare Niederlage miterlebt hatte. Aber die friedliche Atmosphäre, die Haithabu an jenem Tag erfüllt hatte, war verschwunden. Keine zufrieden pflügenden Bauern, keine rauchenden Schornsteine. Statt dessen erstreckte sich vor der Stadt ein großes Heerlager, und auf den Mauern standen Hunderte von Männern. Es war wie die Belagerung Yorks, die Shef vor zwei Jahren miterlebt und schließlich beendet hatte.

Doch zwei Dinge waren anders. Die Mauern waren aus Holz, nicht aus Stein wie die der Römer. Und den Verteidigern kam nicht in den Sinn, sich allein auf ihre Palisaden zu verlassen. Viele von ihnen waren vor der Stadt, verwickelten die Belagerer in Scharmützel, kämpften mit Schwert und Speer und Streitaxt, brachen aus Ausfalltoren hervor, überfielen die Angreifer und zogen sich entweder hastig oder triumphierend wieder hinter ihre Befestigungen zurück.

Dennoch, dämmerte es Shef langsam, lag dem Chaos ein Muster zugrunde. Und als er dies erkannte, wuchs in ihm die Überzeugung, daß er nicht die Vergangenheit oder eine mythische Begebenheit oder etwas, das vielleicht sein könnte, sah. Was er sah, geschah im selben Moment, in dem er im Zelt des Finnen saß. Es war eine Vision, aber eine Vision der Wirklichkeit, die keiner Interpretation bedurfte.

Die Belagerer rangen darum, Katapulte – Maulesel – auf der Anhöhe in Stellung zu bringen, auf der Shef gesessen hatte. Die Verteidiger versuchten, sie daran zu hindern. Ohne Erfolg, so schien es. Aber gleich darauf stellte sich heraus, daß sie nur auf Zeit gespielt hatten. Die ausgefallenen Verteidiger hörten ein Horn und zogen sich zurück. Auf den Mauern gegenüber der drei Maulesel der Angreifer standen sechs, zehn, ein Dutzend der simplen Zug-Katapulte, die Shef selbst erfunden hatte. Man hatte die Wehrgänge verbreitert und sie auf Plattformen aufgestellt.

Katapultmannschaften, jeweils acht Mann, drängten sich um die Maschinen und hielten die Seile. Die langen Wurfarme wurden herabgelassen, die Katapulthauptmänner lu-

den Steine in die Schlingen und zogen die Arme herunter. Dann zogen die Mannschaften im Gleichklang – oder nicht ganz im Gleichklang, wie Shef fachmännisch registrierte. Dazu waren die Nordländer zu eigensinnig –, die Wurfarme schossen hoch und die Schlingen wirbelten herum.

Ein Steinregen prasselte auf die Maulesel herunter. Jeder der Steine wog zehn Pfund und fiel von der Spitze eines 400 Schritt weiten Bogens herunter; genug Fallhöhe, um einen Helm in einen Schädel zu treiben und einen Schädel in den Hals. Aber die Steine schlugen nur um die Maulesel herum ein. Shef konnte sich noch gut an das Problem mit den Zugkatapulten erinnern: Es war einfach, mit ihnen in eine bestimmte Richtung zu zielen, aber sehr schwierig, die Länge eines Schusses zu steuern. Die Geschosse wurden geschnellt, nicht geworfen. Das genügte gegen eine große Armee, ganz besonders in Marschkolonne. Gegen ein Punktziel glich das Schießen mit den Katapulten dem Versuch, Steine in einen 60 Schritt entfernten Eimer zu schmeißen.

Shefs Wahrnehmung schien sich jetzt zu schärfen. Er erkannte den fetten aber formidablen König Horik, der ihn an den Weg verkauft hatte. Er stand auf der Palisade und trieb seine Männer an. Er trug einen silbernen Helm und hatte einen lackierten Schild am Arm. Und er schrie – in dem Zelt in dem weit entfernten Birkenwald grunzte Shefs Körper überrascht – Lulla an. Lulla, der ihm beim Gulathing davongelaufen war. Horik war also der Mann gewesen, der so hohe Preise für Experten zahlte.

Lulla versuchte, einen Maulesel in Stellung zu bringen und Edwi, der zweite Deserteur, einen weiteren einige Schritte weiter. Sie hatten Schwierigkeiten. Anders als die vergleichsweise leichten Zugkatapulte, die ihren Antrieb Muskelkraft zu verdanken hatten, waren die Maulesel aus schwersten Stämmen gefertigt, um den Aufprall des Wurfarms abzufangen. Es war schwierig, ein solches Geschütz auf eine Plattform zu schaffen, und selbst danach war es keine leichte Aufgabe, es zu bedienen. Aber sie hatten die

Maschinen auf ausscherende Beine gestellt, und die beiden Engländer rannten um sie herum und versuchten das zu vollbringen, was normalerweise eine achtköpfige Katapultmannschaft tat.

Sie würden zu spät kommen. Die Belagerer... Wer waren die Belagerer? Ein Gefühl nahenden Unheils übermannte Shef, als er sah, wie das Rabenbanner über das Schlachtfeld vorrückte, um es herum die drei Ragnarssons. Selbst aus dieser Entfernung schienen die merkwürdigen, in Weiß schwimmenden Pupillen Schlangenauges die Mauern und Verteidigungsanlagen zu durchbohren. Shef zuckte zusammen, als Schlangenauges Blick durch ihn hindurchzuschneiden schien. Die Brüder drängten ihre Männer schreiend vorwärts, sammelten sie für einen Angriff, denn sie wußten...

Ihre Maulesel schossen zuerst. Zwei von ihnen. Das Geschoß eines Zugkatapults hatte den dritten Maulesel direkt am Abzug getroffen, und die Mannschaft versuchte verzweifelt, das verbogene Metall wegzuziehen, ohne ihre gefallenen Kameraden zu beachten. Aber die beiden Geschütze genügten beinahe. Eines hielt tief und zielte sein Geschoß auf einen Erdwall am Fuß der Palisade, von dem es abprallte und knapp über die Mauer flog. Das zweite traf die Palisade mit voller Wucht und riß sofort eine drei Baumstämme breite Lücke. Die Sturmtruppen der Ragnarssons brandeten vor, wurden aufgehalten und wichen keuchend wieder zurück.

Lullas Maschine war jetzt schußbereit. Er rief zu König Horik, der etwas zurückschrie und ihn mit der flachen Klinge seines Schwertes auf die Schultern schlug. Lulla kauerte hinter dem Katapult und schrie Befehle, die seine Mannschaft zu verwirren schienen, und versuchte, Ausrichtung und Höhe abzustimmen. Dann, nach einem weiteren Schlag des schwitzenden Horik, drückte er den Abzug.

Ein Treffer! Shef hörte jubelnde Stimmen und fragte sich, ob seine eigene darunter war. Einer der Maulesel der Ragnarssons hatte sich unter der Einwirkung des Volltreffers in Trümmer aufgelöst. Um ihn herum lag seine Mannschaft am

Boden, gefällt von umherfliegenden Holzsplittern oder den Peitschenschlägen der plötzlich entfesselten Seile.

Edwis Maulesel schoß einen Moment später. Erst konnte Shef dem Flug des Steins nicht folgen, aber dann, als er sah, wie die Männer der Ragnarssons automatisch den Kopf einzogen, erkannte er, daß Edwi einen Fuß zu hoch gezielt hatte. Der Stein schoß über die Köpfe der Katapultmannschaft hinweg und schlug hinter ihnen in das Gras, ohne Schaden anzurichten.

Jetzt hatten die Ragnarssons die richtige Reichweite ausgetüftelt und ihren dritten Maulesel schußbereit. Shef verfolgte, wie die beiden Hauptmänner einander ansahen, ihre Arme hoben, um ihre Schußbereitschaft anzuzeigen, und sie dann gleichzeitig senkten und den Schießbefehl gaben. Sie hatten das gut gelernt. Wer hatte es ihnen beigebracht? Weitere Deserteure? Viele Männer hatten gelernt, wie die Maschinen funktionierten, sowohl in Shefs Armee, als auch in Ivars. Vielleicht steckten auch ihre ursprünglichen Konstrukteure dahinter, die schwarzen Mönche Yorks.

Shefs Seele verfolgte, wie die Steine durch die Luft taumelten, als bahnten sie sich ihren Weg durch Sirup. Er hatte Zeit, ihren Flug im Geiste zu verlängern, zu sehen, wo sie einschlagen würden, eine Warnung hervorzustoßen. Dann lief die Zeit wieder im üblichen Tempo ab. Er sah, wie die Steine die Stämme zerschmetterten, die Maschinen zur Seite schleuderten und das gesamte Gewirr aus Holz und Seilen und Steinen und Männern von den Plattformen fegten. Lulla lag auf dem Boden und blickte mit gebrochenem Arm hoch. Er versuchte auf die Beine zu kommen, während die fünfundzwanzig Zentner schwere Maschine auf ihn herabstürzte.

Shef wandte den Blick ab, als er den dumpfen Aufschlag hörte, das Brechen zerschmetterter Knochen. Edwi konnte er nicht sehen. Die Ragnarssons strömten direkt auf die Bresche in der Palisade zu. König Horik stand in ihrer Mitte mit erhobenem Schwert und rief seinen Männern zu, sie sollten ihm folgen. Hinter ihm versuchten andere Verteidiger, eine provisorische Barrikade zu errichten. Noch war die Schlacht nicht verloren …

Shef sprang in dem Zelt auf. »Die Krieger! Sie nehmen Haithabu ein!« schrie er. Dann erkannte er, wo er war. Erkannte, daß alle übrigen wach waren und ihn anstarrten. Er wischte sich den kalten Schweiß von der Stirn und murmelte: »Ich … ich habe eine Belagerung gesehen. In Dänemark …«

Piruusi schnappte das Wort ›Dänemark‹ auf und grinste. Er wußte, daß dieser Ort weit entfernt war. Dieser Mann war offenkundig ein großer Seher der Nordleute. Sein Geist flog weit.

»Was hast du gesehen?« fragte Shef Karli.

Die Miene des Dithmarschers war ungewöhnlich bekümmert. Er senkte den Blick und flüsterte: »Oh. Nur ein Mädchen.«

Der finnische Häuptling klatschte ihm auf den Rükken und grinste ihn fröhlich an. Er sagte etwas, das Shef nicht verstand, sagte es ein zweites Mal. Shef sah Hound fragend an.

»Er sagt, mußt du pissen?«

Shef registrierte, daß seine Blase ihn tatsächlich drückte. In dem Becher mußte mindestens ein Pint des sonderbaren Tranks gewesen sein, und seine Vision hatte mindestens eine Stunde lang gedauert.

»Ja«, sagte er. »Äh … wo?«

Der alte Mann hatte ein zweites Gefäß gebracht, ebenfalls aus ausgehöhlter Kiefer, aber größer als die Becher. Er stellte es auf den Boden, deutete einladend darauf und reichte ein weiteres an Piruusi, der sich aus seiner geschnürten Hose zwängte – angesichts ihrer Dicke keine einfache Angelegenheit. Shef fragte sich, ob es nicht wenigstens möglich war, nach draußen zu gehen. Aber vielleicht tat man das hier nicht. Vielleicht holte man sich fast im ganzen Jahr Frostbeulen, wenn man vor das Zelt trat. Frei von irgendwelchen Hemmungen folgten er und Karli dem Beispiel ihrer Gastgeber.

Der alte Finne nahm Piruusis Nachttopf, schüttete seinen Inhalt in Shefs Becher und streckte ihm die dampfende Flüssigkeit entgegen. Shef zuckte zurück und senkte die Hand. Beide Finnen ereiferten sich wütend in ihrer Muttersprache. Dann nahm der alte Pehto Shefs Nachttopf und Piruusis Becher und wiederholte den Vorgang. Piruusi nahm den Becher, hielt ihn hoch und trank demonstrativ ein Drittel der Flüssigkeit.

»Vergiß nicht, was ich dir gesagt habe«, bemerkte Hound leise. »›Unter Wölfen…‹ Ich glaube, damit zeigst du, daß du ihm vertraust. Du trinkst, was durch ihn ging, und er trinkt, was durch dich ging. Ihr teilt eure Visionen.« Piruusi verstand offenbar den Sinn von Hounds Worten und nickte nachdrücklich.

Shef verfolgte, wie Karli und Pehto ihre Becher austauschten und erkannte, daß ihm keine Wahl blieb. Langsam hob er den Becher, unterdrückte seinen Würgereflex, als ihm der strenge, animalische Geruch in die Nase stieg, und stürzte ein Drittel des Urins hinunter. Er setzte sich wieder und trank ein weiteres Drittel. Hielt dem Ritual folgend kurz inne und leerte den Becher bis zum letzten Tropfen.

Diesmal verließ seine Seele den Körper schneller, als wüßte sie bereits, was zu tun war. Sie schoß davon, aber diesmal führte ihn die Reise nicht in eine andere Jahreszeit und zu einer höher am Himmel stehenden Sonne. Sie schwebte in die Dunkelheit. Die Dunkelheit eines armen Dorfes. Shef hatte unzählige von ihnen gesehen, in Norwegen, in England, in Dithmarschen. Alle waren gleich, eine matschige Straße, einige dichtgedrängte Gebäude. Die Häuser in der

Mitte und an den Rändern, am Wald, Scheunen und Ställe für die Kühe und Schweine.

Er war in einer Scheune. Menschen knieten in einer Reihe auf dem nackten Boden. Seine eigene Kindheit sagte Shef, was sie taten. Sie empfingen die Kommunion der Christen, den Leib und das Blut ihres Gottes, der einst auch der seine gewesen war. Dennoch hätte Pater Andreas diese armselige Zeremonie niemals gutgeheißen, in einer Scheune voller Säcke mit nur zwei Kerzen. Ebensowenig wie Shefs Stiefvater Wulfgar. Für ihn war die Messe eine Gelegenheit gewesen, seine Pächter zu zählen, sicherzustellen, daß sich keiner von ihnen davongemacht hatte. Und wehe dem Pächter, der nicht erschienen war! Wulfgars Messe war ein öffentlicher Anlaß gewesen, aber diese schien beinahe verstohlen.

Der Priester war ein dünner Mann, in dessen Gesicht sich zahllose Härten eingegraben hatten. Shef erkannte ihn nicht. Aber hinter ihm, mit dem Weinkelch in der Hand, der den provisorischen Hostien folgen würde, stand der Diakon Erkenbert. Er war nur ein Diakon und durfte nicht die Messe lesen. Dennoch nahm er an ihr teil. Und auch das schien falsch, denn seine Herren, die Mönche Yorks, hätten es niemals zugelassen, daß einer der Ihren sich an einer derart heimlichtuerischen und schäbigen Zeremonie beteiligte.

Die Gläubigen waren Sklaven, erkannte Shef. Die meisten von ihnen trugen Eisenkragen um den Hals. Die, die keine trugen, waren Frauen. Arme Frauen, alte Frauen. So hatte die christliche Kirche begonnen, erinnerte sich Shef. Unter den Sklaven Roms, den Geächteten.

Einige der Gläubigen blickten ängstlich auf, als sie von draußen schwere Schritte und laute Stimmen hörten. Shefs Blick verlagerte sich. Draußen näherten sich ein Dutzend wütender Männer auf der Dorfstraße. Sie unterhielten sich lautstark. Sie sprachen mit einem schweren Akzent, der dem Guthmunds glich. Es waren also echte Schweden aus dem schwedischen Kernland.

»Sie stehlen meine Thralls von der Arbeit!« schrie einer von ihnen.

»Holen die Frauen herein! Wer weiß, wie ihr Liebesfest weitergeht?«

»Wir werden ihnen ihren Platz zeigen! Und auch diesem Zwerg von einem Priester! Er hätte einen Eisenkragen verdient!«

Der vorderste Mann rollte die Ärmel über die muskulösen Arme. Er hielt eine schwere Lederpeitsche in der Hand. Shefs Rücken zuckte bei dem Anblick zusammen.

Als die Schweden an die Tür der provisorischen Kirche gelangten, lösten sich zwei Gestalten von den Türpfosten. Männer in Rüstungen, mit schweren Helmen. In ihren Händen ruhten kurze Piken, aber sie trugen auch Schwerter an den Gürteln.

»Kommt ihr zur Kirche, um zu beten?« erkundigte sich einer von ihnen.

»Wenn das so ist, dann wirst du diese Peitsche nicht brauchen«, sagte der zweite.

Die Schweden zögerten und verteilten sich. Sie waren mit Ausnahme ihrer Messer unbewaffnet, da sie nicht mit Widerstand gerechnet hatten. Aber es waren große und wütende Männer, daran gewohnt, Befehle zu erteilen. Und sie waren ein Dutzend, sechs gegen jeweils einen der Fremden. Vielleicht würden sie einen Angriff versuchen.

Irgendwo in der Nacht bellte eine Stimme einen Befehl. Um die Ecke der Scheune bog ein Trupp in Rüstungen gekleideter Männer in Zweierreihe. Zu Shefs Verblüffung bewegten sich ihre Beine im perfekten Gleichschritt. So etwas hatte er noch nie zuvor gesehen. Wieder ertönte die bellende Stimme. Der Trupp hielt an und wandte sich den Schweden zu. Dann, nach einer kurzen Pause, trat die erste Reihe ohne weiteren Befehl vor. Machte einen, zwei, drei Schritte, bis die Spitzen ihrer Piken beinahe den Brustkorb des vordersten Schweden berührten. Dann blieben die Ritter reglos stehen.

Bruno, der Deutsche, den Shef in Haithabu gesehen hatte,

schlenderte aus der hintersten Reihe hervor. Wie üblich schien er belustigt und freundlich. In einer Hand hielt er eine Schwertscheide. Er zog die Klinge einige Fingerbreit heraus und stieß sie wieder zurück.

»Wißt ihr, ihr könnt in die Kirche kommen«, sagte er. »Wir wünschen uns das sogar. Aber ihr müßt euch benehmen. Und wenn ihr glaubt, ihr könntet nachsehen, wer dort ist, und es ihnen später heimzahlen …« Seine Stimme nahm einen schneidenden Klang an: »Das würde ich nicht dulden. Ein Mann namens Thorgisl hat das getan, nicht weit von hier.«

»Er verbrannte in seinem Haus«, sagte einer der Schweden.

»Ja. Er verbrannte zu Asche. Aber, wißt ihr, kein anderer Angehöriger seines Haushalts wurde verletzt und seine Thralls entkamen. Das muß Gottes Hand gewesen sein.«

Brunos gute Laune war plötzlich verflogen. Er schleuderte das Schwert zu Boden und trat vor den vordersten der Schweden, der noch immer die Peitsche hielt.

»Wenn du nach Hause gehst, du Schwein, dann wirst du sagen ›Oh, sie hatten Waffen und wir nicht‹. Nun, du Schwein hast ein Messer, und ich auch.« Eine huschende Bewegung später hielt Bruno ein langes, einschneidiges Messer mit Messinggriff in der Hand. »Oh, und du hast eine Peitsche. Wieso binden wir nicht einfach unsere Handgelenke zusammen, und ich bringe dir das Tanzen bei?«

*Bruno starrte den großen Mann mit einer verzerrten Miene, die Cuthred würdig gewesen wäre, an und langte nach seinem Arm. Aber der große Schwede hatte genug. Er murmelte etwas, das keiner der Anwesenden verstand, und ging rückwärts, die dunkle Straße hinunter. Die übrigen folgten ihm und wagten erst in sicherer Entfernung die ersten trotzigen Worte. Hinter ihm schmetterte plötzlich ein Lied aus der Scheune, die jetzt eine Kirche war. Shef erkannte weder das entstellte Latein noch die Melodie, aber die deutschen Ritter strafften sich noch mehr und stimmten ein. »*Vexilla regis prodeunt… *Des Königs Fahnen wehn voran …«*

Und in einer nicht so weit entfernten Halle saß ein irdischer König mit einer Krone auf seinem geflochtenen, blonden Haar und lauschte einigen reich gekleideten Männern. Sie hielten merkwürdige Dinge in den Händen, Rasseln und die getrockneten Penisse von Pferden und polierte Totenschädel.

»...keinen Respekt vor den Göttern«, schrien sie. »Das bringt dem Land kein Glück. Die Christen ziehen frei umher, niemand tötet sie. Die Heringe sind fortgezogen, die Ernte war schlecht, und der Schnee hat früher eingesetzt als seit Menschengedenken. Handle oder ende wie der närrische König Orm!«

Der König hob die Hand. »Was muß ich tun?«

»Bring das große Opfer dar. Das wahre Opfer in Uppsala. Nicht neun Ochsen oder neun Pferde oder neun Hunde, sondern die Schlimmsten deines Reiches. Das Gift. 90 Männer und 90 Frauen mußt du am Heiligen Baum aufhängen, und noch mehr müssen auf dem Platz davor verbluten. Aber nicht alte, verbrauchte Sklaven, die du billig gekauft hast. Nein, die Übeltäter. Christen und Hexen und Zauberer und Finnen und die betrügerischen Priester des Weges! Häng sie hoch, und die Gunst der Götter ist dir sicher. Laß sie leben, und wir werden den Eiriksgata *noch einmal begehen.« Der Weg des einen Königs, erinnerte sich Shef an Hagbarths Erzählungen. Die Straße, die jeder gehen mußte, der König der Schweden sein wollte. Dort trotzte er seinen Herausforderern. Dieser hier mußte sie gegangen sein.*

»Nun gut«, grollte die Stimme des Königs. »Hört, was ich tun werde...«

Vor dem Palast sah Shef den mächtigen Umriß des großen Heidentempels in Uppsala. Zerklüftete Schicht um Schicht wuchs er in die Höhe, Drachenköpfe an jeder Ecke, phantastische Schnitzereien aus dem Zeitalter der mythischen Könige an den Toren. Und davor die heilige Eiche, an der die Schweden seit tausend Jahren ihre Opfer darbrachten. Leise ächzend vom Wind bewegt, baumelten Bündel von seinen Zweigen. Männer, Frauen, Hunde, ja sogar Pferde. Sie hin-

gen dort, bis sie verrotteten und herunterfielen, mit leeren Augenhöhlen und entblößten, grinsenden Zähnen. Ein heiliger Gestank lag über dem ganzen Ort.

Shef war wieder zurück im Zelt, sein Blick klärte sich. Diesmal sprang er nicht auf, zu groß waren seine Erschöpfung und sein Schrecken.

»Was hast du gesehen?« fragte Piruusi. Er wirkte ebenfalls mitgenommen, als hätte er etwas gesehen, das er lieber nicht gesehen hätte, aber er war auch neugierig.

»Tod und Gefahr. Für mich und für euch. Von den Schweden.«

Piruusi spuckte auf den Boden. »Schweden sind immer gefährlich. Aber nur, wenn sie uns finden. Hast du das auch gesehen?«

»Wenn ich sie sehe, sage ich es dir.«

»Mußt du wieder pissen?«

»Nicht noch einmal.«

»Doch, noch einmal. Du bist ein großer – großer *spamathr*. Trink, was durch unseren *spamathr* ging.«

Was heißt das in unserer Sprache? fragte sich Shef benommen. Vielleicht meint er einen Seher? Und dann sah Shef etwas. Gegen seinen Willen erschien vor seinem geistigen Auge die Hälfte eines Menschen, die wie eine Speckseite in einer Räucherkammer hing.

Er kämpfte sich auf die Beine und stellte sich über den Nachttopf.

Die beiden letzten Dinge, die er gesehen hatte, waren ›jetzt‹ gewesen, das wußte er. Nicht ›hier‹ in dem Sinn, daß sie sich beim Zelt des finnischen Zauberers zugetragen hatten, sondern ›hier‹ in dem Sinn, daß sie sich auf derselben Welt zugetragen hatten. Seine Seele hatte auf ihr nur den Ort gewechselt.

Diesmal war er an einem Ort, an dem es kein ›hier‹ und

›jetzt‹ gab. Er war in einer anderen Welt. Es fühlte sich an, als ob er unter der Erde an irgendeinem lichtlosen Ort wäre, aber von irgendwoher kam ein Lichtschimmer. Er schien über eine immense Bogenbrücke zu laufen, darunter donnerte ein Fluß. Jetzt ging er den Bogen hinunter, und etwas verstellte ihm den Weg. Keine Mauer, nein, ein Gitter.

Gesichter drückten sich gegen die Stangen und beobachteten ihn; Gesichter, die er nicht sehen wollte. Er ging weiter. Wie er befürchtet hatte, war das erste das Ragnhilds, verzerrt und haßerfüllt. Sie überschüttete ihn mit bitteren Worten und riß an dem Gitter, als wollte sie sich auf ihn stürzen. Aber dieses Gitter würde keiner menschlichen Hand nachgeben, ganz gleich, ob der eines Toten oder eines Lebenden. Aus der Brust der Königin tropfte dickes Blut.

Neben ihr stand der kleine Junge mit fragenden Augen. Er schien Shef weder zu hassen, noch zu erkennen. Plötzlich entwand er sich einer dritten Gestalt, die ihn an ihre magere Brust ziehen wollte. Es war die alte Königin Afa, einen Strick um ihren Hals.

Was haben sie mir zu sagen, fragte sich Shef. Daß ich sie getötet habe? Das weiß ich.

Die Geister rückten jetzt vom Gitter ab, nur zögerlich und wütend, als ob man sie dazu zwänge. Eine weitere Gestalt kam, eine Frau. Shef erkannte das abgehärmte Gesicht, erst vor zwei Tagen hatte er den Schnee von ihm abgewischt. Es war Godsibb, die unbemerkt gestorben war. Ihr Gesicht war immer noch müde, aber es schien weniger faltig als zuvor, friedvoller. Sie wollte ihm etwas sagen. Ihre Stimme war wie das Zwitschern einer Fledermaus, und er beugte sich vor, um ihr zu lauschen.

»Geh weiter«, sagte sie. »Geh weiter. Ich bin hier, in der Totenwelt, weil ich dir gefolgt bin. Aber ich wäre sowieso hierhergekommen. Wenn ich dir nicht gefolgt wäre, wäre ich jetzt eine Sklavin – die Sklavin von diesen hier.« Sie deutete mit einem Nicken in Richtung der entschwindenden Geister der Königinnen. »Das blieb mir erspart.«

Die Stimme schwand dahin und mit ihr die Brücke und die Dunkelheit. Shef fand sich wieder im Zelt, Tränen rannen ihm über die Wangen. Obwohl ihm die Vision kurz erschienen war, war er als letzter erwacht. Die anderen sahen ihn an, Hound besorgt und Karli kameradschaftlich. Die beiden Finnen schienen zufrieden, ja erfreut, als ob seine Gefühle ihn als Menschen auswiesen, als einen der Ihren.

Shef erhob sich langsam, murmelte einige Worte und nahm seine Lanze an sich. Auf ihrer Spitze schimmerte Frost, aber ihr Gewicht schien ihn zu beruhigen. Die drei Männer gingen in die eiskalte Nacht und in den dunklen Birkenwald.

Als sie knirschend durch den Schnee zu ihrem Lagerfeuer marschierten, sagte Shef zu seinen Begleitern: »Wir müssen Godsibb und die übrigen anständig begraben. Wir dürfen sie nicht verbrennen oder in einem Baum aufhängen. Wir werden unter den Feuern graben, dort ist der Boden aufgewärmt. Wir nehmen Steine aus dem Bachbett und häufen sie über ihren Gräbern auf.«

»Haben die Toten davon irgend etwas?« erkundigte sich Hound.

»Ich glaube schon.«

KAPITEL 27

Zwei Nächte und einen Tag später war die Gruppe abmarschbereit. Es war ein strahlender, windstiller Tag mit nur wenig Schnee. Shef wäre nur zu gerne bereits am Vortag aufgebrochen, aber Hound hatte sein Veto eingelegt.

»Einige von uns sind zu schwach«, hatte er in scharfem Ton gesagt. »Hetz sie jetzt weiter, und morgen früh werden noch mehr von ihnen nicht aufwachen, wie Godsibb.«

Shef, den die Erinnerung daran quälte, wie das Mädchen ihn durch das Gitter der Unterwelt forschend gemustert hatte, gab widerwillig nach. Doch noch während er unter den ungläubigen Blicken der Finnen Steine aus dem eiskalten Bachbett wuchtete, hallten ihre Worte immer wieder in seinen Gedanken nach: »Geh weiter.«

»Ich muß weg aus dieser Einöde«, beschwor er Hound. »Ich habe dir gesagt, daß ich die Krieger vor Haithabu sah. Vielleicht ist die Stadt schon gefallen, und die Ragnarssons werden noch reicher und mächtiger sein. Bei dem Tempo, mit dem wir vorankommen, wird Sigurth König von ganz Dänemark sein, bevor wir irgendwohin gelangen.«

»Und ist es unsere Pflicht, ihn aufzuhalten?« Hound sah seinen Freund nachdenklich an. »Nun, vielleicht ist es das wirklich. Aber du kannst ihn nicht von hier aus aufhalten. Wir können nur so schnell wie möglich marschieren.«

»Glaubst du, daß meine Visionen wahr sind?« fragte ihn Shef. »Oder ist es nur dieser Trank, der genauso wie Bier und Met Menschen dazu bringt, sich für stärker zu halten als sie es sind? Vielleicht sind all meine Visionen – vielleicht sind Vigleiks Visionen und alles, was der Weg sieht, nur eine Art Täuschung, eine Art Rausch.«

Hound zögerte, bevor er antwortete. »Das könnte sein«, gab er zu. »Aber ich sage dir eines, Shef. Diesen Fliegenpilz, den roten mit den weißen Flecken, den man über Wände streicht, um die Fliegen fernzuhalten, würdest du nicht zufällig essen. Doch es gibt auch andere Pflanzen, die manchmal zwischen dem Getreide wachsen und mit ihm geerntet werden. Vielleicht kommen sie irgendwie ins Brot. Oder in die Grütze. Besonders, wenn man das Korn feucht gelagert hat.«

»In englischen Speichern ist es immer feucht«, sagte Shef. »Wieso haben dann nicht alle Leute ständig solche Visionen?«

»Vielleicht haben sie welche, wagen es aber nicht, davon zu erzählen. Aber wahrscheinlich bist du nur empfänglicher für solche Dinge. Gestern Abend hast du nicht mehr als Karli oder die Finnen getrunken, aber auf dich schien der Trank viel länger zu wirken. Und weil du so empfänglich bist, erscheinen die Götter vielleicht nur dir. Oder vielleicht hatten die Götter ihre Gründe, nur dir diese Schwäche zu geben.«

Shef, der nichts für unbeweisbare Spekulationen übrig hatte, schüttelte den Gedanken ab. Statt dessen konzentrierte er sich darauf, die übrigen zur Arbeit anzuhalten, trotz des Rasttags, den Hound ihnen verordnet hatte.

Als sie schließlich ihre Toten begraben und in jedem Rucksack gekochtes Fleisch verstaut hatten, machten sie sich auf die Weiterreise. Shef, der sich an den See in seiner Vision erinnerte, führte sie sicher durch die Birken. Der See war an der Stelle, an der er ihn erwartet hatte, und erstreckte sich so weit das Auge reichte – eine perfekte natürliche Wasserstraße. Er war noch nicht gefroren, würde sich aber bald in Eis verwandeln, wenn der kühle Herbst dem Winter Platz machte.

Doch ihnen fehlten Boote. Shef hatte die Idee, leichte Boote aus Rinde zu bauen, wie es die Finnen taten. Ein erster Versuch zeigte, daß keiner der Gruppe auch nur die geringste Vorstellung davon hatte, wie man das anstellen konnte. Die Finnen, die hin und wieder auf Skiern vorbeiglitten, um nach den Fremden zu sehen, zuckten nur verständnislos die Achseln. Viele Angehörige der Gruppe waren geschickte Handwerker, die – hätte man ihnen die Zeit gegeben – aus dem Holz sogar ein Schiff hätten bauen können. Aber bis dahin wären sie längst alle verhungert gewesen.

Sie marschierten weiter und blieben dabei solange wie möglich zwischen den Birken, um sich vor dem Wind und dem Schnee zu schützen. Nach einem weiteren Tag endeten sowohl See als auch Wald, und vor ihnen erstreckte sich nur noch das gewaltige flache, schneebedeckte Moor. Neunzehn Augenpaare musterten Shef, als er ihre Aussichten überdachte. In allen außer Cuthreds schimmerten Zweifel und Unsicherheit.

Mit ruhiger Stimme befahl Shef, in den schützenden Wäldern ein Lager zu errichten und ihre bereits dahingeschmolzenen Vorräte zu kochen. Er winkte dem Finnen zu, der sich nie weit von ihnen zu entfernen schien, und sagte zu ihm nachdrücklich: »Piruusi. Hol Piruusi!«

Schließlich glitt der Häuptling aus der Dunkelheit. Der Wind und der Schnee schienen ihn so wenig zu stören, als wenn es ein Frühlingstag in Hampshire gewesen wäre. Mit einem verschlagenen Grinsen auf den Lippen ließ sich Piruusi zu einer genüßlichen Nacht des Handelns nieder.

Die beste Lösung war, Shefs gesamte Gruppe zu Skiläufern zu machen, Skier herzustellen und zu den Minen des Weges aufzubrechen, die sich vielleicht 60 oder schlimmstenfalls 100 Meilen flußabwärts befanden – falls sie Piruusis Angaben trauen durften, was sie zumindest in diesem Fall wahrscheinlich konnten. Doch lange bevor sie diesen Vorsatz hätten in die Tat umsetzen können, wären sie längst verhungert gewesen. Nachdem Shef sich schließlich heiser gehandelt hatte, einigte man sich auf soviele Skier, wie die Finnen entbehren konnten, sowie vier Rentierschlitten für die übrigen Angehörigen der Gruppe. Shef kostete das seinen zweiten goldenen Armreif, weitere 20 Silberpennies und vier gute Holzäxte aus Eisen. Und er hätte noch mehr gezahlt, wenn Cuthred sich nicht eingemischt hätte.

»Macht ihr selbst Eisen?« fragte Shef, als sie um die Äxte feilschten.

Piruusi signalisierte heftig nein.

»Mit was habt ihr dann geschnitten, bevor die Nordleute kamen?« hakte Shef nach.

»Mit diesen hier«, sagte Cuthred, der neben dem Feuer saß. Er zog eine Steinaxt aus der Jacke, einen bearbeiteten Feuerstein, zu groß selbst für Cuthreds mächtige Hände. Es war die Axt eines Riesen, wie es schien ein Geschenk Echegorguns.

Furcht leuchtete in Piruusis Augen auf bei ihrem Anblick, und er entsann sich der merkwürdigen Mächte, mit denen diese Fremden im Bunde waren. Er ließ vom Feilschen ab und kam schnell zum Abschluß. Am nächsten Morgen trafen Schlitten und Skier ein, und Shef machte sich an die mühsame Arbeit, darüber zu entscheiden, wer was tun sollte, wer die stärksten, wer die lernfähigsten der Gruppe waren. Er achtete genau darauf, daß nicht nur die Schwächsten in den Schlitten fuhren, denn sie trugen seine Gold- und Silberreserven. Er hatte ebenso sorgfältig darauf geachtet, daß die Finnen nie erfuhren, wieviel er wirklich besaß. Er mochte Piruusis Zechbruder sein, sogar sein Pissbruder, wenn es so etwas gab, aber er war sich sicher, daß nichts davon den Finnen gegen die Versuchung stählen würde.

Der frühe Wintereinbruch hatte die Mine der Wegmänner tief in der schwedischen Finnmark überrascht, sie aber nicht besonders beunruhigt. In dem Vorposten waren ein Dutzend Männer und noch einmal halb soviele Frauen, vier Priester des Weges, sowie Lehrlinge und Arbeiter. Sie hatten ausreichende Vorräte und viel Arbeit, die sie beschäftigt hielt. Während des Sommers gruben sie nach dem Erz, im Winter verhütteten sie es und machten Handelsgüter daraus, Roheisen oder solche Dinge wie Axtklingen, die man leicht transportieren konnte. Sie hatten ihre Werkstätten an einem Ort errichtet, von dem aus sie jederzeit gute Verbindungen hatten: Über das Wasser, wenn der Fluß nicht gefroren war, und in der übrigen Zeit über eine einfache Straße, auf der sie ihr Metall mit Skiern und Schlitten transportierten. Sie waren sowohl was Brennstoff als auch was Nahrung anging gut auf den Winter vorbereitet. In der Tat verbrachten sie einen ansehnlichen Teil ihrer Zeit im Winter damit, Holzkohle in den Wäldern zu brennen, die sich dort aus dem Moor erhoben, wo das Land langsam in Richtung Meer abfiel.

Als der Lehrling Egil ihm zurief, daß Fremde aus dem Westen kämen, war Herjolf, der ranghöchste der Priester, zwar überrascht, aber nicht beunruhigt. Es mußten Finnen sein. Es gab hier sonst niemanden. Bald würde er erfahren, was sie wollten. Dennoch befahl er die Arbeit einzustellen. Die Männer griffen nach ihren Waffen, viele von ihnen nach den neuartigen Armbrüsten, die im vorigen Jahr aus England gekommen waren. Er war sich sicher, daß der schwedische Stahl aus ihnen die besten Waffen der Welt machte. Weit besser als das englische Modell, das ihm sein Freund Hagbarth als Vorbild gegeben hatte.

Seine Männer verbargen sich, um ihm Schutz zu geben, während er verfolgte, wie die schwarzen Punkte über den Schnee glitten. Es waren doch keine Finnen, stellte er fest. Einige von ihnen waren annehmbare Skiläufer, andere erstaunlich unbeholfen, aber selbst den besten von ihnen ging die mühelose Leichtigkeit der Finnen ab. Dennoch mußten zumindest die Schlitten den Finnen gehören. Sie wurden fachmännisch gelenkt, wenn auch so bedächtig, als brächten sie eine Schar Großmütter zu einem Begräbnis.

Herjolfs fragender Gesichtsausdruck verwandelte sich in eine ungläubige Grimasse, als der führende Skiläufer beschleunigte, sich von der Gruppe löste und auf ihn zuschoß. Vom Schnee rot unterlaufene Augen sahen ihn aus der Wildnis eines ungepflegten Barts an.

»Guten Tag, Herjolf«, sagte das Gespenst. »Wir kennen uns. Ich bin Thorvin, wie du selbst ein Priester Thors. Ich würde dir meinen Anhänger zeigen, wenn ich ihn unter meinen Kleidern hervorziehen könnte, und mein weißes Gewand, wenn es nicht unter mehreren Schichten von Fellen verborgen wäre. Aber ich appelliere an dich als einen Gefährten des Weges, uns zu helfen. Wir haben dem Weg Asgards gut gedient und haben eine schwere Reise hinter uns gebracht, um euch zu finden.«

Als die Schlitten und die langsameren der Skiläufer herangitten, oder besser herankrochen, befahl Herjolf seinen Männern, die Waffen niederzulegen und den Neuankömmlingen zu helfen. Die Männer und Frauen kletterten steifgefroren aus den Schlitten, luden ihre Rucksäcke aus und sahen sich ungläubig um. Einer der Skiläufer schien mit den finnischen Schlittenführern zu flachsen und zahlte sie schließlich aus. Als sie mit knallenden Peitschen auf die ungestüme Art davonrasten, die ihnen Shef die letzten drei Tage untersagt hatte, humpelte er zu den Priestern herüber.

»Das ist Shef Sigvarthsson«, stellte Thorvin den einäugigen Mann vor. »Du wirst viele Geschichten über ihn gehört haben.«

»Das habe ich tatsächlich. Und jetzt sag mir, Thorvin, was macht ihr alle hier? Woher kommt ihr? Und was erwartet ihr jetzt von mir?«

»Wir kommen von der Küste Norwegens«, sagte Shef. »Und sind auf dem Weg zur Küste Schwedens, wo wir ein Schiff nach England nehmen wollen. Oder vielleicht auch nach Dänemark. Das kommt auf die Nachrichten an, die du uns vielleicht geben kannst.«

Hagbarth, der Priester Njörds, erschien an Herjolfs Seite. Shef sah ihn mit erschöpfter Überraschung an. Seit seiner Flucht aus Kaupang hatten sie einander nicht mehr gesehen. Doch wenn Hagbarth in Angelegenheiten des Weges in Haithabu erscheinen konnte, war es nur natürlich, ihn auch an anderen Orten anzutreffen, selbst hier, hundert Meilen im Landesinnern. Die Priester Njörds waren bevorzugte Boten und Gesandte. Shef fragte sich, was mit Hagbarths Schiff, der *Aurvandill*, geschehen war, das ihn von Haithabu nach Kaupang gebracht hatte.

»Es gibt keinen Mangel an Nachrichten«, sagte er. »Ob du, nachdem du sie gehört hast, nach Dänemark oder nach England weiterziehen willst, ist eine andere Frage. Mir scheint, daß deine Ankunft in Haithabu und anschließend in Kaupang einen Aufruhr auslöste, der sich seitdem nicht mehr gelegt hat. Ich hoffe, du hast nicht mehr davon mitgebracht.«

»Wir werden sobald wie möglich aufbrechen«, sagte Shef. »Und du solltest nicht vergessen, Hagbarth, daß ich nicht auf eigenen Wunsch nach Kaupang gekommen bin, Aufruhr hin oder her. Du hast mich dorthin gebracht. Wenn du meinen Wünschen entsprochen hättest, wäre ich von Haithabu nach Hause gesegelt.«

Hagbarth nickte zustimmend, dann ergriff Thorvin wieder das Wort. »Wirst du uns dann eine Zeitlang Unterschlupf gewähren, Herjolf? Wir sind alle Gefolgsleute des Weges, wie du sehen wirst, wenn wir drinnen sind.«

Herjolf nickte ebenfalls. »Ein paar von euch habe ich wiedererkannt.« Er deutete auf Udd. Der Ex-Sklave hatte sofort die Schornsteine einer Eisenwerkstatt identifiziert. Jetzt stand er gebannt da und starrte in das rote Glühen der Essen der größten Schmiede, die er je gesehen hatte.

»Dieser da hat eure Armbrüste erfunden«, sagte Shef. »Er scheint ein *skraeling*, doch manche würden behaupten, er wäre der Mann, der den König der Franken und all seine Ritter besiegt hat.«

Herjolf musterte den schmächtigen Udd mit neuem Respekt. »Ihr seid uns willkommen«, sagte er. »Aber wie ihr ausseht, bezweifle ich, daß viele von euch bald weiterreisen können. Seht euch nur den hier an!«

Cuthred, der die letzten Tage unbeholfen aber klaglos auf Skiern verbracht hatte, zog an seiner Hose und versuchte sie herunterzurollen. Plötzlich schwankte er, lediglich pure Willenskraft schien ihn noch aufrecht zu halten. Shef, der ihm zur Hilfe eilte, sah einen Flecken dunklen Blutes, der die dicken Wollschichten durchtränkte.

»Es ist diese Krankheit, von der ich dir erzählt habe«, sagte Hound. Er zog Cuthred die Wolle aus, während Shef und Thorvin den großen Mann stützten. »Seht ihr die Wunde, die ihm Vigdjarf zugefügt hat?

Sie war wie durch Zauber verheilt, aber jetzt ist sie wieder aufgebrochen. Kommt, schaffen wir ihn nach drinnen. Er wird viele Tage nicht weitermarschieren können. Und falls es hier keinen Vorrat an Gemüse gibt, wird er nie wieder gehen.«

Der schlechte Zustand von Shefs Gefährten wurde offenbar, nachdem man sie nach drinnen geführt hatte und ihnen die Kleider auszog, die sie seit Wochen ohne Unterlaß getragen hatten. Es war die Krankheit, die ein späteres Zeitalter Skorbut nennen würde: Eine Krankheit der langen Reisen und der getrockneten Nahrung. Die Symptome waren offensichtlich. Lange verheilte Wunden öffneten sich wieder, Zähne lockerten sich, übler Mundgeruch setzte ein, und dazu kamen eine allgemeine Mattigkeit und düstere Gemütslage. Die Krankheit war den Bewohnern des hohen Nordens vertraut, aber man erwartete sie im späten Frühling, nach den langen Monaten in den Hütten und der immergleichen Nahrung aus gesalzenem Hering und eingelagertem Getreide. Licht und Sonne bedeuteten die Heilung, behaupteten manche. Frische Lebensmittel, sagten andere. Doch normalerweise kamen die beiden Dinge zusammen. Diesmal, legte Hound dar, hatten sie die Chance, es genau herauszufinden, denn es bestand keine Aussicht auf Licht und Sonne – aber Lauch, Zwiebeln, Knoblauch, Erbsen und Bohnen waren zur Hand. Wenn sich der Zustand der Kranken besserte, dann war die Nahrung das Gegenmittel. Was bewies, daß in mancher Nahrung Dinge enthalten waren, die es in anderer nicht gab. Eines Tages würde es einem wahren Priester des Weges gelingen, diese Dinge herauszuziehen und sie zum Nutzen aller zu trocknen und zu lagern.

Aber nicht in diesem Jahr, erklärte Herjolf. Sie hatten keine Chance weiterzuziehen. Als Herjolf, Hagbarth,

Thorvin und Hound geschlossen Shef mit dieser Tatsache konfrontierten, saß er eine Zeitlang schweigend da. Seit seiner ersten Begegnung mit Echegorgun hatte er einen unbändigen Drang verspürt herumzuwirbeln, seine Verfolger anzugreifen, zu handeln anstatt zu reagieren. Wochenlang hatte ihn nur sein Verlangen danach zum eigentlichen Geschehen vorzudringen weitergetrieben. Er hatte genug davon, vom Rand aus den Dingen zuzusehen. Und seine Vision von den Ragnarssons vor Haithabu und König Horik in der Bresche seiner Palisade hatte sein Verlangen nur noch gesteigert.

Gleichzeitig war die Idee, an Ort und Stelle – in der Wildnis, aber doch in Häusern, unbemerkt, aber nicht verschollen – zu bleiben, höchst verführerisch. Geduldig erklärten die Priester ihm die Lage. Sie hatten Vorräte und konnten noch weitere beschaffen. Die Straße war gut begehbar, außer bei schlechtestem Wetter. Und sobald der Fluß ganz zugefroren war, konnte man mit Schlitten auf ihm hinunterfahren. In passabler Entfernung gab es Ackerland mit einem Überschuß an Getreide und Fleisch und vielen anderen Lebensmitteln. Niemand würde Verdacht schöpfen, wenn die Priester des Weges mehr als üblich einkauften. Man würde glauben, daß sie sich verkalkuliert hatten oder die Lebensmittel für den Tauschhandel mit den Finnen brauchten.

»Und ihr könnt euch hier nützlich machen«, fügte Herjolf hinzu. »Euer kleiner Mann Udd ist nicht aus der Schmiede herauszubringen, und er weiß eine Menge. Und dazu hat er sich viel beigebracht. Hast du gesehen, wie er es geschafft hat, gehärteten Stahl herzustellen? Er sollte ein Priester des Weges sein...« Beim Gedanken daran, daß dem dürren Engländer diese Würde zuteil werden könnte, mußte Herjolf bellend lachen. Dann fuhr er ernster fort: »Nun, wenn er auf den Gedanken kommt, wäre ich bereit, für ihn Pate zu stehen. Er redet bereits von Mühlrädern und anderen Geräten, von riesigen Hämmern, um das Eisen durch Maschinen statt durch Muskelkraft auszuhämmern. Wenn nur ein Zehntel von dem, was er sagt, wahr ist, wird allein seine Anwesenheit alle unsere Kosten für euch aufwiegen. Also bleibt. Thorvin sagt mir, du wärst auch ein Schmied und auf der Suche nach neuem Wissen. Du und Udd, ihr beide könntet nachdenken, die übrigen könnten Holzkohle herstellen oder die Blasebälge bedienen. Und im Frühjahr kannst du dein Schicksal suchen. Hagbarths Schiff liegt hier im Bootshaus. Es wird dich schneller befördern als jedes andere.«

Shef nickte. Er war erleichtert, aber gleichzeitig wuchs in ihm die Erregung. Zeit, nachzudenken. Zeit, Dinge auszuprobieren ohne die frenetische, peitschende Hast am Morgen vor der Schlacht, die bisher sein Schicksal gewesen war. Zeit, Pläne zu schmieden. Die Chance, einen Zug dann zu machen, wenn er bereit war, und seine Gegner nicht. Natürlich hätten auch seine Feinde einen Winter, um ihre Vorbereitungen zu treffen und stärker zu werden. Aber vielleicht ahnten sie nicht, daß er kommen würde.

Er erinnerte sich an die Worte des Gefangenen Svipdag. Wie hatten sie gelautet? »Der Mann, der dem trotzen könnte, was dich erwartet, bräuchte eine eiserne Haut.« Er hatte sie böswillig hervorgestoßen, ihm Angst einjagen wollen, aber im Nordischen gab es ein Sprichwort, das Thorvin oft zitierte. »Jemand wird die Worte des Schicksals sprechen.« Vielleicht war Svipdag ein Bote des Schicksals. Eine eiserne Haut. Er würde sehen.

Shef, der vorsichtig mit seinen lockeren Zähnen an den Erbsenschoten kaute, die Hound ihm aufgedrängt hatte, nickte erneut. »Wir werden bleiben, Herjolf. Ich danke dir für dein Angebot. Und ich verspreche dir, niemand wird sich auf die faule Haut legen. Im Frühjahr wird vieles anders sein.«

Bald darauf rauchten die Schornsteine, unablässiges Klirren und Hämmern hallte über den Schnee, Männer fuhren auf Skiern hinaus, um Holz für neue Hütten einzuschlagen, und transportierten Eisen auf Schlitten, um es gegen Lebensmittel und Bier zu tauschen. Die vorbeiziehenden Finnen schüttelten verwundert den Kopf, als sie der unablässigen Aktivität gewahr wurden. Dies war die Zeit, in der die Nordleute für gewöhnlich schliefen.

Tief im Süden marschierte die Armee der Ragnarssons von Königreich zu Königreich, den auf einer Stange aufgepflanzten Kopf König Horiks als Warnung vorneweg. Sie forderten die Kapitulation der kleinen Könige Dänemarks, von Gamli von Fünen und Arnodd von Aalborg, Kolfinn von Seeland und Kari von Skane.

In Schweden konsultierte König Kjallak der Starke, der seinen Thron der Unzufriedenheit mit seinem friedfertigen Vorgänger Gorm verdankte, seine Priester und lauschte endlosen Berichten über die Unverschämtheiten der deutschen Missionare und ihrer Beschützer. Wir kommen nicht gegen sie an, berichtete Dorf um Dorf. Wozu bezahlen wir die Heringsteuer? Komm und verteidige uns! Und Kjallak willigte ein, tat sich aber schwer, einen Champion zu finden, der willens war, es mit dem furchteinflößenden Anführer der Deutschen aufzunehmen. Die Zeit, sie in der Schlacht – und auch im Geiste – niederzuwerfen, würde kommen, versicherte er den ungeduldigen Priestern des großen Tempels von Uppsala.

Und in Hamburg lauschte der ungestüme und heilige Erzbischof Rimbert freudig denselben Berichten. Er schickte sie weiter an seine Amtsbrüder, die Erzbischöfe der deutschen Lande, um ihnen zu zeigen, daß ihre Bestimmung im Westen lag, nicht in irgendeinem Übereinkommen mit dem griechischen Kaiser und seinem Päpstlein, wie der närrische Papst Adrian glaubte. Überall in den deutschen Landen machten die Geschichten von den kühnen Rittern des Lanzenordens unter den grundbesitzlosen jüngeren Söhnen der Adelsfamilien die Runde, und die Anwärter drängten sich um die Rekrutierungstische.

In Norwegen musterte König Olaf Gjerstad-Alf – den die Männer neuerdings ›den Siegreichen‹ nannten; etwas, das sie zu Lebzeiten seines Bruders nie getan hatten – sein Gefolge von Unterkönigen aus Ringerike und Ranrike, Hedemark und Uppland und Agde, sowie die noch unsicheren Abgesandten aus dem Westen, aus Rogaland und den Fjorden und fragte sich, wo der Mann sein mochte, dessen Glück sein eigenes gewendet hatte.

Und Godive, deren Bauch sich jetzt wölbte, fragte sich gelegentlich, was aus dem Jungen geworden war, den sie von früher kannte, ihrem ersten Mann und Stiefbruder.

Aber hoch im Norden ruhte das Land friedlich und verborgen unter dem Schnee.

KAPITEL 28

DER SKORBUT KLANG AB, als Hound seine Patienten zwang, Zwiebeln und Lauch, Erbsen und Bohnen zu essen, teils getrocknet, teils noch frisch aus der jüngsten Ernte. Hound machte genaue Aufzeichnungen in Runenschrift, um sie an andere Priester Iduns weiterzureichen. Die Antwort auf die Krankheit, das zeigte sich jetzt, lag mit Sicherheit in der Nahrung, nicht in der Luft oder dem Licht.

Mit dem Skorbut verschwanden die düstere Stimmung und die Erschöpfung, die soviele Angehörige der Gruppe geplagt hatten, und eine erregte, tatendurstige Stimmung machte sich breit: Diese wurde zwangsweise nach innen gelenkt, denn der Wind und die Kälte isolierten die kleine Gemeinschaft zusehends. Nur die dick verpackten Schlittenführer erstanden noch Vorräte von außerhalb oder holten Brennholz aus dem Wald.

Wenn Shef später auf die Ereignisse dieses Winters und ihre Fortschritte zurückblickte, fiel es ihm manchmal schwer, daran zu glauben, aber manchmal auch leicht. Er hatte bereits während seiner kurzen Amtszeit als Jarl von Norfolk und seiner noch kürzeren Zeit als Mitregent Alfreds bemerkt, wie wenig Zeit ein vielbeschäftigter Mann auf das verwenden konnte, was er eigentlich tun wollte. Die meisten Männern verschwendeten die meiste Zeit auf Unwichtiges und auf Kleinigkeiten, auf Irrtürmer und Streitereien, die ein unverrückbarer Teil des täglichen Lebens schienen. »Es ist«, hatte Shef zu Hagbarth, dem Priester des Seefahrergotts Njörd, gesagt, »als ob man segelte, und gleichzeitig ein Segel im Wasser hinter sich herzöge, das einen festhält.«

»Du meinst einen Treibanker«, hatte Hagbarth geantwortet. »Ist manchmal sehr nützlich. In einem Sturm in der Nacht, wenn man Angst hat, gegen die Küste getrieben zu werden.«

»Schön und gut«, hatte Shef ungeduldig entgegnet. »Aber denk nur, Hagbarth, denk nur, wie es wäre, wenn du den Widerstand loswärst!«

In der kleinen Gemeinschaft von vielleicht vierzig Menschen war das der Fall. Viele der Männer und Frauen waren einfach nur froh, noch am Leben zu sein. Die vormaligen Sklaven unter ihnen neigten nicht zu Streitereien und Selbstsucht. Und ein hoher Anteil der vierzig – vielleicht der höchste Anteil, der sich in der Weltgeschichte je unter solchen Umständen versammelt hatte – war neugierig, wißbegierig und ausgebildet. Unter den vierzig fanden sich sieben Priester des Weges, ihrem Glauben und ihrem Naturell nach der Suche nach neuem Wissen verpflichtet. Zusammen hatten sie zehn Lehrlinge, eifrige, junge Männer, die nach oben wollten – etwas, das ihnen wesentlich leichter fallen würde, wenn sie neues Wissen vorweisen konnten. Und da war Shef, der Erfinder und Konstrukteur der Maschinen, die der Welt des Nordens eine neue Richtung gegeben hatten. Und schließlich Udd, trotz seiner Schüchternheit und der Verachtung, die man ihm fast sein ganzes Leben entgegengebracht hatte, vielleicht der einfallsreichste und hartnäckigste von allen.

Selbst die übrigen, Cwicca, Osmod, Fritha, Hama und Wilfi, trugen ihren Teil bei. Was ihnen allen gemeinsam war, erkannte Shef schließlich, war der Glaube. Maschinen hatten diese Männer aus dem Schmutz emporgehoben, sie verdankten ihnen alles, was sie hatten. Dazu hatten sie miterlebt, wie der Stolz der Wikinger und der fränkischen Ritter vor ihnen zerbrochen war. Man konnte fast sagen, daß sie keinen Glauben hatten, sondern etwas Mächtigeres. Etwas, dem kein Skeptiker widersprechen konnte. Sie *wußten*, daß man Maschinen für neue Zwecke bauen konnte. Sie *wußten*, daß ihre Neuerungen funktionieren würden. Es war unmöglich, in ihrer Gegenwart die Achseln zu zucken und zu sagen: »Aber so haben wir das schon immer gemacht.«

Dennoch war es ein solcher Fall, der das erste große Projekt, die erste große Neuerung des Winters auslöste. Man hatte große Getreidevorräte aus den Höfen an der Küste herbeigeschafft, und die sich nach Brot verzehrenden Reisenden brannten darauf, es zu backen. Aber erst mußte das Korn gemahlen werden. Die Aufgabe wurde selbstverständlich und ohne einen weiteren Gedanken darauf zu verschwenden den Frauen der Gemeinschaft übertragen. Frauen mahlten Getreide. Viele Sklavinnen taten nichts anderes.

Doch im Geiste der Kameradschaft, der während ihres gemeinsamen Marsches gewachsen war, vertraten einige die Ansicht, daß sich auch die Männer daran beteiligen sollten. Schließlich drückte man Udd Stößel, Mörser und einen Sack Getreide in die Hand und beschied ihm, daß er jetzt an der Reihe sei. Der Ex-Sklave mühte sich eine halbe Stunde lang mit mageren Resultaten ab, starrte auf den wartenden Sack und legte den Stößel beiseite, um Shef zu suchen.

»Warum gibt es für so etwas keine Mühle?« protestierte er.

Shef deutete mit dem Daumen auf den gefrorenen Boden vor den hölzernen Fensterläden. »Weil der Fluß gefroren ist, Udd.«

»Es gibt andere Wege, eine Mühle anzutreiben.«

»Ich weiß«, sagte Shef vorsichtig, »aber willst du Cuthred den Vorschlag unterbreiten? Vielleicht will er sich noch einmal an seinem alten Handwerk versuchen? Wenn wir einen Ochsen hätten, könnten wir den benutzen, aber wir haben nur Milchkühe und die wird dir keiner für den Zweck überlassen.«

»Ich habe doch schon gesagt«, entgegnete Udd, »wir könnten eine Windmühle bauen.«

Unter gewöhnlichen Umständen wäre ein Herrscher durch die eine oder andere Aufgabe gehindert gewesen, im Detail über den Vorschlag Udds nachzudenken. Aber in der winterlichen Einöde gab es nichts anderes zu tun. Shef und Udd gingen zusammen zu der Wassermühle, die die Priester des Weges errichtet hatten, um zu sehen, was sich ausrichten ließ.

Vieles von dem, was sie benötigten, war bereits vorhanden: Die beiden großen Steinräder, die das Getreide mahlten; die dicke Achse, die den oberen Stein und das System der Zahnräder antrieb, welche die Kraft vom Fluß auf die Räder übertrugen. Das änderte ihre Richtung von waagrecht auf senkrecht und war an sich neuester Stand der Technik. Sie brauchten nur noch eine andere Antriebskraft. »Wie ein großes Segel an vier Armen«, sagte Udd. »Im Bootshaus ist Segeltuch.«

»Das wird nicht funktionieren«, sagte Herjolf, der ihnen gelauscht hatte. »Der Fluß fließt immer am selben Platz. Der Wind kann von überallher kommen. Zugegeben, hier kommt er meistens aus den Bergen, aus Nordwesten. Aber wenn du die Segel aufstellst und der Wind wechselt, könnte er sie vom Gerüst reißen.«

»Dagegen weiß ich was«, sagte Udd mit dem Selbstvertrauen, das ihn erfüllte, wenn sich ihm ein technisches Problem stellte. »Erinnert ihr euch, wie wir die Katapulte drehbar machten? Wir setzten sie auf kleine Räder und drehten diese auf einem größeren Rad. Hier können wir dasselbe tun. Wir machen die ganze Mühle drehbar. Dann kann man sie mit einer Stange ausrichten wie die Rahmen der neuen Maulesel.«

An diesem Punkt hätte wiederum unter anderen Umständen irgendein Spötter die Idee mit einem Lacher verworfen. Aber hier gab es keine Spötter. Herjolf zögerte. Dann sagte er: »Nun, laß es uns versuchen.«

Bald war der Großteil der Gemeinschaft draußen, demontierte die alte Mühle und half bei der Errichtung des Rohbaus einer neuen. Einige schmiedeten derweil die schweren Nägel und Bolzen, die sie dafür brauchen würden. Shef, der später oft über das Ereignis nachdachte, registrierte erneut, wieviele nützliche Fertigkeiten es in der Gemeinschaft gab. Viele der Männer waren im Umgang mit schweren Gewichten bestens vertraut und die Aussicht, die Mühlräder anzuheben und an den neuen Bauplatz zu bringen, schreckte sie nicht im geringsten. Hagbarth, der die Kiele vieler Schiffe transportiert hatte, leitete die Arbeiten. Mehrere Tage lang konzentrierten sie alle Energien auf die Mühle, selbst das Mahlen des Korns wurde auf gemeinsamen Beschluß eingestellt, bis sie eine bessere Methode dafür hatten.

Schließlich war alles bereit, und Udd hatte die Ehre, den Haken auszuklinken, der die Räder daran hinderte, sich zu drehen. Das tat er. Der Wind blies, füllte die Segel, die das senkrechte Rad antrieben, das seinerseits das horizontale antrieb, welches das Mühlrad drehte. Aber außer dem Ächzen des belasteten Holzes geschah nichts. Udd legte den Haken wieder ein.

»Wir brauchen größere Segel«, sagte er.

Einen Tag später lief die Mühle, und Herjolf rieb sich die Hände bei dem Gedanken an die Gewinne, die der Bau solcher Mühlen in ganz Skandinavien versprach. Die Nutzung von Wasserkraft kam nur an wenigen Stellen in Frage, aber der Bedarf an einer Mühle, die das ganze Jahr über arbeitete, würde überwältigend sein. Die Priester des Weges brüsteten sich damit, daß sie ihren Lebensunterhalt durch der eigenen Hände Arbeit verdienten, anstatt wie die Mönche der Christen den Zehnten und Grundbesitz für sich zu beanspruchen. Und darüberhinaus gab es keine Einwände dagegen, daß Priester durch ihr Wissen zu Reichtum gelangten – solange sie ihr Wissen teilten.

Dennoch schien der Erfolg der ersten Windmühle Udds Appetit nur noch weiter anzuregen. Kaum hatte die Mühle die Arbeit aufgenommen, lag er Herjolf mit Plänen für eine weitere in den Ohren. Diese sollte aber den großen Schmiedehammer antreiben, den er Shef im Jahr zuvor in Kaupang skizziert hatte. Herjolf lauschte ihm unschlüssig. Nicht ablehnend, aber er verstand nicht ganz, was Udd da vorschlug.

Der Reiz der Idee brauchte allerdings keine Erklärung. Eisen war zwar im gesamten Westen bekannt, blieb aber, wenn vielleicht auch kein kostbares Metall, so doch ein wertvolles. Ein Grund für die Vorherrschaft der fränkischen und deutschen Lanzenreiter war das Gewicht ihrer Rüstungen. In einer Welt, in der der Spaten eines Bauerns zumeist nur eine eiserne Spitze auf einem hölzernen Blatt hatte und in der viele Pflüge nur mit Eisen beschlagene Kratzstöcke waren, stellten sie gewaltige Investitionen dar. Eisen war nicht so teuer, weil es – wie etwa Gold und Silber – so schwer zu finden war, sondern wegen der vielen Stunden, die man für seine Bearbeitung benötigte. Das Erz mußte immer wieder erhitzt und von Hand mit Hämmern bearbeitet werden, bis die Schlacke aus ihm hinausgehämmert war. Anschließend mußte es in primitiven Holzkohleöfen verhüttet werden. Das Eisen aus Jarnberaland war das beste der Welt. Dennoch brauchte es Arbeit, wie jedes andere Eisen, mit Ausnahme des Eisens aus Donnersteinen, die aber nur sehr selten aus dem Himmel fielen. Herjolf besaß Brennstoff und Erz. Wenn das Aushämmern beschleunigt werden konnte, würde er im Frühjahr mehr Handelsgüter besitzen. Aber wie konnte ein sich drehendes Rad einen Hammer dazu bringen, sich auf und ab zu bewegen?

Udd zeichnete Skizzen in den Schnee, während Shef, den man hinzugerufen hatte, als die Diskussion zunehmend hitziger wurde, vom Englischen ins Nordische übersetzte – Udds Nordisch war nie bis an den Punkt fortgeschritten, um technische Konzepte ausdrücken zu können. Schließlich seufzte Herjolf und billigte Udd einen Versuch zu. »Was für ein Segen«, bemerkte er, »daß er sich diesmal mit der halben Größe der letzten begnügt.«

»Es ist einfacher, einen Hammer anzuheben als ein Mühlrad«, erklärte Shef. »Udd sagt, er wäre bereit, fürs erste mit einem leichten Hammer anzufangen.«

»Wie leicht?«

»Ein Zentner.«

Herjolf schüttelte den Kopf und wandte sich ab. »Sag ihm, er soll zu Narfi gehen, dem Priester Tyrs und Chronisten, und ihn um Pergament und Feder bitten. Seine Skizzen werden auf Pergament in Tinte einfacher zu verstehen sein als im Schnee. Und sollte, was er sagt, wahr sein, werden Männer bald um jedes Blatt davon kämpfen.«

Bald darauf pochte der Schmiedehammer und hämmerte Metall mit derselben unerhörten Geschwindigkeit aus, die dem niemals nachlassenden Wölund, dem lahmen Schmied der Götter, zu eigen war.

Der nächste Schritt war Cwicca zu verdanken. Der Ex-Sklave, der außer den Dudelsack zu spielen und Katapulte abzuschießen nichts gelernt hatte, wurde für gewöhnlich für eintönige Arbeiten eingesetzt. Eines Tages, als er sich mit den Blasebälgen abquälte, die der Esse Luft zuführten, und ihn die Schmiede unablässig anschrien, er dürfe nicht nachlassen, wollte er nicht alles ruinieren, sprang er auf und schrie: »Und hierfür brauchen wir auch eine Maschine!«

Einen mechanischen Schmiedehammer so umzubauen, daß er die Blasebälge antrieb, war ziemlich einfach. Und dennoch löste der Umbau neue Veränderungen aus, als ob eine Veränderung sich von der jeweils vorigen nährte. Die verbesserte Luftzufuhr der Essen erhöhte die Temperatur in ihnen merklich. Die Schmiede sagten, Eisen, das man erhitzte, würde zuerst blau, was gefährlich war, weil man es manchmal aus Versehen berührte, und anschließend glühte es rot und wurde weich genug, um es zu formen. Nur ganz selten hatten sie weißglühendes Eisen gesehen, das kurz davor stand, zu schmelzen. Gußeisen war nicht unbekannt, wurde aber meistens nur durch Zufall und unter besonders günstigen Umständen gefertigt. Aber jetzt machten die maschinengetriebenen Blasebälge geschmolzenes Eisen zur Regel.

Allen ihren Aktivitäten lag die Furcht vor dem unausweichlichen Krieg zugrunde. Shef hatte Hagbarth und Narfi, den Priester Tyrs, zu Rate gezogen und versucht, alter Gewohnheit folgend eine Karte von all den Orten zu zeichnen, an denen er und seine Gefährten gewesen waren. Nach dem zu schließen, was sie sagten, und nach seiner eigenen Erfahrung saß er wieder in einer Falle. Einer schlimmeren Falle als es die Küste Norwegens gewesen war. Von dort aus hätte er – ein Schiff vorausgesetzt – in die offene See stechen können und die lange Überfahrt nach Schottland und die englische Küste hinunter wagen können. Jetzt hatte er zwar freie Fahrt in Hagbarths *Aurvandill*, aber er mußte den Meerbusen zwischen Schweden und der gegenüberliegenden Küste der Baltischen See durchqueren, anschließend Skane umfahren und durch die Meerenge zwischen Skane und dem dänischen Seeland segeln.

»Wie breit ist die Lücke dort?« fragte er.

»Drei Meilen«, sagte Hagbarth. »Deshalb ist der alte König Kolfinn reich geworden. Zölle. Aber nach dem, was ich zuletzt gehört habe, wird er nicht mehr dort sitzen. Wenn du damit recht hast, daß die Ragnarssons Horik besiegt haben, war nicht mehr viel übrig, was sie hätte aufhalten können.«

»Und wo ist das berühmte Braethraborg, die Festung der Brüder?«

»Dort«, sagte Hagbarth und tippte auf die Karte. An der Nordküste Seelands, vielleicht 50 Meilen von der Meerenge. Ein halber Segeltag.

Shef fiel nur ein einziger anderer möglicher Weg nach England ein: nach Haithabu zurückzumarschieren und durch die Sümpfe nach Dithmarschen, also wieder an seinen Ausgangspunkt. Dann wäre er wieder ohne Schiff. Und außerdem würde Haithabu sowieso in den Händen seiner Feinde sein, wenn seine Vision die Wahrheit gezeigt hatte, und Hagbarths Nachricht, daß die Belagerung begonnen hatte, schien dies zu bestätigen. In den Händen der Ragnarssons. Shef konnte sich kein schlimmeres Schicksal vorstellen, als in die Hände der Ragnarssons zu fallen. Lieber hätte er in der Räucherkammer Echegorguns geendet.

Also stellten die Eisenarbeiter nicht nur Blöcke aus Roheisen und leicht einzutauschende Güter wie Axtblätter her. Sie fertigen unter Udds Anleitung ebenso Streifen um Streifen geschmeidigen Stahls, sowie Spannschieber und eiserne Bolzen. Männer und Frauen schnitzten die hölzernen Teile und stapelten sie. Alle paar Tage ließen sie vom Schnitzen ab und montierten die Armbrüste. Shef entging nicht, wieviel schneller es ging, ein Dutzend Sätze Teile zu fertigen und sie anschließend zusammenzubauen, anstatt der althergebrachten Gewohnheit folgend ein Gerät ganz zu bauen, und dann mit dem nächsten zu beginnen. Der Stapel der Armbrüste wuchs schnell über das Maß hinaus, das sie für den eigenen Bedarf benötigten.

»Wir können sie jederzeit verkaufen«, sagte Herjolf unbekümmert.

»So kann man es auch sehen«, kommentierte Shef.

Doch von allen Neuerungen, die Udd mitgebracht hatte, interessierte Thorvin und die übrigen Schmiede keine so sehr wie der gehärtete Stahl. Sie hatten sich mehrfach Cuthreds Schild geliehen, um seine Widerstandsfähigkeit zu testen, und waren verblüfft. Schnell kamen neue Ideen auf. Warum nicht ein Kettenhemd aus dem merkwürdigen, harten Metall fertigen? Aber das stellte sich als eine unmögliche Aufgabe heraus. Der Stahl war einfach zu hart, als daß man ihn hätte biegen oder zusammenfügen können. Der Versuch, ein Kettenhemd zu schmieden und es am Stück zu härten, endete nur mit einem sündhaft teuren, halb zusammengeschweißten Metallklumpen. Dazu kam noch, wie Herjolf bemerkte, die Verschwendung von einem Monat Arbeitszeit eines ausgebildeten Schmieds. Flache Stahlplatten waren zwar nicht schwer herzustellen, aber völlig nutzlos. Menschen hatten nun einmal keine flachen Körper. Der Stahl schien, was das Kriegshandwerk anging, nur für Schilde zu taugen, und selbst diese hatten ihre Nachteile. Schilde waren nach außen gewölbt, weil Geschoße dazu neigten, von einer solchen Oberfläche abzuprallen, und – kein unwichtiges Merkmal – weil man einen gewölbten Schild über der Schulter tragen konnte. Niemand, nicht einmal Brand oder Cuthred, konnten mit einem an den Arm geschnallten Schild den ganzen Tag marschieren. Die meisten Toten in der Schlacht waren diejenigen, deren Schildhand zuerst erlahmt war.

Dennoch gingen Shef immer wieder die Worte durch den Kopf, die ihm der gefangene Svipdag entgegengeschleudert hatte. »Der Mann, der dem trotzen könnte, was dich erwartet, bräuchte eine eiserne Haut.« Er wußte, wer ihn in Braethraborg erwarten würde. Wo war seine Eisenhaut? Und wie konnte er sie tragen?

Shef ertappte sich dabei, wie er immer öfters mit Hagbarth sprach. Hagbarth interessierte sich besonders für die Einzelheiten der vielen verschiedenen Schiffe, auf denen Shef gesegelt war oder denen er begegnet war. Er hatte nachdenklich genickt, als er von Ordlafs Plänen für mit Mauleseln bestückte Kampfschiffe gehört hatte, und bedrängte Shef immer wieder nach Einzelheiten über sein kurzes Gefecht mit der *Frani Ormr*. Das Flaggschiff der Ragnarssons war berühmt als das größte hochseetaugliche Kriegsschiff des Nordens.

»Es ist kein Wunder, daß sie euch davongesegelt ist«, bemerkte er. »Ich bin mir nicht sicher, ob sich meine *Aurvandill* besser geschlagen hätte. Ich schätze, sie segelt schneller. Aber je mehr Riemen man für jeden Fuß Kiellänge hat, desto schneller kann man ein Schiff rudern. Aber in Fjorden und auf Flüssen könnte die *Frani Ormr* schneller sein.«

Er interessierte sich ebenso für die Zweimaster-Konstruktion der *Kranich*. Darüber konnte Shef ihm vieles berichten, da er mitgeholfen hatte, sie abzuwracken. Und König Halfdans Küstenwachschiffe waren Hagbarth ohnehin vertraut. Er konnte sich problemlos ausmalen, wie man eines von ihnen verstärkt hatte, um dem Rückstoß eines Katapults standzuhalten. Was ihm Kopfzerbrechen bereitete, waren die Segeleigenschaften des Zweimasters. Doch Shef versicherte ihm, daß die *Kranich* gesegelt war, und das obendrein noch gut. Die *Norfolk* war dagegen nur ein lahmer Kahn gewesen.

»Gut, jetzt wissen wir, wie man Maulesel auf Räder stellt, damit man sie drehen kann«, sagte Cwicca eines Tages beim Essen. »Was wir aber nötig bräuchten, wäre je ein Maulesel an beiden Enden, ganz oben vorne und hinten. Aber wahrscheinlich würde das Boot mit dem ganzen Gewicht so hoch oben umkippen, wenn der Wind von der Seite kommt. Selbst die *Norfolk* hat nicht sehr weit aus dem Wasser geragt.«

Hagbarth schnaubte Bier durch die Nase. »›Würde das Boot umkippen‹«, keuchte er. »›An beiden Enden, vorne und hinten.‹ Es ist euer Glück, daß wir nicht auf See sind und die Meertrolle zuhören. Sie bestrafen Seeleute, die nicht die richtigen *haf*-Worte benutzen, die Worte, die man auf See sagt.«

»Wie würdest du ein Schiff bauen, wie es Cwicca vorgeschlagen hat?« erkundigte sich Shef und ignorierte seine Klage über die mangelnde Seemannssprache.

»Ich habe darüber nachgedacht«, sagte Hagbarth und kratzte mit seinem Dolch Linien in den Tisch. »Was du willst, ist, was sie mit der *Kranich* gemacht haben, nur daß ihnen auf halbem Weg die Luft ausging – ein fester Rahmen für das Schiff, viel fester als wir ihn normalerweise bauen.«

Shef und Karli erinnerten sich daran, wie die *Aurvandill* sich auf der Überfahrt von Haithabu nach Kaupang gebogen hatte, und nickten.

Shef besah sich den in den Tisch geritzten Plan und sagte nachdenklich: »Was du da hast, sieht für mich irgendwie aus, als hättest du auf eines deiner Schiffe ein zweites gesetzt.«

Hagbarth nickte. »Ja, das wäre möglich. Ein Umbau.«

»Also könnten wir zum Beispiel deine *Aurvandill* dort draußen im Bootshaus umbauen. Den Kiel verlängern und vernieten – wir haben keinen Mangel an hartem Stahl – einen Rahmen einsetzen, den Freibord – wie du ihn nennst – erhöhen, sie schwer mit Ballast beladen und auf Plattformen an Bug und Heck Maulesel aufstellen.«

Hagbarth schrie auf vor Pein. »Nicht meine *Aurvandill*! Sie ist der schönste Segler im Norden!«

»Aber nicht so schnell wie die *Frani Ormr*«, versetzte Shef.

»Wenn ihr das alles tut«, sagte die bislang unbemerkt gebliebene Edtheow, die grimmig Hagbarths Schnitzereien auf der polierten Tischplatte angestarrt hatte, »könnt ihr genausogut überall Eisenplatten anbringen, die sie nach unten ziehen.«

Shef starrte sie mit offenem Mund an.

»Jemand wird die Worte des Schicksals sprechen«, bemerkte Thorvin.

Letztendlich wurde Hagbarth auf Skiern davongeschickt, als die Arbeiten an der *Aurvandill* begannen. Er hatte sich mit der Idee an sich angefreundet und zugegeben, daß es ihn fasziniert hätte, sie am Schiff eines anderen auszuprobieren. Aber er konnte es nicht ertragen, dabei zuzusehen, wie man die Sägen an seinem eigenen ansetzte. Waren die großen Sägearbeiten erst einmal erledigt, versprach er, bei den weiteren zu helfen. Bis dahin würde er aber Abstand halten.

Cuthred bot sich ihm als Begleiter an. Von allen Männern und Frauen der Gemeinschaft hatte er den geringsten Anteil an ihren Fortschritten: Er weigerte sich, die neuen Mühlen anzusehen, und auch die Schmiede interessierte ihn wenig. Seine offene Wunde hatte ihn lange ans Bett gefesselt, als hätte sein Körper sich für den Raubbau während seines Berserkeranfalls gerächt. Als die Wunde schließlich heilte, begann er einsame Skitouren und wurde schnell zu einem erfahrenen Skiläufer, der oft den ganzen Tag im Freien verbrachte. Als Shef ihn einmal fragte, ob er in der Einöde nicht hungrig oder durstig wurde, antwortete er nur: »Dort draußen gibt es Nahrung. Man muß nur wissen, wie man an sie herankommt.«

Shef fragte sich, was er damit meinte. Echegorgun

war ihnen über die Berge bis zu Piruusis Lager gefolgt. War er ihnen vielleicht noch weiter gefolgt? Das Verborgene Volk schien sich in der Einöde völlig frei bewegen zu können. Cuthred hatte einmal gesagt, daß es mehr von ihnen gäbe, als den Menschen bewußt war. Vielleicht traf er Echegorgun oder sogar Miltastaray in der Wildnis. Das Verborgene Volk mochte ihn. Das tat kaum einer der Menschen, auch wenn einige der Frauen Mitleid mit ihm hatten. Und er war zumindest ein guter Beschützer für Hagbarth. Denn Hagbarth war keiner der Männer, die dazu neigten, bei Cuthred Anstoß zu erregen – ganz im Gegensatz zu Karli, der jetzt mit Edith das Bett teilte, oder Ceolwulf, der Cuthred an den zu erinnern schien, der er einst gewesen war.

Das Julfest kam und mit ihm Schweinebraten und Blutwurst, die ihren üblichen Speiseplan ergänzten, und die Gesänge der Priester und ihre mythischen Geschichten. Danach brach der tiefe Winter herein. Die heulenden Winde wurden so stark, daß sie die Segel der Windmühlen abnehmen und lagern mußten, und brachten heftiges Schneetreiben. Die kleine Gemeinschaft, ausgestattet mit großzügigen Vorräten an Lebensmitteln und Feuerholz, Decken und daunengefüllten Säcken, ignorierte das Wetter. Shef wunderte sich wieder über die gute Laune auf den Gesichtern, aber nicht lange.

»Es ist kalt hier oben, das stimmt schon«, erklärte Cwicca. »Aber wenn ich daran denke, wie es damals in Crowland, in den Fens gewesen ist, als ich mich für die schwarzen Mönche abplagte! Man konnte von Glück sagen, wenn man überhaupt eine Decke hatte. Das einzige Essen, das es gab, war Grütze und viel zu wenig davon. Und dann die Hütte! Der Erdboden war vom Michaelistag bis Ostern durchweicht. Und das einzige, auf das man sich freuen konnte, war die Fastenzeit! Nein, das hier ist der glücklichste Winter, den ich je verbracht habe.«

Ein Faktor, der zur allgemeinen Fröhlichkeit beitrug, war eines von Udds Experimenten. Er hatte nie vergessen, wie er bei der Herstellung von Winterale gescheitert war, als er versucht hatte, es durch Verdampfen anstatt durch Gefrieren zu erzeugen. Jetzt konnte jeder Winterale haben, wenn er sich nur die Mühe machte, einen Eimer vor die Tür zu stellen, aber Udd hielt an seinen Plänen fest. Wenn die Stärke des Getränks nicht in dem erhitzten Ale geblieben war, dann, so folgerte er, mußte sie mit dem Dampf verflogen sein. Geduldig experimentierte er. Fing den Dampf ein. Schloß den Topf mit dem Ale ein. Legte ein Rohr – aus Kupfer, wegen seiner Formbarkeit – von der Hitze in die Kälte, damit sich der Dampf schneller verflüssigte. Fing das Endprodukt ein. Wiederholte den gesamten Vorgang mit besserer Abdichtung und fing den Dampf sorgfältiger ein. Schließlich war Udd mit dem Ergebnis zufrieden genug, um es anderen anzubieten. Sie kosteten ebenso behutsam wie neugierig und nickten anerkennend.

»Ein guter Trunk für einen kalten Tag«, sagte Osmod. »Nicht so gut wie das normale Winterale, wenn du mich fragst, aber das ist auch natürlicher, nicht? Das hier hat noch was vom Geruch der Schmiede an sich. Wir sollten es ›Gebranntes Ale‹ nennen.«

»Vielleicht funktioniert es mit Wein besser«, sagte Udd, obwohl er in seinem Leben nur zweimal Wein probiert hatte.

Cuthred sagte nichts, aber als er das nächste Mal alleine in den Schnee aufbrach, nahm er eine Flasche des Ales mit sich.

Schließlich kam der Tag, an dem sie die umgebaute *Aurvandill* aus dem Bootshaus in den Seitenarm des

Flusses rollen konnten. Der floß jetzt stärker unter dem Eis, das erste Anzeichen des Auseinanderbrechens machte.

»Sollten wir nicht etwas auf die Rollen tun? Des Glücks wegen?« fragte Shef.

Hagbarth strafte ihn mit einem strengen Blick. »Es gibt Leute, die das tun«, sagte er. »Üblicherweise Blut, ein Opfer an Ran, die Göttin der Trolle in den Tiefen.«

»Das meine ich nicht. Udd, hast du ein Fäßchen gebranntes Ale? Leg es unter den Kiel. Sie wird es zerquetschen, wenn sie in den Fluß gleitet.«

Hagbarth nickte. »Und dann mußt du ihr einen neuen Namen geben.« Er tätschelte den Bug. »Sie ist nicht mehr länger meine *Aurvandill*. Das ist ein Stern, weißt du. Aus dem abgefrorenen Zehen eines Riesen gemacht, den Thor in den Himmel schleuderte. Ein guter Name für ein schnelles Schiff. Aber das ist sie nicht mehr. Wie willst du sie nennen?«

Shef sagte nichts, bis die Männer an den Zugseilen bereit waren, das Schiff aus dem Schuppen zu ziehen, in dem sie so lange gearbeitet hatten. Dann, als sie zusammen an den Seilen zogen und die starke, braune Flüssigkeit über den Kiel spritzte, rief er: »Ich taufe dich *Furchtlos*!«

Die *Furchtlos* glitt die Rampe herunter, bohrte sich knirschend durch das dünne Eis und kam von Seilen zurückgehalten zum Stehen.

Sie schien ein merkwürdiges Fahrzeug. Sie hatten den Kiel des Schiffs aufgesägt, verspleißt und vernietet und dazu das stärkste Holz und den härtesten Stahl verwendet, den sie hatten finden können. Im Abstand von jeweils mehreren Fuß hatten sie Rahmen an dem verlängerten Kiel befestigt und daran – entgegen der üblichen Praxis, sie mit Sehnen zu befestigen – die Planken festgenagelt. Die ursprünglichen Planken der *Aurvandill* bildeten jetzt nur noch den oberen Teil des

Rumpfes. Robustere, aus Kiefernstämmen gespaltene Planken bildeten den Unterteil. An Bug und Heck entstellten Plattformen ihre ehemals klaren Linien. Es waren Kopien derjenigen, die Shef in seiner Vision auf den Mauern Haithabus gesehen hatte. Auf beiden kauerten neu gebaute Maulesel. Um ihr sperriges Gewicht auszugleichen, war der Rumpf der *Furchtlos* tief und breit. Schwerer Ballast ruhte in ihrem jetzt geräumigen Laderaum. Die Plattformen waren bis zum Halbdeck verlängert worden, um der Mannschaft unter ihnen etwas Schutz zu bieten, mehr als die Sonnensegel aus Haut, die selbst bei langen Atlantikfahrten die Standardausstattung der Wikinger darstellten.

In zweierlei Hinsicht hatte sich aber Hagbarth durchgesetzt. Die *Furchtlos* war ein Einmaster geblieben, auch wenn sich mit ihrem Rumpf das Segel verbreitert hatte und ihr damit fast die anderhalbfache Segelfläche der *Aurvandill* verlieh. Außerdem wurden die Eisenplatten, die ihre Seiten schützen sollten, und die drehbaren Maulesel in ihrem Laderaum untergebracht, bis sie gebraucht wurden.

»Ich wollte mit ihr keine Überfahrt nach England versuchen«, sagte Hagbarth, achtete aber darauf, seinen Gedanken nur mit gehörigem Abstand von der *Furchtlos* auszusprechen. Man konnte nie wissen, ob man damit nicht Unglück heraufbeschwor. »Neben ihr sieht der pummeligste Knorr elegant aus, und wenn ihr erst die Eisenplatten anbringt, wird es noch schlimmer.«

»Sie ist nicht dazu gebaut, uns nach England zu bringen«, sagte Shef. »Wenn sie uns durch die Meerenge und zur friesischen Küste bringt, hat sie ihren Teil getan.«

An Braethraborg vorbei würde schon genügen, dachte Hagbarth, behielt den Gedanken aber für sich. Er selbst hatte nicht die Absicht, die gefährliche Überfahrt zu riskieren. Er hatte einen Wechsel auf Shefs und

Alfreds Schatzkammer, und hoffte nur darauf, ihn auch eintreiben zu können.

Shef fragte sich, wen er billigerweise darum bitten konnte, die bevorstehenden Gefahren mit ihm zu teilen. Die Engländer und Engländerinnen, die ihn bis zum Vorposten des Wegs begleitet hatten, würden das in der Hoffnung, in ihre Heimat zurückzukehren, auch weiterhin tun. Dasselbe galt für Karli, der darauf brannte, die vielen Geschichten seiner Reise in Dithmarschen zum Besten zu geben. Hound würde ihn begleiten, ebenso Thorvin. Hagbarth und seine kleine Mannschaft würden mit ihnen bis Småland reisen und den Landratten auf dem Weg zeigen, wie sie das Schiff zu segeln hatten.

Als der Schnee schmolz und die Abfahrt in greifbare Nähe rückte, suchte Cuthred seinen Herrn auf.

»Willst du, daß ich mit dir in den Süden reise?« fragte er.

Shef starrte ihn an. »Ich dachte, wir bringen dich nach Hause. Nach Northumbrien.«

»In Northumbrien wartet niemand auf mich. Mein König ist tot. Ich weiß nicht, ob meine Frau noch lebt, aber selbst wenn – was tauge ich noch für sie? Ich würde lieber hier in der Einöde leben. Hier gibt es Leute, die mich aufnehmen würden, wie ich bin. Leute, die einen Mann nicht nur an einem messen.«

Shef hörte wieder die furchtbare Verbitterung in seiner Stimme. Und dennoch – er wagte es nicht, Cuthred ziehen zu lassen. Er allein war soviel wert wie ein Katapult. Wollte er im Süden den Sieg erringen, brauchte er ihn, da war Shef sich ganz sicher.

»Erinnerst du dich noch an die Mühle?« fragte er. »Als ich dich von dort befreite, hast du gesagt, du würdest mir gehören.«

Cuthred war die längste Zeit seines Lebens der Champion eines Königs gewesen. Treue und Dienst waren für ihn keine leeren Worte, beides endete erst mit dem Tod.

»Hilf mir durch das Skagerrak, und ich gebe dich frei, um hier in der Einöde zu leben oder wo immer du willst«, sagte Shef.

Cuthred starrte in den Matsch. »Ich werde dir durch das Skagerrak helfen«, willigte er ein. »Und an Braethraborg vorbei. Jemand wird mich dort erwarten.«

KAPITEL 29

Kjallak, der neue König der Schweden, wußte nur zu gut, daß man ihn nur aus zwei Gründen zum Nachfolger seines ermordeten Vorgängers Orm gemacht hatte: Um mit der Geißel der deutschen Christen fertigzuwerden und zu geringerem Grad mit den Gefolgsleuten des Weges, die sich jetzt überall im Land breit machten. Um das Land der Schweden, *Sverige*, wieder den alten Gepflogenheiten und Sitten der Priester zu verpflichten. Scheiterte er, würden die Priester des Tempels von Uppsala einen neuen König aussuchen.

Er schmiedete seine Pläne umsichtig. Sie hatten ein Opfer von ihm verlangt. Und ein Opfer würde er ihnen geben. Und es würde aus all den Gruppen kommen, die die Schweden haßten und fürchteten: Von den Christen, den Gefolgsleuten des Weges, den Finnen und sogar von den *skogarmenn*, den kleinen Gemeinschaften der Grenzbewohner, die in den Wäldern und Sümpfen lebten und keine Steuern bezahlten.

Im Winter Finnen zu jagen war aussichtslos. Im Sommer war es auch nicht einfach, weil sie sich mit ihren Rentieren tief in die Tundra zurückzogen. Es gab nur eine Zeit, zuzuschlagen, nur eine Zeit, in der die Schweden einen natürlichen Vorteil hatten. Im Frühjahr, wenn der Schnee schmolz und der Boden sich in Schlamm verwandelte und man jede unnötige Reise vermied, kamen die unvergleichlichen Pferde der schwedischen Züchter immer noch voran. Kjallak hatte während des Winters viele Schlittenladungen Futter an ausgewählte Orte bringen lassen. Hatte Männer ausgewählt und sorgfältig instruiert. Und hatte sie eine Woche vor der Tagundnachtgleiche des Frühjahrs losgeschickt, hinaus in den Wind und den peitschenden Schneeregen.

Shef hatte ebenfalls Pläne geschmiedet. Er hoffte, daß zur Tagundnachtgleiche das Eis aus dem reißenden Fluß verschwunden war und es möglich sein würde, die erste Etappe ihrer Reise zu beginnen und mit der *Furchtlos* flußabwärts zu fahren. Seine Männer rüsteten das Schiff sorgfältig aus, lagerten die Stahlplatten so im Laderaum, daß man sie schnell ausladen konnte, befestigten Krampen an den Schandeckeln, um Armbrüste und Bolzen daran aufzuhängen, und meißelten Steine für die Maulesel zurecht.

Während er ihnen zusah, registrierte Shef plötzlich, daß eine Gruppe Finnen auf sie zukam. Ohne ihre Skier waren sie unbeholfen. Es lag zwar immer noch Schnee, aber ein großer Teil hatte sich in Schlamm und Matsch verwandelt. Die Finnen wirkten so hilflos wie Vögel mit gestutzten Flügeln. Dennoch waren sie häufig beim Vorposten des Weges, um zu handeln oder einfach nur zu sehen, was sich dort tat. Einer von Herjolfs Priestergefährten war ein Jünger Skadis, der Göttin des Skilaufs. Er sprach Finnisch und war oft mit ihnen unterwegs und lernte ihre Überlieferung. Shef sah, wie er ihnen entgegenging, und wandte sich wieder der *Furchtlos* zu.

Kurz darauf stand Ottar, der Priester Skadis, neben ihm. Er hatte den Finnen Piruusi bei sich, dessen Miene mürrische Wut ausstrahlte. Shef blickte fragend von einem zum anderen.

»Er sagt, die Schweden hätten vor zwei Tagen sein

Lager angegriffen«, sagte Ottar. »Viele Männer auf Pferden. Sie haben sie nicht kommen sehen, weil der Schnee schmolz. Viele Finnen wurden getötet, einige gefangengenommen.«

»Gefangen«, bestätigte Piruusi. »Ein Schwede betrunken, ist vom Pferd gefallen. Wir ihn fangen. Er sagt uns, Finnen für den Tempel. Tempel in Uppsala. Dort aufgehängt für die Götter der Schweden.«

Shef nickte, fragte sich aber immer noch, wieso Piruusi ihm das erzählte. »Er will, daß du sie rettest«, sagte Ottar.

»Ich! Ich weiß nichts von Uppsala.« Aber dann verstummte Shef. Er erinnerte sich an die drei Visionen, die er in Piruusis Zelt gehabt hatte. Er hatte immer nur an die erste gedacht, die von seinen alten Feinden, den Ragnarssons, die neue Macht an sich rissen und ihm den Weg versperrten. Dennoch hatte er auch den König der Schweden gesehen, den neuen König, den seine Priester zu einem echten Opfer zwangen. Die Zeiten, in denen sich die Schweden auf billige Weise ihrer überzähligen Sklaven entledigten, waren vorbei. Und die Christen, sie waren auch in der Vision vorgekommen.

»Hat dein Schwede auch irgend etwas über die Christen gesagt?«

Piruusis Miene hellte sich auf. »Er sagt, er weiß, daß dich Geister geleitet haben«, übersetzte Ottar. »Christen sollen auch in der großen Eiche hängen. Und auch die Männer des Weges, behauptet zumindest Piruusi.«

»Uns hat niemand belästigt«, sagte Shef.

»Wir leben weit flußaufwärts. Und außerdem sind nicht alle von uns hier.«

Shefs Puls machte einen Satz. Thorvin war in eine 30 Meilen entfernte Stadt aufgebrochen, um Eisen gegen Lebensmittel einzutauschen, und hatte Cwicca, Hama und Udd mitgenommen. Sie waren noch nicht zurück. Wenn man sie auch gefangen hatte... Zu seiner Überraschung wurde Shef bewußt, daß ihn am meisten das Schicksal Udds sorgte – obwohl Cwicca ihm das Leben gerettet hatte, indem er ihn aus Ivars Umklammerung löste, obwohl Thorvin ihn, den streunenden Nichtsnutz, als Lehrling aufgenommen hatte. Niemand würde Udd ersetzen können. Ohne seine Ideen würden viele Pläne niemals aus den Kinderschuhen kommen.

»Glaubst du, die Schweden haben sie erwischt?« fragte er.

Ottar deutete zur Straße, die nach Osten, flußabwärts führte. Reiter galoppierten so schnell sie konnten durch den zähen Matsch. »Sie werden die Antwort wissen«, versetzte er grimmig.

Die Nachrichten waren wie erwartet. Die Stadt lag in Schutt und Asche. Die Angreifer hatten sie in der Morgendämmerung überrascht und bis auf die Grundmauern niedergebrannt. Sie hatten jeden einzelnen Mann, jede einzelne Frau und jedes einzelne Kind getötet, aber einige von ihnen auf Ersatzpferden davongetrieben. Gefangen hatten sie nur junge Männer und Mädchen und diejenigen, die einen Anhänger des Weges trugen. In dem Chaos war nur schwer auszumachen gewesen, wieso die Schweden die Stadt angegriffen hatten. Aber einige der Entkommenen behaupteten, sie hätten immerzu ›*skogarmenn! skogarmenn!*‹ ausgerufen, während sie töteten. Forstmänner, Männer des Waldes, Geächtete – die *skogarmenn* hatten viele Namen. Thorvin war mit Sicherheit verschleppt worden, man hatte gesehen, wie die Schweden ihn weggebracht hatten. Bei ihm war auch ein Mann mit vielen Zahnlücken gewesen, aller Wahrscheinlichkeit nach Cwicca. Niemand konnte sich an irgend jemanden erinnern, der wie Udd ausgesehen hatte. Aber das mußte nichts heißen, dachte Shef. Udd wurde von Leuten oft selbst dann nicht wahrgenommen, wenn er im selben Raum war. Außer wenn es um Eisen und Stahl, um Metall und Erfindungen ging, schien der kleine Mann dazu geschaffen, ignoriert zu werden.

»Wann findet das Opfer statt?« fragte Shef.

Herjolf, der an seinem Bart kaute, antwortete: »Am Tag der Heiligen Eiche, der Reichseiche, wie sie sie nennen. Wenn ihre Knospen das erste Grün zeigen. In zehn oder zwölf Tagen.«

»Nun«, sagte Shef, »wir werden unsere Männer zurückholen müssen. Oder es wenigstens versuchen müssen.«

»Ich stimme dir zu«, sagte Herjolf. »Und das würde jeder andere Priester des Weges ebenfalls tun, selbst Valgrim, wenn er noch lebte! Die Schweden fordern uns heraus. Wenn sie unsere Priester in ihren heiligen Gewändern aufhängen, mit den Beeren der Eberesche an ihren Gürteln und den Anhängern um den Hals, werden wir jeden einzelnen Konvertiten verlieren, den wir unter den Schweden gewonnen haben. Und wenn sich die Nachricht erst verbreitet auch anderswo.«

»Frag Piruusi, was er tun wird«, sagte Shef zu Ottar. Alles, was ein Mann tun kann, kam die Antwort. Die Schweden hatten seine junge Lieblingsfrau geraubt. Piruusis Schilderung ihrer Reize war lebhaft und machte klar, daß er sie, genauso wie Shef Udd, für unersetzlich hielt.

»Gut. Ich brauche auch Hagbarth. Sag ihm Bescheid, Herjolf. Das ist jetzt eine Angelegenheit des Weges. Ich werde ein Banner hissen.«

»Mit welchem Emblem?«

Shef zögerte. Er hatte in der Zwischenzeit viele Banner gesehen und wußte um ihre Wirkung auf die Phantasie der Menschen. Da gab es das gefürchtete Rabenbanner der Ragnarssons, und früher hatte es den sich windenden Wurm Ivars gegeben. Alfred führte den Goldenen Drachen des Hauses Wessex, der noch auf die Römer zurückging. Ragnhilds Emblem war der zupackende Drache gewesen. Er selbst war unter dem Hammer und dem Kreuz nach Hastings marschiert, um die Gefolgsleute des Weges und die englischen Christen gegen die Armee des Papstes zu einen. Was sollte er jetzt wählen? Das Emblem Rigrs, die Pfahlleiter, die er um den Hals trug? Niemand würde sie erkennen. Ein Hammer und eine geborstene Fessel als Symbol der Freiheit? Aber diesmal brach er nicht auf, um Sklaven zu befreien, sondern um die Grenzbewohner und Geächteten um sich zu scharen.

»Du wirst sicherlich den Hammer führen«, drängte ihn Herjolf. »Nicht den Hammer und das Kreuz, wie du es schon einmal getan hast. Hier gibt es keine Christen. Nur die Deutschen und ihre Konvertiten, und sie sind alles andere als unsere Freunde.«

Shef kam zu einem Entschluß. Er hatte immer noch die Lanze, die er Echegorgun abgenommen hatte, die Lanze, die der Troll dem Jarl Bolli der Tronden genommen hatte. »Ich werde eine senkrecht gestellte Lanze als mein eigenes Emblem haben«, sagte er. »Und darüber einen Hammer als Symbol des Weges.«

Herjolf schürzte die Lippen. »Für meinen Geschmack sieht das zu sehr nach einem Kreuz aus.«

Shef starrte ihn an. »Wenn ich gegen einen König kämpfen soll«, sagte er, »werde ich ein König sein. Du hast den Befehl des Königs gehört. Schick mir die Näherinnen, sofort.«

Als Herjolf davonging, wandte sich Shef an Cuthred. »Wir werden nicht vor morgen früh aufbrechen«, sagte er leise. »Geh heute Nacht nach draußen. Wir haben keine Aussicht darauf, daß uns das Verborgene Volk in Uppsala hilft, oder? Zu weit weg von den Sümpfen und Bergen. Trotzdem, sag es weiter. Vielleicht gibt es im Norden neben Brands noch andere Familien, die sich mit den Trollen vermischt haben. Kümmere dich darum. Und verabschiede dich.«

Shef wollte ›und komm wieder zurück‹ hinzufügen, schluckte die Worte aber hinunter. Wenn Cuthred davonlaufen wollte, würde er es tun. Ihn hielt nur noch sein Stolz, und den durfte er nicht kränken.

Am nächsten Morgen stand Cuthred schweigend im Bug der *Furchtlos*. Er trug Kettenhemd, Schwert, Schild, Speer und Helm. Mit Ausnahme seiner müden, rotumrandeten Augen wirkte er wieder wie der Champion eines Königs.

Das Schiff war vollgepackt mit Männern und Frauen. Nur ein halbes Dutzend war im Vorposten zurückgeblieben. Priester, Lehrlinge, Engländer und Finnen drängten sich aneinander, insgesamt über 50 Personen. Eine unmögliche Menge, hätten sie das Schiff rudern oder segeln müssen. Aber die Schneeschmelze riß die *Furchtlos* ohne menschliches Zutun mit sich, schnell wie ein Rennpferd. Hagbarth am Steuerriemen hatte nur einen Mann als Ausguck an der Rahe postiert. Weitere Männer standen mit Riemen am Bug, um treibende Eisstücke abzuwehren.

Den ganzen Weg flußabwärts fanden sie die Zeichen der Zerstörung, verbrannte Höfe und Dörfer. Immer wieder riefen ihnen Männer von den Ufern zu, als sie ihr Banner fliegen sahen. Jedesmal erwiderten sie den Gruß und forderten sie auf, ihre Boote aufzutakeln und ihnen zu folgen. Als die *Furchtlos* schließlich ans Meer gelangte, folgte eine kleine Armada von Zwei- und Dreiruderern in ihrem Kielwasser. Danach stießen aus den Fischerdörfern der Finnmark noch größere Fahrzeuge zu ihnen. Shef beschlagnahmte die größten Boote und verteilte die Insassen der kleineren unter ihnen.

»Du kannst sie so nicht weit mitnehmen«, protestierte Hagbarth. »Sie können nicht einmal genug Süßwasser für eine Fahrt übers Meer mit sich führen. Nein, sag nichts, ich weiß schon. ›Gehorcht meinen Befehlen, ich habe einen Plan.‹«

Als die *Furchtlos* und ihre Schleppe kleinerer Boote sich vorsichtig ihren Weg durch die Finnische Bucht bahnten, wie die Schweden den tiefen Golf zwischen der schwedischen Finnmark und dem Land gegenüber nannten, kam eine Gruppe kleiner Inseln in Sicht. Piruusi löste sich aus seiner bisherigen Schweigsamkeit, trat neben Shef und zeigte auf sie.

»Dort sind Finnen«, sagte er. »Bin manchmal dorthin, über das Eis.«

Shef gab Ottar ein Zeichen, setzte ihn, Piruusi und einige seiner finnischen Gefolgsleute in ein Boot und trug ihnen auf, soviele Boote und Männer wie möglich mitzubringen. Sie setzten ihre Fahrt mit gerefften Segeln fort, gespannt auf den unweigerlichen Zusammenstoß mit König Kjallaks Küstenwache.

Ali der Rote, Kapitän der *Seebär* auf Patrouille in den Gewässern vor den finnischen Ålandinseln, sah das seltsame Segel auf sich zukommen und näherte sich ihm vorsichtig. Er hatte zuviele Geschichten von merkwürdig bewaffneten Schiffen gehört, um unnötige Risiken einzugehen. Das Gesindel von Segeln dahinter musterte er kurz und tat es dann ab. Fischerboote der ruinierten Männer, nicht mehr als Aasgeier. Außerdem drehten sie beim Anblick seines gestreiften Segels und des seines Begleitschiffs wie ein Mann vor den Wind und jagten davon. Aber was taten sie auf dem merkwürdigen Schiff? Dieser Kreuzung eines Knorr mit einer fränkischen Kogge? Versuchten sie ebenfalls zu fliehen?

»Sie ist in Reichweite für einen langen Schuß«,

knurrte Osmod. Der ehemalige Hauptmann der Hellebardiere war in einem Zustand kaum zu zügelnder Wut, seit ihm klargeworden war, daß sein Freund und Kamerad Cwicca sein Leben in einer schwedischen Schlinge aushauchen sollte, als Opfer für Frey und Odin.

»Weg von dem Maulesel«, befahl Shef. »Runter in den Laderaum mit euch allen. Hagbarth, du auch. Jetzt hast du das Kommando, Osmod. Dreh das Schiff und segle davon, als ob wir flöhen.«

Osmod glotzte ihn mit weit aufgerissenen Augen an. »Aber ich kann kein Schiff segeln.«

»Doch, das kannst du. Du hast oft genug zugesehen. Und jetzt tust du es einfach. Karli, Wilfi und ich sind deine Segelmannschaft. Cuthred, übernimm den Steuerriemen.«

»Hm«, sagte Osmod unsicher. »Woher kommt der Wind? Cuthred, dreh die Front ein bißchen weg vom Wind, nach... äh... links. Karli, du nimmst dieses Ende der Rahe und, Wilfi, du das andere. Dreht sie so, daß der Wind von hinten kommt. Jesus, ich meine bei Thor, und was jetzt?«

Während Hagbarth die Hände über die Augen legte, drehte die *Furchtlos* schwerfällig ab, die perfekte Verkörperung eines ungenügend bemannten Handelschiffs auf Jungfernfahrt. Ali grinste in seinen roten Bart und ließ seine beiden Schiffe fachmännisch schräg abfallen, um sie abzufangen.

»Runter mit den Köpfen«, befahl Shef. »Vergeßt die Maulesel. Jeder nimmt eine Armbrust und legt sich eine zweite bereit.«

Entlang der Reling der *Seebär* reihten sich wilde, bärtige Gesichter und warteten mit erhobenen Speeren darauf, das gegnerische Schiff zu entern. Shef wartete, bis die *Seebär* fast längs gegangen war, bevor er den Befehl zum Aufstehen gab. Jeder kann eine Armbrust aufziehen, hatte Udd vor zwei Jahren gesagt. Und sie zu spannen war noch einfacher. Aus 20 Schritten Entfernung konnten selbst die schlechtesten Schützen nicht verfehlen, und die soliden Eisenbolzen durchschlugen Holz und Rüstungen, Fleisch und Knochen, als wären sie Segeltuch. Als Shefs Schützen ihre Armbrüste senkten und nach den neben ihnen bereitliegenden griffen, war bereits klar, daß eine zweite Salve unnötig sein würde.

Hagbarth sprang mit einem Seil in der Hand von Schiff zu Schiff, musterte die wenigen, völlig demoralisierten Überlebenden und befahl ihnen, ihr Schiff zügig an der *Furchtlos* festzumachen.

»Und jetzt der Maulesel«, sagte Shef und blickte zu dem zweiten Schiff, das verzweifelt abzudrehen versuchte. »Ein Schuß über ihre Köpfe, Osmod. Und dann sag ihnen, sie sollen ihre Waffen über Bord werfen.«

Kurze Zeit später nahm Shefs Flotte, die jetzt aus drei gut bemannten Schiffen mit Dhingis und Pinassen im Schlepptau bestand, Kurs auf die schwedische Küste. Hinter ihnen, in hoffnungslos überladenen Booten, deren Schandeckel beinahe das Wasser berührten, stritten sich die untröstlichen Überlebenden der Küstenwachschiffe darüber, ob sie versuchen sollten, zu den Ålandinseln und damit den Finnen überzusetzen, oder zur schwedischen Küste, wo sie der Zorn ihres Königs erwartete.

Trotz ihrer Tapferkeit hatten die Ritter des Lanzenordens nur wenige Konvertiten unter den Schweden gewinnen können, zumindest unter den Männern und den Einheimischen. Die Gemeinden, die sie beschützten, bestanden zum größten Teil aus Sklaven, die zum Zeitpunkt ihrer Verschleppung bereits Christen gewesen waren. Einige von ihnen waren Deutsche, einige Friesen oder Franken, aber die Mehrheit von ihnen waren Engländer und Iren. Die Ritter fühlten sich ihnen nur wenig verbunden. Sie genossen es, den Nordländern, die sie so lange verfolgt hatten, ihren Willen aufzuzwingen. Genossen die Erkenntnis, daß Macht größtenteils eine Frage der Konzentration war. Wenn eine tausend Mann starke Wikingerarmee über eine Stadt oder ein Dorf im Westen herfiel, schien sie natürlich überlegen. Wenn 50 üppig bewaffnete und erfahrene deutsche Ritter in einem schwedischen 200-Seelendorf erschienen, war das nicht anders. Wenn die Einheimischen sich jemals gegen sie sammelten, würden die Dinge aber anders liegen. Aber die Ritter versprachen keine lohnende Beute, und niemand fühlte sich dafür verantwortlich, sie zu bekämpfen. Der Lanzenorden überwinterte in Frieden, aber nicht zufrieden. Die einfachen Krieger langweilten sich, man hatte ihnen verboten, sich zu betrinken oder sich ein paar von den hübschen schwedischen Mädchen zu greifen. Erkenbert sah hier, weit weg von den wichtigen Ereignissen, seine Aufstiegschancen dahinschwinden. Ihr Anführer Bruno quälte sich allein in seinen Gemächern. Er hatte die Lanze Karls des Großen nicht gefunden. Wenn es sie überhaupt gab, war sie hoch im Norden oder in einem anderen Land. Der Gott, auf den er vertraut hatte, schien ihn im Stich gelassen zu haben.

Stürmisches Klopfen gegen die Tür ihres Quartiers riß die Ritter aus ihrer Trägheit. Sie sprangen auf, Schachbretter wirbelten zu Boden. An die Wände gelehnte Waffen wurden ergriffen, Männer mühten sich in ihre Rüstungen. Einer der Ritter öffnete vorsichtig die Tür. Eine dünne, abgerissene Gestalt huschte herein.

»Sie haben sie mitgenommen«, stammelte der Mann.

»Wen?« schrie Bruno ihn an, den der Aufruhr alarmiert hatte. »Wer hat wen mitgenommen?«

Die gezückten Waffen und feindseligen Blicke schienen dem Mann den letzten Verstand zu rauben. Erkenbert trat vor und sprach auf Englisch mit dem Verängstigten.

»Er ist aus Hadding«, berichtete er. »Die Stadt zehn Meilen von hier, in der wir eine Messe abgehalten haben. Er sagt, heute morgen wären Soldaten König Kjallaks gekommen, hätten alle Christen zusammengetrieben, die bei unseren Gottesdiensten waren – sie hatten eine Liste – und führten sie ab. Die Schweden erzählen einander hochzufrieden, daß sie im großen Tempel geopfert werden sollen, vielleicht schon in fünf Tagen.«

»Eine Herausforderung an uns«, sagte Bruno und blickte grinsend in die Runde. »Nicht wahr, Jungs?«

»Sie fordern Gott heraus«, sagte Erkenbert. »Wir werden ihrem Frevel wie der heilige Bonifatius begegnen, der unbeschadet die große Säule Irminsul der Sachsen zerschmetterte und sie zum wahren Gott bekehrte.«

»Ich habe das anders gehört«, brummte einer der Ritter. »Ich bin selbst Sachse. Aber egal, wie sollen 50 von uns eine Bande von Opfern aus der Versammlung der Schweden herausholen? Sie werden zu Tausenden dort sein. Und der König mit seinen Leibwachen.«

Bruno schlug ihm brutal auf den Rücken. »Deshalb ist es ja eine Herausforderung«, schrie er. Dann fügte er ruhiger hinzu: »Und vergeßt nicht, sie glauben daran, daß die Dinge auf eine bestimmte Art und Weise getan werden müssen. Sie können eine Herausforderung nicht ablehnen. Wenn ich ihren König provoziere, muß er oder einer seiner Champions gegen mich antreten. Das wird keine Schlacht sein, sondern eine Demonstration unserer Stärke, von Gottes Willen. Wir bringen sie aus der Fassung. Wäre ja nicht das erste Mal.«

Die Männer blickten ihn unsicher an, aber ihre Disziplin war stark und wurde nur noch vom Glauben an ihren Anführer übertroffen. Sie sammelten ihre Waffen, Bündel und Pferde und planten in Gedanken den Marsch. Fünf Tage. 50 Meilen bis Uppsala. Kein Problem, selbst auf den verschlammten Straßen. Aber es würde schwer werden, die Versammlung der Schweden zu überraschen. Es stimmte sie auch mißtrauisch, daß man sie verschont hatte, daß bei Morgengrauen nicht Feuer und Krieger sie erwartet hatten. Vielleicht war ihnen König Kjallak mit seinen Plänen voraus, vielleicht erwartete er sie und hatte einen entsprechenden Empfang für sie vorbereitet. Vor den Türen der beiden Priester drängten sich die Männer, um zu beichten und die Absolution zu erlangen.

KAPITEL 30

Je näher sie Uppsala kamen, desto stärker erfaßte Shef ein ungutes Gefühl. Doch das hätte eigentlich nicht sein dürfen. Alles verlief so problemlos, wie man es sich nur hätte wünschen können. Sie waren ohne den geringsten Widerstand anzutreffen an Land gegangen. Die Krieger der Schweden waren bereits zu der Versammlung marschiert, sagte man ihnen. Boote mit Laternen hatten Piruusi und einen starken Verband Finnen geleitet, die darauf brannten, einen Schlag gegen die Hochburg ihres Erbfeinds zu führen. Dutzende von Armbrüsten waren verteilt worden, und jeder der neuen Schützen hatte eine kurze Einweisung und fünf Probeschüsse erhalten – genug, um einen Mann in die Lage zu versetzen, eine der neuen Armbrüste zu laden und ein hundert Schritte entferntes Ziel zu treffen. Mit den finnischen Bogenschützen vor ihm und 200 Armbrustschützen hinter ihm wußte Shef, daß er über eine beachtliche Streitmacht verfügte, die jeden undisziplinierten oder unvorsichtigen Angriff zurückschlagen konnte. Er hatte nur ein Dutzend Männer und Frauen abstellen müssen, um die Boote zu bewachen und die *Furchtlos* einige Dutzend Fuß vor der Küste zu vertäuen.

Die Moral war ebenfalls gut. Sie nährte sich zu gleichen Teilen aus ihrer Wut und der Aufnahme durch die heidnischen Schweden auf ihrem Marsch durch die Dörfer. Zurückgeblieben waren lediglich die Frauen und Sklaven. Viele von ihnen erblickten das Banner mit der Lanze und dem Hammer und faßten es, wie Herjolf befürchtet hatte, als eine Art Kreuz und damit als Symbol der Befreiung auf. Andere registrierten die Symbole des Weges, die auf der Brust der Marschierenden baumelten, und schlossen sich vorsichtig dem Zug an oder gaben Informationen weiter. Wieder andere hatten Freunde oder Verwandte, die von König Kjallaks Männern geraubt worden waren, und baten um Waffen, um bei ihrer Befreiung mithelfen zu können. Ihre Armee schien vor der Schlacht noch anzuschwellen, nicht zu schrumpfen wie so viele andere.

Weshalb habe ich dann dieses ungute Gefühl? fragte sich Shef. Es war wegen Cuthred. Shef spürte, daß diese Angelegenheit nicht in einer offenen Schlacht, sondern unweigerlich im Zweikampf der Champions entschieden würde. Bis jetzt hatte er sich unbesehen auf Cuthred verlassen, auf seine Stärke und Geschicklichkeit, insbesondere aber auf seinen kompromißlosen Kampfgeist. Man hatte Cuthred niemals anfeuern, sondern, im Gegenteil, immer zurückhalten müssen. Bis jetzt. Aber jetzt war der Champion still und bedrückt; die Aura drohenden Unheils, die ihn immer umgeben hatte, war verschwunden.

Shef bemerkte Hound, der neben ihm auf einem requirierten Pony ritt. Wie üblich machte er sich nicht die Mühe, etwas zu sagen, sondern wartete darauf, daß Shef das Wort ergriff.

Shef warf einen Blick auf den Rücken des zwanzig Schritte vor ihnen reitenden Cuthred und murmelte leise: »Ich fürchte, ich habe meinen Berserker verloren.«

Hound nickte. »Der Gedanke ist mir auch schon gekommen. Glaubst du, du wirst einen brauchen?«

»Ja.«

»Ich weiß noch, wie Brand uns erzählte, was einen Berserker ausmacht. Er sagte, sie wären nicht von fremden Geistern besessen, sondern wären nur Männer, die sich selbst haßten. Vielleicht hat man unserem Berserker« – Hound vermied es seinen Namen zu nennen, damit er nicht durch einen Zufall ihre Unterhaltung aufschnappte – »einen Grund gegeben, sich nicht mehr selbst zu hassen.«

Shef dachte an Miltastaray und Echegorguns seltsame Bemerkungen über das Verborgene Volk, seine Einschränkungen und seltenen Paarungen. Er konnte nachvollziehen, daß Cuthred, wenn er sich schon nicht mehr als Mann sehen konnte, sich jetzt vielleicht als Troll betrachten könnte.

»Ich will ihm den Grund nicht zurückgeben«, sagte er, »aber ich würde es vorziehen, mehr von seinem alten Selbst zu sehen.«

Hound zog unter dem langen Mantel, den er wie die meisten übrigen trug, um sich vor der Kälte und den Regenschauern zu schützen, eine Flasche hervor. »Mir kam der Gedanke, daß es vielleicht noch etwas anderes gibt, das einen Mann zum Berserker macht. Genauso wie deine Visionen von etwas in dir, etwas im Getreide oder im Trank des Finnen ausgelöst worden sein können, genauso könnte das Berserkertum von etwas in der Seele ausgelöst werden – oder von etwas im Körper. Ich habe mich mit Ottars Hilfe mit den Finnen unterhalten. Der Fliegenpilz ist nicht das einzige Mittel, das sie benutzen. Da gibt es auch noch diesen Trank.« Er deutete auf die Flasche.

»Was ist darin?«

»Ein Extrakt. Kochendes Wasser, das über einen Pilz geschüttet wurde. Aber nicht über den roten mit den weißen Flecken, der dir die Visionen geschenkt hat. Und auch nicht über den anderen, von dem ich weiß, den Knollenblätterpilz, der wie...« – Hound senkte erneut die Stimme – »der Schwanz eines Mannes aussieht.«

»Es gibt noch einen dritten. Die Finnen nennen ihn den büschelohrigen Pilz nach der großen Katze, die in den Wäldern lebt. Er macht Männer verrückt, verwandelt den sanftesten in einen Berserker.« Er reichte Shef die Flasche. »Wenn du den Trank brauchst, dann nimm ihn. Gib ihn Cuth... unserem Freund.«

Shef nahm die Flasche nachdenklich an sich.

Vor dem großen Tempel Uppsalas war ein Hof. Er hatte ein Strohdach, aber der Boden bestand nur aus festgetrampelter Erde, und durch die Spalten im Lehmflechtwerk der Wände drang der Regen. 180 Männer und Frauen drängten sich darin, die Hände an Eisenringe gefesselt, die wiederum an langen Stangen angebracht waren. Hätte ein Mann genug Zeit gehabt, hätte er sich seiner Fesseln entledigen und die übrigen befreien können. Aber Wachen liefen auf und ab und droschen brutal auf jeden ein, der sich rührte, der auch nur die geringste Bewegung machte, die sich als Fluchtversuch deuten ließ. Wie die Wachen einander bestätigten, hatten sie mehr Scherereien als gewohnt. Nicht nur, daß viel mehr Opfer als jemals zuvor auf ihr Ende warteten, sie waren auch nicht die üblichen Knochensäcke, die der Tod durch die Schlinge oder die Klinge nur wenige Tage vor dem durch Hunger oder Kälte ereilte. So gehört es sich, sagten die Wachen und brachen mit ihren Schlägen Finger und Schlüsselbeine. Die Götter würden das Frischfleisch zu schätzen wissen. Vielleicht hatten die Schweden in jüngster Zeit nur deshalb soviel Pech gehabt, weil die Götter aus ihren Opfern nur noch hatten eine dünne Suppe kochen können.

Cwicca hielt sich vorsichtig den Arm vor den Körper. Eine Wache hatte ihn gebrochen, als er versucht hatte, den Eisenring von der Stange abzuziehen. Aus dem Mundwinkel heraus flüsterte er dem neben ihm sitzenden Thorvin zu: »Udd gefällt mir überhaupt nicht.«

Der kleine Mann schien tatsächlich kurz davor, in Tränen auszubrechen: Eine allzu natürliche Reaktion, aber weder Engländer noch die Anhänger des Weges wollten ihren Feinden die Gelegenheit geben, sie zu verspotten. Udd starrte einen der Schweden an, einen Priester, der in den Sklavenpferch gekommen war. Die Priester des Tempels, der Reichseiche, hatten die Gewohnheit, ihre Gefangenen zu verhöhnen, im Glauben, daß ihre Götter sich an ihrer Furcht und Verzweiflung weideten. Manche behaupteten, die Sitte ginge auf ihren alten König Angantyr zurück. Andere dagegen waren überzeugt, daß es den Hunden lediglich Spaß machte. Udds Unterlippe zitterte, als er dem Geschrei des Schweden lauschte.

»Glaubt nicht, daß es schnell vorüber ist! Glaubt nicht, ihr kommt billig davon. Seit zwanzig Jahren bringe ich jetzt das Opfer bei der Versammlung dar. Als ich noch jung war, machte ich noch Fehler. Ich ließ Männer zu den Göttern gleiten, ohne daß sie wußten, daß sie starben. Aber jetzt nicht mehr! Die, die ich jetzt hänge, sind noch wach! Ihre Augen sind noch offen, wenn Odins Raben kommen, um sie ihnen auszuhacken. Wie werdet ihr euch fühlen, wenn die Raben auf euren Köpfen sitzen und die Schnäbel ansetzen? Ich habe es gesehen! Ihr werdet versuchen, sie mit den Händen abzuwehren, nicht wahr? Aber die werde ich euch hinter dem Rücken zusammengebunden haben.

Und das ist noch lange nicht alles. Wenn ihr erst einmal tot und bei den Göttern angelangt seid, was glaubt ihr, geschieht dann mit euch? Ihr Christen denkt, ihr sitzt mit Harfen in den Händen auf den Wolken, was? Von wegen! Ihr seid hier Sklaven und werdet es dort wieder sein.«

Der Priester stimmte ein heiliges Lied an, sein Rhythmus ähnelte auf merkwürdige Weise dem von Thorvins Gesängen. Hier hatte der Weg Asgards seinen Ausgang genommen, erkannte Cwicca in einer plötzlichen Eingebung. Aus Glaubenssätzen wie diesen hier. Aber dann hatte er sich verändert. Er war nicht wirklich sanfter geworden – die Jünger des Weges waren so wild wie alle Nordländer –, aber die verzweifelte Grundstimmung der wahren Heiden, die sich nach Leid verzehrten, war daraus verschwunden.

»Hrimgrimnir heißt der Riese, der dich haben soll,
Hinter dem Heltor soll deine Heimat sein;
Wo unter Baumwurzeln elenden Sklaven
Nur Hundepisse wird gegossen.
Kein anderer Trank wird dir je eingeschenkt...«

Udds Kopf fiel nach vorne, seine Züge verzerrten sich. Der heidnische Priester lachte triumphierend auf. Da sang plötzlich Thorvin, seine tiefe Stimme intonierte dieselbe Melodie wie der Heide, folgte aber einem anderen Rhythmus:

»Einen Saal sah ich hell wie die Sonne,
Mit Gold gedeckt auf Gimles Höhen:
Dort werden die Getreuen wohnen
Für immer in unvergänglicher Liebe...«

Der Priester kreischte wutenbrannt auf und rannte die Reihen der angeketteten Gefangenen entlang zu seinem Rivalen, eine beschwerte Keule in der Hand. Hama, der mit den übrigen gefesselt war, streckte einen Fuß aus. Der Priester stolperte darüber und fiel der Länge nach fast direkt vor Thorvin hin. Thorvin beäugte bedauernd die Keule, seine Hände waren über den Schultern angekettet. Er machte einen Schritt nach vorne, dann sauste sein Stiefel herunter. Etwas knirschte, dann drang ein fast schnarchender Laut tief aus der Kehle des Priesters, gefolgt von einem Würgen.

»Luftröhre gerissen«, bemerkten die Wachen lakonisch, schleiften die Leiche davon und schlugen Thorvin leidenschaftslos bewußtlos.

»Wenn wir in Truthvangar sind«, keuchte Thorvin zwischen den Schlägen, »wird er mein Diener sein. Unser Diener. Und wir sind noch nicht tot, er schon.«

Unbemerkt weinte Udd von neuem. Er war weit gereist, hatte viel ertragen, hatte sein Bestes gegeben, einen Krieger vorzutäuschen. Aber jetzt hatte er die Nerven verloren, sein letztes Quentchen Mut hatte ihn verlassen.

Als Shefs Armee sich in der Nacht, die ihren Informanten zufolge die letzte vor dem großen Opfer war, Uppsala näherte, wurde der Regen noch stärker. Auf den schlammigen Wegen strömten Gläubige, Schaulustige, Anhänger König Kjallaks und Jünger Odins und Freys zusammen und vermischten sich zu einem undurchschaubaren Wirrwarr. Shef entschied sich dagegen, sich durch die Knäuel zu kämpfen, und befahl seinen Männern, ihre ungewöhnlichen Waffen unterm Mantel zu verstecken und weiterzumarschieren, als wären sie nur eine weitere – wenn auch große – Reisegesellschaft auf dem Weg zum großen Opfer. Bei besserem Wetter wären zumindest die Finnen erkannt worden. Aber da die Marschierenden mit gebeugtem Kopf durch den strömenden Regen stolperten, und sich die Finnen im Zentrum der Gruppe hielten, nahm niemand an ihnen Anstoß oder stellte sich ihnen entgegen. Shef hörte viele Schweden sagen, die Götter hätten sich nicht erweichen lassen. Das Blut mußte erst in Strömen fließen, so die vorherrschende Meinung, bevor man wieder gute Ernten erleben würde.

Eine Stunde vor der Morgendämmerung erblickte Shef die Drachengiebel der Tempelrückseite, die sich dunkel gegen die Wolken abhoben. Dann, noch unverwechselbarer, der riesige Umriß der Reichseiche, zu deren Füßen die Schweden schon lange, bevor sie zu einer Nation geworden waren, ihre Götter verehrt und ihre Könige gewählt hatten. Es hieß, nicht einmal vierzig Männer reichten aus, um ihren Stamm mit ausgestreckten Armen zu umfassen. Und selbst jetzt, als immer mehr Menschen auf den Platz drängten, wagte sich niemand unter ihr Geäst. Einige der Opfer des Vorjahres baumelten dort noch immer, sowohl Menschen wie Tiere. Darunter häuften sich die Knochen.

Sie hielten an, und Shef wies Herjolf, Osmod und die übrigen an, die Männer in einer tiefgestaffelten Schlachtordnung aufzustellen, um auf jede Eventualität vorbereitet zu sein. Er selbst begab sich neben Cuthred. Der Hüne stand schweigend da, die Waffen unter dem Mantel verborgen.

»Vielleicht brauche ich dich bald an meiner Seite«, sagte Shef.

Cuthred nickte. »Ich werde dort sein, wenn du mich brauchst.«

»Vielleicht solltest du das hier trinken. Es... es macht einen Mann bereit, hat mir Hound gesagt.«

Cuthred nahm die Flasche, zog den Korken heraus und schnüffelte vorsichtig daran. Dann schnaubte er verächtlich und schleuderte sie auf den durchtränkten Boden. »Ich weiß, was das ist. Sie geben es vor der Schlacht den Burschen, denen sie nicht trauen. Und das bietest du mir an, Ellas Champion! Ich bin dein. Jeder andere, der mir das angeboten hätte, wäre jetzt tot!«

Cuthred drehte Shef den Rücken zu und trat wütend beiseite. Shef warf ihm einen Blick hinterher, dann beugte er sich vor, hob die Flasche auf und roch selbst daran. Vielleicht ein Drittel des Tranks war noch darin verblieben. Man gab ihn jungen Burschen vor der Schlacht? Er war auch ein junger Bursche, zumindest sagte man ihm das immer wieder. Einem plötzlichen

Impuls folgend hob er die Flasche, leerte sie in einem Zug und warf sie wieder zu Boden. Karli sah ihm aus einigen Schritten Entfernung – er war wie immer darauf bedacht, Cuthred nicht zu nahe zu kommen – besorgt zu.

Von irgendwo erschollen Hörner; ein tiefer, schwerer Laut in der feuchten Luft. Dämmerte es bereits? Es war schwer zu sagen. Und ebenso schwer, ob die Reichseiche ausschlug. Aber die Tempelpriester schienen sich dazu entschlossen zu haben, mit dem Ritual zu beginnen. Als der Himmel sich langsam erhellte, öffneten sich Türen und in langen Reihen strömten die Priester heraus und umkreisten singend die Eiche. Wieder erklangen die Hörner, und ein Tor schwang schwerfällig auf. Wachen trieben eine Zweierreihe schlurfender Gestalten in die nasse Kälte. Shef löste den Mantel, ließ ihn in den Matsch gleiten und stand schwer und tief atmend da. Er war bereit. Er wartete nur noch auf sein Ziel.

Nicht weit davon, hinter einem niedrigen Kamm, der die Ebene mit dem Tempel säumte, musterte Bruno seine Reiter. Er hatte sich entschieden, zu Pferd anzugreifen, um die größtmögliche Schockwirkung zu erzielen. Zwar waren die Tiere nur schwedische Pferde und keine sorgsam trainierten Schlachtrösser aus dem fränkischen Reich oder Deutschland, aber seine Männer waren wahre Ritter. Sie würden jedes Tier zum Angriff bewegen.

»Ich glaube, sie fangen jetzt an«, bemerkte Bruno zu Erkenbert. Der kleine Diakon konnte fast gar nicht reiten, hatte sich aber wie die übrigen Priester geweigert, zurückzubleiben. Jetzt kauerte er neben Bruno auf dessen Sattel. Erkenbert zitterte vor Kälte. Bruno weigerte sich zu glauben, daß auch Furcht der Grund für sein Zittern sein könnte. Vielleicht war es auch die Erregung, im Namen des Glaubens zuzuschlagen. Erkenbert hatte ihnen den ganzen vorigen Tag die Heiligenlegenden von den Engländern Willibald und Bonifatius vorgelesen. Sie hatten die heidnischen Sachsen in ihren eigenen Heiligtümern angegriffen, hatten ihre heiligen Säulen umgestürzt und sich die Erlösung im Himmel und ewigen Ruhm unter den Menschen erworben. Der Märtyrertod, hatte Erkenbert den Rittern beschieden, war dafür ein geringer Preis. Es war offensichtlich, daß der kleine Engländer sich danach sehnte, der Held der Geschichte zu sein. Aber Bruno hatte andere Absichten, und der Märtyrertod kam darin nicht vor.

»Dort!« rief der Diakon. »Sie führen die Märtyrer ihrem Schicksal zu. Wann wirst du zuschlagen? Reite voran, Gott wird dir seine Stärke geben.«

Bruno spannte die Muskeln an, erhob sich in den Steigbügeln, um den Befehl zum Angriff zu geben, dann sank er langsam wieder in den Sattel. »Ich glaube, da ist uns jemand zuvorgekommen«, sagte er überrascht.

Als die Gefangenen langsam nach vorne geführt wurden, bemerkte Shef, daß jemand die Leitung des Rituals übernommen hatte. Das zunehmende Licht enthüllte einen grauen Felsblock in der Mitte des Platzes zwischen Tempel und Eiche, der ein flaches, rechteckiges Podest bildete, vier Fuß hoch und zehn breit. Ein Mann löste sich aus der Gruppe in der Nähe der Tempeltüren und schwang einen Speer. Plötzlich stützte er sich auf den Speer, sprang mit einem mächtigen Satz auf den Fels und riß die Arme hoch. Seine Anhänger begrüßten ihn mit einem Aufschrei, der das aufgeregte Gemurmel der restlichen Menge übertönte. »Kjallak!« schrien sie. »König Kjallak, die Götter sind dir gewogen.«

Shef trat vor, die Lanze in der Hand. Er wußte, daß Cuthred ihm folgte, aber das war ihm gleich. Ein Kissen aus Luft schien seinen Körper aufrechtzuhalten, etwas schien ihn hochzuheben, als wäre sein Atem zu groß für seine Lungen.

»Kjallak!« rief er schroff. »Du hast dort meine Männer. Ich will sie zurück.«

Der König starrte auf ihn herunter. Er war ein Krieger im Zenit seiner Kraft, 35 Jahre alt, der Veteran zahlloser Schlachten und Zweikämpfe.

»Wer bist du, Bursche, der du die Versammlung der Schweden störst?« rief er.

Shef, der jetzt unmittelbar vor dem Fels stand, schlug mit dem hinteren Ende der Lanze nach den Beinen des Königs. Kjallak sprang flink über den Schaft, landete auf dem nassen Stein und rutschte ab. Er stürzte. Shef sprang auf den Stein und baute sich über dem Schweden auf. Seine Stimme hallte über den Platz und schrie Dinge, die er sich nicht zurechtgelegt, die er niemals zuvor gedacht hatte.

»Du bist kein König! Ein König beschützt seine Untertanen. Er hängt sie nicht an Bäumen auf, um einer Bande alter Schwindler zu gefallen. Runter von dem Fels! Ich bin jetzt König der Schweden!«

Hinter ihm klirrten Waffen gegeneinander, aber Shef ignorierte sie. Ein halbes Dutzend Männer war losgerannt, sobald sie die Gefahr für ihren König erkannt hatten. Drei von ihnen wurden augenblicklich von Armbrustbolzen durchbohrt, die aus der Menge hervorschossen. Cuthred trat vor und schlug einem weiteren die Beine ab. Dann drang er wild auf die beiden verbliebenen Krieger ein und drängte sie zurück.

»Ist das eine Herausforderung?« rief Kjallak. »Dies ist weder der Ort noch die Zeit dafür.«

Shef antwortete mit einem Tritt, der Kjallak, der gerade wieder auf die Füße kam, vom Fels schleuderte. Die Zuschauer stöhnten auf. Kjallak kämpfte sich wieder hoch; jede Farbe war aus seinem Gesicht gewichen.

»Was immer die Zeit oder der Ort ist, dafür werde

ich dich töten«, sagte er. »Ich werde einen *heimnar* aus dir machen und das, was von dir übrig ist, den Priestern überlassen. Du wirst heute das erste Opfer für die Götter sein. Aber du hast weder Schwert noch Schild. Wie willst du mit diesem alten Sauspieß gegen mich kämpfen?«

Shef blickte sich um. Er hatte das, was jetzt geschah, nicht geplant. Hounds Trank hatte ihm diese Tollkühnheit eingegeben: Jetzt stand statt Cuthred er selbst einem Champion in voller Rüstung gegenüber. Es war unmöglich, einen Vertreter zu bestimmen. Der Tag war jetzt ganz angebrochen, und irgendein Zufall wollte es, daß der Regen aufgehört hatte. Aller Augen waren auf ihn gerichtet, der er auf dem Fels stand, in der Mitte eines natürlichen Amphitheaters. Die Tempelpriester hatten ihren Gesang eingestellt und standen jetzt in einer Gruppe neben ihren Gefangenen. Um ihn herum, in einem großen Ring von Speeren, drängte sich die Versammlung aller Schweden. Aber die Schweden machten keine Anstalten, einzugreifen. Sie standen nur da und warteten das Urteil der Götter ab. Eine bessere Chance als diese würde nie wieder kommen, das wußte Shef. Und der Trank wütete immer noch in seinen Adern.

Shef warf den Kopf zurück und lachte. Er hob die Lanze und warf sie mit der Spitze voraus in den durchnäßten Boden. Er hob die Stimme, damit ihn selbst noch die letzte Reihe der Zuschauer verstehen konnte.

»Ich habe weder Schwert noch Schild«, schrie er. »Aber ich habe das hier!« Er zog das lange, einschneidige Messer aus dem Gürtel. »Ich werde nach der Sitte Rogalands gegen dich kämpfen. Wir brauchen nicht die Haut eines Bullen, wir haben den heiligen Stein. Ich werde dort gegen dich kämpfen, mein Handgelenk an deines gefesselt, und der, der lebend vom Stein tritt, wird König der Schweden sein.«

Die Menge quittierte seine Worte mit einem schwachen Grollen, Kjallaks Lippen wurden zu weißen Strichen. Der König der Schweden hatte solche Zweikämpfe schon gesehen. Sie nahmen dem technisch Versierten den Vorteil. Aber die Menge würde es jetzt nicht mehr zulassen, daß einer der beiden nachgab. Kjallak hatte immer noch seine Stärke und die größere Reichweite. Er löste den Schwertgürtel, warf ihn zu Boden und hörte, wie seine Untertanen jubelten und mit ihren Waffen klirrten, als sie begriffen, daß er die Herausforderung annahm.

»Du vorlautes Hähnchen!« sagte er ruhig. »Du wärst besser auf deinem Misthaufen geblieben.«

Cwicca, der seinen gebrochenen Arm am Ärmel festhielt, murmelte zu dem übel zugerichteten Thorvin: »Hier geht etwas Seltsames vor. Shef hätte so etwas niemals geplant. Und gezwungen hat man ihn auch nicht. Das paßt gar nicht zu ihm.«

»Vielleicht haben die Götter die Herrschaft über ihn übernommen«, sagte Thorvin.

»Dann können wir nur hoffen, daß sie ihn jetzt nicht im Stich lassen«, knurrte Hama.

Bruno, der zusammen mit seinen Rittern immer noch unbemerkt die Vorbereitungen zum Zweikampf verfolgte, blickte sich nachdenklich um. Alle Augen waren auf die Mitte des Kreises gerichtet, wo Männer Kjallak aus seiner Rüstung halfen, während Shef sich bis auf den Umhang auszog. Jemand hatte einen Henkerstrick genommen und machte sich daran, die beiden Männer zusammenzubinden. Einer der Tempelpriester hatte darauf bestanden, mit einem Sprechgesang Odin anzurufen, und Herjolf hatte sich daraufhin aus der Menge gelöst und hielt mit einem zweiten Gesang dagegen.

»Wir können nicht einmal mehr zu ihnen gelangen«, sagte Bruno. »Die Menge ist viel zu dichtgedrängt. Seht her, wir werden folgendes tun.« Er zeigte seinen Männern einen Weg. Zu seiner Rechten, um den Tempel und Sklavenpferch herum, wo sie dann in der Lücke zischen Tempel und Eiche erscheinen würden, durch die man die Gefangenen geführt hatte. »Dann kommen wir in ihrem Rücken heraus«, schloß er, »und greifen in Keilformation an. Auf diese Weise können wir wenigstens unsere Leute befreien.«

»Was für ein Banner haben sie dort unten gehißt?« fragte einer seiner Männer.

»Es ist ein Kreuz«, rief der kurzsichtige Erkenbert. »Gott hat uns ein Zeichen gesandt!«

»Nein, kein Kreuz«, sagte Bruno langsam, »eine Lanze. Eine, wie sie der junge Mann gerade zu Boden geschleudert hat. Eine Lanze und darüber ist etwas, was ich nicht erkennen kann. Aber ich streite nicht ab, daß es trotzdem ein Zeichen sein kann.«

Shef sog die Luft mit langen, tiefen Atemzügen ein und wartete auf das Zeichen, mit dem das Duell eröffnet wurde. Er trug nur eine Hose, die Schuhe hatte er abgestreift, um auf dem nassen Stein besseren Halt zu haben. Er hatte nicht die geringste Vorstellung, was er tun sollte. Aber es schien egal. Hounds Trank erfüllte ihn mit ekstatischer Wut. Der berechnende Teil seines Verstands, der irgendwo tief in ihm drinnen noch existierte, hatte seine Proteste aufgegeben und drängte ihn jetzt, ein Auge auf den Gegner zu haben, statt sich Machtphantasien hinzugeben.

Plötzliche Stille setzte ein, als die beiden rivalisierenden Gesänge zu Ende gingen, dann schmetterten die Hörner, und Kjallak glitt wie ein Panther über den Fels und holte nach Shef aus. Shef sprang um ein Haar zu spät zur Seite, spürte eine glühende Linie quer über seinen Rippen und hörte wie von weit entfernt einen jubelnden Aufschrei. Er war jetzt in Bewegung, zog mit einer Hand an dem Seil, das beide Männer aneinander fesselte, und täuschte mit der anderen einen Stoß vor. Kjallak ignorierte seine Finten und wartete auf den eigentlichen Stoß. Um ihn zu führen, mußte der Einäugige näherkommen. Wenn er verfehlte, würde Kjallak wieder nach dem Körper seines Gegners ausholen. Er umkreiste Shef, indem er sich unablässig nach rechts drehte, drängte ihn mit der Messerhand, damit sein Gegner immer auf der blinden Seite blieb. Alle paar Sekunden holte er blitzschnell und fachmännisch nach Shefs ungeschütztem Arm aus. Die Wunden, die er Shef zufügte, genügten, um diesen durch den Blutverlust zu schwächen.

»Wie läuft es?« erkundigte sich Thorvin. Sein linkes Auge war zugeschwollen.

»Er schneidet Shef in Stücke«, antwortete Cwicca.

Er schneidet mich in Stücke, dachte Shef. Er spürte keinen Schmerz, keine körperliche Angst, aber in ihm stieg langsam Panik auf, als ob er vor Tausenden von Zuschauern auf die Bühne gestiegen wäre und vergessen hätte, was er hatte sagen wollen. Unvermittelt fegte er mit einem Bein in Kjallaks Richtung, ein alter Ringertrick. Kjallak wich ihm mit einer knappen Bewegung aus und schnitt ihm über das ausgestreckte Knie. Shef antwortete mit einem Stoß auf Kjallaks vom Seil gefesselte Hand und es gelang ihm zum ersten Mal, seinem Gegner eine Wunde zuzufügen. Kjallak grinste und stieß unvermittelt über ihre miteinander verkrallten Hände. Shef riß den Kopf zur Seite und sprang zurück. Ihm blieb keine andere Wahl, als das Seil fallenzulassen, wollte er dem drohenden zweiten Stoß auf sein Herz entgehen.

»Du lernst, was?« keuchte Kjallak. »Aber nicht schnell genug. Du hättest bei deiner Mutter bleiben sollen.«

Der Gedanke an seine Mutter, deren Leben die Wikinger ruiniert hatten, stachelte Shef dazu an, wild stechend nach vorne zu taumeln. Kjallak wich seinen Hieben aus, fing einige von ihnen laut klirrend mit der eigenen Klinge ab und wartete darauf, daß Shefs Ansturm erstarb. Er kämpft wie ein Berserker, dachte der König der Schweden. Man darf sich Leuten wie ihm nicht entgegenstellen, man muß ihnen aus dem Weg bleiben und darauf warten, daß sie ermüden. Er spürte bereits, wie die krampfartige Stärke aus Shef wich.

»Wärst besser bei deiner Mutter geblieben«, wiederholte Kjallak. »Hättest vielleicht lieber das Knöchelspiel spielen sollen.«

Das Knöchelspiel, dachte Shef. Er erinnerte sich an Karlis Lektionen im Sumpf, an den Markt in Haithabu. Er packte das baumelnde Seil, spannte es mit einem Ruck und schnitt hindurch. Die Menge stöhnte auf, und Kjallak starrte ihn überraschend und angewidert an.

Shef warf sein Messer hoch in die Luft. Kjallak blickte auf. Seine Augen folgten automatisch dem sich drehenden Schemen.

Shef machte einen Schritt vor, drehte sich aus der Hüfte, wie Karli es ihm beigebracht hatte, und holte zu einem linken Haken aus. Er spürte, wie der Schlag seinen Arm hinaufraste, spürte, wie seine Faust knirschend auf Bart und Knochen prallte. Kjallak taumelte. Aber er war ein Mann mit dem Nacken eines Stiers; er verlor zwar das Gleichgewicht, ging aber nicht zu Boden.

Dann fiel das sich drehende Messer wieder herunter. Als hätte er die Bewegung jahrelang geübt, fing Shefs Linke das Messer am Griff und stieß es unter Kjallaks erhobenes Kinn. Die Klinge bohrte sich durch Bart und Kinn, Mund und Gaumen und immer weiter, bis ihre Spitze hart gegen das Schädeldach stieß.

Shef spürte das tote Gewicht nach vorne fallen, verdrehte die Klinge und zog sie mit einem Ruck heraus.

In einem langsamen Halbkreis drehte er sich zur Menge und hob das blutige Messer. Seine eigenen Männer schrien begeistert auf, von den übrigen Zuschauern kamen nur verwirrte Rufe.

»Schande!« schrie einer von Kjallaks Sekundanten und ging auf den Felsen zu. »Er hat das Seil durchgeschnitten! Das ist gegen die Regeln.«

»Welche Regeln?« fragte Cuthred. Ohne weitere Worte holte er nach dem Sekundanten aus. Seine Klinge trennte dem Mann den Kopf vom Rumpf. Vom Felsen, auf dem er stand, sah Shef, wie Speere wurfbereit erhoben und Armbrüste in Anschlag gebracht wurden.

Ein Sonnenstrahl brach durch die Wolken und fiel auf den blutverschmierten Felsen. Diesmal stöhnte die Menge ehrfürchtig auf. Und im selben Moment klirrte Metall auf Metall. Shef blickte auf und sah zwischen der Eiche und dem Tempel eine Formation Ritter, die sich zwischen die Gefangenen und ihre Wachen drängten und die Tempelpriester in seine Richtung trieben. Er wußte nicht, wer sie waren, erkannte aber auf der Stelle die Chance, die sie ihm boten. Der Trank gab ihm erneut eine Inspiration, Wut wallte in ihm auf.

»Schweden!« rief er. »Ihr seid hier, weil ihr gute Ernten und Wohlstand wollt. Beides erwächst aus Blut. Ich habe euch bereits Blut gegeben, das eines Königs. Folgt mir, und ich werde euch noch mehr geben.«

Stimmen aus der Menge antworteten ihm, schrien etwas von der Eiche und den Opfern.

»Jahrelang habt ihr geopfert, und was hat es gebracht? Ihr habt die falschen Dinge geopfert. Ihr müßt das opfern, was euch am teuersten ist. Fangt von vorne an. Ich werde euch ein besseres Opfer geben.«

Shef deutete über den Platz. »Opfert eure Eiche. Fällt sie jetzt und befreit die Seelen, die an ihr herunterhängen. Und wenn die Götter Blut wollen, dann schickt es ihnen. Schickt ihnen ihre Diener, die Tempelpriester.«

Eine kleine, schwarzgewandete Gestalt war von einem Pferd gesprungen und rannte unter den sich schaurig wiegenden Ästen entlang. Der Mann führte eine Axt, die er einem verwirrten Priester aus der Hand gerissen hatte. Am Stamm angekommen, hob er sie und ließ sie hinuntersausen. Das Sakrileg ließ die Menge erneut aufstöhnen. Die ersten Holzsplitter flogen durch die Luft, und die Männer starrten in Erwartung eines rächenden Blitzes in den Himmel. Nichts geschah. Nur das harte Schlagen von Metall auf Holz hallte über den Platz, als Erkenbert wie ein Besessener auf den Stamm einhieb. Langsam richteten sich die Blicke auf die Tempelpriester. Brunos Männer ritten vorwärts, drängten sie gegen den Fels. Herjolf wandte sich Shefs Anhängern zu. Er hatte die Chance ebenfalls erkannt.

»In Ordnung«, schrie er. »Armbrustschützen zu mir. Formt einen Ring. Ottar, sieh zu, daß deine Finnen nicht durcheinanderlaufen. Die übrigen schnappen sich diese Männer. Und du«, rief er zu Bruno hinüber, »hältst deinen kleinen Gefährten auf, bevor er sich noch etwas antut. Bilde einen Ring um die Eiche und laß vier Männer weitermachen, die ihr Geschäft verstehen.«

Die Schweden verfolgten Herjolfs grausige Vorbereitungen wie gelähmt. Noch bevor der Morgen vorüber war, würde die Reichseiche in einem Scheiterhaufen in Flammen aufgehen und mit ihr ihre Diener.

»Heißt das jetzt, der Einäugige ist unser König?« fragten sie einander.

»Wer weiß?« war die meistgehörte Antwort. »Aber zumindest hat er die Sonne zurückgeholt.«

KAPITEL 31

Die Ragnarssons erfuhren die Neuigkeiten in ihren Gemächern in Braethraborg, ihrer Festung auf Seeland, im Herzen Dänemarks. Nachdem sie den Boten belohnt und entlassen hatten – es war ihre Gewohnheit, für Nachrichten zu bezahlen, ganz gleich, wie unwillkommen sie waren – saßen sie zusammen, um die Neuigkeiten zu diskutieren. Auf dem Tisch zwischen ihnen stand Wein. Wein aus dem Süden. Nach dem schlechten Beginn war es ein einträgliches Jahr für die Brüder gewesen. Nach der Einnahme Haithabus waren sie von einem Zwergreich zum nächsten gezogen und hatten ihren armseligen Königen ihre Herrschaft aufgezwungen. Jeder Sieg hatte ihnen neue Verbündete und Truppen verschafft. Der Nordsüdhandel war jetzt zur Gänze in ihren Händen. Egal, ob Pelze und Bernstein von Norden nach Süden oder Wein und Sklaven von Süden nach Norden verschifft wurden, ihnen waren die Zolleinnahmen sicher. Dennoch hatten sie eines nicht vermocht, und das versetzte sie in Unruhe.

»Er hat Kjallak getötet«, sinnierte Halfdan Ragnarsson. »Ich habe schon immer gesagt, er ist ein guter Junge. Wir hätten ihn auf unserer Seite halten sollen. Es war diese Sache mit Ivars Mädchen, die es verdorben hat. Schade, daß wir Ivar nicht zur Vernunft bringen konnten.« Halfdan hatte von den dreien den Ehrencodex des *drengskapr* am stärksten verinnerlicht.

Seit Shefs Sieg im Holmgang vor York über die Männer von den Hebriden hatte er eine Vorliebe für den jungen Engländer. Seine Gefühle, das wußten seine Brüder, änderten nichts an seiner Treue. Er äußerte lediglich eine Meinung.

»Und jetzt, heißt es, würde er nach Süden rudern. Er kann nur ein Ziel haben«, sagte Ubbi Ragnarsson. »Und das ist hier. Ich frage mich, was für eine Streitmacht er aufbieten kann.«

»Die Berichte besagen, daß er keine Armee ausgehoben hat, die der vollen Stärke der Schweden auch nur nahekommt«, sagte Sigurth Schlangenauge. »Das ist gut. Ich weiß, daß wir die Schweden auslachen. Sie sind altmodisch, führen keine Feldzüge im Westen, die ihnen auf die Sprünge helfen würden. Trotzdem, wenn sie sich sammeln, sind sie zahlreich.«

»Aber das haben sie nicht getan. Es heißt, er kommt mit Freiwilligen und einer Streitmacht, die er im hohen Norden versammelt hat, Finnen und *skogarmenn*. Ich bezweifle, daß wir uns über sie den Kopf zerbrechen müssen. Was mir eher Sorgen macht sind die Norweger.«

Olaf Gjerstad-Alf hatte nach den Ereignissen in Uppsala die Männer aller Königreiche einberufen, über die er seit dem Tod seines Bruders herrschte. Sobald das Eis es zugelassen hatte, war er mit seiner Streitmacht nach Süden gerudert, um den Mann zu treffen, den er als seinen Gebieter betrachtete.

»Norweger!« rief Ubbi. »Und dann noch von diesem Narren Olaf angeführt. Nicht lange und sie kämpfen untereinander, und außerdem ist Olaf vierzig Jahre lang zuhause gesessen. Er ist keine Gefahr.«

»Er war keine«, sagte Sigurth. »Was mich beunruhigt, ist, wie er sich verändert hat. Oder verändert wurde.«

Schweigend saß er da, nippte am Wein und hing seinen Gedanken nach. Seine Brüder warfen einander vielsagende Blicke zu, schwiegen aber ebenfalls. Von den dreien war Sigurth derjenige, der die Zukunft am besten erraten konnte. Ihm entging keine Veränderung im Glück oder Ruf eines Mannes.

Und Sigurth sah Schwierigkeiten aufziehen. Seiner Erfahrung nach kamen Schwierigkeiten immer von dort, wo man sie am wenigsten erwartete. Und noch schlimmer war es, wenn man die Gelegenheit gehabt hatte, sie zu bereinigen, sie aber nicht ergriffen hatte. Er und seine Brüder hatten diesen Skjef oder Shef von Anfang an vernachlässigt. Er selbst, Schlangenauge, hatte ihn mit dem Verlust eines Auges davonkommen lassen, als er sich ganz in seiner Hand befand. Dann, als sie erkannt hatten, wieviel Ärger er ihnen bereiten konnte, hatten sie zweimal versucht, ihn aus dem Weg zu räumen. Der erste Versuch hatte ihrem Bruder Ivar das Leben gekostet, der zweite um ein Haar ihm selbst und seinen beiden Brüdern ihren Ruf. Und Shef war ihnen wieder entkommen. Vielleicht hätte er Halfdan nicht zurückhalten sollen, als dieser in das Wasser hatte springen wollen, um Shef anzugreifen, sinnierte Sigurth. Vielleicht hätte er dann einen zweiten Bruder verloren. Aber wenn sie sich damit ihres Gegners ein für allemal entledigt hätten, wäre es das Opfer vielleicht wert gewesen.

Deutete das alles darauf hin, daß die Götter ihm und seinen Brüdern ihre Gunst entzogen? Sigurth hatte keinen Glauben, und er schreckte auch nicht davor zurück, Priester einzuschüchtern und gute Omen zu erkaufen. Dennoch war er gleichzeitig immer felsenfest davon überzeugt gewesen, daß die alten Götter existierten und er ihr Liebling und insbesondere der Odins war. Hatte er ihnen nicht Tausende von Opfern geschickt? Trotzdem war es nicht undenkbar, daß Odin sich gegen seinen Günstling wandte.

»Wir werden den Kriegspfeil aussenden«, sagte er. »In jedes Land, über das wir herrschen. Ihre Heere sollen in ihrer ganzen Stärke aufmarschieren, oder sie werden unsere Vergeltung zu spüren bekommen.«

»Wißt ihr, was mir noch Sorgen macht?« fuhr er fort. »Stellt euch vor, dieser Tisch wäre Skandinavien. Hier ist Dänemark, dort Norwegen und dort Schweden.« Mit Hilfe von Flaschen und Bechern markierte er eine primitive Karte. »Seht euch seine Reisen genau an. Hier im Süden trafen wir auf seine Flotte. Dann fuhr er nach Haithabu. Und von dort nach Kaupang. Dann weiter in den hohen Norden. Und schließlich taucht er auf, wo ihn niemand erwartet hätte, auf der anderen Seite des Kjolen-Gebirges. Er ist im Kreis gereist. Oder sollte ich eher sagen, er hat die Runde gemacht.«

Die Runde war der Weg des Königs, den er einschlug, um die Steuern einzutreiben, sich Herausforderern zu stellen und anderen seine Autorität aufzuerlegen. Der Eiriksgata in Schweden war einer davon. Shefs Weg konnte man als einen größeren auffassen, die Runde, die alle übrigen nichtig machte.

»Nun«, Halfdan studierte die Anordnung der Becher, »noch muß er einen Schritt machen, um den Kreis zu schließen. Er muß hierherkommen, nach Braethraborg.«

Weit weg von Braethraborg trafen sich vier andere zum Konklave. Nicht drei Brüder, sondern drei Brüder und ihr Vater. Falls er wirklich ihr Vater war und sie wirklich Brüder. Unter den Göttern konnte man das nie genau sagen.

Sie standen am Hlidskialf, dem Thron Odins in Asgard. Ihren Augen blieb nichts verborgen, zumindest nicht auf Midgard, der innersten der neun Welten. Sie sahen, wie Flotten über das Meer krochen, wie Fische unter ihnen schwärmten, sahen, wie das Getreide wuchs und der Samen keimte.

»Ich hielt ihn in meiner Hand«, sagte Odin Allvater, »und ließ ihn ziehen. Und er hat mich zurückgewiesen, hat mir mein Opfer verwehrt und meine Jünger hingeschlachtet. Ich sandte den Schnee und die Finnen aus, aber er entkam mir. Und was hat ihn gerettet? Ein Troll, ein Jötun, *einer aus der Brut des verfluchten Loki.«*

Die Brüder sahen einander an. Heimdall, der Wächter der Götter, um den Hals das große Horn, mit dem er am Tag des Ragnarök Götter und Menschen warnen würde, sagte vorsichtig: »Einer vom Verborgenen Volk rettete ihn, Allvater. Wir wissen nicht, ob sie zur Brut Lokis gehören. Aber etwas stachelte die Wale an, die Mörder, die sonst nur ihren Impulsen und ihrem Hunger gehorchen. Ich war es nicht und ebensowenig du. Wenn es, wie ich glaube, der Angekettete war, dann ist dieser Mann ein Feind des Angeketteten. Und der Feind unseres Feindes ist unser Freund.«

»Er verbrannte die große Eiche. Und den Tempel. Er tötete jene, die mir und deinem Bruder Frey gewidmet waren. Und jetzt segelt er mit Christen an seiner Seite.«

Diesmal versuchte sich Thor mit seiner nicht allzugroßen Überzeugungskraft. »Die dir Gewidmeten waren ein armseliger Haufen. Er hat dir noch andere geschickt – deine eigenen Priester. Sie waren ebenfalls ein armseliger Haufen, aber es war ein fairer Handel. Er hat zwar Christen bei sich, aber er hat mehr getan, sie zu schwächen, als irgendein anderer deiner Günstlinge. Was hat Hermod gegen sie ausgerichtet? Oder Ivar, den dieser Mann getötet hat? Sie haben ein paar von den Christen umgebracht, aber das hat den Rest nur ermutigt. Dieser hier hat ihnen Königreiche genommen. Sie fürchten ihn noch mehr, als du es tust.«

Es war eine unvorsichtige Bemerkung. Odins einsames Auge zuckte herum. Sein Blick bohrte sich wie ein Dolch durch den rotbärtigen Gott, der den Kopf senkte und unsicher an seinem Hammer herumfingerte.

»Nicht du, natürlich«, fuhr er fort. »Aber er ist ein

Schmied und ein Freund der Schmiede. Das vor allen Dingen. Ich bin für ihn.«

»Wenn es wahr ist, was du sagst«, erklärte Odin schließlich, »dann könnte ich vielleicht einen Platz für ihn in Walhall finden, bei meinen Einherier. *Ist das nicht Belohnung und Ehre genug für einen Sterblichen?«*

Nur für die Wahnsinnigen, dachte der Gott, der sich noch nicht zu Wort gemeldet hatte. Heimdall warf ihm einen warnenden Blick zu, denn der Wächter konnte die Gedanken eines Menschen oder Gottes hören. Er hatte allerdings recht. Nur die Wahnsinnigen betrachteten es als Belohnung, jeden Tag bis auf den Tod zu kämpfen, um dann am Abend wiederaufzustehen und darüber zu reden.

»Die Bestimmung der Einherier*«, sagte der bislang schweigende Gott, »ist es, am Tag des Ragnarök den Sieg zu erringen.«*

»Natürlich«, sagte Odin, sein Auge funkelte Rigr wütend an. Rigr war gerissen, konnte wie kein anderer seiner Söhne Worte verdrehen. Manchmal fragte er sich, ob Rigr überhaupt sein Sohn war. Mit Sicherheit hatte Rigr vielen Ehemännern Hörnern aufgesetzt, hatte viele Männer so getäuscht, daß sie fremde Kinder großgezogen hatten. Konnte er das auch bei Göttern?

»Und der Zweck des Ragnarök ist es, das Böse zu zerstören und die Welt zu erneuern? Die große Verstümmelung wiedergutzumachen, die wir und die Welt erlitten, als Balder starb? Als der Verfluchte seine schlimmste Tat vollbrachte und für uns zum Angeketteten wurde?«

Die anderen Götter versteiften sich etwas. Der Name Balder wurde unter ihnen nicht mehr ausgesprochen und schon gar nicht in Odins Gegenwart. Es war nicht gut, an alte Wunden zu rühren.

Rigr fuhr fort. Seine Stimme war wie üblich kalt und triefte vor Ironie. »Aber sind wir sicher, daß wir am Tag des Ragnarök siegen? Nein. Deshalb verstärkt Odin seine Armee in Walhall. Und wenn wir siegen, sind wir sicher, daß uns dann eine bessere Welt erwartet? Nein. Denn es gibt Prophezeiungen, daß wir alle – oder zumindest ihr alle – an diesem Tag untergehen werdet. Du, Thor, wirst am Gift der Midgardschlange sterben. Du, Heimdall, von der Hand Lokis. Was mich betrifft, habe ich keine Prophezeiung gehört. Aber Odin Allvater – es heißt, der Schlund des Fenriswolfs erwarte dich.«

»Wieso warten wir also so sehnsüchtig auf den Tag des Ragnarök? Wieso hat sich keiner von uns die Frage gestellt, was wäre, wenn die Welt ohne Zerstörung erneuert werden könnte?«

Odins Finger verkrampften sich um den Schaft seines Speers, die Knöchel traten weiß hervor.

»Eine letzte Frage. Odin wollte, daß Balder von den Toten zurückkehrt, und sandte seinen Helden Hermod aus, um ihn zurückzuholen. Er scheiterte. Dennoch gibt es Geschichten von Männern, die aus der Totenwelt befreit wurden, auch wenn sie nicht von uns stammen.«

»Christliche Geschichten«, knurrte Thor abfällig.

»Selbst sie können uns Hoffnung geben. Ich weiß, daß der Allvater diese Hoffnung teilt. Die, die dort waren, erinnern sich vielleicht. Als Balder auf dem Scheiterhaufen lag, und wir sein Schiff ins Meer schieben und ihn in die Totenwelt schicken wollten, beugte sich Odin Allvater im letzten Moment vor und flüsterte etwas in Balders Ohr. Niemand hörte seine Worte, nicht einmal du, Heimdall. Was flüsterte Odin in die Ohren des toten Balders?«

»Mir scheint, ich weiß es. Darf ich die Worte aussprechen, Allvater?«

»Wenn du sie gedacht hast, hat Balder sie bereits gehört. Zwei mögen ein Geheimnis bewahren können, aber nicht drei. Also sprich. Was habe ich meinem toten Sohn ins Ohr geflüstert?«

»Du hast geflüstert: ›Ich wünschte, irgendein Gott könnte dich zu mir zurückschicken, mein Sohn.‹«

Lange Zeit war Odin still, dann sagte er: »Es ist wahr. Ich habe dort meine eigene Schwäche eingestanden, etwas, das ich niemals zuvor oder danach getan habe.«

»Gestehe sie wieder ein. Greife nicht in dieses Geschehen ein. Gib meinem *Sohn seine Chance. Laß mich sehen, ob ich ihn benutzen kann, eine bessere Welt zu schaffen, ohne das Feuer des Ragnarök. Um das zu heilen, was mit Balder starb.«*

Wieder starrte Odin auf die Flotten, die unter ihm dahinkrochen. »Nun gut«, sagte er schließlich. »Aber ich werde dennoch Rekruten für meine Einherier *finden. Bald werden meine Töchter zu tun haben, die* Walküren, *die die Gefallenen auswählen.«*

Rigr sagte nichts, seine Gedanken blieben selbst Heimdall verborgen.

Der Kriegsrat, den Shef auf dem Deck der *Furchtlos* zusammengerufen hatte, wirkte, als ob der Krieg bereits vorüber wäre. Cwicca, der Kapitän der Katapultmannschaften, hatte einen Arm geschient und verbunden. Thorvins Gesicht war immer noch mit blauen Flecken übersät, ein Auge war zugeschwollen und kam erst langsam wieder zum Vorschein. Shef selbst war bleich, lediglich mit Kissen im Rücken konnte er einigermaßen aufrecht sitzen: Hound hatte seine Wunden an Armen und Beinen mit mehr als hundert Stichen nähen müssen, und der Heiler behauptete steif und fest, daß das Blut, das nach dem Kampf noch in ihm verblieben war, gerade eben noch ein Weinglas gefüllt hätte.

Andere wirkten kriegstauglicher. Am anderen Ende des langen Tischs saß Olaf Gjerstad-Alf, den seine Untertanen in jüngster Zeit respektvoll ›den Siegreichen‹ nannten. Neben ihm saß Brand, der sich am Ende des Winters in den Süden vorgekämpft hatte, um ein neues Schiff zu erwerben. Shef konnte das Trollblut in ihm jetzt immer deutlicher erkennen. Seine Augenbrauenwülste hingen wie Vorsprünge über einer Klippe, seine Hände und Knöchel schienen selbst für seinen hünenhaften Körper überdimensioniert. Neben ihm folgte Guthmund, auf Shefs Veranlassung jetzt der neue Jarl von Södermanland und damit der Nachfolger Kjallaks. Die übrigen schwedischen Jarle hatten seine Ernennung besser aufgenommen, als sie erfuhren, daß sie einem Landsmann zugefallen war. Sie hatten ebenso hochinteressiert Guthmunds eindringlichen Schilderungen der Reichtümer gelauscht, die sie im Dienste des neuen Königs erwarteten.

Herjolf saß ebenfalls im Rat, und auch Ottar, der seine Beschlüsse Piruusi und den Finnen vermitteln sollte. Neben ihnen lümmelte die breitschultrige Gestalt Brunos sorglos an ihrem Platz. Das Eingreifen seiner Männer in Uppsala hatte ihm einen Sitz im Rat verschafft. Jetzt, da die Ragnarssons über Haithabu herrschten, Horiks Politik des freien Handels beendet hatten und eine ständige Bedrohung für den Norden Deutschlands darstellten, stand zumindest seine Feindschaft zu den drei Brüdern außer Zweifel.

Brand, der drei Jahre zuvor die Nachricht von Ragnar Lodbroks Tod nach Braethraborg überbracht hatte – eine Geschichte, die sich die Männer einander jetzt immer wieder erzählten – war darum gebeten worden, den Kapitänen von Shefs aus über hundert Schiffen bestehenden Flotte die Verteidigungsanlagen zu beschreiben. In der Mitte des Tisches stand ein großes Tablett mit Sand, in die er den Umriß des Fjords eingezeichnet hatte. Jetzt steckte er Holzstücke in den Sand, um die Position der wichtigsten Gebäude zu markieren.

»Das ist eine harte Nuß«, schloß er. »Sie hatten damals, als ich die Nachricht überbrachte, eine ständige Patrouille aus einem halben Dutzend großer Kriegsschiffe. Es heißt, die Ragnarssons hätten sie verdoppelt, als sie von uns erfuhren. Auf jedem Schiff sind über hundert Männer, kampferfahrene Champions, und sie ragen höher aus dem Wasser als unsere Schiffe – mit Ausnahme der vier Wachschiffe, die König Olaf mitgebracht hat. Und weil die Schiffe der Ragnarssons die Bucht niemals verlassen, müssen sie sich nicht um Trinkwasser und Proviant kümmern. Sie sind zu jeder Zeit voll bemannt, und immer nur eines kehrt zum Ausrüsten und Mannschaftswechsel in den Hafen zurück.«

»Und dann sind da noch die Katapulte. Alle sind sich darin einig, daß die Ragnarssons ihren Sieg in Haithabu den neuen Maschinen zu verdanken haben. Seitdem haben sie unablässig weitere gebaut und ihre Mannschaften daran ausgebildet. Es heißt, ein abtrünniger Mönch oder Laienbruder aus York leite sie dabei an.«

Vorwurfsvolle Blicke wanderten zu der kleinen, schwarzen Gestalt an Brunos Seite. Erkenbert beachtete sie nicht. Seit seinem Ansturm auf die Reichseiche lebte er in einem immerwährenden Tagtraum, in dem er unablässig die Legende des *arithmeticus* Erkenbert, des Zerschmetterers der Heiden, als Heiligenvita neu schrieb. Er war sich immer noch unsicher, welche Rolle er dem einäugigen Renegaten einräumen sollte, der den Heidenkönig getötet hatte. Vielleicht war es am besten, ihn überhaupt nicht zu erwähnen und seinen Sieg einem christlichen Champion zuzuschreiben. In der christlichen Welt zeichnete nur die Kirche Geschichte auf.

»Die Katapulte sind hier«, fuhr Brand fort und drückte einige Holzstifte in das Vorgebirge, das über den Zugang zum inneren Fjord wachte. »Sie können aus einer Meile Entfernung jedes Schiff zerstören, das sich ihnen nähert.«

»Und schließlich ist da noch die Hauptmacht der

Ragnarssons. Bewaffnete Langschiffe, die hier«, wieder steckte Brand Holzstifte in den Sand, »am Strand liegen. Sie haben mindestens soviele Schiffe wie wir und müssen sich auch hier nicht mit Trinkwasser- und Proviantproblemen plagen.«

»Sag uns, Brand«, verlangte Shef. »Hast du auch gute Nachrichten?«

Brand grinste. »Nun, man könnte sagen ›es regnet nicht‹, aber das wird es wahrscheinlich auch bald tun. Aber ja, es gibt auch Gutes zu berichten. Viele der Verbündeten stehen unter Zwang. Sie sind dort, weil die Ragnarssons sie einen nach dem anderen besiegt haben und sie jetzt zwingen, Truppen zu stellen. Sollten die Ragnarssons die Oberhand behalten, kämpfen sie für sie. Aber wenn es so aussieht, als ob die Brüder verlören... sie würden auf der Stelle desertieren. Um ehrlich zu sein, ich glaube, wir haben eine gute Chance – wenn es uns gelingt, ins Herz von Braethraborg vorzustoßen. Aber die Katapulte sind ein Problem, genauso wie ihre großen Schiffe.«

Brand zögerte. Er wußte nicht, ob er nicht nur das ohnehin Offensichtliche darlegte. Aber im Rat saßen so viele Nicht-Nordländer, daß es am besten war, deutlich zu werden. »In einem Kampf auf See ist man in einem großen Schiff wie hinter... hinter Steinmauern. Aber ihre Schiffe sind so groß, sie würden in einem Atlantiksturm innerhalb einer Stunde absaufen, und ihre Kiele sind immer zu schwach. Aber wenn eines von ihnen in einer Bucht neben einem der unseren längs geht, muß die Mannschaft nur ein paar Felsen runterwerfen, und wir gehen baden. Sie überragen jedes gewöhnliche Schiff um mehrere Fuß. Die Männer auf ihnen sind vor uns geschützt, aber unsere Decks sind Zielscheiben für ihre Pfeile und Speere. Wenn sie uns entern, kommen sie von oben. Wir dagegen müßten Enterhaken werfen und an den Seilen hochklettern, und solange bei ihnen noch jemand am Leben ist, ist das unmöglich. Nur Olafs Schiffe könnten unter ausgeglichenen Bedingungen gegen sie antreten, aber sie haben dreimal mehr Schiffe von dieser Klasse. Und ihre Schiffe – das betone ich nochmal – werden von den besten Kriegern der Ragnarssons bemannt sein. Zwar nur Dänen, glaube ich, keine Norweger«, fügte er in einem Anfall von Patriotismus hinzu, »aber dennoch keine bartlosen Kinder.«

»Ach«, beendete Bruno die Stille in seinem stark akzentuierten Nordisch, »ich fürchte, wir müssen umkehren.«

Brand lief rot an und griff wütend über den Tisch, um Brunos Hand so lange zu quetschen, bis dieser darum bettelte, er solle sie loslassen. Bruno wich ihm mühelos aus, ohne daß auch nur für einen Augenblick das Lächeln aus seinem Gesicht verschwand.

Shef klopfte auf den Tisch. »Genug. Danke für deinen Bericht, Brand. Bruno, wenn du nach Hause willst, werden wir ohne dich weiterfahren.« Shef erwiderte Brunos Blick und zwang ihn dazu, den Kopf zu senken. »Aber der Graf scherzte nur. Er ist ebenso entschlossen wie wir, diesen tollwütigen Hunden Einhalt zu gebieten und Recht und Gesetz in den Ländern des Nordens wiederherzustellen.«

»Ja«, sagte Herjolf, »aber wie stellen wir das an?

Shef streckte die flache Hand aus. »Das ist Papier.« Er ballte die Hand zur Faust. »Das ist Stein.« Er streckte zwei Finger aus. »Das ist die Schere. Nun, wer will mit mir spielen? Bruno, du.«

Shefs Stimme war fest und kräftig und schien nicht zu dem bleichen Gesicht zu passen. Er war sich sicher, daß er sie mitreißen konnte, ja selbst, daß er Brunos Gedanken erahnen und das Spiel gewinnen konnte. Was würde Bruno tun? Er würde nicht das Papier wählen, das stand fest. Stein oder Schere? Sein eigenes

Naturell würde den scharfen Schnitt bevorzugen. Also würde er Stein wählen, um andere zu täuschen.

»Eins, zwei, drei«, zählte Shef. Die beiden Männer streckten gleichzeitig die Hand aus. Bruno hatte sie zu einer Faust geballt, Shefs war flach geblieben. »Papier umwickelt Stein, ich gewinne.«

Sie spielten ein zweites Mal. Diesmal würde Bruno nicht die Schere wählen, die beim letzten Spiel gewonnen hätte, und auch nicht den Stein, den er bereits versucht hatte. »Eins, zwei, drei.« Brunos flache Hand traf auf Shefs ausgestreckte Finger. »Schere schneidet Papier, ich gewinne wieder. Aber genug…« Brunos Gesicht verdüsterte sich, als Brand brüllend auflachte. »Ihr versteht, was ich meine? Sie haben große Schiffe, Katapulte und gewöhnliche Schiffe. Und große Schiffe schlagen gewöhnliche Schiffe, wie Brand uns gesagt hat. Nun, was schlägt große Schiffe? Katapulte. Und was schlägt Katapulte? Unser Plan muß sein, ihren Schwächen stets unsere Stärken gegenüberzustellen. Deshalb werden wir…«

Als der Rat sich auflöste, lehnte Shef sich zurück, heiser vom langen Reden und geschwächt vom Blutverlust. Bruno erhob sich, verbeugte sich höflich in Richtung des mürrisch dreinblickenden Brand und arbeitete sich schließlich zum Kopfende des Tisches vor.

»Du hast einen weiten Weg zurückgelegt, seit man in Haithabu versuchte, dich als Sklaven zu verkaufen«, bemerkte er. Er nickte Karli zu, der hinter Shefs Stuhl stand. »Ich sehe, der junge Dithmarscher ist immer noch bei dir. Aber deine Waffe ist nicht mehr dieselbe wie damals. Darf ich sie mir ansehen?«

Merkwürdig zögerlich griff Shef hinter sich, wo die Lanze gegen den Dollbord lehnte, und reichte sie ihm. Bruno drehte sie in den Händen und untersuchte ihre Spitze.

»Darf ich fragen, wo du dieses eigentümliche Stück gefunden hast?«

Shef lachte. »Die ganze Geschichte zu erzählen, würde zu lange dauern. In einer Räucherkammer. Man sagte mir, sie hätte einst einem Jarl der Tronden gehört, einem gewissen Bolli. Aber ich habe ihn nie getroffen. Oder besser gesagt, nie mit ihm gesprochen«, fügte er hinzu, als ihm die lange Reihe der baumelnden Rümpfe einfiel. »Du kannst sehen, daß sie einmal einem Christen gehört haben muß. Sieh nur, da sind Kreuze auf der Spitze, die einst mit Gold eingelegt waren. Aber das hat man lange, bevor die Lanze in meine Hände gelangte, weggekratzt.«

Bruno drehte die Waffe in den Händen und starrte die Kreuzzeichen auf der Klinge an. Er behandelte die Lanze sanft, ja ehrfürchtig. Nach einem Augenblick fragte er leise: »Darf ich fragen, wie die Waffe zu dir kam, wenn du ihren Besitzer nie getroffen hast? Hast du sie irgendwo gefunden? Oder sie irgendwo genommen?«

Shef erinnerte sich an die Szene in Echegorguns Räucherkammer: Wie er die Lanze weggelegt hatte, und Cuthred sie genommen und ihm aufgedrängt hatte. Irgend etwas an Brunos Drängen war merkwürdig. Es widerstrebte Shef, ihm die ganze Geschichte zu erzählen.

»Sagen wir, sie gelangte in meine Hände. Sie gehörte zu dem Zeitpunkt niemandem.«

»Aber hat sie kein Mann aufbewahrt? Wurde sie dir nicht von einem Mann gegeben?«

Echegorgun hat sie aufbewahrt, dachte Shef. Ein Marbendill, kein Mensch. Und es war Cuthred, der sie mir gegeben hat. »Es war nicht wirklich ein Mann«, antwortete er.

Man hatte Bruno Erzbischof Rimberts Worte berichtet: Die Heilige Lanze des Longinus und Karls des

Großen würde nicht durch die Hand eines Mannes ans Licht kommen. Seine Zweifel verflüchtigten sich. Endlich hielt er die heilige Reliquie des Reiches in den Händen. Trotz all seiner Prüfungen war ihm Gott gewogen. Doch er stand auf dem Deck eines heidnischen Kriegsschiffs, umgeben von potentiellen Feinden. Was hatte ihm der kleine Diakon gesagt? »Er, der bis an das Ende aushält, soll errettet werden.«

Bruno stellte das hintere Ende des Schafts sanft auf das Deck und sagte, so beiläufig es ihm möglich war: »Es ist eindeutig die Waffe eines Christen. Nimm es mir nicht übel, aber ich würde sie lieber nicht in den Händen eines Mannes belassen, der kein Christ mehr ist. Vielleicht kann ich sie von dir auslösen, so wie wir christliche Sklaven auslösen.«

Brand hat auch versucht, sie mir abzuschwatzen, dachte Shef. Merkwürdig. »Nein«, wiederholte er die Worte, die er Brand gesagt hatte, »Eine Waffe, die einen zum Sieg geführt hat, ist eine gute Waffe, und sie hat mir Glück gebracht. Ich habe Gefallen an ihr gefunden. Ich werde sie behalten.«

Bruno gab sie ihm zurück, straffte sich und verbeugte sich in der steifen Art der Deutschen. »Auf Wiedersehen, Herr, wir sehen uns in der Schlacht.«

»Dieser lästige Hund«, murmelte Cuthred zu Cwicca auf Englisch, als Bruno sich abwandte.

KAPITEL 32

SHEF SCHLIEF, ABER DENNOCH war sich ein Teil seines Verstandes bewußt, daß morgen der Tag der Schlacht sein würde. Die Flotte lag einige Meilen vor der Einfahrt zum Fjord von Braethraborg am Strand, schwer bewacht, um einen Überraschungsangriff unmöglich zu machen.

Im Schlaf fand Shef sich am äußersten Ende des Fjords wieder und blickte in die Richtung, aus der er morgen kommen mußte. Und in der Tat war es Morgen, und der Mann, der gerade die Fensterläden zur Seite gezogen hatte, konnte beobachten, wie Schiffe den Fjord hinauf auf ihn zukrochen. Er wußte, daß diese Schiffe ihm den Tod bringen würden.

Der Mann zog die Fensterläden ganz auf und begann zu singen, ohne die Augen von der einlaufenden Flotte abzuwenden. Shef hatte das Lied, das er sang, schon oft gehört, es war unter den Wikingern berühmt und eines von Brands Lieblingsliedern. Man nannte es Bjarkis Lied. Aber dieser Mann wiederholte das Lied nicht nur, er dichtete es. Er sang:

»Der Tag ist gekommen,
die Hähne schwirren ihre Flügel.
Zeit für die Elenden, an ihr Werk zu gehen.
Erwacht jetzt, ihr Krieger, meine Freunde,
Ihr besten, ihr Bezwinger Adils,
Har mit dem harten Griff,

Hrolf der Bogenschütze,
Männer edlen Blutes, die niemals fliehen.
Nicht zum Wein noch
zum Flüstern der Frauen
Wecke ich euch. Nein,
zum scharfen Hagel der Schlacht.«

Die Stimme von Shefs göttlichem Mentor übertönte den Gesang des Mannes. Wie üblich war sie kalt und ironisch.

»Nun, du wirst nicht so kämpfen«, sagte sie. »Du willst gewinnen, nicht Ruhm ernten. Aber vergiß nicht: Ich habe mein Bestes für dich getan, doch du mußt jeden Vorteil nutzen, den du hast. Du kannst dir keine Schwäche leisten ...«

Beide Stimmen, die des leidenschaftlichen Sängers und des kühlen Gottes, verklangen. Als er aufwachte – oder vielleicht weckten sie ihn auch auf –, hörte Shef die Hörner der Wachen, deren Schmettern die Dämmerung und den Morgen der Schlacht anzeigten. Shef blieb liegen. Als König konnte er wenigstens darauf warten, daß jemand anders ein Feuer entfachte und Frühstück machte. Mit leerem Magen zu kämpfen, stand außer Frage, dazu war eine Schlacht Mann gegen Mann viel zu schwere Arbeit. Er dachte über seine Vision und das Lied nach.

»Männer edlen Blutes«, hatte der Sänger gesagt, »die niemals fliehen.« War er edlen Blutes? Er nahm es an. Ob sein Vater ein Gott oder ein Jarl oder vielleicht sogar der Thane Wulfgar war, machte keinen Unterschied. Auf jeden Fall floß in ihm nicht das Blut eines Churls. Hieß das, daß er, Shef, es für unter seiner Würde hielt, zu fliehen? Daß diejenigen, die flohen, immer schlechten Blutes waren? Vielleicht dachte der Sänger, daß Adel und die Weigerung, zu fliehen, ein und dasselbe waren. Wenn das der Fall war, irrte er sich.

Und der Gott hatte gesagt, er müsse jeden Vorteil

nutzen. Irgend etwas sagte Shef, daß auch er sich irrte. Das war es, was ihn beschäftigt hatte. Er setzte sich auf und rief nach seinem Diener. »Hol mir Udd!«

Udd erschien, als er gerade seine Schuhe angezogen hatte. Shef musterte ihn kritisch. Udd versuchte, sich zusammenzureißen, aber sein Gesicht war bleich und angespannt. Er hatte seit Tagen nicht anders ausgesehen. Aber es war kein Wunder. Udd hatte wochenlang auf einen qualvollen Tod gewartet, um dann im letzten Augenblick gerettet zu werden. Davor hatte er mehr Gefahren und Strapazen erduldet, als ihn in sechs Leben als Helfer eines Schmieds erwartet hätten, was er einst gewesen war. Man hatte ihn überanstrengt. Dennoch wollte er Shef jetzt nicht im Stich lassen.

»Udd«, sagte Shef, »ich habe eine besondere Aufgabe für dich.«

Udds Unterlippe zitterte, seine ängstliche Miene wurde noch ausgeprägter.

»Ich will, daß du die *Furchtlos* verläßt und bei der Nachhut bleibst.«

»Wieso, Herr?«

Shef dachte schnell nach. »Damit du eine Botschaft für mich überbringen kannst – falls der Tag schlimm endet. Hier, nimm das Geld hier. Sollte es je nötig sein, wird es für eine Überfahrt nach England genügen. In diesem Fall richte König Alfred meine Grüße aus und sag ihm, es täte mir leid, daß wir nicht länger zusammenarbeiten konnten. Und grüße auch seine Königin von mir.«

Udd sah ihn in einer Mischung aus Überraschung, Erleichterung und Scham an. »Und wie lautet die Botschaft für sie, Herr?«

»Oh, nichts weiter. Grüß sie nur in Erinnerung an alte Zeiten. Und hör mir zu, Udd. Ich würde niemand anderem diesen Auftrag anvertrauen. Ich verlasse mich auf dich. Enttäusche mich nicht.«

Der kleine Mann verließ das Zelt. Er wirkte immer noch erleichtert, aber weniger beschämt. Wie sinnlos, dachte Shef. Und dazu noch genau im Gegensatz zu dem, was der Gott gesagt hatte. Wir brauchen Udd vielleicht während des Tages. Aber ich konnte seine angsterfüllten Augen nicht mehr ertragen. Udd aus der Schlacht zu nehmen war ein Akt der Güte. Und des Widerstands gegen den zynischen Gott Rigr, seinen Vater und Mentor.

Shef trat zur Überraschung der Wachen, die an Morgen wie diesen nachdenkliche Stille gewohnt waren, pfeifend aus dem Zelt. Er grüßte Cwicca und lauschte Udds Erklärung für die überraschende Audienz aus einigen Schritten Entfernung. »Hast du noch den Dudelsack, den du über den Winter gebaut hast, Cwicca? Nun, dann spiel ihn heute. Wenn das den Ragnarssons keine Angst einjagt, was dann?«

Stunden später kroch die Flotte über die ruhige See auf den Fjord zu, in der das bislang unbezwungene Braethraborg lag. Zur Linken der sich aus dem Norden nähernden Flotte ragte eine Halbinsel in den Fjord. Darauf kauerten, gerade noch sichtbar, die vier Maulesel der Ragnarssons, flankiert von Katapulten und Bolzenschleudern und diese wiederum von den simplen und billigen, aber dafür wenig zielgenauen Zugkatapulten. Vor der Halbinsel lagen die größten Kriegsschiffe der Ragnarssons, die Küstenpatrouille, die niemals in die offene See hinausfuhr. Hinter ihr drängten sich die herkömmlichen Langschiffe, die Hauptmacht ihrer Flotte, angeführt von Shefs altem Feind, der *Frani Ormr*.

Auf der *Furchtlos* lauschte Shef dem Stöhnen der Ruderer, die die Riemen wuchteten. Es waren keine gewöhnlichen Riemen – von doppelter Länge, mühten sich jeweils zwei Mann an ihnen ab, ausgesucht von Brand und Hagbarth aus den stärksten Kriegern ihres

Aufgebots. Die *Furchtlos* hatte den bisherigen Weg segelnd zurückgelegt, um die Ruderer zu schonen, aber jetzt war es Zeit, den Mast umzulegen. Steuerbord und backbord von ihnen liefen Olafs vier große Kriegsschiffe auf demselben Kurs. Ihre Ruderer hielten mühelos mit dem langsamen Ruderschlag der *Furchtlos* Schritt und starrten seitlich auf das merkwürdige Schiff, das sie eskortierten.

Shef hatte schließlich den Befehl gegeben, die Platten aus gehärtetem Stahl anzubringen. Die beiden Plattformen mit den drehbaren Mauleseln waren bis auf Hüfthöhe gepanzert, die Platten neigten sich nach außen. Es wäre unmöglich gewesen, den Rest des Schiffes zu panzern, ohne daß es gesunken wäre, aber Shef hatte ein Gerüst an den Schandeckeln anbringen lassen. Auf diesen hatten sie die Platten angebracht, die sich wie die Schindeln eines Daches oder die Schuppen eines Drachen überlappten. Die schrägen Platten begannen knapp oberhalb der Köpfe der Ruderer und trafen sich etwa sechs Fuß darüber.

»In der Schlacht hält man seinen Schild hoch«, hatte Shef dem skeptischen Hagbarth erklärt. »Wenigstens, wenn man Speere und Pfeile aus größerer Entfernung erwartet. Und man hält ihn schräg, damit sie abrutschen. Und wir werden hier dasselbe versuchen.«

Hinter der *Furchtlos* und den großen Schiffen Olafs folgte die Hauptmacht der Angreifer in den Achtzehnruderern, die das Rückgrat aller Wikingerflotten bildeten. Jedes zog ein in der glitzernden Sonne kaum erkennbares kleineres Boot hinter sich her – jedes einzelne Fischerboot, das sie in den Dörfern vor Ort hatten auftreiben können. Jedes von ihnen trug vier bis acht Ruderer sowie zwei zusätzliche Männer, die man hineingequetscht hatte. Auch hier hatte man die Ruderer sorgfältig aus den besten der Schweden und Norweger ausgesucht. In jedem Boot hielten zwei Männer

Armbrüste in den Händen, zwei weitere waren Ritter aus Brunos Streitmacht.

Sigurth Ragnarsson, der das Geschehen aus der Mitte seiner Formation heraus verfolgte, bemerkte: »Sie haben die Masten umgelegt.«

»Heißt das, daß sie diesmal keine komischen Sachen probieren?« fragte Ubbi.

»Das bezweifle ich stark«, antwortete Sigurth. »Aber wir haben jetzt auch ein paar Tricks auf Lager. Hoffen wir, daß sie gut genug sind.«

Shef stand vor dem Maulesel im Bug, einen der wenigen Plätze auf der *Furchtlos*, von dem aus man überhaupt noch etwas sehen konnte. Er spähte in Richtung der Katapulte der Ragnarssons. Er hatte ein scharfes Auge, aber wie es sich herausstellte, war es nicht scharf genug für seinen Zweck. Er mußte irgendwie näher heran! Er mußte wissen, ob die Katapulte schußbereit waren. Wenn die Schützen der Ragnarssons schlau waren, würden sie ihre erste Salve zurückhalten, bis Olafs vier Schiffe in Reichweite waren, um sie mit einem Streich zu versenken. In diesem Fall wäre die Schlacht verloren, noch bevor sie überhaupt begonnen hatte. Shefs ›Scheren‹ – so hatte er sie in Gedanken getauft – würden von den ›Steinen‹ der Katapulte stumpf gemacht. Dennoch wollte er die Schiffe nicht zu weit draußen anhalten lassen. Je weniger Entfernung die kleinen Boote, das ›Papier‹ in seinem Plan, zurückzulegen hatten, desto besser.

Sie waren beinahe in Schußreichweite, stellte Shef fest. Er wandte sich ab und winkte König Olaf zu, der neben Brand auf der Back seines hundert Schritte entfernten Schiffs stand. Olaf winkte zurück und rief einen Befehl. Als die Ruderer die Riemen hochwarfen und das Schiff an Fahrt verlor, rauschte ein dreißig

Pfund schwerer Felsblock aus dem Himmel. Er stürzte zehn Fuß vor dem Bug von Olafs *Reiher* in die Wellen und spritzte Wasser über den König. Shef schnitt eine Grimasse. Etwas knapp. Würden sie es noch einmal versuchen?

Die vier großen Schiffe hatten an Fahrt verloren und blieben zurück, als die *Furchtlos* langsam in Reichweite der Katapulte vorstieß. Hinter ihnen hatte die Hauptmacht der Flotte ebenfalls die Riemen hochgenommen und trieb gemächlich vorwärts. Dann ließen sie ihre Schlepptaue fallen. Harsche Schreie schnitten unvermittelt durch die Stille. Die kleinen Boote hatten abgelegt. Ausgeruhte Ruderer legten sich in die Riemen, und die Boote schossen nach vorne, als stellte die letzte Meile, die noch vor ihnen lag, ein Rennen dar. Als sie zuerst an der Hauptmacht und dann an Olafs vier großen Schiffen entlangglitten, drängten sich die Ruderer an den Seiten, und feuerten sie einmütig an, während die Bootsmänner den Takt vorgaben.

Das erste Boot schoß an der *Furchtlos* vorbei, sein Steuermann war einer von Brands Landsmännern aus Halogaland. Shef konnte ihn schreien hören: »Los, legt euch in die Riemen! Oder wollt ihr, daß irgendein schwedischer Wichser uns überholt?« Shef winkte ihm zu, ebenso wie den beiden *skogarmenn*, die mit ihren Armbrüsten auf der hinteren Ruderbank kauerten, und Bruno, der in einem der folgenden Boote saß, und den übrigen Booten. Sechzig Stück waren es insgesamt, in einer langgestreckten Formation wie ein Rudel Hunde, das einen Hirsch gewittert hat. Shefs Ruderer atmeten zu schwer, um sie anzufeuern, schoben ihr immens schweres Schiff mit einem Viertel der Geschwindigkeit der Boote durch die Wellen.

Wie würden die Katapulte darauf reagieren? Shef sah, wie unvermittelt zwei Fontänen aus dem Wasser schossen, dann eine dritte, und sein Herz machte einen

Satz. Jede Fontäne bedeutete einen Fehlschuß, und jeder Fehlschuß bedeutete eine weitere Minute, die die Schützen der Ragnarssons brauchten, um ihre primitiven Maschinen neu zu spannen. Dennoch mußte es einen Treffer gegeben haben. Ja, dort bei den vordersten Booten schlugen Männer zwischen zerschmetterten Planken verzweifelt um sich. Keines der übrigen Boote hielt an oder verlangsamte seine Fahrt, um sie aus dem Wasser zu ziehen. Shef hatte es ihnen immer wieder eingebleut. Rettet keine Überlebenden. Laßt sie zurück. Rudert weiter. Einige der Männer würden von ihren Kettenhemden auf den Meeresboden gezogen, einige, so hoffte er, würden sich an Planken festhalten und an Land schwimmen können. Die Boote schossen wie flinke Wasserkäfer weiter, ihre Riemen streiften nur noch die Wellen. Die *Furchtlos* war jetzt vielleicht noch eine Achtelmeile von der furchterregenden Linie der gegnerischen Flotte entfernt.

»Gebt mir noch hundert Schläge«, rief Shef den Ruderern zu. »Noch hundert Schläge und ihr könnt auch ausruhen. Hagbarth, gib den Takt vor. Cwicca, spiel auf.«

Die großen Männer legten sich noch härter in die Riemen, setzten ihre gesamte Kraft ein, etwas, das sie am Beginn einer gewöhnlichen Schlacht, die im Nahkampf entschieden würde, nie getan hätten. Die kreischende Musik trieb sie an. Cuthred grinste säuerlich und blickte aus dem Schatten der Stahlplatten auf. »Ogvind hier sagt, er würde sich ohne den Dudelsack noch ganz anders ins Zeug legen. Kannst du ihn zum Schweigen bringen?« Shef winkte zurück und schrie etwas, das keiner hören konnte. Wieder musterte Shef die Szenerie, die sich vor ihm auftat, schätzte Entfernungen ab, nahm die Katapulte des Feindes in sich auf, die dahinschießenden Boote und die vorderste Linie der Ragnarssons, die plötzlich viel näher schien. Sie hatten Glück, daß wenigstens diese sich nicht bewegt hatte. Hätten die Ragnarssons ihre Formation auf der Stelle aufgelöst, hätten vielleicht ihre ›Scheren‹ sein ›Papier‹ geschnitten, hätten ihre großen Schiffe seine kleinen Boote überfahren. Aber jetzt würde sein ›Papier‹ ihren ›Stein‹ einwickeln, sein ›Stein‹ ihre ›Scheren‹ stumpf machen.

»Nur noch zehn Schläge«, schrie Shef. »Hagbarth, dreh nach Steuerbord. Zeig ihnen die Breitseite. Cwicca, schieß auf das Schiff mit dem Rabenbanner. Osmod«, er schrie noch lauter, um beim Heckkatapult gehört zu werden, »du schießt auf das Schiff links neben dem Raben und arbeitest dich dann weiter nach links. Nach *links*, hörst du?«

Das Schiff schwang herum, mit einem letzten Aufstöhnen sanken die Ruderer über ihren Riemen zusammen. Shef sprang herunter und rannte zu einem anderen Aussichtspunkt in einigem Abstand zu den Katapulten. Als die *Furchtlos* langsam zum Halten kam, starrten Cwicca und Osmod parallel zu den Schwanzstücken ihrer Maulesel durch die Lücken in der Panzerung.

Cwicca senkte die Hand. Hama betätigte den Abzug und das ganze Schiff erzitterte unter dem Aufprall des Wurfarms auf dem gepolsterten Querbalken. Und erbebte ein zweites Mal, als auch Osmod wenige Augenblicke später sein Katapult abschoß. Shef folgte angespannt den scharzen Punkten, in die sich die Felsblöcke verwandelten. Cwicca und Osmod hatten den Großteil ihrer Mannschaften neu ausbilden müssen. Sie hatten im entscheidenden Moment die *Kranich* verfehlt. Würden sie sich diesmal besser schlagen?

Der Flug der beiden Punkte endete abrupt in den Reihen der Ragnarssons, Shef war sich fast sicher, daß er Splitter fliegen sah. Er wartete auf den plötzlichen Kollaps, das Verschwinden eines Schiffs, das sich wie eine Blüte öffnete, wie er es in der Schlacht vor der Elbe beobachtet hatte. Nichts geschah. Die Linie der Schiffe war immer noch geschlossen, ihre Drachenköpfe funkelten ihn weiter böse an. Was hatten die Ragnarssons angestellt? Hatten sie ihre Schiffe gepanzert?

»Zwei Treffer«, schrie Shef. »Arbeitet euch wie befohlen nach links und rechts weiter.« Er wußte nicht, was geschah. Aber im Maschinenkrieg galt es genau wie im althergebrachten Krieg: Nach Beginn der Schlacht den Kopf unten zu halten und weiter seine Aufgabe erfüllen.

Hastig machten die Männer die Katapulte wieder schußbereit, die Ruderer versuchten nach Hagbarths Anweisungen mit sanften Schlägen das Schiff in Position zu halten. Wieder erbebte die *Furchtlos* zweimal in kurzer Folge, wieder wirbelten zwei schwarze Punkte in Richtung der gegnerischen Linie. Dort klafften immer noch keine Lücken, sackten immer noch keine Buge durch. Aber Shef konnte rennende Männer sehen, die von Schiff zu Schiff sprangen. Irgend etwas ging dort vor.

Plötzlich wurde die *Furchtlos* tief ins Wasser gehämmert. Ein gewaltiges Klirren ließ Shef zusammenzucken, etwas schwirrte in Bruchstücken über seinen Kopf. Er sah sich um und erkannte, daß die Katapulte auf der Landzunge jetzt auf sie angelegt hatten. Ohne ihre Panzerung hätte der Treffer die *Furchtlos* auf der Stelle versenkt. Der Felsblock war genau in der Mitte des Schiffs eingeschlagen und auf den gehärteten Stahlplatten zerschmettert; die Bruchstücke waren über die Köpfe der Mannschaft gewirbelt. Shef ging zwischen den Ruderern hindurch zu Hagbarth, der den Schaden begutachtete. Die Platten waren unbeschädigt, aber das Holzgerüst, an dem sie angebracht waren, war zerbrochen und hing durch.

Wieder erbebte die *Furchtlos* unter ihren eigenen Salven, und wieder schlugen klirrend Felsblöcke auf ihr ein. Einer der Blöcke schlug etwas weiter vorne ein als sein Vorgänger und erschütterte das Gerüst, der zweite traf die Heckplattform mit dem Katapult. Osmod kam zum Vorschein, schob durchhängende Platten aus dem Weg und stieß Kurbeln zurück an ihre Plätze. »Schnell, ein Stück Seil!« rief er. »Bindet das Holz hier zurück, damit wir wieder schießen können.« Shef sah, daß die ganze Plattform schief hing, irgendein Teil ihres Gestells mußte gebrochen sein. Lange konnten sie diesem Bombardement nicht mehr trotzen. Eine Stahlplatte rutschte aus ihrer geborstenen Befestigung und plumpste ins Meer. Ein Sonnenstrahl fiel auf das Deck.

»Hagbarth, dreh das Schiff, während sie die Katapulte aufziehen«, schrie Shef. »Wende ihnen die unbeschädigte Seite zu. Noch drei von diesen Salven und es ist aus mit uns.«

Die ersten Boote hatten den Strand der Landzunge erreicht. Zweihundert Schritte trennten sie noch von den Katapulten. Auf ihrem Weg waren sie zuerst unter den Beschuß der Bolzenschleudern geraten und anschließend unter den der schnell nachladenden Zugkatapulte. Die ersteren stellten zwar keine Gefahr für die Boote dar, demoralisierten aber die Männer mit ihren Bolzen, die sich durch Kettenhemden und Körper bohrten. Die letzteren dagegen konnten zwar Boote versenken, aber nur durch einen glücklichen Zufallstreffer. Die Boote preschten weiter vor und sammelten sich im letzten Moment für einen konzentrierten Angriff auf den Strand.

Zweihundert ausgesuchte Männer erwarteten sie bis zu den Knien im Wasser stehend. Bereit, sie zurückzuschlagen, ihre eigenen Katapulte zu schützen, ihnen mehr Zeit zu geben, das merkwürdige Schiff zu zerstören, das ihre Flotte bedrohte. In den Booten spannten die Schützen derweil ihre Armbrüste. Im Maschinenkrieg mußte jedes Teil zusammenpassen, mußte jeder seine ihm zugewiesene Aufgabe erledigen. Wenn die Teile voneinander getrennt wurden, waren sie nutzlos. Wenn sie zusammenpaßten, dann verwandelte sich der Kampf in eine Schlächterei. Das Surren von Bolzen, die Schilde und Kettenhemden durchschlugen, erfüllte die Luft. Als die Champions der Ragnarssons starben, gefällt von den ungepanzerten *skogarmenn*, stolperten die Deutschen in ihren schweren Rüstungen aus den Booten. Sie bildeten eine Schlachtlinie, verschränkten die Schilde miteinander und marschierten los, Bruno in ihrer Mitte. Die schwedischen und norwegischen Ruderer ergriffen ihre Schwerter und Äxte und folgten ihnen. Einige Augenblicke herrschte das traditionelle Handgemenge der Schlacht, klirrte Klinge auf Klinge. Dann löste sich die von den Armbrustschützen bereits durchlöcherte Linie der Ragnarssons völlig auf und verwandelte sich in ein Wirrwarr aus Männern, die Rücken an Rücken kämpften oder sich in Sicherheit zu bringen versuchten. Bruno rief seine Männer zusammen, richtete ihre Front aus und führte sie in einem gleichmäßigen Trab den Hügel hinauf. Einige von den Männern, die die Katapulte bedienten, ergriffen auf der Stelle die Flucht, andere versuchten einen letzten Schuß abzugeben oder griffen nach Schwert und Schild.

Shef konnte derweil immer noch nicht sagen, wie es den Schiffen der Ragnarssons gelang, nicht unterzugehen, aber jemand schien genug zu haben. In den hinteren Reihen machten sich die kleineren Fahrzeuge der Ragnarssons bereit zum Angriff. Und die Schiffe in der vordersten Linie sanken nicht, nein, sie lagen nur tiefer im Wasser. Shef sah, wie sich ein Drachenkopf seitwärts neigte. Die *Furchtlos* hatte ihre Aufgabe beinahe erfüllt. Ihr Beschuß hatte die zwölf größten Schiffe der Ragnarssons zwar nicht versenkt, sie aber in unmanövrierbare Rümpfe verwandelt, die nur noch von den Tauen, die sich zwischen ihnen spannten, über Wasser gehalten wurden. Jetzt mußten die kleineren Boote übernehmen.

Aber als sie nach vorne schossen, befahl König Olaf, der die Schlacht aus einer halben Meile Entfernung verfolgte, ebenfalls loszurudern. Die *Reiher* und ihre drei Schwesterschiffe preschten vor zum Angriff, ihre Hörner schallten unerbittlich über das eiskalte Wasser. Das Papier hatte den Stein eingewickelt – kleine Boote gegen Katapulte. Der Stein hatte die Scheren stumpf gemacht – die Maulesel der *Furchtlos* gegen die großen Schiffe der Ragnarssons. Jetzt, als König Olafs riesige Kriegsschiffe den herkömmlichen Schiffen der Ragnarssons entgegenpreschten, würden Scheren Papier schneiden.

Die *Reiher* schoß an Shef vorbei. Olaf und Brand standen auf der Back und gaben den Kurs an. Dann nahmen es die beiden führenden Schiffe der Ragnarssons mit ihr auf. Wie Wölfe, die versuchten, einen Bullen zu erlegen, näherten sie sich der *Reiher* von beiden Seiten. Eine Salve Armbrustbolzen empfing sie, gefolgt von einem Regen von Felsblöcken, so schwer, daß ein Mann sie gerade über die Schandeckel heben konnte. Eines der angreifenden Schiffe warf Enterhaken, und es gelang ihm, sich längsseits zu ziehen, obwohl es bereits sank. Die Mannschaft kletterte die herabbaumelnden Seile der Enterhaken hinauf, aber die Angreifer wurden mit Speerstößen und Schwerthieben empfangen, noch bevor sie selbst eine Hand frei bekamen. Die *Reiher* fegte sie zur Seite, und schwenkte herum, um ein weiteres Schiff zu rammen. Hinter ihr und ihren Schwesterschiffen folgte die Hauptmacht von Shefs Flotte, zielte auf die Lücken in den gegnerischen Reihen, wählte ihre Opfer aus.

Shef lehnte sich auf den Dollbord und sah sich um. Das war es, dachte er. Die Schlacht war vorüber, sie mußten ihnen nur noch den Rest geben. Brunos Ritter hatten die Katapulte eingenommen, der Strand war mit zurückgelassenen Booten übersät. König Olafs Angriff war zwar spät, aber genau im richtigen Augenblick gekommen, und hatte der gegnerischen Flotte das Rückgrat gebrochen. Und die größten Schiffe der Ragnarssons hatten dank des Bombardements der *Furchtlos* überhaupt nicht in den Kampf eingegriffen.

Aber wie leicht hätte die Schlacht auch genau andersherum verlaufen können! Ohne die Armbrüste wäre die Landung der Boote möglicherweise mißlungen. Dann wäre die *Furchtlos* in Stücke geschossen worden, und ebenso König Olafs Schiffe, sobald sie sich vorgewagt hätten. Wäre die *Furchtlos* nicht gewesen, hätten die zwölf großen Kriegsschiffe der Ragnarssons auch ohne die Hilfe der Katapulte König Olafs Streitmacht mit ihrer Übermacht zerdrückt. Aber Papier umwickelt Stein, Stein macht Schere stumpf, Schere schneidet Papier. Jedesmal. So unerbittlich war der Maschinenkrieg.

»Wir fangen an zu sinken«, sagte Hagbarth knapp. »Einer der Felsblöcke muß ihr schließlich das Genick gebrochen haben. Dort.« Er deutete auf das Wasser, das in dem offenen Laderaum der *Furchtlos* stand.

»Cwicca, Osmod«, schrie Shef. »Eure Mannschaften schöpfen das Wasser aus. In Ordnung, Hagbarth, setz sie auf den Strand. Dort drüben, unterhalb der Katapulte auf der Landzunge.«

Die schwer beschädigte *Furchtlos* kroch über das Wasser, während die Schlacht sowohl auf dem Wasser als auf dem Land sich rasch von ihr entfernte. Schließlich schleppte sie sich durch eine leere See, auf der nur hin und wieder Wrackteile und die Köpfe erschöpfter Schwimmer auf- und abtanzten.

KAPITEL 33

DIE *FURCHTLOS* BERÜHRTE DEN MEERESBODEN wenige Meter vor dem Sandstrand – ob sie sank oder sie an den Strand setzte, war nicht auszumachen. Nicht weit von ihr lag ein Knäuel Verwundeter und Toter. Hier und da winkten kraftlos Hände aus dem Wasser und bettelten um Rettung. Shef wies Hagbarth auf sie hin. »Ein paar Männer sollen sich ein Ruderboot schnappen und so viele herausholen, wie sie können. Und schick ein paar weitere den Strand entlang, um nach den Verwundeten zu sehen. Hound wird sie anleiten.«

Hagbarth nickte. »Ich laß den Rest die Stahlplatten abmontieren. Ich glaube, wir können die *Furchtlos* wieder flott machen.«

»In Ordnung.« Shef sah den Hang hinauf zu den Katapulten der Ragnarssons. Niemand war zu sehen. Die Schlacht war weitergezogen. Die Katapultmannschaften hatten die Flucht ergriffen, ihnen auf den Fersen die Männer aus den Booten, angespornt von der Beute, die sie im jetzt wehrlosen Braethraborg erwartete. Shef spürte, wie ihn jetzt, als die Spannung von ihm abfiel, Müdigkeit übermannte. Der Gedanke daran, weitere Entscheidungen treffen zu müssen, war ihm zuwider. Jetzt, da der Lärm der Schlacht abgeebbt war, sang hoch über dem grasbewachsenen Hang eine Lerche und erinnerte ihn an seine Zeit auf den Weiden Emneths vor vielen Jahren. Vielleicht würden solche Tage wiederkehren. Tage des Friedens.

Er beschloß, den Hang hinaufzugehen, um zur anderen Seite des Fjords hinüberzuspähen und das Ende der Schlacht zu verfolgen, die Plünderung Braethraborgs. Als er sich mit der Lanze in der Hand auf den Weg machte, folgte ihm Cuthred und mit einigen Schritten Abstand Karli. Hagbarth blickte ihnen besorgt hinterher. Auf jedem Schlachtfeld gab es Männer, die ihren Tod nur vorgetäuscht hatten, die plötzlich wieder hochschießen mochten. Es war eine feste Regel der Wikinger, zuerst das Schlachtfeld zu kontrollieren, bevor sie in ihrer Wachsamkeit nachließen. In Gruppen nahmen sie den Leichen alles Wertvolle ab, töteten die feindlichen Verwundeten und suchten nach Kriegern, für die man vielleicht ein Lösegeld fordern konnte. Aber das war noch nicht geschehen. Trotzdem, der König hatte zwei Leibwächter bei sich, und am Strand gab es viel zu tun. Hagbarth schob seine Sorgen beiseite und gab seine Befehle.

Auf der Hügelkuppe fand Shef weiter verstreute Leichen. Es waren nicht viele – der Großteil der Katapultmannschaften hatte beim Anblick der disziplinierten Schlachtreihe der Deutschen die Flucht ergriffen. Vom höchsten Punkt übersah er das Schauspiel, das er in seiner Vision von der gegenüberliegenden Seite des Fjords verfolgt hatte. Ein langer, grüner, friedlicher Fjord. Vielleicht eine Meile weiter die Ansammlung der Langhäuser, Schuppen, Werften, Helligen und Sklavenpferche, die so lange das Machtzentrum der Ragnarssons gewesen war, der gefürchteste Ort des Nordens. Jetzt versank das Herzstück ihrer Macht im Fjord, zerschmettert von Olafs Schiffen, die majestätisch auf das Hauptkai zuglitten. Die verbliebenen Reste wurden von den kleineren Schiffen zur Strecke gebracht, die ihnen folgten. Einige der Schiffe, bemannt von Sigurth Schlangenauges unfreiwilligen Verbündeten, schlugen einen weiten Bogen ein, um der Katastrophe zu entrinnen. In der Mitte des Geschehens trieben die zwölf großen Kriegsschiffe der Ragnarssons. Vom Bombardement der *Furchtlos* in Wracks verwandelt, trieben sie im Wasser. Ihre Mannschaften klammerten sich an die Planken und warteten darauf, entweder gerettet zu werden oder zu ertrinken. Überall im Fjord versuchten kleine Boote, provisorische Flöße und einige ausdauernde Schwimmer ans Ufer zu gelangen.

»Heute gibt es nicht viel für mich zu tun«, sagte Cuthred hinter Shef. »Ich hätte genausogut zurückbleiben können.«

Shef antwortete nicht. Sein Auge hatte drei durchnäßte und schmutzige Krieger bemerkt, die unter ihnen aus einem kleinen Boot kletterten. Sie hatten ihn ebenfalls gesehen und strebten zügig den Hang hinauf.

»Vielleicht ist heute doch noch ein guter Tag«, sagte Sigurth Ragnarsson, der vorneweg ging. Den Beginn der Schlacht hatte er auf dem Schiff in der Mitte der vordersten Schlachtlinie erlebt. Gleich das erste Geschoß des merkwürdigen gepanzerten Schiffs hatte ein großes Leck in seinen Rumpf gerissen. Nur die Enterhaken, die die Schiffe der vordersten Reihe miteinander verbanden, hatten es über Wasser gehalten. Aber der Hagel der Felsblöcke hatte kein Ende genommen, während er rasend vor Wut darauf gewartet hatte, daß seine eigene Artillerie sich endlich einschoß und den Eindringling zerschmetterte. Schließlich hatte er das Rabenbanner ergriffen und war mit seinen Brüdern auf seine geliebte *Frani Ormr* gewechselt, das Flaggschiff der Langschiffe, die hinter den Patrouillenschiffen warteten. Dann, als das gepanzerte Schiff endlich zu sinken begann, hatte er den Angriff der Langschiffe gegen Olafs *Reiher* angeführt.

Auch diese Attacke war gescheitert. Ein vom höheren Deck der *Reiher* herabgeschleuderter Felsbrocken hatte ein Loch in die Planken der *Frani Ormr* gerissen und sie versenkt. In dem anschließenden Handgemenge hatten er und seine Brüder mehrere ihrer Männer töten müssen, um sich von dem sinkenden Schiff zu retten. Hinter ihm hatten sich seine Flotte und seine Armee aufgelöst. Innerhalb einer Stunde war er vom mächtigen König zum einfachen Krieger abgestiegen, der nur die Kleider und Waffen, die er am Leib trug, besaß. Und das, ohne auch nur die geringste Chance auf Gegenwehr gehabt zu haben. Sigurth hatte gehört, daß Odin seine Jünger verriet. Aber nur damit sie mit dem Schwert in der Hand einen ruhmvollen Tod fanden, nicht, um sie wehrlos einer schmählichen Niederlage auszuliefern.

Dennoch, dachte Sigurth, könnte Odin doch noch mein Freund sein. Denn dort, vor ihm, stand die Quelle aller ihrer Nöte. Und das mit nur zwei Männern an seiner Seite, um gegen Sigurth und seine beiden mächtigen Brüder zu bestehen. Drei gegen drei.

Shef erkannte aus hundert Schritten Entfernung die merkwürdigen Pupillen Schlangenauges. Sigurth, Halfdan und Ubbi marschierten ihnen entgegen, jeder von ihnen ein Champion und vollbewaffnet für die Schlacht Mann gegen Mann, die nicht stattgefunden hatte. Gegen sie standen nur er selbst, lediglich mit seiner alten Lanze bewaffnet und ohne Schild oder Rüstung, Karli, der sein billiges Schwert umklammerte, und Cuthred. Konnte Cuthred sich gegen drei Champions gleichzeitig behaupten? Nur mit der zweifelhaften Unterstützung Shefs und Karlis? Dies war, was Shef immer zu vermeiden gesucht hatte: Ein fairer Kampf auf ebenem Boden gegen bessere und erfahrenere Kämpfer. Das einzig Vernünftige war, auf der Stelle loszurennen und den Schutz der *Furchtlos* und ihrer Armbrustschützen zu suchen. Shef drehte sich zu seinen Begleitern um und deutete über den Hügel in Richtung des Schiffs.

Es war zu spät. Cuthreds Pupillen hatten sich geweitet, sein Atem ging keuchend, Speichel rann ihm aus den Mundwinkeln. Er hatte Sigurth ebenfalls erkannt.

Shef packte seinen Arm, aber Cuthred schleuderte ihn ohne hinzusehen mit dem Schild beiseite. Der Stachel verfehlte Shefs Kopf nur um Haaresbreite. »Cuthred«, schrie er. »Wir müssen jetzt fliehen. Wir töten sie später.«

»Töten sie jetzt«, knurrte Cuthred heiser.

»Vergiß nicht, du gehörst mir! Ich habe dich aus der Mühle befreit. Du hast mir Gefolgschaft geschworen.«

Cuthred drehte sich um und blickte Shef direkt ins Auge. Irgendein Fragment seiner Intelligenz war trotz des Berserkertums, das ihn überwältigte, noch unter seiner Herrschaft. »Vor dir gehörte ich einem anderen, Herr. Das sind die Männer, die König Ella töteten.« Mit verzerrtem Gesicht rang er sich weitere Worte ab. Shef glaubte die Worte ›es tut mir leid‹ aufzuschnappen. Und dann hatte der Berserker sich an ihm vorbeigedrängt und stapfte über das Gras dem Trio der Brüder entgegen.

Wenige Fuß vor ihnen hielt er an und verspottete sie mit klarer und hoher, ja entzückter Stimme.

»Söhne Ragnars«, rief er. »Ich habe euren Vater getötet. Ich habe ihm die Fingernägel ausgerissen, um ihn zum Sprechen zu bringen. Dann habe ich ihn gefesselt und in die Schlangengrube geworfen, den *Orm-Garth*. Er starb, blau im Gesicht und mit gefesselten Händen. *Ihn* werdet ihr nicht in Walhall treffen.«

Er warf den Kopf zurück und stieß ein krächzendes, triumphierendes Gelächter aus. Schnell wie eine Schlange kam Sigurths Speer. Ebenso schnell parierte Cuthred mit dem gehärteten Schild. Der Speer flog hoch über seinen Kopf davon. Dann griff Cuthred an.

Sigurth schnellte geschickt zur Seite, wich dem ersten Hieb aus und duckte sich unter dem Rückhandstreich weg. Dann rückten Ubbi und Halfdan von links und rechts mit schwingenden Schwertern vor. Das Klirren von Metall erfüllte die Luft, als Cuthred ihre Hiebe zur Seite schlug, selbst zum Angriff überging und die beiden Männer zurückdrängte.

Doch er konnte nicht drei Gegner gleichzeitig verfolgen. Sigurth warf einen kurzen Blick auf das Handgemenge, dem er sich entzogen hatte, und preschte mit erhobenem Schild und gezücktem Schwert vor. Shef sah sich um. Karli stand totenbleich neben ihm und umklammerte immer noch das Schwert, das Shef dem unglücklichen Hrani auf der Sandbank abgenommen hatte. Shef hatte seine Lanze. Keiner von beiden besaß einen Schild. Dennoch konnte er jetzt nicht davonrennen und Cuthred im Stich lassen.

»Diesmal ist kein Wasser zwischen uns, Bürschchen«, rief Sigurth. Er sprang vor, und Shef stach mit der Lanze nach ihm. Es war das erste Mal, daß er sie ernsthaft führte. Sigurth trennte mit einem Vorhandhieb die Spitze von dem hölzernen Schaft und zielte sofort einen Rückhandstreich auf Shefs Nacken. Shef duckte sich, sprang zurück, ließ den nutzlosen Lanzenschaft fallen und zog das Messer, mit dem er Kjallak getötet hatte, aus dem Gürtel. Er fühlte sich immer noch betäubt, nutzlos, unvorbereitet. Jetzt hätte er Hounds Trank gebrauchen können. Aber Hound war auf der anderen Seite des Hügels.

Karli trat vor, um seinen Herrn zu beschützen. Er schwang das Schwert, das er von dem Tag an, an dem Shef es ihm gegeben hatte, stolz bei sich trug. Shef sah im selben Moment, daß der Dithmarscher wieder einmal alles vergessen hatte, was er ihm über den Schwertkampf beigebracht hatte. Er führte die Klinge wie ein Pflugjunge, ein Churl, ein Schlammfuß aus den

Sümpfen. Sigurth fing seinen ersten Hieb mühelos mit der eigenen Klinge ab, wartete fast ungläubig auf den langsamen zweiten, parierte ihn mit dem Schild und schlug blitzschnell wie eine Viper zu, bevor Karli das Gleichgewicht wiederfinden konnte. Karli hatte weder Schild noch Helm. Shef hörte den dumpfen Schlag wie von einem Metzgerbeil, mit dem sich Sigurths Schwert in Karlis Schädel bohrte. Der stämmige Dithmarscher ließ die Waffe fallen und fiel der Länge nach vor Schlangenauge hin.

Weiter unten am Hang zwang Cuthreds wilder Ansturm Halfdan in die Knie. Ubbi lag einige Schritte weiter, den Kopf von den Schultern getrennt. Sigurth überblickte das Geschehen aus dem Augenwinkel und wandte sich Shef zu.

»Dann stelle ich besser sicher, daß du diesmal nicht entkommst«, sagte er und stapfte um Karlis Leiche herum. Shef stand dem erfahrenen Krieger nur mit einem Messer bewaffnet gegenüber, zu nah, um noch davonrennen zu können.

Von hoch oben blickte der einäugige Odin auf seinen Anhänger Sigurth, den Sohn Ragnars. »Er ist ein großer Krieger«, sagte er reumütig.

»Aber er hat die Schlacht verloren«, entgegnete der Gott mit der listigen Miene an seiner Seite.

»In einem fairen Kampf hätte er gewonnen.«

»Dann hol ihn zu deinen Einherier.*«*

Odin dachte nach. Sollte er seinem Jünger einen letzten Sieg gestatten? Die Worte seines Sohns Rigr kamen ihm wieder in den Sinn. Und seine eigenen, die er seinem geliebten Sohn Balder auf dem Scheiterhaufen ins Ohr geflüstert hatte. «Ich wünschte, irgendein Gott könnte dich zu mir zurückschicken, mein Sohn.« Kein Gott hatte es vermocht, kein Held, nicht einmal sein geschätzter Hermod. Vielleicht hatten sie recht. Das Heilmittel war nicht Blut, sondern Trä-

nen. Schlangenauge würde nie eine Träne vergießen. Mit Bedauern fällte er seinen Entschluß. »Man nennt mich nicht umsonst Böllwerk, *den Übelstifter, den Verräter der Krieger«, murmelte er. Nur Rigr und der alleshörende Heimdall konnten seine Worte vernehmen. Mit einem Pfiff rief er seine* Walküren *herbei, die unbemerkt über jedem Schlachtfeld fliegen, die Gefallenen auswählen und ihnen Schwäche und Bewußtlosigkeit schicken, ihnen die Waffen aus der Hand gleiten lassen und sie blind machen für Pfeile und Speere. Mit seinem großen Speer deutete Odin auf Schlangenauge.*

Sigurth hetzte wie ein Jagdhund den Hügel hinauf, mit gesenkter Schwertspitze, den Schild hoch erhoben. Seine weiß umrandeten Augen wandten sich keinen Moment lang von Shefs Gesicht ab. Shef wich vor ihm zurück, in der Hand das kurze Messer, bereit für einen Hieb oder Stoß, sobald Sigurth die sechs Fuß überwand, die sie jetzt noch trennten. Plötzlich spürte Shef wie sich die Schräge unter ihm veränderte. Sie hatten den Hügelkamm erreicht und überquerten ihn jetzt. In wenigen Augenblicken würden sie zwischen den aufgegebenen Katapulten sein, in Sichtweite der *Furchtlos*. Wenn er Sigurth nur noch hundert Herzschläge hinhalten konnte… Schlangenauge hatte denselben Gedanken. Er beschleunigte, um seine Tat zu vollenden, bevor jemand anderes eingreifen konnte.

Den ganzen Tag über hatte sich der Senkel von Sigurths Rohlederschuh immer mehr gelockert. Jetzt hing er in das kurze Gras. Als Sigurth den Schritt machte, der seinen Todesstoß einleiten sollte, trat er auf den Senkel. Er versuchte, den gefangenen Fuß zu befreien, rutschte aus und verlor das Gleichgewicht. Er senkte den Schildarm und stützte sich einen Augenblick lang mit der linken Hand auf das Gras.

Einem unbewußten Reflex folgend trat Shef vor und

holte mit dem Rogalandmesser aus. Es bohrte sich von unten durch den Bart ins Kinn, genauso, wie es das bei Kjallak getan hatte. Einen Moment lang starrte Sigurth zu ihm herauf, der Schock weitete seine seltsamen Augen. Dann schienen sie etwas hinter Shef zu sehen, und ein Ausdruck angewiderten Erkennens machte sich auf dem sterbenden Gesicht breit. Sigurths Schwert zuckte hoch, als ob es nach irgendeiner Gestalt, einem Verräter im Himmel stieße.

Shef verdrehte brutal das Messer und sprang zurück. Sigurth kippte mit dem Gesicht nach vorne.

Cuthred humpelte den Hügel herauf auf ihn zu. Ein langer, klaffender Schnitt zog sich über sein Gesicht. Aber er blutete genausowenig wie das längst tote Fleisch eines Metzgers. Sein Kettenhemd war an einem Dutzend Stellen durchlöchert. Es war schwer zu glauben, daß er noch laufen konnte, der Oberschenkel, den Vigdjarf verwundet hatte, schien halb durchgetrennt.

»Du hast einen erwischt, ich zwei«, bemerkte er. »Ich habe König Ella gerächt. Ich werde ihm Gutes von dir berichten.« Das irre Glitzern verschwand aus den Augen der taumelnden Gestalt. »Ich wünschte, ihr könntet mich unversehrt begraben. Gebt den Trollen Nachricht, Miltastaray. Ich wäre ihr Mann gewesen.«

Unvermittelt quoll Blut aus seinen Wunden, als der Geist des Berserkers sein Fleisch verließ. Er sank zu Boden und rollte auf den Rücken. Als Shef sich über ihn beugte, konnte er bereits keinen Puls mehr fühlen. Ohne sich irgendwelche Hoffnungen zu machen, ging er über das blutverschmierte Gras zu Karli. Krieger wie Schlangenauge verfehlten ihren Gegner nicht. Außer, wenn man sie daran hinderte. Seine Vermutung wurde bestätigt. Karli war tot, sein Gehirn hatte sich mit dem Blut um ihn herum vermischt, und seine fröhliche Miene hatte unwiderruflich einem Ausdruck von Überraschung und Bestürzung Platz gemacht. Schlechte

Nachrichten für Edith und ein Dutzend anderer Frauen. Schlechte Nachrichten für Miltastaray.

Mechanisch hob er Cuthreds Schwert auf und schlurfte mit gesenkten Schultern in Richtung Schiff. Als er bei den verlassenen Katapulten angekommen war, stand zu seiner Überraschung plötzlich Bruno vor ihm. Hinter ihm sah Shef, wie Hagbarth Männer von ihrer Arbeit an der *Furchtlos* wegscheuchte und den Hügel hinaufkommandierte. Aber für den Augenblick waren die beiden alleine.

»Ich habe deinen Zweikampf verfolgt«, sagte Bruno. »Jetzt hast du zwei Ragnarssons getötet. Aber ich weiß immer noch nicht, wie du das anstellst. Er hätte dich mühelos töten sollen. Jeder meiner Männer hätte dich töten können. Ich bezweifle, daß du mir gewachsen wärst.«

»Wozu sollte ich das sein?«

»Du hast etwas, das ich will. Wo ist deine Lanze?«

Shef deutete über die Schulter. »Da hinten. Wieso ist sie dir so wichtig?«

Wie als Antwort holte Bruno mit seinem langen Reiterschwert nach ihm aus. Shef parierte automatisch mit dem Schwert, das er von Cuthred genommen hatte, parierte wieder und wieder, bis die Klinge aus seiner Hand wirbelte und er Brunos Schwertspitze auf seinem Kehlkopf spürte. Es war genau der Punkt, an dem er Sigurth Schlangenauge aufgespießt hatte.

»Wieso sie mir so wichtig ist?« wiederholte Bruno. »Es ist die Heilige Lanze, mit der Jesus Christus ermordet wurde. Von einem deutschen Zenturio. Es ist die Lanze, die das Heilige Blut vergossen hat.«

Shef erinnerte sich an seine Vision von der Kreuzigung, an den Mann mit dem Helm und sein merkwürdiges Deutsch. »Ja«, sagte er vorsichtig. Die kalte Schwertspitze stach in seine Haut. »Ich glaube dir.«

»Wer sie in den Händen hält, wird der neue Kaiser.

Der wahre Kaiser des Westens, der Nachfolger Karls des Großen, der Mann, der das Römische Reich aufs neue vereint. Das Römische Reich Deutscher Nation.«

Shef spürte plötzlich einen immensen Druck, der ihn niederzuringen suchte, einen weit größeren Druck als von dem scharfen Stahl auf seiner Kehle ausging. Zweimal hatten Männer versucht ihn dazu zu bringen, die Lanze herauszugeben, zweimal hatte er ihnen widerstanden. Wenn er sie jetzt herausgab, lieferte er vielleicht die ganze Welt einer neuen Vorherrschaft aus, der Tyrannei eines neuen Roms, weit mächtiger als das alte Rom und der alte Papst. Wenn er sich weigerte, würde er sterben. Hatte er das Recht, sein eigenes Leben um einen solchen Preis zu retten? Wenn Karli und Cuthred neben ihm tot im Gras lagen?

Und dennoch gehörte die Lanze nicht ihm, darin war er sich sicher. Sie gehörte den Christen. Was sie damit anfangen würden, wußte nur ihr Gott. Aber sie hatten das Recht, ihren Visionen zu folgen, so wie er und der Weg Asgards, wie Thorvin und Vigleik und all die übrigen es hatten, den ihren zu folgen. Seine Vision des sterbenden Christus drängte sich in sein Bewußtsein. Er erinnerte sich an König Edmund von Ostanglien und die alte, jammernde Frau, die er auf einer Lichtung getroffen hatte, und spürte, daß noch etwas aus dem Kreuz kommen würde. Nicht von der Kirche. Aber Bruno war kein Mann der Kirche.

»Wenn die Lanze ein Deutsches Reich begründen soll«, sagte Shef steif, »dann sollte sie besser in den Händen eines Deutschen sein. Du findest die Lanzenspitze neben der Leiche meines Gefährten, wo Sigurth sie abgeschlagen hat. Nur die Spitze ist alt. Der Schaft wurde viele Male ersetzt.«

Einen Augenblick lang schien Bruno verblüfft. »Du bist bereit, sie herzugeben? Ich wäre es nicht, selbst mit einer Schwertspitze auf der Kehle.« Er ignorierte die

Männer, die den Hügel heraufgerannt kamen, und dachte kurz nach. »Aber es ist wahr. Euer Wahrzeichen ist nicht der Speer, weder der Odins noch der des Zenturios Longinus. Was du auf deiner Brust trägst, ist, wie ich dir schon sagte, ein *graduale*. Es ist dein Schicksal, nach ihr zu streben, wie es das meine war, die Lanze wiederaufzufinden.«

Er zog die Klinge zurück und hob sie zum Salut. »Ich sollte dich trotzdem töten«, sagte er. »Auch wenn du kein Fechter bist, fürchte ich, daß du ein gefährlicher Mann bist. Aber es wäre nicht ritterlich, dich kaltblütig zu ermorden. Also leb wohl, König des Nordens. Vergiß nicht, daß ich der erste war, der dich so grüßte.«

Er rannte den Hang hinunter, hob etwas aus dem blutigen Gras auf, küßte es und rannte weiter in Richtung einer Gruppe von Pferden, die ihnen aus den Pferchen Braethraborgs entgegengeführt wurden.

Shef nahm einem der *skogarmenn*, die den Hügel von der anderen Seite heraufgekeucht kamen, die Armbrust ab, spannte sie und musterte den breiten Rücken dessen, der 100, 120, 150 Schritte vor ihm lief.

Ich sollte dich töten, sinnierte er. Aber es wäre nicht ritterlich, dich kaltblütig zu ermorden, Gutes mit Schlechtem zu vergelten. Also leb wohl, der du bald Kaiser sein wirst. Oder wie man in deinem Land sagt, *auf Wiedersehen*.

GLOSSAR

zusammengestellt von Frank Borsch

Alderman In den angelsächsischen Königreichen der oberste Beamte einer Grafschaft.

Alfred Genannt der Große. König von Wessex 871–899. Der historische Alfred drängte in langwierigen Kämpfen die Wikinger zurück und war ein bedeutender Gesetzgeber und Schriftsteller.

Asen Das Göttergeschlecht der nordischen Mythologie, an dessen Spitze Odin steht.

Asgard Der Wohnsitz der Asen.

Balder Der Sohn Odins und der Frigg. Galt als Gott von Sonne, Licht und Frühling und war der Schönste der Asen.

Bragi Ein Sohn Odins. Ist der Gott der Dichtkunst und Gemahl der Idun.

Carl Ein freier Mann.

Churl Ein freier Mann niedersten Ranges.

Danewerk Ein 30 km langes System von Verteidigungswällen, das der dänische König Godefred gegen die Franken errichten ließ.

Edeling Fürstentitel der Angelsachsen. Bezeichnet insbesondere den Thronerben.

Fafnir In der nordischen Heldensage der Drache, den Sigurd tötet. War ursprünglich ein Mann, der seinen Vater ermordete, um dessen Schatz an sich zu reißen.

Fenriswolf Von Loki und der Riesin Anurboda gezeugtes Untier. Die Asen versuchen vergeblich, ihn zu fesseln.

Die Fens Ein fast menschenleeres Sumpfland zwischen Lincoln und Cambridge. Wurde ab Mitte des 17. Jahrhunderts trockengelegt und ist heute eines der fruchtbarsten Gebiete Englands.

Freyr In der nordischen Mythologie der Gott der Fruchtbarkeit, des Himmelslichts, der Wärme und des Friedens.

Häusler Ein armer Bauer mit eigenem Haus, der nur wenig oder kein Feld besitzt und auf Lohnarbeit angewiesen ist.

Heimdall Der alles sehende Wächter der Götter. Wird in der Edda als der ›glänzendste der Asen‹ beschrieben.

Idun Göttin und Besitzerin der goldenen Äpfel, die den Asen ewige Jugend bescheren.

Jarl Ein Mann von hoher Geburt, oft auch Häuptling.

Loki Der Gott des Feuers und vielleicht der zwielichtigste der Asen. Loki setzt seine Verschlagenheit immer wieder dazu ein, den anderen Göttern zu schaden, aber auch, um sie zu retten.

Mercien Von der Mitte des siebten bis Anfang des neunten Jahrhunderts das mächtigste der angelsächsischen Königreiche.

Nikolaus I. (um 800–867) Auch Nikolaus der Große genannt. Gilt wegen seines unermüdlichen Kampfs für das Päpstliche Primat als energischster der frühmittelalterlichen Päpste.

Nithöggr ›Der haßerfüllt Schlagende‹ ist ein Drache, der das Blut der Toten trinkt und Leichen frißt.

Njörd Der Gott des Meeres und der Seefahrt.

Northumbrien Eines der wichtigsten Königreiche des angelsächsischen England. War im achten Jahrhundert das kulturelle Zentrum der Insel.

Odin Der Höchste der Asen. Odins Charakter ist äußerst vielschichtig. Er ist der oberste Schlachtenlenker und kennzeichnet diejenigen, die auf dem Schlachtfeld fallen. Gleichzeitig ist er der Dichtergott, der die Runen erfand, sowie der Gott der Magie und der Ekstase.

Ostanglien Ein kleineres angelsächsisches Königreich. Sein Gebiet entspricht ungefähr den heutigen Grafschaften Norfolk und Suffolk.

Ragnarök Das ›Götterverhängnis‹ ist der Weltuntergang der nordischen Mythologie. Die Asen fallen im Kampf mit ihren Feinden, die Erde wird vernichtet.

Ran Die Meeresgöttin und Frau des Ägir. Ertrunkene Seemänner gelangen in ihr Totenreich am Meeresgrund.

Skalden Die altnordischen Dichter und Sänger.

Thane Angelsächsischer Adelstitel. Der Status eines Thane konnte stark variieren und bezeichnete ebenso Männer, deren Rang einem späteren Ritter entsprach, wie solche, deren Stellung einem späteren Baron gleichkam.

Thor Der Donnergott. Neben Odin der angesehenste Gott der Asen. Man glaubte, Blitze wären Thors Hammer Mjölnir, den dieser zu Boden schleudert.

Thrall Ein Sklave.

Tyr Ein Kriegsgott, der im Gegensatz zu Odin aktiv am Schlachtengeschehen teilnimmt. Sein Symbol ist das Schwert.

Ull Der Gott des Winters. Er jagt auf Skiern und ist ein vorzüglicher Bogenschütze.

Vanen Uraltes germanisches Göttergeschlecht, das gegen die Asen kämpft.

Walhall Die Halle, in der Odin die gefallenen Krieger empfängt.

Walküren Die Botinnen Odins, die die Gefallenen vom Schlachtfeld nach Walhall geleiten.

Weißer Christus Abwertende Bezeichnung der Wikinger für Christus. ›Weiß‹ stand im Nordischen auch für feige oder homosexuell.

Wergeld Das Sühnegeld für einen Erschlagenen. War an die Sippe des Opfers zu entrichten.

Wessex Das wichtigste der angelsächsischen Königreiche. Überstand als einziges – wenn auch unter großen Schwierigkeiten – den Ansturm der Wikinger.

Von

HARRY HARRISON

erschien in der Reihe

HEYNE SCIENCE FICTION & FANTASY:

Retter einer Welt · 06/3058
Der Daleth-Effekt · 06/3352
Das Prometheus-Projekt · 06/3730
New York 1999 · 06/4351
Die Turing Option (mit Marvin Minski) · 06/5647

DER STAHLRATTEN-ZYKLUS:

Agenten im Kosmos · 06/3083; auch als 06/3928
Rachezug im Kosmos · 06/3393; auch als 06/3974
Ein Fall für Bolivar de Griz, die Stahlratte · 06/3417
Jim di Griz, die Edelstahlratte · 06/3578
Macht Stahlratte zum Präsidenten · 06/4096

Erweiterte Ausgabe in neuer Ausstattung
und unter neuen Titeln:

Die Geburt einer Stahlratte · 06/4487
Stahlratte wird Rekrut · 06/4488
Stahlratte zeigt die Zähne · 06/4489
(vormals: *Agenten im Kosmos*)
Stahlratte schlägt zurück · 06/4490
(vormals: *Rachezug im Kosmos*)
Stahlratte rettet die Welt · 06/4491
(vormals: *Ein Fall für Bolivar di Griz, die Stahlratte*)
Stahlratte will dich · 06/4492
(vormals: *Jim di Griz, die Edelstahlratte*)
Macht Stahlratte zum Präsidenten! · 06/4493
Die Stahlratte singt den Blues · 06/5296
Visionen einer Stahlratte · 06/5297
Die Stahlratte fährt zur Hölle · 06/5331

Die Todeswelten-Trilogie:

Die Todeswelt · 06/3067
Die Sklavenwelt · 06/3069
Die Barbarenwelt · 06/3136; auch als ➶ 06/7024
Auch als Sonderausgabe in einem Band:
Todeswelten · 06/55; auch als ➶ 06/4350

Zu den Sternen-Trilogie:

Heimwelt · 06/3910
Radwelt · 06/3911
Sternwelt · 06/3912
Auch als Sonderausgabe in einem Band:
Zu den Sternen · 06/4695

Bill, der galaktische Held:

Der unglaubliche Beginn! · 06/5171
Die Welt der Roboter-Sklaven · 06/5172
Die Welt der eßbaren Gehirne · 06/5173
(mit Robert Sheckley)
Die Welt der unaussprechlichen Wonnen · 06/5174
(mit David Bischoff)
Die Welt der zehntausend Bars · 06/5175
(mit David Bischoff)
Die Welt der Zombie-Vampire · 06/5176
(mit Jack C. Haldeman II.)
Das letzte inkohärente Abenteuer · 06/5177
(mit David Harris)

Hammer und Kreuz
(mit John Holm)

Der Hammer des Nordens · 06/6321
Der Pfad des Königs · 06/6322
König und Imperator · 06/6323

In der **Bibliothek der Science Fiction-Literatur:**

New York 1999 · 06/26
Todeswelten · 06/55

HEYNE BÜCHER

Andreas Eschbach

Quest

06/8300

In ferner Zukunft sind die Menschen weit ins All vorgestoßen und dabei auf zahllose nicht-menschliche Lebensformen getroffen. Und doch hat sich die Erkenntnis durchgesetzt, dass alles Leben im Universum einst auf einem Planeten seinen Anfang genommen hat. Uralte Sagen und Legenden berichten von diesem Planeten, und manche von ihnen behaupten gar, man könne dort Unsterblichkeit erlangen – oder Gott begegnen…

Dies ist die Geschichte des Raumschiffkommandanten Eftalan Quest, der sich aufmacht, den sagenhaften Ort des Ursprungs zu suchen.

Es ist die Geschichte des größten Abenteuers aller Zeiten.

HEYNE-TASCHENBÜCHER

HEYNE BÜCHER

Isaac Asimov

Die Foundation-Trilogie

06/8209

Das Meisterwerk der Science Fiction

Wie einst das Römische Reich steht das Galaktische Imperium kurz vor dem Zerfall. Doch der Psychohistoriker Hari Seldon ersinnt einen atemberaubenden Plan, um die Menschheit durch das kommende ›dunkle Zeitalter‹ zu leiten ...

Mit einem umfangreichen Essay über die Psychohistorik.

HEYNE-TASCHENBÜCHER

HEYNE BÜCHER

Anne McCaffrey

Der Drachenreiter von Pern-Zyklus

06/6372

Drachengesang
Band 3
06/3791

Drachensinger
Band 4
06/3849

Der weiße Drache
Band 6
06/3918

Drachendämmerung
Band 9
06/4666

Die Weyr von Pern
Band 11
06/5135

Die Chroniken von Pern – Ankunft
06/6353

Drachenauge
06/6372

HEYNE-TASCHENBÜCHER